Katie Fforde

Zum Teufel mit der Liebe

Roman

Deutsch von
Ingrid Krane-Müschen

Schneekluth

Die Deutsche Bibliothek – CIP-Einheitsaufnahme

Fforde, Katie: Zum Teufel mit der Liebe
Roman / Katie Fforde
Deutsch von Ingrid Krane-Müschen
München: Schneekluth, 1999
Einheitssachtitel: The Rose Revived <dt.>
ISBN 3-7951-1737-2

Die englische Originalausgabe erschien
unter dem Titel
THE ROSE REVIVED
bei Michael Joseph

ISBN 3-7951-1737-2

Gesetzt aus der 10/12 Punkt Garamond Stempel
von FIBO Lichtsatz, Unterhaching
Druck und Bindung von Bercker, Kevelaer
Printed in Germany 1999

Für D.S.F.,
wie immer

DANKSAGUNG

Mein Dank gilt der Schauspielerin Sara Clee, der Künstlerin Lyn Coleman und allen anderen, die mir wissentlich oder unwissentlich bei der Recherche geholfen haben. Außerdem möchte ich Sarah Molloy für ihre Unterstützung danken und vor allem meiner Lektorin, Richenda Todd, die sich meines fürchterlichen, eselohrigen Manuskripts klaglos angenommen und es in ein Buch verwandelt hat. Und ich danke meiner Familie dafür, daß sie endlich erkannt hat, daß ich nicht den ganzen Tag zu Hause herumsitze und Seifenopern anschaue.

1. KAPITEL

May stolperte in ihren Doc Martens über die Schwelle des Warteraums. Es roch nach abgestandenem Zigarettenrauch. Fünf Frauen, alle offenbar halbtot vor Langeweile, sahen auf und dann sofort wieder weg.

»Hi«, sagte May. »Bin ich hier richtig bei Quality Cleaners?«

Eine Frau nickte. Sie hatte zweifarbig getönte Haare und erweckte alles in allem den Eindruck, als verstehe sie sich darauf, einen Staubsauger zu schwingen. »Da vorn liegt ein Stapel Fragebögen. Sie müssen einen ausfüllen.«

May nahm eines der Formulare. »Meine Güte, der ist ja endlos lang.«

»Ja«, stimmte die Frau zu. »Wenn Sie ihn fertig ausgefüllt haben, müssen Sie ihn unter der Tür durchschieben.«

»Oh, wie ungewöhnlich.« May hatte keine Handtasche dabei und klopfte ohne große Hoffnung ihre Taschen ab. »Ähm, kann irgendwer mir einen Kuli leihen?«

Ein paar Sekunden rührte sich niemand, dann legte eine Frau, die etwa in Mays Alter war, ihr Buch beiseite. May warf einen kurzen Blick darauf und erkannte den Titel. Das Buch war für den *Booker Prize* nominiert.

»Augenblick, hier.« Die junge Frau durchwühlte ihre ausgebeulte Schultertasche und förderte einen Füllfederhalter ans Licht.

May betrachtete sie ein bißchen genauer. Was für eine Putzfrau – oder potentielle Putzfrau – las ernste, zeitgenössische Literatur und schrieb mit einem Füller? Dann schalt sie sich für die Vorurteile, die sie Putzfrauen gegenüber offenbar hegte, und im selben Moment entdeckte sie unter dem Stuhl des Mädchens eine Reisetasche, die noch recht neu aussah, einen Koffer und ein kleines Beautycase. Unter normalen Umständen wäre May neugierig gewesen zu erfahren, warum jemand mit Gepäck zu einem Vorstellungsgespräch kam, aber jetzt war nicht der geeignete Zeitpunkt für müßige Spekulationen, jetzt galt es erst einmal, ihr Formular auszufüllen. Sie lächelte und nahm den Füller.

»Danke.«

In der Regel ging immer irgend etwas schief, wenn May ein Formular in Großbuchstaben ausfüllen mußte, aber dieses Mal gab sie sich besondere Mühe. Sie mußte diesen Job unbedingt kriegen. Gutbezahlte Jobs für Leute ohne Ausbildung waren schließlich so rar wie Rubine – und für May unvergleichlich viel kostbarer.

Als sie sich schließlich Antworten für fast alle der vielen Fragen ausgedacht hatte, gab sie den Füller zurück. Sie setzte ein Ich-bin-nett-bitte-rede-mit-mir-Lächeln auf, doch die Lippen der jungen Frau verzogen sich nur ganz kurz nach oben, ehe sie sich wieder in ihr Buch vertiefte. Damit war die Chance auf eine Unterhaltung vertan, und May nahm statt dessen die Konkurrenz in Augenschein.

Da war die Frau, die ihr die Formulare gezeigt hatte. Sie war älter als May, möglicherweise zu alt, um der Einstellungsvoraussetzung »jung und enthusiastisch« aus der Stellenanzeige zu entsprechen. Neben ihr saß eine Mutter mit einem Kleinkind auf dem Schoß, zweifellos jung, aber die dunklen Ringe unter ihren Augen und ihr unendlich erschöpftes Gesicht schienen darauf hinzudeuten, daß es bei ihr mit dem »Enthusiasmus« ein bißchen hapern könnte.

Dann die Frau, die ihr den Stift geliehen hatte. Sie war jung, offensichtlich intelligent, aber in ihrem marineblauen Kostüm, den kleinen Perlenohrringen und dem schwarzen Samthaarband wirkte sie ganz entschieden zu ladylike, um sich als Putzhilfe zu bewerben.

Na ja, ich sehe selber auch nicht gerade typisch aus, dachte May und unterzog ihre eigene Erscheinung zum ersten Mal einer kritischen Begutachtung. Sie trug ihre besten Arbeitshosen, die nur ein paar ganz winzige blaue Farbspritzer hatten, und ihr

Pullover war sauber, wenn auch an den Bündchen etwas ausgeleiert. Leuchtend rote Socken lugten aus den noch halbwegs glänzenden Doc Martens.

Sie seufzte. Auf dem Boot hatte sie keine ihrer eleganteren, konventionelleren Kleidungsstücke und sie war Hals über Kopf zu diesem Vorstellungstermin aufgebrochen, kaum daß sie die Annonce entdeckt hatte, als sie gerade mit der Zeitung den Ofen anzünden wollte. May war eigentlich nicht abergläubisch, aber es schien doch, als reiche ihr das Schicksal eine helfende Hand. Sie hatte die nächste U-Bahn genommen, ehe ihr all die »Gelegenheiten, in einem Team zu arbeiten« vor der Nase weggeschnappt wurden. Doch sie hatte das Gefühl, daß sie selbst in der passenden Kleidung Schwierigkeiten gehabt hätte, die Manager dieser »neuen Niederlassung eines etablierten Unternehmens« davon zu überzeugen, daß sie die ultimative Geheimwaffe gegen Badezimmerkalk war.

Nein, wenn die Typen hier auch nur halbwegs bei Verstand waren, würden sie die letzten beiden Frauen einstellen, deren Gesichter einen Ausdruck kompetenter Überlegenheit zeigten und deren Kleidung wie dafür geschaffen schien, unter Nylonoveralls getragen zu werden. Man konnte ihnen einfach ansehen, daß sie in der Lage waren, einen störrischen Abfluß freizukriegen, ehe man »Domestos« sagen konnte.

May zog die Füße unter ihren Stuhl und sah sich nach Ablenkung um. Sie entfernte die Farbreste unter ihren Fingernägeln und betrachtete ihre Hände. Auf einem Boot zu leben führte einfach zwangsläufig zu dauerhaft schmutzigen Fingern. Wenn sie jemandem die Hand geben mußte, krümmte May ihre Finger immer nach innen, so daß niemand die Trauerränder bemerkte.

Hätte sie sich doch nur etwas zu lesen mitgebracht. Mutter und Kind hielten zusammen ein Nickerchen, vermutlich hatte die Mutter den Schlaf weitaus nötiger. Das Mädchen im marineblauen Kostüm las immer noch, die anderen starrten ausdruckslos vor sich hin. So war es unvermeidlich, daß Mays Gedanken zu den schrecklichen Ereignissen der letzten vierundzwanzig Stunden zurückkehrten. Obwohl sie sich fest vorgenommen hatte, nur an positive Dinge zu denken.

Es hatte alles damit angefangen, daß Mike, der neue Inhaber des Bootshafens, sie aufgesucht hatte. »Ich bin die Bücher durchgegangen. Du – oder genauer gesagt, die *Rose Revived* – bist seit mehr als einem Jahr mit der Liegegebühr im Rückstand. Das macht runde dreieinhalbtausend Pfund.«

May war mit weichen Knien auf den Ofen niedergesunken, aber er war zu heiß, um darauf zu sitzen, also mußte sie wieder aufstehen.

»Ich will mindestens fünfhundert jetzt sofort und den Rest spätestens in drei Monaten. Ich brauche den Liegeplatz, May. Ich kann hier kein Fünfundzwanzig-Meter-Hausboot kostenlos ankern lassen. Also, du mußt bezahlen oder verkaufen.«

»So viel Geld hab' ich nicht«, hatte sie gekrächzt. »Aber es ist mein Heim, über das wir hier reden, nicht irgendein verkäuflicher Gegenstand!«

Doch all ihre Proteste stießen auf taube Ohren. Mike hatte den Bootshafen nicht zu wohltätigen Zwecken gekauft. Er hatte ihr gesagt, daß sie mehr für ihr Boot bekommen werde, wenn sie es privat verkaufte, als wenn er es pfänden ließe und der Gerichtsvollzieher anrückte, aber das war kein besonderer Trost. Jedenfalls war es wohl kaum verwunderlich, daß May nach dieser Sache der Kragen geplatzt war, als sie abends im *Union Flag* kellnerte. Ganz gleich, wie sexistisch, rassistisch oder grammatikalisch falsch die Sprüche der Gäste auch waren, für gewöhnlich schaffte sie es, ihre Kommentare zurückzuhalten, bis sie unter den Tresen tauchte, um die Mixer zurück in den Unterschrank zu räumen, wobei sie dann bissig vor sich hin murmelte.

Aber nachdem ihre Welt gestern in Stücke gegangen war, konnte sie sich einfach nicht beherrschen und hatte einem ganz besonders widerlichen Gast ein Pint Mild über den Kopf geschüttet. Sie war nicht überrascht, eigentlich auch nicht besonders erschüttert, als ihr Chef ihr sagte, sie solle verschwinden, sobald sie aufgewischt habe.

Na ja, immerhin kann ich jetzt wahrheitsgemäß behaupten, daß ich Berufserfahrung auf dem Reinigungssektor habe, überlegte May mit einem Optimismus, der aus purer Verzweiflung geboren war.

Sie verschränkte die Arme vor ihrem Magen, der sich bedenklich verknotet anfühlte. Konnte man eigentlich vor Langeweile und Nervosität sterben? fragte sie sich. Jeden Moment werde ich etwas unverzeihlich Unenglisches tun und ein Gespräch anfangen.

In diesem Augenblick wurde die Tür zum Nebenraum geöffnet, und eine junge, große, unglaublich gutaussehende Frau kam heraus.

»Und? Wie ist es gelaufen?« fragte eine von denen, die May als professionelle Putzfrauen klassifiziert hatte.

Das Mädchen ließ sich auf einen Stuhl fallen. »Weiß der Himmel. Er hat so lange auf meine Beine gestarrt, daß ich sicher war, ich hätte 'ne Laufmasche oder so was.« Besorgt streckte sie die Beine vor sich aus und betrachtete kritisch die schwarzen Nylons.

»Ist ja wohl kein Wunder, wenn Sie Ihre Beine so zur Schau stellen«, meinte eine der anderen Frauen. »Hier werden Putzhilfen gesucht, keine Go-go-Girls.«

»Ich weiß, ich weiß! Ich bin völlig falsch angezogen«, räumte die mit den Beinen ein. »Aber ich hab' eben ganz spontan beschlossen herzukommen. Die Bezahlung ist so unwiderstehlich.«

Sie trug ein tomatenrotes Jackett und ein knappes, schwarzes Röckchen – vermutlich irgendein Designerlabel, tippte May –, und ihre Erscheinung hellte den trostlosen Raum merklich auf. Ihr dunkles Haar war kurz, raffiniert geschnitten, so daß es ihr herzförmiges Gesicht umrahmte und ihre großen Rehaugen betonte.

Die Mutter wachte auf und zog ihr Kind weiter auf ihren Schoß. »Er steht auf Beine, ja? Warum schreiben sie so was nicht gleich in den Fragebogen? Also, dann kann ich wohl gleich wieder verschwinden. Ich dachte mir schon, die Bezahlung ist zu gut, die Sache muß einen Haken haben.«

»O nein! Er sucht wirklich Reinigungskräfte. Er hat gesagt, ich soll hier warten.«

»Seien Sie mir nicht böse, aber Sie sehen irgendwie nicht aus wie eine Reinigungskraft«, sagte May und kaute an ihrer Unterlippe. Sie war sich ihres eigenen seltsamen Aufzugs nur zu bewußt.

»Wir haben nicht alle Falten in den Strümpfen wie Nora Batty«, entgegnete die Mutter. »Aber es hat vermutlich wirklich keinen Zweck, daß ich bleibe. Für das Geld will er wahrscheinlich Nachtarbeit, und das kann ich sowieso nicht.«

»Nachtarbeit?« fragte May, plötzlich einer Panik nahe. »Wie meinen Sie das?«

»Büroräume putzen, spät abends oder ganz früh morgens«, erklärte eine der Frauen ungeduldig. »Haben Sie noch nie so einen Job gemacht?«

»Nein«, gestand May.

»Haben Sie denn einen Job?«

»Nein.«

Gestern hatte sie noch einen gehabt, selbst wenn er gräßlich und lausig bezahlt war, ebenso ein Boot, das gleichzeitig ihr Heim war, einen Liegeplatz, den sie für sicher gehalten hatte, und einen unbeschwerten Lebensstil. Den Job hatte sie bereits verloren, und wenn ihre »Jugend« und ihr »Enthusiasmus« nicht ausreichten, ihr einen neuen zu beschaffen, dann würde sie alles andere vielleicht auch verlieren.

»Ich hab' auch keine Arbeit«, sagte die mit dem Minirock. »Aber ich bin ja auch Schauspielerin, da ist man das gewöhnt.«

»Nennt man das nicht ›schöpferische Pause‹?« fragte May.

»Niemand, der es mal mitgemacht hat, würde es so nennen. Man rennt von einem Vorsprechen zum nächsten, allesamt für völlig unpassende Rollen, und wenn man nicht mit Vorsprechen beschäftigt ist, dann nimmt man Phonetikstunden oder Tanzstunden oder sonst irgendwelche Stunden, mit denen man der Konkurrenz vielleicht mal irgendwas voraus haben könnte. Und wenn man das gerade auch nicht tut, dann hängt man sich an die Strippe und nervt seinen Agenten, der einen zum nächsten unpassenden Vorsprechen schickt, damit er seine Ruhe hat. Schließlich kommt man an den Punkt, wo man dankbar für eine Statistenrolle als Gurkensandwich ist. Mit schöpferisch hat es wirklich nichts zu tun und mit Pause erst recht nicht. Ich hab' mir gedacht, vielleicht ist es ein bißchen leichter, mit putzen sein Geld zu verdienen.«

Einige der anderen Frauen starrten sie an, als zweifelten sie an ihrem Verstand.

»Tja, man muß jedenfalls keinen Spagat können, um eine Toilette zu schrubben, das steht mal fest«, sagte die, die als erste gesprochen hatte.

Alle lachten, auch die Schauspielerin. »Schande«, sagte sie. »Ich seh's schon vor mir: ›Sally Bliss, die Königin der Klobürsten‹. Aber keine kann so Lambada tanzen wie ich.«

Mit einemmal hatte sie alle Sympathien auf ihrer Seite. Niemand hätte es für möglich gehalten, daß eine Frau mit so einem umwerfenden Aussehen in der Lage sein könnte, über sich selbst zu lachen.

»Tja, ich hab' mich auch nur mal so auf gut Glück hier beworben«, gestand eine von den professionell wirkenden Frauen. »In der Anzeige stand schließlich ›jung‹. Und wenn er Miss Lovely-Legs hier gebeten hat zu bleiben, will er wohl mehr als nur Reinigungskräfte. Ich bleib' bei meinem alten Job.« Sie sammelte ihre Siebensachen ein. » Miserabel bezahlt, aber wenigstens kann ich sicher sein, daß sie nur die Böden gewischt haben wollen.«

Nachdem sie gegangen war, breitete sich wieder Schweigen aus, so dick wie die Luft im Raum und geladen mit Unsicherheit und Besorgnis.

Sally drehte einen Ring immerzu um ihren Finger. »Glauben Sie, das stimmt? Ich meine, ich bin zwar Schauspielerin, aber ich zieh' eine ganz klare Grenze. Ich würd' auf keinen Fall oben ohne kellnern oder so was.«

»Sie bieten verdächtig viel Geld«, sagte die Mutter. »Aber wenn sie Oben-ohne-Kellnerinnen wollten, warum sollten sie das nicht sagen? Sind schließlich genug Fragen auf diesem Formular.«

»Stimmt«, räumte Sally ein. »Aber wenn nichts aus meiner bisherigen Berufserfahrung irgendwie relevant war, warum wollte er dann, daß ich zum Gespräch bleibe? Warum vor allem hat er gesagt, ich soll hier warten?«

»Nun, ich schätze, Sie sollten auf sich aufpassen, Schätzchen.« Sie hob den Schnuller ihres Sprößlings auf, der zu Boden gefallen war. »Ich habe noch drei Kinder, jede Menge Krampfadern und überhaupt keine Energie.« Auch sie begann, ihre Sachen zusammenzusuchen. »Wenn er mich zum Vorstellungsgespräch hier haben will, soll er mir eine Einladung schicken. Hier, Dustin, hier hast du deinen Schnuller.«

Eine weitere Frau stand auf. »Ich helfe Ihnen. Ich glaube auch nicht, daß es für mich viel Sinn hat hierzubleiben.«

»Bin ich die nächste?« fragte die letzte Profi-Putzfrau, und da sich sonst niemand meldete, stand sie auf und klopfte an die Tür.

Das Mädchen im blauen Kostüm klappte ihr Buch zu, sah auf die Uhr, seufzte wieder und las weiter.

May fürchtete, vor Langeweile möglicherweise den Verstand zu verlieren. Sie wandte sich an die Schauspielerin. »Hallo. Ich heiße May.«

»Sally. Sally Bliss.«

»Du siehst ziemlich abgekämpft aus, wenn ich ehrlich sein soll.«

Sally seufzte und schnitt eine Grimasse. »Das ist heute schon mein zweiter Bewerbungstermin. Piers, das ist mein Freund, er war ganz wild drauf, daß ich zu dem Vorsprechen ging. Eine Rolle in einem Stück über Tschernobyl, total unpassend für mich. Er weiß nichts davon, daß ich hier bin. Aber ich kann mich nicht nach Hause wagen, ehe ich irgendeine Art bezahlter Beschäftigung nachweisen kann, weil er mich sonst rauswerfen könnte.« Sie lachte, um klarzumachen, daß sie natürlich nur scherzte, was sie ganz offensichtlich nicht tat.

Sally konnte es sich im Augenblick einfach nicht leisten, rausgeworfen zu werden. Wenn sie genug gespart hatte, um die drei Monatsmieten Kaution für eine eigene Wohnung zu hinterlegen, dann würde sie endlich die Genugtuung haben, Piers zu verlassen. Und dann konnte er sich eine andere suchen, die sein Ego polierte. Doch bis es so weit war, blieb ihr nichts anderes übrig, als die Rolle der fügsamen Freundin zu spielen. Und diese Rolle, gestand sie sich ein und wackelte mit den Zehen, schien ihr wirklich auf den Leib geschrieben. Manchmal fürchtete sie, es werde für alle Zeiten die einzige sein, die sie je richtig beherrschte.

May wußte nicht, wie sie auf Sallys Problem mit Piers reagieren sollte, darum fragte sie: »Was wollte er alles wissen? Der Personalchef da drin, mein' ich.«

Die Leseratte sah von ihrem Buch auf.

»Tja, also nicht besonders viel übers Putzen. Er hat eigentlich hauptsächlich Fragen über mich persönlich gestellt. Offenbar hatte er kein Problem damit, daß ich Schauspielerin bin. Er meinte, er suche selbstbewußte, eigenständige Mädels.«

»*Mädels*?« wiederholte May. »Was ist denn das für ein Chauvi.«

»Willkommen in der Wirklichkeit«, sagte die Profi-Putzfrau, die gerade aus dem Besprechungszimmer zurückkam.

»Haben Sie den Job?« fragte Sally.

»Nein. Er hat mir ziemlich unverblümt gesagt, daß ich zu alt bin. Erfahrung zählt nichts für solche wie den.« Zu recht empört stolzierte sie hinaus.

May wandte sich wieder an Sally. »Entschuldige, aber bist du wirklich sicher, daß er nicht ..., ich meine ...«

Das Mädchen in der Ecke ließ wieder ihr Buch sinken.

»Nein! Ganz ehrlich«, versicherte Sally. »Du wirst es ja gleich selber sehen.«

Die Leseratte stand auf. »Stört es, wenn ich mal kurz die Tür öffne? Ich brauche Luft. Mir ist ein bißchen flau.«

»Nein, nur zu. Es ist wirklich schrecklich stickig hier drin«, sagte Sally.

»Du siehst blaß aus«, fügte May hinzu.

»Mir geht's gut. Wirklich. Mir ist nur einfach immer ein bißchen flau, wenn ich so nervös bin. Ich brauche diesen Job so dringend.«

»Ich auch«, gestand May. »Wenn ich ihn nicht kriege, verliere ich mein Heim. Na ja, mein Boot. Aber ich wohne auf dem Boot, also läuft es eben doch darauf hinaus.«

»Du wohnst auf einem Boot?« fragte Sally. »Das klingt sehr ...« Sie suchte nach dem richtigen Wort, das May nicht beleidigen würde. »Romantisch!«

May lachte ironisch. »Das würd' ich nicht gerade sagen. Obwohl, vermutlich hab' ich genau dasselbe gedacht, als ich es zum ersten Mal gesehen hab'.«

»Ja?«

May ging auf, daß sie ihre Geschichte zu Ende erzählen mußte, jetzt da sie einmal angefangen hatte. »Ich habe das Boot von einem Freund gekauft, der offenbar seit Ewigkeit keine Liegegebühr mehr bezahlt hatte. Das hab' ich gestern erst erfahren. Darum bin ich hier. Ich habe drei Monate Zeit, das Geld zusammenzukratzen.«

»Wenigstens konkurrieren wir hier nicht gegeneinander«, sagte Sally. »Das ist das Gräßliche an meinem Beruf. Andauernd bewirbst du dich für dieselbe Rolle wie deine Freundinnen, die das Geld vermutlich genauso dringend brauchen wie du selbst. Hier suchen sie wenigstens ein Team.«

»Die Frage ist nur, für welche Art Teamarbeit«, unkte May. Ihre Nervosität steigerte sich mit jeder Minute. »Ich verstehe überhaupt nichts vom Putzen. Es besteht nicht die geringste Chance, daß ich diesen Job bekomme. Vielleicht sollte ich lieber jetzt verschwinden, statt zu warten, bis ich abgewiesen werde.«

»Aber vielleicht wirst du ja nicht abgewiesen«, gab die Leseratte zu bedenken.

»Hoffentlich nicht. Das einzige andere Stellenangebot, das für mich in Frage kam, war als Politesse. So verzweifelt ich auch sein mag, ich glaub' nicht, daß ich dem ins Auge sehen könnte.«

Sally dachte darüber nach. »Weiß nicht. Diese Hüte sind doch irgendwie ganz attraktiv. Und du könntest vermutlich alle möglichen Berühmtheiten kennenlernen, die dir vielleicht eine Rolle in einem neuen Musical am West End anbieten, nur weil du so schöne Augen hast.«

Mays Augen verengten sich skeptisch. »Oh, klar doch ...«

Das Mädchen mit dem Buch rutschte unruhig auf ihrem Stuhl hin und her.

»Geh du ruhig als nächste«, sagte May zu ihr, denn sie sah wirklich so elend aus, daß man fürchten mußte, sie werde sich übergeben, wenn man sie nicht bald von ihren Qualen erlöste.

»Nein, nein, ich war schon. Ich warte nur auf das Ergebnis. Du bist dran.«

»Ach, du lieber Gott. Ehrlich?« May erhob sich, ging zur Tür und stolperte wieder in ihren etwas zu großen Tretern.

In dem Büro saß ein Mann in einem Anzug, beinah vollkommen verhüllt von einem Nebel aus Zigarettenrauch. Er hatte die Statur und das oberflächlich gute Aussehen eines Nachtclubtürstehers und wirkte geradezu ekelerregend reich. Manche Frauen würden ihn wohl attraktiv nennen, räumte May ein. Er hatte dunkle, durchdringende Augen, die, so fürchtete sie, blitzschnell und absolut korrekt zwischen einer Frau, die sich aufs Putzen verstand, und einer, die davon keine Ahnung hatte, unterscheiden konnten.

Mit einer Geste bot er ihr einen Platz an, und May entdeckte einen Ring mit einem Rubin an seinem kleinen Finger – ein sicherer Beweis dafür, daß er sich darauf verstand, Geld zu machen. Beruhigend.

»Nun denn, meine Liebe«, begann er. »Ihr Name?«

»May Sargent.«

Er zog Mays Fragebogen zwischen den anderen hervor, die in einem Stapel auf seinem Schreibtisch lagen. Er überflog ihn kurz, ehe er May wieder ansah.

»Ich wüßte gerne ein bißchen mehr über ihren Background, ehe ich Ihnen erzähle, was für ein Geschäft ich hier aufziehen möchte. Hier steht, Sie leben auf einem Boot?»

»Ähm ... ja.«

»Zusammen mit Ihren Eltern?«

»Nein.«

»Und wo wohnen Ihre Eltern?«

Mays Mangel an Zurückhaltung und ihre feministischen Prinzipien hatten sie erst gestern einen Job gekostet. »In Hertfordshire«, antwortete sie artig.

»Sehen Sie sie häufig?«

»Na ja ... nicht so oft, wie sie es gern hätten.«

Er studierte wieder ihren Fragebogen. »Sie leben also allein auf diesem Boot?«

»Ja.«

Er nickte. »Also, sagen Sie mir, May, warum Sie sich für diesen Job beworben haben.«

»Ich brauche das Geld.« Ehrlichkeit mochte einen nicht immer am weitesten bringen, aber ihr war keine Zeit geblieben, sich eine bessere Antwort auszudenken.

»Würden Ihre Eltern Ihnen nicht aushelfen?«

Warum dachten nur alle Leute, ihre Eltern seien so was wie der Internationale Währungsfonds? Mike hatte auch vorgeschlagen, sie solle sie um das Geld bitten. »Ich lebe nicht mehr zu Hause, und ich kann mich selbst versorgen.«

»Wirklich? Sie haben ziemlich viele Ausbildungen angefangen, oder?«

Das war ihr vertrauter. Kritische Äußerungen über ihre Unfähigkeit, sich für einen Beruf zu entscheiden. Schuldgefühle und ihre Ratlosigkeit trieben sie in die Defensive. »Nur drei.«

»Aber sie arbeiten jetzt in keinem dieser Bereiche?« Die Hand mit dem Rubinring fegte abfällig über den Fragebogen.

»Nein ... Meine Eltern ...« Sie konnte nicht sagen, ihre Eltern hätten sie zu irgend etwas gezwungen. So etwas hätten sie nie getan. Aber um ihretwillen, um sie zu beruhigen, hatte May versucht, erst Reiseleiterin, dann Zahnarzthelferin und schließlich Hotelmanagerin zu werden. »Meine Eltern fanden, es seien vernünftige Berufe.«

Der Mann betrachtete sie unverwandt, sein intensiver Blick hatte etwas Entnervendes. Schließlich sagte er: »Nun, May, wenn Sie auch abgerissen aussehen, so verstehen Sie sich doch auszudrücken. Sehr gut sogar.«

May schnappte nach Luft.

»Außerdem haben Sie eine gute Allgemeinbildung, und da Sie eine Uniform bekommen, ist Ihre Kleidung kein Problem.«

»Oh, gut.«

»Sie haben die Annonce gelesen, also werden Sie wissen, daß ich hier einen neuen Unternehmenszweig aufbauen will. Ich beabsichtige, meine Geschäfte dahingehend zu erweitern, daß ich einen Reinigungsdienst für eine gehobene Kundschaft anbiete. Die Firma soll Quality Cleaners heißen. Das ist der Grund, warum ich junge Ladys suche.«

May vertuschte ihr Zusammenzucken mit einem unechten Lächeln.

»Meine Kunden erwarten etwas mehr als die gute, alte Mrs. Mop. Vielleicht ist auch mal ein Blumenarrangement gefragt, ein bißchen Catering, servieren, all diese Dinge. Dienstleistungen, die Sie meiner Einschätzung nach anbieten können.«

»Ich verstehe überhaupt nichts von all diesen Sachen!« Sie sah Zweifel im Gesicht des Mannes aufflackern und damit die Chancen für ihren Job schwinden, darum fügte sie eilig hinzu: »Aber ich bin sicher, ich kann es lernen.«

»Ich bin überzeugt, Sie können eine perfekte junge Lady sein, wenn Sie sich darauf konzentrieren.« Sein Lächeln jagte May einen eisigen Schauer über den Rücken. »Also, sagen Sie mir, meine Liebe: Wenn ich Ihnen einen Job anböte, würden Sie ihn annehmen?«

»Als Reinigungskraft?«

»Selbstverständlich. Ich würde nichts von Ihnen verlangen, dem Sie sich nicht gewachsen fühlen.«

»Und ich müßte nicht nachts arbeiten oder so was?« Nach der Unterhaltung im Warteraum fand May, sie sollte lieber auf Nummer Sicher gehen.

Die leutselige Maske zeigte erste Risse. »Es mag vorkommen, daß nach den üblichen Bürostunden noch gearbeitet wird, aber dabei geht es um nichts Ungewöhnliches, nichts, das nicht koscher wäre. Ich habe mich immer im Rahmen der Gesetze bewegt. Wenn ich Stellen für Reinigungskräfte ausschreibe, dann will ich auch Reinigungskräfte.«

»Ja, natürlich«, sagte May demutsvoll.

»Also, wollen Sie diesen Job nun oder nicht?«

May räusperte sich. »Heißt das, Sie bieten ihn mir an?«

Er schüttelte den Kopf. »Ich frage, ob Sie ihn wollen.«

»Ja. Ja, ich will ihn haben. Unbedingt.«

Offenbar betrachtete der Mann dieses Eingeständnis als Unterwerfung, und er lächelte wieder. »Gut. Wenn draußen noch jemand ist, schicken Sie sie bitte herein. Andernfalls warten Sie bitte.« May schlich davon und fragte sich, ob der Job als Politesse nicht vielleicht doch die bessere Lösung wäre.

2. KAPITEL

»Nun, meine Damen, ich bin überzeugt, Sie werden froh sein zu hören, daß ich Ihnen allen eine Anstellung bei Quality Cleaners anbieten kann.«

Die drei jungen Frauen, die inzwischen alle Hoffnung aufgegeben hatten, jemals zu erfahren, ob sie denn nun Jobs hatten oder nicht, hoben die Köpfe.

»Ich habe Verträge für Sie vorbereitet.« Er reichte jeder einen Stapel Papier mit Durchschlägen.

Harriet, die Leseratte, blätterten ihren durch. Ungefähr sieben Seiten Kleingedrucktes. Bei genauerem Hinsehen entdeckte sie zahllose Tippfehler. Der chemische Geruch, der dem selbstdurchschreibenden Papier entströmte, verschlimmerte ihre Übelkeit.

»Vielleicht würden Sie sie lieber erst in Ruhe durchlesen«, sagte ihr neuer Arbeitgeber. »Es wird zwar ein Weilchen dauern, aber,« hier zeigte er ein hämisches, wissendes Lächeln, »vernünftige junge Ladys wie Sie werden nichts unterschreiben, was Sie nicht vorher gelesen haben.«

Das schaff' ich jetzt nicht, dachte May. Es geht einfach nicht. Es handelt sich vermutlich sowieso nur um solches Zeug wie freiwillige Rentenbeiträge, und ich habe nicht die Absicht, so lange zu bleiben.

Ich weiß, ich sollte den Vertrag lesen, dachte Harriet. Aber ich werde nur Kopfschmerzen davon bekommen. Er kann mich doch sicher an nichts allzu Schreckliches binden.

»Sie könnten sich natürlich auch entschließen zu glauben, daß ich vertrauenswürdig bin und Ihnen gute Jobs zu guten Konditionen anbiete ...«

»Ich werd' Ihnen einfach trauen«, sagte Sally, die ihre Verträge noch nie durchgelesen hatte und heute ganz sicher nicht damit anfangen wollte. Dafür war ihr Agent da. »Geben Sie mir was zu schreiben.«

»Wir müssen verrückt sein«, murmelte May und nahm den Stift, den Sally an sie weiterreichte.

»Ich auf jeden Fall«, sagte Harriet so leise, daß niemand es hörte.

»Der Mann ist ein widerlicher Schleimer!« May hatte die Faust um ein Stück Papier geschlossen, das die Adresse ihres ersten Einsatzortes enthielt. Morgen sollten sie dort anfangen.

Sie standen auf den Eingangsstufen des Gebäudes um Harriets Gepäck herum, nachdem sie ihre Verträge unterzeichnet und ein paar ermunternde Worte ihres neuen Arbeitgebers – ›Nennt-mich-Keith‹ Slater – gehört hatten, eine klassische Nummer von wegen Ich-bin-ein-erfolgreicher-Geschäftsmann-und-auch-ihr-könnt-reich-und-mächtig-werden.

»Wenn wir zusammen arbeiten sollen, dann sollten wir uns besser kennenlernen«, fuhr May fort und wandte sich an Harriet. »Ich heiße May Sargent.«

»Harriet Devonshire.«

»Meinen Namen kennt ihr ja schon«, sagte Sally. »Und wenn ich nicht bald eine Toilette finde, kann ich keine Verantwortung übernehmen für das, was passiert.«

»Laßt uns ein Café suchen – mit einer Toilette – ein Tasse Kaffee trinken und uns ein bißchen erholen. Dann können wir auch überlegen, wo wir uns am besten morgen früh treffen«, schlug May vor.

Sally war einverstanden. »Gute Idee. Ich kenne ein Café gleich da vorn um die Ecke. Kommt mit – und beeilt euch!«

Die Büros von Quality Cleaners lagen im Dachgeschoß eines sehr gediegenen Hauses am Shepherd Market. Sally führte sie aus der feinen Gegend um ein paar Ecken, bis das Ambiente der Umgebung weit genug gesunken war, um ein Selbstbedienungscafé zuzulassen.

Sie holten ihren Kaffee an der Theke und setzten sich an einen Tisch, auf dem sich kein schmutziges Geschirr stapelte.

»Tut mir leid«, sagte Sally, als sie vom Waschraum zurückkam. »Der Laden ist ein bißchen runtergekommen, seit ich zuletzt hier war.«

»Dafür ist es sehr billig«, entgegnete May. »Und ich kann es mir nicht erlauben, wählerisch zu sein. Apropos wählerisch. Warum hat Keith sich wohl für uns entschieden, statt die Profis zu nehmen? Ich meine, ich sehe doch wohl kaum wie ein Quality Cleaner aus.«

Sally nahm einen Schluck von ihrem schwarzen Kaffee. »Warte nur, bis du deinen Overall in Fuchsienrosa anhast.«

»Ganz zu schweigen von der passenden Baseballkappe, mit dem in geschmackvollen Goldbuchstaben eingestickten Firmennamen darauf«, fügte Harriet hinzu. Sie schien den Umgang mit gleichaltrigen Frauen nicht gewöhnt zu sein und versuchte die lockere, freundliche Art der beiden anderen zu übernehmen.

May zog eine Grimasse. »Igitt! Von Overalls und Baseballkappen hat er mir nichts gesagt. Nur daß ich eine Uniform bekäme und es daher gleich sei, daß ich abgerissen aussehe. Aber trotzdem«, beharrte sie. »Er hat mir nicht eine einzige fachbezogene Frage gestellt, etwa wie man Lamellenrollos saubermacht oder irgendwas in der Richtung.«

»Bei mir war's genauso«, sagte Sally. »Dabei hatte ich vor, ihm den Text aus dem Scheuermilch-Werbespot aufzusagen, den ich mal gemacht hab'. Aber er hat mir gar keine Chance gegeben.«

»Und ich bin absolut hoffnungslos, was das Putzen angeht«, gestand May. »Irgendwie nehme ich den Dreck einfach nicht wahr, das behauptet meine Mutter jedenfalls immer. Ich hab' ihm gesagt, ich könnte keine Blumenarrangements oder so was machen.«

Sally war entsetzt. »Blumenarrangements? Ich steck' die Dinger in eine Vase und warte, bis sie verwelkt sind.«

Harriet lächelte scheu. »Also, ich bin ziemlich gut im Arrangieren von Blumen und sonstiger Hausarbeit. Putzen. Das habe ich gemacht, seit ich zwölf war. Ich geb' euch gern ein paar Tips.«

»Was ich brauche, sind keine Tips«, verkündete May, »sondern ein Grundkurs. Er muß verrückt sein, so eine wie mich zu nehmen, wo der ganze Warteraum voller Profis saß.«

»Wir sind eben jung und enthusiastisch«, zitierte Sally die Stellenannonce.

»Und wir sprechen Queens English«, ergänzte Harriet.

»Was?« fragte May entsetzt.

»Wirklich?« sagte Sally.

Harriet ordnete Zuckerstreuer, Ketchup- und Essigflasche zu einem ordentlichen Dreieck an. »Hat er euch nicht erzählt, daß er die gehobene Kundschaft anvisiert? Ich hatte den Eindruck, wenn ein potentieller Kunde keine Verwandtschaft mit der Royal Family vorweisen kann, schickt er ihm keine Putzfrau. Er hat uns genommen, weil wir ›Ladys‹ sind.«

May schauderte. »Ich hasse es wirklich, so genannt zu werden, es hört sich so nach öffentlicher Bedürfnisanstalt an.«

Sally verzog das Gesicht. »Du willst also sagen, die drei Jahre Schauspielschule, während derer ich gelernt habe, so zu sprechen, daß ich auch in den hintersten Reihen noch verstanden werde, haben mir die perfekte Stimme für Quality Cleaners eingebracht?«

Harriet rührte in ihrem Kaffee. »Es sieht so aus.«

»Ich habe in meinem ganzen Leben noch nichts so offenkundig Snobistisches gehört«, schimpfte May. »Wenn ich das Geld nicht so dringend bräuchte, würde ich das niemals mitmachen. Es verstößt gegen all meine Prinzipien.«

»Prinzipien kann ich mir nicht leisten«, sagte Sally. »Ich hätte ja überhaupt nichts dagegen, mich aushalten zu lassen, aber mein Freund meint, es sei unverantwortlich, in einer Wohnung in der Londoner Innenstadt Haustiere zu halten.« Zu ihrem strahlenden Lächeln stahl sich ein leicht nervöser Ausdruck.

»Aber er kann sein neues Geschäft doch nicht auf solche wie uns gründen«, beharrte May. »Nur aufgrund der Art, wie wir reden. Ich könnte mir vorstellen, daß die meisten seiner Kunden sowieso nicht zu Hause sind, wenn wir kommen. Ihnen wär's vermutlich völlig egal, wenn wir den breitesten Cockney-Slang hätten.«

»Er hat gefragt, ob wir rauchen«, sagte Harriet.

»Vermutlich wollte er dir eine Zigarre anbieten«, meinte May.

»Also, warum er mich auch immer genommen haben mag, ich bin ja so froh, daß ich Arbeit gefunden hab', kaum daß ich in London bin. Selbst wenn es ein Job wie dieser ist.«

»Was hast du denn vorher gearbeitet?« wollte May wissen.

»Als Haushälterin, könnte man wohl sagen.« Mays und Sallys Gesichter zeigten solche Neugier, daß Harriet kaum etwas anderes übrigblieb, als fortzufahren: »Ich habe bei meinen Großeltern gelebt. Ich hab' ihnen den Haushalt geführt.« Sie schlug die Augen nieder, als wolle sie etwas verbergen.

May und Sally tauschten einen Blick. »Und was hast du so gemacht, May?« fragte Sally, taktvoll genug, um Harriet nicht weiter zu löchern. »Bevor du in die Finanzkrise geschlittert bist?«

May zuckte die Schultern. »Ich hab' nie einen richtigen Beruf ausgeübt, nur jede Menge Jobs, immer im Wechsel mit jeder Menge Kurse und angefangenen Ausbildungen. Bis gestern hab' ich in einem Pub gekellnert. Und im Sommer habe ich Kanal-Souvenirs gemalt. Ihr wißt schon, Rosen und Schlösser auf Holzlöffel. Die hab' ich an Andenkenläden verkauft.«

»Ich bin nach wie vor überzeugt, daß es romantisch ist, auf einem Boot zu leben«, sagte Sally.

May schnaubte. »Bis gestern hab' ich das wohl selbst geglaubt. Heute finde ich, daß es höllisch teuer ist und nichts als Scherereien bringt.« Sie spielte mit ihrem Teelöffel, plötzlich nachdenklich.

Harriet wischte mit dem Daumen über den Rand ihrer Tasse, um sicherzugehen, daß sie keine Lippenstiftspuren hinterlassen hatte, obwohl sie gar keinen Lippenstift trug. »Ihr wißt nicht zufällig, wo der YWCA ist? Oder ob ich von hier aus zu Fuß dorthin komme?«

»Ich hab' keinen Schimmer, tut mir leid«, sagte Sally.

»Wozu willst du das wissen?« erkundigte sich May. »Wenn die Frage nicht unhöflich ist.«

»Ich brauche ein Dach über dem Kopf – irgendeine Übergangslösung, bis ich mir eine Wohnung suchen kann.«

»Ich würde dich mit zu mir nehmen«, sagte Sally. »Aber mein Freund legt den allergrößten Wert auf seine Privatsphäre.« Sie sagte nicht, daß Piers sich nur mit einflußreichen, schillernden Figuren umgab. Harriet würde er als pure Platzverschwendung abtun und May als Vogelscheuche, die sich die Beine nicht rasierte und somit eine Zumutung für jede zivilisierte Gesellschaft sei. »Er ist ziemlich berühmt, versteht ihr.«

»Warum? Wie heißt er?« fragte May.

»Piers Fox.«

Harriet und May sahen sich ratlos an.

»Nie gehört«, verkündete May fröhlich.

»Ich auch nicht, aber ich komme schließlich vom Land ...«

Sally seufzte. »Ich hatte auch nie von ihm gehört, ehe ich ihn kennengelernt hab. Er ist Journalist und ziemlich angesehen.«

Die anderen sannen auf einen passenden Kommentar, aber beiden fiel nichts ein.

May flüchtete sich wieder in einen Themenwechsel. »Du kannst auf jeden Fall erst mal mit zu mir«, sagte sie zu Harriet. »Wenigstens bis du hier auf die Beine gekommen bist.«

»Das ist wirklich sehr nett, aber das könnte ich nie annehmen.«

»Blödsinn! Du kannst nicht in irgendeiner Jugendherberge oder so was absteigen, wenn du neu in London bist. Ich würde dir liebend gern das Leben auf den Kanälen zeigen. Es sei denn, du hast eine Wasserphobie oder Bootephobie oder irgendwas in der Art.«

Harriet konnte sich solcherlei Phobien ebensowenig leisten wie Sally Prinzipien. »Es wäre herrlich. Also, wenn du wirklich sicher bist ... Aber ich bestehe darauf, dafür zu zahlen.«

»Das will ich nicht.«

»Aber wenn du so dringend Geld brauchst, daß du eine Stelle als Putzfrau annimmst, heißt das, du brauchst jeden Penny, den du kriegen kannst. Ich werde zahlen, andernfalls kann ich dein Angebot nicht annehmen.« Harriet klang sehr entschlossen.

May seufzte. »Du hast natürlich recht. Es kommt mir nur so falsch vor, Geld von einer Freundin anzunehmen.«

Harriet errötete. »Irgendwem müßte ich so oder so für Kost und Logis Geld bezahlen. Warum also nicht dir.«

Mays Gesicht hellte sich auf. »Wenn Mike, der Typ, dem der Liegeplatz gehört, sieht, daß ich eine Untermieterin habe, wird er vielleicht eher dran glauben, daß er sein Geld bekommt. Wie wär's, wenn du mir dasselbe gibst, was eine Übernachtung beim YWCA kostet – falls du weißt, wieviel das ist.«

»Das finde ich raus«, versprach Harriet.

»Also, laß uns gehen. Jetzt zeig ich dir dein neues Heim. Kommst du mit, Sally?«

Sally war versucht. Sie warf einen Blick auf die goldene Armbanduhr, die Piers ihr in einem Glückskuchen versteckt geschenkt hatte. Wie immer erinnerte die Uhr sie an die längst vergangenen, guten Zeiten. Sie schüttelte den Kopf. »Ich muß rechtzeitig zurück sein, um irgendwas zum Abendessen zu kochen.«

»Es kann aber doch noch nicht viel später als vier Uhr sein«, wandte Harriet ein. Sie wußte nur zu gut, was für ein Joch es ist, regelmäßig Mahlzeiten auf den Tisch bringen zu müssen, aber sie war es gewöhnt, damit fertig zu werden. »Noch jede Menge Zeit also.«

Sally hob die Schultern. All ihre Gesten waren dramatisch und expressiv. »Vielleicht, aber ich bin eine hoffnungslose Köchin, und Piers ist so ein schrecklicher Gourmet.«

»Ach, komm doch«, sagte May. »Wir müssen schließlich wirklich einen Plan für morgen machen, und außerdem bin ich sicher, Harriet kann dir ein Rezept geben, das du in fünf Minuten zusammenzaubern kannst.«

»Das stimmt«, bemerkte Harriet.

Früher einmal hatte Sally Piers sein Abendessen gekocht, weil sie ihn liebte. Pflichtgefühl allein war keine ausreichende Motivation. »Oh, meinetwegen. Warum nicht. Aber wir dürfen das Rezept auf keinen Fall vergessen.«

May strahlte. »Gut! Kann ich dir die Tasche vielleicht abnehmen, Harriet?« Ohne Harriets Antwort abzuwarten, nahm sie ihre Reisetasche und führte die anderen aus dem Café.

May ging mit schnellem, entschlossenem Schritt. Selbst Sally in ihren fünf Zentimeter hohen Absätzen und mit Harriets Beautycase beladen, ging mit erstaunlicher Schnelligkeit und schlängelte sich geschickt zwischen den entgegenkommenden Fußgängern hindurch. Harriet folgte langsamer auf ihren schwarzen Pumps und behindert durch ihren schweren Koffer. Sie war eher an feste Arbeitsschuhe oder Gummistiefel gewöhnt und hatte eine Blase an der Ferse.

»An die U-Bahn gewöhnst du dich schnell«, rief May ihr über den Mittelgang des Waggons hinweg zu, als sie schließlich Richtung Paddington unterwegs waren. »Es braucht nur ein bißchen Übung.«

Harriet lächelte schwach. Sie war überzeugt, sie würde sich nie an das Gefühl gewöhnen, daß die London Underground die Kontrolle über ihre Bewegungen hatte, nicht sie selbst.

»Sally, hast du eine Ahnung, wo dieses Haus ist, wo wir morgen anfangen sollen?« brüllte May gegen das Rattern der Bahn.

»Kein Schimmer«, brüllte Sally unbekümmert zurück. »Aber ich garantiere dir, es ist in keiner Gegend, die eine von uns freiwillig besuchen würde.«

»Sind wir mal ehrlich, keine von uns ist wirklich freiwillig hier«, sagte May.

»Ich schon.« Harriet war sich kaum bewußt, daß sie es laut ausgesprochen hatte. »Ich bin von zu Hause weggelaufen.«

Der Fahrtwind im Tunnel war ohrenbetäubend, aber Harriet hatte Pech, May war recht geschickt im Lippenlesen. »Sagtest du, du bist weggelaufen?«

Harriet fuhr leicht zusammen und nickte. Sie fragte sich, wie in aller Welt ihr das hatte herausrutschen können. »Ich erzähl's dir später.« Sie betrachtete einen Kratzer auf ihrer Schuhspitze und dachte darüber nach, was für einen gewaltigen Schritt sie gewagt hatte, als sie die Sicherheit ihres komfortablen, ländlichen Heims verließ und gegen das Londoner Chaos eintauschte.

May führte sie aus dem U-Bahnhof, über einen Vorplatz mit einer langen Reihe Taxis und einer erstaunlich geschmackvollen

Uhr mit Blumendekor, über eine Brücke und auf einen Parkplatz.

»Wohin entführst du uns?« wollte Sally wissen.

»Vertraut mir«, erwiderte May mit einem leisen Lachen. »Hier über den Zaun, dann durch die Gasse da vorn.«

Harriet war überzeugt, daß jeden Moment die Wachhunde über sie herfallen würden, deren Existenz die am Zaun befestigten Schilder androhten. Sie quetschte sich mitsamt ihrem Gepäck durch die schmale Gasse zwischen einer Mauer und einem Holzzaun, der eine Baustelle umgab.

Der Kanal, den sie bisher immer nur kurz zwischen den Häusern hatte schimmern sehen, verbreiterte sich vor ihnen zu einer Art Becken. Drei Pontons ragten vom Ufer ins Wasser hinaus. Sie wirkten nicht übermäßig stabil und nur lose verankert, und an jeder dieser schwimmenden Brücken waren verschiedene Wasserfahrzeuge vertäut.

»Das da, das ist mein Boot.« May zeigte auf einen hohen, schwarzen Rumpf, größtenteils verhüllt von zerrissenen Planen und schlaffer, dreckverschmierter Plastikfolie. Es erinnerte an irgendein widerwärtiges, blutsaugendes Flußmonster.

»Oh, mein Gott«, hauchte Sally.

»Seht ihr's?« May schien die Konsterniertheit ihrer Begleiterinnen überhaupt nicht wahrzunehmen. »Es ist die *Rose Revived.*«

Harriets Herz sank. Worauf hatte sie sich hier nur eingelassen? Die Vorstellung, in einer Jugendherberge zu nächtigen, war deprimierend gewesen, als es ihre einzige Möglichkeit zu sein schien, doch jetzt kam sie ihr unvergleichlich viel reizvoller vor, als im Bauch dieser Riesenschnecke zu schlafen.

»Sie liegt gleich neben dem schwarzen da, der *Shadowfax*«, fuhr May fort, den Schalk im Nacken.

Harriet und Sally entdeckten die *Rose Revived* gleichzeitig und stießen beide einen erleichterten Stoßseufzer aus. Mays Boot war größtenteils von der *Shadowfax* verdeckt, aber selbst das Wenige, das sie von ihr erkennen konnten, machte klar, daß die beiden Boote im Grunde nichts gemeinsam hatten, abgesehen von der Größe.

»Wir müssen über die Schleuse da vorn«, erklärte May. »Seid vorsichtig.« Sie selbst überquerte den schmalen Steg mit einem erschreckenden Mangel an Vorsicht, die Taschen unter die Arme geklemmt.

Die anderen beiden folgten etwas zögerlicher.

May wartete schon. »Kommt. Wir müssen über die *Shadowfax* klettern – falls das geht mit dem Rock«, sagte sie zu Sally. »Gib mir deinen Koffer, Harriet. Oh, da ist Mike.« May wandte sich zum einzigen Gebäude in dem kleinen Bootshafen um. »Hi, Mike!« rief sie. »Ich hab' eine Untermieterin und einen Job! Ich komm' später vorbei und erzähl' dir davon!«

Mike brüllte etwas Unverständliches zurück und blieb dann stehen, um zuzusehen, wie Sally auf das Boot kletterte.

Sally war am Ende des Pontons angekommen, setzte einen ihrer hochhackigen Füße auf das Schandeck – die oberste Planke, die praktisch den Bootsrand bildete – und kletterte mühelos an Bord der *Shadowfax*. Schließlich war es ja nur ihrer Gelenkigkeit zu verdanken, daß sie mal eine Rolle in einer Show am West End bekommen hatte.

»Mann, so schmal!« rief sie aus, nachdem sie zur *Rose Revived* hinübergeklettert war und ihren hochgerutschten Rock wieder glattgestrichen hatte – eine große Enttäuschung für Mike und einen Jogger auf dem Treidelpfad am gegenüberliegenden Ufer. »Darf ich reingehen?«

May schloß die Tür auf, und Sally neigte den Kopf ein wenig und trat ein. »Oh, May! Du bist ein Glückspilz!«

Harriet traute sich nicht, ihre Habseligkeiten hier in dieser fremden Umgebung unbeaufsichtigt zu lassen, darum wartete sie am Ufer, bis May zurückkam. May schulterte die Reisetasche und winkte Harriet, ihr zu folgen.

Als sie schließlich heil angekommen war und auf dem kleinen Welldeck stand, nahm Harriet ihr Übergangsheim genau in Augenschein. Wie die *Shadowfax* hatte auch die *Rose Revived* einen schwarzen Rumpf, doch die Seitenwände der Kajüte waren leuchtend blau, die Reling weiß. Der Aufbau hatte mehrere große Fenster, eingerahmt von weißen Holzläden.

Harriet lehnte sich über die Reling. Der Name des Bootes

stand auf beiden Seiten des Bugs, große, verschnörkelte Buchstaben in der Art, wie früher die Lieferwagen der Gemüsehändler beschriftet waren, mit einer Rundung in verschiedenen Farben unter jedem Buchstaben. Das Boot wirkte sauber und gepflegt, und ein anheimelnder Rauchkringel stieg aus dem schwarzen, mit Messing abgesetzten Schornstein.

Harriets gedrückte Stimmung hob sich. Sie hatte gelernt, nicht allzuviel vom Leben zu erwarten, aber das hier sah gut aus.

»Komm rein«, rief Sally von drinnen. »Es ist super!«

Harriet bugsierte sich selbst und ihr Gepäck durch die Doppeltür und betrat die Kabine. Ihre Stimmung hob sich noch ein bißchen mehr. Die Wärme, die Kiefernholzverkleidung und der glänzende, schwarze Ofen wirkten einladend. Selbst der Staub, der überquellende Papierkorb und die Kleidungsstücke, die zum Trocknen über dem Ofen hingen, hatten in ihren Augen einen verführerischen Charme, der ihr Herz im selben Maße wärmte wie ihren Körper.

Das Haus, das Harriet an diesem Morgen verlassen hatte, war blitzsauber. Kein Staubkörnchen wurde auf den gewachsten, antiken Möbelstücken oder den Meißner Porzellanfiguren geduldet. Die Kissen, die ihre Großmutter so hingebungsvoll bestickt hatte, waren nicht dazu da, um darauf zu sitzen, sondern lediglich, um regelmäßig aufgeschüttelt zu werden. Die aufwendigen, professionell arrangierten Blumensträuße, die ihre Großmutter bevorzugte, wurden immer entsorgt, ehe sie es wagen konnten, ihre Blütenblätter abzuwerfen.

Die *Rose Revived* war unkritisch. Hier durfte man seine Kleidungsstücke verstreuen, mit nassen Schuhen über den etwas fleckigen Teppichboden laufen, aufgeschlagene Bücher in den Regalen liegen lassen. Harriet lächelte.

Der Innenraum war extrem schmal – gut zwanzig Meter Länge aber kaum zwei Meter Breite gaben ihm die Ausmaße eines schmalen Eisenbahnwaggons. Doch es wirkte keineswegs beklemmend. Nut-und-Feder-Bretter aus goldbraun gebeiztem Kiefernholz bedeckten die Wände. Die beinah verschwenderisch großen Fensterflächen ließen die Sonne herein, die strohfarbenen Leinenvorhänge verstärkten ihren Effekt noch.

»Da ist mein Zimmer«, May streckte die Hand aus. «Hinter der Küche. Du kannst hier schlafen, im Salon.«

An der Wand stand eine etwa zwei Meter lange Bank, und Harriet ging auf, daß dies ihr Bett war. Dem Ofen gegenüber war ein unterteilter Klapptisch an die Wand geschraubt, nur ein Abschnitt war hochgeklappt. Farbige Drucke mit Vogelmotiven waren an die Schotten genagelt.

»Es ist wunderschön.« Harriet ließ sich auf die Bank mit den vielen Kissen fallen und streifte die Schuhe ab. »Wirklich schön. Bist du sicher, daß du mich hier aufnehmen willst?«

May freute sich über die Anerkennung ihrer neuen Freundinnen und lächelte warm. »Natürlich. So lange du willst. Verstehst du jetzt, warum ich mich für den Job beworben habe? Wenn ich nicht bald eine Anzahlung auf die ausstehenden Liegegebühren mache, muß ich die *Rose Revived* verkaufen.«

»Oh, May«, sagte Sally.

May biß sich auf die Lippen, als sie merkte, wie nahe sie den Tränen war. Hunger, Sorgen und Müdigkeit hatten sich verschworen, ihrem sonst so unverwüstlichen Optimismus das Wasser abzugraben. »Na ja, egal«, fuhr sie betont fröhlich fort. »Wie ich Mike schon gesagt hab', jetzt habe ich einen Job und eine Untermieterin. Also, wer will Beans on Toast? Ich sterbe vor Hunger.«

»Oh, für mich nicht«, wehrte Sally ab. »Ich bin auf Diät.«

May wandte ihre Aufmerksamkeit von ihren eigenen Problemen Sallys Jagdhundfigur zu. »Wieso?«

»Das hast du doch nicht nötig«, sagte Harriet.

»Oh, ich weiß. Im Augenblick ist alles in Ordnung. Aber wenn ich nicht teuflisch darauf achte, gehe ich auf wie ein Hefekloß und komme im Handumdrehen auf siebenundfünfzig Kilo. Gräßlich.«

»Wie groß bist du?« fragte May.

»Eins achtundsechzig. Aber als Schauspielerin muß man einfach schlank sein. Außerdem meint Piers ...« Plötzlich kam Sally sich unloyal vor und beendete den Satz nicht.

»Ich setz' mal die Bohnen auf«, sagte May nach einem kurzen Schweigen und verzog sich in die Kombüse.

May liebte ihr Boot nicht nur, sie war auch unendlich stolz darauf. Mit der Hilfe ihrer herzensguten, geliebten, aber immer so schrecklich besorgten Eltern hatte sie den Mann ausbezahlt, mit dem sie das Boot eine Zeitlang geteilt hatte, und seit drei Monaten war sie die alleinige Eigentümerin. Aber weil sie schon Hilfe in Anspruch genommen hatte, um das Boot zu kaufen, hatte sie Mikes Vorschlag, ihre Eltern um das Geld für die Liegegebühren zu bitten, unumwunden abgelehnt. Auf die eine oder andere Weise hatte sie ihnen genug Kummer gemacht. Diese Schlacht würde sie alleine schlagen.

»Wie bist du denn eigentlich zu dem Boot gekommen, May?« wollte Sally wissen.

May setzte den Dosenöffner an und seufzte. »Vermutlich könnte man sagen, durch einen Mann. Ich ging mit einer alten Schulfreundin auf dem Treidelpfad am Oxford Canal spazieren. Es war Herbst, die Blätter fingen gerade an, sich zu färben. Na ja, und da kam dieses Hausboot entlanggetuckert, und der Typ warf ein Tau um einen Poller. Wir kamen ins Gespräch, und so fing es an.« Sie drehte an der Flügelschraube des Dosenöffners. »Rückblickend ist mir klar, daß es mehr der Lifestyle war als der Mann, in den ich mich verliebt hab'. Er hat jedenfalls eine andere kennengelernt, und meine Eltern haben mir geholfen, ihn auszubezahlen.«

»Warst du nicht am Boden zerstört?« fragte Sally mitfühlend.

May schüttelte den Kopf. »Er fing an, mir ernstlich auf die Nerven zu gehen. Er hat nie einen Schlag getan. Als dieses Mädchen aufkreuzte – präraffaelitisches Wallehaar und indische Wallekleider – war ich froh, daß er sein Zeug packte.« Sie legte den Dosenöffner beiseite und fischte den Deckel aus der Dose. »Meine Eltern waren ja so erleichtert!«

Das konnte Harriet sich gut vorstellen. »Und hast du viel an dem Boot gearbeitet, seit es dir gehört?«

»O ja. Das Innere war praktisch kahl. Ich hab' den Tisch und die Sitzbank eingebaut, da unter den Stufen Schränke eingepaßt, die Schotten gesandstrahlt und lackiert und alles ein bißchen wohnlicher gemacht.«

»Du bist ziemlich geschickt«, meinte Sally.

»Ich hatte Hilfe. Der Typ von der *Shadowfax* ist ein super Zimmermann und Tischler. Er hat mir gezeigt, wie ich's machen mußte. Es ist nur ziemlich schwierig, mit ihm zu arbeiten, denn er ist eine richtige Nachteule. Kein Wunder, daß er Schwierigkeiten hat, einen Job zu finden.«

Aber es war mehr als nur gute Tischlerarbeit, was May hier geleistet hatte, das konnte Harriet sehen. Mays Persönlichkeit war überall erkennbar. Die Bilder, die sie ausgewählt hatte, die Bücher, die sie las, die Tassen mit kaltem Tee, die überall herumstanden, alles vereinigte sich zu einem homogenen Ganzen, harmonisch, gemütlich und warm.

»Eine Scheibe Toast oder zwei?« rief May.

»Zwei, bitte, wenn ich darf«, antwortete Harriet.

»Bist du sicher, daß du nichts willst, Sally?«

»Oh, meinetwegen, aber nur ein bißchen.«

Nachdem die Bohnen vertilgt und mehrere Liter Tee getrunken waren, streckte Sally ihre langen Beine aus, reckte sich und stand auf.

»Jetzt muß ich aber wirklich los. Es ist toll, daß ich euch beide kennengelernt hab'. Wenn ich es Piers nicht sagen müßte, würde ich mich auf mein Putzfrauendasein richtig freuen.«

»Ich weiß, was du meinst«, sagte May. »Meine Brüder werden mich bis ans Ende aller Tage damit aufziehen, wenn sie's hören.«

»Wenn es nur das wäre, damit könnte ich leben. Aber Piers wird denken, ich hätte mich nicht genug bemüht, die Rolle in dem Tschernobyl-Stück zu kriegen.«

Und in gewisser Weise hätte er sogar recht, ging ihr auf. Hätte sie ihr graues Leinenkleid getragen, klobige Schuhe und ein ernstes Gesicht, hätte sie vielleicht bessere Chancen gehabt. Aber sie verabscheute ihr graues Kleid, besaß keine klobigen Schuhe und war nicht besonders zufrieden mit ihrem ernsten Gesicht. Sie fand, es gab ihr das Aussehen einer Mutter, die ihr Gewissen plagt, weil die Socken ihres Kindes nicht wirklich weiß gewaschen sind, und nicht das einer Frau, die sich mit globalen Umweltproblemen befaßt.

»Na ja, was soll's.« Sie nahm ein paar vollgekritzelte Zettel, die ihr den Rückweg in die Zivilisation wiesen, und einige ordentlichere, die beschrieben, wie man in fünf Minuten ein Essen kocht. Dann verabschiedete sie sich von ihren neuen Freundinnen und stellte noch einmal ihre Beine zur Schau.

»Noch Tee?« fragte May Harriet.

»Nein, danke. Ich habe jetzt schon einen ziemlichen Flüssigkeitsüberschuß.«

»Hab' ich dir erklärt, wie das Klo funktioniert?«

»Ja, danke«, sagte Harriet und schwor sich, in Zukunft so viele Körperfunktionen, wie physisch nur möglich war, dann auszuführen, wenn sie vernünftige Installationen zur Verfügung hatte. »Jetzt werd' ich abwaschen.«

May dachte mit Schrecken an ihren kleinen Heißwasservorrat und wollte sie davon abbringen. »Nein, wozu denn. Komm lieber wieder her, setz dich und laß uns reden. Ich bin sicher, du willst ... Ich meine, du hast gesagt, du seist weggelaufen ...« Sie räusperte sich und fing noch einmal von vorn an. »Wenn du mein Geschirr von gestern abend spülst, werde ich ein furchtbar schlechtes Gewissen haben.«

Harriet schüttelte den Kopf. »Dazu besteht kein Grund. Bitte, laß mich abwaschen. Es hilft mir zu entspannen.«

Das konnte May kaum glauben. Sie hockte auf dem Ofen, der jetzt die perfekte Temperatur hatte, um darauf zu sitzen. »Du mußt schrecklich müde sein. Da kannst du doch jetzt nicht ernsthaft spülen wollen. Setz dich und laß uns ein bißchen quatschen.«

»Quatschen gehört nicht zu meinen Stärken, fürchte ich. Ich würde wirklich lieber deine Küche in Ordnung bringen.« Harriet lächelte. »Ich werd' dir die ganze traurige Geschichte irgendwann erzählen, aber nicht jetzt. Und ich verspreche, ich werde kein Wasser verschwenden.«

May grinste. Es freute sie, daß die Mitbewohnerin die Grundregeln des Bootlebens so schnell gelernt hatte. »Dann geh' ich jetzt bei Mike vorbei und sehe, was sich wegen meines Schuldenproblems regeln läßt. Aber vorher gebe ich dir Bettzeug, dann kannst du jederzeit schlafen gehen, wenn du willst.«

Einige Zeit später hörte Harriet May auf Zehenspitzen an sich vorbeischleichen. Sie lag auf der schmalen, aber erstaunlich bequemen Sitzbank in einen Schlafsack eingekuschelt und unter einem Sammelsurium von Decken.

Ihr Schlafzimmer zu Hause lag im Dachgeschoß – eiskalt im Winter, brüllend heiß im Sommer. Abgesehen von ein paar kleinen Nachteilen war sie überzeugt, daß ihr das Bootsleben gut gefallen würde. Aber ganz gleich, wie müde sie auch war, sie wußte, sie würde keine Ruhe finden, ehe sie nicht ein letztes Ritual ausgeführt hatte.

Sie kroch aus ihrem Bettzeugkokon und durchwühlte ihre Tasche nach einer Taschenlampe, einem A4-Block und einem Stift. Als sie alles gefunden hatte, begann sie zu schreiben.

Lieber Matthew, wie gefällt Dir die Schule? Ich schreibe Dir beim Licht einer Taschenlampe, denn ich bin auf einem Boot und möchte die Batterien nicht belasten. Das Boot liegt auf einem Kanal in London ...

3. KAPITEL

Die Wohnung war kalt. Der Zeitschalter der Heizung stand auf sechs Uhr, eine Stunde bevor Piers gewöhnlich nach Hause kam. Elefantengrau, kahl und minimalistisch – ein krasser Kontrast zu der gemütlichen Atmosphäre, die Sally eben verlassen hatte.

Natürlich war es unwahrscheinlich chic, keine Vorhänge zu haben, auf jedweden Zierat und überflüssige Textilien zu verzichten und nur solche Bücher zu kaufen, die in die Regale der mattschwarzen Einbauschrankwand paßten. Und es gab ein paar Gemälde an den Wänden – gewaltige, kryptische Manifeste gegen Hunger und Krieg, die enorm viel Geld gekostet hatten und enorm schwer zu verstehen waren. Aber diese Wohnung konnte niemals gemütlich sein, selbst dann nicht, wenn sie Piers' Zorn riskierte und die Heizung einschaltete. Und sie spiegelte keinerlei Persönlichkeit wider. Sie hätte jedem beliebigen jungen, aufsteigenden Journalisten gehören können.

Sally war in keinerlei Position, sich kritisch über die Einrichtung und die Raumtemperatur zu äußern, also zog sie einfach die farbenfrohe Patchworkstrickjacke an, die ihre Mutter ihr gestrickt hatte, und ging in die Küche, um ein Abendessen zu kochen.

Wie würde er reagieren, wenn er von ihrem neuen Job erfuhr? Würde er begreifen, daß eine Hauptrolle in einer West-End-Komödie sie nicht zwangsläufig für ein Stück über eine nukleare Katastrophe qualifizierte? Würde er sie vor die Tür setzen, weil es ihm einfach peinlich wäre, eine Putzfrau zur Freundin zu haben, oder würde die Tatsache, daß sie gutes Geld verdiente, den Job in seinen Augen akzeptabel machen?

Als sie sich kennengelernt hatten, verdiente Sally eine ansehnliche Gage für die Hauptrolle – wenn auch nur in dritter Besetzung – in einer sehr erfolgreichen Komödie. Piers hatte sie auf der Bühne gesehen, hatte sich eine Einladung zu einer Schauspielerparty erschwindelt und sie in ein Restaurant an der Themse entführt. Dann waren sie mit einem Ruderboot auf den Fluß hinausgefahren. Sie hatte ihre Hand durchs Wasser gleiten lassen, zugesehen, wie die Weiden sich sanft in der Abendbrise wiegten, und hatte sich verliebt.

Sally öffnete die Kühlschranktür und seufzte tief, weil eine schimmelige Tomate an einem der Glasböden klebte ebenso wie um die vergangenen Zeiten.

Für Piers war eine arbeitslose Schauspielerin keineswegs dasselbe wie ein resolutes französisches Dienstmädchen in einem kurzen Rock und einer Rüschenschürze. Die romantischen Gesten hörten etwa zu der Zeit auf, als das Stück abgesetzt wurde. Er schickte ihr keine Wagenladungen Blumen mehr oder versteckte Geschenke in ihrem Essen. Jetzt klebte er ihr Post-it-Notizen an den Spiegel, um sie daran zu erinnern, seine Sachen aus der Reinigung abzuholen, und er vergaß ihren Geburtstag.

»Was soll's«, sagte Sally und schnitt nach Harriets Anweisungen die Rinde von einem Stück Brie, das seine besten Tage schon hinter sich hatte. »Ich werd' bald genug verdienen, um mir eine eigene Wohnung zu nehmen. Dann kann ich die Wände rosa streichen und die Heizung aufdrehen, wann immer ich will.«

Am nächsten Morgen kam Sally zu spät – und das nicht nur, weil sie so lange brauchte, um zu entscheiden, was sie zur Arbeit tragen sollte, bis die fuchsienrosa Overalls kamen. Es lag ebenso daran, daß Piers sich zögernd bereit erklärt hatte, sie ein Stück im Wagen mitzunehmen. Nach diesem großmütigen Angebot verlangte er, daß sie ihm ein ausgiebiges Frühstück servierte: drei Scheiben gebratener kanadischer Schinken, eine gegrillte »aromatische Strauchtomate«, serviert auf dem Mehrkorn-Vollwert-Brot, das er bei Harrods kaufte.

Mit seinem kubanischen Kaffee herumzutrödeln war seine

ziemlich plumpe Art, sie dafür zu bestrafen, daß sie einen solchen Job angenommen hatte. Das Gehalt hatte ihn ziemlich beeindruckt, und er war vor allem um *ihretwillen* froh, daß sie Arbeit hatte und nun etwas zum Haushalt beisteuern konnte. Aber er wollte nicht, daß irgendwer erfuhr, daß seine Freundin putzen ging. Nicht, daß er das ausdrücklich sagte, aber Sally verstand.

May und Harriet warteten geduldig vor dem großen viktorianischen Haus, als Sally angerannt kam.

»Es tut mir so leid. Ich bin aufgehalten worden. Hat Schleimbeutel was gemerkt?«

May schüttelte den Kopf. »Er ist selber noch nicht aufgekreuzt, und da er den Schlüssel hat, können wir nicht rein, bevor er kommt.«

»Und er bringt angeblich auch Arbeitskleidung mit, die wir tragen können, bis die Overalls fertig sind«, fügte Harriet hinzu. Sie wirkte sehr viel weniger angespannt als gestern, dachte Sally.

In diesem Moment hielt ein auffälliges schwarzes Auto in einer Parklücke auf der anderen Straßenseite. Es stand halb auf dem Bürgersteig, das Schild »Parken nur für Anwohner« schien den Fahrer nicht zu kümmern. Das Nummernschild lautete K81THS.

Es dauerte einen Moment, bis ihnen aufging, daß es ein Name sein sollte. In der Zwischenzeit war der fragliche Keith ausgestiegen, hatte drei Plastiktüten vom Rücksitz geholt und den Wagen per Fernbedienung abgeschlossen.

»Morgen, Mädels!« Er schenkte ihnen sein vielbemühtes, allzeit bereites Lächeln. »Also, legen wir los.«

Die Eingangshalle des Hauses war schmal, staubig und dunkel, letzteres vor allem, weil man hier großzügig Gebrauch von dunkelbrauner Farbe und dunkelroter Tapete gemacht hatte. Die Decken waren sehr hoch, und Spinnweben hingen in den Ecken wie vergessener Weihnachtsschmuck.

»Es ist ein bißchen schmuddelig«, gestand Keith. »Es war eine Zwangsversteigerung, und ich habe es billig bekommen. Jetzt muß natürlich etwas dran getan werden, aber ein paar neue Tapeten, ein bißchen frische Farbe, und ich werd' einen netten Gewinn machen.«

»Ein bißchen schmuddelig« wurde der Sache irgendwie nicht gerecht. Harriet fragte sich, wie in aller Welt sie an die Spinnweben herankommen sollten. May dachte wieder über die Vorzüge eines Politessendaseins nach, und Sally legte sich bereits zurecht, wie sie Piers erklären wollte, warum sie es nicht einmal einen Tag als Putzfrau ausgehalten hatte.

Ganze Ketten toter Fliegen zogen sich mäanderförmig über die Fensterbänke wie Seetang entlang der Flutlinie. Rissiges Linoleum bedeckte den Boden, kahle Stellen an den Wänden zeigten, wo die Tapete mitsamt dem Wandschmuck heruntergekommen war. Im Immobilienmaklerjargon war das Haus »renovierungsbedürftig«. Jeder andere hätte es eine Ruine genannt.

»Die Heizung wird sich bald bemerkbar machen«, versprach Keith und betätigte einen Schalter. »Aber wenn es sein muß, können Sie auch Wasser erhitzen.«

»Unbedingt«, sagte Harriet entschieden. »Ohne heißes Wasser ist es hoffnungslos. Haben Sie die Putzmittel?« Trotz Perlenohrsteckern und samtener Haarschleife wirkte sie sehr entschlossen. Sie trug ein Paar von Mays Jeans und hatte die Ärmel aufgekrempelt.

Keith reichte ihr eine der Plastiktüten. »Ich habe Allzweckreiniger, Spülmittel, Toilettenreiniger und ein Paket Putztücher, was wollen Sie mehr?«

»Bleiche, Natron und Gummihandschuhe«, antwortete Harriet.

»Und unsere Overalls«, fügte Sally hinzu, ermutigt durch Harriets energisches Auftreten.

»Ach so, ja, Overalls. Ich habe sie noch nicht. Ich lasse sie anfertigen. Aber bei diesem Auftrag ist es ja egal, wie Sie aussehen, der Kunde sieht Sie ja nicht.«

»Aber wir werden unsere eigenen Sachen ruinieren«, wandte Harriet ein. »Und Sie haben uns schützende Arbeitskleidung zugesagt.«

Keith erkannte seine eigenen Worte vom Vortag mühelos

wieder und verzichtete darauf zu bemerken, daß ihre Jeans und Mays Arbeitshose genau das zu sein schienen.

»Ich sag' Ihnen was: Ich zahle Ihnen eine kleine Sondervergütung, damit Sie Ihre eigene Kleidung reinigen lassen können.«

»Und die Gummihandschuhe?« fragte Harriet. »Dieses Haus ist in einem sehr schlechten Zustand. Wenn Sie wollen, daß wir es putzen, müssen Sie uns schon das nötige Putzzeug dafür geben.«

Keith, der inzwischen vielleicht nicht gerade ängstlich, aber auf jeden Fall doch so wirkte, als müsse er sich jetzt dringend seinen anderen Verpflichtungen zuwenden, zog sein Portemonnaie aus der Hosentasche und holte zwei Zehnpfundscheine heraus.

»Ich sag' Ihnen was: An der Ecke ist ein Laden. Kaufen Sie einfach alles, was Sie brauchen. Ich komme gegen vier vorbei, um zu sehen, wie Sie zurechtkommen.«

Tatsächlich war es fünf, als er wiederkam, und inzwischen waren die Mädchen erschöpft und schmutzig. Das Haus hingegen war sehr viel sauberer. Noch ein Tag, schätzte Harriet, dann sollten sie fertig sein.

»Das haben Sie gut gemacht«, bekundete Keith, nachdem er mit dem Finger über einen Bilderrahmen gefahren war wie eine Operetten-Schwiegermutter. »Das muß man Ihnen lassen.«

»Aber unsere Sachen sind total ruiniert«, sagte May.

»Ganz zu schweigen von unseren Händen«, murmelte Sally. Trotz der Handschuhe hatte sie sich mehrere Nägel abgebrochen.

»Natürlich brauchen wir wenigstens noch einen Tag, bis wir fertig sind«, sagte Harriet.

Keith sah sie entgeistert an. »Was? Meine Güte, wie lange brauchen drei Frauen, um ein Haus zu putzen?« fragte er sarkastisch.

»Das hängt vom Zustand des Hauses ab«, gab Harriet zurück, die emotional mehr und mehr auf die Füße kam. »Dieses hier schaffen wir in zwei Tagen. Die meisten anderen bräuchten viel länger.«

Keith betrachtete die drei Frauen, die seinen Blick so kühl

und gelassen erwiderten, und er fragte sich, ob es wirklich eine so glänzende Idee gewesen war, Leute mit einer vornehmen Aussprache einzustellen. Offenbar gingen mit der Aussprache eine ganze Menge Höhere-Töchter-Allüren einher. Zu seinem Glück war Sally Expertin im Interpretieren von Körpersprache. Außerdem hatte man sie vom Tage ihrer Geburt an darauf programmiert, sich bei Männern einzuschmeicheln und beliebt zu machen. Sie fand es schwierig, diese Gewohnheit abzulegen. Abgesehen davon hatte sie nicht die geringste Lust, noch einen Tag in Tufnell Park zu verbringen und eine Hautschicht nach der anderen und zahllose Fingernägel in endlosen Eimern mit heißem Wasser einzubüßen.

»Sie sind der Boß«, erklärte sie mit einem Lächeln, das ebenso einstudiert war wie Keith', aber sehr viel sympathischer. »Wenn Sie finden, daß es gut genug ist ...«

Keith warf ihr einen erleichterten Blick zu und erkannte sie als »echte Frau« unter diesen tollwütigen Emanzen. »Genau ... äh ... Sarah?«

»Sally.«

»Genau, Sally. Ich finde, Sie haben hier ordentliche Arbeit geleistet, und für morgen habe ich Sie anderweitig eingeplant.«

»Anders gesagt«, flüsterte May Harriet zu, »ab morgen hat er zahlende Kunden und muß uns nicht aus der eigenen Tasche entlohnen.«

Er förderte drei zartrosa Bögen mit Büttenrand zum Vorschein. Oben auf jeder Seite stand »Quality Cleaners« gedruckt. »Regeln Sie untereinander, wer wohin geht. Aber ich werd' die Kunden fragen, ob sie zufrieden waren, also keine Schlampereien.«

Harriets Gesicht nahm den gleichen Ausdruck an wie das ihrer Großmutter, wenn die Katze auf den Wohnzimmerteppich erbrochen hatte.

Keith erkannte gerade noch rechtzeitig, daß es in seinem eigenen Interesse lag, die Strategie schnellstens zu ändern. »Nicht daß ich irgendwelche Probleme erwarte, Mädels. Ich bin ein guter Menschenkenner und ich weiß, jede von Ihnen hat einen erstklassigen Charakter.«

»Stimmt genau«, sagte May.

Keith streckte ihnen beinah flehentlich seine Papiere entgegen. »Also dann, hier.«

»Ähm, wäre es wohl möglich ...« Harriet bemühte sich um Festigkeit in ihrer Stimme, obwohl es ihr sehr schwerfiel weiterzusprechen. »Daß Sie uns für heute bezahlen? Ich bin gerade erst nach London gekommen und ich muß für meine Unterkunft zahlen.«

Keith, den die Mädchen inzwischen nur noch »Schleimbeutel« nannten, sah sie versonnen an.

»Ich sehe nicht, was dagegen spricht. Sie haben gut gearbeitet, und gute Arbeit wird von mir gut bezahlt. Hier.« Er reichte jeder eine Zwanzigpfundnote.

»Aber das reicht nicht«, begann May.

»Das bringt Sie aber doch erst einmal weiter«, unterbrach er. »Nennen wir es eine Abschlagszahlung. Immerhin ist laut Vertrag vereinbart, daß ich Sie am *Ende* einer Arbeitswoche bezahle.«

»Ah ja?« fragte Sally verwundert und steckte ihr Geld ein.

»Tja dann, Mädels, soll ich euch zur U-Bahn mitnehmen?«

Sally fuhr mit Harriet und May zur *Rose Revived* zurück. Piers ging heute abend aus, also brauchte sie nicht nach Hause zu eilen, um für ihn zu kochen. Verwegen verschwendete sie einen Teil ihres Haushaltsgelds für eine Flasche Cidre, die sie zu den unterwegs erstandenen Fish and Chips tranken. Sie saßen im Salon des Bootes, wunderbar gemütlich nach dem eiskalten, leeren Haus, wo sie den ganzen Tag verbracht hatten.

»Ich bin kaputt«, verkündete May, während sie den Rest der Flasche auf die drei Gläser aufteilte. »Absolut fix und fertig.«

»Das war wirklich furchtbar«, sagte Sally. »Ich dachte, wir sollten hier und da ein paar Hinstellerchen abstauben, aber nicht den Ägäisstall, oder wie das heißt, ausmisten.«

»Woher weißt du so viel übers Putzen, Harriet?« wollte May wissen. »All diese technischen Details, zum Beispiel daß man Wände von unten nach oben abwäscht. Oder Natronlauge. Das war unglaublich.«

»Ich war dafür verantwortlich, das Haus meiner Großeltern in Ordnung zu halten. Nicht daß es da jemals wirklich dreckig wurde, aber gelegentlich schickte meine Großmutter mich zur Frau des Pastors. Sie putzte für die Frauen im Ort, die zu viele Kinder hatten und keine Zeit, sich um ihre Häuser zu kümmern.«

»Klingt sehr ungewöhnlich für eine Pastorenfrau«, bemerkte Sally. »Ich dachte, sie verbringen ihre ganze Zeit in irgendwelchen Komitees.«

»Sie ist auch ungewöhnlich. Sie gab den Müttern immer Geld, um mit den Kindern ins Kino zu gehen und Popcorn und Schokoladeneis zu kaufen. Dann brachte sie das Haus blitzschnell auf Vordermann, während Mutter und Kinder unterwegs waren. Mir hat sie auch geholfen ...« Harriet zögerte. »Vor allem, als ich Matthew bekam.«

»Matthew?« fragten May und Sally im Chor.

»Du hast ein Baby?« fügte Sally hinzu.

Harriet schüttelte den Kopf. »Er ist neun. Schon fast zehn.«

»Wo ist er denn?«

»Auf der Schule. Im Internat.«

»Wie schrecklich«, rief Sally.

May hob mißbilligend das Kinn. »Ich halte absolut nichts von Internaten.«

»Ich auch nicht«, sagte Harriet niedergeschlagen. »Meine Großeltern haben ihn hingeschickt.«

Jetzt hatte sie einmal angefangen, jetzt mußte sie auch von Matthew erzählen, dachte Harriet, und die eigentümlichen Umstände ihrer eigenen Kindheit erklären. Sie hatte so lange mit niemandem reden können, daß es ihr beinah vorkam wie eine Läuterung, May und Sally davon zu erzählen.

May hatte selber keinerlei Unterdrückung durch ihre Eltern erlitten, aber sie hatte es bei anderen gesehen. Ihre Miene entspannte sich wieder. »Deine *Großeltern*? Wieso?«

»Meine Mutter starb, als ich drei war. Sie war davongelaufen und hatte jemand ganz und gar Unpassenden geheiratet, sie hatten mich also noch nie gesehen. Sie nahmen mich auf und zogen mich groß. Aber das schlechte Blut ließ sich nicht verleugnen, oder so drückten sie es jedenfalls aus. Nach einem One-Night-Stand wurde ich schwanger. Ich hab' lieber darauf verzichtet, sie darauf hinzuweisen, daß das wohl eher am Erbgut meiner Mutter, also *ihrem* Blut, lag. Na ja, jedenfalls ziehen sie jetzt Matthew groß.«

»Aber warum läßt du das zu? Warum ziehst du ihn nicht selber groß?« wollte May wissen.

Harriet sah sie an und fragte sich, ob sie May ihre ausweglose Lage begreiflich machen könnte. »Das ist nicht so einfach. Ich habe die Schule zu Ende gemacht bis zu den A-Levels, aber meine Großeltern haben nie erlaubt, daß ich irgendwas Praktisches lerne, Schreibmaschine schreiben zum Beispiel. Das einzige, wovon ich auch nur den Schimmer einer Ahnung habe, ist Malerei, und das ist nichts, womit ich unseren Lebensunterhalt verdienen könnte – jedenfalls noch nicht. Vielleicht eines Tages. Das hoffe ich jedenfalls. Davon abgesehen, Matthew war glücklich dort.«

May fand das alles ziemlich unverdaulich, aber sie bemühte sich, es zu verstehen. Mütter waren schließlich berüchtigt dafür, ihren Kindern alles mögliche zu opfern.

»Du bist also Künstlerin?« wollte Sally wissen.

»Ich würde mich nie so nennen, aber es ist der Grund, warum ich weggelaufen bin. Ich glaube, hätte ich dieses übermächtige Bedürfnis zu malen nicht, hätte ich mich weiter mit meinen Großeltern arrangiert, bis Matthew groß ist. Aber nicht weiter malen und weiter lernen zu können, das brachte mich einfach um. Und darum bin ich nach London gekommen. Ich dachte, hier gibt es ganz andere Möglichkeiten.«

»Aber du hast nicht versucht zu verhindern, daß sie Matthew ins Internat steckten?« fragte May ohne Vorwurf in der Stimme.

Harriet seufzte. »Ich hab's versucht, aber es hat nichts genützt. Und dann wurde mir klar, daß für mich eine Chance darin lag, wenn er aufs Internat ging. Ich hätte ihn ja nicht mit nach London ins Ungewisse nehmen können.«

»Was ist mit seinem Vater?« fragte May.

»Er weiß nichts von Matthew. Ich wollte nicht, daß er es weiß.«

»Also hast du dein Baby ganz allein großgezogen?« Sally war zutiefst beeindruckt. »Wie mutig.«

Harriet schüttelte den Kopf. »Nein. Meine Großeltern haben mein Baby großgezogen – ebenso wie mich. Ich war lediglich sein Kindermädchen.«

»Wie furchtbar«, hauchte Sally.

»Nun ja«, fuhr Harriet betont fröhlich fort. »So habe ich jedenfalls gelernt, wie man saubermacht.«

Einen Moment lang herrschte ein unbehagliches Schweigen. Weder Sally noch May sahen sich in der Lage, einen Kommentar zu dieser Situation abzugeben, die ihnen absolut unerträglich vorkam, und sie spürten beide, daß ihr Mitleid das letzte auf der Welt war, was Harriet wollte. May wechselte das Thema.

»Der einzige Nachteil daran, auf einem Boot zu leben, ist, daß man nicht am Ende eines Tages wie heute in ein schönes, heißes Bad sinken kann«, sagte sie, dabei war sie normalerweise unwillig zuzugeben, daß es überhaupt Nachteile an einem Boot gab.

»Was?« Sally war entsetzt. »Du meinst, du kannst dich nicht waschen?«

»Oh, ich hab' eine Dusche. Aber die bringt nicht so furchtbar viel.«

So kann man's auch nennen, dachte Harriet, als sie kurz darauf unter dem kümmerlichen Strahl von lauwarmem Wasser stand, dessen Tröpfeln vom Gurgeln der Pumpe übertönt wurde, die einem das Wasser mit ohrenbetäubendem Getöse unter den Füßen wegsaugte, beinah ehe es dort ankam. Als Harriet wieder zum Vorschein kam, sauberer, aber nicht sehr entspannt, legte May ein Geständnis ab.

»Ich fahr' so oft ich kann zu meinen Eltern, um zu baden«, erklärte sie. »Aber davon abgesehen, wasche ich mich nicht besonders oft. Das ist einer der Vorteile, wenn man allein lebt.«

4. KAPITEL

Harriets Auftrag führte sie nach Chelsea. Die anderen beiden hatten bekundet, daß diese Adresse am Cheyne Walk am einfachsten zu finden sei, also war es nur fair, diesen Einsatz der Landpomeranze – wie sie sich selbst nannte – zu überlassen. Außerdem hatten sie beschlossen, von dem Geld, das von Keith' zwanzig Pfund noch übrig war, für Harriet einen Londoner Stadtplan zu kaufen.

Sally fuhr zu einer Wohnung in Victoria, die einem ehemaligen Marineoffizier und seiner Frau gehörte. Beide waren im Krankenhaus gewesen. Eine Nachbarin ließ Sally herein und erklärte ihr, das ältere Ehepaar nehme es mit der Hausarbeit sehr genau.

»Es würde mich überhaupt nicht wundern, wenn es das war, was Captain Walkers Herzinfarkt ausgelöst hat«, vertraute die Nachbarin ihr an. »Von früh bis spät war er damit beschäftigt, ›klar Schiff‹ zu machen. Na ja, ich bin schon mal mit dem Staubsauger durch alle Räume gegangen, sonst hätten Sie das nie alles geschafft bis halb elf. Ihr Sohn bringt die beiden heim.«

»Was fehlte Mrs. Walker denn?« fragte Sally, die gern mit allen Details vertraut war.

Die Nachbarin fuhr leicht zusammen. »Ich weiß es nicht genau, Liebes. Aber ich glaube, es war irgendwas Gynäkologisches.«

Sally fuhr auch leicht zusammen.

»Sie waren ja so erleichtert, eine richtige *Dame* zu bekommen«, fuhr die Frau fort. »Nachdem ihre gute alte Haushälterin sich zur Ruhe gesetzt hat, haben die Walkers lieber versucht, allein zurechtzukommen, aus lauter Angst, sie könnten an eins von diesen furchtbaren jungen Dingern geraten.«

Sally erkannte, daß »jung« in diesem Fall offenbar eine Umschreibung für »gewöhnlich« war und nickte damenhaft, wie sie hoffte. Nur gut, daß sie die Arbeitsmontur von gestern in den Mülleimer geworfen hatte. An diesem Morgen trug sie einen langweiligen, knielangen Rock, den sie anläßlich eines Vorsprechens für ein Stück von J.B. Priestley angeschafft hatte – ohne Erfolg. Captain und Mrs. Walker würden ihn bestimmt mögen. Verstohlen nahm sie ihre langen Silberohrringe ab.

Die Nachbarin gab ihr eine Schürze, die der pensionierten Haushälterin gehört hatte, zeigte ihr, wo die Putzmittel standen und ging.

»Jetzt ist mein einziges Problem, den Schmutz zu finden«, sagte Sally zu einer Riege afrikanischer Veilchen auf der Fensterbank.

May verschlug es nach Wimbledon in das Heim einer abgekämpften jungen Mutter, deren Schwiegermutter zu Besuch kommen wollte. Ein Blick auf die Uhr sagte May, daß sie eine Viertelstunde zu spät kam. Sie hatte vergessen, wie weit es nach Wimbledon war.

Eine hübsche junge Frau in Jeans mit wirren Haaren, anscheinend nicht älter als May, öffnete ihr die Tür. Auf ihrem Hemd und der Jeans waren Flecken. Selbst auf ihrem Schuh war ein senffarbener Klecks. Eine Schar Kinder klammerte sich an ihre Beine, eins war großzügig mit roten Pocken bedeckt.

»Sie haben die Windpocken doch gehabt, oder?« fragte die Frau besorgt. »Ich habe dem Mann gesagt, meine Kinder hätten alle die Windpocken.«

Natürlich hatte Keith die Windpocken mit keiner Silbe erwähnt. »Oh, keine Sorge. Ich meine mich an einen Sommerurlaub mit roten Pusteln und Juckreiz zu erinnern.«

»Oh, gut. Kommen Sie rein. Sie sind ...?«

»May Sargent, Quality Cleaners. Gott, das ist ja so peinlich, sich so vorzustellen.«

Die Frau lachte und trat langsam in die Diele zurück, wobei sie den Kindern genug Zeit gab, den Rückwärtsgang einzulegen. »Ich bin Natalie Gwyn-Jones, aber nennen Sie mich Natalie. Ich bin seit vier Jahren verheiratet und hab' drei Kinder, aber an Gwyn-Jones kann ich mich auch nicht so richtig gewöhnen.«

May folgte der Kinderschar – sie war der Meinung, es seien vier – in eine furchtbar chaotische Küche. Sie zählte nochmals und fragte sich einen Moment, ob Mrs. Gwyn-Jones sich bei der Anzahl ihrer Sprößlinge vielleicht irgendwie verrechnet haben könnte.

Natalie bemerkte Mays Verwirrung. »Das sind nicht alle meine«, erklärte sie. »Gott sei Dank. Damien ist nur zu Besuch, damit seine Mutter zum Frisör gehen kann. Was gäbe ich darum, wenn ich nur die Zeit hätte, meine Haare mal zu waschen. Kaffee?«

»Gern.«

Natalie Gwyn-Jones stellte den Kessel auf und redete nonstop. »Ich muß eine Putzhilfe engagieren, weil meine Schwiegermutter kommt. Ich begreife überhaupt nicht, warum ich sie noch ins Haus lasse! Ich hab' versucht, sie mit den Windpocken abzuschrecken, aber das hat nichts genützt. Milch? Und ich weiß genau, ganz egal, was ich tue, selbst wenn ich das Haus komplett saniere, renoviere und sterilisiere, es wär' trotzdem nicht gut genug. Plätzchen?«

Abwesend wickelte Natalie für May ein Plätzchen aus, ließ die untere Hälfte der Stanniolverpackung aber dran, so daß May es anfassen konnte, ohne Schokoladenfinger zu bekommen.

»Natürlich kommt sie nur, um bestätigt zu finden, was sie ja immer schon wußte«, fuhr Natalie fort. »Daß ich nämlich eine katastrophale Mutter bin und nicht im entferntesten gut genug für ihren geliebten Sebastian.«

Natalie sank in einen Stuhl, und die Kinder ließen von ihr ab, zuversichtlich, daß sie sich eine Weile nicht von der Stelle rühren würde. »Ich werde Ihnen natürlich helfen, wann immer ich kann, ich hätte so ein schlechtes Gewissen, wenn Sie alles alleine machen. Aber die Kinder sind so *anhänglich* im Augenblick, also werde ich wahrscheinlich nicht viel tun können. Warum begreift sie nicht, mit drei Kindern unter fünf läßt es sich einfach nicht vermeiden, daß im Haus manchmal das Chaos herrscht.«

May trank an ihrem Kaffee, knabberte ihren Keks und sah sich um. Sie war von Natur aus nicht ordentlich, aber sie hatte noch nie mit kleinen Kindern gelebt. Und die Kombination von Kleinkindern und Erwachsenen, die eine überdurchschnittlich hohe Toleranz für Unordnung haben, ergab eine Art Chaos-Eisberg – sechs Siebtel unter der Oberfläche. Was hier gebraucht wurde, entschied May, war ein Räumfahrzeug.

Ihr fiel ein, was Harriet über die Frau des Pastors erzählt hatte.

»Warum unternehmen Sie nicht irgendwas Nettes mit den Kindern, und ich stürze mich derweil auf die Arbeit. Ich bin sicher, ich komme allein zurecht.« Sie war darüber hinaus sicher, daß das Putzen ohne eine Schar kleiner Leute, die so wie jetzt unter großem Getöse ein Dreiradwettrennen fuhren, derweil Cornflakes wie Herbstblätter herabregneten, sehr viel einfacher sein würde.

Natalie seufzte. »Ich wünschte, ich könnte, aber ich kann mit Octavius und seinen Windpocken doch nirgendwohin gehen. Selbst ohne das, ich muß Ihnen ehrlich sagen, mit vier Kindern und ohne Auto unterwegs zu sein, das ist ein Alptraum.«

Natalie sah furchtbar erschöpft aus, und May wünschte plötzlich sehnlich, sie wäre wie Harriets Pastorengattin: die gute Fee aller überforderten Mütter.

»Also, warum gehen Sie nicht nach oben, nehmen in Ruhe ein Bad und waschen sich die Haare? Die Kinder und ich werden hier unten schon klarkommen.«

»Haben Sie Erfahrung im Umgang mit kleinen Kindern?«

»Nein«, gestand May.

Natalie seufzte. »Das ist vielleicht ein Vorteil.« Sie stand auf und reckte sich. »Ich lasse die Badezimmertür unverschlossen.«

Harriet hatte das Haus auf dem Cheyne Walk tatsächlich ohne große Mühe gefunden, doch mit dem Zugang zur Wohnung wurde es schon schwieriger, da der Inhaber nicht zu Hause war und sie den Schlüssel bei einem Nachbarn abholen mußte.

Schließlich stieg sie eine furchterregende Feuertreppe zum rückwärtigen Eingang hinauf, in der Hand hielt sie einen Schlüsselbund und murmelte vor sich hin, in welcher Reihenfolge die Schlösser geöffnet werden mußten. Als sie endlich die Wohnung betrat, war sie zu dem Schluß gekommen, daß die Vorteile, in einer großen Stadt zu leben, unmöglich die Nachteile aufwiegen konnten, wenn man gezwungen war, so viele Stufen hinaufzusteigen und sein Heim dermaßen gegen Eindringlinge zu verbarrikadieren.

Sie mußte zwei Schlösser und einen mit einem Vorhängeschloß gesicherten Querbalken überwinden und fand sich endlich in einer kleinen, unpraktischen Küche wieder. Ein schwacher Geruch von Krabbencurry ließ sie die Nase rümpfen und trieb sie weiter in die Halle. Unterwegs stellte sie ihre Tasche ab.

Gemessen an der Anzahl der Räume war es eine eher kleine Wohnung. Vier geschlossene Türen führten von der Halle weg. Harriet öffnete die erste und fühlte sich wie ein Einbrecher. Aber anscheinend nicht der erste. Das Zimmer sah aus, als sei es durchwühlt worden. Hatte hier heute morgen vielleicht tatsächlich ein Einbruch stattgefunden, und sie war die erste, die den Tatort entdeckte?

Dann ging ihr mit einer Mischung aus Erleichterung und Entsetzen auf, daß der Raum einfach extrem unordentlich war.

Es war das Schlafzimmer, und ein breites Doppelbett nahm beinah die gesamte Fläche ein. Die Laken waren zerknittert, die Bettdecke hing halb auf dem Boden. Auf einem Stuhl hatte sich ein so hoher Berg aus Kleidungsstücken aufgetürmt, daß er nach hinten zu kippen drohte. Die Sachen, die auf dem Stuhl keinen Platz mehr gefunden hatten, lagen am Boden. Die Tür des Einbauschranks stand offen, und Harriet war nicht überrascht, daß der Schrank mehr oder minder leer war. Alle Schubladen der Kommode waren herausgezogen, auf der Ablage türmten sich Papiere.

Sie wußte, daß die Wohnung einem Mann gehörte, aber Schleimbeutel hatte es versäumt, den Namen anzugeben. Wer immer er war, er lebte offenbar allein, und entweder brachte er niemals jemanden mit nach Hause oder aber der Gedanke, daß seine schmutzige Wäsche für jedermann sichtbar herumlag, war ihm einfach gleich. Es gehörte nicht zu ihrem Job, sich um seine Wäsche zu kümmern, aber *irgendwer* sollte es dringend tun. Er selbst schien sich nicht besonders dafür zu interessieren. Und wie am leeren Kleiderschrank unschwer erkennbar, waren ihm die sauberen Sachen ausgegangen.

Die nächste Tür enthüllte einen Abstellraum, und Harriet schloß sie schnell wieder, ehe sich der Inhalt in einer Lawine in die Diele ergießen konnte. Ein kleines Bad – aufgeräumt bis auf einen Haufen gebrauchter Handtücher am Boden. Auf allen Flächen lag der Staub in dicken Flocken, und ein kurzer Blick in die Toilettenschüssel sagte ihr, daß darin entweder die Teeblätter entsorgt wurden oder aber es war lange her, seit irgendwer so etwas wie WC-Reiniger hineingeschüttet hatte, vom Gebrauch einer Bürste ganz zu schweigen. Ihr Kunde hatte offenbar keinerlei Geruchssinn.

Aber das letzte Zimmer entschädigte sie für alles.

Sie wußte sofort, daß dies der Arbeitsraum eines Künstlers war, und der Gedanke allein reichte völlig aus, um ein herrliches Ziehen nervöser Euphorie in ihrem Magen zu verursachen. Ihre Mißbilligung wegen seiner schmuddeligen Lebensgewohnheiten löste sich in Nichts auf. Es war ein geradezu unglaublicher Zufall, daß ihr erster Job in London sie praktisch sofort in das Heim eines Künstlers geführt hatte. Und als sie sich genauer umsah, erkannte sie, daß dieser Künstler unterrichtete.

Das Atelier war ein großzügiger Raum, vermutlich war es einmal das Dachgeschoß von wenigstens zwei Häusern gewesen. Auf dem stumpfen Parkett hätte ein Ballettkorps mittlerer Größe Platz gefunden, doch statt der Tänzer verteilten sich mehrere Staffeleien im Raum, kreisförmig um ein jetzt leeres Zentrum angeordnet.

Was hatten sie wohl gemalt? Ein Arrangement für ein Stilleben, vielleicht Äpfel, Orangen und eine Milchkanne? Ein fröstelndes Modell vielleicht, nackt oder mit einem kunstvoll drapierten Laken unzulänglich bedeckt? Und wie gut waren diese Schüler?

Es wäre ein leichtes gewesen, eins der verhüllenden Tücher anzuheben und darunter zu spähen, aber Harriet kannte ihre eigene Scheu bezüglich ihrer künstlerischen Ambitionen zu gut, um jemand anders in dieser Hinsicht zu nahe zu treten. Sie hatte Kunst als Leistungskurs gehabt, und ihr Lehrer hatte ihr ein großes Talent bescheinigt, aber das war auf dem Land. Diese Schüler hier waren wahrscheinlich um Klassen besser, der Anblick ihrer Arbeiten würde sie einschüchtern und in eine tiefe Depression stürzen. Also besser, sie sah sie nicht.

Die Leinwände, die an der Wand lehnten – fertige Werke – waren noch verführerischer. Denn sie gehörten vermutlich dem Besitzer dieser Wohnung, dem Lehrer, dem Künstler.

Harriet wandte der Versuchung entschlossen den Rücken zu und betrachtete das Atelier vom Standpunkt des Künstlers aus. Zwei Reihen von Dachfenstern unterbrachen die Längswände, in die Decke waren Oberlichter eingelassen, die, den feuchten Flecken darunter nach zu urteilen, mehr einließen als nur Licht. Aber es war ein Studio, wie jeder Künstler es sich erträumte. Ganz besonders solche Künstlerinnen, die bislang nur in der heimlichen Abgeschiedenheit eines schlecht beleuchteten Schlafzimmers gemalt hatten. Sie schlenderte zu einem der Fenster hinüber und stellte sich auf die Zehenspitzen, um hinauszusehen.

Es hätte dieser Ausblick sein können, der Wordsworth zu seinem Gedicht »Verfaßt auf der Westminster-Brücke« inspiriert hatte, wenngleich die Formation der Dächer eine völlig andere und Westminster mehr als eine Meile weit weg war. Doch für Harriet hatte es diesen »Nichts Schön'res hat die Erde aufzuweisen«-Charakter, der die unangenehmen Seiten des Stadtlebens, wie sie ein Mädchen vom Lande empfand, beinah wettmachte.

Unregelmäßig geneigte Dächer und Flächen unter einem Gespinst aus Kabeln lenkten ihren Blick zum Fluß und zur Battersea Bridge. Fabrikschlote, die vermutlich die Umwelt mit giftigen Gasen verseuchten, gewannen durch die Distanz eine Art erhabener Schönheit. Wolkenkratzer, abstoßend häßliche Kästen, wenn man sie aus der Nähe betrachtete, leuchteten im

Schein der Herbstsonne. Harriet hätte nie gedacht, daß die Skyline eines Industriegebiets so schön sein könnte.

Sie wandte sich wieder dem Raum zu und kehrte somit dem Ausblick, der ihre Gedanken abschweifen ließ, den Rücken. Auch wenn sie sich nicht gestattete, unter die verhüllenden Tücher zu sehen, um den Leistungsstand der Schüler, die dieses wundervolle Atelier zur Verfügung hatten, zu ergründen, war der Geruch von Ölfarbe und Terpentin ihr doch ungeheuer angenehm. Eine weniger nüchterne Frau als sie hätte es vielleicht als gutes Omen angesehen. Schließlich war sie ja nach London gekommen, um malen zu lernen. Sie packte ein Paar von Mays Arbeitshosen, Natrongranulat und Gummihandschuhe aus ihrer Tasche und schaltete das Radio ein. Sie beschloß, mit der Küche anzufangen und die zwei Stunden, die sie hatte, unter Volldampf zu arbeiten. Auf diese Weise würde der unbekannte Künstler beim nächsten Mal wieder nach ihr verlangen.

In der Kürze der Zeit konnte sie nicht wirklich etwas ausrichten, ging ihr auf. Allein den Parkettboden im Atelier gründlich zu putzen würde mindestens zwei Stunden dauern. Sie konnte nur versuchen zu schaffen, was möglich war.

Als ihre zwei Stunden um waren, schrieb sie einen Zettel:

Ich habe alles aus dem Kühlschrank entsorgt, was eine Lebensmittelvergiftung verursacht hätte. Die Milch ganz hinten ist sauer, eignet sich aber wunderbar, um Kuchenbrötchen zu machen. Ich habe getan, was in der kurzen Zeit möglich war. Sie müssen dringend zum Waschsalon oder eine Wäscherei beauftragen. Wenn Sie möchten, daß ich wiederkomme, könnten Sie bitte Parkettpolitur fürs Atelier besorgen? Ich habe keines der Bilder angeschaut.

Sie hatte nicht die blasseste Ahnung, warum sie diesen letzten Satz hinzugefügt hatte, wo ihn doch wahrscheinlich nichts auf der Welt weniger interessierte. Aber sie wollte einfach, daß er es wußte. Sie wollte, daß er sich darauf verließ, daß sie nicht herumschnüffelte. Trotz des akuten Gesundheitsrisikos, das seine Wohnung darstellte, wollte sie gern wiederkommen.

Sie wankte die Feuertreppe hinab, warf, wie verabredet, die Schlüssel beim Nachbarn in den Briefkasten und machte sich auf den Weg zur U-Bahn-Station.

Außerhalb der Rush-hour war die U-Bahn gar nicht so schlimm, vorausgesetzt man hatte Zeit, sich seine Route auszuarbeiten. Sie wollte auf jeden Fall lernen, sich in diesem Zugwirrwarr allein zurechtzufinden, schließlich konnte sie nicht ewig wie ein Schäfchen hinter den anderen hertrotten.

Sie fand das Büro von Quality Cleaners wieder und stieg langsam die Treppe hinauf in der Hoffnung, daß sie ihre letzten Kräfte nicht vergeudete. Mit so vielen Eisen im Feuer war es gut möglich, daß Keith unterwegs war.

Die Tür stand offen, und sie konnte Keith sehen. Er sprach mit konzentrierter Miene in sein Handy. Neben ihm stand ein Aschenbecher, eine Zigarre sandte unheilverkündende Rauchsignale aus.

Sie klopfte an und wartete. Er hob den Kopf, winkte sie zu einem der Stühle vor seinem Schreibtisch und telefonierte weiter. Offenbar war er im Begriff, ein Geschäft unter Dach und Fach zu bringen, das allein von seinem Charme und seinem Verkäufergeschick abhing. Harriet nahm auf dem angebotenen Stuhl Platz und dachte über Menschen nach, die Geldverdienen als Sport betreiben.

Als er den Handel zum Abschluß gebracht hatte, schaltete er das Telefon aus und lächelte Harriet an. Harriet erwiderte das Lächeln und überlegte, ob es ihre Pflicht als seine Angestellte sei, ihm zu sagen, daß er ein Stückchen Petersilie am Schneidezahn kleben hatte. Sie entschied sich dagegen.

»Harriet! Wo liegt das Problem?« fragte er aufgeräumt. Das Geschäft war offensichtlich sehr zu seinem Vorteil ausgegangen. »Haben Sie die Wohnung gefunden?«

»Ja, vielen Dank. Ich habe mich gefragt, ob es ein regelmäßiger Auftrag ist, oder war es eine einmalige Buchung?«

»Regelmäßig einmal die Woche, hoffe ich. Warum?«

»Dann würde ich diesen Auftrag gerne fest übernehmen. Kontinuität macht doch bestimmt einen guten Eindruck.«

Keith nahm einen genüßlichen Zug von seiner Zigarre. »Kontinuität, ja sicher. Nun, das läßt sich bestimmt einrichten, Harriet.«

»Vielen Dank. Und wo soll ich morgen hingehen?«

Keith konsultierte sein Notizbuch, das aufgeschlagen vor ihm lag, und sah dann wieder zu ihr auf, als könne er sich noch nicht so recht entscheiden, wo er sie hinschicken wollte. »Tja. Ich habe morgen nichts für Sie.«

»Was? Aber Sie haben regelmäßige Arbeit in Aussicht gestellt!«

Harriet war kaum überrascht, als Keith antwortete: »Einmal wöchentlich ist regelmäßig.«

»Aber ich will jeden Tag arbeiten.«

»Das kommt schon mit der Zeit, Mädchen. Wir sind schließlich noch nicht lange im Geschäft, oder?«

»Na ja, wir nicht, aber ich dachte, Sie schon ...«

Keith lächelte überheblich. »Quality Cleaners ist ein neuer Geschäftszweig meines Unternehmens. Es braucht natürlich ein Weilchen, um in Schwung zu kommen. Es sei denn ...« Sein Handy surrte los und verdarb ihm somit sein bedeutsames Schweigen. »Ja?« knurrte er. »Oh. Ja. Also?«

Er lauschte eine Zeitlang den Ausführungen seines Anrufers. »Das heißt, er hatte das Geld nicht?« Wieder Pause. »Tja, dann weißt du ja, was du zu tun hast.«

Harriet stellte fest, daß ihr Mund plötzlich trocken geworden war. Bestimmt war dieses Telefonat ganz harmlos, dachte sie. Es hatte sich zwar angehört wie aus einem Gangsterfilmdrehbuch, aber schließlich hatte sie ja nur die Hälfte der Unterhaltung hören können.

Er schaltete das Telefon aus. »Also, wo war ich?«

Harriet wollte aufstehen, denn ganz egal, wo er war, sie wollte auf keinen Fall mit ihm dort sein. Er bedeutete ihr, wieder Platz zu nehmen.

»Ach, jetzt weiß ich es wieder. Ich hatte mich gefragt, ob ich Sie wohl für ein anderes, kleines Geschäft gewinnen könnte.«

Bestimmt nicht, dachte Harriet, wollte das aber nicht so unumwunden sagen. »Ach ja? Was denn?«

»Sie bräuchten ein bißchen Kapital dafür. Ich möchte, daß meine Mädels sich eher als Partner und nicht als Angestellte fühlen ...«

Harriet fühlte sich nicht wie ein Partner, sondern vielmehr

wie ein Salatblatt, das sich einer gierigen, schleimigen Schnecke ausgeliefert sah. »Ich habe aber kein Kapital ...«

»Haben Sie überhaupt nichts gespart?«

Das hatte sie, aber sie gedachte nicht, ihm das zu sagen. Sie schüttelte den Kopf.

»Schade. Es ist ein leichter Weg, Geld zu machen, vorausgesetzt man hat genug für den Start.«

Harriet räusperte sich. »Ähm ... da ich, wie gesagt, kein Geld habe, könnte ich jetzt vielleicht den Lohn für diese Woche bekommen? Ich weiß, daß wir eigentlich erst am Ende der Woche bezahlt werden, aber ich brauche einfach heute schon ein bißchen Geld. Ich muß meine Unterkunft bezahlen.«

Keith sah sie scharf an. »Ich hätte vielleicht einen anderen Job für Sie. Besser als putzen.«

»Nein!« Harriet bemühte sich, die Panik aus ihrer Stimme herauszuhalten. »Nein, wirklich, ich bin sehr zufrieden mit der Arbeit. Ich möchte eben nur regelmäßig arbeiten, jeden Tag.«

»Und ich bin sicher, das werden Sie bald.«

»Aber was mache ich bis dahin?«

Er hob die Schultern. »Tja, die Kalkulationen sind knapp, ich kann Ihnen vor dem vertraglich festgesetzten Zeitpunkt wirklich nichts bezahlen.« Er hielt lange genug inne, um ihre Anspannung bis knapp an die Grenze des Erträglichen zu steigern. »Aber weil Sie so eine gute Kraft sind, werde ich Ihnen ein bißchen Geld leihen. Aus meiner eigenen Tasche. Damit Sie über die Runden kommen.« Er zog seine Brieftasche aus dem Jackett und gab ihr zwanzig Pfund.

Harriet hatte sich so weit erniedrigt, noch ein paar Zentimeter würden kaum einen Unterschied machen. »Ich fürchte, das reicht nicht.«

Der onkelhafte Ausdruck auf Keith' Gesicht verhärtete sich. Er zog noch einen Schein hervor. »Mehr kann ich wirklich nicht vorschießen. Aber nächste Woche bekommen Sie zwei Löhne – abzüglich dieser vierzig Pfund und der zwanzig von gestern, versteht sich.«

»Vielen Dank«, sagte Harriet und empfand nicht einen Funken Dankbarkeit. »Ich rufe Montag morgen an.«

»Tun Sie das. Ich bin sicher, bis dahin habe ich einen netten, kleinen Job für Sie.«

Sally litt unter dieser ganz besonderen Art von Erschöpfung, die sich nur dann einstellt, wenn man über einen längeren Zeitraum versucht, ganz besonders beschäftigt zu wirken. Drei Stunden hatte sie damit zugebracht, eine Wohnung zu säubern, in der sich einfach kein Dreck finden ließ. Selbst das Silber, das sie aus schierer Verzweiflung geputzt hatte, sah kein bißchen besser aus als vorher, denn wer immer es zuletzt geputzt hatte, hatte eine Politur mit Anlaufschutz verwendet. Ein paar Toastkrümel unter dem Grill waren der einzige Beweis, daß diese Wohnung je bewohnt worden war.

Nach etwa zwei Stunden waren Captain und Mrs. W. J. Walker, Royal Navy, aus dem Krankenhaus heimgekehrt. Bis dahin hatte sie gesaugt, Staub gewischt und alles auf Hochglanz poliert, was ihr unter den Lappen kam, so daß es nur so blitzte und blinkte, als der Sohn ihre Kunden behutsam hereinbrachte. Sally war der Ansicht, ihre Arbeit sei getan, aber der Sohn war sehr besorgt um seine Eltern und versprach, Sally werde noch ein Weilchen bei ihnen bleiben.

Sie waren hingerissen, und Captain Walker fragte, ob sie täglich kommen könne.

»Wir hatten eine wunderbare Haushälterin, eine echte Perle, aber sie mußte sich zur Ruhe setzen und lebt jetzt bei ihrer Tochter. Sie kam jeden Tag.«

Die milchigblauen Augen, die einst so beharrlich die Meere nach dem Feind abgesucht hatten, wirkten so bittend, daß Sallys weiches Herz nicht standhalten konnte. Diese beiden würden niemals genug Schmutz verursachen, um ihre Dienste täglich zu benötigen, aber – hatte der Sohn ihr in einem unüberhörbaren Flüstern anvertraut – sie war »jemand im Haus«. Und weil sie eine »Lady« sei, könne man sich auf sie eben verlassen.

Die Walkers erzählten Sally, wie Mrs. Golding die Dinge gehandhabt hatte, und baten sie – mit erlesener Höflichkeit –, alles ganz genauso zu machen. (Donnerstags morgens hat sie immer den Dosenöffner sterilisiert und freitags den Kühlschrank abgetaut – besser, man folgt einer festen Routine, finden Sie nicht?) Captain und Mrs. Walker waren sehr liebenswürdige Menschen und sie waren dankbar für Sallys dekorative und »damenhafte« Anwesenheit.

Piers' Wohnung erschien ihr nach der altmodischen Gemütlichkeit der Walkers besonders kalt und nüchtern. Außerdem war sie nicht so schön mollig geheizt. Sally schlotterte und zog ihre Strickjacke an. Was sie wirklich brauchte, war eine Umarmung, eine lebensbedrohliche Rippenbrecher- und Luftabschneideumarmung. Damit hatte Piers nie viel im Sinn gehabt.

Sie schaltete die Warmwassertherme ein und schwor sich, daß sie in ihrer eigenen Wohnung eine Warmwasserversorgung haben würde, bei der man einfach nur den Hahn aufdrehen mußte und sofort heißes Wasser hatte. Sie wußte, daß sie in dieser Hinsicht immer noch sehr viel besser dran war als ihre Freundinnen auf dem Boot, aber selbst die Aussicht, ihre müden Glieder bald in einem heißen Bad ausstrecken zu können, heiterte sie nicht auf. Piers war so distanziert in letzter Zeit.

Normalerweise wollte er fast jeden Morgen und jeden Abend mit ihr schlafen, aber seit sie bei Quality Cleaners angefangen hatte, blieb er aus irgendeinem Grund auf Distanz. Und da er nur zärtlich sein konnte, wenn Sex das eigentliche Ziel war, hatte er seit Tagen kaum mehr ihre Wange geküßt. Vermutlich war er auf der Suche nach einer Frau, die einer Arbeit nachging, derer man sich vor seinen Freunden nicht zu schämen brauchte.

Der Gedanke an Piers in den Armen einer anderen Frau hätte sie eigentlich erschüttern müssen, aber sie sorgte sich eigentlich mehr um die beiden Rotbrassenfilets, die im Kühlschrank lagen und darauf warteten, daß sie etwas Einfallsreiches mit ihnen anstellte. Wenn Piers anderswo auf seine Kosten kam, bedeutete das, daß sie einfach einschlafen konnte, wenn sie ins Bett ging, statt auch mit Piers noch irgend etwas Einfallsreiches anstellen zu müssen. Der Gedanke war eine enorme Erleichterung. Piers lag für gewöhnlich mit derselben ungeduldigen Erwartungshaltung auf den schiefergrauen Laken wie der Fisch in seinem Wachspapier. Und nachdem sie dann die entsprechende

Akrobatik vollführt hatte, mußte sie noch einmal ins Bad und sich waschen, während er einfach einschlief, ohne ein Wort der Liebe oder Zuneigung.

Sie hatte gerade die neuen Kartoffeln aufgesetzt und wollte den Grill einschalten, als das Telefon klingelte. Es war Piers, der unglaublich wichtigtuerisch verkündete, er müsse zu einem »Geschäftsessen«. Sie solle ruhig schon schlafen gehen, es werde spät.

Sally schnitt dem Fisch eine Grimasse, verbannte ihn zurück in den Kühlschrank und stellte die Flamme unter den Kartoffeln aus. Dann ging sie ins Wohnzimmer und schaltete den Fernseher ein. Ein Abend ohne Dokumentationen und Politmagazine. Wenn sie Piers verließ, würde sie nur noch *Blind Date* und *Gladiators* sehen, Sendungen, die Piers niemals auf der Mattscheibe seines Designerfernsehers dulden würde.

Das würde wunderbar, dachte Sally entschlossen und schob den Gedanken emsig beiseite, daß es noch viel wunderbarer wäre, wenn es jemanden gäbe, vorzugsweise jemanden männlichen Geschlechts, mit dem sie all das teilen könnte.

5. KAPITEL

May klingelte und wartete ein paar Minuten ab. Obwohl sie jetzt seit sechs Wochen bei Quality Cleaners arbeitete, hatte sie sich immer noch nicht daran gewöhnt, die Häuser anderer Leute zu betreten, während die Bewohner nicht daheim waren.

»Es muß einen leichteren Weg geben, seinen Lebensunterhalt zu verdienen«, murmelte sie, als sie, wie instruiert, den Schlüssel aus dem kleinsten Gummistiefel vor der Haustür fischte. »Und wenn Schleimbeutel uns nicht bis spätestens Montag zahlt, was er uns schuldet, werde ich diesen Weg finden.«

Behutsam und zögerlich öffnete sie die Tür, sicher, daß jeden Moment eintausend Dezibel losschrillen würden. Aber es herrschte himmlische Ruhe. Seit sie ein Haus betreten hatte, dessen Bewohner vergessen hatte, die Alarmanlage auszuschalten, und May nicht nur sämtliche Nachbarn an den Rand des Wahnsinns getrieben, sondern auch einen Großeinsatz der Polizei ausgelöst hatte, machten diese ersten Sekunden sie immer ein wenig nervös.

»Hallo?« rief sie. »Tut mir leid, daß ich so spät dran bin.«

Aber nur leere Stille antwortete ihr, und sie ging in die Küche. Ihr erster Putzeinsatz heute morgen hatte ihr einen Parkettboden von der Größe eines Tennisplatzes beschert, der auf Händen und Knien poliert werden mußte. Anschließend gab es einen unschönen Zusammenstoß mit Mike, dem Vermieter ihres Liegeplatzes, der mit zunehmender Ungeduld auf Zahlung drängte, wo doch ihr Lohn nur tröpfchenweise kam. Davon hatte sie sich noch nicht erholt und dann mußte sie auch noch ewig auf eine Bahn nach Richmond warten. Darum war sie sehr viel später dran und sehr viel müder als erwartet.

»Ein Glück, ich bin allein«, murmelte sie. »Wo ist der Kessel?«

Die Küchenfront war aus hell gebeizter Eiche. Alle Schranktüren, die Spülmaschine, sogar die Ofentür. Die einzige Ausnahme bildete ein weißer Kühlschrank. May überlegte für einen Moment, warum das wohl so war, und dann erkannte sie, daß eine hölzerne Kühlschranktür das Anbringen von bunten Kühlschrankmagneten unmöglich gemacht hätte. Sie fehlten in keinem Mittelklassehaushalt, hatte May festgestellt, waren weniger eine Modeerscheinung als eine Notwendigkeit.

In dieser Familie gab es Kinder, die offenbar in großer Eile hinausgestürzt waren. Der Tisch erinnerte an das Geisterschiff Marie Céleste, als seien auch hier alle während des Essens plötzlich aufgesprungen und auf unerklärliche Weise verschwunden. Schälchen mit Milch und durchweichten Cornflakes, Toastscheiben, in die Halbmonde gebissen worden waren, ein halbes Dutzend Marmeladengläser oder ähnliches, die Deckel schief aufgeschraubt. Nach der Anzahl an Kaffeebechern zu urteilen lebten vierzehn Personen in diesem Haushalt.

Versteckt zwischen mehreren Familienpackungen mit Frühstücksflocken lag ein Notizblöckchen, bedeckt mit Kaffeeringen und Brotkrümeln und einer grünen Filzstiftnachricht, vermutlich in der Handschrift ihrer Kundin. Die Buchstaben waren rund und schwungvoll, griechische E's und kleine Kringel als I-Punkte. Die vielen Ausrufezeichen sahen aus wie Heißluftballons.

May zog sich einen Stuhl heran. Sie hatte den Verdacht, daß sie dies vielleicht lieber im Sitzen lesen sollte. Dann schuf sie sich mit den Ellenbogen Platz auf dem Tisch, strich den Zettel glatt und las. *Liebe Haushaltshilfe, (tut mir furchtbar leid, ich hab' Ihren Namen vergessen). Etwas Schreckliches ist passiert! Es sieht so aus, als werde die Tante meines Mannes sterben! Sie liegt seit Jahren im Sterben, aber mein Mann denkt, wir sollten hinfahren. Mit ein bißchen Glück müßte sie heute abend entweder tot sein oder sich erholt haben. Hoffentlich! Wir bekommen nämlich Besuch von einem waschechten Staranwalt, der Marcus (meinen Mann!!) vielleicht zum Partner machen will.*

May wunderte sich inzwischen nicht mehr darüber, was für persönliche Dinge die Leute ihrer Putzfrau anvertrauten. Sie las weiter. *Die Sache ist die: Würden Sie das Essen kochen?* (May schnappte nach Luft. Das war ernst.) *Der Mann von der Agentur hat gesagt, Sie könnten wahre Wunder vollbringen! Ich habe die Speisefolge aufgeschrieben und Ihnen Geld zum Einkaufen hingelegt. Sie müßten alles bei Sainsburys bekommen. Nehmen Sie ein Taxi zurück. Ich habe auch die Titel der Kochbücher aufgeschrieben, in denen Sie die einzelnen Rezepte finden (sehr effizient für meine Verhältnisse!). Das Haus ist in halbwegs erträglichem Zustand, wenn Sie vielleicht nur mal eben durch Wohnzimmer, Eßzimmer und Gäste-WC gehen würden und sich ansonsten auf das Essen konzentrieren. Eine Nachbarin (Gott segne sie!) behält den Hund und die Kinder über Nacht, sie sind also versorgt. Natürlich bezahle ich Sie extra fürs Kochen! Sie müssen mir sagen, wieviel Sie zu bekommen haben. Könnten Sie vielleicht auch noch bleiben und auftragen? Tausend Dank, Clorinda Stockbridge.*

May fühlte sich versucht, einfach nach Hause zu gehen. Sie hätte jedes Recht dazu. Was fiel Schleimbeutel eigentlich ein, Mrs. Stockbridge glauben zu machen, sie könne kochen? Sie war als einfache Putzfrau angestellt, nicht als *chéf de cuisine* und mit einem mehrgängigen Menü für eine Dinnerparty war sie schlichtweg überfordert. Aber das Wort »extra« hielt sie zurück. Es hatte einen satten, fröhlichen Klang wie das Klimpern von Münzen. Es schien zu bedeuten, daß May das Geld unmittelbar bekommen würde, nicht die Firma.

Mike hatte es klipp und klar gesagt: Noch mal hundert Pfund und zwar bald, sonst werde er sie zwingen, das Boot zu verkaufen. Und wenn sie es nicht tat, würde er die Zwangsversteigerung betreiben. Was doch weitaus schlimmer wäre, betonte er. Jetzt Bargeld in die Finger zu bekommen konnte durchaus die Rettung in letzter Sekunde bedeuten.

Aber May hatte in ihrem ganzen Leben noch keine vernünftige Mahlzeit gekocht, geschweige denn irgend etwas, das mit *cuisine* zu tun hatte. Ihre warmen Mahlzeiten bestanden in aller Regel aus Toast, Käse und gebackenen Bohnen, hin und wieder ein Schinkensandwich zur Abwechslung. Und es war schon halb vier. Selbst für May, die nur eine vage Vorstellung hatte, wie lange diese Dinge dauerten, erschien die Zeit ein bißchen knapp, zumal sie noch putzen und alles einkaufen mußte.

Sie verbarg das Gesicht in den Händen, um einen Augenblick nachdenken zu können, ohne daß die Überreste des Frühstücks sie durcheinanderbrachten. Als sie den Kopf hob, hatte sie eine Entscheidung getroffen. Sie würde wie ein Wirbelwind einkaufen und anschließend die Gerichte mit langen Garzeiten auf den Weg bringen. Dann wollte sie putzen und schließlich in aller Ruhe fertig kochen. Es würde nicht einfach sein, aber es war machbar. Als erstes brauchte sie eine Einkaufsliste.

Sie suchte auf dem Tisch nach der Speisenfolge und dem Einkaufsgeld. Der Speiseplan hatte sich unter einem Teller mit Schinkenkrusten und kaltem Rührei verkrochen, aber Geld war nirgends zu entdecken. Die Panik, die May sich gerade eben erst ausgeredet hatte, kam zurück. Sie suchte die ganze Küche ab, Arbeitsplatte, Schränke, alles. Schließlich kam sie zu der erschütternden Erkenntnis, daß hier kein Geld für sie bereitlag.

May besaß gerade genug Bargeld für die U-Bahn-Fahrt nach Hause, auf ihrem Konto war ein sattes Minus. Eine Kreditkarte besaß sie nicht. Da sie schlecht bei den Nachbarn klingeln konnte, um fünfzig Pfund zu borgen, kam Einkaufen eben nicht in Frage. Immerhin bedeutete das, daß sie einen Punkt auf ihrer Aufgabenliste schon streichen konnte. Dann also Punkt zwei: Kochen. May studierte die Menüfolge. Clorinda war offenbar ein großer Fan von Gourmetsendungen.

Geräucherte Forellenmousse (kinderleicht!), Toast Melba, Lammsteaks in Blattsalatmantel und Blätterteig (Salatroller in Schublade neben Herd) mit Zuckererbsen, Röstkartoffeln und Rotweinsoße, Zitronen-Weinschaumcreme (nehmen Sie die Gläser aus dem hohen Schrank).

Also, jedenfalls hatte sie eine absolut plausible Ausrede, warum sie diese kulinarischen Wunschträume nicht erfüllen konnte. Auch mit den nötigen Zutaten wäre es für eine Anfängerin wie May ein allzu ehrgeiziges Menü gewesen.

May fand einen Teebeutel und machte sich eine Tasse Tee. Sie könnte ihre Mutter anrufen und um Rat fragen. Ihre Mutter war auch ein Fan von Kochsendungen und hatte bestimmt jede Menge praktische Tips, wie man ein Gourmetmenü für acht aus ein paar Resten zaubert. Oder sie könnte Schleimbeutel anrufen, ihm die Situation schildern und ihm die Entscheidung überlassen, was zu tun sei. Nein. Alles, nur das nicht. Wenn sie Schleimbeutel ins Spiel brachte, bestand nicht ein Funke Hoffnung, daß sie einen Penny zu Gesicht bekam.

Außerdem widerstrebte es May, den einfachen Ausweg zu nehmen. Sie hatte eine dickköpfige Ader, die es ihr schwermachte, um Hilfe zu bitten. Hätte Clorinda die Zutaten gekauft oder ihr ein Bündel Zehnpfundnoten bereitgelegt, hätte sie vielleicht anders gedacht. Aber jetzt, da ihr niemand einen Vorwurf machen könnte, wenn sie es nicht versuchte, gerade jetzt war sie wild entschlossen zu kochen. Wie und was genau wußte sie noch nicht. Doch sie war zuversichtlich, daß ihr eine Lösung einfallen würde und entschied, erst einmal zu putzen, damit sie auch das abhaken konnte.

Sie räumte das Frühstücksgeschirr in die Spülmaschine und entdeckte unter der Spüle eine Kiste mit Putzmitteln, sehr säuberlich angeordnet. May fiel ein, daß sie heute hier war, weil Mrs. Stockbridges Putzfrau sich ein Bein gebrochen hatte. Tja, sie mochte anfällige Knochen haben, aber jedenfalls war sie tüchtig und systematisch. »Und das ist ein Glück«, sagte May. »Denn wenn sie sich das Bein nicht schon vor Monaten gebrochen hat, heißt das, daß das Haus noch ziemlich sauber ist.«

Mit neuem Mut trug sie die Putzmittelkiste ins Wohnzimmer. Abgesehen von einem Stapel Zeitungen in einem Sessel fand May den Raum absolut in Ordnung, gut genug, um Gäste darin zu empfangen. Sie sprühte ein bißchen Möbelpolitur Richtung Tischchen und Sesselfüße, wischte zwischen den Dekorationen auf dem Kaminsims Staub und schüttelte die Kissen auf. Die Zeitungen faltete sie ordentlich zusammen und legte sie in einen Korb, wo sich schon ein beachtlicher Stapel angehäuft hatte.

Das Eßzimmer war noch ordentlicher, nur war es hier kalt. Um ihren guten Willen unter Beweis zu stellen, polierte May den wundervollen Mahagonitisch. Eine Antiquität, stellte sie erleichtert fest, zu alt, um aus bedrohten Regenwäldern zu stammen.

Im Badezimmer im Erdgeschoß fand sich ein Wunderwerk aus Glas und Chrom: die luxuriöseste Dusche, die May je gesehen hatte. Die Glaswände waren mit Wasserflecken bedeckt, die sich mit einem feuchten Tuch aber problemlos entfernen ließen. Waschbecken und Toilette hätten eine etwas gründlichere Reinigung nötig gehabt, aber da May die meisten Putzmittel auf dem obersten Regal als umweltschädlich einstufte, konnte sie auch hier nur ein bißchen oberflächlich wischen. Wenn Mrs. Stockbridge wollte, daß May ihre Putzfrau bis zu deren Genesung vertrat, dann würde sie etwas umweltbewußter einkaufen müssen.

May sah auf die Uhr. Ihr blieben vier Stunden, um zu kochen. Sie hatte enorm viel Zeit gewonnen, weil sie nicht einkaufen konnte. Jetzt brauchte sie nur noch einen alternativen Speiseplan aufzustellen, wobei sie sich an den Zutaten orientieren mußte, die ihr zur Verfügung standen, und kochen. Es würde sich doch bestimmt etwas im Tiefkühlschrank finden, das sie in der Mikrowelle auftauen konnte.

Clorindas Haus verfügte über eine große, altmodische Vorratskammer, und darin stand eine gewaltige Kühltruhe. »Die ist groß genug, um eine Leiche einzufrieren, also wird sich wohl genug finden, um acht Leute satt zu kriegen«, sagte May und öffnete den Deckel.

May hatte natürlich nicht damit gerechnet, eine Leiche zu finden, aber ebensowenig war sie darauf gefaßt, keine Lammkeule, kein Hähnchen, keine Steaks und nicht einmal Schweinekoteletts zu finden. Das war ein bißchen entmutigend. Mochte man im Haus auch kaum eine Spur von Mrs. Stockbridges Kindern entdecken, die Kühltruhe war anscheinend ausschließlich nach Kindergeschmack gefüllt. Mehrere Pakete Weißbrot in Scheiben, Spinat, ein paar eher finster wirkende, braune Pakete, die Giftpilze hätten enthalten können. Dann eine ganze Reihe Margarinepakete, die ihre Deckel und damit die Aufkleber mit der Inhaltsangabe verloren hatten. Alles andere in dieser Tiefkühltruhe war Fastfood: Burger, Pizza, Fischstäbchen, Hähnchen-Nuggets ein halbes Dutzend verschiedener Pommes frites-Sorten, darunter auch welche in Buchstabenform. Das einzige, was auch nur Ähnlichkeit mit Erwachsenenfutter hatte, waren acht kalorienarme Chipolata-Würste und ein paar angebrochene Blätterteigpakete. Auf den ersten Blick schien es einfach nichts zu geben, das sie der achtköpfigen Dinnerparty vorsetzen konnte, selbst wenn es nur darum gegangen wäre, alle satt zu bekommen. Und Clorinda erwartete viel mehr als nur das. May schaufelte zwischen den kleinen Eishügeln und leeren Verpackungen am Boden der Tiefkühltruhe herum und fand ein Paket Windbeutel. Ihre anfängliche Euphorie verflüchtigte sich zusehends.

Vorausgesetzt sie fand eine Flasche Sherry und ein bißchen Zitronensaft irgendwo im Haus, hatte sie wenigstens schon den Nachtisch. Sie schloß die Kühltruhe, durchstöberte das Gemüseregal und fand ein paar Karotten, Kartoffeln und eine sehr verschrumpelte rote Paprikaschote. Gegenüber der Kühltruhe stand ein Regal mit Konserven. Inzwischen war May nicht mehr überrascht, als sie feststellte, daß es sich hauptsächlich um Buchstabennudeln und Hundefutter handelte. Sie fand allerdings auch ein paar Dosensuppen.

Ihre Stimmung war ziemlich gedämpft, als sie ihre magere Ausbeute in die Küche trug. Allerdings stand die Inspektion des Kühlschranks noch bevor, und wer konnte ahnen, welche Schätze sich darin verbargen? Vielleicht hatte Clorinda ihre »kinderleichte« Forellenmousse ja schon selbst gemacht. Und ganz sicher war Zitronensaft im Kühlschrank. Dann konnte sie die Windbeutel auftauen und den Nachtisch machen.

Weder Zitronensaft noch Forellenmousse standen im Kühlschrank. Statt dessen fand sich etwas, das wie eine grobe Leberpastete aussah, aber auf dem Deckel war ein Hund abgebildet. May erwog es kurz und entschied dann, es lieber nicht zu riskieren. Und selbst sie wußte, daß kalorienarme Zitronenlimonade kein Ersatz für Zitronensaft war. Es würde ihr nichts anderes übrigbleiben, als ein vollkommen anderes Menü zu entwerfen.

Sie schloß die Kühlschranktür und befand, daß es nach wie

vor hilfreich wäre, wenn sie den Sherry fände. Vielleicht entdeckte sie ja auch noch etwas anderes Alkoholisches, womit sich die Würstchen ein bißchen aufmöbeln ließen, von der Köchin ganz zu schweigen. Glücklicherweise war der Schrank im Eßzimmer mit genügend Flaschen bestückt, um ganz Süd-London zu vergiften. Notfalls konnte sie also einen wirklich scharfen Cocktail mixen, nach dessen Genuß niemand mehr merken würde, was er aß.

Mit einer Flasche Sherry kehrte sie in die Küche zurück. Dort gab es noch ein paar Schränke zu erkunden, die zwar vermutlich nur Frühstücksflocken in Buchstabenform enthielten, aber man darf ja die Hoffnung nie aufgeben. Zwischen alten Kartoffelchips und zerkrümelten Keksen stieß sie auf ein Paket Ingwerplätzchen. May begann zu lächeln. Sie würde Clorindas Gästen eine altbewährte Kalorienbombe vorsetzen: Ingwerplätzchen in Whisky oder Sherry eingelegt, auf einer Schicht Schlagsahne und mit Sahnehäubchen verziert. In ihrem Kopf hörte sie die Stimme ihrer Hauswirtschaftslehrerin, bei der sie das Rezept vor Jahren gelernt hatte.

Um halb acht kamen Clorinda und ihr Mann mit einem Wirrwarr von Entschuldigungen in die Küche gestürzt.

»Meine Liebe! Es tut mir so schrecklich leid. Haben Sie alles geschafft? Es ist einfach furchtbar, Tante Maude lebt immer noch. Das heißt, wenn sie gestorben wäre, wären wir vermutlich niemals dort weggekommen. Sind sie zurechtgekommen?«

May hatte sich eine würdevolle kleine Ansprache zurechtgelegt, mit der sie betonen wollte, daß sie unter den Umständen ihr Bestes gegeben hatte, und sie hatte die Absicht gehabt, diese Umstände bis ins letzte Detail zu beschreiben, um deutlich zu machen, wie schwierig sie gewesen waren. Aber ihre Ansprache erschien ihr mit einemmal unpassend.

»Na ja, es war nicht gerade einfach ...«

»Wirklich? Und dabei hab' ich doch versucht, die Dinge möglichst unkompliziert für Sie zu machen. Aber ich bin davon ausgegangen, daß Sie eine viel bessere Köchin sind als ich ...«

»Um ehrlich zu sein, ich kann nicht kochen ...«

»Ich meine, bei mir dauert es Ewigkeiten, ein mehrgängiges Menü zustande zu bringen. Ich wollte eigentlich anfangen ...«

»Laß das arme Mädchen doch erst einmal ausreden«, sagte Clorindas Mann. »Hallo, ich bin übrigens Marcus Stockbridge.«

May schüttelte seine ausgestreckte Hand. »May Sargent. Die Sache ist die: ich kann nicht kochen. Ich habe praktisch keinerlei Erfahrung damit.«

»Was?« Clorindas hübsches Gesicht verzerrte sich zu einer Grimasse der Enttäuschung und Verwirrung. »Soll das heißen, wir haben nichts zu essen? Aber was riecht dann so köstlich?«

»Oh, ich habe etwas zu essen gemacht«, erklärte May. »Aber ich konnte mich nicht an Ihren Menüplan halten, weil Sie mir kein Geld hiergelassen hatten.«

»Oh, Marcus!« Clorinda wandte sich ihrem Mann zu, ihre Anspannung und Besorgnis hatten sich in Ärger verwandelt. »Wie konntest du vergessen, der armen ... May das Geld hinzulegen? Du lädst all diese wichtigen Leute ein und ...«

»Du hast kein Wort davon gesagt, daß ich Geld hierlassen sollte«, unterbrach Marcus entschieden. »Und da all diese wichtigen Leute in ungefähr einer halben Stunde hier sein werden, schlage ich vor, du gehst nach oben und ziehst dich um.«

Clorinda gab einen Laut von sich, der halb ein Wimmern und halb ein Niesen zu sein schien, und stürmte hinaus.

May beobachtete diese Demonstration männlicher Dominanz aus dem Augenwinkel und fragte sich, ob sie auch dann so erfolgreich gewesen wäre, wenn Clorinda selbst nicht in Wirklichkeit viel mehr daran gelegen hätte, sich der drängenden Frage ihrer Abendgarderobe zu widmen, als Mays Küchenprobleme zu erörtern.

Marcus wandte sich an May, offenbar hoffte er, sie mit demselben Zaubertrick zu bändigen. Er sah auf seriöse Art gut aus: graue Schläfen, wohlhabend, ein kleiner Bauchansatz über dem Hosenbund.

»Dieses Durcheinander tut mir wirklich leid. Natürlich könnten wir etwas zu essen bestellen.«

Auf diese einfache Lösung war May nicht gekommen, die Annehmlichkeiten des Wohlstands waren ihr allzu fremd geworden. Aber das würde sie auf keinen Fall dulden, nicht nach der ganzen Arbeit, die sie sich gemacht hatte. »Nein, nein. Ich habe etwas zu essen gemacht, nur ist es vermutlich nicht das, was Sie und Ihre Gäste erwarten.«

»Ich nehme nicht an, daß Wein kalt gestellt ist?«

May hatte die größten Bedenken wegen ihres Essens und hatte so viele Weißweinflaschen in den Kühlschrank gelegt, wie nur hineinpaßten. Dann hatte sie ein paar Flaschen Rotwein geöffnet. »Ein ganzer Kühlschrank voll«, erwiderte sie triumphal.

Marcus entspannte sich sichtlich. »Und hat meine Frau Sie gefragt, ob Sie hierbleiben und auftragen können? Sie können verlangen, was immer Sie wollen.« Er lachte. »Ich kann Sie als Betriebsausgabe absetzen.«

»Tja, ich bin schrecklich müde. Aber könnten Sie mich vielleicht gleich bezahlen? In bar?« Plötzlich sah es so aus, als sollte sie für ihre harte Arbeit wirklich belohnt werden.

»Natürlich. Und ich gebe Ihnen Geld für ein Taxi nach Hause.«

»Aber ich wohne in Central London.«

»Egal. Wir bestellen ein Taxi, das Sie in der Sekunde abholt, wo das Dessert auf dem Tisch steht. Sie brauchen nicht mehr abzuräumen oder Kaffee zu kochen. Das wäre also geregelt.« Und damit verschwand er im Badezimmer im Erdgeschoß.

Zwei Minuten später hörte May ein seltsames Donnern, begleitet, so schien es, von sturmgepeitschten Regengüssen. Ihr Bootbewohnerinstinkt löste für einen Augenblick eine Panik aus, aber dann ging ihr auf, daß hier keineswegs ein Schleusentor gebrochen war, es war lediglich die luxuriöse Hochleistungsdusche, die Entspannung und Wohlbefinden in Marcus Stockbridges männliche Schultern massierte.

Ergeben band May sich eine Plastikschürze um, die einzige, die sie hatte finden können, die sauberer war als ihre fettbespritzten Jeans. Sie hätte so eine heiße Dusche selbst sehr gut vertragen können, sie sehnte sich danach. Es würde noch Stunden dauern, ehe sie nach Hause kam, und dann würde ihr Lohn lediglich aus einem kümmerlichen, lauwarmen Strahl bestehen, von dem man nicht mal richtig naß wurde. Aber der Gedanke an das Geld gab ihr Kraft. Wenn sie ihr fünfzig Pfund gaben, hätte sie die hundert für Mike zusammen, schon einen Tag nachdem er sie verlangt hatte.

Clorinda schwebte in die Küche. Sie trug ein sehr elegantes, zweiteiliges schwarzes Kleid und hatte ihre Haare zu einem perfekten Knoten aufgesteckt.

»Sie sehen wunderbar aus«, sagte May, teils aus Höflichkeit, aber auch weil es stimmte.

Mochte ihre Ersatzputzfrau sich auch in mehr als einer Hinsicht wie Aschenputtel fühlen, so war Clorinda jedenfalls entschlossen, nicht die Rolle der bösen Schwester zu übernehmen. »Liebes, Sie waren sagenhaft. Marcus wollte, daß Sie bleiben und auftragen, aber wenn Sie einfach den ersten Gang auf den Tisch bringen, während wir einen Aperitif trinken, und dann den Hauptgang, das wäre völlig ausreichend, ich mache den Rest selbst. Ich komme mir so gemein vor, weil Sie alles allein machen mußten.«

»Vielleicht sollte ich Ihnen erklären ...«

»Lassen Sie uns was trinken. Gin and Tonic?«

May gab den Versuch auf. Sie nahm von Clorinda ein Glas entgegen und trank. Der Drink war sehr stark.

Es läutete an der Tür. Clorinda leerte ihr Glas in einem tiefen Zug, gab ein diskretes, aber hörbares Aufstoßen von sich und ging in die Diele hinaus.

May kippte ihren Drink ebenfalls hinunter. »Auf das Dinner.«

Es war so lange her, seit Clorinda Stockbridges Gäste zum letztenmal Tomatensuppe aus der Dose gegessen hatten, daß wenige oder keiner sie wiedererkannte. Sie alle fanden sie köstlich und löffelten sie bis zum letzten Tropfen auf. Der Erfolg ihres ersten Gangs beruhigte May jedoch nicht sonderlich. Sie wußte, daß praktisch alle Leute Tomatensuppe aus der Dose liebten. Sie hatte eine Tante, die Jahre damit zugebracht hatte, mit ihren

Tomaten aus eigener Zucht eine Suppe zu kreieren, die auch nur annähernd so gut war. Clorindas elektrischen Dosenöffner zu bedienen war das einzige Problem gewesen.

Es war der zweite Gang, der erst die Bewährungsprobe ihrer Erfindungsgabe, jetzt ihrer Nerven war. Mit schwerem Herzen aber ohne Alternative holte sie die ersten beiden Teller aus dem Ofen. Wenigstens würde sie keinen der Gäste je im Leben wiedersehen müssen. Jede Portion bestand aus zwei Geflügel-Nuggets, ein paar geriebenen Kartoffeln, zu knusprigen Plätzchen gebacken, einigen Karottensplittern, einem Klecks Spinat und ein paar Erbsen, die sie vom Boden der Tiefkühltruhe eingesammelt hatte. Doch um diesem langweiligen Gericht ein bißchen Pfiff zu geben, hatte sie das Essen zu Figuren angeordnet, ein Mann und eine Frau auf jedem Teller.

Kein *chef d'honneur* hätte seine Komposition mit mehr Hingabe anrichten können. Während sie Spinatkleider, Karottenarme und Kartoffelgesichter arrangierte, kam es ihr beinah so vor, als entwickelte jede der Figuren eine individuelle Persönlichkeit. Und weil sie sich ihrer Kreation so sehr verbunden fühlte, gab sie den Teller mit dem hübschesten Mädchen dem Mann am Tisch, der ihr zulächelte, als sie auftrug. Und den Teller mit dem mürrisch dreinblickenden Jungen, dessen Erbsenaugen verschlagen in die Welt hinausschielten, gab sie dem Gast, den sie für den »Staranwalt« hielt, den Clorinda auf ihrem Zettel erwähnt hatte. Schließlich war diese Dinnerparty allein seine Schuld.

Als alle Gäste ihre Teller bekommen hatten, herrschte Schweigen. Unter dem dumpfen Stampfen ihrer Doc Martens auf dem Parkett floh May aus dem Eßzimmer, überzeugt, daß Clorindas Dinnerparty zum Scheitern verurteilt war. Seltsamerweise stimmte diese Erkenntnis sie sehr traurig, wo May doch immer die Ansicht vertreten hatte, Dinnerpartys seien etwas grauenhaft Spießiges.

Als sie in die Küche kam, hörte sie das Klatschen. Es begann ganz zaghaft, wie die ersten Regentropfen auf einem Stein und steigerte sich dann in einem gewaltigen Crescendo zu Tischtrommeln, Pfeifen und Jubeln. Sie applaudierten ihr. May atmete tief durch und lächelte. Dann reckte sie ihre Faust in die Luft. »Ja!«

Theoretisch hätte sie jetzt nach Hause gehen können. Aber nachdem ihr ein Taxi versprochen worden war, konnte sie sich für die U-Bahn-Fahrt einfach nicht erwärmen, schon gar nicht nach dem gewaltigen Drink, den Clorinda ihr verabreicht hatte. Und nachdem sie nun einmal beschlossen hatte, die Bezahlung für den heutigen Abend zu unterschlagen und Schleimbeutel nur etwas abzugeben, wenn Harriet darauf bestand, würde sie auf keinen Fall ohne ihr Geld nach Hause fahren.

Nein, sie wollte sich nicht von der Stelle rühren, bis Marcus oder Clorinda mit ein paar Scheinen kamen. Und während die Gäste ihre kleinen Kartoffelmännchen verspeisten, konnte sie ja schon mal ausrechnen, wieviel sie zu bekommen hatte.

May hatte gerechnet, aufgerundet und abgerundet, und noch immer drangen Gelächtersalven aus dem Eßzimmer. Die Teller waren ja vielleicht ganz amüsant gewesen, aber doch sicher kein ausreichender Grund für diese hemmungslose Heiterkeit? Ich hätte nicht so viele Flaschen Wein öffnen sollen, dachte sie. Vermutlich lassen sie sich so richtig vollaufen. Es wird noch Stunden dauern. Ich hätte Stangenbrot und Butter als Löschpapier auf den Tisch stellen sollen. Das hätte ihnen gefallen.

Es war eher Langeweile als Pflichtbewußtsein, die May dazu trieb, die Spülmaschine einzuräumen und ein bißchen Ordnung in der Küche zu schaffen. Dann verzog sie sich im Gäste-WC auf der Suche nach einer guten Seife und Handcreme. Und dann kam ihr eine wunderbare Idee: Warum sollte sie sich mit einer lauwarmen, ärmlichen Tröpfeldusche auf dem Boot abfinden, wenn sie hier doch ein geradezu paradiesisches Duscherlebnis genießen konnte und obendrein noch ihr eigenes Wasser sparen? Sie fand, sie hatte jedes Recht darauf. Immerhin hatte sie diese blöde Dusche geputzt, sie schuldete ihr was.

Schnell, ehe sie ihre Meinung ändern konnte, zog sie sich aus und trat unter den schäumenden Strahl. Stundenlang hätte sie da stehen können und sich von einem heißen Niagara-Fall Kopfhaut, Schultern, Rücken und Waden massieren lassen. Durch das Tosen der Fluten hindurch hörte sie, daß jemand an der Tür rüttelte, aber sie schenkte dem keinerlei Beachtung. Sie würde diese Dusche nicht verlassen, bis ihre Haut in Fetzen hing und vielleicht nicht mal dann. Wer behauptete, duschen gehe schneller als baden, hatte entweder noch niemals ein echtes Bedürfnis nach Säuberung verspürt oder aber noch keine Dusche wie diese erlebt. Als ihre Haut endlich die Farbe reifer Erdbeeren angenommen hatte und herrlich kribbelte, stellte sie den Strahl zögernd ab und stand tropfend in der plötzlichen Stille.

Das Donnern der Dusche wurde vom Donnern gegen die Tür abgelöst. Wer immer draußen stand, hatte offenbar nur darauf gewartet, daß das Wasser abgestellt wurde, um mit neuem Elan zu hämmern. May reagierte nicht. Oben gab es doch sicherlich ein absolut funktionsfähiges Bad. Sie hatte das zwar nicht persönlich überprüft, aber es war ausgeschlossen, daß ein Haus dieser Größe nur eine einzige Toilette haben sollte.

Sie borgte sich einen *Egoiste-for-men*-Deoroller. Ja, hier war eindeutig der Schauplatz der maskulinen Körperhygiene. Das Bad im Obergeschoß war vermutlich rosé oder champagnerfarben und hatte ein Bidet. Also, wer immer vor der Tür stand, sollte sich nach oben verkrümeln und sie gefälligst in Ruhe lassen.

Die Vorstellung, ihre dreckigen Sachen wieder anziehen zu müssen, war scheußlich, zu allem Überfluß hatte sie sie auch noch am Boden liegenlassen, und sie waren naß geworden. Sie tupfte sich mit einem Handtuch ab und zog in Erwägung, Clorindas Kleiderschrank zu plündern. Aber mochten ihre Moralbegriffe auch flexibel sein, davor schreckte sie doch zurück. Außerdem hätten Clorindas Hosen ihr gar nicht gepaßt. Sie rollte ihre Sachen zu einem Bündel zusammen und hatte einen Geistesblitz: sie würde sie in den Trockner stecken. Das würde sie zumindest anwärmen.

Das Gästehandtuch war bei weitem zu knapp, also wickelte May sich in Marcus' feuchtes Badetuch und trat hinaus, ihr Kleiderbündel an sich gepreßt, ihre Haut zart gerötet und ihre Haare gelockt wie das Vlies eines Lamms. Der Staranwalt wartete vor der Tür und sah mindestens so übellaunig aus wie sein

Kartoffelmännchen. May strahlte ihn an. Ihr Gewissen regte sich nicht. Er mochte es eilig haben, aber sie hatte verdientermaßen die Dusche ihres Lebens genossen.

»Tut mir leid, wollten Sie ins Bad?«

»Das im Obergeschoß scheint permanent besetzt zu sein.«

May zuckte die Achseln, eine unüberlegte Reaktion, da sie schließlich nur ein Badetuch trug. Sie zog es mit einem Ruck nach oben und wünschte, sie hätte es sicherer zusammengeknotet.

»Na ja, macht ja nichts. Jetzt bin ich ja fertig.«

Sein Gesichtsausdruck sagte, daß das aber auch höchste Zeit war.

Während der Riegel mit unnötiger Kraft zugeschoben wurde, geriet Mays Badetuch bedenklich ins Rutschen und enthüllte einen Großteil ihrer Rückansicht. Für mich war's auch höchste Zeit, dachte sie, und zog es mit einem leisen Lachen wieder in Position.

Sie war schon lange wieder trocken und angezogen, als Clorinda und Marcus sie fanden. Sie saß am Küchentisch, hatte den Kopf auf ihre gefalteten Arme gebettet und schlief.

»Meine Güte, es tut mir so leid, Liebes, wir hatten Sie völlig vergessen. Wie furchtbar! Wir rufen sofort ein Taxi.«

May protestierte schlaftrunken, aber Marcus pochte wieder auf seine Hausherrenautorität.

»Es wird nicht leicht sein, um diese Zeit ein Taxi zu kriegen, beziehungsweise einen Fahrer, der bereit ist, bis nach Central London zu fahren. Aber ich werd's versuchen. Ich würde Sie ja bringen, aber ich habe zuviel getrunken.«

Der Staranwalt betrat die Szene. Er war Anfang dreißig, ziemlich groß, hatte schwarze Haare und noch schwärzere Augenbrauen, und seine Laune hatte sich nicht merklich gebessert, seit May ihn vor der Badezimmertür hatte schmoren lassen. Was zweifellos daran lag, daß er als einziger in dieser weinseligen Gesellschaft stocknüchtern war.

»Wo wohnen Sie?« fragte er May.

»Paddington. In der Ecke jedenfalls.«

»Das ist kein großer Umweg für mich, ich fahre Sie.«

»Hugh, das ist wirklich großartig von Ihnen.« Marcus schien verlegen. »Ich würde sie ja selbst fahren ...«

»Schon gut«, unterbrach May entschlossen. »Ich bin kein Paket, ich kann ohne weiteres die U-Bahn nehmen.«

»Nicht um zwei Uhr morgens, kommt nicht in Frage«, widersprach der Anwalt. »Ich schlage vor, Sie holen Ihren Mantel.«

Als May mit ihrer Lederjacke zurückkam, waren die meisten der überschwenglichen Gute-Nacht-Küsse und Darling-es-war-wunderbar-Beteuerungen schon absolviert. Nur der Anwalt in seinem langen blauen Mantel, der seine Größe betonte und ihm eine beängstigende Ähnlichkeit mit Christopher Lee als Dracula gab, stand noch in der Diele.

Clorinda war anfangs mit dem Plan einverstanden gewesen, doch nach einem Blick auf Hugh legte sie auf einmal ihre Hand auf Mays Arm. »Sie könnten problemlos über Nacht bleiben, wenn Sie lieber nicht ...«

Höflichkeit hinderte sie, den Satz zu vollenden. Sie konnte schlecht fragen, ob es May vielleicht unangenehm sei, zu einem wildfremden Mann ins Auto zu steigen, nicht wenn der fragliche Mann für Marcus' Karriere so wichtig war.

May lächelte beruhigend. Sie hatte keine hohe Meinung von ihrem Sex-Appeal und war sich darüber hinaus ziemlich sicher, daß sie einen gutplazierten Tritt anbringen konnte, sollte das nötig werden. Außerdem hatte sie langsam wirklich genug von den Stockbridges und wollte nach Hause.

»Wenn Sie wirklich in die Richtung fahren, wäre ich sehr dankbar, wenn Sie mich ein Stück mitnehmen«, sagte sie zu Hugh.

»Dann kommen Sie«, erwiderte er ungehalten.

May fröstelte, als sie zu seinem Wagen gingen. Sie zog die Schultern hoch und stellte den Kragen ihrer Jacke auf. Die Zentralverriegelung klickte leise, und sie stieg schnell ein, ehe er irgend etwas Peinliches tun konnte, wie etwa ihr die Tür zu öffnen. Er stieg auf seiner Seite ein, startete den Motor, und sie erkannte, daß er keineswegs solche Absichten gehabt hatte. Sie versteckte ein Grinsen in ihrem Kragen.

»Bitte denken Sie nicht, Sie müßten mich mit belanglosem Geplauder unterhalten«, sagte er. »Ich schlage vor, Sie schlafen ein wenig. Ich werde Sie wecken, wenn wir in Ihre Gegend kommen.«

May zuckte die Schultern, kuschelte sich in die weichen Lederpolster und schlief ein.

»Wo in Paddington wohnen Sie?«

May kämpfte sich mühsam aus ihrem Erschöpfungsschlaf. »Ach, lassen Sie mich einfach am Bahnhof raus.«

Im Wagen war es dunkel, aber May spürte die Mißbilligung ihres Chauffeurs deutlich. »Ich sagte, ich bringe Sie nach Hause. Also? Wo wohnen Sie?«

Na schön, du hast es so gewollt, dachte May. »Ich wohne in Bryanston Moorings auf einem Hausboot. Man kann nachts nicht mit dem Auto hinkommen, das Tor ist geschlossen.«

Er brummte verstimmt, was May an ihren Vater erinnerte, und fuhr ohne ein Wort weiter.

»Da vorn ist ein Parkplatz. Da können Sie mich rauslassen.«

»Ich würde es vorziehen, Sie bis nach Hause zu begleiten.«

May seufzte. »Hier passiert mir nichts. Ehrlich.«

Hugh tat ihren Dank mit einem Achselzucken ab und fuhr zusammen, als sie die Wagentür krachend zuschlug, aber erst als sie an Bord der *Rose Revived* war, entfernten sich die Scheinwerfer.

»Ein echter Gentleman«, murmelte sie mit einem leisen Lachen und öffnete die Tür zum Salon.

6. KAPITEL

May hatte gewußt, daß Harriet noch auf war, als sie das Licht übers Wasser hatte scheinen sehen. Sie war froh. Marcus hatte ihr anstandslos einen Scheck ausgestellt. Entweder wußte er es nicht, oder es war ihm gleich, daß Quality Cleaners eine Rechnung schicken würde. May hatte ihren Augen kaum getraut, als sie den Betrag sah: zweihundert Pfund. Das hatte sie in Hochstimmung versetzt, ihre beiden kurzen Nickerchen und natürlich die Dusche hatten sie erfrischt, und sie sehnte sich danach, ihren Triumph mit jemandem zu teilen.

Harriet kochte Kakao. Sie lächelte, als May eintrat, aber May sah auf den ersten Blick, daß sie geweint hatte.

»Was ist los?«

»Ich muß dir was sagen.«

»Was?«

»Wir haben uns nach Strich und Faden übers Ohr hauen lassen.«

»Was? Sprichst du von Schleimbeutel?«

Harriet nickte. »Er hat uns verschaukelt. Unter Vorspiegelung falscher Tatsachen eingestellt.«

»Aber wie? Was bedeutet das?«

»Es bedeutet, daß wir alle einen Vertrag unterschrieben haben, der eine sechswöchige Probezeit vorsieht.«

»Das wußte ich nicht.«

»Ich auch nicht. Hätten wir den Vertrag gelesen, dann hätten wir's gewußt. Jedenfalls haben wir anscheinend einem Stundenlohn von zwei fünfzig zugestimmt ...«

»Zwei Pfund fünfzig?!«

»... für diese ersten sechs Wochen, danach sollten wir die

zehn Pfund pro Stunde kriegen, die er in Aussicht gestellt hat.«

May war außer sich. Sie sank auf die Bank nieder und brachte kein verständliches Wort heraus. Dann fiel ihr siedendheiß etwas ein, und ihr Gejammer wurde artikulierter: »Und ich habe Mike versprochen, am Montag, spätestens Dienstag könnte ich ihm etwas bezahlen. Gott! Warum haben wir diesen Vertrag nicht durchgelesen? Ich hätte diesen Bedingungen nie im Leben zugestimmt. Das grenzt ja an Sklaverei!«

»Keine von uns hätte unterschrieben, wenn wir den Vertrag gelesen hätten. Darum hat er uns sehr geschickt manipuliert, daß wir ihn *nicht* lesen. Und das ist ja noch nicht alles: obwohl wir schon sieben Wochen für ihn arbeiten, behauptet er, er habe das Recht, die Probezeit um weitere sechs Wochen zu verlängern. Denn das ›liegt im Ermessen der Geschäftsführung‹.«

»Scheiße! Scheiße! Scheiße! Scheiße!«

»Mit anderen Worten, er kann uns immer und immer weiter mit zwei Pfund fünfzig die Stunde abspeisen, so lange wir das mitmachen. Er hatte nie die Absicht, den Stundenlohn, mit dem er in der Annonce geworben hat, zu zahlen.«

»So ein verfluchter Mist! Was machen wir denn jetzt?« May war so wütend, daß sie am liebsten auf der Stelle auf Schleimbeutel losgegangen wäre, doch sie spürte, daß Harriet noch verstörter war als sie, obwohl sie doch schon Zeit gehabt hatte, sich an den Gedanken zu gewöhnen, daß sie betrogen worden waren.

Als May sah, wie erschüttert ihre Freundin war, sann sie auf etwas Aufmunterndes. »Ich habe heute zweihundert Pfund verdient!« Sie zog den Scheck aus der Tasche. »Und er ist an mich ausgestellt, Schleimbeutel wird nicht einen Penny davon kriegen!«

»Das ist ja wunderbar«, sagte Harriet niedergeschlagen.

»Es bedeutet, daß ich Mike mehr als die hundert geben kann, die er gestern verlangt hat. Und du brauchst dir diese Woche keine Gedanken wegen Miete oder Haushaltsgeld zu machen. Oh, Harriet! Es wird schon wieder. Ich weiß, er ist ein absoluter Scheißkerl, aber wir lassen uns schon was einfallen. Wir können uns andere Jobs suchen ...«

»Ich weiß, aber es ist ja nicht nur wegen Schleimbeutel, obwohl das weiß Gott schlimm genug ist ...«

»Was ist denn noch schiefgelaufen? Was sonst könnte so schlimm sein?«

»Es ist Matthew.«

May hatte auf einmal weiche Knie. Hier saß sie und machte ein Riesentheater, weil sie übers Ohr gehauen worden war, und dabei stand Harriets Sohn vielleicht an der Schwelle des Todes. »Er ist doch nicht krank? Oder ein Unfall?«

Harriet schüttelte den Kopf. »Nein, nein, so schlimm ist es nicht. Aber ich habe ihn seit über einem Monat nicht gesehen.«

Doch hier ging es offenbar um mehr als nur darum, daß Harriet ihren Sohn vermißte. »Und woran liegt das? Wenn das keine dämliche Frage ist. Ist die Schule so weit weg?«

»Nein. Von Waterloo aus nimmt man den Zug, dann läuft man ein Stück oder nimmt ein Taxi.« Harriet hatte den Weg zu Matthews Schule ausgekundschaftet, kaum daß sie in London angekommen war.

»Also? Wo liegt das Problem?«

»Die Schulverwaltung erlaubt nicht, daß ich ihn sehe. Ich habe vorhin angerufen.«

»Was heißt das?« verlangte May entrüstet. »Sie können dich doch nicht hindern! Du bist seine Mutter.«

»Meine Großeltern haben die Schulverwaltung angewiesen, keinen Kontakt zwischen Matthew und mir zuzulassen. Wenn ihre Anweisung nicht befolgt wird, nehmen sie ihn von der Schule. Sie haben dem Schulleiter gesagt, es sei mir zuzutrauen, daß ich Matthew entführe, also dürfe ich nicht in seine Nähe kommen.«

»Aber wie können deine Großeltern so grausam sein? Das gibt's doch gar nicht.«

»O doch, das gibt es. Anscheinend haben sie ein Verfahren eingeleitet, um Matthew unter gerichtliche Vormundschaft stellen zu lassen, und sie haben strikt verboten, daß ich ihn besuche. Sie haben deutlich betont, daß sie für schlechte Publicity sorgen würden, wenn man ihren Wünschen zuwiderhandelt.«

»Was genau hat man dir in der Schule gesagt?«

»Ich habe mit dem Schulleiter gesprochen. Und er sagte: ›Es tut mir leid, Miss Devonshire, wir haben strikte Anweisung von Mr. und Mrs. Burghley-Rice, daß Sie‹, und er betonte das *Sie*, ›Matthew unter keinen Umständen besuchen dürfen.‹«

Es war inzwischen beinah drei Uhr morgens, und May war fast schwindelig vor Müdigkeit. Aber ihre Erfindungsgabe hatte heute schon einen guten Trainingslauf gehabt, wenn sie sie nur reaktivieren könnte, würde ihr vielleicht etwas Konstruktives einfallen. Eine ausgiebige Nachtruhe wäre sicher förderlich, aber da sie wußte, daß Harriet kein Auge zutun würde, ehe ihr eine Lösung eingefallen war, ging sie in die Küche und machte sich etwas Heißes zu trinken.

Harriet sagte nichts mehr. Sie hatte ihre Tränen unter Kontrolle, aber jetzt breitete sich die Depression wie eine schwere Decke über ihr aus, drückte sie nieder und machte es ihr unmöglich, auch nur einen positiven Gedanken zu fassen. Als May ihr einen Kakao anbot, winkte sie ab.

»Ich kann mir nicht vorstellen, daß das gesetzlich ist, weißt du.« May kam in den Salon zurück und balancierte ein Stück Brot mit Butter auf ihrem Kakaobecher. »Eine Schule kann einer Mutter nicht den Kontakt mit ihrem Kind verweigern.«

»Willst du sagen, ich sollte mit einem halben Dutzend Polizisten dort anrücken und seine Herausgabe fordern?«

»Nein, nein. Ich denke nur, es muß einen Ausweg geben, wenn das Gesetz nicht ganz und gar auf ihrer Seite ist.« Sie trank einen Schluck Kakao. »Entschuldige. Ein Rechtsanwalt hat mich nach Hause gefahren, vermutlich kommt mir deswegen das Gesetz in den Sinn.« Sie knabberte an ihrem Brot. »Ich frag' mich, was der Schuldirektor wohl gemeint hat. Hab' ich dich richtig verstanden. Er hat ›Sie‹ besonders unterstrichen?«

Harriet nickte. »O ja. Er meinte zweifelsohne mich.«

May schluckte. »Man betont das Wort nicht ohne Grund.«

»Oh, er hatte einen Grund. Er wollte klarstellen, daß mir nicht erlaubt wird, mein Kind zu besuchen.«

»Ich weiß. Aber heißt das nicht umgekehrt auch, das jemand *anders* Matthew besuchen könnte?«

»Wie meinst du das?«

»Ich meine, es wäre vermutlich möglich, daß ich Matthew besuche, wenn ich in der Schule anrufe und sage, ich bin seine Tante oder Patentante oder so was. Und ehe du fragst, was das nützen soll: ich könnte ihn ins nächste Café bringen. Da kannst du ihn dann mit Sahnetorte vollstopfen, oder was immer Mütter samstags nachmittags so mit ihren Söhnen anstellen.«

Harriet biß sich auf die Lippen. »Ich weiß nicht. Es klingt ein bißchen ... na ja ... hanebüchen.«

»Aber meinst du, es ist einen Versuch wert?«

»Auf jeden Fall. Wenn es dir nichts ausmacht, anzurufen und zu lügen.«

»Oh, ich habe nichts dagegen, für eine gute Sache zu lügen. Aber nicht jetzt. Es ist mitten in der Nacht. Das machen wir morgen.«

»Das ist furchtbar lieb von dir, May. Ich werd' dir ewig dankbar sein.«

»Das ist ja wohl auch das Mindeste«, sagte May mit vollem Mund.

Harriet lächelte beinah. »Und was wird aus Schleimbeutel? Er schuldet uns Hunderte Pfund.«

»Na ja, mir schuldet er nicht ganz so viel wie euch, aber ich weigere mich, jetzt darüber nachzudenken. Laß uns erst ein Treffen für Matthew und dich arrangieren, um Schleimbeutel kümmern wir uns später.«

Harriet öffnete den Mund, aber May hob die Hand. »Bitte, Harriet. Ich weiß, wie dankbar du bist, aber ich muß jetzt wirklich schlafen. Dank mir morgen früh!«

»Mit wem muß ich sprechen?«

»Frag nach Mr. Buckfast. Und gib dich lieber als Matthews Patentante aus. Meine Großeltern könnten bei der Schulleitung darauf hingewiesen haben, daß Matthew keine näheren Verwandten hat.«

»Okay.«

»Ich wähle. Ich weiß die Nummer auswendig.« Sobald sie das Läuten hörte, trat Harriet aus der Telefonzelle und ging ein paar Schritte, bis sie außer Hörweite war.

May blieb kaum Zeit, sich verlassen vorzukommen, schon wurde abgehoben. »Könnte ich bitte mit Mr. Buckfast sprechen?« Die Sekretärin verband sie.

»Buckfast.«

»Ähm …« Mays Selbstvertrauen wollte sich davonstehlen, und sie packte es gerade noch rechtzeitig am Schlafittchen. »Ich rufe an, um zu fragen, ob ich Matthew Devonshire heute nachmittag zum Tee abholen könnte.«

»Ich bin sicher, das läßt sich einrichten. Wie, sagten Sie doch gleich, war Ihr Name?«

»May … Miss Sargent.«

»Nun, Miss Sargent, die Jungen dürfen die Schule zwischen vierzehn und sechzehn Uhr dreißig verlassen. Wenn Sie gegen zwei in mein Büro kommen wollen, wird er Sie erwarten. Wäre Ihnen das recht?«

»Da ist nur eine Sache.« May stieg eilig von ihrem hohen Roß. »Matthew kennt mich nicht sehr gut, das heißt, er erinnert sich vielleicht gar nicht an mich …«

»Ich verstehe, Miss Sargent. Sie möchten, daß ich Matthew erkläre, wer Sie sind, und ihm versichere, daß alles seine Ordnung hat, wenn eine fremde Dame ihn zum Tee abholt.«

»Ja«, sagte May. Es gefiel ihr nicht so recht, wie er das Wort fremd betonte, und es stimmte sie mißtrauisch, daß er scheinbar so großes Verständnis für die Situation hatte. »Genau das meinte ich.«

»Miss Sargent?«

»Ja?«

»Ich bin sicher, Sie verstehen, daß wir als Schule besonders sensibel in Fragen der … Sicherheit sein müssen?«

O nein, sollte ihr Plan doch nicht funktionieren? »Ja?«

»Und deswegen werde ich meinen Bruder bitten, Sie und Matthew zu begleiten, wenn Sie das Schulgelände verlassen.«

»Ihr Bruder?«

»Ja. Er besucht mich heute. Wäre das für Sie akzeptabel?«

»Aber wenn Ihr Bruder kommt, um Sie zu besuchen, wird er kaum Lust haben, Matthew und mich in ein Café im Ort zu begleiten.«

»Machen Sie sich darum keine Sorgen, Miss Sargent. Er wird es gern tun.«

May zuckte die Schultern so heftig, daß es vermutlich durchs Telefon hörbar war. »Wie Sie wollen.«

Harriet hatte desinteressiert die Auslagen eines Geschäfts mit dem Namen Underground Uglies betrachtet. Als May aus der Telefonzelle trat, kam sie eilig auf sie zu.

»Und?«

»Ich denke, es wird klappen.«

»Was heißt das? Hat er Verdacht geschöpft?«

»Ganz sicher. Aber er ist offenbar der Ansicht, daß es nicht richtig ist, den Kontakt zwischen Matthew und dir zu unterbinden, also hat er es zurechtgebogen. Ich soll seinen Bruder mitnehmen, damit er sicher sein kann, daß ich kein Kinderschänder bin, aber abgesehen davon schien alles in Ordnung zu gehen.«

Harriet zuliebe hatte May beschlossen, daß sie respektabel aussehen und passend gekleidet sein müsse, um einen aufgeweckten Neunjährigen zum Tee auszuführen. Das Problem dabei war nur, daß all ihre »respektablen« Kleidungsstücke noch bei ihren Eltern zwischenlagerten. Also borgte sie sich einen von Harriets Röcken und die schwarzen Pumps. Sie fand ein Paar dunkelblaue Nylons, die nur ein winziges Loch auf der Innenseite des Oberschenkels hatten, und sie zog eine weiße Bluse an und darüber einen fast biederen Pullover, den ihre Mutter ihr gekauft hatte. Alles, was ihr fehlte, waren Perlenohrringe und ein schwarzes Samthaarband, und sie wäre die perfekte höhere Tochter.

»Und? Sehe ich wie eine Patentante aus?«

Harriet begutachtete sie. Tatsächlich sah May sehr anziehend aus in ihren geborgten Sachen. Sie unterstrichen ihre Verletzlichkeit, die normalerweise mit Arbeitslatzhosen und klobigen Schuhen vertuscht wurde. Und sie hatte hübsche Beine. Aber auch wenn Harriet Mays Bemühungen um Konformität sehr wohl zu schätzen wußte, und auch wenn alle notwendigen Elemente vorhanden waren, ergaben sie doch nicht den angestrebten respektablen Gesamteindruck. Aber auf jeden Fall besser so, als wenn Matthews angebliche Patentante in Arbeitshosen und Doc Martens vorstellig geworden wäre.

»Nun, ich würde nicht wagen zu sagen, du siehst wie eine Fee aus.«

May warf ihr ein Kissen an den Kopf.

7. KAPITEL

Während der ganzen Fahrt feilten sie an ihrer Taktik. Hatte May bisher den ganzen Plan allein entwickelt, bekam sie jetzt plötzlich kalte Füße. Wie stellte ein anständiges Mädchen es an, den Bruder des Schuldirektors wegzulocken, so daß ein Junge und seine Mutter allein sein konnten?

Harriet war vollkommen gleich, was May tat, solange sie nur die Chance bekam, ihren Sohn in die Arme zu schließen, und brachte für Mays Besorgnis daher nicht das für sie typische Mitgefühl auf.

»Dir fällt schon was ein. Ich habe grenzenloses Vertrauen in dich, May.«

»Warum?«

»Du wirst es problemlos schaffen, wenn du erst mal da bist. Du hast nur ein bißchen Lampenfieber. Vermutlich ist das ganz gut.«

»Du steckst zuviel mit Sally zusammen.«

»Ich fahre mit dem Taxi nach Churcham, zurück ...«

»Aber wie soll ich eigentlich nach Churcham zurückkommen? Du wirst auf mich warten müssen.«

»Ich kann nicht bis zur Tür mitkommen, sonst lassen sie Matthew nicht gehen. Ich kann den Fahrer aber auch nicht bitten, hinter einer Hecke zu parken und zu warten, sonst denkt er, er ist in eine Entführung verwickelt.«

»Ist er ja auch.«

Harriet atmete tief durch. »Wenn du es lieber doch nicht tun willst, werde ich mich eben als seine Patentante ausgeben. Das Dumme ist nur, Matthew sieht mir furchtbar ähnlich, sie könnten vermuten ...«

May riß sich zusammen. »Natürlich will ich es tun. Ich bin nur ein bißchen nervös. Wenn der Bruder des Direktors keinen Wagen hat, werd' ich ein Taxi rufen. Und laß uns hoffen, daß mich nicht dasselbe wieder abholt«, fügte sie hinzu.

»Unwahrscheinlich«, sagte Harriet, als sie aus dem Bahnhof kamen, wo auf dem Vorplatz zwei Reihen von Taxen auf die Ankunft des Zugs aus London warteten.

May hob die Schultern und lächelte und setzte eine Ich-kann-kein-Wässerchen-trüben-Miene auf. »Also, dann komm«, sagte sie und ging voraus zum Taxistand.

Der Fahrer kannte den Weg zu Matthews Schule. May fragte sich zähneknirschend, wie oft er wohl kleine, schlotternde Jungs, die nach ihrer Mummy jammerten, dorthin fuhr. Sie knetete den Saum von Harriets Rock, dann bemerkte sie, wie dreckig ihre Fingernägel waren und wandte ihnen ihre ganze Aufmerksamkeit zu. Gestern waren sie noch sauber gewesen. Wie konnte sie eine überzeugende Patentante abgeben mit Trauerrändern unter den Nägeln?

Harriet kam es so vor, als wolle die Taxifahrt einfach kein Ende nehmen. Sie konnte noch nicht daran glauben, daß sie Matthew wirklich wiedersehen, ihre Arme um ihn legen und seinen kleinen geschmeidigen Körper spüren sollte. Obwohl sie doch zwei Monate ohne ihn überstanden hatte, würden die nächsten Minuten ihr vorkommen wie eine ganze Lebensspanne im Fegefeuer, das wußte sie.

May schienen es nur ein paar Augenblicke, ehe sie am Anfang einer langen Auffahrt abgesetzt wurde, und sie bereute sehr bald, daß sie nicht ihre Doc Martens trug. Es war höllisch schwer, in Harriets Schuhen zu laufen. Doch ihr langsames, stolperndes Fortkommen entlang der Auffahrt gab ihr Gelegenheit, das Gebäude zu bewundern. Ein wundervolles Tudor-Gutshaus. Sie kannte sich nicht gut genug aus, um mit Sicherheit sagen zu können, ob es wirklich aus der Tudor-Zeit stammte oder ein moderner Nachbau war, aber wenn das Fachwerk tatsächlich nur Attrappe sein sollte, hatte man die Balken zumindest in ihrer natürlichen graubraunen Farbe belassen und sie nicht schwarz gebeizt.

Für eine Schule war das Haus recht klein, aus Steinen in einem zarten Rosaton, der selbst an einem kalten Herbsttag wie diesem warm wirkte. Kletterrosen bedeckten beinah die ganze Giebelwand, einige leuchtend rote Knospen gediehen noch im Schutz der äußeren Zweige. Man hätte sich dieses Anwesen durchaus als Fotoserie auf den gediegenen Hochglanzseiten von *Country Life* vorstellen können, wäre der Rasen nicht gewesen, der weniger wie ein makelloser, samtener Teppich wirkte, sondern eher wie eine Motocrosspiste. Hätte May das nicht als absolut ausgeschlossen verwerfen müssen, hätte sie geglaubt, daß Fahrräder über diesen Rasen gefahren waren. Aber es mußte eine andere Erklärung geben.

Ein Junge mit einer Baseballkappe – Schirm nach hinten – kam auf einem Skateboard um die Ecke des Hauses. Als er sich dem Kies näherte, verlangsamte er sein Tempo, sprang ab, wobei er mit einem Fuß auf dem hinteren Ende seines Skateboards landete. Er fing das hochschnellende Brett geschickt auf, klemmte es sich unter den Arm und stob davon, ehe May etwas sagen konnte. Er trug Jeans, die von den Oberschenkeln bis zu den Knöcheln zerfetzt und total verdreckt waren. Aufgeregtes Geschrei und ein hohles, donnerndes Mahlen von Rädern ertönte hinter der Hausecke. Kein Zweifel, eine Skateboardrampe. May war mehr als nur ein bißchen verwundert, daß es so etwas hier gab.

Schließlich gelangte sie zu der gewaltigen beschlagenen Eichentür und läutete, aber im Gegensatz zur Skateboardrampe gab die Klingel keinen Ton von sich. Die Stille war geradezu unheimlich. War die Klingel vielleicht gar defekt? Sollte sie ihr Glück mit dem riesigen Löwenkopfklopfer versuchen? Aber wenn die Klingel doch funktionierte, würde sie denjenigen, der jetzt auf dem Weg zur Tür war, nur verärgern. Sie hätte den Skateboardfahrer kidnappen und sich zu seinem Anführer bringen lassen sollen.

Sie schüttete ein paar Kieselsteinchen aus Harriets Schuh, der einen neuen Kratzer vorzuweisen hatte. Wenn sie sich doch nur nicht so furchtbar verstellen müßte, um Harriet zu helfen. In der Schule hatte sie ihren Lehrern nie irgend etwas weismachen können. Sag die Wahrheit und schreib deine hundert Zeilen Strafarbeit, das war ihr Motto gewesen. Gab es immer noch hundert Zeilen Strafarbeit? fragte sie sich. Wurden die kleinen Kerle in diesen Elite-Internaten nicht immer noch mit dem Rohrstock verprügelt? Was, wenn Matthew Harriet sagte, er sei todunglücklich, und sie ihn stehlen müßten? Oh, warum kam nicht endlich jemand?

Sie hatte gerade die Hand erhoben, um zu klopfen, als sie Schritte hörte, Schlüsselrasseln in Schlössern und eine undeutliche Stimme, die irgendwem befahl, verdammt noch mal endlich Platz zu machen. Hastig trat sie einen Schritt zurück, und einen Augenblick später stürzte ein ganzes Rudel Labradors aus dem Haus. Ihnen folgte ein großer, kräftiger Mann in einem Tweedjackett und grüner Kordhose. Er hatte vertrauenerweckende Krähenfüße um die tiefblauen Augen, sein freundliches Gesicht kam ihr seltsam vertraut vor, sein breiter Mund schien dazu zu neigen, sich zu einem Lächeln zu verziehen.

»Diese verfluchten Köter«, murmelte er, ehe er sich mit einem höflichen Kopfnicken an May wandte.

»Guten Tag«, sagte May und versuchte, kühl und würdevoll zu wirken, während die Hunde um sie herumscharwenzelten und ihre nassen Nasen unter ihren Rock schoben. »Ich bin May Sargent.«

»Verschwindet endlich, ihr Ungeheuer!« befahl der Mann und wies über den ramponierten Rasen auf ein paar Bäume in der Ferne.

Die Hunde sprangen übermütig davon, und May fühlte sich verlassen und noch nervöser. Die Hunde hatten die Aufmerksamkeit des Mannes wenigstens teilweise von ihr abgelenkt, jetzt hatte sie das unangenehme Gefühl, sie werde genauestens unter die Lupe genommen.

»Entschuldigung. Wer, sagten Sie, sind Sie?« fragte er.

»May Sargent. Ich bin hier, um Matthew abzuholen ...«

Entsetzt erkannte sie, daß sie Harriets Nachnamen vergessen hatte. Sie betete, daß er ihr wieder einfallen würde, ehe sie sich vollkommen lächerlich machte und lächelte schmallippig. »Könnten Sie Mr. Buckfast sagen, daß ich hier bin?«

»Ich bin Tom Buckfast. Matthew wartet im Büro mit meinem Bruder.« Er steckte zwei Finger in den Mund und gab einen schrillen Pfiff von sich. Die Hunde – tatsächlich nur fünf, stellte sie verwundert fest – kamen zurückgerannt. Mr. Buckfast lächelte. »Das funktioniert bei den Jungs auch.«

Mays zugeschnürte Kehle weitete sich wieder ein wenig. »Es muß schön für Sie sein, die Hunde zu haben.«

Mr. Buckfast brummte. »Es ist vor allem schön für die Hunde, so viel Aufmerksamkeit zu bekommen. Und schön für mich, so viele willige Hundeausführer zu haben, aber manchmal wachsen sie einem über den Kopf.« Ein Wink, ein »Ab mit euch« und die Hunde tollten einen Korridor entlang, der, in Mays inzwischen fachmännisch geschulten Augen, ganz entschieden schmuddelig wirkte.

»Kommen Sie hier entlang, und dann werd' ich Sie Matthew vorstellen ... nein, Entschuldigung, ich meinte, ich werde Sie meinem Bruder vorstellen. Matthew kennen Sie ja.«

Tatsächlich war es genau umgekehrt. May hatte Matthew nie zuvor gesehen, aber Mr. Buckfasts Bruder – jünger, schlanker und sehr viel weniger umgänglich – war der Staranwalt, der sie vor kaum zwölf Stunden nach Paddington gefahren hatte. Sein Gesicht und seine Kleidung waren weniger verknittert als die seines Bruders, und als May eintrat, erhob er sich mit einer Förmlichkeit, die dem Direktor ganz und gar abging.

Sie erkannte ihn sofort. Es war ein grauenhafter Alptraum, so als sei sie plötzlich aufgewacht und stelle fest, daß sie splitternackt die High Street entlanglief. Doch nach einem Moment lichterloher Panik ging ihr auf, daß es höchst unwahrscheinlich war, daß er sie wiedererkennen würde. Er hatte sie kaum bei Licht gesehen, und in Harriets Kostüm statt einem Badehandtuch oder ihrer eigenen Latzhose würde er die Verbindung niemals herstellen, selbst wenn sie ihm vielleicht bekannt vorkam.

»Miss Sargent, darf ich vorstellen, mein Bruder, Hugh Buckfast. Hugh, dies ist Miss Sargent, die Matthew heute ausführt. Mein Bruder hat sich freundlicherweise bereit erklärt, für Matthews Hauslehrer einzuspringen, der das Wochenende freihat.«

May gab ihm nicht die Hand und schenkte ihm nur ein sehr kurzes Höflichkeitslächeln, ehe sie sich an Matthew wandte, der sich ebenfalls höflich erhoben hatte.

»Hallo, Matthew, ich bin sicher, du kannst dich nicht an mich erinnern, aber ich bin eine sehr alte Freundin deiner Mutter.«

Matthew hatte dunkle Haare und helle Haut, reichlich mit Sommersprossen gesegnet. Abgesehen vom unterschiedlichen Farbtyp hatte Harriet völlig recht gehabt, er war das Abbild seiner Mutter.

May suchte in seinem Gesicht und seiner Körpersprache nach Anzeichen, daß er terrorisiert wurde oder verängstigt war, aber sie fand nichts dergleichen. Seine Jeans waren nicht zerfetzt, und sein Sweatshirt war halbwegs sauber, aber er sah überraschend normal aus für einen Zögling einer solchen Institution. May hatte mit diesen gräßlichen Shorts gerechnet, ein passendes Jackett, lange Kniestrümpfe, eine Krawatte mit einem dezenten Streifen, blank polierte braune Schuhe. Die Triefnase und tränenfeuchten Augen fehlten ebenfalls. Er lächelte scheu, schien aber nicht überrascht. »Meine Mutter hat mir viel von Ihnen erzählt.«

May kam der Gedanke, daß Matthew die Kunst der weißen Lüge und Halbwahrheiten vermutlich von der Wiege auf erlernt hatte. May wußte, daß Harriet ihrem Sohn jeden Abend schrieb und ihn manchmal anrief. Natürlich hatte sie May dabei erwähnt.

»Ich hoffe, Sie verstehen, daß die Anwesenheit meines Bruders notwendig ist«, sagte Mr. Buckfast. »Besonders in Matthews Fall. Wir haben explizite Instruktionen. Aber mein Bruder wird Sie mit dem Wagen in die Stadt fahren, so ist er wenigstens zu etwas nütze.«

»Ich bin überzeugt, die Sicherheit all Ihrer Schüler ist gleichermaßen bedeutend.« Sie schenkte Mr. Buckfast junior (oder sagte man bei Brüdern »minor«?) ein kurzes Lächeln ohne Augenkontakt.

Er erwiderte das Lächeln nicht und machte auch nicht den Mund auf, aber sie spürte seinen Blick, seine Augen schienen sie zu durchbohren wie Röntgenstrahlen. Hätte sie sich doch nur den Wagen ihrer Eltern geborgt, dann hätte sie jetzt das Kommando übernehmen können. Es fiel ihr schwer, die Freundlichkeit von jemandem in Anspruch zu nehmen, der vermutlich glaubte, sie habe die Absicht, einen Sorgerechtskrieg zu entfachen. Sally mit ihren langen Beinen und ihrem unwiderstehlichen Charme hätte die Situation bestimmt viel besser gemeistert.

Da sie ihn nicht ansehen wollte, war es schwierig, ihrem Begleiter zu bedeuten, daß es Zeit zum Aufbruch sei. Sein Schweigen machte sie wahnsinnig, sie kam zu der Überzeugung, daß er sie längst erkannt hatte und sie jeden Moment enttarnen würde. Als was enttarnen, überlegte sie, und auch wenn sie es nicht wußte, ganz sicher wäre es wenig schmeichelhaft und außerdem der Todesstoß für ihren Plan. Eine altmodische Standuhr tickte entnervend langsam, als vergehe zwischen jedem Tick und Tack eine ganze Minute.

Der Schulleiter schien keine Eile zu haben, sie loszuwerden. Ohne Anzeichen von Ungeduld betrachtete er seine Gäste.

»Bist du hungrig, Matthew?« fragte May am Rande der Verzweiflung. Ein zaghafter Wink mit dem Zaunpfahl, aber sie wußte nicht, was sie sonst tun sollte, damit Mr. Buckfast minor sich endlich bewegte.

Matthew lächelte seine Pseudo-Patentante verschwörerisch an, und das Lächeln besagte, daß er zwar noch satt vom Mittagessen war, aber gerissen genug, um hungrig zu sein, wenn es der Sache diente. »So langsam könnt ich was essen, ja.«

May fragte sich, wie in aller Welt eine eigenständige junge Frau wie sie in das Büro des Direktors eines Jungeninternats geraten konnte, selbst wenn es so angenehm unordentlich war wie dieses. Sie lächelte angestrengt zurück. Warum machte dieser gräßliche Bruder der Qual nicht endlich ein Ende? Sie wünschte, er würde sie endlich als Aushilfsköchin mit zweifelhaften Fähigkeiten und potentielle Kindesentführerin entlarven oder aber sie endlich zum Wagen bringen.

»Könnten wir vielleicht einen Moment unter vier Augen sprechen, Miss Sargent?« bat der Direktor. »Hugh?«

Hugh verließ seinen Platz an der Wand und nickte Matthew zu, der sich folgsam erhob.

»Wartet eine Minute draußen, Jungs«, bat Mr. Buckfast.

May bebte innerlich und mußte sich ins Gedächtnis rufen, daß sie die Schule längst verlassen hatte und etwaige noch ausstehende Hausaufgaben nicht in die Zuständigkeit dieses Direktors fielen. Außerdem hatte Hugh seine Zweifel seinem Bruder wohl kaum übermitteln können, es sei denn, sie verfügten über außergewöhnliche telepathische Fähigkeiten.

Er lächelte und schloß die Tür. «Setzen Sie sich doch, Miss Sargent.«

May hockte sich auf die Kante eines verschrammten Ledersessels.

»Ich bin sicher, ich brauche Ihnen nicht zu erklären, wie delikat diese ganze Angelegenheit mit Matthew ist. Seine Urgroßeltern bestehen darauf, daß seiner Mutter jedes Besuchsrecht verweigert wird, und ich möchte ihr Vertrauen nicht verlieren. Wenn sie das Gefühl bekommen, daß ich nicht auf ihrer Seite stehe, dann werden sie ihn von der Schule nehmen, und er wird die ganze Aufregung eines Schulwechsels noch mal verkraften müssen und vielleicht irgendwo landen, wo es nicht so unkonventionell zugeht wie hier bei uns.« Er gestattete sich ein kleines Lächeln. »Und um seinetwillen möchte ich das nach Möglichkeit verhindern.« Er hob eine Hand, ehe May ihre Einwände vorbringen konnte und fuhr fort: »Ich persönlich halte es für barbarisch und darum bin ich bereit, Matthew mit Ihnen gehen zu lassen. Treffen Sie seine Mutter in der Stadt?«

May nickte und lief rot an. Es war so ein genialer Plan, hatte sie geglaubt, aber dieser Mann hatte ihn durchschaut, vermutlich schon während er mit May telefoniert hatte.

»Vorausgesetzt Sie geben mir Ihr Wort, daß Sie nicht die Absicht haben, Matthew mitzunehmen und daß Sie ihn vor halb sechs zurückbringen, habe ich nichts dagegen«, sagte Mr. Buckfast.

»Natürlich bring' ich ihn zurück. Harriet und ich wohnen auf einem Boot. Wir hätten gar keinen Platz für Matthew, selbst wenn wir ihn entführen wollten. Wie man allerdings einer Mutter vorwerfen will, ihr eigenes Kind zu entführen, das ist mir wirklich schleierhaft.«

Mr. Buckfast legte ihr eine behaarte, freundliche Hand auf den Arm. »Ich tue, was ich kann, um Mr. und Mrs. Burghley-Rice, Matthews Urgroßeltern, zu überzeugen, ihn nicht unter gerichtliche Vormundschaft zu stellen. Sie haben furchtbar überreagiert, als Miss Devonshire von zu Hause weggegangen ist. Aber ich habe ein klein wenig Einfluß auf die alten Herrschaften. Tun Sie nichts, was ihr Vertrauen in mich erschüttert, sonst ist es damit vorbei.«

May erwiderte sein Lächeln und hoffte, er habe eigene Kinder. »Ich verspreche Ihnen, Harriet will sich nur vergewissern, daß es Matthew gutgeht.«

Mr. Buckfast erhob sich auf eine Art und Weise, die vermutlich alle Eltern auf Trab brachte, die in seinem Büro herumtrödelten. »Das dachte ich mir. Ich bin Ihnen dankbar für Ihre Hilfe. Matthew ist ein wunderbarer Junge, aber er muß sich ebenso vom Wohlergehen seiner Mutter überzeugen wie umgekehrt. Mein Bruder wird Sie jetzt in die Stadt fahren.«

Er öffnete die Bürotür. »Also, Leute, haut ab und amüsiert euch, dann kriege ich hier endlich ein bißchen Arbeit getan. Und iß nicht soviel, Matthew, du weißt, wie ich über Kerle denke, die im Schlafsaal auf den Fußboden reihern.«

May beobachtete Matthews Reaktion auf diese Mischung aus Slang und Fürsorglichkeit und erkannte, daß ihr private Internate und alles, wofür sie standen, zwar nach wie vor zuwider waren, aber daß dieses hier sehr viel schlechter hätte sein können.

»Nach Ihnen, Miss Sargent«, sagte Hugh.

May und Matthew gingen vor Hugh den Korridor entlang und mußten sich beide bremsen, nicht loszurennen. May war überzeugt, daß Hugh sie erkannt, aus irgendeinem Grunde aber nichts gesagt hatte. Die Vorstellung, den Nachmittag in Gesellschaft eines Mannes zu verbringen, der vermutlich letzte Nacht an einer durch sie verschuldeten Magenverstimmung gelitten hatte, war nicht gerade erhebend. Für ihn vermutlich ebensowenig.

Sein Wagen war im Innenhof der ehemaligen Stallungen hinter dem Hauptgebäude abgestellt. Die Skateboardrampe lag jetzt verlassen, aber die Hunde waren da und tollten herum. Hugh Buckfast begrüßten sie mit einem kurzen, respektvollen Bellen, aber über Matthew fielen sie her, als sei er der Sonntagsbraten.

»Macht dir das denn gar nichts aus, von diesen gierigen Monstern überfallen zu werden, Matthew?« erkundigte sich Hugh. »Ich persönlich halte sie für eine schreckliche Plage.«

Matthew war entrüstet. »Aber sie sind so gut erzogen! Wenn man ihnen sagt, sie sollen verschwinden, tun sie's auch.«

»Ehrlich?« fragte May. »Laß sehen.«

»Ja, bitte«, stimmte Hugh zu. »Andernfalls werden sie in den Wagen springen und die Polster zerfetzen, sobald ich die Tür öffne.«

Matthew vollführte die gleiche, weit ausholende Geste wie sein Direktor. »Geht heim. Heim, na los!«

Die Hunde stoben folgsam davon.

May war tief beeindruckt. »Und jetzt gehen sie freiwillig in ihren Zwinger?«

Matthew schüttelte den Kopf. »Sie haben keinen Zwinger. Sie laufen zur Küche, um zu sehen, was vom Mittagessen übrig ist.«

»Furchtbar unhygienisch, wenn Sie mich fragen«, bemerkte Hugh. Er öffnete beide Türen auf der Beifahrerseite. »Steigen Sie ein, Miss Sargent.«

Matthew und May sanken in die weichen Polster, Matthew offensichtlich vollkommen immun gegen Hughs schroffen Tonfall, anders als May, die gegen ein kindisches Kichern ankämpfen mußte. Jetzt da sie und Matthew wirklich auf dem Weg zu Harriet waren, wurde ihr regelrecht flau vor Erleichterung.

»Also, Matthew«, sagte sie und wandte sich um, um sicherzugehen, daß Matthew sich angeschnallt hatte. »Mr. Buckfast minor mag kein belangloses Geplauder, während er fährt. Es lenkt ihn ab. Darum halten wir besser den Mund, bis wir ankommen, okay?«

Hugh betrachtete May mit einer Mischung aus Verwirrung und Entsetzen. »Warum in aller Welt haben Sie das gesagt?«

May strahlte ihn an. »Sie haben es deutlich genug gemacht gestern abend. Schon vergessen?«

Hughs Mund öffnete und schloß sich wieder und verzog sich zu etwas, was bei jedem anderen ein Lächeln gewesen wäre. »Natürlich. Die Köchin der Stockbridges. Ich wußte doch, ich hatte Sie schon mal gesehen. Ich kam nur nicht darauf, wo.«

May nickte, verblüfft über die Bezeichnung. »Und außerdem bin ich Matthews Patentante.«

Jetzt lächelte Hugh wirklich. »Die, die nicht zur Taufe eingeladen war, vermutlich?«

May betrachtete ihn mit argwöhnisch verengten Augen. »Ich weiß nicht, wie Sie auf so eine Idee kommen.«

»Nach dem was ich über Matthews Urgroßeltern gehört habe, wären Sie wohl der letzte Mensch auf der Welt, den sie im Umfeld ihres kostbaren Urenkels dulden würden.«

»Sie sind ausgesprochen unhöflich, wenn man bedenkt, daß wir uns gerade erst kennengelernt haben.«

Er wandte sich zu ihr um und sah sie neugierig an. »Sie sind auch nicht gerade ein Lehrbeispiel für konventionelles gutes Benehmen.«

May war empört. »Das bin ich wohl! Na ja, manchmal.« Mit einem Ruck ließ sie ihren Gurt einrasten. »Wenn ich mich dazu entschließe.«

Hughs Ausdruck war ebenso amüsiert wie ungläubig.

May seufzte. Hätte sie doch nur den Mund gehalten. Jetzt würde er sich vermutlich nicht vom Café weglocken lassen, weil er sie für eine verantwortungslose Person hielt und ihre Freundin vermutlich auch. Sally hätte es viel besser gemacht. Wenn sie sich entschlossen hätte, verführerisch zu sein, hätte sie sich niemals zu so einem kindischen Seitenhieb hinreißen lassen.

»Ich nehme an, Matthews Mutter wartet im Comfy Pew?« fragte Hugh

»Ähm ..., ich glaube schon. Vermutlich.« Bitte, Gott. Harriet hatte ihr gesagt, es gebe ein Café, wo alle Eltern mit ihren Söhnen hingingen, und sie würde herausfinden, wo es war und ebenfalls hinkommen.

Zu Mays grenzenloser Erleichterung hatte der Schutzpatron aller zweifelhaften Unterfangen ein Einsehen, und Harriet saß in dem fraglichen Café vor einem Becher Tee. Sie sprang auf, als sie Matthew entdeckte, der durch das Wirrwarr von Tischen hindurch in ihre Arme lief. May hatte einen äußerst untypischen Kloß in der Kehle, als sie und Hugh folgten.

»Es ist in Ordnung, Mum, wirklich, mir geht's gut ...« versicherte Matthew.

Harriet blinzelte entschlossen ihre Tränen weg und griff nach der Speisekarte. Sie preßte sie an sich, als May Hugh vorstellte.

»Der Bruder des Schuldirektors, Hugh Buckfast.«

Hugh streckte die Hand aus, quetschte Harriets und ließ sie wieder los. »Freut mich. Ich bin sicher, Sie brauchen uns nicht. Wir holen Sie in zwei Stunden hier ab, einverstanden?«

»Hallo ... ja ... danke«, stammelte Harriet, offenbar kaum in der Lage, die adäquaten Floskeln hervorzubringen, so sehr war sie von Wiedersehensfreude überwältigt.

Hugh nahm Mays Ellenbogen, als fürchte er, ein plötzlicher Heißhunger auf Spiegeleier und Pommes frites könne sie überkommen, und führte sie ab.

»Wollen wir uns einen Pub suchen oder spazierengehen?« fragte er. »Es sei denn, Sie wollen einen Einkaufsbummel machen. Das können Sie schön alleine tun.«

May hatte kein gesteigertes Interesse daran, den Nachmittag mit Hugh Buckfast zu verbringen, aber sie verabscheute Einkaufsbummel, und die Vorstellung, zwei Stunden lang durch Schaufenster auf irgendwelches Zeug zu starren, das sie sich nicht einmal leisten könnte, wenn sie es gewollt hätte, reizte sie noch weniger.

»Nein, vielen Dank. Ein Spaziergang wär' mir recht, aber nicht zu weit. Harriets Schuhe sind nicht für längere Wanderungen gedacht. Jedenfalls nicht, wenn meine Füße drinstecken.«

Auf der Churcham High Street herrschte reger Verkehr, und May hatte mehr zu sich selbst als zu ihm gesprochen. Aber Hugh Buckfast hatte offenbar das Gehör einer Katze. Er hielt an und wandte sich ihr wieder zu. »Warum in aller Welt tragen Sie Harriets Schuhe?«

Sie hob die Schultern. »Lange Geschichte.«

Hugh runzelte inquisitorisch die Stirn. »Eine, die ich hören sollte?«

May trat beiseite, um eine Frau mit Kinderwagen und einem Kleinkind an jeder Seite vorbeizulassen. Vielleicht, dachte sie, sollte die Schulleitung auf dem Umweg über Hugh Harriets Seite der ganzen Geschichte hören. Der Direktor war ihr so verständnisvoll erschienen. Wenn er von Harriets trauriger Kindheit, ihrer Flucht nach London und ihrem Traum, Künstlerin zu werden, hörte, würde er die Regeln vielleicht ein bißchen zu ihren Gunsten aufweichen.

»Schon möglich, ja. Aber es ist Harriets Geschichte, nicht meine.«

»Dann lassen Sie uns in den Park gehen.«

May raunte der abwesenden Harriet zu, daß sie ihre Schuhe zwar ruinieren würde, es aber für eine gute Sache geschähe, und folgte ihm. Sie hatte Mühe, mit ihm Schritt zu halten. Hugh führte sie in einen Park, der von der höchsten Eibenhecke umgeben war, die May je gesehen hatte.

»Sie züchten die Eiben für die Krebsforschung«, bemerkte Hugh.

»Oh.« Das war alles, was May einfiel.

»Also? Sie wollten mir erzählen, warum Sie Harriets Schuhe tragen.«

May winkte ab. »Das ist nur Verkleidung. Wir dachten, ich sehe eher wie eine Patentante aus, wenn ich halbwegs respektabel wirke.«

May war nicht ganz sicher, aber sie hatte den Verdacht, daß der Husten, der ihn plötzlich plagte, in Wirklichkeit ein unverschämter Heiterkeitsausbruch war. »Und nicht wie ein Punk, der als Müllmann jobbt, meinen Sie, ja?« erkundigte er sich.

May sah ihn finster an. »Das heißt Entsorgungsfacharbeiter. In einem Wort, ja.«

Hugh lachte leise. »Na ja, ich kann verstehen, daß Sie das gedacht haben, aber tatsächlich hätte mein Bruder den Latzhosen und Doc Martens vermutlich den Vorzug gegeben.«

»Ich werd' beim nächsten Mal dran denken.« Sie trat nach einem kleinen Hügel aus Herbstblättern und verlor dabei um ein Haar Harriets Schuh.

Es schien, als sollte es ein sehr langer Nachmittag werden.

8. KAPITEL

»Also los. Sie brennen doch darauf, sich Harriets traurige Geschichte von der Seele zu reden.«

Sie warf ihm einen vernichtenden Blick zu. »Ich bin nicht so wild darauf, Ihnen Harriets Biographie zu erzählen, aber ich meine, Ihr Bruder sollte bestimmte Dinge erfahren.«

»Und zwar? Die unglückliche Kindheit, die ungeliebte Enkeltochter, die einen unehelichen Sohn bekommt, der der Augapfel seiner Urgroßeltern wird? Das ist nicht so ungewöhnlich. Ich glaube, ich weiß das meiste schon.«

May lief ein paar Schritte, um ihn einzuholen. »Aber Sie wissen nicht, daß Harriet nach London gekommen ist, um Künstlerin zu werden.«

»Nein, das wußte ich tatsächlich nicht. Ich lese nicht besonders oft romantische Schmöker.«

Mays Empörung äußerste sich nur als erstickter Klagelaut.

»Aber ich muß gestehen, ich bin nicht überrascht, daß die Großeltern von der Idee nicht besonders angetan waren. Konnte sie nicht irgendwas Vernünftiges lernen? Schreibmaschine, zum Beispiel.«

»Das wollte sie ja. Wenn ihre Großeltern sie gelassen hätten, wäre sie zur Berufsschule gegangen und Sekretärin geworden. Aber sie haben's ihr verboten. Sie meinten, ihr Platz sei zu Hause, als ihre Dienstmagd, sozusagen.«

»Sklaverei im England des ausgehenden zwanzigsten Jahrhunderts?«

»Gibt es! Harriet mußte sich das Tippen selber beibringen, auf einer uralten Reiseschreibmaschine, die sie mal auf dem Trödel gekauft hat ...«

»Ich bin überrascht, daß sie bei der Gelegenheit keinen Roman geschrieben und den Nobelpreis dafür bekommen hat.«

»Wie engstirnig und aufgeblasen Sie doch sind! Harriet arbeitet wie eine Wahnsinnige. Sie ist ... ihr ganzes Leben wie Aschenputtel behandelt worden!«

»Ich hab' lange kein Märchenbuch mehr angesehen, aber ich könnte schwören, als ich zuletzt nachgelesen habe, hatte Aschenputtel kein uneheliches Kind.«

»Ah ja? Vermutlich ist es der Zensur zum Opfer gefallen.«

»Ich glaube, wir kommen langsam bedenklich weit vom Thema ab.«

»Eigentlich nicht. Weil Harriet all die Jahre geputzt und gekocht und geschrubbt hat, kann sie all das so gut. Und so geriet sie an Schleimbeutel Slater – oder vielleicht sollte ich sagen, Quality Cleaners.«

Er sah sie neugierig an. »Und wie haben Sie Harriet kennengelernt?«

May grinste breit. »Ich bin auch ein Quality Cleaner.«

»Ist das Ihr Ernst? Sie sind *Putzfrau*?«

»Tja, irgendwann müssen wir alle für unsere Sünden zahlen.«

»Wie kamen Sie dann dazu, bei den Stockbridges das Dinner zu kochen?«

Seitdem war so viel passiert, daß sie den Großteil des vergangenen Abends verdrängt hatte. Jetzt erstanden die Kartoffelmännchen mit ihren Erbsenaugen und Karottenärmchen zu neuem Leben und suchten sie heim. »Das hab' ich mich auch gefragt.«

Hugh sah alles in allem so aus, als würde er seine Frage gern zurückziehen.

»Ich kam in dem Glauben zu den Stockbridges, daß ich dort zwei Stündchen Staub wischen und saugen sollte. Und dann fand ich heraus, daß man von mir erwartete, für eine Dinnerparty zu kochen.«

»Warum haben Sie nicht in Ihrer Firma angerufen, damit sie jemand anders schicken?«

»Es gibt niemand anders! Harriet, Sally und ich sind die

ganze Belegschaft von Quality Cleaners. Abgesehen davon war es eine Herausforderung. Mrs. Stockbridge hatte mir eine Menüfolge aufgeschrieben und wollte mir Geld dalassen, nur das hat sie vergessen. Und da stand ich nun und sollte ein nobles Menü für acht kochen, wo ich nicht mal Spiegeleier braten kann. Aber selbst wenn ich Drei-Sterne-Koch wär', es gab einfach keine Lebensmittel in diesem Haus, die nicht in Buchstabenform waren. Ich mußte das Beste daraus machen.«

Sie unterbrach sich, um ihm Gelegenheit zu geben, ihr zu sagen, wie fabelhaft sie die Situation in Anbetracht der Umstände gemeistert habe.

Er sagte lediglich: »Verstehe.«

»Und als ich nach Hause kam – als Sie mich nach Hause gebracht hatten – fand ich Harriet in Tränen aufgelöst. Es hat sich rausgestellt, daß unser Schleimbeutel von Boß uns Verträge untergejubelt hat, die es ihm ermöglichen, uns während der Probezeit mit einem Hungerlohn abzuspeisen ...« Sie hielt kurz inne. »Irgendwie haben wir das übersehen. Na ja, und obwohl wir schon länger als sechs Wochen für ihn gearbeitet haben, kann er die Probezeit verlängern, so lange er will.«

Sie hatte gerade noch Zeit, sich zu fragen, was Hugh Buckfast an sich hatte, das sie bewog, ihm ihre tiefsten Geheimnisse anzuvertrauen, ehe er die unvermeidliche Frage stellte: »Ich nehme an, Sie haben den Vertrag nicht gelesen, ehe Sie unterschrieben haben?«

»Nein.«

Er schien nicht überrascht. »Aber Sie müssen doch gemerkt haben, daß weniger als erwartet auf Ihrer Gehaltsabrechnung stand.«

»Gehaltsabrechnung? Ich lach' mich tot! Er hat uns nie richtig bezahlt, sondern hier und da mal einen Schein und hat uns erzählt, in der Verwaltung ginge eben alles noch drunter und drüber. Und ich hab' ein richtig schlechtes Gewissen, denn Harriet hat mir beinah jeden Penny, den sie von Schleimbeutel bekommen hat, als Miete gegeben. Sie wohnt bei mir.«

»Aber ich dachte, Sie leben auf einem Boot.«

»Stimmt. Ich hab's im Sommer gekauft, aber jetzt erst rausgefunden, daß Tausende Pfund Liegegebühr rückständig waren.«

Er hätte sich wirklich gut als Inquisitor gemacht, dachte May. Er müßte die Leute nicht mal foltern. Irgendwie brachte er einen dazu, sämtliche Sünden zu beichten und ihm seine ganze Lebensgeschichte zu erzählen, ohne daß er großartig Fragen stellte. Für jemanden, der bei weitem nicht so mitfühlend war wie der durchschnittliche Bankdirektor, der um einen ungesicherten Kredit gebeten wird, war das eine ziemliche Kunst.

Aber sie konnte einfach nicht aufhören. »Und dann, um dem Ganzen die Krone aufzusetzen, sagte man Harriet auch noch am Telefon, sie dürfe Matthew nicht besuchen.«

Sie starrte ihn finster an, als sei er persönlich dafür verantwortlich. Verantwortlich war er allemal, dafür, daß sie nicht nur Harriets, sondern auch ihre eigenen Kümmernisse ausgeplaudert hatte.

»Und da haben Sie sich einen Zaubertrick überlegt, mit dem alles wieder in Ordnung kommen sollte?«

May fühlte sich schrecklich ernüchtert. Sie hatte sich so sehr gewünscht, Harriet zu helfen, und alles, was sie erreicht hatte, war, daß dieser widerliche Kerl sich über sie lustig machte. »Es war blöd von mir zu glauben, ein Typ wie Sie könnte das verstehen. Ihnen fehlt einfach die Phantasie.«

»Ah ja?«

»Niemand, der so nüchtern ist wie Sie, der vermutlich die Konservativen wählt und für die Wiedereinführung der Todesstrafe plädiert, könnte sich je auch nur annähernd vorstellen, was es bedeutet, seine Träume begraben zu müssen und statt dessen Käsegebäck für die Bridge-Party der Großeltern machen zu müssen!« Sie hatte vergessen, was beim letzten Mal um ein Haar passiert wäre, und trat wütend nach einer Coladose. Harriets Schuh flog ein paar Meter und landete jenseits einer großen Schlammpfütze. May war nach einem gewaltigen Wutschrei.

Hugh hob die Dose auf und holte ihr den Schuh. »Sie haben ja schon jede Menge Vorurteile gefaßt, dafür daß wir uns gerade erst kennengelernt haben.« Er stützte sie, während sie den Schuh wieder anzog.

»Ach, jeder, der ein großes schwarzes Auto fährt und einen Bruder hat, der eine Privatschule leitet, muß einfach so sein wie Sie.«

»Und wie bin ich?«

May wußte, daß sie ihn als Blitzableiter für ihren Zorn mißbrauchte, aber sie konnte einfach nicht aufhören. »Oh, woher soll ich das wissen? Reaktionär, eingebildet und sexistisch!« tippte sie.

Er schien kein bißchen beleidigt. »Nun, um zu vermeiden, daß noch geizig hinzukommt, sollte ich Ihnen wohl lieber ein Eis kaufen.«

Er war überhaupt nicht der Typ zum Eisessen, aber weil ihr die ganze Zeit bewußt war, wie schauderhaft sie sich benahm, konnte sie sein Friedensangebot nicht zurückweisen. »Danke, das wäre sehr nett«, sagte sie zahm.

Hugh kaufte für sich selbst keins. Als er ihr ihr Eis reichte, fragte er: »Und was werden Sie gegen diesen Mann unternehmen, der Sie betrogen hat?«

May hob die Schultern. »Oh, ich weiß noch nicht. Wir lassen uns schon was einfallen. Und es tut mir leid, daß ich Ihnen was vorgejammert habe. Es ist ja nicht Ihr Problem, ich hatte kein Recht, Ihnen eine Frikadelle ans Ohr zu quatschen.«

Sich zu entschuldigen gehörte nicht zu ihren Stärken, das hier war für ihre Verhältnisse ausgesprochen gut gelungen. Er nahm es nicht mal zur Kenntnis.

»Ich nehme an, Sie haben keine Ausbildung, um irgend etwas Vernünftigeres zu tun als putzen?«

»Putzen ist vernünftig! Hätte er uns bezahlt, was er versprochen hat, wäre ich einen guten Batzen meiner Schulden schon los, und Sally und Harriet hätten schon beinah die Kaution für eine eigene Wohnung zusammen.«

»Schön, es ist also vernünftig. Und stellt es Sie zufrieden?«

»Es ist das einzige, was ich kann.«

»Blödsinn, Sie haben einfach Ihre Berufung noch nicht gefunden, das ist alles. Was ist mit der Dritten im Bunde?« fragte er, ehe May Gelegenheit hatte zu widersprechen. »Sally heißt sie, sagten Sie?«

»Sally ist Schauspielerin. Aber nur manchmal.«

»Verstehe. Nun, vielleicht sollten Sie sich besser selbständig machen. Dann können Sie den Leuten günstigere Preise bieten, aber das meiste dessen, was Sie einnehmen, behalten. Ich nehme doch an, dieser Schleimbeutel verlangt horrende Preise?«

»Oh, bestimmt.« May hatte seinen Rat gespeichert, wollte jetzt aber nicht darüber debattieren. »Gibt es keinen Weg, das Geld von Schleimbeutel zu bekommen, das er uns schuldet?«

»Ich halte das für sehr unwahrscheinlich, wenn Sie einen Vertrag unterschrieben haben. Aber ich seh' ihn mir mal an, wenn Sie möchten.«

May hatte ihr Eis aufgegessen und wischte ihre klebrigen Finger an Harriets Rock ab. »Oh, das würde ich Ihnen nie zumuten.«

»Das ist keine Zumutung. Ich könnte morgen auf Ihrem Boot vorbeikommen, wenn Ihnen das paßt.«

May sah zu ihm hoch. Er war der Archetyp des Establishments, er repräsentierte alles, was sie verabscheute, wogegen sie rebellierte. Warum bot er an, ihnen einen Gefallen zu tun? Vermutlich sah er es als seine gesellschaftliche Pflicht an, sich um die niederen Klassen zu kümmern. Um Harriets willen würde sie es ertragen müssen.

»Das wäre sehr nett.«

»Sie haben doch eine Kopie des Vertrages?«

»Selbstverständlich.« Wenn nicht, Harriet, werde ich dich eigenhändig kielholen, schwor sie.

»Gut. Gegen sechs?«

»Einverstanden«, sagte May zähneknirschend.

»Ich freue mich darauf, Miss Sargent.«

Es kostete May enorme Mühe, ihm nicht die Zunge herauszustrecken.

»Als Matthew sicher war, daß es mir gutgeht, hat er eingeräumt, daß die Schule gar nicht mal so übel sei«, berichtete Harriet auf der Rückfahrt. Der Zug ruckelte, und der Kaffee schwappte in ihrem Plastikbecher hin und her. »Er genießt es, so viele Gleichaltrige um sich zu haben, und er vergöttert die

Hunde. Er hat angedeutet, die Schule sei ziemlich chaotisch und schmuddelig, ganz anders als zu Hause.« Harriet trank einen Schluck. »Mr. Buckfast hat ihnen gesagt, nur Waschlappen hätten Angst davor zu weinen und daß er jedesmal weint, wenn er Goodbye Mr. Chips sieht und daß seine Frau bei Neighbours weint.«

»Ich bin geplättet.«

»Meine Großeltern würden einen Schlag kriegen, wenn sie wüßten, daß Matthew in der Schule australische Seifenopern sehen darf.«

»Ja, ich hab' mich schon gefragt, wieso deine Großeltern so eine ungewöhnliche Schule für Matthew ausgesucht haben.«

Harriet seufzte und lächelte. »Weil sie unglaublich teuer ist. Das Anwesen gehört den Buckfasts seit Generationen. Tom Buckfast hat die Schule eröffnet, damit sie es halten können und weil er Kinder liebt. Aber sie sind ein uraltes, unglaublich vornehmes Geschlecht, und dementsprechend werden eben auch Kinder aus vornehmem Hause hingeschickt. Meine Großeltern sind furchtbare Snobs, darum haben sie diese Schule für Matthew ausgesucht.« Sie sah in Mays verständnisloses Gesicht und lachte leise. »Komisch, wie die Dinge sich manchmal ergeben, oder?«

»Zum Totlachen. Vor allem, wenn ich dir erzähle, daß Hugh Buckfast ein Staranwalt ist und sich bereit erklärt hat, sich unseren Vertrag mit Schleimbeutel mal anzusehen. Und wenn du keine Vertragskopie hast, dann werd' ich wie der letzte Idiot dastehen.«

»Keine Bange, ich hab' eine Kopie. Ich habe darauf bestanden, sie mitzunehmen. Also, das ist doch wunderbar!«

»Er sagt, es besteht keine große Hoffnung, daß er was für uns tun kann, aber er hat einen Vorschlag gemacht, den ich ziemlich gut fand.«

»Und zwar?«

»Daß wir uns selbständig machen. Wir könnten weniger als Schleimbeutel verlangen, aber das meiste davon würde in unsere Taschen fließen.«

»Vermutlich, ja.«

»Mit Putzen läßt sich eine Menge Geld machen. Schleimbeutel hat es bewiesen. Wenn wir das ganze Geld hätten, das er mit uns einnimmt, oder doch wenigstens das meiste, hätten wir bald genug verdient, um alles mit unserem Leben zu machen, was wir wollen.«

»Hm.« Harriet sah aus dem Fenster und fragte sich, ob das stimmte.

»Und wenn wir unser eigener Boß sind, könnten wir dann arbeiten, wann wir wollen. Wenn du Zeit zum Malen brauchst oder Sally fürs Vorsprechen, könnten wir das berücksichtigen oder füreinander einspringen.«

»Meinst du?«

»Und die meisten Leute, für die wir gearbeitet haben, hätten bestimmt nichts dagegen, uns unmittelbar zu engagieren, vor allem, wenn sie dadurch Geld sparen, weil wir billiger sind. Ich wette, Schleimbeutel hat überdurchschnittlich viel verlangt.«

»Aber wäre das nicht illegal, ihm die Kunden wegzuschnappen?»

May fuhr ihr durch die Haare. Jetzt da sie etwas länger waren, fingen sie an, sich zu wellen, und der Schnitt wirkte nicht mehr so streng. »Ich glaub' nicht. Und selbst wenn! Er hat uns reingelegt, da ist es wohl nur gerecht, wenn wir ihn auch reinlegen.«

»Aber man braucht Geld, um eine Firma zu gründen. Wir bräuchten ein Büro und alles mögliche.«

»Ich *habe* Geld«, erwiderte May triumphal. »Ich habe einen Scheck, der an mich persönlich ausgestellt ist. Zweihundert Pfund! Und wozu brauchen wir ein Büro, wenn wir ein Hausboot haben? Alles, was wir brauchen, ist ein Handy.«

Harriet seufzte. »Mit zweihundert werden wir nicht weit kommen. Und ich dachte, du mußt hundert davon Mike geben. Aber ich habe ein bißchen Geld gespart und Sally vermutlich auch.«

May ging mit einemmal auf, was sie da von Harriet verlangte: ihre Träume aufzuschieben, um eine Reinigungsfirma zu gründen, wo doch das einzige, was Harriet wirklich wollte, war zu malen.

»Ich denke nicht, daß du an dein Erspartes gehen solltest, Harriet. Ich meine, warum solltest du das tun?«

»Weil putzen das einzige ist, was ich kann, May. Dann sollte ich mich wenigstens anständig dafür bezahlen lassen.«

»Wir fragen Sally, was sie davon hält«, sagte May. »Aber wenn eine von euch von der Idee nicht begeistert ist, müssen wir einen Plan B überlegen.«

Piers sei nicht zu Hause, hatte Sally erklärt, als May anrief, aber als sie ihnen die Tür öffnete, weinte sie. Sie versuchte, das mit einem Hüsteln zu übertünchen und verschluckte sich auch noch. May klopfte ihr kräftig den Rücken, und als Sally endlich wieder durchatmen konnte, waren die Tränen versiegt.

Sie schniefte vernehmlich und wischte sich mit dem Ärmel die Nase. Sie trug eins von Piers' weißen Hemden ohne Manschettenknöpfe, genug überflüssiger Stoff um einen Teil als Taschentuch zu verwenden. »O Gott, tut mir leid. Kommt rein.«

»Was ist los?« fragte Harriet, die sich von dem Hüsteln nicht hatte täuschen lassen.

»Eigentlich nichts. Es ist nur Piers, der Bastard. Er hat mich verlassen oder vor die Tür gesetzt. Eins von beiden.«

»Oh, Sal, es tut mir so leid«, sagte Harriet.

»Und das auch noch an einem Samstag! Dabei wollte *ich ihn* doch verlassen.«

May schien verwirrt. »Das kommt doch auf dasselbe hinaus, oder?«

»Nein«, widersprach Sally. Sie hatte ein zerknülltes Papiertaschentuch gefunden und stopfte es in ihren großräumigen Ärmel. »Aber vermutlich ist es nur ein rein technischer Unterschied. Kommt rein.«

»Was ist denn nun eigentlich passiert?« wollte May wissen.

Sally ging voraus in die Küche und stellte den Kessel auf. »Als er endlich nach Hause kam gestern abend, hat er mir eröffnet, daß er eine andere hat, daß er verreisen muß und mich hier nicht mehr haben will, wenn er zurückkommt. Er wird einen Monat unterwegs sein.«

Harriet biß sich auf die Unterlippe. »Du Ärmste!«

»Aber du hast ihn doch so oder so nicht geliebt, oder. Ich meine, er ist doch wirklich ein Mistkerl.« May setzte sich an die Frühstückstheke, entschlossen, ihre Einschätzung zu untermauern. Harriet stieß ihr einen Ellenbogen in die Rippen. »May!«

»Oh, schon gut«, sagte Sally. »Sie hat ja recht. Er ist ein Mistkerl, und das hab' ich gewußt. Es ist ja auch nur, daß er mich für eine andere abserviert, was mir zu schaffen macht. Aber es war in letzter Zeit eine furchtbare Strapaze, mit ihm zusammenzuleben. Ist euch Tee recht? Ihr werdet's nicht glauben, aber er hat den Schrank unter der Treppe abgeschlossen.«

»Tee wäre gut«, sagte Harriet, ohne daß ihr so recht klar wurde, was es mit dem Schrank auf sich hatte.

»Oh ... da drin bewahrt er den Fusel auf«, erklärte Sally. »Kräutertee oder normal?«

»Normal.«

»Assam, Earl Grey oder Darjeeling?«

»Nun mach einfach den Tee!« drängte May. »Wir haben dir einen Vorschlag zu machen.«

»Aber vielleicht ist jetzt nicht der günstigste Zeitpunkt ...«, sagte Harriet.

»Oh, nein«, widersprach Sally. »Nur raus damit.«

»Wenigstens mußt du jetzt nicht immer so eilig nach Hause, um sein Essen zu kochen.« May ging ein bißchen verspätet auf, daß sie sich nicht gerade besonders mitfühlend gezeigt hatte.

»Zumal ich kein Zuhause mehr haben werde«, fügte Sally hinzu und durchforstete einen Küchenschrank auf der Suche nach etwas Eßbarem, das sie zum Tee anbieten konnte.

May winkte ab. »Du hast ja noch einen ganzen Monat! Genug Zeit, um eine andere Bleibe zu finden. Und wenn alle Stricke reißen, ziehst du zu uns.«

Das Angebot tröstete Sally ebenso, wie die Aussicht sie schreckte. »Das ist wirklich lieb von dir. Auf keinen Fall werd' ich mir die Wohnung leisten können, für die ich gespart hab', obwohl sie nur winzig ist. Laßt uns ins Wohnzimmer gehen. Ich will diesen Vorschlag hören.«

»Es geht um Schleimbeutel«, begann May, nachdem sie beinah bis über die Ohren in einem grauen Ledersofa versunken war. »Er hat uns reingelegt.«

»Ich hab's mir schon fast gedacht. Wie?«

»Erzähl du, May«, sagte Harriet. »Ich muß mal.«

Als sie zurückkam, war Sally über alles im Bilde, hatte von dem Ausflug aufs Land ebenso gehört wie von Schleimbeutels Methoden.

»Und wir können nichts tun, um unser Geld zu kriegen?«

»Hugh Buckfast, du weißt schon, der Bruder des Schuldirektors, kommt morgen abend vorbei, um sich den Vertrag anzusehen, aber ich fürchte, wir haben keine große Chance. Darum haben wir uns gedacht ..., na ja, es war Hugh, der den Vorschlag gemacht hat, daß wir eine eigene Firma gründen. Wir könnten denselben Service billiger anbieten, und alles würde in unsere Taschen fließen.«

»Wäre das nicht unlauterer Wettbewerb oder so was?« fragte Sally. Sie ließ ihre Beine über die Sessellehne baumeln, und Harriet wünschte sich ein Blatt Papier und einen Kohlestift.

»Keine Ahnung. Aber ich habe schon einen Scheck, der an mich persönlich ausgestellt ist. Zweihundert Pfund. Wenn man den unlauteren Pfad einmal eingeschlagen hat, geht es mit der Moral rasant schnell bergab.«

»Und wenn er uns betrogen hat, haben wir auch ein Recht, ihn zu betrügen«, meinte Sally.

Harriet war da nicht so sicher. »Wir müssen mit den Kunden reden und ihnen erklären, was wir vorhaben. Wenn sie sich entschließen, ihren Vertrag mit Schleimbeutel zu lösen und zu uns zu kommen, ist alles in Ordnung. Aber wir werden ihnen auf keinen Fall einfach nur sagen, daß sie das Geld gleich uns geben sollen«, schloß sie mit einem vorwurfsvollen Blick in Mays Richtung.

»Na schön«, stimmte May zu. »Betrachten wir das eine Mal als Ausnahme. Ich mußte für eine Dinnerparty kochen, Sal. Es war einfach grauenhaft.«

»Aber wir brauchen ein Telefon«, sagte Sally. »Und jetzt wo Piers der Bastard mich abserviert hat, können wir seins nicht mehr benutzen.«

»Wir haben uns gedacht, wir besorgen ein Handy, so daß wir das Boot als Büro benutzen können«, erklärte May.

»Aber brauchen wir kein Startkapital oder so was? Reichen zweihundert Pfund?« fragte Sally.

»Für den Anfang bestimmt«, erwiderte May. »Wir verwenden ja die Reinigungsmittel unserer Kunden.«

»Aber was wird mit der Werbung?« gab Harriet zu bedenken.

»Ich glaube nicht, daß wir viel Werbung machen müssen«, sagte Sally. »Wenn wir unseren Stammkunden erzählen, was wir vorhaben, werden sie schon dafür sorgen, daß es sich herumspricht.«

»Ein paar Handzettel wären vielleicht nicht schlecht, oder?« schlug Harriet vor. »Das kostet nicht viel und gibt dem ganzen einen offiziellen Charakter. Ich könnte sie zum Beispiel in dem Haus am Cheyne Walk in die anderen Briefkästen stecken.«

»Das Problem ist nur, wir müssen sofort anfangen«, sagte May. »Wir können uns keine Übergangsphase ohne Einkommen leisten.«

»Es spricht doch nichts dagegen, sofort anzufangen«, erwiderte Sally schon sehr viel fröhlicher. »Piers hat einen Fotokopierer. Wir könnten die Handzettel jetzt fertigmachen und die Telefonnummer hinzufügen, wenn wir sie haben.«

»Und so hauen wir Piers und Schleimbeutel auf einen Streich übers Ohr«, bemerkte Harriet trocken.

»Du bist diejenige, die künstlerisch veranlagt ist, Harriet«, sagte May, ohne darauf einzugehen. »Laß dir was einfallen!«

»Ich mag künstlerisch veranlagt sein, aber ich bin außerdem todmüde.« Harriet gähnte. »Und ich habe Matthew versprochen, ihn anzurufen.«

»Ruf ihn von hier an«, schlug Sally vor. »Und warum bleibt ihr nicht einfach beide übers Wochenende hier? Dann könnten wir die Handzettel in aller Ruhe morgen vormittag machen.«

May konnte sehen, daß Sally Gesellschaft brauchte, aber sie hatte ein starkes Bedürfnis nach ihrer vertrauten Umgebung. »Ich könnte bleiben, wenn du wirklich willst, aber ich kann nicht mal leserlich schreiben. Ihr kämt vermutlich ohne mich viel besser zurecht.«

»Wenn ich das Telefon benutzen darf und ein Bad nehme, werde ich so künstlerisch sein, wie du dir nur wünschen kannst«, versprach Harriet.

May freute sich mit einemmal unbändig darauf, allein auf ihrem Boot zu sein. Sie zog ihre Jacke über. »Also überlasse ich euch beide euren Filzstiften und fahr' nach Hause. Sag mir nur, wo ich den Vertrag finde, Harriet. Ich hab' nämlich eine Verabredung mit einem Staranwalt. Und eine mit dem Besitzer eines Bootshafens, und dem muß ich Honig ins Ohr träufeln.«

9. KAPITEL

Mike war von Mays Neuigkeiten nicht sonderlich beeindruckt.

»Es ist nicht so einfach, sich selbständig zu machen. Dazu gehört ein bißchen mehr, als einfach nur das Geld zu kassieren«, belehrte er sie. »Du mußt Bücher führen, Steuern zahlen, Versicherungen, Mehrwertsteuer. – Du mußt alles mögliche bedenken.«

»Ich weiß. Aber für jemand anders zu arbeiten hat auch seine Schattenseiten, und was Schleimbeutel kann, können wir schon lange.«

»Ihr habt überhaupt kein Kapital, damit geht es doch schon los.«

May wollte ihm schon von den zweihundert Pfund erzählen. Gerade noch rechtzeitig ging ihr auf, daß er das Geld sofort für sich fordern würde. »Wir brauchen nicht viel. Harriet und Sally entwerfen Handzettel. Sallys Freund hat einen Kopierer.«

May bezeichnete Piers nicht als »Exfreund«. Sie fand, Mike sollte nicht mehr als das absolut Notwendige erfahren.

»Was hält er denn von der Idee?«

Lügen wollte sie nun auch wieder nicht. »Er ist verreist. Aber ich bin sicher, er unterstützt so viel Eigeninitiative.« Sie stand auf, ihr selbstsicheres Lächeln verstärkte ihren koboldhaften Ausdruck noch. »Also, ich zahle dir die hundert Ende der Woche, okay?«

»Sie waren eigentlich schon Ende letzter Woche fällig. Das kann nicht immer so weitergehen. Wenn du selbständig bist, wirst du feststellen, daß es die säumigen Zahler sind, die dir das meiste Kopfzerbrechen verursachen.«

»Es ist eben alles eine Frage der Umstände. Aber jetzt muß

ich wirklich los. Unser Anwalt kommt gleich zu einem Beratungsgespräch.«

»Immerhin etwas. Aber ich hoffe, du weißt, daß ich nur so geduldig bin, weil du es bist, May.«

»Was meinst du damit, weil ich es bin?«

Er zögerte lange. »Eine Menge Leute hier haben dich sehr gern. Aber es wird dich nicht ewig schützen, daß du hier der Problemlöser für alle Fälle bist.«

May lachte und machte sich auf den Rückweg zu ihrem Boot. Sie war keineswegs so von ihrem Plan überzeugt, wie sie vorgegeben hatte. Es mußte schwierig sein, ein Unternehmen zu gründen. Und wenn sie Mike die Hälfte ihres Kapitals geben mußte, war ihre Kapitaldecke von Anfang an viel zu dünn. Und mochte sie auch den besten Ruf als lokaler Problemlöser genießen, so ging es dabei entweder um Sachen, Holz oder Werkzeuge zum Beispiel, oder aber um Menschen. Für alles, was auch nur ein Mindestmaß an mathematischen Kenntnissen voraussetzte, war sie hoffnungslos unbegabt. Na ja. Harriet wußte bestimmt, wie man Bücher führt.

Sie war entschlossen, Harriets und Sallys Ersparnisse nach Möglichkeit aus ihrer Geschäftsgründung herauszuhalten. Immerhin war es *ihr* Boot, das auf dem Spiel stand. Der Gedanke, Geld von ihren Eltern zu borgen, kam ihr in den Sinn, und sie verwarf ihn sofort wieder. Ihre Eltern waren unheilbar großzügig, hätte May mit einem Wanderzirkus auf Tour gehen wollen, hätten sie ihr vermutlich auch das finanziert. Ganz sicher würden sie ihre Geschäftsgründung sponsern. Aber sie weigerte sich, sie in diese Sache hineinzuziehen. Sie war vierundzwanzig Jahre alt. Wenn sie es jetzt nicht fertigbrachte, auf eigenen Füßen zu stehen, würde sie es nie schaffen.

Ihre Brüder hatten beide gute Jobs und keine Familie. Auch sie würden ihr anstandslos Geld leihen, aber sie würden ihr gleichzeitig das Leben zur Hölle machen. Darauf wollte sie lieber verzichten. Nein, es würde ihnen nichts anderes übrigbleiben, als Schleimbeutel seine Kunden abspenstig zu machen, neue zu finden und so viel Geld zu verdienen, daß alle finanziellen Nöte gebannt wären.

Sie ging an Bord der *Shadowfax*. Bald würde Jed aufstehen. Es war ein Jammer, daß sie ihn so selten zu Gesicht bekam. Er war ein freundlicher, liebenswerter Veganer, er rauchte Selbstgedrehte mit speziellen Blättchen, die er sich von weiß Gott woher schicken ließ, weil in allen anderen Marken Tierprodukte verwendet wurden. Er war meist unbekümmert und gelassen, es war beinah unmöglich, ihn in Rage zu bringen, und er konnte ordentlich zupacken.

Aber sie erwartete an diesem Abend sehr viel weniger sympathische Gesellschaft: Der Staranwalt stand schon am gegenüberliegenden Ufer. Ganz sicher würde er alles mit kritischen Blicken sezieren, und da Harriet immer noch bei Sally war, mußte May es allein mit ihm aufnehmen.

Man konnte unschwer erkennen, daß Harriet bis vor kurzem noch hier gewesen war, denn das Boot war ziemlich aufgeräumt. Was für ein Glück. Hätte das übliche Chaos an Bord geherrscht, hätte Hugh Buckfast wahrscheinlich eine dieser trockenen, ironischen Bemerkungen gemacht, die seine Spezialität waren. Davon abgesehen war damit zu rechnen, daß er Begriffe wie »Steuern«, »Versicherungen« und »Umsatzsteuer« ins Feld führen würde, mit derselben Überheblichkeit wie Mike es getan hatte.

»Hallo!« rief sie. »Sie müssen über die Schleuse und dann den Weg entlang. Ich komme Ihnen entgegen.«

Hugh hob die Hand und setzte einen Fuß auf das Schleusentor. Ivan, ein junger Mann, der mit seinem Hund auf einem umgebauten Rettungsboot wohnte und seinen Lebensunterhalt als Drummer einer Jazzband, als Plakatmaler oder Schweißer verdiente, je nachdem, wo die Geschäfte am besten liefen, trat zu ihr.

»Hi, May. Wie geht's?«

May schnitt eine Grimasse. »Nicht so toll. Ich schulde Mike ein Vermögen und mein Boß hat mich reingelegt. Meine Freundinnen und ich wollen jetzt versuchen, auf eigene Rechnung ein bißchen Geld zu machen. Was ist mit dir?«

»So weit ganz gut. Wir spielen im Moment in einer West-End-Kneipe, da kommt ein bißchen was bei rum.« Plötzlich entdeckte er Hugh, der den Ponton entlangschritt. »Was ist denn das für 'ne Gestalt?«

Hugh trug Kordkosen, einen marineblauen Pullover und eine Windjacke, die auf einer Segelyacht passender gewirkt hätten als auf einem Hausboot. Und selbst in dieser Freizeitmontur konnte ihm bestimmt jeder ansehen, daß er den Großteil der Zeit in einem Anzug steckte, dachte May. Auch wenn es ihr nicht direkt peinlich war, hatte sie doch das Gefühl, sie müsse seine Anwesenheit vor Ivan rechtfertigen, der ein kleines Tuch um den Kopf geknotet trug und drei Ringe in einem Ohr.

»Ähm, er ist Anwalt«, erklärte sie.

Ivan war beeindruckt. »Mann! Mike macht dir doch keine Schwierigkeiten oder?«

»Ich will's nicht hoffen. Wie kommst du darauf? Macht er das öfter?«

Ivan nickte, aber ehe er mehr sagen konnte, hatte Hugh sie erreicht, und Ivan schlenderte davon und sprang auf sein Rettungsboot hinüber. May entging nicht, daß Hughs Blick seiner schmalen, anarchischen Erscheinung folgte, und sofort fühlte sie sich in der Defensive. Sie mußte sich energisch ins Gedächtnis rufen, daß Hugh gekommen war, um ihr einen Gefallen zu tun, nicht zu seinem Vergnügen.

»Hallo. Es ist sehr nett, daß Sie gekommen sind.«

Seine Augen verengten sich und waren plötzlich von einem Fältchenkranz umgeben, so als sei er amüsiert und wolle es sich nicht anmerken lassen. »Sie klingen aber nicht so, als fänden Sie es so besonders nett.«

May riß sich zusammen. Sie durfte nicht ruppig zu ihm sein. Er war auf ihrer Seite. Er wollte ihnen helfen. »Tut mir leid. Ich bin ein bißchen gestreßt.« Sie zwang sich zu einem Lächeln. »Kommen Sie an Bord und bewundern Sie unseren zukünftigen Firmensitz.«

Er bestieg die *Shadowfax* und kletterte von dort zur *Rose Revived* herüber.

»Was für ein schönes Boot.«

Mays Verstimmung verpuffte auf einen Schlag. Sie fühlte sich wie eine Mutter, deren Baby bewundert wurde. »Nicht wahr?

Ich habe furchtbar viel daran gearbeitet. Es wäre schrecklich, wenn ich es verlieren würde.« Sie öffnete die Doppeltür. »Gehen Sie nur rein.«

Hugh trat leicht vornübergebeugt durch die Tür. Im Salon mußte er weiterhin den Kopf einziehen, um nicht anzustoßen.

May lachte leise. »Setzen Sie sich lieber. Ich fürchte, Sie sind zu lang für Hausboote.«

Hugh ließ sich nieder. »Manche Leute würden sagen, Hausboote haben zu niedrige Decken.«

May mußte schon wieder lachen. »Na ja, stimmt. Manche haben allerdings höhere Decken als dies hier. Möchten Sie vielleicht eine Tasse Tee oder so was?« Eigentlich müßte ich ihm einen Gin and Tonic oder ein Glas Sherry anbieten, dachte sie, aber so etwas führte sie derzeit nicht.

»Nein, vielen Dank.«

May hockte sich ihm gegenüber auf den Ofen.

»Haben Sie den Vertrag?«

»Oh, natürlich. Hier.« Sie reichte ihm die zusammengehefteten Blätter, die Harriet mit einem Heftpflaster an eins der Bilder geklebt hatte, damit May sie nicht verkramte.

Hugh studierte den Vertrag sehr gründlich. Es kam May vor, als vergingen Ewigkeiten, bis er endlich wieder aufsah. »Es hat überhaupt keinen Sinn zu versuchen, hiergegen vorzugehen. Sie sind hereingelegt worden, wie zahllose andere vor Ihnen. Betrachten Sie es von der positiven Seite: Sie sind um eine Erfahrung reicher.«

May nickte.

»Und Sie sind ganz sicher, daß Sie sich selbständig machen wollen? Es ist nicht so einfach, wie es sich anhört, wissen Sie.«

»Auf jeden Fall. Wir müssen sehr schnell sehr viel Geld verdienen. Nichts von dem, was ich gelernt habe, taugt dafür. Und die beiden anderen haben auch nichts Profitables gelernt, es sei denn, Sally bekäme ein Engagement. Vielleicht hat sie Glück, aber sie kann sich ja nicht darauf verlassen. Wir wissen, daß wir putzen können und daß es Leute gibt, die bereit sind, dafür zu bezahlen. Wir booten Schleim... Mr. Slater aus, und das bringt uns einen enormen finanziellen Vorteil.«

Hugh wirkte immer noch nicht sehr überzeugt, behielt seine Zweifel aber für sich. »Jedenfalls brauchen Sie sich nicht sofort zur Umsatzsteuer anzumelden. Kennen Sie sich ein bißchen mit Buchführung aus?«

May kreuzte die Finger hinter dem Rücken und nickte. »Harriet.«

»Schreiben Sie alles auf, was Sie ausgeben, und genauso jeden Betrag, den Sie einnehmen. Und achten Sie darauf, daß sie niemals irgendwelche Quittungen verlieren, auch wenn es nur ein Fetzen Papier ist. Wenn Sie grundsätzlich nichts wegwerfen, kann nicht allzuviel schiefgehen.«

»Gut.« May versuchte sich vorzustellen, sie verwandele sich in einen Menschen, der Quittungen aufbewahrt, aber das überforderte ihre Phantasie.

»Und Sie müssen Ihr Gewerbe bei der Finanzbehörde und der Sozialversicherungsstelle anmelden.«

»In Ordnung«, sagte May und delegierte auch diese Aufgabe in Gedanken an Harriet. Schon von dem Wort »Finanzbehörde« bekam May Ausschlag.

»Und natürlich müssen Sie ein Firmenkonto bei einer Bank eröffnen.«

»Selbstverständlich!« Die Idee war May tatsächlich schon selber gekommen, und sie war entrüstet, daß er sie behandelte, als habe sie überhaupt keine Ahnung.

»Und Sie sollten einen Gesellschaftsvertrag schließen. Lassen Sie ihn von einem Juristen aufsetzen.«

»Ähm ...«

»Ich würde das für Sie machen, wenn Sie möchten.«

»Das ist wirklich furchtbar nett von Ihnen, aber ... Ich glaube nicht, daß das nötig ist. Wir sind sehr gute Freundinnen, wissen Sie.«

»Die Sache ist nur die: Wenn Sie keine vertragliche Regelung treffen und ihre Firma je Schulden haben sollte, haftet jede Partnerin persönlich. Wenn es die Anwaltskosten sind, an die Sie denken ...«

»Nein! Nein, das ist es nicht. Es ist einfach ..., wir vertrauen einander und haben nicht die Absicht, Schulden zu machen.«

Aber in Wirklichkeit hatte er mitten ins Schwarze getroffen. May hatte nicht vor, auch nur einen Penny ihres knappen Budgets für Anwaltshonorare zu verschwenden. Und außerdem wollte sie nicht, daß er erfuhr, wie dünn ihre Kapitaldecke war.

Sie stand auf und wollte ihm danken und damit andeuten, daß es an der Zeit sei zu verschwinden, aber statt dessen hörte sie sich fragen, ob er nicht vielleicht doch eine Tasse Tee wolle. Sie war ziemlich überrascht, als er annahm. Als sie gerade in der Kombüse war und den Kessel aufgestellt hatte, klopfte es, und Ivan steckte den Kopf durch die Tür.

»Hi!« sagte er zu Hugh, der sich erhoben hatte. »May?«

»Hugh, das ist Ivan«, rief sie über die Schulter. »Ivan, das ist Hugh. Willst du Tee?«

»Ich würde mir lieber deinen großen Schraubenschlüssel borgen«, sagte Ivan.

May kam mit zwei Teebechern aus der Kombüse. Auf den Bechern balancierte sie eine Keksdose. »Hat der Motor wieder schlappgemacht?«

»Genau. Okay, wenn ich mir den Schlüssel hole?«

»Natürlich.«

Als Ivan gegangen war, fragte Hugh. »Verleihen Sie Ihr Werkzeug immer so großzügig?«

May schüttelte den Kopf. »Nicht unbedingt. Aber Ivan ist eigentlich gekommen, um zu sehen, ob hier alles klar ist.«

»Oh.«

»Weil Sie hier sind.«

Hugh riß mit gespielter Überraschung die Augen auf.

»Ach, na ja, es ist schwer zu erklären«, sagte May. »Wir verlassen uns hier aufeinander. Jeder hat ein Auge auf seine Nachbarboote, jeder packt mal mit an und hilft mit dem, was er am besten kann.«

»Und was können Sie besonders gut?«

May grinste. »Scherben zusammenkitten.« Wie sie gehofft hatte, zeigte Hughs Gesicht dieses Mal echte Verwirrung, und er zog verblüfft die Brauen hoch.

»Im übertragenen Sinne«, fügte sie hinzu.

Hugh verzog den Mund zu einem kleinen, schmerzlichen

Lächeln. »Komisch, in der Rolle kann ich Sie mir irgendwie gar nicht so recht vorstellen.«

»Also? Wie bist du mit dem Staranwalt klargekommen?« Sally führte May ins Wohnzimmer, wo Harriet im Schneidersitz auf dem Sofa saß und ihre Jeans flickte.

Plötzlich ärgerte May diese Umschreibung von ihm, und als sie das merkte, errötete sie und fragte sich, woran das liegen mochte. »Er sagt, wir haben keine Chance, unser Geld von Schleimbeutel zu kriegen, und wir müssen uns bei der Finanzbehörde und der Sozialversicherungsstelle anmelden. Ich dachte, das könntest du vielleicht machen, Harriet. Du hast das richtige Aussehen.«

»Vielen herzlichen Dank.« Harriet biß ihren Faden durch. »Ich bin geschmeichelt.«

»Dann hat er noch gesagt, wir sollten einen Vertrag aufsetzen lassen, der unsere geschäftliche Partnerschaft regelt«, fuhr May fort. »Das würde natürlich Geld kosten, aber wenn ihr glaubt ...«

»O nein«, widersprach Harriet. »Mit so überflüssigem Unsinn fangen wir gar nicht erst an.«

»Bist du sicher? Es hat irgendwas damit zu tun, daß wir alle persönlich für mögliche Schulden haften oder so.«

»Es ist ziemlich unwahrscheinlich, daß wir uns verkrachen, und ich hoffe nicht, daß wir Schulden machen«, meinte Sally.

Harriet schüttelte den Kopf. »Ich sehe nicht, wieso. Und wenn wir die *Rose Revived* gerettet haben und Sally und ich in unsere Traumwohnungen gezogen sind, können wir immer noch über einen Vertrag nachdenken. Bis es soweit ist, müssen wir einander eben trauen.«

»Wenigstens *können* wir einander trauen«, sagte May. »Anders als mit Schleimbeutel.«

»Wann reden wir mit ihm?« fragte Sally. »Oder verschwinden wir einfach?«

May schüttelte den Kopf. »Ich denke, wir sollten alle Aufträge in der kommenden Woche noch ausführen und bei den Kunden unsere Handzettel verteilen. Und am Freitag marschieren wir dann in Schleimbeutels Büro und feuern ihm feierlich unsere dreckigen Gummihandschuhe ins Gesicht.«

»Oh, wunderbar«, sagte Sally. »Vielleicht sollten wir sie vorher mit irgendwas richtig Ekligem füllen.«

»Sally!« rief Harriet. »Was für eine Idee.«

»May ist schuld«, erklärte Sally. »Seit ich sie kennengelernt habe, hab' ich in puncto Selbstbehauptung echte Fortschritte gemacht.«

May grinste und fragte sich insgeheim, ob sie auf dem Gebiet wirklich so beschlagen war.

Montag morgen machte Sally sich auf den Weg zu dem älteren Ehepaar, Captain und Mrs. Walker. Die anderen beiden hatten ihr eingeschärft, den Walkers von ihrer geplanten Selbständigkeit zu erzählen. Unterdessen fand Harriet, es sei an der Zeit, einen ihrer Handzettel – immer noch ohne Telefonnummer – zu dem Haus am Cheyne Walk zu bringen. Da sie sich noch nicht traute, mit dem Bus zu fahren, ging sie zu Fuß. Auf dem ganzen Weg rang sie mit sich, ob sie an der Tür klingeln sollte oder nur ihren Werbezettel einwerfen und fliehen. Sie hatte sich für die zweite Möglichkeit entschieden, doch als sie gerade vor der Tür stand, trat jemand aus dem Haus.

Irgendwie wäre sie sich albern vorgekommen, ihre Zettel in die Briefkästen zu stopfen, während dieser Mann sie beobachtete, also betrat sie den Hausflur und stieg die Treppe hinauf. Sie versuchte, sich zu entsinnen, ob die Wohnungstür des Künstlers einen Briefschlitz hatte. Ob er wohl zu Hause war? Sie hatte nie montags für ihn geputzt. Und sie hatte keine Ahnung, wie er hieß. Sie kommunizierten über kurze Notizen, die er mit einem unleserlichen Schnörkel unterschrieb. Seine Antwort auf ihre erste, schüchterne Nachricht lautete schlicht: *Machen Sie beim nächsten Mal Kuchenbrötchen.*

Seine Handschrift war kunstvoll und geschwungen, er verwendete einen dicken Kohlestift. Sie hatte geschrieben: *Ich habe keine Zeit zum Backen in den zwei Stunden, die ich zum Putzen hier bin.* Ihre Bleistiftnachricht wirkte unerträglich spießig unter seiner ausladenden Schrift. *Ich habe Sie heute für drei Stunden be-*

stellt. Tun Sie, was nötig ist, und diesmal keine Ausreden! hatte er geantwortet.

Und nachdem sie die Kuchenbrötchen gebacken hatte, hatte er ihr aufgetragen, andere Dinge zu kochen oder zu backen. Für Waffeln hatte er eine besondere Schwäche, aber letzte Woche war sie nicht dazu gekommen, welche zu backen, denn sie hatte den Fettschmier abgekratzt und abgeschrubbt, der sich über viele Jahre in seiner Küche angesammelt hatte. Und jetzt war sie vielleicht im Begriff, ihn persönlich kennenzulernen. Mit einer eigentümlichen Mischung aus Hoffnung und Schrecken stieg sie die Treppe hinauf. Wenn es möglich war, sich aufgrund einer Handschrift in jemanden zu verlieben, dann, dachte Harriet, war ihr genau das möglicherweise passiert.

Seine Etagentür hätte dringend einmal abgewaschen werden müssen, aber zumindest hatte sie einen Briefschlitz mit einer Metallklappe davor. Sie steckte ihren Werbezettel hinein und stopfte mit den Fingern nach, um sich zu vergewissern, daß er sicher landete. In diesem Moment wurde die Tür geöffnet, und die Klappe fiel herunter und klemmte ihre Hand ein.

Sie versuchte, sich zu befreien, doch je weiter die Tür geöffnet wurde, um so erbarmungsloser quetschte der Briefschlitz ihre Finger. Als die Tür schließlich offenstand, lag Harriet über der Schwelle und versuchte, ein verständliches Flehen zustande zu bringen, damit, wer immer es war, ihrer Qual ein Ende machte.

»Au! Hilfe! Bitte aufhören!«

Ein hochgewachsener Mann mit dichten grauen Haaren und schwarzen Brauen stand dort, die Hand auf der Klinke und sah finster auf Harriet hinab, die keuchend auf seiner Fußmatte lag, die Hand immer noch in seinem Briefkasten. Der Künstler sah genauso aus wie seine Handschrift.

»Tut mir leid. Meine Hand ist eingeklemmt.« Sie befreite sich hastig und widerstand mit Mühe der Versuchung, an ihren Fingern zu saugen.

»Also?« sagte der Mann verdrossen. Er wollte eine Erklärung. Ehe Harriet etwas vorbringen konnte, fuhr er fort: »Es ist erst morgen.«

»Was?«

»Der Kunstkurs.«

»Oh. Wieviel Uhr?«

»Zehn.«

Seine Hand lag immer noch an der Tür, als wolle er sie jeden Augenblick zuwerfen, ganz gleich, ob er Harriet dabei zerquetschte oder nicht. Harriet dachte, es sei an der Zeit, ein Ausweichmanöver einzuleiten.

»Kann ich in den Kurs kommen?«

»Ich nehme an, deswegen sind Sie doch hier, oder?«

Plötzlich fand Harriet ihren Mut. Sie hatte nie gewußt, daß sie mutig war. »Eigentlich nicht. Ich bin Ihre Putzfrau. Ich bin gekommen, um das hier abzugeben.« Sie wies auf den zerknitterten Handzettel auf seiner Fußmatte. Er würdigte ihn keines Blickes.

»Sie sind *wer*?«

»Ihre Putzfrau. Der Sie immer Zettelchen schreiben. Wegen der Wäsche und so weiter.«

Langsam ging ihm ein Licht auf. Er hatte ein zerfurchtes Gesicht, das vermutlich niemals gutaussehend gewesen, aber mit jedem Jahrzehnt attraktiver geworden war. Harriet schätzte ihn auf Mitte vierzig.

»Oh. Kommen Sie rein. Warum haben Sie mir beim letzten Mal keine Waffeln gemacht?«

Harriet hob das verhängnisvolle Papierknäuel vom Boden auf und folgte ihm in die Küche, wo es immer noch nach Curry roch. Vermutlich war es seine Hauptnahrungsquelle.

»Zum einen hatte ich nicht genug Zeit. Außerdem bin ich Putzfrau, keine Köchin.«

»Und Sie kommen jetzt, um zu putzen? Das trifft sich gut.«

»Nein, ich bin nur gekommen, um Ihnen das hier zu bringen.« Sie faltete das Blatt auseinander und versuchte, es glattzustreichen. Er nahm es ihr aus der Hand und legte es auf die Küchenanrichte, ohne auch nur einen Blick darauf zu werfen.

Harriet erkannte, daß er vermutlich selten wenn überhaupt je die Werbung las, die er in seinem Briefkasten fand. »Meine Kolleginnen und ich haben beschlossen, unsere eigene Reinigungsfirma zu gründen. Und wir bieten unseren Service sehr viel günstiger an als Mr. Slater.«

»Wer ist Mr. Slater? Kaffee?«

»Gern, danke.« Harriet bekam langsam das Gefühl, sie brauche etwas zur Stärkung. »Er ist der Mann, dem die Agentur gehört, durch die ich an Sie vermittelt worden bin. Der Mann, dem Sie vermutlich die Schecks schicken.«

»Ihr Boß?«

»Nicht mehr lange. Er zahlt uns nur einen winzigen Teil von dem, was er den Kunden abknöpft. Wir können billiger sein und werden trotzdem mehr verdienen. Ich wäre Ihnen sehr dankbar, wenn Sie mich unmittelbar engagieren würden, statt weiter über Mr. Slater zu buchen.«

Er streckte ihr fragend eine Milchflasche entgegen, aber Harriet erkannte sie von ihrem letzten Besuch wieder und schüttelte den Kopf.

»Das einzig Wichtige für mich ist, daß ich mich auf Sie verlassen kann, alles andere ist mir gleich. Was verlangen Sie denn?«

»Da steht unser Stundensatz.« Sie wies auf den Handzettel.

»Jetzt wo ich angefangen habe, Kunstkurse zu geben, muß die Wohnung hier in Ordnung gehalten werden. Frauen sind so neurotisch, was Sauberkeit betrifft.«

Harriet nickte und fühlte sich solidarisch mit diesen Frauen. »Dieser Kunstkurs. Wie teuer ist er?«

Er sagte es ihr.

Harriet war schockiert. »Gibt es wirklich Leute, die bereit sind, das zu bezahlen?«

»Dutzende. London ist voller Frauen, die zu viel Zeit haben und großen künstlerischen Ehrgeiz. Der Kunstwelt werden sie nicht ihren Stempel aufdrücken, aber sie zahlen meinen Unterhalt und meine Hypothek.«

»Oh.« Harriet sah zu Boden und dachte, daß der PVC dringend ersetzt werden müßte. »Ich würde gern kommen, aber leider kann ich mir Ihre Preise nicht leisten.«

»Können Sie denn malen?«

»Ja.« Jetzt war nicht der richtige Moment für Bescheidenheit.

»Ich bin kein Wohltätigkeitsverein. Ich kann es mir nicht leisten, Schüler zu nehmen, die nichts zahlen können. Aber vielleicht können wir ein Geschäft machen.«

»Tja, aber ich kann nicht als Gegenleistung für Ihren Unterricht Ihre Wohnung putzen, das wäre den anderen gegenüber nicht fair.«

»Ich dachte auch nicht ans Putzen.«

Harriet spürte einen eisigen Schauer.

»Ich brauche hin und wieder ein Modell.«

Ihr rasender Herzschlag beruhigte sich ein bißchen. Aber nur unwesentlich. Sie mochte bisher ein sehr behütetes Dasein geführt haben, aber sogar sie wußte, daß er mit »Modell« Aktmodell meinte.

Sein Mund verzog sich zu einem Lächeln. »Ich würde mich freuen, jemanden zu unterrichten, der auch ein bißchen Talent hat. Bringen Sie mir morgen Ihre Mappe mit und denken Sie über das Modellsitzen nach. Ich bin sicher, wir werden uns einig.«

»Das ist sehr freundlich ...«, fing sie an.

»Aber das Putzen darf nicht zu kurz kommen. Wenn meine Sachen in die Wäsche müssen, kümmern Sie sich darum.«

»Einverstanden. Ich tue, was getan werden muß, und berechne unseren normalen Stundensatz dafür. Der Unterricht hat nichts damit zu tun.«

»Wie heißen Sie?«

»Harriet Devonshire.«

»Mein Name ist Leo Purbright.«

Harriet nahm einen zu großen Schluck aus ihrem Becher und verbrannte sich die Zunge. Leo Purbright war einer der wenigen Namen der Kunstwelt, der ihr etwas sagte. Sie liebte seine riesigen, figurativen Werke. Sie hätte schwören können, daß er an einer der renommiertesten Kunsthochschulen lehrte. Irgendwie war sie in die Küche dieses berühmten Mannes gelangt und von dort, so schien es, in seinen Kurs. Sie räusperte sich.

»Ich habe von Ihnen gehört. Aber ich wußte nicht, daß Sie privat unterrichten. Ich meine, ich dachte ...«

»Sie dachten, ich lehre an einer der ›höchsten Weihestätten

künstlerischen Schaffens‹ in diesen Land?« Sarkasmus und Bitterkeit verzerrten sein Lächeln. »Das hab' ich auch. Bis man dort zu dem Schluß kam, daß man mich nicht mehr wollte. Und darum bringe ich jetzt gelangweilten Damen bei, wie man Blumen malt.«

Harriet schauderte. »Wie furchtbar für Sie.«

Dieses Mal war sein Lächeln warm und echt. »Nein, im Grunde ist es überhaupt nicht furchtbar. Die Frauen, die zu mir kommen, haben vielleicht kein weltbewegendes Talent, aber sie sind willig und wollen lernen. Hier darf ich endlich lehren. Unterrichten.«

»Aber haben Sie das vorher nicht auch getan?«

»Doch, aber es widersprach dem Ethos dieses Colleges. Das ist der Grund, warum wir uns getrennt haben.«

»Verstehe«, sagte Harriet, dabei verstand sie überhaupt nichts.

»Jetzt kommen Ihnen langsam Zweifel, ob Sie wirklich an meinem Kurs teilnehmen wollen, was?« Harriet, die mit außergewöhnlichem Interesse auf ihre Fußspitzen gestarrt hatte, hob den Kopf. »Sie sind ein anständiges Mädchen, und Sie sind beunruhigt bei dem Gedanken, sich mit einem Künstler einzulassen, der vielleicht Ihre Wertvorstellungen durcheinanderbringt, und der will, daß Sie sich ausziehen?«

Er machte sich nicht über sie lustig. Aber seine Augen, seltsam hell im Kontrast zu den schwarzen Wimpern und Brauen, schienen die Geschichte ihres Lebens zu lesen: die Kindheit in dem kleinen Dorf, ihre angesehenen, dominanten Großeltern, die Gnadenlosigkeit, mit der sie in die Form eines »anständigen Mädchens« gepreßt worden war. Er urteilte nicht, er beobachtete nur.

Harriet räusperte sich. »Natürlich beunruhigt mich die Vorstellung, ein Aktmodell zu sein. Ich hab' das noch nie gemacht, und in Ihrem Studio ist es eisig kalt. Außerdem dachte ich, Ihre Schülerinnen malen Blumenstilleben.«

»Meine Schülerinnen tun, was ich ihnen sage. Aber ich bin kein Tyrann, Sie müssen nichts tun, was Ihnen unangenehm ist.«

»Na ja …«

»Hören Sie, bringen Sie morgen einfach Ihre Mappe mit, und wenn Ihre Sachen etwas taugen, nehme ich Sie in die Gruppe. Und Sie können bezahlen, indem Sie uns Modell sitzen, wir fangen ganz harmlos an, mit Detailstudien, jede Pose zehn Minuten, voll bekleidet, Heizung an.«

Welche Mappe, dachte Harriet am Rande einer Panik. »Danke. Das ist sehr freundlich von Ihnen.«

Er schüttelte den Kopf. »Nein. Ich mag zwar kein Tyrann sein, aber niemand, der mich kennt, würde auf die Idee kommen zu behaupten, ich sei freundlich. Also, bis morgen.«

10. KAPITEL

»Hi! Wo bist du gewesen? Was um Himmels willen schleppst du denn da mit dir herum?«

Harriet wankte in Sallys Wohnung, schwer beladen mit allen möglichen Utensilien: Farbtuben, Dosen mit Grundierung, großen Papierbögen, ein Bündel Pinsel.

»Du mußt mir helfen, Sally. Bis morgen früh um zehn brauch' ich eine Mappe.«

»Sag mir nur, was ich tun soll. Was meinst du mit Mappe?«

»Eine Präsentation meiner Arbeit, Zeichnungen, Skizzen, solche Sachen.«

»Aber, Harriet, ich kann nicht mal ein Strichmännchen malen!«

Harriet lächelte zum ersten Mal an diesem Morgen. »Du sollst nicht malen, du Schaf. Ich brauche dich als Modell.«

Nachdem Sally begriffen hatte, was Harriet brauchte, steckte sie ihre gesamte Energie in das Projekt. Den ganzen Tag lag sie mehr oder minder spärlich bekleidet auf dem Sofa. Sie nahm verschiedene Yogapositionen ein, gab vor, einen Aufschlag zu machen, an einer Ballettstange zu trainieren, alles, worum Harriet sie bat. Wenn sie steif wurde vom langen Stillhalten, grundierte sie die großen Blätter mit der weißen Emulsion und überließ Harriet einem Stilleben aus einer schwarzen Banane, einer unreifen Kiwi und einer halben Flasche Perrier.

Harriet mußte ihre ordentliche, methodische Vorgehensweise, die sie sich beim Aquarellmalen anerzogen hatte, über Bord werfen. Die Zeit war knapp, und ihr enormes Arbeitstempo zwang sie zur Verwegenheit. Rasche, geschwungene Linien entstanden, während ihre Hand über den weißen Bogen zu fliegen schien, dicke Blöcke weißer Kreide schufen Lichtinseln auf schwarzem Untergrund, es war wie ein Wahn der Kreativität. Als May abends kam, legte Harriet den Pinsel für einen Moment beiseite.

»Von heute an sind wir stolze Besitzer eines Handys mitsamt Telefonnummer«, verkündete May.

»War's sehr teuer?« Harriet schmierte sich mit dem Handrücken Farbe ins Gesicht, ohne es zu merken.

»Nein, es ist im Rahmen, so lange wir es nicht benutzen. Eingehende Anrufe kosten auch, nicht nur die, die wir selber machen, aber vermutlich ist es auf jeden Fall das Beste, Telefonzellen zu benutzen, wenn wir können.«

»Vorläufig haben wir ja noch Piers' Telefon«, erinnerte Sally sie.

Harriet nickte, in Gedanken schon wieder mit ihrem Gemälde beschäftigt. Sie machte keine Zeichnungen im Akkordtempo mehr, sondern malte mit Acrylfarben an einer Komposition aus den vielen Skizzen, die sie von Sallys nacktem Körper hatte, ein paar Früchten und einer Katze, die sie aus dem Gedächtnis gezeichnet hatte und die, wenn sie ehrlich war, ein bißchen wie eine Eule aussah.

Sally überredete sie, eine Pause einzulegen und etwas zu essen. May bewunderte ihre Arbeit, und beide versorgten sie in regelmäßigen Abständen mit Wein. Schließlich ging May nach Hause und Sally ins Bett. Um drei Uhr morgens unterbrach Harriet ihre Arbeit und legte sich aufs Sofa.

»Nur eine Minute«, versprach sie und schlief fest ein.

»Harriet?« Sally stand mit einem dampfenden Becher in der Hand neben ihr. »Es ist halb neun. Du mußt um zehn zu deinem Unterricht. Ich übernehme heute deinen Kunden, weißt du noch?«

Sallys Stimme schien aus weiter Ferne zu kommen. Harriet kämpfte darum, sich von dem verwirrenden Bilderkaleidoskop ihrer Träume loszureißen. Sally stupste sie mit einem rotbeklecksten Finger an.

Harriet strich sich die Haare aus den Augen. Was immer in dem Becher sein mochte, es roch schwach nach Medizin.

»Was ist das?«

»Kamille. Tut dir gut. Ich hab dir ein Bad eingelassen. Ich sammle deine Bilder ein, während du dich fertigmachst.«

»Du warst phantastisch, Sally. Danke.«

Sally, deren Mutterinstinkte während ihrer Beziehung mit Piers unterdrückt worden waren, tat Harriets Dank mit einem Achselzucken ab und ging, um ihr ein nahrhaftes Frühstück zu machen.

Während Harriet noch schlief, hatte Sally eine Sammelmappe gebastelt. Sie hatte einen Karton zerschnitten, der einmal ein Abendkleid enthalten hatte, und die Pappe mit Geschenkpapier beklebt. Als Harriet halb krank vor Aufregung aus dem Bad kam, durchforstete Sally das Wohnzimmer auf der Suche nach den verstreuten Zeichnungen und Bildern.

»Das hier auch?« Sally hielt eine Pastellkreidezeichnung hoch, die Harriet auf ihrer Flucht von zu Hause mitgenommen hatte. Sie zeigte einen schlafenden Jungen. Sie hatte es gezeichnet, kurz bevor Matthew ins Internat kam. Es hatte keinen Sinn, ihn zu bitten, ihr Modell zu sitzen, denn er konnte nie länger als eine Minute stillhalten. Darum hatte sie ihn im Schlaf gezeichnet. Und auch, wenn sie fand, daß es besser war als alles andere, was sie bisher gezeichnet hatte, war es doch etwas Persönliches. Sie hätte es nicht ertragen, wenn kritische Augen es einzig auf seine technische Qualität hin begutachtet hätten.

Alles andere wanderte in die Mappe. Selbst die Skizzen, die nur aus ein paar dünnen, zaudernden Strichen bestanden, mußten herhalten, um insgesamt eine halbwegs akzeptable Anzahl von Arbeiten zusammenzukriegen. Die Ausbeute war selbst dann noch mager. Doch das Gemälde, an dem Harriet bis in die Nacht gearbeitet hatte, würde alles andere wettmachen, versicherte Sally.

Sally rief ihren Lieblingstaxifahrer an und bat ihn herzukommen. »Du kannst unmöglich mit diesem Ding in die U-Bahn.« Sie zeigte auf die kunstvoll beklebte Sammelmappe. »Außerdem kommst du zu spät, wenn du kein Taxi nimmst.«

Harriet nickte ergeben und zog die Patchworkstrickjacke von Sallys Mutter an.

»Sie ist ein bißchen rustikal«, erklärte Sally. »Aber warm.«

Exakt um neun Uhr fünfundfünfzig stieg Harriet vor dem Haus auf dem Cheyne Walk aus dem Taxi. Sie fühlte sich ein bißchen benebelt. Sally hatte sich die größte Mühe gegeben, sie aufzubauen: Kräutertee, ein heißes Bad, ein gekochtes Ei auf Toast. Trotzdem wollte Harriet zurück in ihr Bett, um den versäumten Schlaf nachholen. Ihre Nervosität steigerte zusätzlich ihren Drang zu gähnen. Sie holte tief Luft und stieg die Stufen zum Eingang hinauf.

Ihr atemloses Gestammel in die Gegensprechanlage wurde vom Summer rüde unterbrochen. Hastig stieß sie die Tür auf, überzeugt, der Summer sei einer von der tückischen Sorte, die in der Sekunde verstummen, da man die Hand an den Türgriff legt. Als sie vor der Wohnung ankam, war sie außer Atem, durch die Anstrengung ebenso wie durch die Strickjacke war ihr heiß geworden.

Leo Purbright entsprach in keinerlei Hinsicht Harriets Klischee vom verträumten Künstler. Er war agil, hatte einen scharfen Blick und eine schneidende Zunge. Er betrachtete Harriet eingehend, ehe er sprach.

»Guten Morgen, Harriet. Es war gut, daß Sie Leggings angezogen haben. Es ist immer von Vorteil, wenn die Gliedmaßen des Modells deutlich erkennbar sind.« Er trank an dem Becher, den er in der Hand hielt. »Und wie ich sehe, haben Sie Ihre Arbeiten mitgebracht.«

In Harriets Magen ereignete sich ein kleineres Erdbeben. Schweiß brach ihr aus allen Poren. »Wollen Sie, daß ich heute Modell sitze?« Irgendwie kamen die Worte in der richtigen Reihenfolge heraus, und ihre Stimme zitterte nur ein ganz kleines bißchen.

»Ja, bitte. Wenn sich herausstellt, daß Ihre Arbeit nichts taugt, werde ich Sie bezahlen. Gehen Sie ruhig schon vor ins Studio.«

Nur eine Tasse Kamillentee war einfach nicht genug, um sie für diese schwere Stunde zu stärken. Sie überwand ihre Schüchternheit. »Könnte ich wohl vorher einen Kaffee bekommen?«

Leo zog fragend eine Braue hoch. »Natürlich, bedienen Sie sich.« Er lächelte höflich, aber sie hatte das Gefühl, daß er sie ganz genau durchschaute. Sie floh in die Küche.

Die Hände um ihren warmen Kaffeebecher gelegt, betrat sie kurz darauf das Studio. Leises Gemurmel schlug ihr entgegen. Leos Schüler waren ausnahmslos weiblichen Geschlechts. Sie bauten ihre Staffeleien auf, spannten Papierbögen ein und zogen farbbespritzte Hemden über. An der Stirnseite des Raums stand ein niedriger Tisch vor einem als Vorhang drapierten Tuch. Daneben stand Leo und wartete ohne viel Geduld auf Harriet.

»Gut. Steigen Sie einfach auf den Tisch, und dann fangen wir an.«

Mit zitternden Knien kletterte Harriet auf den Tisch und überlegte, ob ein Anfall von Höhenangst der Grund für ihren plötzlichen Schwindel war oder Schlafmangel oder einfach nur ihre Angst davor, was Leo von ihrer Arbeit halten mochte. Sie sah ihre Mappe an der Wand lehnen, bislang ungeöffnet.

Leo wandte sich seinen Schülerinnen zu, die sofort ihr Gemurmel einstellten und ihm ihre volle Aufmerksamkeit schenkten.

»Das hier ist Harriet. Es wird Zeit, daß wir uns der Darstellung des menschlichen Körpers zuwenden, und sie wird uns heute Modell sitzen. Wenn sie sich an uns gewöhnt hat, werden wir sie vielleicht überreden können, sich auszuziehen, so daß wir etwas über Aktmalerei lernen können. Aber wir wollen behutsam anfangen mit Zwei-Minuten-Posen.«

»Zwei Minuten!« Hinter jeder Staffelei regte sich Protest. »Was soll man in der kurzen Zeit zustande bringen?«

»Sie werden überrascht sein. Ihre Hand und die Augen müssen zu einer Einheit werden, gleichzeitig arbeiten, ohne Denkpausen dazwischen.« Erwartungsvoll sah er zu Harriet.

Ergeben legte sie die Hände in den Nacken, als wolle sie sich ausgiebig strecken.

»So ist es gut«, sagte Leo. »Füße auseinander, Kopf zurück. Die Ellbogen etwas höher. Können Sie das jetzt halten?«

»Sicher«, sagte Harriet, obwohl sie keine Ahnung hatte, wie lange sie die Position durchhalten würde.

»Sehr schön. Können alle sehen? Also, Sie haben zwei Minuten. Sie müssen nicht den ganzen Körper zeichnen, aber achten

Sie darauf, daß die Teile, die Sie aufs Papier bringen, die richtigen Proportionen haben.«

Während die Schülerinnen zeichneten, begannen Harriets Arme vor Anstrengung zu zittern.

»Die Zeit ist um!«

Sie glaubte, einen erleichterten Stoßseufzer ihrer Muskeln zu hören, als sie die Arme sinken ließ, und sie ertappte Leo bei einem amüsierten Blick in ihre Richtung.

»Selbst zwei Minuten können einem in mancher Position sehr lang vorkommen. Ziehen Sie die Strickjacke aus, und stellen Sie sich so hin.«

Er verbog ihre Gliedmaßen, als sei sie eine Schaufensterpuppe, und brachte sie schließlich in eine Haltung, die interessant für die Schüler und erträglich für Harriet war.

»Künstler sehen in ihren Modellen keine Menschen, sondern lediglich Objekte«, erklärte er ihr. »Wenn Sie eine Position einnehmen, die ihr Interesse weckt, werden sie Sie zeichnen, ganz gleich ob Sie Krämpfe davon kriegen.«

Harriet lächelte angestrengt.

»Also. Alle sollten jetzt schön gelockert sein. Noch eine Position und dann werde ich herumkommen und sehen, was Sie gezeichnet haben.«

Harriet spürte die zunehmende Anspannung der Frauen, als er das sagte. Sie studierte die Kursteilnehmerinnen ebenso wie umgekehrt. Die meisten sahen so aus, als seien sie noch auf der sicheren Seite der vierzig und hätten keineswegs die Absicht, ans andere Ufer zu wechseln. Was die Natur ihnen vorenthalten hatte, war mit Geld und kosmetischem Geschick wettgemacht. Harriet beneidete sie um ihren Chic und ihr Selbstvertrauen. Und vor allem um ihre Farben und Pinsel. Mit dem, was sie hier aufgefahren hatten, ließe sich ein Laden für Künstlerbedarf eröffnen, dachte sie. Polierte Holzkistchen mit Schubladen, die Farben von einem Ende des Spektrums zum anderen enthielten, Tuben oder kleine Einsätze mit Aquarellfarben, Picknickkörbe voller Gouachetuben oder Ölfarben, bündelweise Pinsel, Kohlestifte im Überfluß – alles, was ein Künstler sich nur wünschen konnte.

Eine der Frauen unterschied sich deutlich von den übrigen. Sie hatte nichts gegen das Grau ihrer Haare unternommen, war auffallend dürr, trug ausgebleichte Blue jeans und ein marineblaues Fischerhemd. Die Kleidung paßte wunderbar zur Farbe ihrer Augen, und ihre Haut war rein und frisch und pungeschminkt. Sie hätte dreißig oder fünfzig sein können, eine reiche Erbin oder eine arme Studentin.

Eine Margarinedose, die mit einer grauen Masse gefüllt war, Reis, vermutete Harriet, enthielt ihre Pastellstifte. Sie protestierte nicht und redete nicht, wenn die Position geändert wurde, sondern machte einfach mit der nächsten weiter, griff in die Dose, ohne darauf zu achten, welche Farbe sie erwischte. Entweder war sie höllisch begabt, oder sie hatte höllisch starke Nerven. Harriet hatte den Verdacht, daß ersteres der Fall war, und versuchte, nicht allzu neidisch auf die Arbeitsmaterialien der Frau zu sein. Talent war das einzige, was zählte, und wenn man das nicht besaß, nützte auch die teuerste Ausrüstung nichts.

Ihr Magen schlingerte in einem neuen Anfall von Nervosität. Was, wenn sie überhaupt kein Talent hatte? Was, wenn Leo Purbright dachte, sie tauge nur zum Modell und als Putzfrau?

»Entspannen Sie die Wangenmuskeln«, sagte Leo. »Jetzt ist es nicht mehr lange.« Harriet mobilisierte ihre letzten Reserven. »Besser«, sagte Leo. »Sie sehen nicht mehr so gequält aus.« Er sah auf die Uhr. »Das reicht, meine Damen. Als nächstes versuchen wir uns an einer sitzenden Position.«

Harriet kletterte steif vom Tisch herunter und ließ sich in einen nahen Stuhl fallen. Sie beschloß, ihre unfreiwillige Untätigkeit zu nutzen, um den versäumten Schlaf nachzuholen. Leo schritt mit entschlossener Miene auf sie zu, und sie war sicher, er werde ihre Position zu einer weitaus weniger bequemen Haltung ändern. Statt dessen holte er eine Rolle Schnur aus seiner Tasche, nahm ihre Hand und knotete ein Ende um ihr Gelenk. Seine Finger fühlten sich warm und kräftig auf ihrer Haut an, und sie war überzeugt, er müsse ihren Puls spüren, der wahre Sprünge vollführte. Als er ihre Hand auf ihr Knie zurücklegte, glaubte sie, den Druck seiner Berührung immer noch zu spüren. Ihre Nervosität hatte sie wohl übersensibel gemacht.

Er führte die Schnur zur Wand hinter ihr und befestigte sie mit einer Stecknadel. Dasselbe machte er mit einem Knöchel, beiden Knien und knotete schließlich eine zweite Kordel an ihr Handgelenk, die er in entgegengesetzter Richtung von der ersten wegführte. Als er beiseite trat, war ihr Körper praktisch von den Schnüren gevierteilt.

»Das soll Ihnen erleichtern zu erkennen, in welchem Verhältnis die Linien des Körpers zueinander und zum Stuhl stehen. Das perspektivische Zeichnen wird dadurch einfacher. Zeichnen Sie die Schnüre mit ein, und dann sehen wir, was passiert.«

Harriet beobachtete, wie er langsam die Runde machte, hinter jeder Staffelei kurz stehenblieb, leise Anmerkungen machte, hin und wieder einen Kohle- oder Pastellstift zur Hand nahm und ein paar Striche zog. Sein Rundgang hatte dieselbe Wirkung auf die Frauen wie ein Löwe auf eine Herde friedlich grasender Gazellen. Wäre er genauso löwenartig, überlegte Harriet, wenn sein Name Wilfred wäre?

Ihre Haltung mochte entspannt sein, aber Harriet selbst war alles andere, als sie Leo zu ihrer Mappe schlendern sah. Sie wünschte, sie hätte den Blick auf eins der Fenster gerichtet und müßte nicht zusehen, wie er die Mappe hochhob, die aus Schnürsenkel gebastelten Bänder löste und den mit Geschenkpapier beklebten Pappdeckel öffnete.

Stück für Stück wurden ihre Werke hervorgezogen, begutachtet, zurückgelegt. Das Aktbild von Sally betrachtete er einen Moment länger, aber er sagte kein Wort und schenkte ihr auch kein beruhigendes Lächeln.

»Wir machen jetzt Pause«, verkündete er. »Und während Sie Ihren Kaffee trinken, möchte ich Ihnen etwas zeigen.«

Harriet erhob sich von ihrem Stuhl und fühlte sich steif und uralt. Sie fragte sich, ob sie eine Thermoskanne hätte mitbringen müssen. Sie war schrecklich durstig.

Eine der Frauen hatte ein Einsehen. »Möchten Sie vielleicht eine Tasse von meinem Kaffee? Er ist schwarz. Mit Zucker.«

Harriet trank ihren Kaffee gewöhnlich mit Milch und ohne Zucker, aber sie nahm dankbar an.

»Ich habe mal für Leo Modell gesessen und bin beinah dabei

verhungert. Sie sind ein wunderbares Modell«, sagte die Frau. »So reglos.«

Harriet lächelte.

»Wenn ich nur stillhalten könnte, würde ich selbst hier Modell sitzen. Wenigstens flüstert Leo Ihnen keine sarkastischen Bemerkungen ins Ohr.«

Harriet schauderte. »Nein ...« Sie ruckte ihr Kinn in die Richtung, wo Leo stand und eine ihrer Zeichnungen aus der Mappe zog. »Vielleicht nicht in mein Ohr, aber er hat sich meine Arbeiten angesehen, und ich hab' so ein Gefühl, als werde er gleich der ganzen Welt verkünden, wie schlecht sie sind.«

Leo gewann die volle Aufmerksamkeit seiner Schülerinnen zurück, ohne ein Wort zu sagen, einfach indem er den Kopf hob. »Sie haben sich alle gefragt, wie man in zwei Minuten irgend etwas zustande bringen soll. Nun, lassen Sie mich Ihnen eine von Harriets Arbeiten zeigen.«

Harriet hatte das Gefühl, daß sie mit größerer Aufmerksamkeit angestarrt wurde als eben. Sie lief rot an. Doch als sie den Kopf hob, sah niemand in ihre Richtung. Alle Blicke waren auf eine Zeichnung von Sally gerichtet. Sally hatte eine langgestreckte Haltung eingenommen, als mache sie sich zu einem Sprung bereit. Eine Yogaübung, die selbst für Fortgeschrittene nicht lange auszuhalten war.

»Hier ist es Harriet gelungen, das wesentliche der Körperhaltung in einigen wenigen Strichen festzuhalten, manche davon an völlig falscher Stelle.« Leo sah auf. »Habe ich recht, wenn ich behaupte, daß dies eine Zwei-Minuten-Pose war?«

Harriet war wieder feuerrot angelaufen und wünschte, der Parkettboden unter ihren Füßen, den sie so mühsam poliert hatte, würde sich auftun und sie verschlingen. Sie nickte.

»Und hier ...« Leo zeigte jede einzelne ihrer Zeichnungen und erklärte, woran man erkennen konnte, daß sie alle in extrem kurzer Zeit entstanden waren.

Harriet wußte nicht, ob er sie als leuchtendes oder als abschreckendes Beispiel hinstellte. »Sie sehen also«, sagte er abschließend. »Man muß mutig sein – oder verzweifelt – um den ersten Strich zu wagen. Der Prinz hätte Dornröschen schließlich auch nicht gefunden, hätte er nicht mit seinem Degen das Dornengestrüpp niedergemacht. Vielen Dank, Harriet.«

Den Rest der Stunde versuchte Harriet zu ergründen, ob er ihre Arbeiten nun gut oder schlecht fand. Die Schülerinnen warfen ihr verstohlene, unsichere Blicke zu, als seien sie sich auch nicht sicher.

»In Ordnung, das war's, die Zeit ist um. Harriet, Sie können sich jetzt entspannen.«

Das war fast zum Lachen. Wie in aller Welt sollte sie sich entspannen, ehe sie wußte, ob Leo sie für talentiert hielt oder nicht?

Endlich waren alle gegangen. Leo wandte sich ihr zu, ein fragender, amüsierter Ausdruck in seinen hellen Augen. Seine Belustigung provozierte Harriet dazu, den ersten Schritt zu machen.

»Und? Wollen Sie mich bezahlen oder in Ihren Kurs aufnehmen?«

Er lächelte, und sie wäre am liebsten mit den Fäusten auf ihn losgegangen. »Seien Sie nicht albern, Harriet. Sie wissen ganz genau, daß Sie viel besser sind als die meisten anderen hier. Aber Sie werden niemals richtig gut sein, ehe Sie nicht Ihre bürgerlichen Hemmungen abschütteln, an die Sie sich so klammern.«

Harriet fand, sie hatte sie verdammt gut abgeschüttelt, wenn man die Umstände bedachte. »Ach ja? Und woher nehmen Sie das ...«

Aber er ließ sie nicht ausreden, dabei brauchte sie so dringend ein Ventil, um den Dampf abzulassen, der sich in den letzten vierundzwanzig Stunden aufgestaut hatte.

»Kommen Sie Freitag um zehn.«

Harriet atmete tief durch, plötzlich beschämt über ihre Wut. »Vielen Dank ...«

Er brummte ungehalten, fuhr mit der Faust in die Hosentasche und drückte ihr dann etwas in die Hand. Es war eine zwanzig Pfund-Note.

»Wofür ist das?«

»Sie waren ein gutes Modell. Das ist der gängige Preis.«

»Aber ich dachte ...«

Leo sah aus, als wolle er sie am liebsten packen und hinauswerfen. »Kaufen Sie Material davon, verdammt noch mal! Und schauen Sie einem geschenkten Gaul nicht ins Maul!«

Harriet verließ die Wohnung mit mehr Eile als Würde.

II. KAPITEL

Die Walkers nahmen es erstaunlich gelassen, als Sally ihnen eröffnete, daß sie und ihre Freundinnen eine eigene Firma gegründet haben. »Mr. Slater« sei ihnen doch »recht gewöhnlich« erschienen, als er einmal wegen eines falsch datierten Schecks angerufen habe. Captain Walker bescheinigte Sally und den anderen »eine gehörige Portion Schneid«.

Und, fügte Mrs. Walker aufgeregt hinzu, »ich habe sogar einen neuen Kunden für Sie! Stellen Sie sich das vor! So ein glücklicher Zufall!«

Mr. Flowers, erklärte sie, der dreißig Jahre lang über ihnen gewohnt hatte, sei verstorben. Sein Neffe habe ihn tot in der Badewanne gefunden.

»Anscheinend ist die Wohnung furchtbar schmutzig, aber der Neffe ..., ich kann mir seinen Namen einfach nicht merken ... jedenfalls, er ist ganz verzweifelt und sagte, er werde bezahlen, ganz gleich, was es kostet. Ich wollte Mr. Slater anrufen, aber es wäre doch viel schöner, wenn Ihre neue Firma den Kunden bekommen würde.«

»Da haben Sie recht. Und möchte der Neffe, daß ich mich gleich an die Arbeit mache?«

»Wann immer es auskommt. Ich habe Sie zwar erwähnt, aber ich wollte nichts versprechen, ehe ich mit Ihnen geredet habe.«

Sally sah auf die Uhr. Sie mußte auch noch Harriets Auftrag mit übernehmen, aber das war nur eine kleine Junggesellenwohnung, viel mehr als die Mülleimer zu leeren und die Bettwäsche zu wechseln war da nicht zu tun.

»Ich könnte schnell nach oben laufen und mir die Wohnung

ansehen, wenn ich hier fertig bin, damit ich mir ein Bild davon machen kann, was getan werden muß.« Sally war verwundert und gleichzeitig erfreut, so geschäftstüchtige Worte aus ihrem Munde zu hören.

»Das wäre wunderbar, Sally. Er sagte, es sei wirklich *dringend.*«

Als sie die Tür zur oberen Wohnung öffnete, wünschte Sally inbrünstig, sie hätte sich nicht darauf eingelassen. Die Wohnung erinnerte an die Szene in Charles Dickens' *Große Erwartungen*, wo Pip Miss Haversham trifft. Alles war vollkommen verdreckt. Der Staub ungezählter Jahre lag auf ebenso altem Fettschmier, und das Ergebnis war ein hartnäckiger Schmutzbelag, der Harriet und ihr ganzes Können erforderte. An manchen Stellen war die Fettschicht dünner und gelblich verfärbt und dafür mit Fliegendreck besprenkelt.

In einer Ecke der Küche stand ein Kühlschrank, der wie ein Motorrad im Leerlauf knatterte und als einziges Möbel einen gewissen Realitätsbezug zu haben schien, selbst wenn seine gerundete, gelblichweiße Tür auf ein Fünfziger-Jahre Modell hindeutete. Sally öffnete sie und entdeckte eine Flasche Milch, einen kleinen Laib Brot und ein Gefrierfach, das zu einem festen Eisblock geworden war. Brot und Milch stammten vermutlich aus der Zeit vor dem Tod des alten Herrn, und Sally schloß den Kühlschrank hastig wieder.

Als nächstes riskierte sie einen vorsichtigen Blick ins Schlafzimmer. Ein Schlafsack lag auf einer nackten, gestreiften Matratze, die irgendwie flohverseucht aussah. Sally ging auf, daß der Neffe offenbar in dieser Wohnung hauste. Sie schauderte. Es war einfach widerlich.

Das Bad war schlimmer als Küche und Schlafzimmer. Sie glaubte nicht, daß es im Waschraum einer Rugbymannschaft nach dem Match so furchtbar riechen konnte. Sie floh und hoffte, daß die Wohnräume in besserem Zustand wären.

In den anderen Zimmern waren die Vorhänge geschlossen. Sie erkannte das Eßzimmer an der unverwechselbaren Geruchsmischung aus eingestaubtem Tischtuch und Portwein. Die Wohnzimmermöbel waren mit großen Tüchern abgedeckt, offenbar hatte Mr. Flowers den Raum nicht genutzt. Das letzte Zimmer war seine Bibliothek.

Ledergebundene Wälzer mit unlesbaren Titeln standen hinter Glas in hohen Regalen, die eine ganze Wand bedeckten. Unter dem Fenster stand ein Schreibtisch mit lederbezogener Platte, an der dritten Wand eine große Couch, seltsamerweise mit dem Rücken zum Raum. Ein schwacher Geruch von Zigarrenrauch hing in der Luft, und mochte der Raum auch genauso verstaubt sein wie der Rest der Wohnung und vermutlich Wohnstatt für ein ganzes Heer von Spinnen, wirkte der Schmutz hier doch eher oberflächlich, als brauche man vielleicht nicht unbedingt Hammer und Meißel, um ihn zu entfernen.

Sie ging zum Fenster hinüber und zog einen der braunen Samtvorhänge zurück. Eine gewaltige Staubwolke puffte heraus, und als Sally aufhörte zu husten, hörte sie hinter sich ein Geräusch. Alles Blut wich mit einem Schwall aus ihrem Kopf, ihr wurde schwindelig vor Schreck. Sie öffnete den Mund, um zu schreien, aber ihre Kehle war wie blockiert. Sie stand reglos, die eine Hand in den Vorhang gekrallt und lauschte.

Da war es wieder. Ein Art schnaufendes Grunzen, ein grauenvoller Laut, den nur eine Seele in größter Qual von sich geben konnte. Vielleicht war ja Onkel Flowers hier bei ihr, zurückgekehrt aus dem Grabe in einem wurmzerfressenen Leichenhemd, darüber ein Schädel mit leeren Augenhöhlen. Das Schnaufen ging allmählich in eine Art Knurren über, und Sallys ganzer Körper war mit einem dünnen Schweißfilm bedeckt. Sie mußte sich in Bewegung setzen, die Tür erreichen und fliehen. Die Zeit schien sich endlos auszudehnen. Als seien Jahre vergangen, seit sie den Raum durchquert und das Geräusch zum ersten Mal gehört hatte.

Endlich löste Sally sich aus ihrer Starre. Langsam, ganz langsam wandte sie sich um, Zentimeter um Zentimeter, bis sie den Raum überblicken konnte. Über der Rückenlehne des Sofas entdeckte sie ein bärtiges Gesicht mit dunklen Augen unter buschigen, weißen Brauen.

Ein Hund, schloß sie erleichtert. Aber sofort kam ihre Panik zurück. Der Ausdruck in diesen Hundeaugen war kein bißchen einladend, und der Kopfgröße nach zu urteilen mußte es sich um einen sehr, sehr großen Hund handeln. Sie hörte einen kratzenden Laut; Krallen auf Leder.

Sie öffnete den Mund, um irgend etwas zu sagen, das dieses Ungetüm friedfertig stimmen würde, aber sie brachte kein Wort heraus. Irgend etwas im Gesicht dieses Tieres war so prähistorisch, so urzeitlich, daß nichts geringeres als ein Zitat aus *Beowulf* angemessen schien.

Ihr Hirn arbeitete mit zweifacher Lichtgeschwindigkeit, und mit einem Mal fiel ihr ein alter Schwarzweißfilm ein, den sie auf der Schauspielschule gesehen hatte. Macbeth. In diesem Film tollten Hunde vor einem Kamin herum, in dem ganze Eichenstämme verfeuert wurden. Sally erkannte, daß sie Auge in Auge mit einem irischen Wolfshund stand.

Sie räusperte sich und weil sie keine angemessene Grußformel auf Altenglisch kannte, sagte sie: »Hallo.«

Wenn sie gehofft hatte, die Kreatur werde sich von ihrem Lager erheben und den Kopf in ihren Schoß betten wie ein Einhorn aus der Artus-Sage, dann hatte sie sich getäuscht. Der Hund seufzte nur tief und zog den Kopf wieder ein, so daß er nicht mehr zu sehen war.

Auf Zehenspitzen schlich Sally zum Sofa, um einen Blick über die Lehne zu riskieren. Der Hund war offensichtlich nicht bösartig, aber unvorstellbar riesig. Er beanspruchte die gesamte Sofalänge. Wie kam er nur hierher? Ob er hier war, seit der alte Herr gestorben war?

Sally ging zum Fenster zurück, öffnete den zweiten Vorhang, um mehr Licht zu bekommen, dann begutachtete sie den Wolfshund noch einmal. Sie mochte Hunde sehr gern, und in der Regel vergötterten sie sie. Dieser hier schien hingegen nicht sehr angetan.

»Na ja, wie auch immer. Ich muß los, ich habe nämlich noch zu arbeiten, selbst wenn du dich auf die faule Haut legen kannst«, sagte sie.

Das nahm er ihr wohl übel. Mit einem Laut, der im bedenklichen Niemandsland zwischen Grunzen und Knurren lag, wälzte er sich vom Sofa und kam zum Vorschein, um Sally zu begutachten. Hätte er sich auf die Hinterbeine gestellt, wäre er sehr viel größer gewesen als Sally, und natürlich war er um einiges schwerer.

Der Hund mußte furchtbar niesen, und Sally hoffte, er war nicht intelligent genug, um zu erkennen, daß das ihre Schuld war. Dann schnüffelte er an ihr. Sein Bart kitzelte sie an den geballten Händen, und seine Nase war kalt. Sie hielt still. Eine falsche Bewegung und ihr Gesicht wäre Hackfleisch. Dann richtete er sich ein wenig auf die Hinterbeine auf und küßte ihre Wange.

Sally hörte auf, sich zu fürchten, schlang die Arme um seinen Hals und drückte ihn an sich. Irgendwie entschädigte dieser eine nasse Hundekuß sie für den ganzen Mangel an Zuwendung, den sie während der Zeit mit Piers erlitten hatte. Der Hund erwiderte die Umarmung mit einem leisen Bellen, fuhr plötzlich herum und rannte zur Tür, in seiner Eile riß er Sally zu Boden.

Sie hörte seine Krallen auf dem Fußboden der Diele, gleichzeitig wurde die Tür geöffnet. Aus ihrer Froschperspektive beobachtete Sally, wie der Hund sich aufrichtete und die Vorderpfoten auf die Schultern eines Mannes legte, den er somit komplett verdeckte.

»Runter, Clodagh«, sagte der Mann sanft und schob die Hundepranken von seinen Schultern. Dann entdeckte er Sally. »Oh.«

Sally lag immer noch dort, wo Clodaghs Überschwenglichkeit sie hingeschleudert hatte. Normalerweise machte sie sich keine großartigen Gedanken um ihre Würde, aber jetzt fühlte sie sich doch ziemlich idiotisch, und das machte sie wütend. Dabei war es keineswegs hilfreich, daß der Mann gut aussah, auf eine haarige, naturbelassene Weise.

»Hallo. Sie müssen die Dame von der Reinigungsfirma sein. Mrs. Walker hat mir von Ihnen erzählt.« Er sprach im selben Tonfall wie mit seinem Hund, nur schien er sich jetzt ein Lachen zu verbeißen, und das steigerte Sallys Ärger. »Hat Clodagh Sie umgeworfen? Das tut mir furchtbar leid.« Er streckte eine Hand aus, um ihr aufzuhelfen.

Sally ignorierte die Hand und kam auf die Füße. Hätte sie nicht das Gefühl gehabt, so furchtbar im Nachteil zu sein, hätte sie sich den Staub abklopfen und mit dem ihr eigenen, überwältigenden Charme lächeln können. Aber das brachte sie dieses Mal einfach nicht fertig.

»Sie sollten einen so großen Hund wirklich nicht in einer Wohnung einsperren. Das ist grausam.« Sie hörte selbst, wie aggressiv sie klang.

Der Mann, der selber nicht gerade klein war, nickte. »Ich weiß. Aber wenn ich sie zu Hause lasse, jammert sie.«

»Trotzdem ...«

»Und das bedeutet, daß sie die ganze Nacht lang heult. Das kann niemand aushalten. Also muß ich sie mitnehmen.«

Sally fuhr über ihren Rock, für einen Moment verwundert, sich in einem knielangen Tweedrock zu finden, nicht in einem hautengen Minirock aus Lycra oder einem knöchellangen Leinenrock. Sie versuchte, bezüglich der Frage, was eine Lady zum Putzen tragen sollte, Mrs. Walkers Vorstellungen zu entsprechen, aber jetzt brachte ihre seriöse Verkleidung sie nur noch mehr aus dem Konzept. Ihr war danach, lang und lästerlich zu fluchen. Statt dessen warf sie Mr. Flowers' Neffen einen vernichtenden Blick zu.

»Diese Wohnung ist furchtbar verdreckt. Es muß Monate her sein, seit hier saubergemacht worden ist.«

»Ich würde eher sagen, Jahre«, erwiderte er unbekümmert. »Aber ich habe Mrs. Walker so verstanden, daß Sie zu einer Firma gehören, die mit solchen Herausforderungen fertig werden. Quality Cleaner oder so ähnlich?«

»Das war einmal. Meine Freundinnen und ich haben jetzt eine eigene Firma gegründet.«

»Ah ja? Und wie heißen Sie jetzt?«

Das traf sie unvorbereitet. Sie öffnete den Mund und betete um eine Eingebung.

Plötzlich schien dem Mann ein Licht aufzugehen. »Ach, ich weiß! Im Briefkasten hab ich das hier gefunden.« Er zog einen zerknitterten Zettel aus der Tasche. »Sie müssen ... Cleaning Undertaken sein!«

Bis zu diesem Augenblick war sich Sally nicht bewußt gewesen, daß sie einen Firmennamen hatten. Sie war sicher, daß auch May und Harriet keine Ahnung hatten.

»Ähm ... stimmt genau. Und was Sie hier brauchen, ist unser Sonderservice ›Frühjahrsputz‹.«

Er nickte. »So lange ich nicht bis zum Frühjahr darauf warten muß. Diese Wohnung muß so schnell wie möglich bewohnbar werden.«

»Es ist nur ein Produktname«, erwiderte Sally hochnäsig. »Ich bin sicher, wir können Sie Anfang nächster Woche einplanen.«

»Eher nicht? Aber sie ist in einem furchtbaren Zustand.«

»Und trotzdem schlafen Sie hier?«

Er nickte. »Wenn Sie je versucht hätten, mit einem Irischen Wolfshund in ein Hotel zu kommen, wüßten Sie, warum.«

»Verstehe.«

»Es wird wohl Zeit, daß ich mich vorstelle. James Lucas.«

Dieses Mal ergriff Sally die Hand, die er ihr entgegenstreckte. Sie war warm und groß und ziemlich rauh. »Sally Bliss.«

»Clodagh haben Sie ja wohl schon kennengelernt. Sie ist leider ziemlich abweisend zu Fremden.«

»Sie hat mir die Wange geleckt.«

James Lucas zog verblüfft die Brauen zusammen. »Tatsächlich? Wie ungewöhnlich.«

Sally sah in seine kaffeebraunen Augen und schenkte ihm ihr strahlendstes Lächeln. »Wirklich?«

Er erwiderte das Lächeln, aber seine buschigen Brauen waren immer noch zusammengezogen, als fragte er sich, warum sie so warm lächelte.

Ja, warum eigentlich? fragte Sally sich, als sie die Treppe hinablief. Er ist überhaupt nicht mein Typ.

Als sie die Junggesellenwohnung abgehandelt hatte und nach Hause zurückkam, fand sie May und Harriet bereits dort. Sie hatten eine Weinflasche geöffnet. May füllte ein drittes Glas und hielt es Sally entgegen. »Hier. Du siehst so aus, als könntest du's gebrauchen.«

»Stimmt. Und ich hab' es auch verdient. Ich habe uns einen Auftrag beschafft. Einen, der nicht das geringste mit Schleimbeutel zu tun hat.« Sally ließ sich aufs Sofa fallen. »Im Gegensatz dazu war das Haus, das wir als allererstes gemacht haben, zwar das reinste Musterhaus, aber wenigstens werden wir ein paar Pfund dran verdienen.«

»Und Leo Purbright will mir Unterricht geben«, sagte Harriet.

»Und mir ist es gelungen, sie zu überreden, sich die Zeit dafür freizunehmen«, fügte May hinzu. »Alles in allem laufen die Dinge also ziemlich gut.«

»Also dann: Auf ›Cleaning Undertaken‹!« Sally hob ihr Glas.«

»Was?«

»Das sind die ersten Worte auf unserem Werbezettel, und unser neuer Kunde dachte, das sei unser Firmenname. Ich denke, wir sollten uns bald wirklich einen Firmennamen überlegen.«

Es herrschte ein kurzes nachdenkliches Schweigen.

»Wie wär's mit ›Second Quality Cleaners‹«, witzelte Sally.

»Oder ›Harsalmay‹«, schlug May vor. »Eine klangvolle Kombination unserer Namen. Viele Leute leiten so die Namen für ihre Häuser oder Boote ab.«

Harriet hatte einen furchtbaren Moment lang so ausgesehen, als zöge sie diesen Vorschlag ernsthaft in Erwägung. Doch jetzt schüttelte sie den Kopf. »Nein, ich denke, ›Cleaning Undertaken‹ ist gar kein schlechter Name. Wir können uns am Telefon damit melden. Und wenn wir so richtig erfolgreich sind und mehr Partnerinnen aufnehmen wollen, brauchen wir den Namen nicht zu ändern.«

»Bist du einverstanden, Sal?« fragte May.

Sally nickte. »Wenn ihr nichts dagegen habt, verschwinde ich jetzt Richtung Badewanne.«

»Hm. Jetzt wo du's sagst, du siehst ziemlich schmuddelig aus. Was ist passiert?«

»Oh, nichts Besonderes. Ich habe mit einem Hund im Staub rumgetollt. Ein Hund von der Größe eines Esels. Ich erzähl's euch später.«

Sally verspürte nicht einmal ein so großes Bedürfnis, sich vom Staub zu befreien, sondern eher von den Gedanken an James Lucas, die sich als ungewöhnlich hartnäckig erwiesen. So sehr sie sich auch bemühte, sie konnte James Lucas' große, zottelige Erscheinung einfach nicht aus ihrem Gedächtnis verscheuchen.

Sie kippte den letzten Rest ihres Floris-Badeöls ins dampfende Wasser. Das Schlimme an ihr war, daß ihr das Interesse des männlichen Geschlechts so selbstverständlich war wie anderen die Luft zum Atmen. Sie nahm nur dann Notiz davon, wenn es ausblieb. Konnte sie ihn deswegen nicht aus ihren Gedanken verbannen, weil er offensichtlich keinen zweiten an sie verschwenden würde? Das mußte der Grund sein. Denn er war ja überhaupt nicht ihr Typ.

Sie nahm ihre Pinzette und den Handspiegel vom Wannenrand und inspizierte ihre Augenbrauen. Um James Lucas' Brauen halbwegs in Form zu kriegen, bräuchte man vermutlich eine elektrische Heckenschere. Es war doch wirklich etwas Wahres an dem Spruch, daß die Leute mit der Zeit eine Ähnlichkeit mit ihren Hunden entwickeln. James Lucas hatte keinen Bart, und seine Augenbrauen waren nicht grau, aber in ein paar Jahren würde man ihn und Clodagh im Dunkeln kaum mehr unterscheiden können. In beider Augen leuchtete ein starker Widerschein von Sanftmut, aber kein Funken Interesse, wie Sally es eigentlich gewöhnt war.

Sie zupfte ein Härchen aus und zuckte zusammen. Hatte sie etwa ihre Ausstrahlung verloren? Sofort schalt sie sich für ihre Eitelkeit. Wie kam sie dazu zu glauben, jeder Mann müsse sie auf den ersten Blick anziehend finden? Sie kannte die Symptome ganz genau: die Augen verengten sich fast unmerklich, die Mundwinkel kräuselten sich, die Nasenflügel blähten sich wie bei einem Raubtier, das Witterung aufnimmt. Aber was bedeutete ihr das schon? Warum in aller Welt sollte sie Zurückweisung empfinden, wenn sie ausblieben?

Sie legte Spiegel und Pinzette beiseite und streckte sich im heißen Wasser aus. Sie begutachtete ihren rechten Fuß. Eine kleine beulenartige Verformung am Glied des großen Zehs war das letzte Überbleibsel von drei Jahren Ballettunterricht nach der Schule. In gewisser Weise symbolisierte diese kleine Beule ihr Leben: ihre Unfähigkeit, Tänzerin zu werden, ihre Unfähigkeit, eine richtige Schauspielerin zu sein, ihre Unfähigkeit, einen großen, zotteligen Mann mit rauhen Händen anzuziehen.

May würde sagen, sie sei wahnsinnig, so kurz nach Piers auch nur an einen anderen Mann zu denken. Aber manche Frauen brauchten einfach Männer, so sehr sie sich auch wünschten, auf sie verzichten zu können, und Sally war eine von diesen Frauen.

»Aber nicht er«, sagte sie sich. »Der ist wirklich viel zu bodenständig. Ein echter Naturbursche. Davon abgesehen, es gibt Dutzende von wahnsinnig gutaussehenden Männern, die unheimlich scharf auf mich sind.«

Aber ihre Gedanken kehrten unwillkürlich zu James Lucas mit seiner Tweedjacke und seinen großen Farmerhänden zurück. James Lucas, der kein bißchen scharf auf sie war.

12. KAPITEL

»Ich hätte Sie sowieso entlassen müssen«, sagte Schleimbeutel. Er hatte sich ihre gestotterten Ausreden für ihre plötzliche Kündigung mit unbewegter Miene angehört. Aus einer Schublade nahm er zwei Briefumschläge, und schob je einen zu Sally und Harriet hinüber. »Es ist nicht weiter schwierig, Frauen zu finden, die etwas von dieser Arbeit verstehen.«

»Wir verstehen etwas davon«, erwiderte Harriet entrüstet. »Wir waren richtig gut!«

»Es hat Beschwerden gegeben.« Schleimbeutel bleckte die Zähne. Er gab sich keinerlei Mühe mehr, ein freundliches Lächeln aufzusetzen. «Zum Beispiel sind beim Blumentränken ein paar Erstausgaben mit begossen worden.«

May errötete. Die Pflanze war beinah verdurstet gewesen, doch jetzt wünschte sie, sie hätte sie vertrocknen lassen.

»Also sparen Sie sich die Mühe, noch mal auf meine Anzeige zu reagieren, ja?«

»Lieber würden wir krepieren«, murmelte Sally.

»Aber Sie ...« Er wandte sich an May. »Sie schulden mir eine ziemlich große Summe.«

Es war eine einfache Feststellung, mit fast leiser Stimme ausgesprochen, aber Mays Nackenhaare sträubten sich. Plötzlich wurde ihr nur zu bewußt, daß sie eine alleinstehende junge Frau war, die der sicheren, bürgerlichen Welt, in der sie aufgewachsen war, und dem Schutz männlicher Freunde den Rücken gekehrt hatte. Und jetzt stand sie einem Mann gegenüber, den es nur einen Anruf kosten würde, um ein paar Schwergewichtler anzuheuern, die kleine Problemchen und Ärgernisse für ihn aus der Welt schafften. Sie schluckte und schüttelte entschieden den

Kopf. Von Typen wie ihm durfte sie sich nicht einschüchtern lassen.

»Längst nicht so viel, wie Sie mir schulden. Ich habe bis spät in die Nacht unter sehr schwierigen Bedingungen gearbeitet und ich werde behalten, was ich dafür bekommen habe.«

»Es ist mein Geld. Sie hatten kein Recht, es zu kassieren, das war Betrug.«

»Und es war auch Betrug, diesen Leuten zu erzählen, ich könne kochen! Wenn Sie das Geld wollen, werden Sie mich verklagen müssen.«

»Es gibt sehr viel einfachere Wege, um Geld einzutreiben!«

Ja, das wußte sie. Schwere Körperverletzung, zum Beispiel. Darauf lief es hinaus. Sie hob das Kinn. »Da bin ich sicher, aber ich bin ebenso sicher, daß Sie keinen Ärger mit der Polizei haben wollen.«

Slater erhob sich. »Und was ist mit Ihnen? Sie bewegen sich immer strikt im Rahmen des Gesetzes, was? Sie haben sicher schon bergeweise Formulare für die Sozialversicherung ausgefüllt.«

Ein bißchen überstürzt kamen sie auf die Füße, alle drei fest entschlossen, ihr Gewerbe umgehend anzumelden.

»Und sollte ich rausfinden, daß einer von meinen Kunden zu Ihnen übergewechselt ist, würde mir das gar nicht gefallen«, fuhr er im selben beiläufigen Ton fort.

May fuhr sich mit der Zunge über die Lippen. »Eher unwahrscheinlich. Wo wir doch so unfähig sind.«

»Vergessen Sie nicht, was ich gesagt habe. Wenn Sie Kunden abwerben, werde ich Schritte in die Wege leiten ...«

Welche Schritte im einzelnen, brauchte er nicht zu spezifizieren – die drei lenkten ihre Schritte jedenfalls auf kürzestem Wege aus seinem Büro und auf die Straße hinaus.

»Du warst ganz schön mutig.« Sallys Herz hämmerte immer noch. »Ich hätte das Geld rausgerückt, sobald er so unangenehm wurde.«

Ihre Flucht hatte sie in das schäbige Café geführt, wo sie am Tag ihrer Einstellung zusammengewesen waren. Keuchend sanken sie auf die Stühle.

May hob ihre Tasse mit zitternder Hand. »Ich konnte es nicht rausrücken, weil ich es gar nicht mehr habe. Außerdem, unangenehm war er immer.«

»Ist denn alles für das Telefon draufgegangen?« fragte Harriet.

May nickte. »Und den Rest muß ich Mike geben. Ich kann ihm nicht ewig aus dem Weg gehen.« Sie stützte den Kopf in die Hände und schwieg einen Moment. Dann sagte sie: »Es tut mir leid. Ich dürfte es Mike gar nicht geben, das Geld gehört unserer Firma ...«

»Du hast es verdient, also steht es dir zu«, unterbrach Harriet.

May schüttelte den Kopf. »Wenn wir geschäftstüchtig sein wollen, müssen wir als Team arbeiten und unsere Ressourcen vereinen. Jede muß dazu beitragen, was sie kann ...«

»Aber nicht mehr als sie kann«, wandte Harriet ein. »Wir müssen uns wenigstens eine Art Mindestgehalt zugestehen, genug, daß wir uns ein Dach über dem Kopf leisten können.«

»Falls wir genug verdienen.« Jetzt da der Adrenalinpegel abebbte, war May auf einmal furchtbar müde, und die Angst, die Slater ihr eingeflößt hatte, wollte nicht ganz von ihr weichen. Er war gefährlich, und sie wollte genau das tun, wovor er sie gewarnt hatte. »Wir werden kaum genug verdienen, um Lebensmittel zu bezahlen, Rechnungen und anderen Luxus können wir uns ganz bestimmt nicht leisten.«

»May, wir werden gut verdienen«, sagte Harriet. »Denk mal nach. Ich hab's geschafft, meine Miete zu bezahlen, als wir nur ein Viertel von dem verdient haben, was uns eigentlich zustand. Und jetzt wird sehr viel mehr reinkommen.«

»Vermutlich, ja.«

»Aber die Verteilung muß fair sein«, fuhr Harriet fort. »Ich meine, wenn ich mir für meine Zeichenstunden freinehme, wär' es nicht fair, wenn ich dasselbe Gehalt ...«

May hob entschieden die Hand. »Nein! Ich bestehe darauf, daß wir alle das gleiche bekommen. Wenn du Zeit zum Malen brauchst oder Sally, um zu einem Vorsprechen zu gehen, dann müßt ihr euch diese Zeit nehmen. Die Reinigungsfirma soll doch nur ein Übergangsstadium in unserem Leben sein. Wir dürfen nicht zulassen, daß es dem im Wege steht, was wir wirklich wollen.«

»Aber wir müssen auch geschäftstüchtig sein«, erwiderte Harriet. »Wir brauchen alle Geld aus verschiedenen Gründen, und wir werden es nur verdienen, wenn wir uns mit aller Kraft und aus ganzem Herzen unserem Projekt widmen. Malen ist ein Luxus.«

»Aber deswegen bist du nach London gekommen, Harry. Und Sallys Beruf ist die Schauspielerei. Außerdem«, May versuchte, mit ein bißchen Humor an diese so gar nicht komische Situation heranzugehen, »kannst du dir vorstellen, daß ich mich mit aller Kraft und aus ganzem Herzen dem Putzen widme? Ich meine, kannst du dir das echt vorstellen?«

Harriet lächelte. »Na ja, dann eben mit so viel Kraft, wie wir dafür erübrigen können.«

»Du führst die Bücher, Harriet, und das wird die Zeit mehr als ausgleichen, die du für deine Stunden freinimmst. Und wenn Sally ein Vorsprechen hat ...«

»Ja?« fragte Sally eifrig. »Was soll ich tun, um die Zeit auszugleichen?«

May atmete tief durch. »Wir lassen uns was einfallen, wenn's so weit ist, ja?«

Sally rührte in ihrem schwarzen, ungesüßten Kaffee. Vermutlich würde es niemals so weit kommen. Seit dem Vorsprechen für das Tschernobyl-Stück hatte sie keinen Anruf von ihrem Agenten bekommen. Vielleicht würde er niemals wieder anrufen und sie würde bis ans Ende ihrer Tage Putzfrau bleiben. Sie seufzte tief. »Also, Schleimbeutel kann uns doch eigentlich gar nichts anhaben, wenn wir seine Kunden abwerben, oder? Sie sind doch kein Eigentum.«

»Nein, natürlich kann er uns nichts«, stimmte May mit mehr Überzeugung zu, als sie empfand.

»Wie wär's, wenn du deinen Staranwalt fragst?« schlug Harriet vor.

May widerstrebte es, Hugh einzuschalten, trotz seines Angebots, ihnen zu helfen. Er jagte ihr keine Angst ein, wie Slater es tat, aber es war immer, als hinterfrage er ihren Lebensstil, selbst wenn er keinen Ton sagte. Und derzeit konnte sie sich keine negativen Einflüsse erlauben.

»Natürlich könnte ich ihn fragen, aber was machen wir, wenn er sagt, wir dürfen die Kunden nicht abwerben? Wer weiß, ob wir auf Anhieb neue Kunden finden würden, und keine von uns kann auf das Einkommen verzichten.« Ich am allerwenigsten, fügte sie in Gedanken hinzu.

Sally dachte an ihre Ersparnisse, die in ihrer Wäscheschublade unter den Slips lagen. Es war keinesfalls genug, wenigstens hundert Pfund fehlten ihr noch, und sie hatte nur noch für zwei Wochen ein Dach über dem Kopf. Der Gedanke, daß sie zu May und Harriet ziehen konnte, war ein sehr schwacher Trost. Nein, sie mußten alle Kunden nehmen, die sie kriegen konnten.

Auch Harriet dachte an ihr schwindendes Bankguthaben. Sie hatte nur sehr wenig Geld mit nach London gebracht, Honorare von Leuten, deren Häuser sie gemalt hatte, als sie noch bei ihren Großeltern lebte. Viel war nicht davon übrig. May hatte recht. Sie konnten es sich nicht leisten, allzu zimperlich zu sein. »Ich meine trotzdem, du solltest ihn fragen, falls du ihn siehst.«

»Mach ich«, sagte May, überzeugt, daß sie ihn nicht sehen würde. »Versprochen.«

»Wir haben jedenfalls einen Kunden, der nie was mit Schleimbeutel zu tun hatte«, sagte Sally und leerte ihren Kaffeebecher. »Los, laßt uns gehen und James Lucas' Wohnung putzen.«

May sah auf die Uhr. »Ich muß zu Mike. Ich hab' nicht damit gerechnet, daß es so lange dauern würde, Schleimbeutel zu sagen, wo er sich seinen Job hinstecken kann. Wir treffen uns anschließend.«

»Wir könnten schon mal anfangen, und du stößt später dazu«, schlug Sally vor.

May schüttelte den Kopf. »Kommt nicht in Frage, wir sind ein Team, und als Team arbeiten wir zusammen. Geht ihr nur zu dir nach Hause. Es wird nicht lange dauern.«

»Möchtest du, daß ich mitkomme?« schlug Harriet vor. »Wenn wir nicht alleine anfangen können zu putzen, solltest du es dann alleine mit Mike aufnehmen?«

»Mike ist ganz allein mein Problem. Außerdem ist er nicht wie Slater. Er ist ...« Früher hätte sie einmal gesagt, er sei nett, umgänglich, sogar großzügig. Aber heute schien er ihr nicht mehr so.

»Ja?« hakte Harriet nach. »Was ist er?«

»Ehrlich«, sagte May überzeugt. »Ich bin sicher, er ist ehrlich.«

Das hieß aber leider nicht, daß er auch einsichtig war.

»Fünfzig Pfund nutzen mir nichts, May. Das ist nicht mal eine Wochenmiete. Und du hast Rückstände auszugleichen.«

Mike hatte ihr keinen Platz und keinen Kaffee angeboten, stand mit unfreundlicher Miene vor ihr, die Hände in die Seiten gestemmt und war offenbar nicht weit davon entfernt, sie anzubrüllen.

»Ich weiß, daß deine Freunde hier sehr große Stücke auf dich halten und dich als eine Art Maskottchen ansehen. Aber mal ganz ehrlich, am liebsten wäre ich euch allesamt los – Aussteigerpack! Je eher ich meine Liegeplätze an Leute mit anständigen Booten vermieten kann, Boote, die keine verfluchten zwanzig Meter lang sind, um so besser für mich! Und wenn du nicht mehr als fünfzig Pfund zu bieten hast, dann werd' ich jetzt auf der Stelle die Zwangsversteigerung deines Bootes in die Wege leiten.«

Ohne ein Wort griff May in die Tasche ihres Overalls und förderte noch mal hundert Pfund ans Licht.

Mike zögerte nur einen Sekundenbruchteil, dann riß er ihr die Scheine aus der Hand und steckte sie in seine Gesäßtasche. »Danke! Und nächste Woche will ich die nächsten hundertfünfzig.« Er machte auf dem Absatz kehrt, stürmte hinaus und ließ May allein im Büro zurück, zutiefst betroffen und verwirrt.

»Was ist denn nur *los* mit dem Kerl?« fragte sie Ivan, der seine Gasflasche über den Ponton schleifte. »Haben sie eine Persönlichkeitstransplantation mit ihm durchgeführt oder was? Er hat gedroht, mir mein Boot unterm Hintern weg zu verkaufen!«

Ivan balancierte seine Gasflasche aus. »Er ist gierig geworden, das ist es. Ihm ist klargeworden, wieviel mehr er verdienen könnte, wenn er hier lauter nette, kleine Kunststoffboote liegen hätte. Wir stehen hier alle auf der Abschußliste.«

May hatte begonnen zu zittern. »Im Ernst?«

»Und weil du ihm die Liegegebühr für die *Rose* schuldest, stehst du ganz oben auf seiner Liste.«

May versuchte zu lächeln. Es wollte nicht so recht gelingen. »Ich glaub', ich werd' mir ein Lotterielos kaufen.«

Erst später, als sie auf dem Weg zu Sally war, ging ihr auf, was sie auf Mikes Gesicht gesehen hatte, als sie ihm die zusätzlichen hundert Pfund gab. Es war *Enttäuschung*. Er wollte gar nicht, daß sie ihre Schulden so schnell wie möglich ausglich. Sie waren eine wunderbare Entschuldigung, sie loszuwerden.

Mit Hilfe von einem ganzen Arsenal diverser Reinigungsmittel, Mrs. Walkers Staubsauger und der moralischen Unterstützung durch Capital Radio gelang es ihnen, der Wohnung des verstorbenen Mr. Flowers etwas von ihrem altmodischen Charme zurückzugeben. Sie arbeiteten den ganzen Tag daran.

»Also, ich meine, James Lucas sollte entzückt sein«, sagte Sally und reckte sich nach hinten, um ihr lahmes Kreuz zu entspannen. »Es riecht fast gar nicht mehr nach Urin.«

»Ich frage mich nur, wie wir an unser Geld für diesen Job kommen«, warf May ein.

Sally starrte auf ihre Schuhe hinab. Einer hatte einen Spritzer Scheuermilch abbekommen. »Daran hab' ich nicht gedacht.«

May kaute auf ihrer Unterlippe. Das hier war ihr einziger echter Kunde. Wenn sie kein Geld für ihre Arbeit bekamen, woher sollte sie die nächste Rate für Mike nehmen?

»Ich nehme doch an, dieser James Lucas ist vertrauenswürdig? Er wird doch nicht einfach die Schlösser austauschen und auf Nimmerwiedersehen verschwinden, oder?«

Sally schüttelte entschieden den Kopf. «Ich bin sicher, er ist ehrlich. Immerhin hat er das alles hier über Mrs. Walker organisiert. Sie würde auf keinen Gauner hereinfallen.«

»Sie ist auf Keith Slater reingefallen«, gab May zu bedenken.

Das sind wir auch, dachte Sally. »Er schien mir so ein solider Typ zu sein. Ich meine, er hatte eine *Tweedjacke* an.«

»Was soll's.« May versuchte, ihre Enttäuschung zu verbergen. »Wir schicken ihm eine Rechnung per Post. Wo wohnt er, Sal?«

Sally schüttelte den Kopf. »Keine Ahnung.«

»Was?« May war zu entsetzt, um wütend zu sein.

Sally war den Tränen nahe. »Es tut mir leid. Ich hab's vermasselt. Wir haben den ganzen Tag umsonst geschuftet. Und das viele Geld für die Putzmittel ausgegeben.«

»Die brauchten wir ohnehin«, warf Harriet schnell ein. »Und vielleicht weiß Mrs. Walker ja seine Adresse. Frag sie, wenn du den Staubsauger zurückbringst.«

Als Sally zurückkam, wirkte sie noch zerknirschter. »Sie hat die Adresse nicht und sie glaubt, daß er erst in einem Monat wieder nach London kommt.«

May verkniff sich einen häßlichen Fluch. »Na ja. Nimm du den Schlüssel mit, Sally. Und wenn er wieder aufkreuzt, kann Mrs. Walker ihn zu dir schicken, um sich die Schlüssel zu holen. Dann kannst du ihm das Geld abknöpfen.«

Sally fragte sich für einen Augenblick, wie man seine Forderung gegenüber einem Mann von der Größe eines kleinen Yetis geltend machte. »Kein Problem«, versicherte sie strahlend. Auf jeden Fall besser, als einer erzürnten May entgegentreten zu müssen, entschied sie.

May sah von einer Partnerin zur anderen. »Erst mal besorgen wir ein Kassenbuch, entwerfen unsere Rechnungen und bieten einen fetten Rabatt für Barzahler. Und laßt uns ein Rücklagenkonto zur Anschaffung eines Industriestaubsaugers anlegen. Ich hab' genug von den Dingern, die mehr ausspucken, als sie aufsaugen.«

13. KAPITEL

May stieß die *Rose Revived* mit einer langen Ruderstange vom Ufer ab und ging gerade über das Dach zum Bug, um das Boot auf den richtigen Kurs zu bringen, als sie eine Stimme vom Uferpfad her hörte.

»Soll ich Ihnen helfen?«

Es war Hugh Buckfast. Mays Hirn arbeitete auf Hochtouren. Im Grunde wäre ihr Hilfe gerade recht gekommen. Harriet war unterwegs, um sich Galerien anzusehen, und wollte dann bei Sally übernachten. May hatte beschlossen, sowohl die beiden Batterien des Bootes als auch sich selbst mit einer Kanalfahrt ein bißchen neu zu beleben. Für einen allein war es ziemlich schwierig, das Boot zu steuern. Aber wenn sie ihn an Bord bat, war sie dann verpflichtet, ihn über das Abwerben von Kunden und so weiter zu befragen?

»Ähm ...«

Noch ehe sie zu einer Entscheidung gekommen war, hatte er den Bug mit dem Fuß abgestoßen, so daß er Richtung Zoo zeigte, und war dann mit einem langen Schritt an Bord gestiegen. May hatte einen Passagier, ob es ihr nun gefiel oder nicht.

Sie stieg zum Maschinenraum hinunter und ließ den Motor an. Erst beim dritten Versuch sprang er an. Sie würde ein gutes Stück fahren müssen, wenn die Batterien sich richtig aufladen sollten. Aber sie hatte allein fahren wollen.

»Ich kann mich nicht entsinnen, Sie an Bord gebeten zu haben«, sagte sie, als Hugh zu ihr trat. Aber da er keinerlei Anstalten machte, von Bord zu gehen und sie ihn ja schlecht einfach in den Kanal schubsen konnte, brachte sie das Boot auf Kurs, nahm das Gas zurück und fand sich mit seiner Anwesenheit ab.

»Meinetwegen kommen Sie mit, aber verschonen Sie mich mit belanglosem Geplauder.«

Gegen Hughs gute Laune war offenbar kein Kraut gewachsen. »Das haben Sie mir richtig übelgenommen, was?«

»Überhaupt nicht. Ich erwarte nur, daß Sie mein Bedürfnis nach Ruhe akzeptieren.«

»Ich akzeptiere es gleich, aber erst muß ich Ihnen sagen, warum ich gekommen bin.«

»Also war es nicht nur, um meine Gesellschaft zu genießen? Meine geistreiche Konversation, meine schlagfertigen Bemerkungen?«

»Mein Bruder hat mich gebeten herzukommen.«

»Oh, mein Gott, es ist doch nichts mit Matthew, oder?«

»Nein, nein, ihm geht's gut. Mein Bruder sagt, er macht seiner Mutter Ehre.«

»Gut.«

»Tom möchte Sie anheuern.«

»Sagen Sie ihm, wenn er will, daß wir die Schule putzen, werden wir alle drei mehrere Tage brauchen. Und wir wollen das Geld im voraus.«

Hugh schien amüsiert. »Ach wirklich? Nein, die Schule kann bleiben, wie sie ist. Er will etwas anderes.«

May wurde auf einen Schlag mißtrauisch. »Was soll das sein?«

»Ich versichere Ihnen, es handelt sich um ein ganz und gar respektables Ansinnen.«

»Warum ruft er mich dann nicht einfach selber an?«

Hugh lachte leise. »Er dachte wohl, da wir uns kennen, wäre es passender, wenn ich seine Bitte vortrage.« Er seufzte. »Tom ist ein unheilbarer Optimist.«

May fand es schwierig, nicht zu lächeln. »Also, was ist es absolut Respektables, das wir für Ihren Bruder tun sollen?«

»Er will Ihr Boot chartern und einen Ausflug mit einer Gruppe von Schülern machen.«

May hatte die Fahrt verlangsamt, während sie eine Reihe vertäuter Boote passierten.

»Wie in aller Welt hat er von meinem Boot erfahren?« Sie

hob die Hand, um den Kopf zu grüßen, der neugierig in einer Luke erschien, zweifellos um festzustellen, was sich da auf dem Kanal rührte. »Haben Sie ihm davon erzählt?«

»Nein. Matthew.«

»Ah ja?« Das kam May ziemlich unwahrscheinlich vor.

»Ja. Unter Folter gestehen die meisten früher oder später.«

Ihr kam der beunruhigende Verdacht, Hugh Buckfast könne tatsächlich Humor haben. Sie verscheuchte den Gedanken schleunigst.

»Sagen Sie mir, was genau Sie wollen. Und denken Sie dran, mein Boot und mich zu mieten ist sehr teuer.« Immerhin kassierten die Buckfasts Jahr um Jahr ein Vermögen von Eltern, die lieblos genug waren, ihre Söhne ins Internat zu stecken. Es gab keinen Grund, warum Cleaning Undertaken nicht auch ein Stück von diesem Kuchen kriegen sollte.

»Jedes Halbjahr wird für ein paar Jungen eine Fahrt nach London organisiert. Normalerweise für die Jungs, die die Ferien über in der Schule bleiben müssen, weil ihre Eltern im Ausland sind oder ähnliches. Jedenfalls gilt es als ziemlich große Ehre, wenn man mitfahren darf.«

»Klingt ja hinreißend.« May hielt Ausschau nach Einkaufswagen oder anderen Handicaps, die man nahe der Brücken schon mal antreffen konnte. Sie war nicht wild darauf, unter Hughs spöttischen Blicken das Schutzgitter abnehmen und eine alte Matratze von der Schraube wickeln zu müssen.

»Sie gehen in irgendeine Ausstellung oder ein Museum oder ähnliches, damit der Ausflug wenigstens oberflächlich betrachtet einen gewissen Lehrgehalt hat. Dann geht Tom mit ihnen ins Kino und zu MacDonald's und so weiter. Aber dieses Mal möchte er gerne etwas anderes machen.«

»Verstehe.«

»Alles, was Sie tun müßten, wäre, Matthew und fünf andere Jungen, Tom und möglicherweise mich ein Stückchen den Kanal entlangzuschippern, so wie jetzt. Und sie abfüttern.«

»Ich kann aber nicht kochen ...«

»Ich weiß. Aber das müssen Sie auch gar nicht. Hamburger und Pommes frites reichen vollkommen.«

May war ein wenig verletzt, daß er so wenig Anerkennung fand für die kulinarische Leistung, die sie unter höchst widrigen Umständen bei den Stockbridges erbracht hatte.

Hugh bemerkte davon nichts. »In der Schule essen sie immer schrecklich gesund, darum werden sie für eine Junk-Food-Mahlzeit bestimmt dankbar sein.«

»Verstehe.«

»Rechnen Sie einen Preis aus und rufen mich an?«

May zuckte mit den Schultern. Cleaning Undertaken konnte es sich nicht erlauben, einen Job auszuschlagen, der lukrativ sein könnte. »Wär's nicht einfacher, wenn ich Ihren Bruder anrufe?«

»Ich habe ihm versprochen, die Sache zu organisieren. Er hat im Augenblick so furchtbar viel um die Ohren, und ich bin ja praktisch vor Ort.«

May beschloß, daß der Preis für sie selbst und ihr Boot sehr, sehr hoch sein würde. »Dann geben Sie mir mal Ihre Nummer.«

»Ich geb' Ihnen meine Karte. Privat- und Büronummer stehen drauf.«

»Na schön. Ich melde mich. Und wenn Sie da stehenbleiben, werden Sie sich auf die Nase legen, wenn ich um die Biegung da vorne fahre.«

Hugh bewegte sich gerade noch rechtzeitig, ehe May das Ruder herumriß und das Boot in einem weiten Bogen um die Kurve lenkte. Erst als sie wieder geradeaus fuhren und May wieder aufrecht stand, sprach er wieder.

»Es liegt mir fern, mich in Ihre Geschäftspolitik einzumischen, aber denken Sie nicht, Sie sollten zahlenden Kunden gegenüber ein wenig entgegenkommender sein?«

Sie warf ihm mit verengten Augen einen kurzen Blick zu. »Sie zahlen ja nicht. Sie sind einfach an Bord gekommen.«

Hugh lachte, offenbar weder kleinlaut noch beleidigt.

Sie fuhren wieder ein paar Minuten schweigend. »Und? Wie klappt es mit der Selbständigkeit? Irgendwelche Probleme?«

»Eigentlich nicht.« Natürlich war die Verantwortung eine enorme Bürde, nicht nur die Verantwortung für ihre Schulden und ihren eigenen Lebensunterhalt, sondern auch für Harriets und Sallys. Aber sie hatte nicht die Absicht, ihm das anzuvertrauen. Ebensowenig würde sie ihr Versprechen halten und ihn wegen der abgeworbenen Kunden fragen. Das Risiko, daß er die falschen Antworten geben könnte, war einfach zu hoch.

»Und haben Sie viel zu tun?«

»Warum? Suchen Sie eine Putzfrau?«

»Nein. Ich hab' schon eine. Sie ist sehr gut und arbeitet schon seit Jahren für mich. Ich werde sie nicht rauswerfen, nicht einmal für Sie.«

»Also, das ist nicht gerade sehr hilfreich!« Mays Augen funkelten, als sie sich seine sterile Junggesellenwohnung vorstellte. Wie grauenhaft die Vorstellung zweifellos für ihn war, sie könne dort saubermachen. »Sollten Sie Ihre Meinung ändern ...«

»Aber ich werde Ihre Karten bei Freunden und Kollegen verteilen«, unterbrach er sie.

»Wirklich anständig von Ihnen. Aber da wir nur arme Putzfrauen sind, haben wir so was Vornehmes wie Karten nicht. Nur Handzettel.«

»Na ja, dann geben Sie mir einen Stapel davon mit.«

»Ich muß erst neue von Sally besorgen. Sie hat den Fotokopierer.«

»Herrgott noch mal, May! Sie sollten ein bißchen besser organisiert sein.«

Sie mußte gestehen, daß seine Kritik gerechtfertigt war. »Ich weiß. Vielleicht sollten wir auch Visitenkarten haben. Es gibt so schrecklich viel zu bedenken.«

Er nickte. »Und was ist nun das Besondere an diesen Kanälen, das Sie so wild entschlossen macht, ihr Boot zu behalten?«

May überlegte, wie sie es am besten erklären könnte. »Ich liebe es einfach, hier so entlangzuschippern. Bei jeder Biegung, jeder Brücke ist es, als schlage man eine neue Seite in einem Buch auf. Man weiß nicht, was man zu sehen bekommt, wie die Landschaft sein wird. Es kann passieren, daß Sie eben noch durch ein häßliches Industriegebiet gefahren sind und im nächsten Augenblick finden Sie sich plötzlich in einem Wald wieder.

Und bei dieser Geschwindigkeit kann man die Dinge wirklich ansehen, die man passiert, nicht wie im Auto.«

»Man merkt, daß diese Sache es Ihnen richtig angetan hat.«

»Ja. Wenn ich den ganzen finanziellen Schlamassel hinter mir habe, werde ich viel mehr herumfahren.«

»Das wäre aber ziemlich schwierig, wenn Sie einen Job haben, oder?«

May schüttelte den Kopf. »Nicht unbedingt. Wenn ich mich nicht allzu weit von London entferne, könnte ich meine Arbeitsstelle immer erreichen, egal, wo ich gerade bin. Es gibt so viele Kanäle, wissen Sie.«

»Verstehe.«

Plötzlich war May verlegen. Bei ihrem Lieblingsthema fand sie einfach nie ein Ende. »Tut mir leid, mein Geschwafel muß ziemlich langweilig sein.«

»Durchaus nicht. Es klingt sehr faszinierend.«

May sah ihn scharf an, und im selben Moment sah er zu ihr hinunter. Ihre Blicke trafen sich, und May überkam auf einmal eine gräßliche Schwäche, als brüte sie eine schwere Erkältung aus. Es hing irgendwie damit zusammen, wie seine Haare sich im Nacken kräuselten oder mit der Form seines Halses.

May räusperte sich hastig. »Möchten Sie vielleicht das Ruder übernehmen? Dann mach' ich Tee.« Sie überließ ihm die Ruderpinne, verschwand kurz im Maschinenraum und kam dann wieder zum Vorschein. »Wissen Sie, wie man damit umgeht? Sie drücken die Pinne entgegengesetzt zur gewünschten Richtung.«

»Ich weiß.«

In ihrer vertrauten Kombüse, die sie selbst entworfen und gebaut hatte, und seiner beunruhigenden Präsenz entkommen, fühlte sie sich gleich viel besser. Das müssen Pheromone oder so was sein, dachte sie, während sie den Kessel füllte. Es ist Monate her, seit du zuletzt die Arme eines Mannes um dich gespürt hast. Jeder ungebundene Mann unter vierzig von halbwegs akzeptablem Aussehen muß naturgemäß diese Wirkung auf dich ausüben. Sie kippte den kalten Tee mitsamt Teebeuteln aus dem Fenster in den Kanal, einigermaßen beruhigt von dieser Erklärung. Und sie ignorierte geflissentlich die Tatsache, daß Jed zwar zu dieser Kategorie Mann zählte und ein angenehmer Bootsnachbar war, aber nie irgendeinen Effekt auf ihre Herzfrequenz gehabt hatte.

Sie war überzeugt, das Problem im Griff zu haben, stellte Teebecher und Kekse auf ein Tablett und trug es hinaus. Doch als sie ihm seinen Tee reichte, erhaschte sie einen Hauch von seinem Aftershave, und ihre Knie wurden wieder weich. Du bist genauso schlimm wie Sally, schalt sie sich und zog einen Vollkornkeks aus der Schachtel. Kaum läuft dir ein Mann über den Weg, schon übernehmen deine Hormone das Ruder. Und vielleicht ist er ja gar nicht ungebunden. Vielleicht sollte sie das mal in Erfahrung bringen.

»Ich übernehme jetzt wieder«, sagte sie.

Er überließ ihr die Pinne und setzte sich aufs Kabinendach, so daß seine Füße über der Luke zum Maschinenraum baumelten.

Sie betrachtete ihn neugierig. Konnte sie ihn einfach so fragen, ob er verheiratet war? Schon. Aber wenn er nein sagte, konnte sie nicht weiter bohren und fragen, ob er mit jemand zusammenlebte oder so was. Er durfte auf gar keinen Fall das Gefühl haben, sie wolle ihn anbaggern, bloß nicht. Obwohl es sehr komisch war, sich seine entsetzte Miene vorzustellen, wenn sie es täte. Sie wünschte, sie hätte den Mut, ihn auf ein Bier einzuladen, nur um sein Gesicht zu sehen.

»Worüber lachen Sie?« fragte er.

»Oh ... nichts Besonderes. Haben Sie Weihnachten was Nettes vor?«

»Allerdings. Ich werde vor meinem Kamin sitzen, ein Buch lesen und einen ziemlich guten Portwein dazu trinken. Darauf freu' ich mich wirklich. Und Sie?«

»Oh, ich werd' zu meinen Eltern fahren. Wir werden einen Mordskrach haben, Mum wird sich völlig abrackern, aber wir werden es mal wieder genießen.«

Es herrschte ein einvernehmliches Schweigen. Das sanfte Dahingleiten schien all ihre Differenzen auszubalancieren.

»Kommen Sie nie in Versuchung, einfach immer weiter und weiter den Kanal entlangzufahren?« wollte er schließlich wissen.

»Ich würd's tun, wenn das irgendwas nützen würde«, erwiderte sie. »Aber weglaufen hilft nichts. Außerdem würde Mike meinen Liegeplatz an jemand anders vermieten, wenn ich ihn aufgäbe, und dann bekäm' ich keine Zulassung mehr für mein Boot. Es ist ein Teufelskreis.«

»Sie könnten doch einen anderen Liegeplatz mieten.«

May schüttelte den Kopf. »Einen Liegeplatz für ein Hausboot in London zu ergattern ist ungefähr so wie sechs Richtige im Lotto. Außerdem sind sie unerschwinglich. Ich schulde Mike einen Haufen Geld, aber der Liegeplatz ist im Grunde sehr billig verglichen mit anderen. Darum will er mich ja loswerden, damit er zu einem höheren Preis neu vermieten kann. Wenn ich bleibe, kann er die Miete immer nur um einen bestimmten Prozentsatz erhöhen. Was für mich schon schlimm genug ist.«

Hugh nickte. »Einem Freund von mir gehört ein Lagerhaus, das an einem Arm des Kanals liegt.«

»Tja, wenn er knapp bei Kasse ist, raten Sie ihm, es als Bootshafen zu vermieten.« Sie seufzte und hörte selbst, wie mißmutig sie klang. »Wir müssen umkehren. Hier ist die letzte Wendemöglichkeit auf viele Meilen.«

»Zu schade. Es hat mir solchen Spaß gemacht.«

Ihr auch. Trotz der Frotzeleien und der ironischen Bemerkungen, die sie so rege austauschten, hatte sie das Gefühl, als habe er eine Ahnung von der Magie der Kanäle wahrgenommen. Und er schien sie verstanden zu haben, als sie ihm erklärt hatte, warum sie dieses Leben so liebte.

»Würde es Ihnen was ausmachen, da runterzukommen? Wir müssen hier wenden, und dazu muß ich mich konzentrieren.«

Das Manöver gelang perfekt. Es beanspruchte tatsächlich ihre volle Konzentration, das über zwanzig Meter lange Boot zu drehen, ohne die vertäuten Boote zu rammen oder ans Ufer zu stoßen.

Der Bug zeigte heimwärts, und sie waren auf dem Rückweg, als Hugh wieder sprach. »Hören Sie, wenn Sie heute abend noch nichts vorhaben, könnten wir essen gehen.«

Wollte *er* jetzt vielleicht *sie* anbaggern? Ein schneller Blick beruhigte sie. Außerdem hatte sie Hunger. Und da Harriet nicht da war, um irgend etwas Phantastisches aus einer Zwiebel und einer Dose Tomaten zu zaubern, würde May sich mit einem Berg Toast mit Marmite begnügen müssen, wenn sie sich selbst versorgen mußte. Nicht sehr verlockend. Aber ausgehen kam trotzdem nicht in Frage. Ihr Haushaltsbudget ließ keine Spielräume für solcherlei Luxus.

»Ich fürchte, das kann ich mir nicht leisten.«

Hugh war einen Moment verblüfft. »Aber ... ich wollte Sie einladen.«

Jetzt war May an der Reihe, ein verdattertes Gesicht zu machen. Sie war seit Ewigkeiten nicht mehr zum Essen eingeladen worden. Sie war ziemlich durcheinander und versuchte einen geordneten Rückzug. »Ich hab' nicht viel für Restaurants übrig, wissen Sie.«

»Nein, ich kann mir irgendwie auch nicht vorstellen, daß Sie dort so besonders willkommen sind.« Er sah vielsagend auf ihre Latzhose und die schweren Stiefel. »Aber wir ..., ich könnte etwas zu essen holen.«

Die Drüsen unter Mays Ohren fingen an zu schmerzen.

»Es würde gegen meine Prinzipien verstoßen anzunehmen ...«

»Himmel Herrgott noch mal! Sie haben mir Tee und Kekse angeboten, ich habe Ihre Gastfreundschaft angenommen. Warum um alles in der Welt können Sie meine nicht auch akzeptieren? Wenn es Ihnen die Sache erleichtert, kann ich es ja auf meine Spesenrechnung setzen.«

»Was für einen Unterschied sollte das machen?«

»Sie könnten sich einreden, Sie bekämen ein Essen auf Kosten der aufgeblasenen Plutokraten.«

May und ihre Prinzipien gerieten ins Wanken. Sie wußte, sie stellte sich albern an. Wäre auch nur irgend etwas halbwegs Genießbares in der Kombüse gewesen, hätte sie ihm angeboten, es zu teilen. Hätte sie ihn besser gekannt, hätte sie ihn gar zu dem leicht vertrockneten Stück Käse und Brot eingeladen. Sie war grantig und ungehobelt. »Es tut mir leid. Manchmal bin ich ein bißchen paranoid.« Sie lächelte ihn reumütig an. »Wenn das Angebot noch gilt, nehme ich gerne an.«

Eine Gefühlsregung flackerte kurz über Hughs Gesicht, aber er gestattete sich nicht mehr als ein schwaches Lächeln. »Und was hätten Sie gern? Chinesisch? Pita? Fish and Chips ...«

»Curry?« Auf einen Schlag war sie wirklich furchtbar hungrig, und sie mußte den Mund halten, um sicherzugehen, daß sie nicht sabberte.

»Gibt es hier in der Nähe einen guten Inder?«

Sie nickte. »Gleich um die Ecke. Ich erklär' Ihnen den Weg.«

»Also Curry.«

Die Vorstellung, eine Gabel voll dampfendem Hühnchenkorma und Safranreis zu verspeisen brachte ein breites Grinsen auf ihr Gesicht. »Wunderbar! Und jetzt seien Sie ein Engel und springen Sie mit der Bugleine an Land. Aber ziehen Sie um Himmels willen nicht daran. Nur gut festhalten.«

Für einen Anfänger war er erstaunlich geschickt, und ihre Ehrlichkeit zwang sie, ihm das zu sagen. Er tat ihr gegrummeltes Lob mit einem Achselzucken ab. »Ich segle. Daher.«

May suchte Messer und Gabeln zusammen und räumte den Krimskrams vom Tisch, während Hugh zum Inder ging. Sie hoffte, es würde nicht allzu lange dauern. Und wehe, wenn er die Poppadoms vergaß. Als sie glaubte, sie könne keine Minute länger mehr aushalten, erschien er endlich, beladen mit Plastiktüten und kühlem Bier. Ich könnte diesen Mann gern haben, dachte May.

Sie war viel zu ausgehungert, um auch nur den Anschein zu erwecken, sie sei an Small talk interessiert, doch je mehr sie sich von den Köstlichkeiten auf den Teller häufte, um so wohlgesinnter wurde sie dem edlen Spender ..., bis er anfing zu meckern.

»Gibt es denn wirklich nichts anderes außer Putzen, was Sie machen könnten?«

May rieb ihren Teller mit einem Stück Naanbrot blank. »Nein. Doch. Es ist schwierig genug, eine Firma aufzubauen, ohne daß Typen wie Sie daherkommen und blöde Fragen stellen, wissen Sie.«

Das ignorierte er. »Haben Sie auch bestimmt an alles gedacht?«

»Ja! Zerbrechen Sie sich nicht meinen Kopf, in Ordnung? Ich bin ganz zufrieden mit meinem Putzfrauendasein.«

»Sie wirken aber nicht zufrieden. Sie haben Ihre unbeschwerte Zur-Hölle-damit-Ausstrahlung verloren.«

Sie sah ihn böse an. Das hättest du auch, wenn du meine Probleme hättest. Laut sagte sie: »Blödsinn!«

Hugh legte seine Gabel beiseite und stellte seinen Teller auf ihren. »Erzählen Sie mir von der *Rose Revived*. War sie so wie jetzt, als Sie sie übernommen haben?«

May entspannte sich. Ihr Boot war ihr Lieblingsthema. »O nein. Es war eigentlich nur eine leere Hülle. Ich hab' die ganze Inneneinrichtung selbst gemacht. Natürlich hatte ich Hilfe. Jed von der *Shadowfax* ist ein sehr guter Schreiner und hat mir alles beigebracht. Aber gemacht hab' ich's selbst.«

Hugh stand auf und nahm die Teller. Er hielt den Kopf gesenkt, damit er nicht an die Balken stieß. »Na ja, besonders gut geworden ist es nicht gerade. Sehen Sie nur hier.« Er wies einen anklagenden Finger auf einen Winkel. »Das ist nicht paßgenau.«

May sprang auf, in ihrer Ehre getroffen. »Was soll das heißen?« Sie begutachtete den beanstandeten Winkel. »Was soll denn damit nicht in Ordnung sein? Die Gehrung stimmt vielleicht nicht hundertprozentig, aber das ist auch alles! Gott, ich möchte mal sehen, ob Sie es so gut hinbekämen!«

Hugh schüttelte den Kopf. »Da muß ich Sie enttäuschen. Ich bin hoffnungslos ungeschickt.«

»Dann kritisieren Sie meine Arbeit gefälligst nicht!«

»Nun seien Sie nicht so entrüstet, ich wollte Ihnen lediglich etwas vor Augen führen.«

»Und zwar?« Besagte Augen funkelten wütend, breitbeinig hatte sie sich vor ihm aufgebaut, kampfbereit.

»Daß Sie auch noch andere Dinge können außer putzen.« Hugh legte eine Hand an ihre Wange und zog sie dann schnell wieder weg. »Sie sind sehr talentiert. Nur leider verzetteln Sie sich zu sehr.«

Seine Berührung schien ihre Haut zu versengen. Sie sann auf einen niederschmetternden Gegenschlag. »Manche Leute schwafeln gerade dann besonders gescheit daher, wenn sie keine Ahnung haben, wovon sie reden.«

»Und manche Leute flüchten sich gerade dann in Aggression, wenn man sie mit der Wahrheit in die Enge treibt.«

May holte tief Luft, um zu leugnen, daß sie aggressiv sei, aber statt dessen schluckte sie kräftig. Vom Bier mußte sie immer aufstoßen, und sie hatte Mühe, es zu unterdrücken. Bis sie ihre Körperfunktionen wieder unter Kontrolle hatte, hatte er Teller und Gläser in die Kombüse getragen und seinen Mantel angezogen. May blieb kaum Zeit, ihm für das herrliche Essen zu danken, dann war er verschwunden.

»Ach, das ist herrlich!« rief Harriet begeistert. »Matthew hat mich so oft nach dem Boot gefragt, und jetzt kann er es selber sehen. Mr. Buckfast ist so ein reizender Mann.«

May wollte heftig widersprechen, aber dann ging ihr auf, daß Harriet von Matthews Schuldirektor sprach. Sie spürte einen kleinen nervösen Stich. Sie war nicht so ruppig gewesen, daß Hugh sich die Sache lieber aus dem Kopf schlagen würde, oder? Sie hätte ein furchtbar schlechtes Gewissen gehabt, hätte Harriet wegen ihr eine Gelegenheit versäumt, ihren Sohn zu sehen.

»Du tüftelst das Menü aus, ich den Preis.« Sie grinste unfroh. »Es wird Zeit, das die *Rose* etwas zu ihrem Lebensunterhalt beiträgt. Wir haben sie jetzt lange genug unterstützt.«

14. KAPITEL

Sally erwachte um zehn mit den nur zu vertrauten bohrenden Rückenschmerzen, die ankündigten, daß es dieses Mal mit ihrer Periode ganz besonders schlimm werden würde.

Es war Samstag – der Tag der Bootsfahrt für Matthew und seine Freunde. Das war gut. Sie hatte ihre Hilfe angeboten, aber die anderen hatten versichert, daß sie sie nicht brauchten. Und Piers war auch nicht hier, um an ihr herumzumäkeln. Sally ließ sich in die Kissen zurücksinken. Vielleicht hatte es ja doch etwas für sich, allein zu leben.

Piers hatte immer so getan, als bekomme sie ihre Periode mit Absicht. Es endete immer damit, daß sie sich schließlich entschuldigte, so als sei sie es persönlich, die das ganze weibliche Reproduktionssystem ersonnen hatte und zwar nur zu dem Zweck, sich um Sex zu drücken und Aufmerksamkeit auf sich zu lenken. Vielleicht hatte seine neue Freundin ja eine Methode entdeckt, ihre Menstruation zu vermeiden, überlegte Sally. Wenn es ihr auch noch gelang, den Haarwuchs unter den Achseln und auf den Beinen zum vollkommenen Stillstand zu bringen, dann war sie absolut perfekt. Wie eine Barbie-Puppe. Sally stand schwankend auf und taumelte ins Bad. Wahrscheinlich wäre das der totale Verkaufshit, überlegte sie: eine Barbie mit einer Flasche roter Flüssigkeit und winzigen Tampons in der Packung, die sagte: »Ich kann heute nicht schwimmen gehen, Ken«, wenn man auf einen Knopf an ihrem Bauch drückte.

Das Aspirin war aus dem Badezimmerschrank verschwunden. Vermutlich hatte Piers es mitgenommen. Sally war empört. Es war ihr Aspirin, sie hatte es von ihrem Geld gekauft. Er hatte überhaupt kein Recht, es einfach mitzunehmen.

Ihr Spiegelbild trug nicht gerade dazu bei, ihre Stimmung zu heben. Ihre Haare waren fettig, an ihrer Nase befand sich ein Pickel im Frühstadium, der sich zu einem Vesuv zu entwickeln versprach, und unter ihren Augen lagen tiefe Schatten, die die Blässe ihrer Haut noch betonten. Und zu allem Überfluß stellte sie fest, daß sie nur noch zwei Binden hatte. Das bedeutete, daß sie sich in die Kälte hinauswagen mußte, keine Chance, den ganzen Tag mit dem Rücken vor der Heizung zu verbringen. Sie war nicht verwundert, denn das passierte ihr ständig. Aber sie ärgerte sich.

»Na ja, mir bleiben zwei Stunden, ehe ich mich um Nachschub kümmern muß«, sagte sie tapfer. »Ich werd' ein Bad nehmen, mir die Haare waschen, die Nägel lackieren, sorgfältig und in Ruhe schminken. Wer weiß, danach geht's mir bestimmt schon besser.«

Sie schaltete die Heizung ein, ging in die Küche und wärmte die restliche Milch auf. Dann holte sie ihr Oberbett aus dem Schlafzimmer und machte es sich vor dem Fernseher bequem. Sie würde sich mit irgendwelchem Unsinn berieseln lassen, bis das Wasser heiß war.

Das Fernsehprogramm am Samstag morgen wurde entweder von Comicfiguren oder von hübschen Ansagerinnen mit strahlend weißen Zähnen bestritten, die entweder grundsätzlich nicht menstruierten oder aber das ganze Thema besser im Griff hatten. Keinem dieser braungebrannten jungen Dinger würden je die Binden oder das Aspirin ausgehen. Die Fernsehsendungen, die sie moderierten, schienen für ein Zielpublikum von unter zehn Jahren konzipiert, und das war Sally im Augenblick nur recht. Sie verfolgte das Geschehen unkritisch, und gerade als Tom sein ganzes Arsenal von Superwaffen vor Jerrys Mauseloch aufgebaut hatte, gingen der Fernseher und alle Lampen aus.

Einen Moment dachte Sally, wie nett es doch wäre, jetzt einfach in Tränen auszubrechen. Aber vermutlich war es produktiver, die Sicherung wieder einzuschalten. Wenigstens blieb es ihr jetzt, da Piers verreist war, erspart, von Zimmer zu Zimmer zu pilgern und jede Digitaluhr neu zu stellen. An jedem Elektrogerät mit Ausnahme des Toasters würden sie hektisch anfangen zu blinken, sobald der Strom wieder eingeschaltet war. Piers fühlte sich nicht sicher, wenn er nicht in jedem Raum wenigstens anhand dreier voneinander unabhängiger Quellen die Zeit feststellen konnte, und er veranstaltete ein Riesentheater, wenn zwei Uhren nicht exakt übereinstimmten.

Die Sicherung war eingeschaltet. Sally sah aus dem Fenster, um festzustellen, ob bei den anderen Leuten auch die Lichter ausgegangen waren oder nur bei ihr. Nein, die aus der Art geschlagene Straßenlaterne, die tagsüber brannte und nachts verlosch, strahlte mit der Morgensonne um die Wette.

Sally war mehr denn je zum Heulen zumute. Hätte sie doch nur May und Harriet anrufen können. May hätte witzige Bemerkungen über Feministinnen und Glühbirnen gemacht, wäre mit einem Spannungsprüfer und einer Rolle Draht angerückt und hätte die Sache in Ordnung gebracht. Aber sie konnte sie nicht anrufen, nicht heute, wo sie so beschäftigt waren.

Ohne große Lust holte sie die gelben Seiten hervor und blätterte bei den Elektrikern. Heute war Samstag. Falls sich einer fand, der bereit war zu kommen, würde er einen Wochenendzuschlag verlangen und das Geld auf der Stelle in bar haben wollen. Sally hatte kein Bargeld. Aber sie mußte irgend etwas tun. In Gedanken ging sie die Liste ihrer Exfreunde durch, aber es war nicht einer dabei, der hier auch nur entfernt von Nutzen gewesen wäre. Sie war ganz allein.

Sie ging ins Schlafzimmer zurück und zog sich an. Eine betagte Leggings, mehrere T-Shirts, zwei weite Pullover und ihre ausgelatschten Turnschuhe. Sie steckte ihre fettigen Haare zu einem Knoten auf und überlegte, ob sie wohl genug Mumm hatte, um die Haare in lauwarmem Wasser zu waschen. Sie würde sie trocken rubbeln müssen. Das würde ewig dauern, und anschließend würden sie in alle Richtungen abstehen. Aber vermutlich würde sie sich trotzdem besser fühlen. Oder aber sie würde sich erkälten. Sie entschied sich dagegen.

Sally holte ihr Portemonnaie aus der Handtasche und zählte nach, ob sie genug Geld für eine Familienpackung Mars und ein paar Zeitschriften zusätzlich zu den Tampons hatte. Wenn sie schon so extravagant war, sich eine Periode zu leisten, fand sie, dann auch mit Stil. Aber das Geld reichte nicht.

»Oh, Mist, Mist, Mist, Mist!« Sie sah nach, ob auf Piers' Schreibtisch vielleicht ein bißchen Kleingeld lag. Das war ziemlich unwahrscheinlich, aber selbst sechs Monate mit Piers hatten Sally nicht gänzlich von ihrem Optimismus heilen können.

Alles was sie fand, waren ein paar Büroklammern und die Post. Harriet hatte die Briefe nach Eingang geordnet aufgestapelt. Es schienen hauptsächlich Rechnungen zu sein, und Sally war nicht auf die Idee gekommen, sie zu öffnen.

Doch da sie weder irgend etwas Netteres noch Konstruktiveres zu tun hatte, nahm sie sie mit hinüber zum Fenster und sah sie durch. Einer entpuppte sich als Rechnung der Elektrizitätswerke über einen ziemlich hohen Betrag. Das Rechnungsdatum lag vor Piers' Abreise. Sally blätterte die Umschläge weiter durch und fand die Mahnung.

»Das sieht ihm aber gar nicht ähnlich.«

Ihre Schadenfreude darüber, daß er auch nicht immer perfekt war, war nur von kurzer Dauer, denn schon drängte sich ein unschöner Verdacht auf: War die unbezahlte Stromrechnung vielleicht gar kein Versehen, sondern dazu gedacht, sie aus seiner Wohnung zu vertreiben? Was hatte er doch gleich wieder gesagt, wie lange sie noch bleiben könne? Wütend sah sie auch die restlichen Umschläge durch auf der Suche nach einem Liebesbrief, der ihre Jammerorgie perfekt gemacht hätte. Statt dessen fand sie ein weiteres Schreiben der Elektrizitätswerke, kaum weniger vernichtend: man dankte Mr. Fox für seinen Scheck und bestätigte seine Anweisung, die Stromversorgung einzustellen. Sally sah auf den Kalender. Das genannte Datum war heute.

Sie focht gegen die aufsteigende Hysterie und öffnete sämtliche Umschläge. Mit jedem Brief fand sie ihre Befürchtungen bestätigt.

Die Telefongesellschaft teilte mit, daß der Anschluß stillgelegt werde, allerdings ohne Angabe eines Termins. Ein Schreiben des Vermieters, der Piers' Kündigung bestätigte und sich für den schnellen Räumungstermin zum kommenden Montag bedankte. Nur die Wasserwerke machten ein Geheimnis daraus, ob sie die Versorgung ebenfalls einstellen wollten.

Sally saß ganz reglos. Sie mußte nachdenken und zwar schnell, aber wenn sie nicht aufpaßte, würde die Panik sie wie ein Strudel fortreißen, und damit war ihr schließlich erst recht nicht geholfen.

Ihre Mutter würde ihr immer Obdach gewähren, aber nur als Übergangslösung, sie konnte dort nicht lange bleiben. Und sie taugte nicht zum Hausbesetzer. Selbst wenn sie ohne Heizung, Elektrizität und fließendes Wasser hätte auskommen können, auf keinen Fall hätte sie mit der Gewißheit leben können, daß jeden Moment irgendwer mit einem Brecheisen auftauchen und sie hinauswerfen könnte.

Seit sie zu Piers gezogen war, war der Kontakt zu ihren Freunden mehr oder weniger eingeschlafen. Und die wirklich guten Freunde lebten über das ganze Land verstreut, die von dem Kaliber, wo man anrufen konnte und sagen: Tut mir leid, daß ich mich so ewig nicht gemeldet habe, aber mein Freund hat mich vor dir Tür gesetzt, und kann ich vielleicht bei dir schlafen? May und Harriet waren hier in London die einzigen, an die sie sich hätte wenden können, und so, wie sie ihr Glück kannte, war die Telefonleitung vermutlich abgeschaltet, bevor sie sie anrufen konnte. Und was konnten sie schon tun? Sie würden sie natürlich einladen, zu ihnen zu ziehen. Sally seufzte. Wenigstens würde sie nicht obdachlos werden. Allerdings, nach dem, was Harriet über die Sanitäreinrichtungen an Bord des Bootes erzählt hatte, würde sie vermutlich bald ein häufiger Gast in öffentlichen Waschräumen werden.

Ein durchdringendes elektronisches Geläut verkündete, daß das Telefon noch angeschlossen war. Sally hob ab und hoffte inständig, es sei Piers. Sie hatte ihm einiges zu sagen. Die Wut der vergangenen Monate, vor allem aber der letzten Stunden hatte sich angestaut und wollte heraus. Und dieses eine Mal, da war sie sicher, würde sie sich alles von der Seele reden, ohne sich in ihrem Text zu verhaspeln.

Aber es war nicht Piers, sondern eine sehr höfliche junge Dame, die Sally unmöglich anschreien konnte. Sie erklärte, am Montag käme eine Firma, die Piers' Sachen einpacken und einlagern werde, und fragte, wo die Männer den Schlüssel abholen sollten.

»Ich leg ihn unter die Fußmatte«, zischte Sally durch zusammengebissene Zähne und knallte den Hörer auf.

Sie fragte sich, ob Cleaning Undertaken diesen Service nicht vielleicht auch anbieten sollte, und überlegte im selben Moment, ob die Möbelpacker sie in Luftbläschenplastik einwickeln und abtransportieren würden, wenn sie Montag noch hier war. Sie ließ sich aufs Sofa fallen. Es hatte einmal eine Zeit gegeben, da wäre sie in einer Situation wie dieser einfach ins nächste Kaufhaus spaziert, hätte in der Parfümerieabteilung reichlich Lippenstifte und Düfte ausprobiert und teure Kleider angezogen. Aber heute schien ihr das nicht mehr das Richtige. Sie kannte May und Harriet noch nicht lange, doch sie hatten ihr vor Augen geführt, daß man in Krisensituationen entschlossen und konstruktiv handeln mußte.

Sie ging ins Schlafzimmer, um ihre Sachen zu packen. Aber wo sollte sie sie hineinpacken? Abgesehen von einer Sporttasche und einem Beautycase waren all ihre Koffer bei ihrer Mutter, und Piers hatte seine rücksichtsloserweise alle mitgenommen.

»Er hat eine Plastiktütenfrau aus mir gemacht. Na ja, wenigstens eine Designer-Plastiktütenfrau«, verbesserte sie sich und zog ihre Sammlung der schönsten Tragetaschen unter der Kommode hervor. Aber selbst wenn sie damit die eleganteste Obdachlose Londons würde, die Tüten reichten bei weitem nicht aus. Sie brauchte noch etwas anderes. Also holte sie sich ein paar Müllbeutel aus der Küche.

Sie war felsenfest entschlossen, jetzt mal vernünftig zu sein und ihre Garderobe gründlich auszumisten. Für diese Aufgabe brauchte man eigentlich eine charakterstarke Freundin, die einem schonungslos die Wahrheit sagte über die Bluse, die man im Schlußverkauf zum halben Preis ergattert hatte, und die nicht zuließ, daß man einen mottenzerfressenen, formlosen Pulli wieder aus dem aussortierten Stapel hervorzog, weil man so viele romantische Erinnerungen damit verband. Aber Sally war allein und hormonell benachteiligt. Als ihr aufging, daß sie immer noch acht Plastiksäcke voller Kleidungsstücke hatte, aber kein Geld, um sie mit einem Taxi quer durch London zu transportieren, fing sie noch einmal von vorne an.

Es war eine kreuzbrechende Arbeit, erst recht wenn man schon ein lahmes Kreuz hatte, ehe man überhaupt anfing. Sally hatte eine enorme Hemmschwelle, vormittags zu trinken, denn ihre Mutter hatte ihr beigebracht, das sei der erste Schritt Richtung Alkoholismus, aber sobald die Uhr zwölf schlug, würde sie Piers' Ginflasche leeren. Gin war ja angeblich genau das richtige für ihr Leiden.

Unglücklicherweise war der Flaschenboden gewölbt und der Rest daher viel kleiner, als es den Anschein hatte. Der Gin half jedenfalls überhaupt nicht gegen das Pochen in den Eierstöcken und schmeckte gemischt mit Diätlimo einfach scheußlich.

Immer wieder sah sie auf ihren Reisewecker, das einzige Zeitmeßgerät in der Wohnung, das noch funktionierte, und zählte die Stunden, bis Harriet und May frei sein würden. Es war ein Wettlauf mit der Zeit. Würden die kleinen Gäste von Bord sein, ehe die Telefongesellschaft den Anschluß sperrte?

Sie durchsuchte ihren Mantel. Sie hatte doch bestimmt genug Kleingeld in den Taschen, um irgend etwas zu kaufen. Sie ging auf die Straße hinunter, fragte sich, was die Frauen in den Zeiten vor Tampax gemacht hatten und verfluchte die Regierung, weil sie sie mit Mehrwertsteuer belegte. Unten im Laden schwankte sie zwischen einer Sechserpackung Mars und einer Ausgabe von *People's Friend* auf der einen Seite, einer Rolle Toilettenpapier und einer Packung No-name-Tampons auf der anderen. Schließlich traf sie die erwachsene Entscheidung und legte die Schokoriegel und die Liebesgeschichten wieder zurück. Sie waren ohnehin falsche Freunde. Die einen machten dick, die zweiten gaukelten einem vor, es gäbe so was wie ein Happy-End.

Trotzdem bereute sie ihre Entscheidung auf dem Rückweg zur Wohnung. Sie fühlte sich ausgelaugt. Auf dem Sofa kuschelte sie sich unter ihr Federbett und versuchte zu schlafen. Es gab nichts anderes zu tun.

Sie mußte sich mindestens die Hälfte der alten Grafschaften von England und Wales aufsagen, ehe sie wirklich schläfrig wurde, und kaum war sie eingeschlummert, da klingelte es. Mit einem Ruck wachte sie auf und stürmte zur Tür, überzeugt, es seien Harriet und May, die sie besuchen wollten. Sie bemerkte ihren Irrtum, sobald sie geöffnet hatte, aber im schwindenden Licht konnte sie nicht ausmachen, wer sie geweckt hatte. Blinzelnd betrachtete sie den hünenhaften Mann, der sie erwartungsvoll ansah, als müsse sie wissen, wer er war.

»Miss Bliss?«

Die Stimme half ihr auf die Sprünge, und sie erkannte ihn wieder. James Lucas. Und er mußte ausgerechnet heute hier aufkreuzen und sie mit fettigen Haaren und käsigem Teint antreffen. So wie sie jetzt aussah, hätte sie sich nicht mal ins Grab legen wollen. Murphys Gesetz.

»Ach, Sie sind's.«

»Ich komme wegen der Schlüssel. Mrs. Walker sagte, Sie hätten sie.«

»Die Schlüssel? Aber ich dachte, ich könnte noch bis Montag in der Wohnung bleiben.«

»Wovon reden Sie? Geht es Ihnen auch gut?«

Piers hatte diese Frage immer mit deutlich ungehaltenem Unterton gestellt. Dieser bärenhafte Mensch klang hingegen ehrlich interessiert, vielleicht sogar eine Spur besorgt. Sally hatte plötzlich einen Kloß im Hals und hoffte, er würde nicht merken, daß sie keinen BH trug.

»Ja. Nein. Mir ist gerade klargeworden, welche Schlüssel Sie meinen. Möchten Sie vielleicht reinkommen, während ich sie suche?«

Sie war einigermaßen sicher, daß die Schlüssel in ihrer Handtasche waren. Wo die allerdings sein mochte, war ein anderes Thema. Sie durchsuchte das Wohnzimmer im schwindenden Licht und verfluchte Piers, weil er eine Wohnung mit so wenigen Fenstern gemietet hatte.

»Warum schalten Sie das Licht nicht ein?« fragte er.

»Weil ich keinen Strom habe. Er ist abgesperrt.«

»Aber wieso? Haben Sie die Rechnung nicht bezahlt?«

»Jemand anders hat die Rechnung nicht bezahlt.« Sie fuhr zu ihm herum. »Da fällt mir ein, Sie haben uns auch noch nicht dafür bezahlt, daß wir die Wohnung Ihres Onkels gereinigt haben.«

»Ich weiß. Wenn Sie mir sagen, wieviel Sie bekommen, werde ich bezahlen.«

»Bar?« Sallys Gesicht hellte sich auf.

»Nein. Ich fürchte, ich kann Ihnen nur einen Scheck anbieten. Ist das ein Problem?«

»Um ehrlich zu sein, ja.«

»Wieviel Bargeld brauchen Sie? Ein bißchen hab' ich bei mir.«

»Ich kann mir unmöglich Geld von einem Fremden borgen.«

»Tun Sie ja gar nicht, selbst wenn ich ein Fremder wäre. Sie borgen es von Ihrer Firma. Also, wieviel?«

Sally hatte wenig feministische Skrupel, die dagegen sprachen, sich von einem Mann finanziell unterstützen zu lassen. Und die wenigen Skrupel, die sie hatte, überwand sie schnell. »Genug für ein Taxi zu meiner Freundin nach Paddington.« Die kleinen Gäste mußten inzwischen weg sein.

»Ich hätte genug für die U-Bahn ...«

»Ich kann nicht die U-Bahn nehmen! Ich habe all meine Sachen in Plastiksäcken und -tüten bei mir!«

»Aber warum müssen sie mit Sack und Pack zu ihrer Freundin ziehen? Sie könnten doch sicher ...«

»Das verstehen Sie nicht! Ich bin rausgeworfen worden. Ich muß diese Wohnung räumen und mit meinem Zeug zu meiner Freundin ziehen! Ich werde auf einem Boot leben müssen! Und jetzt kann ich nicht mal meine verdammte Handtasche finden!«

Sally schniefte und wischte sich mit dem Handrücken über die Nase. Jetzt da sie angefangen hatte zu heulen, würde er die Flucht ergreifen, selbst ohne seine Schlüssel. Sie kreuzte die Arme und wandte sich von ihm ab, damit sie nicht zusehen mußte, wenn er ging.

»Ich bin sicher, die Lage ist nicht so ausweglos, wie sie scheint«, sagte er sanft.

Sally schluckte mühsam. Wenn sie nicht sprach, würde sie es

schaffen, sich zusammenzunehmen. Wenn sie nur ihre Tasche finden, ihm seine Schlüssel geben, seinen nutzlosen Scheck annehmen und ihn loswerden konnte, war alles in Ordnung.

»Ist das hier Ihre Tasche?«

Sie riß sie ihm aus den Fingern. Zu spät ging ihr auf, daß sie hier wieder allein in der dämmrigen Kälte sitzen würde, sobald ihre geschäftliche Transaktion abgewickelt war. Wütend kippte sie den Inhalt der Tasche auf dem Tisch aus und tastete blindlings nach den Schlüsseln. Schließlich fand sie sie auch.

»Hier, bitte!«

»Vielen Dank. Und was bin ich Ihnen nun schuldig?«

Sollte sie es je gewußt haben, hatte sie es jetzt jedenfalls vergessen. Und im Augenblick war sie einfach nicht in der Lage, es auszurechnen, ganz gleich, was May sagen würde, wenn sie ihr gestand, daß sie sich den Scheck hatte durch die Finger schlüpfen lassen.

»Ich weiß nicht«, sagte sie niedergeschlagen. »Geben Sie mir Ihre Adresse. Wir schicken Ihnen eine Rechnung.«

Er schrieb seine Anschrift auf einen Briefumschlag und reichte ihn ihr. Sie stopfte ihn in ihre Handtasche und schluckte.

James hatte seinen Kugelschreiber und die Schlüssel eingesteckt, machte aber keinerlei Anstalten zu verschwinden.

»Ich denke nicht, daß ich Sie einfach so hier allein lassen sollte. Offenbar geht es Ihnen überhaupt nicht gut.«

»Ach, mit mir ist alles in Ordnung. Ich habe einfach nur meine Tage. Es ist ein völlig natürlicher Vorgang, wissen Sie.« Dann brach sie in Tränen aus.

James Lucas hatte breite Schultern, starke Arme und ein sehr kratziges Tweedjackett, das nach altem Hanfseil und Gras roch. Sally hatte ausreichend Gelegenheit, diesen Geruch zu analysieren, während sie schluchzte und er sie festhielt und ihr auf den Rücken klopfte, als sei sie ein Baby, das ein Bäuerchen machen müsse.

»Tut mir leid«, sagte sie schniefend.

Er antwortete nicht, sondern drückte ihr ein Taschentuch in die Hand.

»Normalerweise heule ich Fremden nicht das Jackett naß.«

»Natürlich nicht«, murmelte er.

Sally wäre am liebsten für ewig und alle Zeiten in seinen Armen geblieben, aber sie versuchte trotzdem, sich loszumachen. Vermutlich brannte er darauf, dieser heulenden Verrückten zu entfliehen. Er umfaßte sie ein wenig fester. »Bleiben Sie, wo Sie sind. Gleich werden Sie sich besser fühlen.«

Sally fühlte sich schon besser. Aber die Vorstellung, daß er sie gleich loslassen würde, war erschütternd. »Sie sind sehr verständnisvoll«, murmelte sie in sein Jackett.

»Ich habe zwei ältere Schwestern«, erklärte er. »Beide leiden an furchtbaren Menstruationsbeschwerden und Krämpfen. Und sie haben es überhaupt nicht eingesehen, mir die schaurigen Details zu ersparen, nur weil ich ein Junge war.« Er hielt sie immer noch mit festem, aber gleichzeitig liebevollem Griff, auf den Tiere angeblich besonders gut reagieren.

»Oh.« Nachdem es ihr nicht gelungen war, sich loszureißen, stand sie reglos in seinen Armen.

»Was Sie brauchen, ist ein heißes Bad, eine Wärmflasche und was Heißes zu trinken. Haben Sie hier heißes Wasser?«

»Nein.«

»Dann kommen Sie wohl besser mit mir.«

15. KAPITEL

James half ihr, die Plastiktüte mit den Utensilien für die Nacht zu finden und brachte sie die Treppe hinunter zum Wagen. Es war ein uralter Kombi, außen schlammbespritzt und drinnen roch es nach Hund, aber es war wunderbar warm.

»Clodagh liegt da hinten«, sagte er.

Sally wandte sich um. Die Rückbank war umgeklappt, und der Hund beanspruchte den gesamten freien Platz. Clodagh hob den Kopf, um Sally zu begrüßen, und sie war sicher, sie sah Mitgefühl in den dunklen Augen.

James Lucas' Auto mochte Bilder von ländlicher Idylle heraufbeschwören, aber sein Fahrstil war alles andere als pastoral. Er schlängelte sich durch den Verkehr wie ein Londoner Taxifahrer und hielt im Parkverbot vor einer vierundzwanzig Stunden geöffneten Drogerie.

»Dauert nur eine Minute«, sagte er. »Ich hole nur ein paar Schmerztabletten und eine Wärmflasche. Sonst noch was?«

Sie schüttelte den Kopf. Bei allem Verständnis und trotz der Sache mit seinen Schwestern, sie brachte es einfach nicht fertig, ihm zu sagen, was sie am dringendsten brauchte. »Ich habe meine Zahnbürste und alles andere im Beautycase.«

»Das hab' ich nicht gemeint.« Er lächelte, und sie sah, daß ein winziges Eckchen aus einem der Schneidezähne gebrochen war. »Genieren Sie sich nicht. Was darf's sein? Super?«

Sally nickte mit brennenden Wangen.

»Bin gleich wieder da.«

Sally fing gerade an, nach Verkehrspolizisten mit Parkkrallen Ausschau zu halten, als er zurückkam. Er legte ihr eine Plastiktüte auf die Knie. Sie spähte hinein, damit sie ihn nicht ansehen mußte, und entdeckte neben einer Wärmflasche mit Flauschbezug, Aspirin und Tampax auch noch Schokoriegel und Schaumbad.

»Ich dachte, Sie hätten nicht viel Bargeld. Wie haben Sie das alles bezahlt?«

Er ließ den Motor an. »Mit meiner Kreditkarte. Ich nehme nicht an, daß Cleaning Undertaken die akzeptiert, oder?«

Sie wünschte beinah, er wäre ihr böse, weil sie ihm solche Umstände machte. Seine Freundlichkeit machte es schwierig, sich nicht fortwährend gehenzulassen. Seit ihrem elften Lebensjahr hatte sie niemand mehr so umhegt. Damals litt sie an Drüsenfieber. Ihre Mutter, ebenfalls Schauspielerin, befand sich gerade in einer »schöpferischen Pause« und hatte sie gepflegt. Sie hatten die drei glücklichsten Monate miteinander verbracht, an die sie beide sich entsinnen konnten. Doch als sie jetzt sah, daß sie vor der Wohnung hielten, die sie und die anderen so emsig geschrubbt hatten, fand sie ihre Stimme wieder.

»Hören Sie, ich glaube nicht, daß das eine gute Idee ist. Ich meine, mal angenommen, die Walkers würden mich in Ihre Wohnung gehen sehen. Sie wären entsetzt. Schon der Anblick meiner Leggings würde sie total erschüttern.«

»Sie können sich ja meinen Mantel über den Kopf hängen.« Er öffnete die Heckklappe für Clodagh.

Sally war nicht zu Scherzen aufgelegt. Sie stieg aus dem Auto und hielt den Kopf tief gesenkt, während sie die Treppe zu seiner Wohnung hinaufstiegen.

»Willkommen daheim«, sagte James und schloß die Tür auf.

Die Wohnung roch schwach nach Natronlauge und Desinfektionsmittel, und es war kalt. Aber als James einen Schalter berührte, flammten die Deckenleuchten auf.

»Sie wissen ja, wo das Bad ist. Und ich schlage vor, anschließend kommen Sie in die Bibliothek. Da ist ein Elektroofen.«

Sein geschäftsmäßiger Ton nahm der Situation alle Peinlichkeit. Sally tat einfach, was er gesagt hatte. Die Bibliothek war deutlich wärmer als der Rest der Wohnung. Eine uralte Heizsonne – drei rotglühende Heizspiralen über ein paar glitzernden

Plastikkohlen, die ein schwaches Aroma von verbrennendem Staub und göttliche Wellen wohliger Wärme abgaben.

Clodagh hatte das Sofa mit Beschlag belegt, aber James befahl ihr, es Sally zu überlassen, weil sie es dringender brauche. Sally streckte sich langsam aus und hoffte, Clodagh würde nicht auf die Idee kommen, daß Schwestern alles solidarisch teilen sollten, und sie erdrücken.

»Ich suche Ihnen eine Decke und sobald ich meine Sachen aus dem Wagen geholt habe, mache ich Ihnen etwas zu trinken.«

Der Mann ist ein Heiliger, dachte Sally und streifte ihre Schuhe ab.

Er kam mit einer Reisedecke zurück, die schwach nach Mottenkugeln roch. Er deckte sie fürsorglich zu und stopfte die Decke um ihre Füße fest.

»Das machen Sie wirklich sehr gut«, sagte Sally.

»Ich habe reichlich Übung. Als Farmer muß man schon mal öfter krankes Vieh versorgen.«

Sally brauchte eine Millisekunde, bis ihr die enorme Unverschämtheit dieser Bemerkung bewußt wurde, aber mochte es auch wenig schmeichelhaft sein, wie eine Kuh behandelt zu werden, tat es doch unbestreitbar gut. Ehe ihr eine passende, gleichzeitig dankbare und vorwurfsvolle Antwort einfiel, hatte James das Zimmer schon verlassen.

Sally lag mit geschlossenen Augen auf dem Sofa. Sie hörte die Wohnungstür mehrfach auf und zu gehen, während James seine Sachen aus dem Auto holte. Wäre sie ein höflicher Gast, würde sie ihm helfen. Aber sie war ja kein Gast. Sie war eine kranke Kuh. Vermutlich hatte er auch ein Herz für verirrte Lämmer und streunende Hunde. Sie war einfach irgendein heimatloses Geschöpf, das er aufgelesen hatte.

Er kam mit einem Kissen und einem dampfenden Becher zurück. Das Kissen roch schwach nach Mann, der Becher stark nach Whisky und Zitrone. Es gab wirklich grausamere Schicksale, als eine von James' Kühen zu sein, dachte Sally und trank an ihrem kochendheißen Seelentröster.

Der Alkohol fing gerade an, sich warm und wohlig in ihrer

Blutbahn zu verteilen, als James wieder hereinkam. Er trug einen Anzug, stellte Sally erschrocken fest. Der akkurate Schnitt und das schneeweiße Hemd ließen ihn plötzlich gutaussehend und fremd erscheinen, als habe der haarige Naturbursche einen eleganteren, weltmännischen Zwillingsbruder. Unter anderen Umständen hätte Sally die veränderte Erscheinung als deutliche Verbesserung angesehen, aber es hieß, daß er ausging, und sie würde wieder allein sein.

Sie lächelte so strahlend, wie sie konnte. Wenigstens hatte sie es warm, und Clodagh würde ihr Gesellschaft leisten. »Sie sehen sehr elegant aus. Haben Sie was Nettes vor?«

»Tee mit meiner steinalten Tante, dann Essen mit ein paar Freunden. Aber vorher hole ich Ihnen einen Videofilm, damit sie sich nicht einsam fühlen.«

»Ich werd' mich nicht einsam fühlen, es sei denn, Sie wollten Clodagh mitnehmen«, widersprach sie, auch wenn es nicht ganz der Wahrheit entsprach.

»Aber sicher würde Ihnen langweilig. Clodagh ist kein besonders anregender Gesprächspartner. Und mein Onkel besaß kein Buch, das nach 1910 erschienen ist, also gibt es auch nicht viel zu lesen. Es sei denn, Sie interessieren sich für Trollope?«

»Joanna oder Anthony?«

»Anthony.«

Sie schüttelte den Kopf und biß sich auf die Lippe.

»Also, ein Videofilm.« Er verließ das Zimmer, ehe sie noch etwas sagen konnte.

Ihr Mangel an Kultur war ihr offenbar deutlich anzusehen. Auf einen Blick hatte er erkannt, daß sie niemals ein Buch las, das dicker als fünf Zentimeter war, es sei denn, es war von Jilly Cooper. Vielleicht hatte Piers ja recht: Sie war ein intellektuelles Fliegengewicht.

Er blieb so lange weg, daß Sally zu dem Schluß kam, sie hätte doch ruhig mit *The Warden* anfangen sollen, bestimmt wäre sie jetzt schon ein gutes Stück weit gekommen. Dann plötzlich erhob Clodagh sich umständlich, ging zur Tür und jaulte leise. Sally rollte sich vom Sofa und ließ sie in den Flur hinaus, ehe sie ans Fenster trat und nach James' Wagen Ausschau hielt. Aber er stieg aus keinem der größeren Fahrzeuge, die unten parkten.

Clodagh mußte vermutlich mal vor die Tür. »Jetzt krieg' ich auch noch ein Bußgeld, weil ich einen Hund von der Größe eines Esels den Gehweg verunreinigen lasse. So ein Mist!«

Sie hatte gerade ihre Schuhe gefunden, als sie einen Schlüssel in der Tür hörte. Im nächsten Moment legte Clodagh ihrem Herrn die Pfoten auf die Schultern. »Tut mir leid, daß ich so lange gebraucht habe«, sagte James. »Es war gar nicht so leicht, einen Laden zu finden. Können Sie Clodagh nehmen, dann geh' ich und hole sie.«

»Natürlich.«

Clodagh hatte keinerlei Einwände, wieder an ihren Platz am Feuer zurückzukehren, und Sally, die nicht wollte, daß James sie länger als nötig in diesen grauenvollen Sachen ohne Unterwäsche sah, verkroch sich wieder unter der Decke. Dort blieben ihr mehrere Minuten, um sich zu fragen, warum er noch einmal zum Auto runtermußte, wo er doch nur ein paar Videos geholt hatte. Als er schließlich in die Bibliothek zurückkam, trug er einen Fernseher vor sich her.

»Was in aller Welt ...« Sally ging ein Licht auf. »Sie sind doch nicht etwa gegangen und haben den für mich gekauft?« Sie war entsetzt.

»Gemietet. Und für mich.« Er stellte ihn neben der Heizsonne ab. »Jetzt hol' ich die Filme.«

Dieses Mal kam er mit einem Videorecorder unter einem Arm und Kassetten in der anderen Hand zurück. Er reichte sie Sally. »Schauen Sie sie durch, während ich alles anschließe.«

Ein Teil von Sally wünschte, er habe etwas Künstlerisches und höchst Anspruchsvolles ausgewählt, aber nein, ihre offenkundige Hohlköpfigkeit hatte ihn bewogen, drei der romantischsten Filme auszusuchen, die es derzeit gab. Und da Piers sich kategorisch geweigert hatte, irgendwelche Filme zu sehen, die sich nicht in der einen oder anderen Weise mit Krieg befaßten, kannte sie noch keinen einzigen davon.

»Also, welchen soll ich zuerst auflegen? Oder möchten Sie vielleicht lieber fernsehen?«

»Nein, ich würd' gern einen von den Filmen sehen«, sagte sie hastig, ehe er erriet, daß sie süchtig nach *Blind Date* war. »Hier, diesen. Der hatte sehr gute Kritiken.«

James lächelte und legte die Kassette ein. »Tut mir leid, daß ich so früh wegmuß, aber es ist ein besonderer Anlaß. Nur deswegen bin ich überhaupt schon wieder nach London gekommen. Essen Sie etwas, wenn Sie möchten. In der Küche steht eine Kiste mit allen möglichen Leckereien.«

»Danke. Lassen Sie sich nicht aufhalten, nicht, daß Sie wegen mir zu spät kommen.«

»Ja, ich sollte lieber fahren. Clodagh, du bist gut aufgehoben bei Sally. Sie wird sich um dich kümmern.«

Er hockte sich hin und streichelte den Hundekopf mit solcher Zärtlichkeit, daß Sally einen Stich von Eifersucht verspürte. Wären ihre Haare nicht so ungewaschen gewesen, hätte sie diese behutsamen Finger nur zu gern auf ihrer eigenen Kopfhaut gespürt. Sie lächelte zu ihm auf, wünschte sich, daß er sie zum Abschied küßte – und sei es nur auf die Wange. Aber vermutlich hielt ihr Pickel ihn ab. Er stand auf und wandte sich ab. »Ich werde mit Clodagh rausgehen, wenn ich wiederkomme.«

Dann fiel die Wohnungstür ins Schloß.

Sally wachte auf, als James sie mit einem Federbett zudeckte. Auf dem Fußboden lagen die Relikte ihres gemütlichen Abends: Schokoladenpapierchen, leere Tassen, die Videokassetten (nicht in den Hüllen), eine aufgeschlagene Zeitschrift.

»Ich wollte Sie nicht wecken, aber wo es schon mal passiert ist: Möchten Sie gerne ins Bett?«

Sally sah blinzelnd und schlaftrunken zu ihm auf. »Ins Bett? Wie ... wie spät ist es?«

»Zwei Uhr.«

»Ich muß nach Hause! Ich kann doch nicht die Nacht hier mit Ihnen verbringen.«

Irgend etwas – Unwillen? Verärgerung? – huschte über das Gesicht unter den jetzt wirren Haaren. Sally war zu desorientiert, um sich klarzuwerden, was sie Falsches gesagt haben mochte. »Sie waren so freundlich und alles, normalerweise würde ich ...«

James bekam seine Gefühle unter Kontrolle, aber bevor die übliche Ruhe zurückkehrte, sah Sally ein Aufblitzen puren Zorns.

Er unterbrach ihre automatische Entschuldigung. »Wenn Sie sicher sind, daß Sie es hier bequem haben, würde ich gern das Bett nehmen. Das Sofa ist ein bißchen zu kurz für mich.«

»Das Sofa ist prima für mich. Hier, nehmen Sie Ihr Federbett.«

»Nein, danke. Ich habe einen Schlafsack. Gute Nacht, Sally. Schlafen Sie gut.«

Allein im Dunkeln ging Sally auf, daß sie einen furchtbaren Fehler gemacht hatte. Ihre bisherigen Erfahrungen hatten sie gelehrt, daß Männer ein Mädchen in der Regel nicht mit Freundlichkeit und Fürsorge überschütten, ohne eine Gegenleistung zu erwarten. Und diese Gegenleistung war in der Regel Sex.

Natürlich kannte sie James kaum, aber er war unglaublich freundlich zu ihr gewesen, und die Vorstellung, in seinem Bett zu liegen, war nicht das, was sie ein »Schicksal schlimmer als den Tod« genannt hätte. Doch es schien, ihre Gefühle wurden nicht erwidert. Schon die Vorstellung, sie zu berühren, war ihm offensichtlich zuwider.

Wenn sie sich nicht mehr so gräßlich fühlte, wenn ihre Haare gewaschen und ihre Haut wieder makellos war und sie etwas Vernünftiges anhatte, würde sie es noch mal probieren. Er würde sie nicht zurückweisen, wenn sie es ernsthaft darauf anlegte, ihn zu verführen.

Am nächsten Morgen stand sie früh auf, badete und wusch sich die Haare. Sowohl Haare als auch Körper trocknete sie mit James' Handtuch ab. Sie fühlte sich viel besser und war entschlossen, ihm vorzuführen, wie sie war, wenn sie auf allen vier Zylindern lief. Als er und Clodagh in der Küche erschienen, war sie dabei, Eier mit Schinken zu braten, und sie hatte Kaffee aufgesetzt. Ihre frischgeputzten Zähne erstrahlten in einem Lächeln, das schüchtern und doch verführerisch war, vermischt mit einem Hauch hausfraulicher Tüchtigkeit. Manchmal haßte sie sich dafür, daß sie so oberflächlich war. Jetzt war sie froh, daß sie schauspielern konnte.

»Guten Morgen, James. Gut geschlafen?«

Er strich sich die Haare aus dem Gesicht und bejahte.

»Ich hoffe, Sie können ein Frühstück zu so unchristlicher Zeit verkraften, aber ich hatte das Gefühl, ich mußte irgendwas tun, um mich für Ihre große Freundlichkeit erkenntlich zu zeigen.«

James warf einen Blick auf seine Uhr. »Auf einer Farm würde man diese Uhrzeit nicht gerade als früh bezeichnen. Normalerweise frühstücke ich gegen neun, wenn ich mit dem Füttern fertig bin.«

»Aber ich nehme an, auf Ihrer Farm gehen Sie gewöhnlich auch früher schlafen als um zwei Uhr morgens.«

»Das ist wahr. Ich mache eine kleine Runde mit Clodagh, nehm' ein schnelles Bad, und dann kann's losgehen.«

»In Ordnung.« Sally wandte sich wieder der Pfanne zu und fragte sich zum einen, ob sie ihm heißes Wasser übriggelassen hatte, zum anderen, ob eine Frau dahintersteckte, daß er erst in den frühen Morgenstunden heimgekommen war.

»Und wollen Sie diese Wohnung verkaufen?« fragte Sally und mimte das treusorgende Eheweibchen mit der Kaffeekanne in der Hand.

James nickte, den Mund voller Toast und Marmelade. »Irgendwann mal. Aber ich muß noch ein Weilchen damit warten.«

»Warum?«

»Das Testament schreibt es so vor.« Er schluckte. »Ich hatte zwei sehr exzentrische Onkel. Sie waren Zwillingsbrüder und haben einander verabscheut. Der eine hat mir die Farm hinterlassen, die ich sehr liebe. Ich bin für die Art Leben einfach geboren. Der andere, Joshua, der hier gelebt hat, war entschlossen, daß auf gar keinen Fall die Farm, die Onkel Isaac mir hinterlassen hatte, von seinem Vermögen profitieren sollte.«

»Warum hat er Ihnen dann überhaupt etwas vererbt? Warum hat er nicht alles dem Tierheim vermacht?«

»Manchmal wünschte ich wirklich, das hätte er. Aber er hatte zu viel Pflichtgefühl, um das Geld außerhalb der Familie zu vererben, also hat er es einfach so eingerichtet, daß die Dinge möglichst schwierig für mich sind.«

»Er hätte die Wohnung Ihren Schwestern vermachen können, oder?«

James schüttelte den Kopf. »Sie haben das gesamte Barvermögen bekommen, die Glückspilze, aber Land muß an einen männlichen Erben übergehen, und seien es auch nur ein paar Quadratmeter in Victoria.«

»Können Sie sie denn überhaupt nicht verkaufen?«

»O doch, Joshua war ja nicht völlig verrückt. Aber ich muß ein Jahr warten. Er wollte nicht, daß sein Geld verschwendet wird ›an die jämmerliche Scholle Land dieses verdammten Schwachkopfes, der nicht einmal weiß, wie man eine Farm bewirtschaftet‹, das ist ein Zitat. Isaac hatte mit ökologischem Anbau und artgerechter Viehhaltung begonnen, ehe das modern oder profitabel war. Jetzt ist es modern, aber es wird noch ein paar Jahre dauern, bevor es auch etwas abwirft.«

»Oh. Wieso?«

»Die Farm ist zu klein, auf dem Land stehen zu viele Hecken, Wildblumen und Cotswold-Bruchsteinmauern, die mich schon allein ein Vermögen an Instandhaltung kosten. Oder das würden sie, wenn ich sie instand hielte.«

»Aber die Farm könnten Sie doch verkaufen, oder?«

James schüttelte den Kopf. »Niemals. Sie ist mein Leben.«

Enttäuschung packte Sallys Herz mit kalten Händen. Sie hätte ihn niemals für sich allein, er war schon mit seiner Farm verheiratet. Und im nächsten Moment ging ihr auf, daß sie die Farm würde in Kauf nehmen müssen, wenn sie James haben wollte. »Ich fand immer, das Leben auf dem Land hat etwas Faszinierendes«, sagte sie ermutigend. »Aber ich komme zu selten aus der Stadt heraus.«

James sah sie unverwandt an. »Das Landleben besteht nicht nur aus flauschigen Küken und niedlichen Lämmern, wissen Sie. Es besteht hauptsächlich aus Morast und eisigem Wind.«

»Auch im Sommer?«

James' Mundwinkel verzogen sich zu einem Lächeln, das mehr Ironie als Humor zu enthalten schien. »Ich fürchte, ja.«

Sally bemerkte, daß er sein Toast aufgegessen hatte, und sprang auf, ehe er ihre Unterhaltung beenden konnte. »Noch Toast?«

»Nein, danke. Was ist mit Ihnen? Sie haben so gut wie nichts gegessen.«

Sally hatte immer Mühe zu essen, wenn sie aufgeregt war, und trotzdem hatte sie heute morgen mehr zum Frühstück heruntergewürgt als an jedem anderen Tag in den letzten zwei Jahren. »Nein, ich bin auch satt. Dann mach' ich mich an den Abwasch.«

Er widersprach nicht. »Das wäre sehr nett. Ich muß ein paar Papiere durchgehen. Und dann bring' ich Sie, wo immer Sie hinmöchten.«

Sally bedankte sich murmelnd und hoffte, das Murmeln werde ihre Enttäuschung verbergen, daß er ihr nicht angeboten hatte, in der Wohnung zu bleiben.

Um den Schmerz der Zurückweisung zu lindern, bot sie Clodagh ein Stück Schinkenrinde. Die Hündin nahm es mit größter Behutsamkeit und ließ es dann fallen. Sally fühlte sich zurückgestoßener denn je.

16. KAPITEL

Während Sally leidend und hilflos war, bereiteten Harriet und May sich auf einen Überfall kleiner Jungs und deren Hüter vor.

May, die für gewöhnlich nicht übermäßig pingelig in puncto Hausarbeit war, bestand darauf, daß das Boot so blitzblank geputzt wurde, als stünde ein Besuch der Queen bevor. Die Messingbänder um den Schornstein verloren ihre graugrüne Patina und erstrahlten in leuchtendem Gold, ebenso erging es der Ruderpinne aus Messing, die sie extra für diesen großen Tag unter ihrem Bett hervorgeholt hatte. Der weiße Anstrich wurde geschrubbt und hier und da ausgebessert, den blauen Bordwänden war May mit Möbelpolitur zu Leibe gerückt. Sie war sogar so weit gegangen, die Fenster von außen zu putzen, legte sich zu dem Zweck aufs Dach, machte sich mit einem Knäuel Zeitungspapier ans Werk und fiel um ein Haar ins Wasser.

Im Innern der Kabine hatte Harriet nicht minder emsig geschrubbt und poliert, so daß das Boot innen wie außen vor Sauberkeit strahlte. Harriet wußte, daß für May viel auf dem Spiel stand, weit mehr als sie sich selbst oder anderen eingestehen würde.

Als May Hugh angerufen und ihm einen, wie sie fand, fairen Preis für einen Tagesausflug mit ihrem Boot inklusive Verpflegung genannt hatte, schnaubte er verächtlich. Damit hatte sie gerechnet und wollte gerade anheben, ihm ihre Kosten vorzurechnen und zu erwähnen, was er bei anderen zahlen müßte, als sich herausstellte, daß er sie zu billig fand.

Seither hatte May ununterbrochen geschuftet, um einen angemessenen Gegenwert für das gebotene Geld liefern zu können, und auch wenn keine Zeit für eine komplette Renovierung blieb, aus ihrem gemütlichen Hausboot ein luxuriöses Kreuzfahrtschiff zu machen.

»Ich fürchte, ich hab' keine Zeit mehr, den Namen zu erneuern«, sagte May. Den ganzen Morgen hatten sie damit verbracht, alle beweglichen Teile zu polieren und alle unbeweglichen zu streichen, um jetzt leise keuchend in der Kabine zusammenzubrechen.

»Nein.« Harriet bereitete sich auf eine erbitterte Debatte vor, als von draußen ein Ruf ertönte.

»Hausboot ahoi!«

»Gott sei Dank«, flüsterte Harriet und stürzte zusammen mit May zum Fenster. Auf der anderen Seite des Kanals standen Tom Buckfast, sein Bruder Hugh und sechs kleine Jungen, die alle wie verrückt winkten.

»Matthew!« Harriet hastete das Boot entlang, überquerte die *Shadowfax* und sprang an Land wie ein Hund, der einen Hasen jagt. Sie überquerte schon ohne die geringste Vorsicht die Schleuse, als May gerade erst aufs Welldeck hinaustrat.

Von dort beobachtete sie, wie einer der Jungen hochgehoben und so fest umarmt wurde, daß seine Rippen gefährdet schienen. Sein Gesicht war ganz von Harriets Schulter verdeckt. May wußte, daß Harriet weinte und entschlossen war, es niemanden sehen zu lassen.

Sie folgte ihr an Land, langsamer und plötzlich nervös. Vermutlich hatte Harriet vergessen, daß sie ihren Gästen erklären sollte, wie man sicher über die Schleuse kam und daß Kanäle darüber hinaus naß seien und die Unvorsichtigen hineinfallen und ertrinken konnten.

Mays und Hughs Blicke trafen sich, als Harriet sich zerknirscht bei ihrem Sohn für diesen Gefühlsausbruch entschuldigte. Matthew zuckte die Schultern und lächelte und trug es mit Fassung.

»Freut mich auch diesmal, Sie kennenzulernen«, sagte May und streckte Tom Buckfast die Hand entgegen, überzeugt, daß er sie auch ohne ihre Verkleidung wiedererkennen würde.

Er schüttelte ihre Hand herzlich. »Mich auch. Es ist sehr nett von Ihnen, daß Sie diesem wilden Haufen hier für einen Nachmittag Ihr Boot überlassen. Und haben wir nicht einen herrlichen Tag erwischt? Jetzt lassen Sie mich die Jungs vorstellen. Sie werden sich die Namen sowieso nicht merken können, aber es ist eine gute Übung, um festzustellen, ob ich sie noch weiß.«

Dann stellte er die Jungen nacheinander feierlich vor, und ein jeder schüttelte May und Harriet die Hand. »Miss Sargent ist so freundlich, euch zu einem Ausflug auf ihr Boot mitzunehmen«, erklärte er dann.

»Tatsächlich?« murmelte Hugh über Mays Schulter, so daß nur sie es hören konnte. »Sie ist freundlich? Wer hätte das gedacht.«

May versuchte, einen Schritt rückwärts zu machen und ihm auf den Fuß zu steigen, aber er war zu schnell. Zu ihrer Überraschung hatte sie sich dabei ertappt, daß sie nach ihm Ausschau hielt, und mußte unwillig zugeben, wäre er nicht gekommen, wäre sie enttäuscht gewesen. Was natürlich nur daran lag, daß er mit einem Tau umgehen konnte.

»Also«, sagte May und hob den Arm, um die Aufmerksamkeit ihrer Gäste zu erlangen. »Wir müssen die Schleuse überqueren, um zu meinem Boot zu kommen. Das ist sehr gefährlich! Ihr müßt ganz langsam gehen und euch die ganze Zeit am Geländer festhalten. Wenn ihr ins Wasser fallt, werdet ihr vielleicht nicht unbedingt ertrinken, aber auf jeden Fall müßte euer Magen ausgepumpt werden. Das geschieht, indem ein dicker Schlauch die Kehle hinab in den Magen eingeführt wird. Dann wird salziges Wasser in den Schlauch geschüttet, wovon man sich übergeben muß.«

Tatsächlich hatte sie nur die nebulöseste Vorstellung davon, wie ein Magen ausgepumpt wird, aber sie wußte instinktiv, daß haarsträubende Details größeren Eindruck machen würden als konventionelle Hinweise auf Sicherheitsmaßnahmen. Sie wollte nicht bergeweise nasse Kleidungsstücke in der Kabine haben.

Sie sah zu, wie ein Junge nach dem anderen die Schleuse überquerte, die Hand um das Geländer geklammert. Dann folgte sie, und sie mußte sich zwingen, ebenso langsam zu gehen wie sie und nicht achtlos über den schmalen Steg zu laufen, wie sie es für gewöhnlich tat. Sie kümmerte sich nicht darum, wie Hugh und Tom Buckfast herüberkamen. Harriet sprach nach wie vor mit Matthew.

Als die Gesellschaft sich auf dem Ponton versammelt hatte, erklärte May: »Um zu meinem Boot zu kommen, müssen wir das schwarze hier vorne überqueren. Es heißt *Shadowfax*.«

»Aus *Der Herr der Ringe*«, raunte einer der Jungen hinter vorgehaltener Hand seinem Freund zu.

»Stimmt genau, Eric«, sagte May nach einem kurzen Stöbern in ihrem Gedächtnis. »Und wenn wir anderer Leute Boote überqueren, müssen wir leise sein, weil sie uns sonst Stinkbomben in den Schornstein werfen.«

Das war nicht gerade fair Jed gegenüber, der der friedfertigste Mensch unter der Sonne war, und den nichts stören konnte, was nicht wenigstens die Lautstärke einer Feuersirene hatte. Aber es war wichtig, daß die Jungen gute Boot-Manieren lernten.

»Harriet, wenn du vielleicht vorgehen möchtest, dann werden wir einer nach dem anderen folgen. Denn sollte Mr. Shadowfax auf die Idee verfallen, daß es Zeit für eine kleine Zwischenmahlzeit ist, kriegt er so wenigstens nur einen von euch.«

Die Jungen lachten ein bißchen nervös, hatten aber offensichtlich einen Heidenspaß. Und May stellte fest, daß es ihr nicht anders ging. Sie waren ja ein so dankbares Publikum. Als sie schließlich als letzte an Bord sprang, kam ihr plötzlich der Gedanke, daß sie Kinder vielleicht doch mochte. Das war eine Offenbarung. Bislang hatte sie immer angenommen, Kinder seien anderer Leute Ärgernis.

»Gleich legen wir ab«, verkündete sie. »Wir werden ungefähr eine Stunde unterwegs sein. Streckt die Hände nicht über die Reling, wenn wir Brücken oder Schleusen passieren. Und wenn ihr beschließt, eurem Leben ein Ende zu machen und in den Kanal zu springen, dann solltet ihr bedenken, daß ihr in anderer Leute Schiffsschraube geraten könntet und ihnen allerhand Ärger machen würdet. Ähm ... Mr. Buckfast?«

Sowohl Hugh als auch Tom sahen sie erwartungsvoll an. Wie sollte sie sie nur ansprechen, damit sie wußten, wer gemeint war? Konnte sie Hugh vor den Kindern beim Vornamen nennen? Auf gar keinen Fall konnte sie zu Matthews Schuldirektor »Tom« sagen.

»Könnten Sie bitte jeder an ein Ende des Bootes gehen und die Leinen losmachen, wenn ich rufe?«

»Benutzt man auf Kanalbooten keine Ausdrücke wie ›Bug‹ und ›Heck‹?« erkundigte sich Tom, als er nach achtern ging.

May lächelte kurz, antwortete aber nicht. Sie war vollauf damit beschäftigt, den Motor beim ersten Versuch in Gang zu bringen. Wenn das mißlang, würden die Buckfasts gleich im Doppelpack in ihren winzigen Maschinenraum einfallen und sie mit Ratschlägen heimsuchen, ehe sie in die Hände spucken konnte.

»Danke, danke, danke«, wisperte sie, als der zuverlässige kleine Motor ansprang und dann emsig zu tuckern begann. Sie mochte Tom Buckfast wirklich gern und wollte nicht, daß er sie von oben herab behandelte und sich somit zum Feind machte.

»Machen Sie jetzt die Bugleine los, Mr. ähm ... Buckfast!« brüllte sie.

Hugh, der auf der *Shadowfax* gestanden hatte, das Tau in der Hand, aber immer noch um den Poller gelegt, löste die Leine nun und sprang geschickt zurück auf den Bug der *Rose Revived*, die sich sofort mit der Nase zur Kanalmitte drehte.

»Und jetzt Sie!« May lächelte dem Schuldirektor zu, der sein Tau ebenso geschickt löste und dann zu ihr ans Ruder trat.

»Sie kennen sich wohl aus mit Booten?« fragte May und korrigierte ihren Kurs. »Ich weiß, daß Hugh segelt. Sie auch?«

»O ja«, antwortete Tom. »Aber Hugh segelt ernsthaft. Die Fastnet-Regatta und so weiter. Dazu fehlt mir die Zeit. Und bitte, nennen Sie mich Tom. Die Jungs sind dran gewöhnt.«

»Und ich heiße May.« Sie grinste. »Ich hab' schon gerätselt, wie ich sie beide auseinanderhalten soll.«

Tom erwiderte das Grinsen. »Gibt es eine Verbindung vom Maschinenraum in die Kajüte?«

May nickte in der beruhigenden Gewißheit, daß ihr Schlafzimmer und das Bad zum ersten Mal seit ihrer Entstehung aufgeräumt waren.

»Dann werde ich mal nachsehen gehen, wie Miss Devonshire

mit den kleinen Quälgeistern zurechtkommt, wenn Sie mich hier im Moment nicht brauchen.«

»Ich bin sicher, ihr wäre es lieber, Sie nennen sie Harriet.«

Tom Buckfast lächelte zustimmend und verschwand dann durch die Luke ins Innere des Bootes, während Hugh über das fünf Zentimeter breite Schandeck balancierte und sich May am flachen Heck ihres Bootes anschloß. Sie steuerte mit ihrer blanken Messingpinne, er sah ihr zu, schweigend und aufmerksam.

Als sie den schmalen Seitenarm hinter sich ließen, wo Boote auf beiden Seiten des Kanals lagen, und auf den breiten Kanal kamen, schlug May vor, die Jungen ihr Geschick am Ruder erproben zu lassen.

»Aber mich wollen Sie nicht steuern lassen?«

»Sie haben doch schon mal. Außerdem muß es Ihnen doch ziemlich langweilig vorkommen, verglichen mit segeln.«

»Nicht unbedingt«, entgegnete Hugh.

May schnitt ihm eine Grimasse. »Das sagen Sie nur, um mir zu widersprechen. Ich weiß ganz genau, daß ihr Segel-Typen auf uns Kanalbootfahrer herabschaut. Ihr meint, das sei unter der Würde eines jeden, der auch nur einen Tropfen echtes englisches Seefahrerblut in den Adern hat.«

»Und sagen Sie das jetzt in der Hoffnung, daß ich Ihnen recht gebe? Oder möchten Sie, daß ich vehement das Gegenteil behaupte?«

May flüsterte etwas höchst Unfeines vor sich hin. »Würden Sie die Jungs raufholen? Immer zwei auf einmal.«

Er sah sie so seltsam an, daß May sich fragte, ob er ihre Beschimpfung gehört hatte. »Nur, wenn Sie mich auch mal steuern lassen.«

»Sie wollen nur angeben vor all den kleinen Jungs.«

Hugh grinste.

Tom Buckfast wollte ebenfalls sein Glück versuchen. Er kam zurück an Deck, als alle anderen mit Tomatensuppe, »Hogies« (gefüllte Baguettes, hatte Harriet May aufgeklärt) und Tortillachips beschäftigt waren.

»Es tut gut, Hugh so gelöst zu sehen. Er genießt es, mit den

Jungs zusammenzusein. Wenn er sich gestattet, es zu genießen.«

»Er ist ziemlich ...« May suchte nach einem höflichen Wort.

Tom lachte laut. »Er hat mir erzählt, daß sie ihn reaktionär und sexistisch genannt haben.«

»Na ja, das ist er.«

«Lassen Sie sich von Äußerlichkeiten nicht irreführen. Vielleicht wird er Sie überraschen.«

»Nicht, wenn ich es verhindern kann.« Dann ging ihr plötzlich auf, wie ungehobelt das klang, und sie rettete sich zu ihrer Thema-Wechsel-Strategie.

»Was machen Sie Weihnachten? Irgendwas Aufregendes?«

»Wir sammeln die Jungs ein, die zum Ferienbeginn noch da sind, und fahren mit ihnen in Skiurlaub. Normalerweise kommt Hugh immer mit, aber dieses Jahr nicht.«

»Warum nicht?«

»Er sagt, er muß kurz nach den Feiertagen geschäftlich verreisen und kann nicht riskieren, sich irgendwelche Knochen zu brechen, aber ich glaube nicht, daß das wirklich der Grund ist. Er bricht sich nie etwas, er ist ein erstklassiger Skifahrer.«

»Ah ja?«

Tom nickte. »Letztes Jahr hat er seine Verlobte mitgenommen.«

Also gab es eine Frau in seinem Leben. »Ich wußte gar nicht, daß er verlobt ist.«

»Oh, jetzt nicht mehr. Sie hat sich davongemacht.«

Mist! Hätte er eine solide, alteingesessene Verlobte gehabt, wäre May vielleicht endlich in der Lage gewesen, ihn sich aus dem Kopf zu schlagen. »Ich hoffe, sie hat ihm nicht das Herz gebrochen«, sagte sie.

»O nein. Sie wär' nie gegangen, wenn auch nur die leiseste Hoffnung bestanden hätte, daß er sie wirklich irgendwann heiratet. Aber ich glaube, Hugh liebt sein Junggesellendasein zu sehr, um es je aufzugeben. Und das ist wohl auch der Grund, warum er nicht mit zum Skifahren kommt dieses Jahr. Meine Frau betätigt sich gern als Kupplerin. Er hat Angst, daß sie ihm jede verfügbare heiratswillige Frau vorstellt.«

»Ich kann's ihm nachfühlen. Die Vorstellung zu heiraten, deprimiert mich auch immer.«

Tom lachte. »Warten Sie, bis Sie sich verlieben. Dann werden Sie Ihre Meinung ändern.«

May sah ihn finster an. »Sie hören sich an wie meine Mutter.«

»Also, warum nennt man es ›Winding‹, wenn man das Boot umdreht, und nicht Wende? Oder wenigstens ›Wending‹?« fragte Matthew seine Mutter.

Harriet sah fragend zu May.

May, die gerade mit selbstsicherer Miene ein nahezu perfektes »Winding« absolviert hatte, wußte es auch nicht. »So heißt es eben einfach. Die Stellen, an denen man sein Boot wenden kann, heißen Windinglöcher. Die Kanalbewohner, die diese Wörter gemacht haben, waren größtenteils Analphabeten. Sie hatten ihre ganz eigene Art, die Dinge zu benennen. Guillotineschleusen nannten sie zum Beispiel ›Gullentine‹.«

»Ich würde sagen, das widerlegt Ihre Analphabetismustheorie, oder«, wandte Hugh ein, »warum hätten die Kanalbewohner sonst ein ›U‹ in ihr Wort eingefügt, das man bei dem Wort ›Guillotine‹ überhaupt nicht hört?«

May hatte sich diese Frage schon selbst gelegentlich gestellt, bedachte ihn aber trotzdem mit einem finsteren Blick. »Es ist noch nicht zu spät, um Sie ins Wasser zu werfen, wissen Sie.«

Matthew war entsetzt. »Aber May! Er würde in Ihre Schraube geraten, und Sie müßten das Schutzgitter ausbauen, um ihn abzukratzen, und dann könnte irgend jemand anders auf seinen Überresten auf Grund laufen!«

May war verblüfft, wie gut Matthew ihr offenbar zugehört hatte, als sie den Jungen von Kanälen und Booten erzählt hatte. Sie nickte. »Du hast vermutlich recht. Bleibt mir immer noch der Mop.«

Sie wies auf ihr Putzutensil mit dem rot-weiß geringelten Stiel, das sie benutzt hatte, um das Wasser vom Kabinendach zu wischen.

»Wie wahr«, bemerkte Hugh. »Vielleicht gehe ich lieber nach unten und helfe Harriet.«

Ohne ihn fühlte May sich verlassen.

Der Ausflug wurde ein triumphaler Erfolg. Die Jungs waren wunderbar – höflich, aber entspannt genug, um sich gegenseitig aufzuziehen und ihre Späße mit den Erwachsenen zu treiben. Die beiden Männer waren ausgelassen und voller Enthusiasmus. Und Tom Buckfast schrieb ihr schließlich mit einem dankbaren Lächeln einen Scheck aus, der höher war, als sie vereinbart hatten.

»Das würden wir furchtbar gern wiederholen, May. Haben Sie schon mal dran gedacht, eine Bootstour außerhalb von London zu machen?«

»Na ja, es gibt Campingboote, auf denen Kindergruppen Kanaltrips machen können.«

»Hm, ich weiß. Ich dachte an eine kleine Gruppe, vielleicht acht Jungen und zwei Erwachsene, irgendwann im Sommerhalbjahr. Wir würden Sie anständig bezahlen.«

»Ich müßte ein Butty leihen ...« sagte May, und im selben Moment fiel ihr ein, wen sie fragen konnte.

»Ein Butty?« fragte Hugh verständnislos. »Sie meinen ein Schinkensandwich?«

»Es ist ein Zweitboot ohne Motor, das man hinter dem Hauptboot herschleppt. ›Butty‹ ist ein walisisches Wort für ›Gefährte‹ oder ›Freund‹.«

»Ah. Sie könnten also mein Butty sein?«

»Todsicher nicht.«

»Aber rein theoretisch meine ... Gefährtin?«

»Nicht mal in meinen schlimmsten Alpträumen«, knurrte May, aber in ihren Augen funkelte ein Lachen.

Sally und James waren bei Piers' Wohnung vorbeigefahren, und jetzt war der Kofferraum voll schwarzer Plastiksäcke. Als sie auf dem Parkplatz gegenüber des kleinen Bootshafens anhielten, sah Sally May schon von weitem: Sie schrubbte das Dach der *Rose Revived.*

»Da ist May. Kommen Sie, ich stell sie Ihnen vor.«

Sally klang fröhlich, aber sie war enttäuscht von James. Von einer Ausnahme abgesehen hatte er all ihre Andeutungen, jeden

Wink mit dem Zaunpfahl ignoriert. Eigentlich sollte sie jetzt bereits ihre Sachen in seine Kommode räumen und sich überlegen, wie sie Captain und Mrs. Walker ihre Anwesenheit erklären könnte. Aber, dachte sie, wer auch nur einen Tropfen Theaterblut in den Adern hat, gibt nicht gleich bei der ersten Niederlage auf.

»Ich hole nur Ihre Sachen aus dem Kofferraum und helf' Ihnen, sie rüberzubringen, aber ich kann nicht bleiben. Ich bin mit meinem Anwalt zum Essen verabredet.«

»An einem *Sonntag*?« In letzter Sekunde wandelte Sally ihre Entrüstung in Verblüffung um.

James lächelte. »Er ist zum Glück auch ein Freund. Sonst käme ich aus diesem Schlamassel niemals heraus.«

»Also, ich weiß wirklich nicht, wie ich Ihnen danken soll, daß Sie mich gerettet haben. Sie waren so freundlich und verständnisvoll.«

Seine freundlichen, verständnisvollen Augen hätten inzwischen wenigstens einen Hauch weniger edler Gefühle zeigen sollen, aber sie waren nach wie vor braun, von Lachfältchen umrahmt und vollkommen desinteressiert an Sally als Frau.

»Es war mir ein Vergnügen. Und jetzt lassen Sie uns Ihre Sachen über die Schleuse bringen.«

Und noch ehe Sally den letzten Plastiksack auf das Welldeck gehievt hatte, hörte sie den Volvo vom Parkplatz brausen.

»Auf jeden Fall bist du nicht obdachlos«, sagte May, die dank des Honorars für den Schulausflug und Harriets Miete vorhin die große Genugtuung gehabt hatte, Mike ein fettes Bündel gebrauchter Scheine in die Hand zu drücken.

Sally trank an der Teetasse, die Harriet ihr gereicht hatte. »Das ist wirklich lieb von dir, aber was wird aus all meinen Sachen? Es ist wirklich scheußlich von James, daß er mir nicht angeboten hat, in der Wohnung zu bleiben, die doch sowieso meistens leer steht.«

»Woher willst du das wissen?« Harriet hatte ihren Becher beiseite gestellt, Kohlestift und Zeichenblock zur Hand genommen und machte eine Skizze von Sally, die mit untergeschlagenen Beinen und vor Enttäuschung hängenden Schultern auf der Bank saß.

»Er hat es mir gesagt. Er lebt auf einer Farm in Gloucestershire, die er kürzlich geerbt hat. Genau wie die Wohnung.«

»Was für ein Glückspilz«, rief May aus der Kombüse herüber. »Wer will ein Plätzchen?«

»Also wirklich, May, ich versteh' nicht, wie du so dünn bleiben kannst. Du ißt immerzu«, sagte Sally, vorübergehend von ihrem Kummer abgelenkt.

»Ich versteh's auch nicht.« May kam mit einem Paket Rich Teas in den Salon zurück. »Und wie kommt es, daß er so viel geerbt hat?«

Bis Sally May und Harriet schließlich alles über die Öko-Farm und den Morast erzählt hatte, hatte Harriet ein halbes Dutzend brauchbarer Zeichnungen.

»Und meinst du, du siehst ihn wieder?« May war sicher, Sally hatte sich in James verliebt, und sie wollte gerne wissen, wie lange sie sechs Plastiksäcken und einem Fall unerwiderter Liebe Obdach gewähren sollte.

Sally lächelte treuherzig. »O ja. Ich hab' meine Uhr im Badezimmer liegenlassen und einen unserer Handzettel in der Küche. Er wird ganz bestimmt anrufen, um zu fragen, wo er sie hinschicken soll. Wenn er sie nicht selbst herbringt. Aber was machen wir jetzt mit all meinen Sachen?«

»Ich finde, du solltest noch mal aussortieren und dann zum Flohmarkt gehen oder so was«, schlug May vor.

»Das kann ich nicht. Ich meine, ich könnte vermutlich Kühlschränke an Eskimos verkaufen, aber nicht für mich selbst.«

»Du könntest das Geld ja spenden«, meinte Harriet. »Dann wär's nicht für dich selbst.«

»Sei nicht blöd! Ich bin total abgebrannt! Aber so oder so, es scheint mir ziemlich verrückt, meine einzigen Werte zu verkaufen, wenn ich sie vielleicht bald wieder brauche.«

»Wir haben nicht gemeint, du sollst auf den Strich gehen, Sal«, bemerkte May trocken. »Lediglich, daß du ein paar überflüssige Kleidungsstücke verkaufen sollst.«

»Keins meiner Kleidungsstücke ist überflüssig. Aber ich hab' eine Idee. Ich werde die Walkers fragen, ob ich ein paar Sachen bei ihnen unterstellen kann.«

Und sie werden James gegenüber vielleicht erwähnen, daß sie meine Plastiksäcke hüten, und das wird ihn vielleicht endlich auf die Idee bringen, mir anzubieten, die Wohnung für ihn warm zu halten, fügte sie in Gedanken hinzu. Aber diesen Plan behielt sie für sich. Es war schon schlimm genug, sich berechnend vorzukommen, ohne den Vorwurf von zwei guten Freundinnen hören zu müssen.

17. KAPITEL

Harriet schwitzte Blut und Wasser. Ihr Blatt war so schwarz, daß sie ihre letzten Striche zwischen den verwischten Spuren ihrer Vorgänger kaum erkennen konnte. Der Mann lag, unbekleidet bis auf einen Goldohrring, vollkommen entspannt und schien nicht im mindesten beunruhigt von der Anwesenheit der sechs Frauen, die ihn zu zeichnen versuchten.

Harriet, die kaum je männliche Genitalien gesehen und ganz sicher nie zuvor so eingehend studiert hatte, mußte feststellen, daß sie die Proportionen vollkommen falsch wiedergab. Fast hörte sie May im Geiste schon fragen, ob das ein Dinosauriermännchen sei, das ihnen da Modell gesessen habe. Harriet war so unerfahren, daß sie nicht einmal sagen konnte, ob dieser Mann durchschnittlich oder mit ein paar Zentimetern extra ausgestattet war. Auf jeden Fall hatte er weitaus mehr vorzuweisen als die Männer, die die Decke der Sixtinischen Kapelle zierten. Sie nahm sich vor, in Zukunft jede Statue nackter Männer eingehend zu begutachten, an der sie vorbeikam.

Sie konnte nur hoffen, daß Leo nicht erriet, welchen inneren Kampf sie gefochten hatte, bis sie den Mut fand, die Geschlechtsorgane dieses Mannes zu zeichnen und nicht dort Stellung zu beziehen, von wo aus sie nur seinen muskulösen Rücken und sein rundes Gesäß hätte sehen können. Die meisten der Frauen hatten sich für diesen leichteren Weg entschieden. Nur Harriet und die grauhaarige Frau, die Elizabeth hieß, hatten sich auf seine Vorderseite gewagt. Elizabeth hatte sich mit der ihr eigenen Unbefangenheit und Selbstsicherheit ans Werk gemacht. Harriet biß die Zähne zusammen und machte weiter.

Ihr Handballen war bereits schwarz. Auch Leos altes Hemd, das sie verkehrt herum als Kittel trug, war gründlich verschmiert. Sie rieb wieder mit der Hand über ihre Zeichnung, bis nur noch die Andeutung einer Linie erkennbar war. Dann machte sie einen kleinen Schritt zur Seite, so daß die problematische Partie im Schatten lag. Wenn Leo von seiner Kaffeepause zurückkam, würde er vielleicht glauben, das sei alles, was sie sehen konnte.

Leos Verhalten ihr gegenüber war schwer zu durchschauen. Er sagte wenig über ihre Arbeit und wenn er es tat, waren seine Anmerkungen alles andere als schmeichelhaft. Andererseits schien er zu erwarten, daß seine beißenden Kommentare über »Artige Aquarelle« und »Hobbymalerinnen« sie ermutigten. Harriets Erfahrungen mit Männern, einschließlich jener kurzen, umwälzenden Episode, waren sehr beschränkt. In dem Dorf, wo sie aufgewachsen war, gab es niemanden, der mit Leo vergleichbar gewesen wäre. Oder wenn doch, war sie ihm jedenfalls nie begegnet. Sie hatte keinerlei Rüstzeug, mit Leos Art zurechtzukommen, bis auf ihren gesunden Menschenverstand, und das war nicht immer genug.

Leo war zynisch, anspruchsvoll und arrogant, doch er konnte auch sehr charmant sein, selbst wenn er sich die Mühe bei Harriet nie machte. Mit Ausnahme von Elizabeth waren seine Schülerinnen samt und sonders in ihn verliebt.

Keine dieser Eigenschaften war besonders sympathisch. Fairerweise mußte man ihm zugestehen, daß er nichts tat, um die Frauen in ihren Gefühlen zu bestärken, außer hin und wieder einen beißend sarkastischen Kommentar über ihre Arbeiten abzugeben. Aber Harriet wußte, daß er mindestens mit zweien seiner Schülerinnen Affären gehabt hatte und früher oder später vermutlich mit einer dritten schlafen würde.

Sie gab sich alle Mühe, ihn nicht zu mögen. Aber jedesmal wenn sie gerade zu der Überzeugung gekommen war, daß er, wie May es ausdrücken würde, »ein echter Scheißkerl« war, und daß sie ihn nur ertrug, weil er einen so erstklassigen Ruf als Künstler und als Lehrer hatte, jedesmal tat er irgend etwas unbestreitbar Liebenswertes. Wie etwa einem Penner das Curry zu schenken, das er sich gerade beim Inder geholt hatte. (Das hatte sie von dem Penner erfahren, der sie vor dem Haus angesprochen hatte, nicht um zu betteln, sondern um ihr einen Gruß an den »Chef« aufzutragen.)

Harriet wischte sich die Hände an ihrem Kittel ab und griff wieder zum Kohlestift, fest entschlossen, den deutlich ausgeprägten Adamsapfel des Modells einzufangen. Sie bewunderte gerade die perfekte Wölbung, mit der er in den Hals überging, als ihr einfiel, daß ein Adamsapfel ein tertiäres Geschlechtsmerkmal war. Leo verstand es wirklich, ein Modell auszuwählen.

Und er war ein phantastischer Lehrer. Wenn er doch nur nicht immer so tun wollte, als sei ihr Job nebensächlich. Sie konnte ihm einfach nicht begreiflich machen, daß sie zu einem Team gehörte, daß sie es May schuldete, ihren Anteil zu leisten. Leo erwartete – und das kam im Grunde einem Befehl gleich –, daß sie immer mehr Zeit für die Kunst und immer weniger für alles andere aufbrachte.

Und das war Harriets Problem. Cleaning Undertaken kam in Schwung, schon nach nur einem Monat. Ihre Kunden waren zufrieden, so daß es mit ihrem Ruf – und damit auch ihrer Auftragslage – ständig aufwärts ging. Bislang hatte Schleimbeutel keine seiner wüsten Drohungen wahr gemacht.

Aber selbst bei prall gefüllten Auftragsbüchern arbeitete keine von ihnen länger als sechs Stunden am Tag. Ihre Kunden wollten keine Putzfrauen, die sie morgens aus den Betten warfen oder ihnen abends den Feierabend durcheinanderbrachten. Die naheliegende Lösung wäre gewesen, Büros zu putzen, entweder früh morgens oder spät abends. Aber Harriet hatte es May nicht vorgeschlagen. Sie wußte, daß sie das nicht machen und gleichzeitig noch malen konnte, es wäre darauf hinausgelaufen, daß May die Büros allein in Angriff nahm und sich bis zur völligen Erschöpfung abrackerte.

Außerdem brauchten sie irgendeine Art von Transportmittel, um die unprofitable Zeit zu reduzieren, die sie damit vertrödelten, von A nach B zu kommen. Ohne eine Finanzspritze, fürchtete Harriet, waren sie einfach zu klein, um zu überleben.

Auch davon hatte sie May allerdings nichts gesagt. Es wäre einfach zu furchtbar, wenn May ihr Boot nach all ihren Mühen schließlich doch noch verkaufen müßte.

Und Harriet schaffte nicht einmal ihre sechs Stunden am Tag. Sie war die einzige, die sich deswegen Gedanken machte, denn die anderen beiden wußten, Harriet führte die Bücher, gab unschätzbare Ratschläge bei tückischen Härtefällen, und sie hätten es ohne sie niemals schaffen können. Aber Harriet hatte ein schlechtes Gewissen, daß sie mehr und mehr Zeit der Kunst widmete und immer weniger ihrem Job. In den letzten Wochen hatte sie mehrmals Leos Unterricht besucht, was immer einen kompletten Morgen oder Nachmittag in Anspruch nahm.

Harriet zog ein Papiertuch aus ihrer Tasche und verlieh dem Ohrring des Modells mit dem Fingernagel einen feinen Glanz. Gerade noch rechtzeitig, wie sich herausstellte.

»Das war's«, sagte das Modell. »Ihr hattet eure halbe Stunde, ich brauch' einen Kaffee.«

Ein einhelliger Seufzer der Erleichterung entrang sich den Kunstschülerinnen im Atelier, und sie legten ihre Kohlestifte beiseite. Der junge Mann stieg in ein Paar Boxershorts, Jeans und Pulli, ehe er Richtung Küche davonspazierte. Harriet folgte ihm. Zu ihren Aufgaben gehörte es auch, die Modelle, die Leo jetzt immer häufiger engagierte, mit Kaffee oder Tee zu versorgen. Leo kam ihnen mit einem Becher in der Hand an der Tür entgegen.

»Würden Sie Jake einen Kaffee machen, Harriet? Ich seh' mir inzwischen Ihre Arbeit an.«

Wie immer verursachten diese so beiläufig geäußerten Worte Harriet akutes Herzrasen, aber es gelang ihr, Jake ohne erkennbare Nervosität anzulächeln.

»Ist Pulverkaffee okay? Ich fürchte, Leo hat den ganzen Bohnenkaffee schon selbst getrunken.« Ihre wichtigste Pflicht war es, Leo jeden Morgen eine große Thermoskanne starken Costa-Rica-Kaffee zu kochen, die er regelmäßig bis zehn Uhr leerte.

Jake schüttelte den Kopf. »Ganz gleich, Hauptsache heiß.«

»Sie müssen furchtbar frieren bei diesem Job.«

»Stimmt«, sagte er fröhlich. »Aber ich verdien' sagenhaft gutes Geld damit.«

»Ah ja?« Nicht zum erstenmal wünschte sich Harriet, sie wäre wie May und könnte eine direkte Frage stellen.

Glücklicherweise war Jake stolz darauf, wieviel er mit seinem schönen Körper verdiente, und nannte ihr triumphal seinen Stundensatz.

»Du meine Güte ...« Harriet goß kochendes Wasser auf die Kaffeegranulate. Ich sollte es wirklich tun, dachte sie. Wenn ich für Leo Modell sitze und meine Einkünfte in die Gemeinschaftskasse einzahle, bräuchte ich kein so schlechtes Gewissen zu haben, weil ich zu viel Zeit für die Kunst aufwende. Ich könnte doppelt soviel verdienen wie mit Putzen und würde damit endlich den gleichen Beitrag leisten wie May und Sally.

Aber schon bei dem Gedanken breitete sich eine tiefe Röte über Hals und Gesicht aus und stieg bis in die Haarwurzeln. Sie wußte, sie war nicht dick oder häßlich, aber sie hatte nie gelernt, ihren Körper zu mögen. Seit sie auf dem Boot lebte, hatte sie keine Gelegenheit, ihn zu betrachten. Es war schon schwierig genug, ihn sauber zu halten.

»Ihr habt nicht zufällig ein Plätzchen?« Jake hatte ihr Erröten entweder nicht bemerkt oder war daran gewöhnt, daß er diese Wirkung auf Frauen hatte.

Harriet blinzelte einen Augenblick verwirrt und wies dann auf die Dose. »Da drin sind Waffeln.«

Jake nahm eine heraus und biß ein Stück ab. »Hm! Gut.«

»Das will ich doch hoffen. Ich hab' sie gemacht.«

Jake hob eine Augenbraue. »Ihr seid also zusammen, du und er?«

»Im Himmels willen, nein. Wie kommst du darauf?«

»Na ja, du scheinst dich ziemlich gut in seiner Küche auszukennen.«

»Ich bin seine Putzfrau«, erwiderte Harriet streng. »Darum kenn' ich mich sogar mit dem ständig verstopften Abfluß in seinem Bad aus.«

Sie lachten beide. Harriet machte sich einen Becher schwarzen Kaffee und folgte Jake zurück ins Studio. Ihre Arbeit in

Leos Wohnung beschränkte sich auf eine Stunde morgens vor Unterrichtsbeginn und die Zeit anschließend, die ihr blieb, ehe Leo sie nach Hause schickte. Sie hatte eine Wäscherei ausfindig gemacht, die seine Sachen abholte und sauber wieder anlieferte. Die Wäschepakete zusammen- und wieder auszupacken gehörte zu ihren Pflichten. Die Waffeln buk sie auf dem Boot und brachte sie mit. Ihre Großmutter wäre mit dem Zustand der Wohnung nicht zufrieden gewesen, aber dank Harriets Fürsorge lief Leo nicht länger Gefahr, sich vom Inhalt seines Kühlschranks eine Salmonellenvergiftung zu holen.

Harriet bekam an diesem Vormittag allerhand in der Wohnung getan, während Leo sich mit Jake unterhielt, eine weitaus bessere Leistung, befürchtete sie, als das, was sie an ihrer Staffelei zustandegebracht hatte. Doch schließlich ging Jake nach Hause, und Leo hatte bald genug vom Heulen des Staubsaugers. Er setzte ihm ein Ende, indem er den Stecker herauszog. Harriet wußte, es war reine Zeitverschwendung, »Lassen Sie mich nur dieses Zimmer fertigmachen« zu sagen. Also wickelte sie das Kabel auf.

»Leo? Kann ich mal kurz mit Ihnen reden?«

Leo sah sie an. Einen Augenblick trafen sich ihre Blicke, und Harriet war überzeugt, er werde ihr die Bitte abschlagen. Dann strich er sich die Haare aus den Augen und nickte.

»Aber nicht hier im Flur, kommen Sie ins Studio.«

Harriet hätte die Küche vorgezogen. Das Studio war voller streßgeladener Vibrationen. Sie wollte dort nicht auch noch schwierige Gespräche führen, nachdem sie dort schon immer den Kampf mit ihrem Kohlestift austragen mußte.

»Also, wo liegt das Problem?« Leo saß auf einem hohen Drehhocker und fuhr damit Karussell.

Harriet hockte sich auf den Modellstuhl. »Ich arbeite hier nicht genug, gemessen an den Unterrichtsstunden, die Sie mir geben.«

»Und?«

Was er hätte sagen sollen, war, »aber natürlich arbeiten Sie genug, Harriet«. Doch sie hatte es längst aufgegeben zu erwarten, daß Leo das Richtige sagte.

»Und ich arbeite auch nicht genug für Cleaning Undertaken.«

»Für wen?«

»Die Firma, die ich mit den anderen beiden gegründet habe.«

»Und weiter?«

»Ich hab' mir überlegt, wenn ich in den Unterrichtsstunden Modell sitzen würde, könnte ich auf dem Weg meine Stunden bezahlen und mehr in die Firmenkasse beisteuern.« Die Röte kehrte zurück, heißer und ausgedehnter als in der Küche. Im Gegensatz zu Jake nahm Leo sie mit klinischem Interesse zur Kenntnis.

»Okay«, sagte er nachdenklich. »Wenn Sie denken, daß Sie das tun sollten, ziehen Sie sich aus und setzen sich in geeigneter Pose wieder hin.«

Bis gerade eben hatte Harriet sich geniert; jetzt starb sie tausend Tode. In der Theorie war der Gedanke schon schrecklich genug gewesen, aber es tatsächlich zu tun, war unvergleichlich viel schlimmer. Es fühlte sich an, als stünde ihr Körper in Flammen. Sie hob die Hände, legte sie an den Kragen ihres Hemdes und ließ sie wieder sinken. Dann stand sie auf und befingerte den Knopf ihres Pullis, aber er entglitt ihr wieder. Ihre Finger zitterten zu sehr, um den Knopf ihrer Jeans zu öffnen. Sie bebte innerlich, und ihr war unbeschreiblich schlecht.

Keine wahre Künstlerin würde solche Scham empfinden, wenn sie sich auszog. Sie wußte, hatte das Modell seine Pose eingenommen, war es nur noch eine Folge von Linien und Flächen und keine Person mehr. Sie hätte es vielleicht geschafft, wenn die anderen Schülerinnen da gewesen wären, aber vor Leo allein konnte sie es nicht. Sie befeuchtete ihre Lippen, atmete tief durch und versuchte es noch mal. Dann schüttelte sie den Kopf.

Leo betrachtete sie mit vor der Brust gekreuzten Armen und einem scheußlich wissenden Ausdruck. »Sie haben also mit Jake gesprochen?« fragte er nach einem endlosen Schweigen.

»Ja.«

»Und er hat Ihnen gesagt, was er verdient?«

»Genau.«

»Und da haben Sie sich überlegt, mit auf den Zug aufzuspringen?«

»Wohl kaum. Ich hab' nur gedacht ...« Sie war froh, als er sie unterbrach.

»So viel würde ich Ihnen sowieso nicht bezahlen.«

Vor Erleichterung brach ihr der kalte Schweiß aus. Sie sank wieder auf den Stuhl. »Warum nicht?«

»Weil Sie eine Frau sind. Männer sind interessantere Zeichenobjekte. Schwerer zu verkaufen, aber aufregender für den Künstler.«

»Ah ja?« Sie war gewillt gewesen, die größten Qualen auf sich zu nehmen, um ihren Lebensunterhalt zu verdienen, und sollte weniger dafür bekommen als dieser junge Kerl, der ohne einen Gedanken daran zu verschwenden die Hüllen fallen ließ und sich schamlos vor aller Augen auf dem Sofa rekelte? »Und das gibt Ihnen das Recht, ihnen weniger für dieselbe Arbeit zu bezahlen?«

»Ich bezahle, was ich will und wem ich will. Und im Moment will ich ein männliches Modell.«

»Ist das nicht ein bißchen einseitig?«

Leo schüttelte den Kopf. »Ich liebe Frauenakte. Wenn es einem gelingt, die Struktur, das Schimmern weiblicher Haut einzufangen, ist es herrlich. Aber wir konzentrieren uns derzeit aufs Zeichnen. Dafür sind die ausgeprägteren Linien männlicher Muskeln interessanter. Vom künstlerischen Standpunkt betrachtet.«

»Oh.«

»Außerdem ist Jake ein Profi. Er rührt sich nicht, ihm wird auch nicht kalt, er ermöglicht es dem Künstler, entspannt zu sein. Wenn ich Ihnen das gleiche Honorar biete, würden Sie sich verpflichtet fühlen, es zu tun. Sie hätten auch nicht genug Zeit für Ihre eigene Arbeit und würden sich außerdem so schrecklich dabei fühlen, daß Ihnen alles mißlingt, was sie zwischendurch zeichnen.«

»Vielleicht würd' ich mich ja dran gewöhnen ...«

Leo schüttelte den Kopf. »Nein. Ich weiß nicht, was in Ihrer Vergangenheit vorgefallen ist, aber ich weiß, daß es Sie nachhaltig belastet. Sie haben ein großes Potential für Schönheit, aber es wird sich nicht entfalten, ehe Sie mit sich ins reine gekommen sind. Eines Tages werde ich Sie vielleicht noch mal bitten, sich für mich auszuziehen, aber vorläufig nicht. Also bleiben Sie lieber dabei zu tun, was sie gut können, und das ist Putzen. Überlassen Sie das Modellsitzen den Profis.«

Das Bewußtsein, davongekommen zu sein und seine Bemerkung über ihr Potential für Schönheit machten sie verwegen. »Und was ist mit Zeichnen? Bin ich darin nicht gut?«

»Eines Tages vielleicht.« Und sein expressiver Mund verzog sich zu einem Lächeln, herausfordernd und beruhigend zugleich. Sein zynisches, manchmal gar andeutungsweise sadistisches Gesicht wurde mit einem Mal jungenhaft und unwiderstehlich anziehend. »Wenn Sie Ihren Job an den Nagel hängen.«

Harriet wehrte sich vergeblich. Sie wußte, das Wasser war tief und gefährlich, aber irgend etwas in ihrem Innern machte eine Flugrolle wie ein Pfannkuchen. Ihr Herz begann zu hämmern, und wieder einmal hatte sich eine von Leos Schülerinnen in ihn verliebt. Im Grunde war sie das seit ihrer ersten Begegnung. Nur hatte sie sich bis jetzt geweigert, es sich einzugestehen.

»Ich glaube manchmal, Sie versuchen, so beleidigend wie nur irgend möglich zu sein.« Irgendwie gelang es ihr, zu dem frotzelnden Ton zurückzufinden, der zwischen ihnen üblich war.

»Genau so ist es. Wenn man nett zu den Leuten ist, lassen sie einen niemals zufrieden. Also? Werden Sie jetzt mein Scheißhaus putzen, ja oder nein?«

»Ich käm' im Traum nicht drauf«, gab sie zurück und tat es natürlich trotzdem.

Sally fand das Leben auf dem Boot schwierig, und obwohl Harriet und May zusammenrückten und sich alle Mühe gaben, ihr das Gefühl zu geben, willkommen zu sein, war es auf Dauer einfach zu eng für drei Leute.

Am Ende einer aufreibenden Woche zählten sie Freitag abend ihre Einkünfte. Doch selbst die Tatsache, daß nach Abzug der Kosten für jede von ihnen mehr übrigblieb als in den Wochen zuvor, konnte ihre gedrückte Stimmung nicht heben. Nachdem sie Harriets übliche Apologie wegen der fürs Malen aufgewendeten Zeit mit einem Wink abgetan hatten, erstreckte sich ein langes, kaltes, düsteres Wochenende vor ihnen.

May wollte eine Bootsfahrt machen, mehr um ihre eigenen Batterien wieder aufzuladen als die des Bootes. Harriet brannte darauf, das Wochenende in der Tate, der National und der Serpentine Gallery zu verbringen, aber sie wußte, wenn sie May nicht ihre Hilfe auf dem Boot offerierte, würde Sally sich verpflichtet fühlen, ganz gleich wie oft May beteuerte, sie komme allein zurecht. Es war natürlich durchaus möglich, daß Sally ein angeborenes Talent besaß, zuverlässige Knoten in tropfnasse Taue zu machen und sie dann über zu weit entfernte Poller zu werfen, aber irgendwie hielt Harriet das für unwahrscheinlich. Sie fürchtete, daß bis zum Sonntag abend keine mehr mit keiner ein Wort sprechen würde.

Sally saß auf einem zu dünnen Kissen am Boden und konnte das drückende Schweigen nicht länger ertragen. »Dieses Boot ist himmlisch für zwei ...«

»Und für drei erst recht«, warf May ein.

Sally hörte aufmerksam hin, um festzustellen, ob sich der erste sarkastische Unterton in Mays Stimme geschlichen hatte. Noch nicht, erkannte sie, aber bald. »Es ist einfach zu eng, und es gibt nur zwei bequeme Sitzgelegenheiten. Ich muß mir eine andere Bleibe suchen.«

Harriet und May brachten es nicht fertig, sich anzusehen, stimmten aber insgeheim aus ganzem Herzen zu. Doch sie wußten, wenn Sally eine normale Wohnungsmiete zahlen müßte, käme sie niemals mit dem aus, was sie verdiente.

»Das kannst du dir nicht leisten, Sal«, sagte May.

»Ich könnte bei der Verwaltung angeben, ich sei obdachlos. Dann würden sie mir eine Sozialwohnung geben.«

May schüttelte den Kopf. »Das würde höchstens klappen, wenn du schwanger wärst.«

»Oh. Das stell' ich mir ziemlich schwierig vor.«

Harriet seufzte. »Ja.«

»Vielleicht sollte ich Sozialhilfe beantragen und Wohngeld und schwarz weiterarbeiten?« Diese Lösung reizte Sally ebensowenig wie die Vorstellung, schwanger zu sein, aber sie fühlte sich verpflichtet, sie vorzuschlagen.

»Nein«, widersprach May. »Du würdest dich in Teufels Küche bringen.«

Schweigen breitete sich wieder aus.

»Wenn wir ein Transportmittel hätten, könnten wir die unprofitable Zeit reduzieren, die dafür draufgeht, von einem Job zum nächsten zu kommen«, bemerkte May. »Dann könnten wir mehr Aufträge annehmen und mehr verdienen. Ich bin heute an der falschen Bushaltestelle ausgestiegen und mußte meilenweit laufen. Furchtbare Zeitverschwendung.«

»Also?« fragte Sally.

»Das Problem ist, daß wir so gut wie kein Kapital haben ...«

Harriet seufzte. Es war unrealistisch gewesen zu hoffen, May würde nicht von selbst zu dieser Erkenntnis kommen. Genau wie Sally sah sie sie gespannt an, als erwarteten sie, May habe schon eine Lösung parat.

»Wie wär's mit Motorrädern?« fuhr May fort. »Wir könnten uns durch den Verkehr schlängeln, wie die Kuriere es tun. Sally würde hinreißend aussehen in Leder.«

»Möglich«, erwiderte Sally. »Aber ich werde in diesem Verkehrschaos auf kein Motorrad steigen, tut mir leid.«

»Nein«, sagte Harriet bestimmt. »Es hat keinen Sinn, ein Gefährt anzuschaffen, mit dem wir keine Ausrüstung transportieren können. Den Industriestaubsauger, zum Beispiel, wenn wir ihn irgendwann bekommen. Davon abgesehen bin ich auch nicht bereit, Motorrad zu fahren.«

May zuckte die Schultern. »Es war nur so 'ne Idee. Wir werden uns diesen Staubsauger auf lange Sicht noch nicht leisten können. Es wird schwierig genug, das Geld für Mike zusammenzukriegen.« Sie lächelte ironisch. »Aber ich glaub' nicht, daß ich noch einen Untermieter aufnehme, ganz gleich, wie dringend wir das Geld brauchen.«

.»Wenn wir ein bißchen aufräumen ...«, begann Harriet. »Dann kriegen wir vielleicht wenigstens die Illusion, wir hätten mehr Platz.« Sie hob mit einer Hand Mays Stiefel auf, mit der anderen einen Stapel von Sallys Zeitschirften. »Ich werd' sehen, ob ich die hier irgendwo verstauen kann.«

In diesem Moment spürten sie, wie das Boot sich neigte, als jemand Schweres an Bord kam.

»O Gott! Wer ist das?« May ging in Gedanken die lange Liste ihrer männlichen Freunde durch, die gerne die ganze Nacht blieben und redeten. Wenn es einer von ihnen war, würde sie hart bleiben und ihn nicht über die Schwelle lassen.

Sally begann, alle möglichen Sachen unter Kissen zu stopfen, während sie Schritte auf dem Niedergang zum Welldeck hörten. Harriet verschwand mit Stiefeln und Zeitschriften im Schlafzimmer. Dann ging sie zurück in die Kombüse und setzte den Kessel auf. Mit einem Mal fühlte sie sich schrecklich verwundbar und mußte sich mit sinnlosen Tätigkeiten beschäftigen. Und außerdem, wenn es wirklich Leo sein sollte, wollte er bestimmt einen Kaffee. »O bitte, laß es nicht Leo sein«, betete sie und wischte wie wild mit einem ziemlich schmierigen Lappen über die kleine Arbeitsfläche. »Oder wenn er es ist, bitte mach, daß er sich nicht in Sally verliebt.«

Als das Klopfen, auf das sie alle warteten, endlich ertönte, öffnete Sally die Tür. Obgleich nur ein Bruchteil von ihm durch den schmalen Türrahmen sichtbar war, wußte sie sofort, daß es James Lucas war.

»Guten Abend. Oh, hallo Sally. Ich wollte Ihnen Ihre Uhr vorbeibringen.«

Sally setzte ihr verführerischstes Lächeln auf und versteckte dahinter ihren ersten Gedanken: Das wurde ja wohl auch langsam Zeit. »Kommen Sie rein, James. Sie müssen meine Freundinnen kennenlernen.«

James quetschte sich durch die Tür, aber selbst als das geschafft war, mußte er geduckt bleiben, um nicht mit dem Kopf an die Decke zu stoßen. Einen Moment lang fragte sich Sally, ob das Boot überhaupt breit genug für seine Schultern war.

May schüttelte lächelnd die Pranke, die sich ihr entgegenstreckte, und ließ sich nicht anmerken, daß sie schon eine ganze Menge über James Lucas wußte.

»Möchten Sie Kaffee oder Tee? Ich fürchte, wir haben im Moment nichts anderes anzubieten.« Der Rotweinvorrat, den ihr Vater ihr geschenkt hatte, war bis auf eine Flasche verschwunden, die sie für größte Notlagen aufbewahrt hatten.

»Tee wäre wunderbar. Ich bin auf dem Weg zurück aufs Land, also kann ich sowieso keinen Alkohol trinken.«

»Setzen Sie sich doch, James.« Sally lotste ihn zu einem Stuhl, und als er Platz genommen hatte, war der Weg zur rechten Bootshälfte komplett abgeschnitten. Glücklicherweise lag die Kombüse auf der anderen Seite. »Harriet, komm, ich möchte dich James vorstellen.«

Harriet, die mit maximaler Umständlichkeit und größtmöglichem Zeitaufwand Tee kochte, sah sich gezwungen, die Kombüse zu verlassen.

James versuchte aufzustehen, aber Sally legte ihm die Hand auf die Schulter. »Nicht. Sie stoßen sich den Kopf.«

»Hallo, Harriet«, sagte er, offenbar verlegen, weil er auf gute Manieren verzichten mußte.

»Hallo, James.« Harriet dachte, James Lucas habe die gütigsten Augen, die sie je gesehen hatte, und wünschte, sie könne sich in Güte verlieben.

Als sie schließlich mit dem Teetablett und den unvermeidlichen Waffeln aus der Küche kam, hatte Sally sich sehr graziös zu James' Füßen drapiert. Doch niemand hätte ihr vorwerfen können, sie habe es absichtlich getan – es gab einfach keinen anderen Platz, wo sie sich niederlassen konnte.

Harriet reichte James eine Tasse und die Waffeln. »Zucker?«

»Nein, danke.« Er nahm eine Waffel.

Harriet lächelte und überlegte, was sie tun konnte, damit er sich ein wenig entspannte. Es war schwierig, zumal er sich körperlich extrem beengt fühlen mußte.

May, die Bootseigentümerin, versuchte es als nächste. »Was treiben Sie so, James?«

»Ich habe ein paar Acres Land in Gloucestershire, wo ich ökologischen Anbau betreibe.« Er lächelte. »Oder vielleicht ist es auch umgekehrt, nicht mir gehört die Farm, sondern ich ihr. Jedenfalls stecke ich mehr rein als herauskommt.«

»Haben Sie die Farm schon lange?« fragte May.

James schüttelte den Kopf. »Ein knappes Jahr. Lang genug, um mich zu verlieben, noch nicht lang genug, um desillusioniert zu werden.«

Sally fuhr fast unmerklich zusammen bei dem Wort »verlieben«, sie fürchtete, es könne das Thema auf ihre Gefühle lenken. Sie war froh, daß sie heute bei einer Kundin gearbeitet hatte, die BBC-Produzentin war. Sie war niemals daheim, wenn Sally ihr Haus putzte, aber Sally trug immer ihre besten Sachen, nur für alle Fälle.

»Und was haben Sie vorher gemacht?« Harriet hoffte, sie hörte sich nicht an wie ihre Großmutter.

»Ich war Immobilienmakler. Aber ein sehr schlechter. Ich hab' immer zu Leuten mit Kindern gesagt, daß sie eigentlich einen größeren Garten brauchten und daß die Straße vor dem Haus ab fünf Uhr ein einziger Stau wird ... Na ja, es war nur ein Übergangsjob.«

»Ah ja?«

»Mein Onkel hat mir immer gesagt, daß ich die Farm erben würde.« James lachte. »Was er mir nicht gesagt hat, war, daß kein Geld da ist, um sie zu betreiben. Und das Farmhaus ist ein bißchen spartanisch.«

»Ich würde es gern mal sehen«, sagte Sally.

»Und ich würd' es Ihnen gern zeigen. Leider ...«

»Ich war seit Ewigkeiten nicht auf dem Land. Ich könnte Sonntag abend mit dem Zug zurückkommen.«

Harriet und May hielten den Atem an. Es wäre herrlich, Sally übers Wochenende los zu sein. Aber keine von beiden konnte billigen, wie Sally sich selbst bei einem Mann einlud, den sie kaum kannte.

»Das wäre gar nicht nötig. Ich muß am Montag wieder in London sein. Aber ...«

»Heißt das, ich kann mitkommen?« Sally sah mit einem Blick zu ihm auf, der viel Ähnlichkeit mit Clodaghs hatte.

Harriet fragte sich, wie irgendein Mann Sally widerstehen konnte. Ihre Augen waren so groß wie Untertassen, sie wirkte so langbeinig und verletzlich wie ein neugeborenes Füllen. May entschied, daß James vor seiner eigenen Torheit gerettet werden mußte.

»Wirklich, Sal, du kannst dich doch nicht selbst einfach so übers Wochenende einladen«, sagte sie und tat schockiert.

James nickte. »Mein Haus ist absolut ungeeignet für Gäste. Sie haben die Wohnung meines anderen Onkels gesehen? Nun, sie waren Zwillingsbrüder und hatten allerhand gemeinsam.«

»Auf dem Land ist es furchtbar kalt um diese Jahreszeit«, warnte Harriet, die sich nicht vorstellen konnte, wie Sally mit dem Landleben im Winter fertig werden sollte.

»Und schrecklich matschig«, fügte May hinzu, trotz ihrer Sehnsucht, Sally aus dem Weg zu haben.

»Also wirklich! Wenn man euch hört, könnte man meinen, ich würde beim ersten Regentropfen zerschmelzen. Ich bin waschbar, wißt ihr.« Sally kam auf die Füße und stützte sich auf James' Knie auf. »Ich geh' nur schnell ein paar Sachen packen.«

May und Harriet sahen hilflos zu James. »Wenn Sie nicht möchten, daß Sie mitfährt, sagen Sie es einfach«, riet May. »Sie müssen nur hart bleiben.«

Harriet erkannte, daß ein Teil von James Sally sehr wohl mitnehmen wollte, doch er fürchtete, daß sie sich unwohl fühlen und ihren Entschluß bereuen könnte. »Aber Sally ist im Grunde wirklich unkompliziert. Obwohl sie Schauspielerin ist, hat sie überhaupt keine Primadonna-Allüren.«

»Sie ist Schauspielerin?« James' struppige Brauen fuhren in die Höhe. »Das erklärt so einiges.« Er schälte sich ohne viel Eleganz aus dem Sessel und stand auf. »Sie wäre todunglücklich. Ich sag' ihr, ich kann sie nicht mitnehmen.«

»Ich werde überhaupt nicht unglücklich sein«, widersprach Sally, die gerade aus Mays Schlafzimmer zurückkam. »Ich werd' helfen, das Haus in Ordnung zu bringen.« Sie trug eine Sporttasche über einem Arm und dachte, wenn er ihr sagte, sie müsse auch nur zehn Minuten länger auf diesem Boot bleiben, würde sie in Tränen ausbrechen. »Ich muß einfach mal raus. Ich werde nicht jammern, ich versprech's.«

»Wirklich, es ist schrecklich primitiv ...«

»Ich hab' schon in den fürchterlichsten Behausungen gewohnt, das macht mir nichts. Solange Sie keine Wanzen in den Betten haben ...«

»Grundgütiger! Das will ich nicht hoffen.«

»Dann würde ich wirklich furchtbar gerne mitkommen, bitte.«

James sah auf Sally hinab. In ihren Augen lag ein flehender Blick, und unvergossene Tränen schimmerten darin. Er konnte nicht sagen, ob sie eine Rolle spielte oder aufrichtig war, aber er war jedenfalls kein Mann, der es fertigbrachte, einen Hund in die kalte Nacht hinauszujagen. Und Sally war kein Hund.

»Einverstanden. Dann fahr ich sie Sonntag abend zurück.«

Im nächsten Moment waren Harriet und May allein an Bord. Sie zogen die Vorhänge zurück und sahen James mit Sallys Tasche die Schleuse überqueren, während sie hinterhertrippelte.

»Sie hat nicht mal die richtigen Schuhe für so was«, sagte Harriet. »Wir hätten ihr packen helfen sollen.«

»Sie ist absolut schamlos. Wie kann sie sich nur so aufdrängen? James wollte sie überhaupt nicht.«

»O doch, er wollte sie«, erwiderte Harriet trocken. »Aber nicht als Wochenendgast.«

»Sie hat ihn gräßlich manipuliert.«

»So haben Frauen bis heute überlebt.« Harriet wünschte sich sehnlichst, sie wüßte, wie man Männer manipuliert. Doch im tiefsten Innern wußte sie, daß Leo selbst gegen die ausgeklügeltsten Überredungsküste immun wäre. Sie seufzte tief, was ihr einen kritischen Blick von May eintrug. »Andererseits bedeutet es, daß wir mehr Platz haben«, fuhr sie fort, um dem Blick auszuweichen. »Und wir können eine dauerhafte Unterkunft für Sally suchen, wenn sie wieder da ist.«

»Ich denke, Sally hat ihre dauerhafte Unterkunft schon gefunden«, sagte May. »Es würde mich wundern, wenn sie nicht bis spätestens Ende nächster Woche in die Wohnung des anderen Onkels zieht.«

»Nun, ich muß zugeben, so gern ich sie auch hab', es war furchtbar anstrengend mit ihr hier. Das Boot ist wunderbar für zwei, aber einfach nicht groß genug für drei.«

»Stimmt.« May wußte, daß Harriet plapperte, um von irgend etwas abzulenken. »Und was ist mit dir, Harriet? Hast du dich in Leo verliebt?«

Harriet sparte sich die Mühe, May zu fragen, woher sie das wußte. Sie hob lediglich die Schultern. »Warum sollte ich mich nicht in ihn verlieben? Ich bin ohne Vater aufgewachsen, er ist älter als ich und furchtbar nett zu mir und außerdem enorm attraktiv. Natürlich hab' ich mich in ihn verliebt. Aber ich komm' schon drüber weg. In meinem Leben ist einfach kein Platz für Liebe.« Doch sie klang nicht überzeugt.

18. KAPITEL

Sally bereute ihren Impuls, als sie noch keine zehn Minuten im Auto saßen. Sie hatte Clodagh wie eine alte Freundin begrüßt, die sie mit einem Wedeln der langen Rute belohnte. Aber seither war kaum ein Wort gesprochen worden.

Wie hatte sie nur so dumm sein können, sich ihm aufzudrängen, wo das letzte, was er wollte, war, sie übers Wochenende zu Gast zu haben. Sie öffnete den Mund, um etwas zu sagen, und schloß ihn wieder. Ihr fiel einfach nichts ein. Sie sollte ihm ein paar interessierte Fragen über die Landwirtschaft stellen, aber da sie alles, was sie darüber wußte, von *The Archers* gelernt hatte, war das ein bißchen riskant. Sie hatte die Radioseifenoper aus dem ländlichen Lancashire seit Wochen nicht gehört.

Und vermutlich würde sie erfrieren. Die Nylons, die sie unter ihrem kurzen Rock trug, waren dick, aber sie boten sicher keinen Schutz gegen den eisigen Wind, der zweifellos von September bis Mai über die Cotswolds fegte. Hätte sie doch nur eine Jeans eingepackt, aber sie hatte sich nicht entsinnen können, in welchem der Plastiksäcke sie waren, und hatte nicht gewagt, sie alle zu durchwühlen, weil sie fürchtete, James könne einfach ohne sie aufbrechen. Inzwischen war sie überzeugt, daß er genau das getan hätte, wenn sie länger als fünf Minuten verschwunden geblieben wäre.

Sie hatte es einfach nicht ausgehalten auf dem Boot. James' mächtige Gestalt schien einen Ausweg und Geborgenheit zu symbolisieren, die Flucht vor der Enge und Mays schwindender Geduld. Er war so unglaublich freundlich zu ihr gewesen, als er sie aus Piers' Wohnung errettet hatte, daß sie ihn als ihren Ritter in schimmernder Rüstung betrachtete. Aber sie konnte sich nicht entsinnen, daß er je zuvor ein so schweigsamer Ritter gewesen war.

Sie würde nicht anfangen zu quasseln. Mays Erfahrungen mit Männern im Auto, verbunden mit ihren eigenen, sprachen dafür, daß Männer quasselnde Frauen auf dem Beifahrersitz haßten. Ein bißchen Musik wäre hilfreich, aber selbst nach sechs Monaten mit Piers hatte sie nicht gelernt, den Kassettenrekorder im Wagen zu bedienen. Sie steckte die Kassetten immer verkehrt herum in den Schlitz, mit der Unterseite nach oben oder der Vorderkante nach hinten. Mit einem genervten Seufzer hatte Piers sie ihr dann immer aus der Hand gerissen und sie selbst eingelegt. Natürlich war James ganz anders als Piers – er war praktisch ein Heiliger. Aber vermutlich verloren selbst Heilige die Geduld mit hoffnungslosen Technikmuffeln.

»Hätten Sie gern ein bißchen Musik?« James' Stimme ließ sie zusammenfahren.

»Ähm ... Sicher, wenn Sie möchten.«

James kramte zwischen den Hüllen, die am Boden des Volvo verstreut lagen. »Van Morrison?«

»Ja, prima.« Sally hätte auch Wagners *Ring* zugestimmt, wenn James es vorgeschlagen hätte.

Er hielt ihr das Tape hin. »Hier.«

Sally nahm es und senkte beschämt den Kopf. »Es tut mir schrecklich leid, ich weiß, es ist wirklich blöde, aber ich weiß nie ...« Sie hatte ihre gestammelte Entschuldigung erst zur Hälfte herausgebracht, als er sie unterbrach.

»Oh. Verstehe.« Er nahm die Kassette zurück, steckte sie in den unsichtbaren Schlitz, und im nächsten Moment war der Wagen von Musik erfüllt.

Sally sah niedergeschlagen aus dem Fenster auf die Lichter von London, wo der Westway in die A40 überging, und fragte sich, ob sie ihn bitten sollte, sie hier aussteigen zu lassen. Noch konnte sie zum Kanal zurücktrampen. Sie hatte wohl vernehmlich geseufzt, denn James sah zu ihr herüber.

»Es sind nur ungefähr zwei Stunden. Warum machen Sie nicht die Augen zu und schlafen ein bißchen?«

Vermutlich waren alle Männer weltweit gleich, sie taten so

ziemlich alles, um zu verhindern, daß sie sich unterhalten mußten.

So zu tun, als schlafe sie, war eine ihrer leichtesten Übungen, aber sie wollte sich nicht vor ihren Beifahrerpflichten drücken. »Soll ich nicht die Straßenkarte lesen oder so?«

»Seit mein Onkel gestorben ist, bin ich jede Woche mehrmals nach London gefahren. Außerdem ist es fast unmöglich, bei Dunkelheit eine Karte zu lesen. Die Straßenlaternen lassen einen immer im entscheidenden Moment im Stich. Machen Sie's sich einfach gemütlich und schlummern Sie ein bißchen.«

Sally war fast sicher, daß er nicht sarkastisch war. »Gut.«

Für Piers zu navigieren, war selbst im hellen Tageslicht schwierig gewesen. Sie hatten nur ein paarmal zusammen die Stadt verlassen, um ein Wochenende bei Freunden auf dem Land zu verbringen, aber jedesmal weigerte sich Piers bei ihrer Ankunft, auch nur noch ein Wort mit Sally zu reden. Sobald sie ihn in die Irre geführt hatte, hielt er an, riß ihr den Atlas aus den Fingern, warf einen Blick darauf und knallte ihn zu. Sally konnte dann immer nur beten, daß sie die Seite wiederfand, ehe sie an die nächste Kreuzung kamen.

Sie betrachtete James' Profil einen Moment, wurde aber mit keinem weiteren Lächeln belohnt. Also schloß sie die Augen und sann darüber nach, wie lange es her war, daß ein Mann sie zuletzt in den Armen gehalten hatte. Viel zu lange, fand sie. Aber das würde sich dieses Wochenende ändern. Wenn sie es nicht schaffte, James in ihr Bett zu locken (oder sich in seines locken zu lassen), würde sie den Männern für immer entsagen und den Schleier nehmen.

Obwohl sie müde war, schlief sie erst ein, als sie schon ins tiefste Gloucestershire vorgedrungen waren. Sie erwachte aus ihrem Fünf-Minuten-Nickerchen, als der Wagen vor einem Gatter hielt.

»Da sind wir«, sagte James.

Sally sah blinzelnd von ihm zum Tor. »Soll ich es öffnen?« Sie kannte sich zumindest so weit aus mit dem Leben auf dem Land, um zu wissen, daß es die Aufgabe des Beifahrers war, alle Tore zu öffnen.

»Sie sollten lieber nicht ...« begann James.

Aber es war schon zu spät. Sally hatte die Tür bereits geöffnet, und einer ihrer Wildlederschuhe mit Goldspange versank in einer tiefen Pfütze. Das war ein schlechter Anfang, und sie machte es noch schlimmer, als sie ans falsche Ende des Gatters trat. Bis auf die Knochen blamiert, machte sie kehrt und stolperte durch die tiefen Furchen ans andere Ende. Gerade als sie erkennen mußte, daß sie den Mechanismus des Schlosses nicht durchschaute, trat James zu ihr.

»Es ist ein bißchen tückisch, wenn man es nicht kennt«, sagte er, hob das Gatter an und tat irgend etwas Schlaues mit einer Feder und einem Hebel, die dazu gemacht schienen, unachtsamen Stadtmenschen die Finger abzuhacken.

Sally stapfte zum Auto, ehe ihr einfiel, daß sie das Gatter wenigstens schließen sollte. Also stapfte sie wieder zurück.

»Einfach fest zuschlagen und dann die Drahtschlinge über den Pfosten legen«, sagte James. Er mußte die Beifahrertür zuziehen, ehe er hindurchfahren konnte.

Sally bewerkstelligte ihre Aufgabe und stieg schließlich wieder in den Volvo. James fuhr weiter, ohne einen Ton zu sagen. Sally konnte nicht sprechen, weil sie so furchtbar zitterte und mit den Zähnen klapperte.

Als sie vor dem Haus hielten, flammten die Außenleuchten auf, und ein ohrenbetäubendes Gebell erhob sich, so daß der Innenhof plötzlich wirkte wie ein Gefängnis unmittelbar nach dem Ausbruch eines Axtmörders. Sally hoffte inständig, daß es sich nicht wirklich um Dobermänner und Bluthunde handelte.

»Die Farmhunde«, erklärte James. »Sie machen einen furchtbaren Radau, aber sie beißen fast nie jemanden.«

»*Fast* nie«, wiederholte Sally flüsternd. »Toll.«

Inzwischen hätte sie ihren rechten Arm und eine Niere dafür gegeben, sofort nach London zurückgebracht zu werden. Aber es war niemand hier, der sie hätte bringen können. Also blieb ihr nichts anderes übrig, als auszusteigen.

Immer noch schlotternd, öffnete sie die Wagentür, stellte den Fuß wiederum auf weichen Untergrund – sie hoffte inständig, es handelte sich nur um Morast – und rechnete damit, angefallen zu werden. Ein Collie betrachtete den Fremdling aus der Stadt mit klugen Augen und bellte angriffslustig. Ein weiterer kroch mit dem Bauch am Boden auf Clodagh zu, die James aus dem Auto befreit hatte. Wenigstens zwei weitere Hunde waren in der Nähe, aber sie ignorierten Sally oder knurrten sie lediglich an.

Sally beneidete Clodagh um ihre erhabene Würde, mit der sie zur Tür schritt und das ganze Jaulen und Kläffen um sich herum ignorierte. Sie beschloß, Clodagh zu folgen, ehe sie doch noch gebissen wurde oder zum Eiszapfen erstarrte.

Sie drängte sich schutzsuchend in den Windschatten der Tür. James folgte und drückte ihr seinen Schlüsselbund in die Finger. »Hier, gehen Sie schon rein. Ich hole die Sachen.«

Als er mit seinen Koffern und ihrer Sporttasche unter dem Arm zurückkam, hatte Sally zumindest die Tür aufgesperrt. Jeder geschicktere Mensch hätte vermutlich schon ein Feuer in Gang gebracht und Wasser vom Brunnen geholt und ein Drei-Gänge-Menü auf dem Herd, dachte Sally. Sie lächelte James entschuldigend an und folgte ihm hinein.

Drinnen schien es ebenso kalt wie draußen, nur stiller. James schaltete auf dem Weg durch eine Flucht staubiger Zimmer zur Küche die Lichter ein. Auf den ersten Blick wirkte der Raum wie eine Kulisse aus *Cold Comfort Farm*, doch auf den zweiten entdeckte Sally einen glänzenden, roten Rayburn-Ofen und sogleich spürte sie seine Wärme. »Was für ein wunderschöner Ofen!«

»Nicht wahr? Mein Onkel hat mir so gut wie kein Geld hinterlassen, aber das wenige hab' ich hierfür ausgegeben.« James stellte seine Koffer und Sallys Tasche ab, wo er stand.

»Aber warum das denn? Ich meine ... hätten Sie nicht lieber etwas für die Farm angeschafft, zum Beispiel ... zum Beispiel ...« Die *Archers* waren ihre Rettung. »Eine Rübenerntemaschine?«

James lächelte. »Na ja, ich brauche so viele Dinge, ich konnte mich nicht entscheiden, was am meisten drängte. Und meine Schwestern haben sich geweigert, herzukommen und mir zu helfen, wenn ich nicht irgend etwas anschaffte, womit man heizen und kochen konnte. Das hier war die billigste Lösung.«

»Ah.«

»Als ich ihnen gesagt habe, ich wollte einen Ofen kaufen, haben sie mich gezwungen, einen Gasofen zu nehmen. Ein Kohleofen, haben sie völlig zu recht eingewandt, würde ständig ausgehen, wenn ich nicht im Haus bin, um Kohlen nachzulegen. Das Gas kommt natürlich aus der Flasche. Wir sind hier an keine Gasleitung angeschlossen.«

»Verstehe.«

»Ich denke, Lucy kommt morgen in aller Frühe herüber. Sie wird überrascht sein, Sie zu sehen.« Sally wartete vergeblich auf den Zusatz »und erfreut«. Statt dessen schob er den Kessel von einem Ende des Ofens zum anderen. »Sie war heute auch hier und hat meinen Kühlschrank gefüllt. Und vielleicht sogar ein Gulasch gekocht.«

Sally haßte Lucy schon, ehe Lucy auch nur von ihrer Existenz wußte. Dank ihrer schwesterlichen Bevormundung konnte Sally James nun nicht beweisen, was für sagenhafte Welsh Rarebit sie machen konnte und daß sie wußte, daß Welsh Rarebit keineswegs dasselbe war wie Toast mit Käse.

»Also«, begann James. »Möchten Sie vielleicht Tee machen, während ich das hier verstaue?« Er wies auf die Sachen zu seinen Füßen. »Es ist das Zeug aus Joshuas Wohnung. Oder wenn Sie keinen Tee wollen ...« Er stieg über einen alten Lederkoffer hinweg, der mit uralten Reiseaufklebern bedeckt war. »Hier ist der Whiskey.«

Er stand im Schrank gleich neben den Cornflakes. Sally, die selten etwas stärkeres trank als Campari-Soda, holte die Flasche heraus. Sie räumte sich eine Frist von etwa zehn Sekunden ein, um ein Glas zu finden, dann gab sie die Suche auf und schenkte Whiskey in einen Kaffeebecher. Er schmeckte widerlich, stieg ihr aber ohne Umweg direkt in den Kopf. Sally fühlte sich gleich besser.

James blieb Ewigkeiten verschwunden, und nachdem der Whiskey ihr ein bißchen Selbstvertrauen wiedergegeben hatte, fand Sally eine Teekanne, Teebeutel und Milch, die sie auf einem Tablett arrangierte. Sie wollte gerade kochendes Wasser in die Kanne gießen, als James zurückkam.

»Möchten Sie Tee?« fragte Sally.

James schüttelte den Kopf. »Gleich. Jetzt brauch' ich erst mal einen großen Whiskey. Einen sehr großen. Sie auch?«

James wertete ihr Zögern als Ablehnung und schenkte zwei Fingerbreit in ein Glas, das er aus einem Schrank geholt hatte. »Kommen Sie schon. Wird Ihnen guttun. Das Gästezimmer wird Ihnen viel besser gefallen, wenn Sie nicht allzu nüchtern sind.«

Er schenkte noch mal die gleiche Menge in ein zweites Glas, fügte Leitungswasser hinzu und wandte sich wieder zu Sally um. »Entschuldigung, möchten Sie auch Wasser? Ich hab' vergessen zu fragen, Lucy trinkt ihren immer pur.«

»Nein, nein, ich mag ihn auch am liebsten so.« Was Lucy konnte, konnte Sally erst recht. Und tatsächlich schmeckte er mit jedem Schluck weniger schauderhaft.

»Setzen Sie sich doch, Sally. Ich mach' uns gleich etwas zu essen.«

Sally war beschwipst – nicht zu beschwipst, um zu bemerken, wie schrecklich müde James war, aber beschwipst genug, um sich in Schwierigkeiten zu bringen.

»Diesmal brauchen Sie mich nicht zu bemuttern, James«, hörte sie sich sagen. »Ich mach' uns was zu essen. Gönnen Sie sich ein Minutenschläfchen.«

»Was zur Hölle ist das denn?«

»Ich hab' in einer Talkshow davon gehört. Man schläft zehn Minuten lang und danach fühlt man sich wunderbar.«

James lachte in sich hinein. »Es ist vermutlich einen Versuch wert.« Er ließ sich in einen hölzernen Stuhl mit Armlehnen fallen, der sehr viel unbequemer aussah als das Sofa, das Clodagh bezogen hatte und das die gesamte Fensterwand beanspruchte. James schloß die Augen und schien augenblicklich in Tiefschlaf zu fallen.

Es gab keine Vorhänge. Hätte es sie gegeben, hätte Sally sie geschlossen. Sie haßte es, wenn die Nacht zu ihr hereinstarren konnte, vor allem jetzt, da es zu regnen begonnen hatte. Harte, ungastliche Regentropfen trommelten gegen die Scheiben, als wollten sie sagen: »Verschwinde, Stadtmensch.« Aber jetzt, da

James offenbar schlief, erkundete sie die Umgebung. Der Kühlschrank stand in der Vorratskammer, und die Spüle, die exakt so aussah wie die in der Wohnung in London, in der Spülküche. Was macht eine Küche zur Küche, fragte Sally sich, vom Whiskey philosophisch gestimmt. Das Zimmer, wo James jetzt im Einklang mit seinem Hund schnarchte, war eindeutig eine. Aber der Ofen und die Sammlung erstaunlich neu wirkender Töpfe und Pfannen, die darüber an Haken hingen, waren die einzigen Küchenutensilien.

Die Möbel vielleicht? Da war ein Tisch, der vor langer Zeit einmal gescheuert worden war, ein Sammelsurium von Stühlen und ein langer, eingebauter Küchenschrank mit Schubladen mit großen, halbmondförmigen Griffen, obligatorisch in jedem Farmhaus in den Cotswolds. Sally war eine eifrige Leserin von Wohn- und Einrichtungszeitschriften und erkannte, daß Hunderte von Londonern, die jetzt ihre hypermodernen Einbauküchen herausrissen, sich um diese Möbel gerissen hätten. Vielleicht lag es an ihrem neuen Beruf oder daran, daß sie kein eigenes Heim hatte, das sie behaglich machen konnte, jedenfalls spürte sie einen heftigen Drang, den Küchenschrank aufzuräumen und auf Hochglanz zu polieren und die Sammlung von Gläsern und Töpfen auf der Anrichte nach Größe zu ordnen. Zu gern hätte sie die Papierstapel weggeräumt und an ihrer Stelle Schalen mit Äpfeln aufgestellt. Aber die Anrichte diente offenbar auch als Büroschrank, also durfte sie die Sachen nicht anrühren.

Statt dessen ging sie umher und öffnete Schränke und Schubladen auf der Suche nach den Zutaten für ihr Welsh Rarebit. Zur Hölle mit Lucys Gulasch. Sie fand ein Stück selbstgebackenes Vollkornbrot in einer der Schubladen. Der Käse lag unter einer umgestülpten Schüssel in einem Regal in der Vorratskammer. Sally schälte sich mit der uralten Reibe die Haut von den Knöcheln, als sie Brot und Käse rieb, aber hätte James nicht geschlafen, hätte sie lauthals gesungen. Whiskey war doch wirklich ein tolles Zeug.

So geräuschlos wie möglich bereitete sie zwei Teller mit Welsh Rarebit und stellte sie auf den Tisch. Entweder das leise

Klappern oder aber der köstliche Duft, der den Tellern entstieg, weckte James.

»Hhm, das riecht aber gut. Haben Sie das gemacht?« Er nahm ein Stück geröstetes Brot in die Hand und biß einen riesigen Halbmond hinein. »Schmeckt noch besser, als es riecht.«

Sally knabberte manierlich an ihrer Scheibe.

»Wir können gleich Tee trinken«, sagte er mit vollem Mund. »Wenn ich Ihnen Ihr Zimmer gezeigt habe.« Er schenkte Whiskey in beide Gläser. »Und dann werd' ich sehen, was Lucy uns zum Abendessen gemacht hat.«

Sally trank einen Schluck Whiskey und kaute ihr Brot. Es muß die Arbeit an der frischen Luft sein, die ihn so hungrig macht, dachte sie. Für sie *war* Welsh Rarebit ein Abendessen.

»Kommen Sie. Ich nehm' Ihre Tasche.«

Sally kam leicht schwankend auf die Füße und folgte James aus der Küche. Erfrischt von seinem Schläfchen und der Zwischenmahlzeit und unbelastet von zu viel purem Whiskey, nahm er auf der Treppe je drei Stufen auf einmal. Sally hastete ihm nach.

Das Obergeschoß des Hauses war so primitiv wie die Küche, verfügte aber nicht über ihren Charme. Die einzelne nackte Glühbirne im Flur warf unbarmherzige Schatten in alle Ecken, ließ sie schmuddeliger wirken, als sie waren. Sally verbannte alle Gedanken an Spinnen aus ihrem Kopf, als James die erste Tür öffnete.

»Hier drin können Sie nicht schlafen. Das Bett ist ganz bequem, aber es zieht höllisch durchs Fenster.«

Sally erhaschte kaum einen Blick in den Raum, ehe er schon zur nächsten Tür ging.

»Dieses Zimmer ist im Sommer ganz in Ordnung, man hat einen Blick in den Garten, aber um diese Jahreszeit ist es ein bißchen trostlos.«

Und der nasse Fleck auf den Bodendielen sieht nicht besonders gesund aus, dachte Sally und lauschte dem Regen, der auf das offensichtlich undichte Dach trommelte.

»Das da am Ende ist mein Zimmer.« James öffnete die Tür

nicht, zeigte nur darauf, und öffnete dann die letzte. »Hier drin geht es wohl am ehesten.«

Es war ein ziemlich kleines Kämmerchen mit einem hohen Bett und einem kleinen Kamin. Das einzige andere Möbelstück war ein Holzstuhl, der in dem gleichen schmutzigen Grünton gestrichen war wie der Flur.

»Es liegt genau über der Küche, darum ist es wärmer als die restlichen Räume. Das Dach ist auch dicht, und ich mußte im Frühjahr ein neues Fenster einsetzen.«

Sally betrachtete das Zimmer trübsinnig. Es war keine Ausrede gewesen, als James gesagt hatte, das Haus sei vollkommen ungeeignet für Gäste.

»Es ist ein bißchen spärlich möbliert, fürchte ich. Mein Onkel hat die Möbel Stück für Stück verkauft, um seine Rechnungen zu bezahlen. Es gab hier mal ein paar wirklich schöne Antiquitäten.« James lächelte traurig. »Mein Onkel hat mich immer mit den Sachen zu Phillip's geschickt, um sie zu versteigern. Meine Schwestern waren wütend, wenn sie es herausfanden. Sie fanden, mein Onkel hatte kein Recht, Familienerbstücke zu verkaufen.«

»Und Ihnen hat es nichts ausgemacht?«

Er schüttelte den Kopf. »Nein. Es waren ja nur Möbel. Als ich noch Immobilienmakler war, hab' ich erlebt, wie die Leute sich wegen ihrer Möbel unglücklich machen. Eine Frau hat ein schauderhaftes Haus gekauft, kein Ausblick, kein Garten, kein Garnichts, nur weil sie die Antiquitäten ihrer Mutter darin unterbringen konnte. Da wedelt der Schwanz mit dem Hund. Ich lebe lieber mit Apfelsinenkisten und bin glücklich.«

Das einzige, was Sallys Familie besaß, das Ähnlichkeit mit einem Erbstück hatte, war ein angeschlagener Bierkrug in Gestalt eines fetten, alten Mannes, den Sir Henry Irving einer entfernten weiblichen Verwandten geschenkt hatte. Da die Beziehung aber weder kirchlich abgesegnet noch irgendwo dokumentiert war, wurde nicht viel darüber gesprochen.

»Na ja, immerhin gibt's einen Stuhl«, bemerkte Sally.

James lächelte. »Ja, aber setzen Sie sich lieber nicht drauf. Er ist vermutlich total verrottet. Er steht nur zum Anschauen da.

Und nun«, fuhr er fort, als habe er sie soeben durch die Gästesuite mit Bad, Wohnzimmer und jedem erdenkbaren Luxus geführt. »Der Wäscheschrank ist draußen im Flur. Nehmen Sie sich, was Sie brauchen. Ich muß nach draußen und nach den Tieren sehen.«

Die Wirkung des Whiskeys ließ langsam nach. Sally war wieder nüchtern genug, um zu erkennen, daß James nur die edelsten Motive bewogen hatten, ihr von diesem Besuch abzuraten. Das Haus war kaum bewohnbar. Er konnte hier nur leben, weil er einer von Britanniens robusten Söhnen war, unempfindlich gegen alle Unbilden. May hätte sich mit diesen Umständen vielleicht arrangieren können, aber Sally war nicht so abgehärtet. Andererseits hatte May kein Monopol auf Pioniergeist, Sally konnte genauso anpassungsfähig sein, wenn es notwendig war. Man mußte die Dinge einfach nur von ihrer positiven Seite sehen, und darin hatte Sally wirklich viel Übung.

Sie fand den Wäscheschrank und öffnete die Tür. Er war vollgestopft mit Decken, drillichbezogenen Kissen und altmodischen Federbetten mit Paisley-Muster. Die Bettbezüge wurden offenbar anderswo aufbewahrt. Sie zog soviel aus den Regalen, wie sie tragen konnte und wankte zurück in ihr Zimmer. Durchhalteparolen und Whiskey hatten ihr Rückgrat gestärkt: Vorausgesetzt das Bett war nicht zu feucht, würde sie es auf jeden Fall warm genug haben, sagte sie sich. Und mit etwas Glück würde sie sowieso nicht länger als eine Nacht in ihrem kleinen Kämmerlein über der Küche schlafen. Sie brauchte nur nett und freundlich zu sein, und er würde ihrem Charme im Handumdrehen erliegen und sie in die Arme schließen.

Es hatte keinen Sinn, das Bett zu machen, ehe sie keine Laken hatte, also ließ sie Decken und Federkissen einfach fallen und nutzte James' Abwesenheit, um einen Blick in sein Schlafzimmer zu werfen. Es bot kaum mehr Komfort als die anderen Räume. Sie fand ein breites Doppelbett, einen Nachttisch voller Bücher und verstaubter Wassergläser und eine gewaltige alte Truhe. Also waren doch nicht alle Antiquitäten verschwunden. Für einen Augenblick war sie versucht, den Deckel zu öffnen und nachzusehen, was darinlag, aber dann besann sie sich eines

Besseren und ging statt dessen wieder in die Küche hinunter. Hatte sie James erst einmal verführt, konnte sie ihn ja einfach fragen oder nachschauen.

Sie kochte Tee und las eine drei Jahre alte Zeitung, die die Emailleplatte eines Tisches bedeckte, als James zurückkam.

»Alles in Ordnung?« fragte Sally, reichte ihm einen Becher und dachte, was für eine treusorgende Ehefrau sie doch abgeben würde.

James nahm den Tee. »Danke.« Er runzele die Stirn und sagte: »Nein, es ist nicht alles in Ordnung. Ich bin ein bißchen besorgt wegen einer Kuh. Vielleicht muß ich den Tierarzt holen. Aber er will sie bestimmt mit Antibiotika vollstopfen, und dann kann ich wochenlang ihre Milch nicht verkaufen.«

Sally nickte wissend. Sie entsann sich, daß Pat und Tony Archer ganz ähnliche Probleme gehabt hatten. »Ist es nicht möglich, daß sie sich ganz von selbst erholt?«

»Möglich ist alles. In dieser Gegend sind sogar schon fliegende Schweine gesichtet worden ...« Er lächelte gutmütig auf sie hinab. »Tut mir leid. Ich habe kein Recht, Sie mit meinen Sorgen zu belasten. Sie sind mit aufs Land gekommen, um mal aus allem rauszukommen, nicht um eine Art von Streß gegen eine andere einzutauschen.«

Sally biß sich auf die Lippe. »Ich hab' mich selbst eingeladen. Das mindeste, was ich tun kann, ist Interesse zu bekunden.«

James betrachtete sie mit einem nachsichtigen Blick, der eindeutig sagte: Zerbrich dir dein hübsches Köpfchen nicht über Dinge, von denen du keine Ahnung hast. Was er tatsächlich sagte, war: »Ich hoffe, Sie kommen nicht zu dem Schluß, daß Sie einen Fehler gemacht haben.«

Sally war zu genau diesem Schluß gekommen, schon lange bevor sie sich ihre hundert Pfund teuren Kurt-Geiger-Schuhe ruiniert hatte. Doch sie beteuerte: »Ganz bestimmt nicht. Es war furchtbar nett von Ihnen, mich mitzunehmen.«

»Lassen Sie uns sehen, was es zu essen gibt, ja?«

Das versprochene Gulasch fand sich in einer Kasserolle in der Vorratskammer, und James machte sich daran, Kartoffeln zu schälen. Sally sah ihm zu, bis sie es nicht länger ertragen konnte.

»Lassen Sie mich das machen. Ich bin sicher, Sie haben andere Dinge zu tun.«

James ließ das Messer ins trübe Wasser fallen. »Na ja, ich sollte vielleicht wirklich noch mal nach der Kuh sehen. Aber ich möchte Sie auf keinen Fall ausnutzen ...«

Sally protestierte. »Aber das tun Sie doch nicht! Ich hab' mich Ihnen aufgedrängt! Lassen Sie mich ein paar Kartoffeln schälen. Und kochen, wenn Sie möchten.«

James schenkte ihr ein Lächeln von solcher Wärme, daß Sally sich fragte, ob es irgendein feministisches Prinzip gab, das sie nicht aufgeben würde, um sich noch eins zu verdienen.

»Danke, Sally. Sie sind ein Engel.«

Ihre Rolle als »Engel« gab Sally Selbstvertrauen. In einem der Vorrats- und Lagerräume, mit denen das Haus so zahlreich gesegnet war, fand sie eine Gefriertruhe und darin Tiefkühlerbsen. Sie schnippelte einen Weißkohl und kochte ihn mit Milch, Salz und Pfeffer. Dann zerstampfte sie mindestens doppelt so viele Kartoffeln, wie zwei Leute ihrer Meinung nach essen konnten, gab reichlich Butter hinzu und beschloß, selbst nichts davon zu essen. Als James schließlich wieder ins Haus kam, war das Gulasch heiß, und das Gemüse wartete im Backofen.

Während James eine Flasche Wein öffnete, durchforstete Sally eine Schublade auf der Suche nach Besteck, und mit einemmal ging ihr auf, wie wohl sie sich fühlte.

Sie aßen am Küchentisch, den Sally aufgeräumt hatte, indem sie alles auf einen Stuhl stapelte. Sie hatte einen Karton Haushaltskerzen gefunden und eine in einen Kerzenständer gesteckt. Selbst aß sie nicht besonders viel, aber James vertilgte genug für zwei.

»Köstliche Kartoffeln!« schwärmte er und häufte einen weiteren kleinen Berg auf seinen Teller. »Und der Kohl! Ich hätte mich mit den Erbsen begnügt.«

Es gab keinen Nachtisch. Obwohl sie sicher war, daß James eine echte Schwäche für Pudding mit Vanillesoße hatte, war ihr keine Zeit geblieben, sich an eins der simplen, todsicheren Rezepte aus Kindheitstagen zu entsinnen. Morgen abend würde sie irgend etwas Wunderbares zaubern.

James machte Kaffee, gähnte aber immerzu verstohlen, während er ihn trank. Sally lehnte eine zweite Tasse ab und stellte das Geschirr zusammen.

»Darum kümmere ich mich morgen, wenn das in Ordnung ist.«

James mobilisierte seine letzten Reserven und kam auf die Füße. »*Ich* werd' mich darum kümmern. Sie können doch nicht Ihr ganzes Wochenende in der Küche verbringen.«

Sally lächelte. »Darüber streiten wir morgen früh. Sie haben nicht zufällig irgendwo ein Laken und Bettwäsche für mich?«

»Oh.« James wirkte verlegen. »Ich fürchte, ich hab' nur die auf meinem Bett. Die ganze Bettwäsche meines Onkels war morsch und ist auseinandergefallen. Ich nehm' mir immer vor, neue zu kaufen, aber Sie wissen ja, wie das ist. Man steigt morgens aus dem Bett und vergißt es einfach.« Als er Sallys leicht angewiderten Gesichtsausdruck sah, fuhr er hastig fort: »Natürlich wasch' ich sie regelmäßig. Entweder bei schönem Wetter, oder ich trockne sie auf dem Rayburn. Ich müßte mich wirklich mal dringend um neue kümmern.«

»Tja. Könnten Sie mir dann vielleicht einen Pyjama borgen? Ich hab' nur ein T-Shirt dabei, das ich als Nachthemd trage, und die Decken sind ein bißchen kratzig. Aber mit einem Pyjama ...« Sie stellte ihn sich vor. Riesengroß und gestreift, kaum weniger Stoff als eine Garnitur Bettwäsche.

James schüttelte den Kopf. »Tut mir furchtbar leid ...«

»Sie tragen keine Pyjamas?«

»Nein.«

Er wünschte sich offenbar so sehnlich, daß sie sich wohl fühlte, und sie wollte ihm die Verlegenheit ersparen, glauben zu müssen, sie tue es nicht, aber keiner von beiden wußte, wie er den anderen von seinen Qualen erlösen sollten.

»Es gibt eine ganz einfache Lösung«, sagte James schließlich. »Sie müssen in meinem Bett schlafen.«

19. KAPITEL

May hatte Schafe gezählt, tief und langsam geatmet, versucht, sich an alle Namen der Mädchen in ihrer Schulklasse zu erinnern, aber einschlafen konnte sie immer noch nicht. Sie fragte sich gerade zum hundertsten Mal, wie es Sally wohl auf dem Lande erging ohne vernünftige Kleidung und mit einem unwilligen Gastgeber, als sie ein lautes Klopfen auf dem Dach des Bootes hörte.

Sie fuhr erschrocken auf. Wer in aller Welt mochte das sein? Aber im nächsten Moment hörte sie ihren Namen.

»May? Bist du wach? Es ist die *Curlew*. Sie leckt wieder.«

May erkannte die Stimme. Es war Debra, Miteigentümerin der *Curlew*, die, wie May nur zu gut wußte, schon öfter Ärger dieser Art gemacht hatte.

»Augenblick. Ich komme sofort rüber. Braucht ihr meine Pumpe?«

»Ja, bitte. Der Werkzeugschuppen ist abgesperrt, und Mike ist nirgends zu finden.«

May war schon dabei, sich anzuziehen. »Willst du die Kinder rüberbringen?«

»Das wäre wunderbar.«

»Leg sie einfach in mein Bett. Ich komme, sobald ich die Pumpe hervorgekramt hab'.«

Sie schilderte Harriet die Situation, die sich sofort bereit erklärte, die Kinder zu hüten, dann streifte May ihre Gummistiefel über und machte sich auf dem Weg zur *Curlew*, einem älteren, hölzernen Hausboot, das Debra und Jethro und ihre beiden Kinder beherbergte. Als May mit ihrer Pumpe dorthin kam, war die *Curlew* schon voller Männer. Jed war dort, ebenso Ivan und natürlich Jethro. May reichte ihm die Pumpe.

»Danke, May«, sagte er. »Warum muß es nur immer mitten in der Nacht passieren, wenn das Büro geschlossen hat und wir nicht an die vernünftige Pumpe kommen?«

»Wieviel Wasser ist es?« erkundigte sich May und ignorierte die Schmähung ihrer Pumpe, die sich fast alle Bootsbesitzer hier schon irgendwann einmal geborgt hatten.

»Vielleicht fünf Zentimeter über den Planken. Wir hatten Spike gerade im Bett, als Juno rief, daß ihre Stiefel umherschwammen.« Er hatte schon einige der Bodenplanken hochgehoben und senkte die Pumpe in den Hohlraum darunter. Dann schloß er eine Batterie an. »Nur gut, daß das Heck ein bißchen tiefer liegt als der Bug.«

Debra kam zurück. »Ich hab' die Kinder bei Harriet gelassen. Spike ist nicht wach geworden, Gott sei Dank, und Juno bekommt heiße Schokolade und eine Gutenachtgeschichte.«

»Ist viel naß geworden?« fragte May.

Debra verzog das Gesicht. »Mit dreimal Waschsalon dürfte alles erledigt sein. Ich hatte Junos saubere Sachen alle auf dem Boden aufgestapelt.« Sie schnitt ihrem Mann eine Grimasse, der ihnen seinen gekrümmten Rücken zuwandte. »Ich warte immer noch auf die Schubladen, die er unter den Kojen einbauen wollte.«

May lachte leise. Jethro war Schreiner und arbeitete oft mit Jed zusammen. Er machte absolute Präzisionsarbeit, aber das dauerte seine Zeit. Außerdem war er so gutmütig, daß er jedem half, der ihn fragte, und die Arbeit auf seinem eigenen Boot jedesmal stehen und liegen ließ.

»Wenn ihr Mädchen euch nützlich machen wollt, stellt euch achtern ans Ruder. Dahinten könnten wir ein bißchen Gewicht gebrauchen, damit das restliche Wasser herausläuft.«

Die Frauen wechselten im Licht der Taschenlampe einen Blick und gingen dann ans Heck des Bootes. May lag es auf der Zunge anzuregen, die Männer sollten sich lieber hier hinstellen, da sie doch schwerer waren, während sie und Debra die Pumpe bedienten, aber sie konnte sehen, daß Debra erschöpft war und lehnte sich neben ihr ans Ruder.

»Die *Rose* leckt nie, oder?« fragte Debra.

May schüttelte den Kopf. »Knochentrocken.«

»Wie kommt es dann, daß ausgerechnet du die einzige von uns allen bist, die eine Pumpe hat?«

May lachte. »Als ich die *Rose* gekauft hab', hat mein Vater mir die Pumpe zur Einweihungsparty geschenkt. Er ging davon aus, daß alle Boote undicht sind.«

»Die meisten ganz sicher«, brummte Debra. »Vermutlich werden wir eines schönen Tages hier im Hafen sinken.«

»Vor einem Monat hätte ich gesagt, daß Mike alles tun würde, um das zu verhindern. Aber jetzt bin ich nicht mehr so sicher«, sagte May.

»Du hast recht. Er hat sich verändert. Wenn ein Boot sinken würde, wär' ihm das ein willkommener Vorwand, es aus dem Hafen schleppen zu lassen. Komm, laß uns reingehen. Ich muß irgendwie einen Schlafplatz für die Kinder schaffen.«

»Ich geh' nachsehen, wie's mit dem Pumpen steht, und dann schau ich bei Harriet vorbei. Aber ich bin sicher, sie genießt Junos Gesellschaft.« May trat von hinten an die Traube von Männern, die Jethro umstanden und ihm Ratschläge gaben. Sie wollte gerade fragen, wie es voranging, als sie merkte, daß ihr das Wasser bis zu den Knöcheln stand. Also fragte sie statt dessen: »Kann ich irgendwas tun?«

»Die Pumpe schafft es nicht. Das Leck ist viel größer als sonst.« Jethro klang nervös. »Du wirst in Mikes Schuppen einbrechen und seine Pumpe holen müssen, May.«

»Oh, vielen Dank. Und warum ausgerechnet ich?«

»Du bist leichter als jeder von uns. Wir können dich über den Zaun heben.«

Die Idee war nicht besonders reizvoll. »Wäre es nicht besser, irgendwas gegen das Leck zu tun, statt nur das Wasser rauszupumpen?«

»Das ist nicht so einfach«, meinte Jed.

»Irgendwas mußt du jedenfalls tun«, bemerkte Ivan mit der unverhohlenen Zufriedenheit eines Mannes, dessen eigenes Boot flott ist. »Sonst wird sie absaufen.«

Mays Pumpe saugte sich das Herz aus dem Leib, aber der Wasserpegel stieg weiter. Debra erschien.

»Ich sollte wohl besser ein paar Sachen zusammensuchen, die wir mitnehmen müssen«, sagte sie ergeben. Aber May wußte, sie fühlte sich nicht so gelassen, wie sie klang.

May räusperte sich. »Es hört sich vielleicht total blöd an. Aber ich hab' mal was gelesen, was wir vielleicht versuchen könnten.«

»Komm schon, sag's uns«, verlangte Jethro. »Und wenn es nichts nützt, mußt du über den Zaun.«

»Na ja, was diese Leute getan haben, war das ...« Sollte sie gestehen, daß sie das in *Kapitän Hornblower* gelesen hatte? »Sie haben mit Tauen ein Segel unter das Schiff ... ähm, das Boot gezogen. Und wenn das Segel an das Leck kommt, wird es mit dem Sog des einströmenden Wasser hineingezogen und verstopft das Loch. Jedenfalls in dem Buch.«

»Wir haben kein Segel«, wandte Ivan ein.

»Nein, aber irgendwo muß Plastik rumliegen«, sagte Jethro. »Hat vielleicht jemand einen Müllbeutel?«

»Du meinst, es könnte klappen?« May war gerührt, daß sie ihren Vorschlag ernst nahmen. »Ich hol' einen Müllbeutel«, bot sie an und hastete zur *Rose Revived* zurück.

Sie nahm einen von Sallys Müllsäcken und leerte ihn auf dem Bett aus. »Tut mir leid, Sally«, murmelte sie, während sie sich den zweiten vornahm. »Aber es ist für einen guten Zweck.«

Atemlos kam sie zur *Curlew* zurück. Jethro schnitt einen der Säcke auf, band Kordel um die Ecken und brachte ihn zum Heck. Dort zog er sich bis auf die Unterhosen aus. »Das sind meine letzten trockenen Sachen«, erklärte er.

Er legte sich im Ruderstand auf den Bauch. Auch hier stand das Wasser schon fünf Zentimeter hoch. Jethro bugsierte die Plastikplane unter das Ruder, während Ivan und Jed behutsam an den Seilen zogen.

Nach langem Grummeln und Fluchen rief Debra von drinnen, daß sie das schwarze Plastik durch die Lücke zwischen den Planken sehen könne. »Ich glaube, es hat geklappt!« verkündete sie.

»Ja!« Jethro schlug mit seiner Handfläche auf Mays. »Es hat funktioniert. Du bist brillant, May!«

»Es wird natürlich nicht ewig halten«, sagte sie.

Jethro schüttelte den Kopf. »Nein. Morgen früh schmier' ich es mit Schnellzement zu.«

»Du solltest dir selbst den Gefallen tun, das Boot in die Werft zu geben«, bemerkte Ivan, der allein lebte.

»Und du bezahlst die Rechnung?« erkundigte Jethro sich mit nachsichtigem Sarkasmus.

»Entschuldige«, sagte Ivan ein bißchen beschämt. »Aber ich kann euch auf der *Titan* aufnehmen, wenn ihr wollt.«

May war plötzlich furchtbar müde. »Ich denke, ich geh' nach Hause und seh' nach, wie Harriet mit den Kindern zurechtkommt.«

»Ich komme mit«, sagte Debra. »Danke, Ivan. Wir wären dankbar für einen Platz zum Schlafen.«

Harriet, Juno und Spike schliefen alle tief und fest in Mays Bett. Debra nahm Spike auf, folgte aber Mays Vorschlag und ließ Juno liegen.

»Ich bring' sie morgen früh rüber«, sagte May. »Ich glaube, Harriet muß zum Kunstunterricht, also wecken wir sie jetzt lieber nicht. Ich werd' auf der Bank schlafen.«

Nach all der Aktivität fand sie mühelos in den Schlaf. »Müllsäcke«, murmelte sie, ehe sie davondriftete. »Ich muß welche besorgen. Sonst redet Sally nie wieder ein Wort mit mir.«

Hundert Meilen entfernt bereitete Sally sich darauf vor, James' Einladung zu folgen und sein Bett zu teilen. Ich dachte schon, du würdest niemals fragen, dachte sie und war im Begriff, etwas Ähnliches, wenn auch weniger Unverblümtes zu sagen, als James fortfuhr: »Ich werde wunderbar zurechtkommen in Ihrem Zimmer.«

»Aber ...«

»Seien Sie unbesorgt. Ich bin nicht der Verführertyp.« Er zeigte dieses Lächeln, das bei Sally jedesmal einen Herzstillstand auszulösen drohte.

Sie spürte Tränen der Enttäuschung und Verlegenheit in ihrer Kehle. Sie hatte offenbar doch von Anfang an recht gehabt: Er wollte sie einfach nicht.

»Aber ich kann Sie doch nicht aus Ihrem Bett vertreiben. Sie haben mich nicht einmal eingeladen ...«

»Wirklich, es macht mir gar nichts aus. Hab' ich Ihnen eigentlich das Bad gezeigt?«

Sally hatte unten eine Toilette gefunden, in der es nur so wimmelte von alten Reitstiefeln und tellergroßen Spinnen. Sie schüttelte den Kopf.

»Dacht ich's mir. Es ist so furchtbar, daß ich für gewöhnlich vermeide, es jemandem zu zeigen, solange er oder sie noch flüchten könnte.« Er legte ihr für einen allzu kurzen Moment die Hand auf die Schulter. »Arme Sally. Sie lernen das Landleben wirklich von seiner harten Seite kennen.«

Sally trottete hinter ihm die Stufen hinauf. Es wäre weder hart noch kalt, wenn du mich nur in die Arme nehmen wolltest, sagte sie lautlos zu seinem Rücken. Und mit in dein Bett. Das war doch mal wieder typisch. Wenn sie einem Mann begegnete, den sie wirklich wollte, und zwar nur aus den richtigen Gründen, nicht aus den falschen, waren all ihre Verführungstechniken wirkungslos.

Sie hatte Sex nicht vermißt, seit Piers aus ihrem Leben verschwunden war. Und obwohl sie James wollte, war es vor allem die Sicherheit, die er verkörperte, nach der sie sich verzehrte. Sie wollte seine Arme um sich spüren, stark und tröstlich, er sollte sie an seine breite Brust drücken. Sie wollte, daß er sie sicher und warm hielt.

Das Badezimmer war zugig und trostlos und hatte große Ähnlichkeit mit dem in Onkel Joshuas Wohnung. Nur die Ritzen zwischen Fensterscheiben und -rahmen verhinderten, daß der Geruch überwältigend wurde. Die Toilettenbrille hatte einen Sprung, und die Schüssel war voller Grünspan, aber man hätte es nur gründlich putzen, anstreichen und vielleicht ein Holzregal aufhängen müssen, um es in ein authentisches Landhausbadezimmer zu verwandeln.

»Wenigstens gibt es jede Menge heißes Wasser«, bemerkte James. »Lassen Sie sich ein richtig heißes Bad ein, das wärmt Sie auf.«

Also hatte er ihr Zittern bemerkt. »Hm.«

»Und während Sie baden, lege ich eine Wärmflasche in Ihr Bett. Wenn ich mal dazu komme, will ich hier einen Radiator installieren, der vom Rayburn gespeist wird. Es wäre gar nicht so schwierig …«

»Sie haben nur so viel anderes zu tun«, beendete Sally den Satz.

James grinste. »Genau. Ich bin froh, daß Sie Verständnis haben.«

Und in diesem Moment verstand Sally es wirklich. Sie erkannte, wie James hatte schuften müssen, um das Vieh gesund und die Farmgebäude instand zu halten, ohne die nötigen Mittel zur Verfügung zu haben. Das Wohnhaus in Ordnung zu bringen, auch noch für selbst eingeladene Modepüppchen aus London, hatte einfach keine Priorität.

Sie sehnte sich danach, die Arme um seinen Hals zu legen und ihn zu trösten, ihm zu sagen, es sei in Ordnung. Aber sie war diejenige, die Trost brauchte, nicht er. Er wirkte ausgeglichen und zufrieden.

»Dann lass' ich Sie jetzt allein und kümmere mich um die Wärmflasche.«

Das Bad – heiß und entspannend – entschädigte sie für mancherlei. Das Gefühl, hier in der winterlichen Einöde gestrandet zu sein, ließ nach, und sie gewann neue Zuversicht. Morgen würde sie ihn davon überzeugen, was für eine Klassefrau sie war, und selbst wenn sie nicht sein Typ war, würde er ihren Besuch zumindest nicht bereuen.

Trotz der frischgewaschenen Bettwäsche roch das Bett nach James. Aber es war ein angenehmer, männlicher Geruch. Das Bett war warm und ihr Körper ebenfalls. Sie kuschelte sich unter die Decke und fühlte sich glücklicher als seit Ewigkeiten.

Dann entdeckte sie den Becher Milch auf dem Nachttisch. Sie probierte. Sie war warm und schmeckte nach Whiskey und Honig. Sally war zutiefst gerührt. Keine der vielen romantischen Gesten und Aufmerksamkeiten, die man ihr über die Jahre gewidmet hatte, war so liebevoll gewesen oder mit solcher Dankbarkeit empfangen worden wie dieser Schlummertrunk. Sie hatte den Becher kaum geleert, als sie einschlief.

20. KAPITEL

James' Pullover reichte Sally bis auf die Oberschenkel, seine Wollstrümpfe bis über die Knie, so daß von ihrem Rock kaum etwas zu sehen war, als sie am nächsten Morgen in die Küche hinunterkam.

Ein Mann, den sie nie zuvor gesehen hatte, saß mit einem Becher Kaffee am Tisch und unterhielt sich mit James. Beide Männer starrten sie an, beide sprachlos vor Verwunderung, ehe James sich sammelte.

»Hallo, Sally. Wie fühlen Sie sich? Haben Sie gut geschlafen? Tee oder Kaffee?«

Sally hatte nicht mit Besuch so früh am Tage gerechnet. Ein Blick auf die Küchenuhr sagte ihr, daß es neun Uhr war. In Farmerkreisen vermutlich schon später Vormittag.

»Ich habe wunderbar geschlafen.« Sie lächelte dem fremden Mann unbestimmt zu.

»Oh, das ist Dave. Er ist gekommen, um sich meine Kuh anzusehen.«

»Sie sind Tierarzt?« Sally hatte einmal für eine kleine Rolle in *Der Doktor und das liebe Vieh* vorgesprochen und hatte das Gefühl, daß sie sich hinreichend auskannte mit Tierärzten.

»Nein«, murmelte Dave, immer noch wie betäubt durch Sallys Erscheinung.

»Ich werd' Ihnen ein anständiges Frühstück kochen«, sagte James.

»Oh, ich frühstücke eigentlich nie, aber ich esse gerne, was immer Sie frühstücken.«

James reichte ihr einen Becher Pulverkaffee. »Milch? Zucker?«

»Nein, danke.« Sally trank dankbar und überlegte, ob sie sich eine Laufmasche in die Nylons gerissen hatte oder was sonst der Grund sein mochte, warum Dave ihre Beine so fasziniert anstarrte.

»Kein Wunder, daß Sie so dünn sind«, bemerkte James. »Sie essen kaum etwas und trinken Ihren Kaffee schwarz.«

Sally wertete das als Kompliment und lächelte.

Dave räusperte sich. »Ja, Sie brauchen ordentliche Farmerkost, damit Sie ein bißchen Speck auf die Rippen kriegen.«

Sally wußte, May hätte irgendeine schneidende Erwiderung parat gehabt, etwa daß sie kein Schwein sei, das vor dem Schlachten gemästet werden müßte. Sally lächelte dümmlich.

»Tja, also, wenn Sie uns entschuldigen, Sally, würde ich mit Dave gern noch mal nach Blossom sehen ...«

Dave riß seinen Blick von Sallys zu dünnen, aber dennoch faszinierenden Schenkeln und eilte James nach. »Ich wußte gar nicht, daß du die Kuh Blossom nennst«, hörte Sally ihn sagen. James' Antwort verstand sie nicht, aber es war sicher irgend etwas Sexistisches und wenig Schmeichelhaftes. Seufzend räumte sie den Tisch ab.

Sie war gerade mit dem Abwasch fertig, als sie einen Landrover Discovery in den Hof fahren sah. Zwei Kinder in Kindersitzen saßen auf der Rückbank und eine junge Frau in einer Barbour-Jacke am Steuer. Als sie heraussprang, sah Sally, daß ihre Levi's 501 in grünen Gummistiefeln steckte. Sie näherte sich dem Haus, rief ihren Kindern über die Schulter irgendwelche Instruktionen zu, und Sally entdeckte ein schwarzes Samthaarband und Perlenohrstecker. Es brauchte nicht viel Phantasie, um sich das fehlende Hermès-Tuch um ihren Kopf vorzustellen.

Die junge Frau trat ein, ohne anzuklopfen und kam geradewegs in die Küche.

»James? Ah! Du meine Güte! Tut mir leid. James hat gar nicht erwähnt ...« Sie hatte strahlend blaue Augen.

Sally lächelte scheu. »Ich bin Sally. Eine ... ähm ... Freundin.«

Die Frau nahm Sallys Kleidung in Augenschein, und anders als die Männer zog sie ein paar Schlüsse. »Sie bräuchten ein Paar Jeans. Wollen Sie welche borgen?«

»O ja, das wäre wunderbar. Ich hab' ein bißchen überstürzt gepackt.«

»Verstehe. Ich bin Lucy, James' Schwester.«

»Hätten Sie gern eine Tasse Kaffee?«

Lucy war offenbar mehr als nur ein bißchen irritiert, daß eine Fremde ihr in dieser Küche, die sie als ihr Territorium betrachtete, einen Kaffee anbot, aber sie nickte. »Gern. Ich hole nur schnell die Kinder aus dem Wagen. Ich wollte eigentlich gar nicht bleiben.«

Aber jetzt mußt du herausfinden, was in aller Welt dein kleiner Bruder hier angeschleppt hat und wie du ihn retten kannst, dachte Sally düster.

Mit ein bißchen Glück würde James von seiner Kuh-Visite zurücksein, ehe Lucy mit ihrem Nachwuchs wieder hereinkam, aber das Glück hatte heute morgen anscheinend Wichtigeres zu tun. Lucy marschierte mit entschlossener Miene in die Küche, gefolgt von zwei verwirrten Kindern. »Das ist Gina«, verkündete Lucy und schob ein kleines Mädchen mit krausen blonden Haaren, blauen Augen und wunderbar rosigen Bäckchen nach vorn. »Und dies hier Augustus.« Augustus sah seiner Schwester fast zum Verwechseln ähnlich, nur waren seine Haare kürzer. Zwillinge lagen offenbar in der Familie.

»Sie sind Zwillinge«, erklärte Lucy für den Fall, daß Sally diese Tatsache entgangen sein könnte. »Und wir wehren uns mit allen Mitteln dagegen, daß die Leute Augustus ›Gus‹ nennen, aber sie tun es ständig.« Lucy sah Sally vorwurfsvoll an, als hätte sie schon Gus zu ihm gesagt.

»Oh.«

»Setzt euch«, sagte Lucy zu Gina und Augustus. »Dann hol' ich euch was zu trinken.«

Sally kochte Lucy einen Kaffee, während diese einen Karton Orangensaft öffnete und ihn für die Kleinen stark verdünnte. Dann holte sie eine Plätzchendose aus dem Schrank und gab jedem einen trockenen Vollkornkeks. Sally war beeindruckt. Diese Kinder würden als Erwachsene ebenso schlank sein wie ihre Mutter. Bleibt zu hoffen, daß sie nicht ihre Neigung zu geplatzten Äderchen geerbt haben, dachte Sally gehässig. Das

Leben an der frischen Luft konnte der Haut furchtbares antun. Vielleicht sollte sie Lucy beiseite nehmen und sie über wirksame Gesichtspflege beraten.

Lucy setzte sich und trank an ihrem Kaffee. »Wissen Sie, wo James ist?«

Sally ließ sich ihr gegenüber nieder. »Er sieht mit irgend jemand namens Dave nach einer kranken Kuh.«

Lucy tat Dave mit einer Handbewegung als bedeutungslos ab. »Ich bin gekommen, um zu hören, ob James einen Brief bekommen hat.«

Sally zuckte die Schultern. »Ich habe keine Ahnung. Ich bin gerade erst aufgestanden.«

»Natürlich. Nun, ich habe jedenfalls Post bekommen, und die Neuigkeiten sind nicht gut.«

»Oh?« Was sagte man, um Mitgefühl und Interesse auszudrücken, ohne neugierig zu erscheinen?

»Tja. Von Tante Sophie. Furchtbare alte Schachtel.« Lucy mochte auf dem Lande leben, aber sie sprach reinstes Londoner Yuppie-Englisch, wie jemand, der am Sloane Square aufgewachsen ist. »Die einzige in der Familie, die ein bißchen Geld hat.« Sie betrachtete Sally. »James hat keinen Penny, wissen Sie.«

Das wußte Sally in der Tat, aber sie hatte den Eindruck, Lucy würde ihre Kenntnis von James' finanzieller Lage nicht gutheißen, darum lächelte sie nur und sagte: »Oh?«

Lucy nickte. »Wir hatten zwei Onkel, auch Zwillinge. Sie haßten einander. Der eine wohnte in London – in einem furchtbaren Schweinestall, wie ich höre. Der andere lebte hier. Und jeder war wild entschlossen, daß der andere nichts von seinem Geld bekommen sollte.«

»Oh.« Sally fragte sich, ob es eine One-Woman-Show gab, wo die Frau auf der Bühne saß und auf tausenderlei verschiedene Weise immer nur »Oh« sagte. Die Rolle wäre ihr offenbar auf den Leib geschrieben.

»Was dazu geführt hat, daß diese Farm viel zu wenig Kapital hat.« Lucy leerte ihren Becher mit einem leicht angewiderten Ausdruck. »Ich gehe lieber und suche James«, sagte sie ungeduldig. »Er kann den ganzen Tag im Kuhstall verbringen.«

Sally graute davor, Gina und Augustus hüten zu müssen, aber das blieb ihr erspart. James kam zurück in die Küche, seine Hände waren mit irgend etwas Übelriechendem bedeckt, und seine Stiefel waren schlammverschmiert.

»Oh, hallo, Luce, Gina, Gus. Seit wann seid ihr hier? Hast du Sally schon kennengelernt?«

»Natürlich hab' ich Sally kennengelernt. Und kannst du nicht die Stiefel ausziehen, ehe du ins Haus kommst?« schimpfte seine Schwester.

Lucy war, verglichen mit James, nur ein Strich in der Landschaft, aber sie war es offensichtlich gewöhnt, ihn herumzukommandieren und mit Klauen und Zähnen gegen die Sallys dieser Welt zu verteidigen. Doch ihre Tirade glitt unbemerkt an James' breitem Rücken ab. Er beugte sich vor und küßte seine Schwester auf die Wange.

»Also wirklich, Leute«, sagte er zu den Kindern. »Hat Sally nichts Aufregenderes gefunden, das sie euch zu essen geben konnte? Das ist nicht das Richtige für einen Kerl im Wachstum, oder was meinst du, Gus, alter Junge?«

Lucy seufzte.

Clodagh war mit James zusammen hereingekommen. Sie beschnüffelte die Vollkornkekse, die die Kinder nicht gegessen, sondern lediglich zerkrümelt und mit ihrem Orangensaft vermischt hatten. Clodaghs Barthaare fegten einen Großteil der Reste vom Tisch, aber sie verschmähte sie ebenfalls.

»Kannst du nicht dafür sorgen, daß dieser Hund sich vom Essen meiner Kinder fernhält?« Lucys Frage war rein rhetorisch. »Und hast du einen Brief von Tante Sophie bekommen?«

James zog einen Hocker unter dem Tisch hervor, setzte sich und bereitete sich auf ihre Kanonade vor. »Nein. Das heißt, ich hab' keine Ahnung, ich habe noch nicht nachgesehen.«

Lucy zischte mißbilligend: »Dann sieh jetzt nach. Sie will über Weihnachten zu Besuch kommen.«

»Na und? Du hast sie über Weihnachten doch immer bei dir.«

»Sie will *hierher*kommen«, schnauzte Lucy. »Verstehst du, was ich sage? *Hierher*!«

»Na ja, das geht nicht«, sagte James, offenbar unbekümmert von dieser Hiobsbotschaft.

»James! Du kannst ihr das nicht abschlagen. Sie wird dich enterben.«

»Sie enterbt mich andauernd. Was soll mich das kümmern?«

Lucy atmete tief durch und warf Sally einen Blick zu, als überlege sie, ob sie vertrauenswürdig genug sei, um in ihrem Beisein Familienangelegenheiten zu erörtern. Dann biß sie die Zähne zusammen. »Es *muß* dich kümmern, nachdem unsere Onkel dir dieses Fiasko hinterlassen haben!«

Sally fühlte sich extrem überflüssig und stand auf. »Wenn's recht ist, mach' ich einen kleinen Spaziergang. Ich muß mir mal die Beine vertreten.«

»Ich finde Ihre Beine perfekt, so wie sie sind«, sagte James, vermutlich um seine Schwester zu ärgern.

Lucy ignorierte ihn. »Ich würde an Ihrer Stelle ein Paar Stiefel anziehen, Sally. Dahinten in dem kleinen Raum am Ende des Flurs sind mehr als genug.«

»Danke.« Sally verließ die Küche in der Richtung, die Lucy ihr gewiesen hatte. Clodagh folgte ihr.

»Wo hast du sie aufgelesen?« Lucys Stimme scholl laut und deutlich durch den Korridor.

»In London.«

Lucy schnalzte vielsagend mit der Zunge.

»Clodagh hat sie gern«, gab James zurück.

»Das ist seltsam ... Jetzt hör zu, James: Es hat keinen Zweck, in dieser Sache eine allzu noble Gesinnung an den Tag zu legen ...«

Sally wählte ein Paar viel zu große, uralte Stiefel, schüttelte sie vorsichtshalber aus und streifte sie hastig über, ehe sie mehr von den privaten Familienangelegenheiten hören konnte. Dann trat sie in den Hof hinaus. Sie hatte die Farmhunde völlig vergessen. Sie bellten sie an, aber Clodaghs Begleitschutz verhinderte, daß sie sich auf sie stürzten, um sie zu zerfleischen.

»Ich hätte niemals herkommen sollen«, vertraute sie Clodagh an. »Du bist die einzige hier, die mich gern hat.«

Clodagh gab ein mitfühlendes, leises »Wuff« von sich und

schlug einen Weg am Haus entlang ein, der durch ein Törchen in den Garten führte. Vermutlich war es sicherer, sich von Clodagh führen zu lassen, als alleine umherzustreifen.

Es war offenbar ihre vertraute Route. Sie kamen durch den verwilderten Garten in den Obstgarten, dann aufs freie Feld und über einen niedrigen Zaun zu einem Pfad, der sie zurück zum Haus brachte.

Lucy und James redeten immer noch, als sie wieder in die Küche traten.

»Es ist furchtbar, Sally«, vertraute James ihr an. »Lucy hat mich überzeugt, daß ich Tante Sophie hier aufnehmen muß. Und das bedeutet, die ganze Familie wird hier zu Weihnachten einfallen. Wie soll ich das nur machen?«

Zu ihrer Überraschung hörte Sally sich sagen: »Oh, kein Problem. Ich werde herkommen und mich um alles kümmern.«

Lucy verschluckte sich und fing dann an, mit Augustus zu schimpfen.

James lachte. »Ausgeschlossen! Ich würde meinen ärgsten Feind nicht bitten, Tante Sophie zu bewirten, zu Weihnachten schon gar nicht. Sie ist eine unerbittliche Traditionalistin, und das Haus müßte blitzblank sein und aussehen wie aus dem Weihnachtskatalog. Für Lucy mag das angehen, aber ich müßte zuerst mal anstreichen.«

»Alles, was hier nötig ist, ist eine Grundreinigung«, entgegnete Sally und dachte beeindruckt, daß sie sich genau wie Harriet anhörte. »Einmal vom Dachboden bis zum Keller mit Natron schrubben, und Sie werden Ihr Haus nicht wiedererkennen. Sie haben einfach keine Zeit zum Renovieren, die Farm geht vor.«

Lucy legte den Kopf schräg. »Was genau machen Sie beruflich, Sally?«

Sally lächelte nachsichtig. »Oh, ich bin Schauspielerin. Aber ich bin gleichzeitig Miteigentümerin einer Reinigungsfirma. In London. So habe ich James übrigens kennengelernt.«

»Und Sie meinen wirklich, Sie könnten dieses Haus für Weihnachten herrichten?« hakte Lucy nach.

»Es würde natürlich ein paar Tage dauern.«

»Und ich bräuchte Sie auch über die Weihnachtstage hier«, fügte James hastig hinzu. »Zum Kochen und so weiter.« Er hatte die Brauen hochgezogen, sein Ausdruck war halb fragend, halb hoffnungsvoll.

Sallys Hände vollführten ein graziöses Abwinken. »Selbstverständlich.«

Lucy wirkte versonnen. »Kommt, Kinder. Es wird Zeit, daß wir aufbrechen. Ich muß euch bei Liz absetzen und dann Trockengestecke für den Kirchenbasar machen.« Sie lächelte Sally zu. »Auf dem Rückweg bring' ich Ihnen ein Paar Jeans mit.«

James brachte seine Schwester mitsamt Nachwuchs zum Wagen. Als er zurückkam, stellte er sich hinter den Stuhl, der Sally gegenüberstand, und stützte die Hände auf die Rückenlehne.

»Es ist wirklich lieb von Ihnen, mir Ihre Hilfe anzubieten, aber ich kann es nicht annehmen. Ich kann mir nicht leisten, Sie zu bezahlen. Ich bin sozusagen abgebrannt. Beim letzten Mal habe ich das Geld für Ihre Firma nur zusammengekratzt, weil ich die Wohnung vermieten muß. Bis ich sie verkaufen kann, kann ich mir keinen Luxus leisten. Auch keine gute Fee.«

Sally schluckte und sah ihm in die Augen. »Gute Feen gibt's umsonst. Sie brauchen mich nur einzuladen, James.«

James erwiderte ihren Blick hilflos. »Aber ich kann doch nicht verlangen, daß Sie Ihr Weihnachtsfest opfern, hier im tiefsten Winter in die Einöde kommen, um sich mit all meinen grauenvollen Verwandten herumzuplagen – und das alles kostenlos. Sie sollten einen hundertprozentigen Aufschlag für unzumutbares Benehmen bekommen und noch mal doppelt soviel als Kältezulage.«

»Ach, wissen Sie, Weihnachten wäre dieses Jahr bei mir so oder so ins Wasser gefallen. Es würde mir Spaß machen, Ihnen zu helfen, ein traditionelles Weihnachten auf dem Land auszurichten.«

»Tja, das würde mir aus einer furchtbaren Klemme helfen. Lucy hat recht, wenn sie sagt, daß ich es mir nicht leisten kann, Tante Sophies Zorn zu riskieren. Sie könnte ohnehin alles meinen Schwestern vermachen, aber wenn ich sie nicht einlade und das Haus begutachten lasse, tut sie's ganz sicher.«

»Ist sie sehr alt?«

»Fast neunzig, aber das Alter hat sie nicht schrullig gemacht. Sie war immer schon schrullig. Ehrlich gesagt, hab' ich die alte Schreckschraube furchtbar gern. Aber dieser Weihnachtsbesuch hat mir so gerade noch gefehlt.«

Seine Einstellung war ernüchternd. Vor ihrem geistigen Auge sah Sally es vor sich: Schneeflocken sanken lautlos herab, und die Zwillinge standen am Klavier und sangen »Away in a Manger«. Eine lebensechte Krippenszene mit Lämmern und einem Esel wäre vermutlich zuviel erwartet, schließlich war ja Winter, aber genau wie Tante Sophie hatte Sally sehr romantische Vorstellungen, was Weihnachten betraf.

James warf einen Blick auf die Küchenuhr an der Wand, die aufdringlich laut tickte und ein bißchen nachging. »Also dann. Nach dem Essen muß ich zum Futterlieferanten und mit ihm über seine Rechnung reden. Aber jetzt sollte ich lieber noch mal nach Buttercup sehen.«

»Eben hieß sie noch Blossom.«

James zuckte die Schultern. »Ich habe ein furchtbar schlechtes Namensgedächtnis.«

»Vielleicht sollten Sie sie durchnumerieren«, schlug Sally vor.

»Wie war die Farm?« fragte Harriet, als James Sally am späten Sonntag abend zurückgebracht hatte.

»Kalt und finster«, sagte Sally hingerissen. »Und ich hab's geschafft, mir eine Einladung zu Weihnachten zu erschleichen.«

Bei dem Stichwort sank Harriets Herz. Trotz der unübersehbaren Weihnachtsdekorationen in allen Schaufenstern und der Weihnachtslieder, die einen beim Einkauf im Supermarkt berieselten, hatte sie das Thema bislang emsig verdrängt. Die Vorstellung, die Festtage ohne Matthew zu verbringen, riß sie in Stücke. Sein erstes Halbjahr im Internat war fast um, und sie hatte immer noch keine Wohnung, wo er die Ferien hätte verbringen können, war diesem Ziel heute keinen Schritt näher als am Tag ihrer Ankunft in London. Aber wie immer sagte sie nichts.

»Und du und James? Ich meine ..., hat es gefunkt?«

Sally schüttelte den Kopf. »Nicht mal mein Knie hat er berührt oder mich auf die Wange geküßt. Ich hab' ihn zum Abschied im Auto geküßt, und er ist entsetzt zurückgeschreckt. Er steht offenbar kein bißchen auf mich.« Sie seufzte tief. »Und dabei ist er so wunderbar. Ich weiß, daß ich ihn glücklich machen könnte, wenn er mich nur ließe.«

»Er hat dir nicht zufällig vorgeschlagen, in die Wohnung in Victoria Mansions zu ziehen?« fragte May hoffnungsvoll. »Sie für ihn in Ordnung zu halten?«

Sally schüttelte den Kopf. »Nein. Er muß sie ein Jahr lang vermieten, ehe er sie verkaufen kann. Er braucht jeden Penny. Seine Schwester kam vorbei und hat mir deutlich zu verstehen gegeben, wie abgebrannt James ist. Also ehrlich! Seh' ich vielleicht aus wie eine Frau, die auf einen Millionär aus ist?«

Weder May noch Harriet brachten es übers Herz, ihr zu sagen, daß sie vermutlich exakt so aussah.

»Macht ja nichts«, sagte May, die sich an diesem Wochenende ohne Sally ein bißchen regeneriert hatte. »Ich bin sicher, wir kommen schon zurecht.«

Harriet gähnte. »Ich muß ins Bett. Wenn ich früh genug bei Leo bin, kann ich die Wohnung in Ordnung bringen, bevor er aufsteht.«

Sally betrachtete sie besorgt. Harriet arbeitete sich halbtot, um die Zeit wettzumachen, die sie der Malerei widmete. Und was sie ihnen sagen mußte, würde die Situation kaum besser machen. »Hört mal ...« Sie klaubte die Kissen zusammen, die ihr als Matratze dienten. »Wenn ich James Weihnachten helfe, heißt das, daß ich zwei Tage vorher hinfahren muß, das Haus ist in einem furchtbaren Zustand. Aber das bedeutet, daß ich nicht hier sein werde, um unsere Weihnachtsputz-Aufträge zu übernehmen.«

May unterdrückte ein Seufzen. »Das ist schon in Ordnung, Sally. Wir haben abgemacht, das Putzen darf nie zwischen uns und unserer Zukunft stehen.«

»Das ist es nicht ..., James ist nicht ...«

»Ist James dir wichtig?« unterbrach May.

Sally gab sich geschlagen. »Ja.«

»Also dann, folge deinem Traum. Harriet und ich kommen schon klar mit den Zusatzaufträgen.« Sie stupste Sally freundschaftlich an. »Viele Aufträge für unser Weihnachtsangebot haben wir sowieso nicht.«

21. KAPITEL

»Die Chinesen sagen, man soll mit drei Dingen zeichnen«, erklärte Leo. »Der Hand, dem Auge und dem Herzen. Zwei von den dreien sind einfach nicht genug. Sie haben das nötige Geschick und die Technik, aber Sie sind nicht mit dem Herzen dabei. Auf Ihrem Blatt sieht die arme Jacqueline aus wie eine deprimierte Mrs. Mop ohne Kleider.«

»Das liegt daran, daß *ich* eine deprimierte Mrs. Mop bin. Man nennt es Übertragung.« Harriet versuchte, dieses traurige Eingeständnis so leichthin wie möglich auszusprechen, aber leider fiel Leo nicht darauf herein.

Er sah auf die Uhr. »Der Unterricht ist fast zu Ende. Gehen Sie Kaffee machen. Wir müssen reden.«

Harriet wollte nicht reden. Jedenfalls nicht über sich. Im Hinausgehen kam sie an Elizabeth' Staffelei vorbei. Elizabeth hatte die Vitalität und die innere Schönheit des Modells eingefangen. Ihr Bild, das sie mit Pastellkreide gemalt hatte, strahlte wie ein Rubens-Akt.

Leo schenkte sich den Rest aus der Kaffeepresse in seine Tasse. Die Schülerinnen waren gegangen, sie waren allein. »Legen Sie den Putzlappen weg und erzählen Sie mir von Ihrem Leben, Harriet.«

»Warum?« Harriet war nicht gewillt, ihr trauriges Spießbürgerleben vor seinem zynischen Blick ans Licht zu zerren. Er verhöhnte sie schon jetzt mehr als genug.

»Es blockiert Sie. Ist es Ihr Job? Ihre Wohnsituation? Oder was?«

Harriet wandte sich zu ihm um. »Es ist nicht mein Leben, das mich blockiert. Es ist das beschissene Weihnachtsfest!«

Und zu ihrer grenzenlosen Beschämung brach sie in Tränen aus.

Leo sah geduldig zu, während Harriet sich ein Stück von der Küchenrolle holte, die sie kürzlich in sein Leben gebracht hatte, und sich die Nase putzte.

Harriet war dankbar, daß er nicht versucht hatte, sie in die Arme zu nehmen, und tupfte sich die Augen. »Entschuldigung. Ich weiß nicht, warum ich so die Fassung verloren habe.«

»Vermutlich wegen Ihrer ungewöhnlich vulgären Ausdrucksweise.«

»Blödsinn! Ich fluche vielleicht nicht oft, aber wenn ich es tue, dann weil es mir ernst damit ist.«

»Und warum bringt Weihnachten Sie in Fluchlaune?«

»Weil ich nicht mit meinem Sohn zusammensein werde. Zum ersten Mal. Er ist zehn. Derzeit ist er im Internat. Das Halbjahr ist fast um, und er wird über Weihnachten nach Hause zu meinen Großeltern fahren. Ich werd' ihn vermutlich nicht wiedersehen, bis die Ferien zu Ende sind.«

Ihren Kummer in säuberliche, kurze Sätze zu zerteilen, hätte ihn eigentlich überschaubar machen sollen. Aber der Gedanke an Weihnachten ohne Matthew war immer noch unerträglich.

»Warum können Sie ihn nicht sehen?«

»Weil ich von zu Hause weggelaufen bin. Von meinen Großeltern. Sie haben sich mein ganzes Leben um mich gekümmert, aber sie haben mich furchtbar unterdrückt und eingeschränkt. Ich konnte nicht länger bei ihnen leben, nachdem sie Matthew auf die Schule geschickt hatten.«

»Also, somit können wir die Lebensgeschichte abhaken. Jetzt müssen wir nur noch das Happy-End fabrizieren.«

Harriet lächelte tapfer. »Es gibt kein Happy-End. Ich bin stur, meine Großeltern sind stur, sogar Matthew ist manchmal stur. Vielleicht würden sie mich wieder aufnehmen, wenn ich sie um Verzeihung bitten würde für meine Undankbarkeit, aber dann wäre Matthew immer noch im Internat. Und ich könnte jetzt auch nicht mehr bei ihnen leben.«

»Das heißt aber nicht, daß die Situation unabänderlich ist. Wann fangen Matthews Ferien an?«

Harriet sagte es ihm.

»Dann sollten wir so bald wie möglich hinfahren.«

Harriet wollte protestieren, ihm danken, zusammenhängend reden. Nichts davon gelang. Erst als sie mehrere weitere Stücke Küchenrolle durchweicht hatte und ihre Nase rudolphrot geworden war, konnte sie sprechen.

»Ich verstehe nicht, warum Sie sich in meine Probleme verwickeln lassen sollten, nur damit Matthew und ich Weihnachten zusammensein können.«

Leo lächelte sein typisches, sarkastisches Lächeln. »Mir ist völlig gleich, wo du mit deinem Bengel euren Truthahn verdrückst. Ich will nur, daß du eine halbwegs anständige Künstlerin wirst.«

Harriet und Leo saßen in Leos Wagen am Rande des kleinen Parks, den die Mitglieder des Village Green Committee so liebevoll pflegten. Auch Harriets Großvater gehörte diesem Komitee an. Leo hatte ihre Großeltern angerufen und gesagt, er und Harriet kämen zum Essen. Sie wurden um halb eins erwartet. Jetzt war es fünf vor halb.

»Wenn wir von hier zu Fuß gehen, kommen wir auf die Minute pünktlich.« Harriet war furchtbar schlecht.

»Sollen wir kurz in den Pub gehen für einen Mutmacher? Du siehst ein bißchen grün aus.«

Harriet schüttelte den Kopf. »Um Himmels willen! Wenn uns jemand sieht! Außerdem werden wir ein Glas Sherry kriegen, wenn wir hinkommen, und der steigt mir immer zu Kopf.«

»Das könnte helfen.«

Harriet biß die Zähne zusammen, damit sie nicht klapperten, und schüttelte wieder den Kopf. »Nein, ich muß einen klaren Kopf behalten.«

Leo, der fand, daß Harriets Kopf seit ihrem Aufbruch von London zunehmend unklarer geworden war, verzichtete auf einen Kommentar. »Komm. Laß uns gehen.«

Er nahm ihren Arm und zog sie ganz nah an sich, als sie die Straße entlanggingen. Sie zitterte so sehr, daß er einen Arm um ihre Schulter legte und sie noch näher zog. Das machte das Gehen beinah unmöglich, aber sie fühlte sich besser. Als sie ans Vorgartentörchen kamen, schüttelte sie ihn ab.

Das Haus sah noch genauso aus, wie sie es in Erinnerung hatte. Sie hätte irgendwie erwartet, daß es kleiner wirken würde, aber das passierte wohl nur, wenn man ein Haus als Kind verließ und als Erwachsener zurückkehrte. Der säuberlich beschnittene goldene Liguster umsäumte nach wie vor den Rasen. Das geneigte Dach hing immer noch über den oberen Fenstern wie Augenbrauen, und die dornige Berberitze an den Erkerfenstern schreckte auch dieses Jahr die Vögel ab. Der kleine Rasen hatte sich in Schlamm verwandelt, wie immer im Dezember. Klaustrophobie hüllte sie ein wie eine Decke, die einem Entführungsopfer über den Kopf geworfen wird. Sie umklammerte Leos freie Hand, als er den Klingelknopf drückte.

Ihr Großvater öffnete. Seine Miene zeigte seine Bereitschaft, sich jede Unverschämtheit zu verbitten, weil er davon ausging, daß Leo unverschämt sein würde. Für einen Moment wünschte Harriet, Leo hätte lange Rastazöpfe und den glasigen Blick eines Drogensüchtigen. Als sie den überraschten Ausdruck im Gesicht ihres Großvaters sah, fragte sie sich, ob er sich das auch gewünscht hatte. Vielleicht war Leo, zugegebenermaßen deutlich älter als Harriet, aber angetan mit seinem Anzug (den Harriet in die Reinigung gebracht hatte) und seinen ordentlichen, kurzen Haaren, eine herbe Enttäuschung.

»Hallo«, sagte Harriet. Theoretisch nannte sie ihren Großvater »Grandpa«, aber in der Praxis vermied sie es seit Jahren, ihn überhaupt irgendwie zu nennen. Sie beugte sich vor, um seine gerötete, kratzige Wange zu küssen. »Darf ich dir Leo Purbright vorstellen. Leo, das ist mein Großvater, Anthony Burghley-Rice.«

»Nun laß den Mann doch eintreten, Harriet. Du versperrst die Tür!«

Der charakteristische Kommandoton ihres Großvaters gab ihr das vertraute Gefühl von Erstickungsangst. Ich habe mich so verändert, seit ich zuletzt hier war, dachte sie, aber ich kann ihnen immer noch nicht die Stirn bieten. Bis ich genug Geld habe, um Matthew ein Heim zu bieten, liegt die Macht immer noch allein bei ihnen.

»Komm rein, Leo.« Sie zupfte an seinem Ärmel. »Wo ist Granny?«

»Im Salon.« Ihr Großvater nickte auf eine angrenzende Tür zu. Er war ein gutaussehender Mann mit weißen Haaren, weißem Schnurrbart und sehr aufrechter Haltung. Er trug ein Tweedjackett und ein feines Flanellhemd, in das ein seidenes Halstuch eingesteckt war. Er fand es ausgesprochen wichtig, für jede Gelegenheit passend gekleidet zu sein und hätte sich wohl selbst im Dschungel zum Dinner umgezogen.

»Sollen wir nicht hinübergehen?« fragte Harriet vorsichtig. Es war fatal, ihren Großvater zu drängen. Wenn es noch irgendein Ritual gab, das er in der Halle zu absolvieren gedachte, wie etwa Leo abzukanzeln, dann war es wichtig, ihn gewähren zu lassen.

Er ist in einer schwierigen Position, dachte Harriet. Er kann Leo schlecht als Weiberheld und Taugenichts beschimpfen, nicht gut genug für seine Enkelin, da die fragliche Enkelin das Familienwappen besudelt hat.

Mr. Burghley-Rice räusperte sich. »Ja, deine Großmutter wartet schon.«

Harriets Großmutter hatte sich ebenfalls sorgfältig für dieses Ereignis gekleidet. Sie trug ein blaßblaues Kostüm mit einer blaßrosa Bluse und eine sehr kostbare Perlenkette. Sie stand nicht auf, als sie eintraten, sondern vermittelte den Eindruck, daß sie zu erschüttert war, um irgend etwas anderes zu tun, als vornehm bebend auf der Sofakante zu hocken.

Harriet erkannte diese emotionale Erpressung und Tyrannei der Schwäche als alte Feinde. Sie blieb nervös, aber ebenso ungerührt. Sie wußte, hinter den hellblauen Augen und den zitternden Fingern ihrer Großmutter verbarg sich ein Herz aus Stein.

Leo überquerte den Parkettboden, ohne über die kleine Perserbrücke zu laufen und schüttelte Harriets Großmutter die Hand.

»Leo Purbright«, stellte Harriet vor.

»Ach ja? Sind Sie mit den Yorkshire Purbrights verwandt?«

Harriets Zehen rollten sich ein vor Verlegenheit. Sie wußte, ihre Großmutter ging davon aus, daß Leo von irgendwelchen bedeutungslosen Purbrights abstammte, und sie fragte nur, um diesen Umstand zu unterstreichen. Ihr Snobismus war extrem ausgeprägt, selbst für eine Frau ihrer Herkunft, Generation und Gesinnung.

»Ja«, sagte Leo. »Lord Westwood ist mein Onkel.«

Harriet warf ihm einen ungläubigen Blick zu, den er mit einem ironischen kleinen Lächeln erwiderte. Lavinia Burghley-Rice brauchte nur ein paar Sekunden, um ihre Strategie dieser neuen Entwicklung anzupassen.

»Sherry, Anthony! Nehmen Sie doch Platz, Mr. Purbright. Und du auch, Harriet. Ach, und Anthony ... den *guten* Sherry.«

Harriet setzte sich neben Leo aufs Sofa. Ihre Großmutter hatte sie nicht einmal begrüßt. Aber für Leo war wegen seiner adeligen Verwandtschaft nur der *gute* Sherry gut genug, den ihr Großvater aus dem Schrank unter der Treppe holen mußte. Leos enormes Selbstvertrauen schmälerte ihre Macht über Harriet. All ihre gehässigen kleinen Schikanen erschienen ihr auf einmal armselig.

»Und nun, Mr. und Mrs. Burghley-Rice«, begann Leo, nachdem sie alle einen winzigen Schluck aus ihren winzigen Gläsern getrunken hatten, »sollten wir über Matthew reden.«

Alle versteiften sich. Harriet spürte, wie ihr auf der Kopfhaut der Schweiß ausbrach.

»Obwohl Sie sich sowohl dumm als auch illegal verhalten haben, indem sie Harriet daran gehindert haben, ihn zu sehen, während er im Internat ist, habe ich sie überreden können, Sie nicht zu verklagen. Vorausgesetzt, Matthew verbringt die Weihnachtsferien bei ihr.«

Seine Worte wirkten wie eine Explosion. Harriet erwartete beinah, daß die Decke einstürzen und die Gläser zerschellen würden. Die Wirkung hätte kaum erschütternder sein können.

»Jetzt hören Sie mal zu, Mr. ... ähm. Harriet hat sich ganz und gar ungehörig benommen. Aus reiner Herzensgüte haben wir sie und Matthew versorgt, seit sie beide zur Welt gekommen sind.« Anthony Burghley-Rice hatte die Wahrheit ein wenig abgewandelt, damit die Geschichte sich besser anhörte. Er kam auf die Füße, etwas langsamer als ihm lieb gewesen wäre, er war kein junger Mann mehr. »Matthew ist ein wunderbarer Junge«, fuhr er fort. »Er macht uns stolz. Und wir haben nicht die Absicht, ihn in irgendeiner heruntergekommenen Absteige bei seiner Mutter wohnen zu lassen«, er warf Harriet einen angewiderten Blick zu, »die ihre unerhörte Undankbarkeit gezeigt hat – ganz zu schweigen von der Verantwortungslosigkeit – indem sie das Heim verlassen hat, das wir ihr all die Jahre gegeben haben. Sie hat keinerlei Anspruch auf Matthew.«

»Ich widerspreche Ihnen nur höchst ungern«, sagte Leo, der offensichtlich nichts lieber tat, »aber eine Mutter hat sehr wohl Anspruch darauf, ihr Kind bei sich zu haben. Sie könnte Matthew im Handumdrehen von der Schule nehmen und zu sich in ihre ›heruntergekommene Absteige‹ holen.«

Lavinia tat einen erstickten Schrei. Harriet fragte sich, ob Leo wirklich über die juristische Lage Bescheid wußte oder all das nur erfand.

»Natürlich wäre es für alle Beteiligten besser, vor allem für Matthew, die Sache außergerichtlich zu regeln. Es würde zwangsläufig eine sehr unschöne Publicity geben. Das wäre genau die Sorte Skandal, die die Boulevardpresse so liebt. Doch wenn Sie sich weigern, einem Kompromiß zuzustimmen, wäre das der einzige Weg, der Harriet offenbliebe.«

Leo legte eine kurze Pause ein, um den dramatischen Effekt zu steigern. Seine Verbindung mit Lord Westwood, wer immer das sein mochte, hatte offenbar dazu geführt, daß er extrem hochnäsig und überheblich sein konnte, wenn die Situation es erforderte. Harriet konnte förmlich sehen, wie ihre Großeltern unter dem Effekt seiner adeligen Abstammung und seiner fürchterlichen Drohungen zusammenschrumpften.

Leo fuhr fort: »Sie würde ihrem Sohn diese Erfahrung allerdings viel lieber ersparen und würde es nur tun, wenn es sich als absolut unvermeidbar erweist.«

Anthony Burghley-Rice räusperte sich entschlossen, anscheinend der Ansicht, daß dieser Mann das Wort lange genug geführt hatte, ganz gleich, wer sein Onkel war. Aber Leo war noch nicht fertig. »Natürlich hätte sie Matthew gern während der ganzen Ferien bei sich. Dann könnte er sich einige Schulen in der Gegend ansehen, von denen er eine vermutlich bald besuchen wird. Foxmoor Conprehensive wäre vielleicht die beste Entscheidung. Matthew hätte dort Gelegenheit, die Kulturen diverser ethnischer Minderheiten kennenzulernen und bekäme Einblick in die Lebensverhältnisse von Kindern, die weniger privilegiert sind als er. Trotz ihrer sozialen Benachteiligungen und den mangelnden finanziellen Mitteln der Schule erreichen doch einige der besser motivierten Schüler dort die mittlere Reife.«

Harriet dachte, ihre Großmutter werde in Ohnmacht fallen. Fast konnte sie sie nach dem Riechsalz greifen sehen, das ihr in einer früheren Epoche zur Verfügung gestanden hätte. Und Harriet selbst wäre auch in Ohnmacht gefallen, hätte sie nicht gewußt, daß die Foxmoor Comprehensive School, falls es sie überhaupt gab, ganz sicher nicht in der Nähe von Paddington oder Chelsea lag.

»Natürlich würde ein Junge wie Matthew, der frisch von einem privaten Elite-Internat kommt, anfangs ein paar Schwierigkeiten mit den etwas rowdyhafteren Mitschülern haben, aber ich bin überzeugt, er würde bald abhärten. Der Sohn einer alleinerziehenden Mutter zu sein wird ihm wenigstens eine Gemeinsamkeit mit der Mehrzahl seiner Schulkameraden geben.«

»Jetzt hören Sie mal«, sagte Anthony. »Ich bin sicher, nichts von alldem ist nötig.« Er warf seiner Frau einen besorgten Blick zu. Das Herz aus Stein schien einen Riß bekommen zu haben. »Wir würden niemals wollen, daß der Junge leidet ...«

»Dann sollten Sie vielleicht anfangen, darüber nachzudenken, wie Sie Harriet haben leiden lassen und wie Sie das wiedergutmachen könnten.«

Harriet leerte ihr Glas, erhob sich – ungebeten – und holte die Sherryflasche. Niemand lehnte ein zweites Glas ab.

»Ähm ... was schwebt Ihnen vor?« fragte Lavinia Burghley-Rice zögernd.

Harriet hatte das Gefühl, Leo hätte in diesem Augenblick ein königliches Lösegeld fordern können, und es wäre in gebrauchten, nicht registrierten Scheinen bezahlt worden. Vielleicht hatte Leo den gleichen Eindruck, denn er zögerte, als wäge er ab, welchen finanziellen Wert ein weichlicher Internatszögling darstellte.

»Ich denke, Harriet würde unter Umständen zustimmen, ihn vorerst auf Mr. Buckfasts Schule zu lassen, wenn sie ein Besuchsrecht erhält und ausreichend Gelegenheit, ihn während der Ferien zu sehen.« Leo zeigte das schiefe, zynische Lächeln, das er normalerweise für besonders mißlungene Bilder reservierte. »Einschließlich der kommenden Weihnachtsferien, natürlich.«

Lavinias Lider flackerten, als ihr aufging, daß *sie* das Weihnachtsfest ohne Matthew verbringen könnte, nicht Harriet.

Harriet sah den Ausdruck in den hellen Augen und spürte mit einem Mal ein Mitgefühl, das sie sich im Augenblick überhaupt nicht leisten konnte. Wenn sie jetzt auch nur die kleinste Schwäche zeigte, würde sie alles verlieren, was Leo für sie erreicht hatte. Sie lenkte ihr Mitgefühl in eine andere Richtung. Sicher müßte sich dringend irgend jemand um das Essen kümmern. Sie stand auf.

»Möchtest du, daß ich die Soße mache, Granny?«

»Oh ... Ja, Liebes. Danke.«

Harriet verzog sich in die Küche, wo sie, wie erwartet, eine zu lange gekochte Lammkeule vorfand. Ihre Großmutter hatte ihr gedankt!

Als Harriet und Leo schließlich nach Essen und Tee aus hauchdünnen Porzellantäßchen aus dem Haus traten, war Harriet schwindelig von ihrem Triumphgefühl. Ihre Großeltern hatten Leo eingeladen, mit ihnen allen Weihnachten zu feiern, und Leo hatte angenommen. Anschließend sollte Harriet Matthew mit nach London nehmen und mit ihm am Cheyne Walk wohnen. Irgendwie hatte Leo ihren Großeltern zu verstehen gegeben, daß Harriet dort wohne, und es war eine äußerst feine Adresse. Hätten sie gewußt, daß sich hinter der feinen Adresse eine Wohnung verbarg, die nur wenig besser als ›heruntergekommen‹ war, hätten sie niemals zugestimmt. Aber Leo hatte sie mit seinem herrischen Auftreten und seiner blaublütigen Verwandtschaft überrumpelt.

»Also?« fragte Leo, als sie zum Wagen kamen. »Was möchtest du jetzt machen? Ich denke, irgendeine Art von Siegesfeier ist angezeigt.«

»Allerdings! Du warst wunderbar. Du hast sie verhext. Bist du wirklich mit Lord Westwood verwandt? Das war ein meisterhafter Zug.«

Leo lächelte. »Ja, es stimmt. Also, was möchtest du tun?«

Harriet sah ihn an. Was sie wollte, war, in ein Hotel entführt und dort so weit abgefüllt zu werden, daß sie ihre Hemmungen über Bord werfen konnte und dann mit Leos zweifellos weitreichenden Kenntnissen und Fertigkeiten geliebt zu werden. Aber leider konnte sie das unmöglich vorschlagen.

»Ich bin so *müde*«, erkannte sie plötzlich. »All die Jahre haben diese jämmerlichen alten Leute jeden Augenblick meines Lebens bestimmt. Und statt endlich all die Dinge zu tun, die sie nicht gutheißen, wie etwa Löcher in den Rasen der öffentlichen Grünanlage zu graben oder eine Telefonzelle zu demolieren, will ich auf einmal nur schlafen.«

»Laß uns einen gemütlichen Pub mit einem offenen Kamin suchen und uns dort ein Weilchen ans Feuer setzen. Ich will noch nicht nach London zurück.«

Harriet schüttelte den Kopf. »Ich habe mich noch nicht so weit von alten Zwängen befreit, daß ich um fünf Uhr nachmittags einen Pub betreten würde.« Sie streckte die Hand aus. »Komm. Ich zeig' dir, wo ich aufgewachsen bin.«

Leo nahm ihre Hand. »Harriet, du bist sagenhaft. Du willst deine Ketten abstreifen und bringst es nicht über dich, vor sechs Uhr etwas zu trinken.«

Sie durchquerten den kleinen Park und kamen zu einem Pfad, der zum Fluß führte. Am anderen Ufer war ein Fußballspiel im Gange. Kleine Jungs in kurzen Hosen wurden von frierenden Eltern angefeuert. Zum ersten Mal war Harriet beinah froh, daß Matthew im Internat war. Sie war hoffnungslos unsportlich und hätte ihm in der Hinsicht bestimmt nicht genug bieten können.

»Hast du Kinder, Leo?« Harriet schlug ihren Kragen gegen den eisigen Wind hoch.

»Nein.«

»Warum mußt du deiner Exfrau dann Unterhalt zahlen?«

»Vielleicht nicht mehr lange. Sie heiratet wieder.«

»Oh. Und wirst du trotzdem weiter unterrichten?«

Er hörte die Panik in ihrer Stimme. »Mach dir darüber jetzt keine Sorgen. Ich habe andere Pläne mit dir. Erzähl mir, wie du Matthew bekommen hast.«

Es war eine so langweilige, viel zu oft erzählte Geschichte. Aber wenn er sie hören wollte ... »Oh, das Übliche. Ich ging ohne die Erlaubnis meiner Großeltern zu einer Party. Hab' mich betrunken. Ein Junge hat mich gefragt, ob ich mit ihm nach oben gehen würde, und ich dachte, das wär' in Ordnung.«

»Aber wie konntest du ...«

»Wie konnte ich so dämlich sein? Er war der einzige auf der Party, der den gleichen Akzent hatte wie ich. Ich dachte, er wär' ein Gentleman. Aber natürlich wollte er nur das eine ...« Mit diesem traurigen, kleinen Klischee brach sie ab.

»Und das war das einzige Mal? Du hattest verfluchtes Pech, gleich schwanger zu werden.«

Harriet schüttelte den Kopf. »Nein. Ich hatte verfluchtes Glück. Stell die vor, wie leer mein Leben ohne Matthew gewesen wäre. Ich wäre verwelkt und eingegangen. Durch ihn war ich gezwungen weiterzumachen.«

»Aber es deinen Großeltern zu sagen ...«

»War natürlich grauenvoll. Aber ich war so glücklich, daß ich ein Baby bekam.«

»Hast du's dem Jungen gesagt?«

»Nein. Ich kannte seinen Nachnamen nicht und ich habe mich strikt geweigert, meinen Großeltern von dieser Party zu erzählen, sonst hätten sie ihm Privatdetektive auf den Hals gehetzt.«

»Aber du warst so jung, Harriet. Hast du nicht über eine Abtreibung nachgedacht?«

Harriet betrachtete eine Weide, die die Überschwemmungen des Vorjahres in den Fluß gezogen hatten. Sie wollte sie malen. »Nur um den Gedanken sofort zu verwerfen. Natürlich wollten meine Großeltern, daß ich abtreibe. Aber ich hab's ihnen absichtlich erst gesagt, als es dafür zu spät war. Ich glaube, ich werd' ihnen niemals verzeihen, daß sie versucht haben, mich dazu zu zwingen.«

»Vermutlich dachten sie, das sei das Beste für dich. Du warst zu jung, um Mutter zu werden.«

»Siebzehn ist nicht so furchtbar jung. Und sie dachten nicht an mich, sondern nur an sich selbst, wie es wohl wäre, einen unehelichen Urenkel zu haben. Matthew war der Beweis, daß sie mit meiner Erziehung versagt hatten.« Sie seufzte tief. »Ich schätze, ich kann ihren Standpunkt nachvollziehen. Und sie lieben ihn wirklich sehr auf ihre Weise.«

»Wie hast du das nur überlebt? Es muß grauenvoll gewesen sein, bei ihnen zu leben.«

»Stimmt. Aber die Frau des Pastors war wunderbar. Sie hat ihnen klargemacht, daß man es nicht ungeschehen machen kann und daß sie besser gute Miene zum bösen Spiel machen sollten und so tun, als seien sie überglücklich.« Sie lachte leise. »Und als sie zu dem Schluß kamen, daß die Frau des Pastors recht hatte, hat meine Großmutter sich richtig ins Zeug gelegt. Die niedlichsten Babygarnituren, Flanellhemdchen, eine Wiege mit Spitzenbezug. Der arme kleine Kerl durfte keine Strampler tragen, bis irgendwer mit einem Adelstitel ihm einen schenkte.«

»Es muß manchmal die Hölle für dich gewesen sein.«

»Die meisten Dinge, die zu haben sich wirklich lohnt, sind manchmal die Hölle. Aber ich hab' ihn so sehr geliebt und er mich. Es war das erste Mal, daß ich mich geliebt gefühlt habe.«

»Und nicht das letzte Mal, hoffe ich.«

Harriet sah, daß er sich wünschte, er könnte sagen, er liebe sie, daß er sah, wie sehr sie ihn liebte. Aber sie war froh, daß er sie nicht anlog. Sie warf einen Blick auf die Uhr.

»Ich denke, wenn wir langsam gehen, können wir auch unter Einhaltung meiner kalvinistischen Prinzipien bald den nächsten Pub ansteuern.«

22. KAPITEL

May packte Weihnachtsgeschenke ein und verfluchte sich, weil sie es nicht früher getan hatte, als Harriet und Sally noch da waren und ihr hätten helfen können. Aber sie waren beide schon weg aufs Land, um dort Weihnachten zu feiern. May wäre selbst auch längst fort, hätten nicht so viele Leute ihre Häuser auf weihnachtlichen Hochglanz poliert haben wollen. Auf die letzte Minute hatte die Weihnachtsputz-Kampagne plötzlich gefruchtet.

May trank einen Schluck Tee. Harriet hatte sie mit ihrer Weihnachtslaune angesteckt, als sie Kleinigkeiten für Matthews Strumpf gebastelt hatte. Also hatte May beschlossen, für ihre Eltern und Brüder auch einen Weihnachtsstrumpf zu füllen.

Die meisten ihrer Geschenke waren selbstgemacht und/oder eßbar. Harriet, viele Jahre lang ein Stützpfeiler des kirchlichen Weihnachtsbasars, hatte einen unerschöpflichen Vorrat an einfachen, kostengünstigen Ideen, für die man entweder pfundweise Zucker und Milch oder aber Goldspray und Tannenzapfen brauchte. Auf einem Flohmarkt in der Nähe hatten sie stapelweise Briefpapier gekauft. Alles in allem war May sicher, daß sowohl Matthew als auch ihre Familie mit ihren Strümpfen zufrieden sein würden. Sie mochte arm sein, aber sie war immer noch in der Lage, weihnachtliche Traditionen aufrechtzuerhalten.

Nur das Einpacken war eine furchtbare Schinderei. Wenn dieses Bonbonglas, das sie in einem Second-Hand-Laden gekauft und für ihren Vater mit Smarties gefüllt hatte, jetzt noch einmal aus dem Papier entwischte, dann würde sie die verdammten Smarties selber essen. Ihr Vater sollte eigentlich sowieso eine Diät machen.

Das vertraute Schwanken, mit dem jemand von der *Shadowfax* auf die *Rose Revived* stieg, hob ihre gedrückte Stimmung. Es konnte keine ihrer Mitbewohnerinnen sein, aber vielleicht Jed oder Debra. Dann fiel ihr ein, daß die *Curlew* themseaufwärts zu Verwandten gefahren war, und Ivan war bei seinen Eltern. Mit ein bißchen Glück war auch Mike inzwischen weg. Sie war jetzt wirklich nicht in der Stimmung für eine Auseinandersetzung mit ihm.

Wer immer es war, klopfte, statt zu rufen. Das war kein gutes Zeichen und bedeutete, daß es mit Sicherheit nicht Jed war. Unter den Bootsbewohnern war wenigstens die Hälfte der Begrüßung und des Nachrichtenaustauschs schon abgehandelt, ehe der Besucher durch die Tür kam. Diese Person oder Personen (es schienen zwei zu sein) hatten kein Wort gesagt.

May ging zögernd zur Tür. Seit Sally und Harriet bei ihr lebten, hatten sich ihre Unabhängigkeitskanten abgeschliffen, sie hatte die Kaltblütigkeit eingebüßt, mit der sie früher Fremde in ihr Heim eingelassen hatte. Sie öffnete eine Hälfte der Doppeltür.

Nur teilweise sichtbar durch die schmale Öffnung standen draußen zwei Männer. Sie trugen Mäntel und Aktenkoffer. Man hätte sie für Juristen halten können, nur waren sie dafür zu vierschrötig. Einer stand an der Tür, der andere auf dem Welldeck. Sie hatten irgend etwas an sich, das May nervös machte.

»Miss Sargent?«

»Ja?«

»Sind dies die Geschäftsräume der Firma Cleaning Undertaken?«

»Ja.«

»Und Sie sind einer der Unternehmer?«

»Ich schätze, schon.«

»Ich denke, Sie sollten uns hereinlassen. Wir müssen mit Ihnen reden.«

»Na ja ... Wer sind Sie?«

»Wir sind vom Gewerbeaufsichtsamt West London. Wir sind hier, um festzustellen, ob Ihr Gewerbe ordnungsgemäß angemeldet wurde.«

Ihr Hirn lief auf Hochtouren. Sie hatten sich beim Finanzamt und der Sozialversicherungsstelle angemeldet. Gab es noch irgend etwas anderes, wovon Hugh nichts gewußt hatte, das sie hätten tun müssen? Nur einer der beiden Männer redete, fiel ihr auf. Der andere war ein schweigender Beobachter.

»Worum geht's denn? Irgendwas mit Mehrwertsteuer?«

»Ganz recht. Lassen Sie uns bitte eintreten.«

»Kann ich Ihren Ausweis sehen?«

Der Mann griff in seine Tasche und holte einen eingeschweißten Ausweis mit Foto hervor. Als er ihn May entgegenstreckte, kam ihr der Gedanke, daß er in seiner Hand fehl am Platz wirkte, als seien seine Finger größere, schwerere Gegenstände gewöhnt.

Ihr Blick glitt über seinen Namen und den Stempel darunter. »Gewerbeaufsichtsamt West London«, stand dort, »Abteilung Mehrwertsteuer«.

»Und was ist das?« May wies auf die Schrift.

»Es ist ein Gewerberegister, in das Sie sich eintragen lassen müssen. Damit wird sichergestellt, daß jedes Unternehmen die korrekte Gewerbesteuer, Mehrwertsteuer und so weiter zahlt. Das ist zum Schutz aller ehrlichen Geschäftsleute gedacht. Wenn jemand seine Geschäfte führt, ohne die regulären Abgaben zu zahlen, ist das nicht fair gegenüber den Unternehmen, die es tun, oder?«

»Ähm ... Vermutlich nicht.«

»Also würden Sie meinen Partner und mich jetzt freundlicherweise hereinlassen? Wir müssen Ihre Bücher durchsehen.«

May betrachtete sie. Sie war nicht wirklich ängstlich, aber irgend etwas an ihnen gefiel ihr nicht.

»Es tut mir leid, aber ich würde lieber warten, bis eine meiner Partnerinnen wieder zu Hause ...«

»Das ist nicht nötig. Es dauert nicht lange.«

Und ehe May ihre Absichten durchschaut hatte, wurde ihr die Tür aus der Hand gerissen, und die Männer traten in ihren Salon, stolperten über Smartiesrollen und Weihnachtspapier. Sie öffnete den Mund, um zu protestieren, aber ehe sie etwas sagen konnte, grinste der Wortführer sie an.

»Könnten Sie uns zwei Tassen Tee machen, Schätzchen? Mit Milch, zwei Stück Zucker. Danke schön.«

May zog sich in die Kombüse zurück, um ihre Gedanken zu ordnen. Würden Bösewichte sie losschicken, um ihnen Tee zu kochen? Bestimmt nicht. Ihre Grammatik war schlecht und ihre Manieren noch schlimmer, aber waren sie bedrohlich? Bedrohlich oder nicht, jetzt waren sie drinnen, und sie konnte sie nicht hinauswerfen. Sie kochte den Tee und schimpfte sich paranoid.

Die beiden untersetzten Männer füllten den Wohnraum beinah vollständig. May bot ihnen einen Platz an, und sie setzten sich umständlich. Wenn es zum Schlimmsten kam, konnte sie zum Heck fliehen, fuhr es May durch den Kopf. Durch die Luke zum Maschinenraum und ins Freie. Die Männer würden in dem engen Durchgang zwischen ihrer Koje und der Tür steckenbleiben. Selbst in aufgeräumten Verhältnissen paßten nur dünne Leute hindurch. Jetzt war der Raum durch Sallys schwarze Plastiksäcke noch weiter beengt. Aber warum dachte sie an so etwas? Sie brachte den Männern ihren Tee. »Also, was genau wollen Sie?«

Der mit der Sprechrolle holte ein Klemmbrett aus seinem Aktenkoffer. »Ich möchte Ihnen nur ein paar Fragen stellen. Wo wohnen Ihre Partnerinnen, Miss Bliss und Miss Devonshire?«

»Hier.« »Hausen« wäre wohl eher das richtige Wort gewesen als »wohnen«, dachte May.

Der Mann machte verständlicherweise ein ungläubiges Gesicht. »Haben Sie ihre Adressen?«

»Sie haben keine Adressen. Sie wohnen hier.«

»Und wo sind sie jetzt?«

»Weggefahren. Es ist Weihnachten.«

»Und haben Sie die Adressen, wo sie sich derzeit aufhalten?«

»Nein. Und wenn ich sie hätte, würde ich sie Ihnen nicht geben. Warum wollen sie das wissen? Wenn das hier eine geschäftliche Sache ist, was haben ihre Urlaubsadressen dann damit zu tun?«

Der Mann schüttelte den Kopf. »Es gibt keinen Grund, so mißtrauisch zu sein. Wenn wir gebeten werden, eine neue Firma zu überprüfen, machen wir das gründlich. Wir wollen keine bedauernswerten Fehler machen.«

»Sie sagen, Sie wurden *gebeten*, uns zu überprüfen. Von wem?«

Der Stumme hatte einen Motivteller abgenommen, den May an der Kajütenwand aufgehängt hatte. Der Sprecher sah zu ihm hinüber und nickte, ehe er den Kopf schüttelte. »Vertrauliche Informationen, Miss. Und wir brauchen diese Adressen.«

Bitte, lieber Gott, mach, daß sie von *Versteckte Kamera* sind. Mach, daß die ganze Geschichte nur ein blöder Streich ist. Aber sie wußte, das war es nicht. Es war echt. In ihrem ganzen Leben hatte sie sich noch nicht so allein gefühlt.

Sie gab sich große Mühe, entgegenkommend zu wirken. »Ich will Ihnen wirklich keine Informationen vorenthalten, aber sie sind beide über die Feiertage verreist, und ich weiß die Adressen nicht.«

»Also sind Sie allein verantwortlich, solange sie weg sind?«

May nickte und wünschte, sie wäre auch gestern schon gefahren.

»Kann ich Ihre Gewerbeanmeldung sehen?«

Mays Hände wurden feucht. Sie hatten doch alles getan, was vorgeschrieben war, oder? Aber sie war nicht ganz sicher. »Welche Gewerbeanmeldung?«

Der Mann sah sie an, als sei sie taub oder blöd und tauschte noch einen, beinah triumphalen Blick mit seinem schweigsamen Gefährten. »Sie haben Ihre Firma doch bei der Stadtverwaltung angemeldet, oder?«

Mays Mund wurde trocken. Sollte sie sagen, sie habe keine Unterlagen darüber? Oder sollte sie sagen, sie seien irgendwo anders?

»Ich glaube, die Papiere sind noch bei unserem Steuerberater.« Das klang gut. Aber nur für einen Augenblick.

»*Seine* Adresse wissen Sie aber, nehme ich an?« Die Hand hielt den Kugelschreiber einsatzbereit, er wartete auf Namen und Anschrift.

»Ich bin nicht sicher. Ich kümmere mich nicht um die Buchführung. Das macht Miss Devonshire.« Verzeih mir, Harriet. Du bist nicht hier, und ich bin verzweifelt.

»Aber Sie führen die Firma doch von hier aus?«

May nickte.

»Dann haben Sie doch sicher die Bücher hier?«

May kaute auf ihrer Lippe. Was sollte sie sagen? Sie war doch wohl nicht verpflichtet, diesen Affen ihre Bücher zu zeigen? Ihre Bücher waren doch bestimmt vertraulich.

»Führen Sie Bücher?«

»Natürlich.«

»Dann zeigen Sie sie her.«

Sie brauchte Ewigkeiten, um sie zu finden. Endlich förderte sie das dicke rote Buch ans Licht, über dem sie Harriet hatte fluchen hören, mit der ihr eigenen, vornehmen Zurückhaltung, natürlich. Oh, wo bist du, Harriet, jetzt da ich dich brauche?

»Hier, bitte.«

Der Mann legte das Buch auf den Tisch und schlug es auf.

»Und ihre Kundenliste hätte ich auch gern.«

»Die ist vertraulich.«

Der Mann seufzte, als werde seine Geduld auf eine ungebührlich harte Probe gestellt, und tauschte wieder einen Blick mit seinem Partner, der jetzt mit einem Teller aus filigranem, durchbrochenem Porzellan herumspielte, den Mays Mutter ihr zum Einzug geschenkt hatte. »Ich muß wissen, ob Sie so viele Kunden haben, daß Sie sich in unserem Register anmelden müssen«, erklärte er, nachdem er ein Nicken erhalten hatte.

»Wir haben keine Kundenliste im eigentlichen Sinne ...«

»Aber irgend etwas müssen Sie doch haben.« Er lächelte. Es wirkte bedrohlicher als seine barschen Forderungen.

May kaute wieder an ihrer Lippe. Sie hatten ein kleines Notizbuch mit den Telefonnummern ihrer Kunden. Sie gab es ihm. Es war nicht auf dem neuesten Stand, aber das konnten die Männer ja nicht wissen. »Hier ist sie.«

Der Mann riß es ihr fast aus den Fingern.

May konnte nicht mit ansehen, wie er ihre Einnahmen nachvollzog, mit dem Finger die Zahlenreihen entlangfuhr und das Notizbuch durchblätterte. Zur Hölle mit Weihnachten, das all ihre Freunde weggelockt hatte, so daß sie hier ganz allein mit diesen beiden war. Sie schaute aus den Fenstern, aber weil sie recht hoch waren, sah sie nichts als den Himmel, der sich mit jeder Minute weiter zu verdunkeln schien. Das steigerte ihre Verzweiflung nur. Sie wandte den Blick ab und entdeckte eins von Sallys Kleidungsstücken, das hinter den Ofen gefallen war. Dann fiel ihr Blick auf das Handy.

Sie konnte jemanden anrufen und um Hilfe bitten. Sie benutzten das Telefon kaum, um jemanden anzurufen, weil das zu teuer war, und sie hatte praktisch vergessen, daß sie es besaßen. Doch sie konnte damit irgendwen herbeirufen, der bei ihr blieb, während diese beiden Männer ihre Arbeit taten. Oder noch besser, jemanden, der sie hinauswerfen würde.

Hugh kam ihr sofort in den Sinn. Er hatte angeboten, ihnen bei der Geschäftsgründung zur Seite zu stehen, sicher würde er ihr jetzt aus der Klemme helfen. Er war bestimmt unter einer der Nummern zu erreichen, die er ihr gegeben hatte. Dann kamen ihr Zweifel. Sie kannte ihn eigentlich nicht gut genug, um ihm das zuzumuten. Sie konnte ihn nicht bitten, alles stehen und liegen zu lassen und sie zu retten.

Ihr Vater würde natürlich auf der Stelle herbeieilen. Aber sie wußte seine Büronummer nicht, und bis sie ihre Mutter angerufen, eine Ausrede erfunden hatte, warum sie ihren Vater sprechen mußte, und dann an seiner Sekretärin vorbei zu ihm durchgedrungen war, konnten diese beiden Finstermänner längst getan haben, was sie vorhatten.

Ihre Brüder? Nein. Sie würden sich nicht rühren, ohne sich vorher stundenlang alles erklären zu lassen, und bis dahin konnte es längst zu spät sein. Sie würde in einer Blutlache liegen oder im Gefängnis sitzen, weil sie ihre Kundenadressen nicht auf dem neuesten Stand hatte, lange bevor sie hier eintrafen.

»Und das hier sind die einzigen Leute, für die sie arbeiten?«

May glaubte schon lange nicht mehr, daß sie echte Beamte waren. Sie hätten ebensogut Aufkleber mit »Wir sind Freunde von Schleimbeutel« auf der Stirn tragen können, man sah es ihnen einfach an, von ihren schicken Anzügen bis zu den Wurstfingern. Aber sie wußte nicht, wie sie ihnen das an den Kopf werfen sollte, ohne Schaden zu nehmen.

»Ähm ... ja.«

»Und haben Sie Quittungen?«

May holte einen Schuhkarton hervor, in dem sich ein wildes Durcheinander kleiner Zettel befand. Einer davon fiel ihr ins Auge: Es war eine detaillierte Kostenaufstellung der Bootsfahrt für die Buckfast-Schule. Hughs Privat- und Büronummer standen ebenfalls darauf.

Also sollte es Hugh sein. Plötzlich kam ihr die Melodie eines uralten Songs in den Sinn und wollte sie in den Wahnsinn treiben. Sie konzentrierte sich auf die Nummer. Es war unmöglich, den Zettel unbemerkt aus der Schachtel zu nehmen, also mußte sie sie auswendig lernen. Zum Glück hatte sie ein gutes Gedächtnis. Doch während sie die Nummer in ihrem Kopf vor sich hin betete, zitterten ihre Hände.

»Augenblick. Ich bin nicht sicher, ob das hier der richtige Karton ist.« Sie gab ein sehr sally-haftes Lachen von sich. »Sie wollen ja bestimmt nicht die Quittungen meiner Garderobe durchsehen.«

»Im Augenblick nicht, nein.«

Die Angst war ihr in die Glieder gefahren und blockierte ihr Hirn, so daß sie zweifelte, ob sie sich noch an Hughs Namen erinnern konnte, geschweige denn seine Telefonnummer. Einer Panik nahe, machte sie aus der Zahlenfolge einen Liedtext, der auf »It Had to Be You« paßte, und prägte ihn sich ein. In Gedanken wiederholte sie ihn zweimal, um sicher zu gehen.

»Es ist doch der richtige«, sagte sie und reichte den Karton hinüber.

Der Mann entriß ihn ihr förmlich.

Und wie sollte sie jetzt mitsamt Telefon ins Schlafzimmer kommen, ohne daß die Männer Verdacht schöpften? Sie durchquerte das Boot im lässigen Schlendergang und hockte sich neben den Ofen, als sei ihr kalt. Ihr war tatsächlich kalt, jedenfalls schlotterte sie. Aber das lag vermutlich in erster Linie an ihrer Angst. Sie steckte ihre bebenden Hände unter die Achseln. Sie trug eine weite Patchworkstrickjacke, die Sallys Mutter gestrickt und die Sally Harriet geliehen hatte. Irgendwie war sie bei May gelandet, und seither trug sie sie fast immer. Die weiten Ärmel brachten sie plötzlich auf einen Gedanken.

Das Telefon lag auf dem Bücherregal. Wenn sie es in den Ärmel gleiten lassen konnte, brauchte sie den Männern nur noch zu sagen, sie ginge auf die Toilette. Wie zufällig legte sie den Arm auf das Regal, ließ die Männer nicht aus den Augen, die die Papiere im Schuhkarton durchblätterten, und ihre Finger schlossen sich um das Telefon. Gleich würde sie es in ihrem Ärmel verschwinden lassen, und dann brauchte sie nur noch ...

»Wen wollen Sie denn anrufen?«

»Anrufen? Ich?« Gott, sie hörte sich an wie Miss Piggy. »Oh, nur meinen Freund. Wir sind verabredet, und jetzt komm' ich zu spät.«

Der Wortführer sah zu seinem Begleiter, der einen Moment überlegte und dann nickte.

»Okay. Rufen Sie ihn nur an.«

Wie in aller Welt sollte sie Hugh ihre Situation begreiflich machen, ohne daß sie es merkten? Sie drückte die Tasten. Oh, Hugh, bitte, bitte sei im Büro. Und bitte, nimm selbst ab, laß mich nicht bei deiner Sekretärin landen.

»Ja?« bellte eine Stimme.

»Hugh? Bist du das?«

»Wer spricht da?«

»Liebling!« Es klang furchtbar unecht und theatralisch. »Ich bin's, May. Ich ruf nur an, um zu sagen, daß ich vielleicht ein bißchen später zu unserer Verabredung komme. Ich hab' Besuch von diesen Herren bekommen, die die Bücher durchsehen und so.«

»May? Wovon reden Sie da? Und warum nennen Sie mich ›Liebling‹? Sind Sie in irgendwelchen Schwierigkeiten?«

May kicherte verführerisch. »Du hast es mal wieder erraten. Du könntest vorbeikommen.«

»Kannst du offen reden?«

»Natürlich nicht, du Dummkopf«, säuselte sie.

»Hast du Angst?«

»Könnte man so nennen. Ich kann's kaum erwarten, dich zu sehen.«

»Ich komme, so schnell ich kann.«

»Du bist ein Schatz.«

Als sie das Telefon ausschaltete, war ihr schwindelig vor Erleichterung, und es kam ihr beinah so vor, als habe sie sich in Sally verwandelt. Doch als sie an sich hinabsah, auf ihre Arbeitshose und ihre Doc Martens, fühlte sie sich ernüchtert. Wie überzeugend wirkte sie wohl in diesem Aufzug?

»Mein Freund kommt in ungefähr zwei Stunden«, sagte sie beiläufig. »Sind Sie bis dahin fertig?«

Der Mann hob die Schultern. »Das hängt davon ab, was wir finden. Aber ich denke, schon.«

May hockte auf den Stufen zur Seitentür, die im Sommer meistens offenstand, um Licht, Luft und Leute hereinzulassen. Jetzt im Winter boten die Stufen einen zusätzlichen Sitzplatz. May fühlte sich erbärmlich. Es schien Ewigkeiten her, seit sie Hugh angerufen hatte, und er war immer noch nicht aufgetaucht. Sie fühlte sich schrecklich allein.

Endlich hörte sie seinen Schritt auf dem Welldeck. Die Tür öffnete sich ohne vorheriges Anklopfen, und Hugh trat ein.

Mays erster, abwegiger Gedanke war, daß er recht hatte, was die Deckenhöhe auf dem Boot betraf und daß sie sicher noch fünf Zentimeter herauschinden könnte, wenn sie das Ballastproblem anders löste. Ihr zweiter Gedanke war, wie überstürzt die beiden Männer aufsprangen. Sie stießen sich beide den Kopf und wirkten äußerst schuldbewußt. Sei wie Sally, schärfte sie sich ein.

»Liebling!« May stieg über ihre Weihnachtspäckchen hinweg und fiel Hugh um den Hals. »Du bist schon da, wie herrlich!«

Unerwartet herrlich war vor allem das Gefühl, seine kräftigen Arme um sich zu spüren, die sie ganz fest hielten. Sie klammerte sich an seine Aufschläge und war sich nicht mehr sicher, ob sie Sally imitierte oder wirklich etwas brauchte, woran sie sich festhalten konnte.

»Wer sind diese Leute ...« Er zögerte nur für einen winzigen Augenblick. »Liebling?«

»Oh, sie kommen von der Gewerbeaufsicht und sehen alle Bücher und so weiter durch. Anscheinend hätten wir uns irgendwo anmelden müssen. Sie können dir ihre Ausweise zeigen.«

Der Wortführer steckte die Hand in die Tasche, als wolle er seinen Ausweis zücken, hustete dann und sagte: »Ich denke, wir sind hier so gut wie fertig, junge Dame. Sie werden zweifellos von uns hören.«

Hugh zog eine Braue in die Höhe. »Tatsächlich? Dann gebe ich Ihnen meine Karte. Ich bin der Rechtsberater von Cleaning Undertaken. Wenn es irgendwelche Probleme geben sollte, wenden Sie sich unmittelbar an mich.«

Der Mann sah May finster an. »Ich dachte, Sie sagten, Sie wollen Ihren Freund anrufen.« Sein Akzent und sein Ton waren merklich rauher geworden.

»Diese junge Dame ist meine Verlobte«, erklärte Hugh steif. »Natürlich berate ich sie in Rechtsfragen. Ich mag aus rein privaten Gründen hergekommen sein, aber wenn ich eine Situation vorfinde, die es erfordert, dann handele ich natürlich.« Er legte eine kleine Pause ein und sagte dann: »Und ich meine *handeln.*«

Die Besucher hatten keine Mühe, ihn zu verstehen. Der Schweigsame stieß seinen Begleiter an und wies auf die Tür.

»Tja, dann machen wir uns mal auf den Weg«, sagte der Wortführer. »Danke für den Tee.«

Mit schweren Schritten verließen sie die Kabine, überquerten das Welldeck und verschwanden. May setzte sich neben den Ofen. Sie zitterte immer noch. »Vielen Dank, Hugh. Ich weiß nicht, wie ich vor diesen Clowns solche Angst haben konnte, aber die hatte ich. Die ›Rechtsberater‹-Bemerkung war brillant.«

Hugh brummelte. »Weißt du, wer sie waren?«

»Sie haben gesagt, sie kämen vom Gewerbeaufsichtsamt

West London, Abteilung Mehrwertsteuer, aber ich bin ziemlich sicher, daß Slater sie geschickt hat. Sie wollten unsere Kundenliste sehen.«

»Ach ja? Was sollte sie daran interessieren?«

May fuhr sich mit den Fingern durch die Haare. »Slater hat uns gesagt, wenn wir ihm Kunden abspenstig machen, würde er ›Schritte in die Wege leiten‹.«

»Aber warum sollte er bis jetzt gewartet haben? Ihr müßt seine Kunden doch schon vor Monaten abgeworben haben.«

»Ich bin nicht sicher, aber vielleicht hat er bis heute gewartet, weil normalerweise ein halbes Dutzend Freunde in der Nähe sind. Jetzt sind alle weg über Weihnachten. Alle außer Jed, und der schläft.«

»Sie haben dir doch nichts getan? Dich bedroht?«

May schüttelte den Kopf und lächelte, um ihn zu beruhigen. »Nein. Sie haben nur die Bücher durchgesehen und den Schuhkarton, wo wir die Quittungen aufbewahren.«

»Warum hast du sie reingelassen, May?« Hugh war wütend und versuchte, es nicht zu zeigen, aber sein verkniffener Ausdruck verriet ihn.

»Hab' ich eigentlich gar nicht. Ich hab' nach Ausweisen gefragt, und sie hatten welche ...«

»Das besagt gar nichts. So was kann man sich heute an jeder Tankstelle drucken lassen ...«

»Wie auch immer, ich hab' sie nicht reingelassen, sie haben sich reingedrängelt. Ich konnte sie nicht aufhalten.«

Er konnte seinen Zorn nicht länger verbergen. »Bist du ganz allein hier?«

»Ja. Bis morgen. Ich fahre über Weihnachten nach Hause. Warum? Du glaubst doch nicht, daß sie zurückkommen?«

Hugh stand weiterhin wie angewurzelt mitten in der Kabine, den Kopf leicht gesenkt, um nicht anzustoßen. »Wenn Slater euch abschrecken will und nicht überzeugt ist, daß diese beiden Figuren das bewerkstelligt haben, wäre das Boot die naheliegendste Sache, um den Hebel anzusetzen.«

May legte den Kopf auf die Knie. Auf einmal war ihr speiübel, und sie zitterte am ganzen Leib. »Oh, mein Gott ...«

»Möchtest du vielleicht, daß ich über die Feiertage herkomme und dein Boot hüte?«

May sah auf. Sie war nicht sentimental, aber auf einmal war ihr zum Heulen. Das lag zweifellos an dem Schock, den der Besuch von Schleimbeutels Finsterlingen ihr versetzt hatte.

»Nein! Das könnte ich niemals verlangen. Es ist Weihnachten!«

»Ich weiß. Aber das ist kein Grund, warum ich nicht in deiner Abwesenheit hier wohnen sollte, damit dein Boot nicht unbewacht ist.«

May hatte nachgedacht und schüttelte den Kopf. »Ich hab' eine bessere Idee.«

»Und zwar?«

»Ich bringe das Boot weg. Es gibt einen kleinen Seitenarm auf der gegenüberliegenden Seite vom Treidelpfad. Da paßt ein schmales Boot wie meins hinein, und der Seitenarm ist von überhängenden Ästen und so weiter verdeckt, man kann ihn kaum sehen.«

»Ach ja?«

»Das einzige Problem ist, man muß eine Mauer hochklettern, um von da wegzukommen, wenn man das Boot festgemacht hat. Aber es ist ein perfektes Versteck.«

»Woher weißt du von der Stelle, wenn sie so unzugänglich ist?«

»Ein Bekannter hat sich da mal verkrochen, als er fürchtete, der Freund seiner Exfrau habe es auf seine Männlichkeit abgesehen. Ich bin immer hingerudert und hab' ihm Vorräte gebracht. Aber Slaters Leute würden die Stelle nie im Leben finden.«

»Verstehe.«

»Ich bring' das Boot morgen früh hin, ehe ich zu meinen Eltern fahre.«

Er schüttelte den Kopf. »Nicht morgen. Jetzt.«

Die Furcht, die langsam abgeklungen war, kam zurück wie hartnäckige Zahnschmerzen. »Wieso jetzt? Denkst du, sie könnten heute abend zurückkommen?«

Hugh schwieg so lange, daß May nur das Schlimmste befürchten konnte. Schließlich sagte er: »Ich denke lediglich, es hat keinen Sinn, vermeidbare Risiken einzugehen.«

May atmete tief durch. »Okay. Ich werf' den Motor an.«

Es fiel ihr gar nicht auf, wie selbstverständlich sie davon ausgegangen war, daß Hugh ihr helfen würde, bis sie ihn mit dem Haltetau am Bug stehen sah. Als er wieder auf das Deck sprang, dankte sie ihm im Geiste.

Sie hatten wenig Freude an der kurzen Fahrt, fanden aber doch eine gewisse Befriedigung darin, einträchtig zusammenzuarbeiten. Als beide Enden des Bootes sicher im Versteck vertäut waren und der Motorenlärm verstummt war, ging May zu Hugh in den Salon.

»Hättest du vielleicht Lust, über Weihnachten mit mir nach Hause zu kommen?« fragte sie unumwunden.

Hugh hob den Kopf und sah sie scharf an. Damit hatte er offenbar überhaupt nicht gerechnet. Und May ebensowenig. Sie hatte sie beide überrumpelt.

»Das ist ausgeschlossen. Aber es ist sehr freundlich ...«

May schüttelte den Kopf. »Das ist keine Freundlichkeit, sondern Selbstverteidigung. Wenn ich mit einem Mann komme – irgendein Mann – selbst wenn nicht das geringste zwischen uns läuft, würde das meine Position innerhalb meiner Familie stärken. Meine Brüder würden mich nicht pausenlos damit aufziehen, was für eine radikale Feministin ich bin, der kein Mann zu nahe kommen will. Und meine Mutter wäre hingerissen.«

Mußte sie ihm wirklich erklären, warum? Aber schonungslose Ehrlichkeit war vermutlich die beste Methode bei Hugh, schließlich war er Jurist.

»Sie wird natürlich denken, du bist mein Freund, ganz gleich, wie oft ich das Gegenteil behaupte. Aber sie würde sich wirklich freuen. Sie sagt, es sei wichtig, Leute von außerhalb der Familie über Weihnachten da zu haben, damit meine Brüder und ich nicht immerzu streiten. Du würdest uns allen einen Gefallen tun.«

»Ich bin sicher, ihr werdet auch ohne mich zurechtkommen.«

Plötzlich schien es May furchtbar wichtig, daß er ihre Einladung annahm. »Natürlich kämen wir zurecht! Aber ich würde mich wirklich freuen, wenn du mitkämst. Bitte.«

Hugh sah sie so lange an, daß May Mitleid mit all den Schriftstücken bekam, die er unter die Lupe nahm.

Sie brach das Schweigen. »Meine Mutter ist eine wunderbare Köchin. Ihr Weihnachtsessen wäre wenigstens eine kleine Wiedergutmachung dafür, daß du mich retten mußtest.«

Plötzlich lächelte Hugh. »In dem Fall nehme ich gerne an.«

Erleichterung nahm May die letzte Energie, die sie noch gehabt hatte. »Dann ruf' ich meine Mutter an und geb' ihr Bescheid.«

»Bist du sicher, daß es ihr nicht ungelegen kommt?«

»Nein, nein, ganz bestimmt nicht. Wir haben zwei Gästezimmer, wenn man das Arbeitszimmer meines Vaters mitrechnet. Und ich glaube nicht, daß sonst irgendwer über Nacht bleibt. Meine Tante und ihre Familie kommen immer zu Fuß.«

»Wann willst du fahren?«

»Morgen.«

»Brauchst du eine Mitfahrgelegenheit?«

May grinste. »Normalerweise holt mein Vater mich ab, aber heute ist sein letzter Tag im Büro, das heißt, er müßte morgen extra noch mal nach London kommen.«

»Also schön«, sagte Hugh ergeben. »Ich hole dich um vier ab.«

»Danke.«

»May?«

»Hm?«

»Möchtest du, daß ich heute nacht hierbleibe?«

May schluckte mühsam, schüttelte aber den Kopf. »Nein, nicht nötig.«

»Bist du sicher?«

»Absolut sicher. Ich komm' schon zurecht. Ich bin es gewöhnt, allein zu sein. Ich genieße das.«

Er holte einen Stift und eine seiner Visitenkarten aus der Tasche. »Wenn du wirklich sicher bist, werd' ich jetzt gehen, ich bin zum Essen verabredet. Ich schreibe dir meine Handynummer auf, damit du mich anrufen kannst, wenn du nervös wirst oder irgendwas passiert.«

»Ich werde nicht nervös werden, und nichts wird passieren.«

Er studierte ihr Gesicht, stundenlang, so kam es ihr vor, und sie konzentrierte sich darauf, heiter und gelassen zu wirken. Dann sah er auf die Uhr. »In dem Fall mache ich mich jetzt auf den Weg. Ich bin eine halbe Stunde zu spät dran.«

Mays Gelassenheit verschwand, kaum daß er das Boot verlassen hatte. Sie ging spät ins Bett, nahm das Telefon und seine Nummer mit und sie schlief schlecht.

23. KAPITEL

»Hallo! Tut mir leid, daß ich so spät komme, aber ich mußte die Kinder zu einer Party bringen, und die Mutter hat geredet und geredet.« Lucy trug einen Tweedhut zum Schutz vor dem strömenden Regen und sah Sally unter der Krempe hervor an. Dann ergriff sie eine von Sallys Taschen. »James wollte Sie selbst abholen, aber er ist aufgehalten worden. Eine Farm ist wie eine Gefängnisstrafe, wenn Sie mich fragen, nur je besser man sich führt – oder die Farm – um so schlechter werden die Aussichten auf vorzeitige Entlassung.«

Sally lächelte tapfer. Ihr ging auf, daß sie ordentlich naß werden würde. In London hatte es nicht geregnet. »Es ist sehr nett, daß Sie mich abgeholt haben.«

»Es ist vor allem nett von Ihnen herzukommen. Gott weiß, wie James ohne Hilfe zurechtkommen würde. Obwohl ich wirklich nicht weiß, was Sie in zwei Tagen ausrichten können. Haben Sie das Haus beim letzten Mal überhaupt richtig gesehen?«

Sally schüttelte den Kopf.

»Dacht' ich mir, sonst hätten Sie Ihre Hilfe sicher nicht so bereitwillig angeboten. Soll ich den Landrover holen, oder können Sie rennen?«

Sally wünschte, sie hätte die Weitsicht besessen, bezüglich der Hausbesichtigung zu lügen. »Von mir aus können wir rennen.«

»Großartig. Dann kommen Sie.«

Lucy lief über den Bahnhofsvorplatz. Sally wurde durch ihr restliches Gepäck behindert und folgte langsamer. Als sie zum Wagen kam, hatte Lucy die Hecktür schon geöffnet.

»Werfen Sie Ihr Zeug einfach rein.«

Sally feuerte ihre Taschen auf einen Golfschirm, mehrere Paar Gummistiefel und zwei Reitkappen. Lucy schlug die Klappe zu und hastete zur Fahrertür. Sally wischte sich den Regen von der Nase und hoffte, Lucy werde ihr öffnen, ehe das Wasser durch ihre viel zu dünne Jacke drang. Im nächsten Moment ging die Tür auf, und sie stieg hastig ein.

»Tante Sophie kommt übermorgen gegen sechs an. Heiligabend.«

»Ich weiß.«

»Ich hol' sie am Bahnhof ab und bring' sie zur Farm.«

Sally nickte.

»Es wird schrecklich für Sie. Ich hätte niemals zulassen dürfen, daß James Ihr Angebot annimmt, so selbstlos es auch war.« Sie startete den Motor.

Sally sah durch die Windschutzscheibe in den Regen hinaus und überlegte, ob James sich vielleicht geweigert hatte, in dieser Frage auf seine Schwester zu hören. Eins war sicher: Das würde der fraglichen Schwester ganz sicher nicht gefallen.

»Na ja«, fuhr Lucy fröhlich fort. »Wenn alle Stricke reißen, können wir die Feier immer noch zu uns verlegen.«

»Ich bin sicher, wir schaffen es schon«, erwiderte Sally. Lieber wollte sie sich vierteilen lassen als zuzulassen, daß Weihnachten bei Lucy gefeiert wurde.

»Sie ist eine sehr anspruchsvolle alte Dame, wissen Sie.«

Zu der Erkenntnis war Sally mittlerweile selbst gelangt. »Ich werde einfach mein Bestes tun.«

Lucy drängelte sich vor einen verbeulten Ford Escort und bog vom Parkplatz auf die Straße ein. »Um ehrlich zu sein, Herzchen, Ihr Bestes wird nicht gut genug sein. Wenn Sie James nur dazu bringen, ein paar Mistelzweige aufzuhängen, unter denen Tante Sophie ihn küssen kann, haben Sie schon mehr erreicht, als irgend jemand erwartet.«

Lucy schnallte sich an und fuhr in einen Kreisverkehr.

»Und *James* ist Ihnen schrecklich dankbar für Ihre Hilfe.« Sie wollte offenbar andeuten, daß alle anderen Sallys Anwesenheit als pure Platzverschwendung betrachteten. »Aber eins muß Ihnen klar sein.« Lucy senkte die Stimme und sah Sally beunruhigend lange an. »Hüten Sie sich davor, um Ihretwillen, seine Dankbarkeit als irgend etwas anderes zu interpretieren. Er ist ein wunderbarer Mann, das ist nicht zu leugnen.« Sie überholte den Escort, der sich irgendwie wieder vorgemogelt hatte. »Aber selbst wenn er eine Frau wollte – und das will er nicht –, könnte er sich das gar nicht leisten.« Ihr Blick fügte hinzu: Erst recht keine Frau wie dich.

Sally lächelte gleichmütig und erwog, Lucy zu sagen, daß sie es nur auf James' Körper abgesehen hatte. Doch dann entschied sie, daß Ehrlichkeit in dieser Situation nicht ratsam war. Abgesehen davon, selbst wenn eine Ehe zwischen einem Farmer und einer Schauspielerin nicht in Frage kam, war eine Beziehung doch durchaus vorstellbar, und sie wollte ihre Chancen nicht minimieren.

Lucys Überzeugung, daß sie eine nichtsnutzige Idiotin sei und Weihnachten ein einziges Fiasko werden würde, steigerte Sallys Entschlossenheit, ein wunderbares Fest auszurichten. Immerhin hatte sie viel gelernt über die letzten Monate. Möglich, daß sie hier war, weil James zu gutmütig war, um zu sagen, daß er sie nicht hier haben wollte, aber auf jeden Fall sollte er seine Entscheidung keine Sekunde bereuen.

»Natürlich würde es mir nie einfallen, etwas zu sagen«, fuhr Lucy fort, die für Sallys Geschmack schon mehr als genug gesagt hatte. »Aber Tante Sophie wird bestimmt denken, daß ihr zwei zusammen seid. Und wird alle möglichen, schrecklich peinlichen Anspielungen machen.« Sally erhaschte einen Blick auf perfekte, kleine Zähne, als Lucy lächelte. »Ich möchte nur nicht, daß Sie denken, irgendwer außer Sophie denke an eine Heirat. Vor allem James läge nichts ferner. Er würde meilenweit rennen, wenn er den Eindruck bekäme, daß Sie das im Sinn haben.«

Ach wirklich? Vielleicht wirst du eine Überraschung erleben, Mrs. Mutter-der-wunderschönen-Zwillinge. Vielleicht stellst du fest, daß die hohlköpfige kleine Schauspielerin aus London ein so wunderschönes Weihnachtsfest ausrichtet, daß du James anschließend mit vorgehaltener Pistole zwingst, sie zu heiraten und sie anflehst, deine Zwillinge auf der Hochzeit Blumen streuen zu lassen.

Was sie sagte, war: »Dann sollte ich mein Abo für *Die schönsten Hochzeitsideen* wohl wieder abbestellen.«

Lucy warf ihr einen unsicheren Blick zu. Hatte James' blondes Modepüppchen etwa einen Witz gemacht? Sally lächelte strahlend und beschloß, Lucy im ungewissen zu lassen.

James war nirgends zu finden, als sie zur Farm kamen. Clodagh hingegen war in der Küche und hieß Sally herzlich willkommen, wedelte mit der Rute, gab ihr leises »Wuff« von sich, machte Platz und streckte ihr eine Pfote entgegen.

Sally, die eine hohe Ehre erkannte, wenn sie ihr zuteil wurde, schüttelte die Pfote und streichelte die massige Brust. »Hallo, Liebes, es tut gut, dich wiederzusehen. Wie geht's dir denn? Hat James sich anständig um dich gekümmert?«

Clodagh ließ all das freudig über sich ergehen. Lucy sah aus, als sei ihr übel.

»Ich muß weiter. Kommen Sie allein zurecht? Ich nehme an, James will die Entscheidung Ihnen überlassen, wer wo schlafen soll, aber es wird Sie freuen zu hören, daß ich ihm ein paar Garnituren Bettwäsche gekauft habe.« Ihr Blick war wie Waterford-Kristall: kühl und glasklar. »Wie ich höre, mußten Sie beim letzten Mal in James' Bett schlafen.«

»Stimmt. Vielen Dank, daß Sie mich abgeholt haben. Wenn James erwähnt hätte, daß es ein Problem werden könnte, hätte ich ein Taxi genommen.«

Lucys Ausdruck wurde eine Spur wärmer. Vielleicht hatte sie ein schlechtes Gewissen, weil sie angedeutet hatte, irgend etwas sei vorgefallen, als Sally zuletzt hier gewesen war. »Gott, das ist doch nicht nötig! Der Zettel mit meiner Nummer hängt gleich neben dem Telefon. Wenn Sie irgendwas brauchen, rufen Sie mich an. Ich helfe Ihnen gern, wirklich.«

»Danke.« Sallys Lächeln war voller Wärme und Dankbarkeit, aber sie wußte genau, Lucy würde ihr vielleicht wirklich bereitwillig helfen, aber vor allem würde es sie beglücken, daß Sally Hilfe brauchte.

Als Lucy gegangen war, zog Sally ihre tropfnasse Jacke aus

und hängte sie über eins der Ofenrohre, achtete aber darauf, daß es nicht auf irgendwelche Lebensmittel tropfte, die sie später noch brauchen mochte. Dann durchwühlte sie ihre Tasche nach Harriets Weihnachtsgeschenk, das, so hatte Harriet befohlen, sie vorzeitig öffnen mußte. Sie fand es und zog es an: Es war eine blaue, gestreifte Kochschürze, die ihr bis an die Knie reichte.

May hatte ihr auch Kleidungsstücke geschenkt: knöchellange, rote Thermounterhosen und ein wollenes Unterhemd. Außerdem hatte sie Sally ein paar Gummistiefel geliehen, die grün waren und die richtige Größe hatten, und einen Overall, der eine Spur zu kurz war, aber, wie May angemerkt hatte, Sally hatte den richtigen Hintern dafür.

Zusätzlich hatte sie all ihre eigenen warmen Sachen mitgenommen. Doch selbst Harriet war verwundert, als Sally zwei Pakete Natrongranulat, eine Flasche extra starker Bleiche und zwei Paar Gummihandschuhe aus den firmeneigenen Vorräten nahm. Mit dieser Ausrüstung, dachte Sally zuversichtlich, war sie für alles gewappnet, Tante Sophie, Schneestürme und Lucys Tücke.

Und sie hatte zwei Weihnachts-Kochbücher dabei, die sie als Sonderangebot in einer Buchhandlung entdeckt hatte, und ein Notizbuch, um Listen zu machen. Harriet vertrat den Standpunkt, eine Liste sei das Allheilmittel für jede Krisensituation. Wenn man alles aufschrieb, was zu erledigen war, etwa zusätzliche Milch zu bestellen und Ersatzbirnchen für die Lichterkette zu kaufen, dann überstand man es schon irgendwie.

Sally stellte den Kessel auf den Herd und setzte sich an den Küchentisch. Dann schlug sie das Notizbuch auf, kramte einen Stift aus ihrer Handtasche und schrieb das Datum oben auf die erste Seite. Dann folgte Punkt eins: Schlafzimmer Gästen zuordnen.

Als James eine Stunde später ins Haus kaum, schien er überrascht, sie zu sehen. Es war beinah, als hätte er völlig vergessen, daß sie heute ankommen sollte. Sally hörte ihn kommen, stand auf, stürzte auf ihn zu und wollte ihn umarmen, aber er ergriff ihre Hände und hielt sie von sich ab.

»Kommen Sie mir nicht zu nahe, ich stinke nach Kuh.«

Er hätte sämtliche Gerüche des Royal Agricultural Showground in sich vereinen können, es wäre Sally egal gewesen. Doch sie drängte sich ihm nicht auf, selbst wenn er in seiner abgetragenen Barbour-Jacke und der flachen Mütze auf dem Kopf besonders unwiderstehlich aussah. Es konnte nur schaden, sich einem Mann an den Hals zu werfen, vor allem, wenn er auf der Hut war vor Frauen, die so wirkten, als wollten sie eine weiße Hochzeit, zwei Komma vier Kinder und einen hälftigen Anteil an der Farm. Sally glaubte nicht, daß er von allein auf solche Ideen gekommen wäre, aber ganz sicher hatte Lucy nichts unversucht gelassen, um seinen Argwohn zu wecken. Sie mußte geduldig sein. Im nächsten Moment schalt sie sich, weil ihre Phantasie mit ihr davongaloppiert war. Sie wollte überhaupt keinen Farmer heiraten, also warum dachte sie die ganze Zeit daran?

»Hallo, James«, sagte sie hastig, falls ihre Gedanken ihn erschreckt hatten. »Wie schön, Sie zu sehen. Möchten Sie Tee? Das Wasser hat gerade gekocht.«

James zog sich einen Stuhl unter dem Tisch hervor. »Tee wäre wunderbar. Wie herrlich es ist, aus dem Stall ins Haus zu kommen und von einer schönen Frau in einer warmen Küche mit einer Tasse Tee begrüßt zu werden.«

Sally stand mit dem Rücken zu ihm und lächelte vor sich hin, als sie seinen Tee aufschüttete. So ist es richtig, dachte sie, denk nur weiter in diese Richtung.

»Lucy hat mir erzählt, Sie haben jetzt Bettwäsche?«

»Ja, wenigstens für vier. Das sollte für Weihnachten reichen, oder?«

»Wie viele Leute haben wir denn über Nacht im Haus?«

»Nur Sie, mich und Tante Sophie. Aber wir sollten sicherheitshalber noch ein zusätzliches Bett herrichten, falls irgendwer zuviel trinkt, um noch nach Hause zu fahren.«

»Und wie viele Leute kommen zum Weihnachtsessen?«

James überlegte. »Mal sehen ... Lucy, Alexander, Gina und Gus, das sind vier. Sie, ich, Tante Sophie, Liz und Peter mit ihren zwei Kindern und Onkel John. Ich glaube nicht, daß unsere Cousine Rebecca kommt, aber ganz genau weiß ich's nicht. Wie viele sind das?«

»Zwölf oder dreizehn«, sagte Sally mit schwacher Stimme.

»Und dann wär' da noch Damien. Er kommt manchmal, aber ich glaube, er hat dieses Jahr irgendwas anderes vor. Vermutlich werden wir das Dinner im Eßzimmer machen müssen. Waren Sie schon drin? Gleich rechts von der Diele, wenn man ins Haus kommt.«

»Sie wollten mir das Haus zeigen, als ich kürzlich hier war, aber irgendwie haben wir die Zeit nicht gefunden.«

»Wirklich? Wie abscheulich von mir, tut mir leid. Wir machen nach dem Abendessen einen Rundgang.«

»Soll ich etwas kochen? Oder hat Lucy ...«

»Lucy hatte furchtbar viel zu tun mit den Weihnachtsvorbereitungen und so weiter«, entschuldigte sich James. »Aber sie hat für mich eingekauft. Ich kann uns etwas kochen, sobald ich draußen fertig bin.«

»Das ist in Ordnung, ich wollte es nur wissen. Und sagen Sie mir, haben Sie irgendwelchen Weihnachtsschmuck?«

»Nein. Meine Schwestern haben alles unter sich aufgeteilt.«

»Und wären Sie bereit, welchen zu kaufen? Ich weiß, Geld ist knapp, aber vielleicht eine Lichterkette?«

»Auf jeden Fall. Ich denke, das können wir uns schon leisten.« Er steckte die Hand in die Gesäßtasche und zog sein Portemonnaie heraus. »Sie werden alles mögliche brauchen. Lucy kann morgen mit Ihnen in die Stadt fahren. Kaufen Sie, was Sie für nötig halten.« Er gab ihr zwei Zwanzigpfundscheine. »Wir werden morgen auch in den Supermarkt müssen, denke ich. Aber Lucy hat den Truthahn und den Plumpudding und so weiter besorgt. Steht alles in der Vorratskammer, zusammen mit zwei Kisten Getränken.«

Geld und Alkohol waren wichtig, aber sie brauchte noch etwas. »Haben Sie eine Gartenschere?«

»Was?«

»Um Misteln und Stechpalme und so weiter zu schneiden.«

»Natürlich. Ich dachte mir schon, es wäre eine ungewöhnliche Jahreszeit, um die Rosen zu beschneiden. Ich suche Ihnen eine Gartenschere.« Er beobachtete Sally, die einen weiteren Punkt auf ihre Liste schrieb. »Das sieht unglaublich tüchtig und organisiert aus«, bemerkte er.

»Ich hab' auch die Absicht, unglaublich tüchtig und organisiert zu sein. Ob es klappt, müssen wir abwarten.«

Eine große, schwielige Hand legte sich auf Sallys. »Sie könnten sich nicht vielleicht auch um die Weihnachtskarten kümmern?«

Sally entriß ihm ihre Hand. »Sie wollen, daß ich Ihre Weihnachtskarten schreibe? Zwei Tage vor Heiligabend?«

»O Gott, nein! Ich habe keine verschickt. Ich meinte die Karten, die ich bekommen habe. Es ist einfach so, wenn Tante Sophie ihre Karte nirgendwo sieht, ist sie beleidigt.«

Sally wünschte, sie hätte ihm ihre Hand nicht entzogen. Wenn sie sich nicht zufällig unter einem Mistelzweig begegneten, war das vielleicht alles an Körperkontakt gewesen, das sie über Weihnachten bekommen würde. »Natürlich. Kein Problem.«

James stand auf und schenkte Sally sein Herzensbrecherlächeln. »Sie sind ein Engel. Ich hoffe, Sie tragen zu Weihnachten Ihren Lamettaheiligenschein.«

»Lametta«, murmelte Sally und schrieb es auf ihre Liste. »Da fällt mir ein, soll es das Weihnachtsdinner mittags oder abends geben?«

»Abends. Meine Schwestern machen es sich morgens gern gemütlich, während die Kinder ihre Weihnachtsstrümpfe auspacken, und sie sagen immer, wenn man das Essen mittags auf den Tisch bringen will, muß man vor Tagesanbruch aufstehen, um alles fertigzubekommen. Sie werden so gegen zwei hier eintrudeln, dann bekommen die Kinder ihre Geschenke.«

Sally machte sich weitere Notizen und dachte, daß James' Neffen und Nichten enorm gut erzogen waren.

»Ich muß wieder nach draußen«, sagte James und leerte seinen Becher.

Sally erhob sich ebenfalls. »Wo, sagten Sie, sind die Weihnachtskarten?«

Nach langer Suche fand Sally ein Stück Schnur im Futterschuppen. Es lag am Boden, offenbar war einer der vielen Futtersäcke damit zugebunden gewesen. Genau richtig für die Weihnachtskarten. Sie hängte die Karten über die Schnur, die sie an zwei Nägeln festknotete, die praktischerweise aus einem der Balken ragten. Anschließend wusch und schälte sie einen Berg Kartoffeln. Kartoffeln waren immer ein guter Anfang.

Als sie fertig war, strich sie »Kartoffeln schälen« von ihrer Liste und schrieb »Vorratsräume organisieren« darauf. Im Augenblick waren alle Lebensmittel und Geräte, die sie in der Küche brauchen würde, auf die kleinen, umliegenden Kammern verteilt, von denen es insgesamt sechs gab. So mußte sie meilenweit laufen, um ein einfaches Essen zustande zu bringen. Für das Weihnachtsessen bedeutete das mindestens einen Halbmarathon.

Sie sah in den Kühlschrank auf der Suche nach etwas, das sie zu den Kartoffeln kochen konnte, und entdeckte ein paar sehr appetitliche Lammkoteletts. Bei ihrem letzten Besuch hatte sie einen großen Rosmarinbusch im Garten gesehen, also würde sie ihre kulinarische Finesse beweisen können, indem sie die Koteletts mit frischem Rosmarin bestreute.

Sie setzte »Rosmarin pflücken« auf ihre Liste, ehe sie mit der Küchenschere nach draußen trat. Das Geheimnis an Listen, hatte Harriet ausgeführt, bestehe darin, daß man Dinge daraufschreiben mußte, die man leicht abarbeiten und dann ausstreichen konnte. Es hatte keinen Zweck »Haus putzen« daraufzuschreiben. Man mußte es in kleine Etappenziele aufteilen: »Badezimmerregal abstauben«, »Papierkorb leeren« und so weiter. »Ehrlich«, hatte Harriet ihr gesagt, »wenn ich wirklich in Stimmung war, habe ich Dinge wie ›Anziehen‹ und ›Zähne putzen‹ auf meine Listen gesetzt.«

Schließlich waren die Kartoffeln im Topf und die Koteletts auf dem altersschwachen Elektrogrill, den Sally in der Vorratskammer hinter dem Kartoffelsack entdeckt hatte, und sie beschloß, daß ihr gerade noch Zeit blieb, einen Nachtisch zu machen.

Sie hatte James nicht gefragt, ob er wirklich Vanillesoße mochte, aber hatte sie sich auch in vieler Hinsicht geirrt, was

James betraf, hierauf hätte sie ihr Leben gewettet. Jam Sponge – ein Rührkuchen, der in der Mitte aufgeschnitten und mit Marmelade gefüllt wurde – war schnell fertig und unkompliziert zuzubereiten.

James kam herein und wusch seine Hände im Spülbecken. Sally vermutete, daß Lucy ihn dafür ausgeschimpft hätte. Und ich würde auch schimpfen, dachte sie, wenn es meine Spüle wäre. Da das nicht der Fall war, fragte sie lediglich: »Eine Tasse Tee?« Das war vorhin gut angekommen.

»Tee?« James trocknete sich die Hände an einem frischen Geschirrtuch ab. »Nein, ich denke, es ist Zeit für etwas Anständiges zu trinken, denken Sie nicht? Wein oder Whiskey?« fragte er über die Schulter und spähte in den Schrank mit den Cornflakes. »Ich muß sichergehen, daß wir genug zu trinken haben für die Feiertage. Ich weiß nicht, wie's Ihnen geht, aber ich kann wochenlang ohne einen einzigen Tropfen existieren, und kaum habe ich Leute im Haus, werd' ich plötzlich zum Trinker.«

Sally spürte einen Stich. Er hatte Whiskey getrunken, als sie das Wochenende hier verbracht hatte. Zählte sie für ihn zu irgendwelchen »Leuten«?

Sie fragte lieber nicht, sondern sagte nur: »Wein, bitte. Es gibt Lammkoteletts.«

Er reichte ihr ein großes Glas, in das er beinah eine halbe Flasche Wein geschenkt hatte. »Ich hoffe, Sie mögen ihn. War ein Sonderangebot für zwei neunundneunzig.« James lächelte. »Fröhliche Weihnachten. Und danke, daß Sie gekommen sind.«

James zu bekochen war himmlisch. Er aß alles, mochte alles und machte keine »Vorschläge«. Piers sagte immer Dinge wie: »Ich schlage vor, wenn du das hier das nächste Mal kochst, mach es im Ofen, nicht auf dem Grill. Das wäre sicher viel besser.« Er hatte immer behauptet, das sei konstruktive Kritik, und sie müsse froh sein, daß sie ihre Kochkünste dank seiner Ratschläge verfeinern könne. Doch für Sally hörte es sich immer an wie unkonstruktives Meckern.

James aß zwei Drittel des Jam Sponge. »Ich hab' seit Jahren

keinen richtigen Nachtisch mit Vanillesoße gekriegt. Lucy behauptet, es macht dick, und will mich dazu bekehren, Joghurt zu essen.«

Im Geiste klopfte Sally sich selbst auf die Schulter. Eins zu null für mich, Lucy. »Oh, aber griechischer Joghurt ist wirklich lecker«, wandte sie ein. »Ganz sahnig.«

James legte seinen Löffel beiseite und betrachtete sie mit ernster Miene. »Ich esse niemals Joghurt. Unter keinen Umständen, in keiner Form.« Er klang beinah streng. »Seien Sie so gut und schreiben sich das hinter die Ohren.«

Sally lachte selig. Er mußte sie doch ein bißchen mögen, wenn er wert darauf legte, daß sie sich seine kleinen Vorlieben und Aversionen merkte.

Sally spülte, James trocknete ab, und anschließend führte er sie auf einem Rundgang durch das Erdgeschoß des Hauses. Es war ein ziemlich großes Farmhaus, doch die meisten Räume wirkten unbewohnt und kahl. Die drei größten Zimmer waren je von nur einer kahlen Birne erleuchtet, die in der Mitte der Decke an ihrem Kabel baumelte. Im Schummerlicht war nicht auszumachen, ob die Räume feucht und muffig waren, weil sie nicht benutzt wurden, oder ob man aufgehört hatte, sie zu nutzen, weil sie feucht und muffig geworden waren.

»Die Zimmer haben eine gute Größe«, bemerkte Sally, froh, daß sie etwas Positives zu sagen gefunden hatte. »Ich bin sicher, wenn man gründlich saubermacht ...«

»Und wasserfesten Putz aufbringt und tapeziert und anstreicht ...«

»... dann werde ich es uns richtig schön weihnachtlich machen.«

Zusammen gingen sie zurück in die Küche. Sally war nicht so optimistisch, wie sie sich anhörte. Vielleicht hatte Lucy ja recht und zwei Tage waren wirklich nicht genug, um hier irgend etwas zu bewirken.

»Sie sind wunderbar, aber leider unrealistisch«, sagte James. »Ich hätte nicht zulassen sollen, daß Tante Sophie herkommt. Oder Sie. Ihr werdet alle beide Rheuma bekommen und euch zu Tode frieren.«

»Ich kann nicht sagen, wie es mit Tante Sophie steht«, erwiderte Sally. »Aber ich habe Thermounterwäsche. Die Kälte birgt keine Schrecken für mich.«

James lachte. »Vielleicht ist es das, was ich der alten Schreckschraube zu Weihnachten besorgen sollte. Lange Unterhosen.«

»Soll das heißen, Sie haben Ihr noch kein Geschenk gekauft?« Sally liebte Weihnachtseinkäufe und fing immer schon im November damit an.

James zuckte die Schultern und lächelte so zerknirscht, daß Sally es vollkommen unmöglich fand, ihm böse zu sein.

»Weihnachten ist jedes Jahr, wissen Sie. Immer etwa um diese Zeit.«

»Ich weiß. Ich habe keine akzeptable Entschuldigung, außer daß ich nie weiß, was ich kaufen soll, und ich schaffe es immer, genau das Falsche auszusuchen. Meine Schwestern haben mir verboten, ihnen noch irgendwo anders Geschenke zu kaufen als bei Marks and Spencer's, weil sie sie da umtauschen können.«

Sallys weiches Herz zog sich schmerzlich zusammen.

»Und hier im Ort gibt es keine Filiale, ich muß bis nach Cheltenham oder Gloucester fahren. Dazu hatte ich dieses Jahr einfach keine Zeit.«

Im Geiste schrieb Sally »James' Geschenke kaufen« auf ihre Liste.

»Ich muß morgen in die Stadt. Wenn Sie nicht mitfahren können, wird Lucy mich bestimmt fahren. Dann besorge ich Ihre Geschenke.« Und ich werde vier knallrosa Badekugeln kaufen, die du mir schenken kannst, und dann werden deine Schwestern glauben, du hättest das Geschenk selbst ausgesucht, fügte sie in Gedanken hinzu.

»Sally, Sie sind wirklich ein Goldstück.«

Sally sah ihn unverwandt an. Dann nimm mich doch in die Arme, dachte sie eindringlich. Aber sie war nicht einmal wirklich enttäuscht, als er es nicht tat. Vermutlich nannte er seine Kühe auch »Goldstück«, und sie konnte geduldig sein.

Sie hätte furchtbar gern ein Weihnachtsgeschenk von ihm gehabt. Die Gewißheit, daß sie keines bekommen würde, gab ihr ein seltsam hohles Gefühl. Und sie hatte ein Vermögen für den kleinen irischen Wolfshund aus Silber ausgegeben. Sie hatte ihn bei einem Antiquitätenhändler entdeckt, und obwohl sie ihn sich überhaupt nicht leisten konnte und sich Geld vom Geschäftskonto würde leihen müssen, um über den Januar zu kommen, hatte sie doch nicht widerstehen können. Jetzt konnte sie ihn James natürlich nicht schenken. Sie mußte etwas anderes besorgen. Wieder Geld ausgeben.

Na ja, sie hatte schon Kleinigkeiten für seine Schwestern und die Kinder und eine Schachtel Taschentücher für Tante Sophie. Sie würde James einfach auch Taschentücher schenken.

»Möchten Sie einen heißen Schlummertrunk mit nach oben nehmen?« bot James an. »Es ist eisig in den Schlafzimmern, fürchte ich.«

»Gern«, sagte Sally und unterdrückte ein Seufzen. Sie hätte lieber etwas ganz anderes mit ins Bett genommen, um die Kälte zu vertreiben.

24. KAPITEL

»Also dann«, sagte Hugh. »Fertig?« Er legte eine Hand unter Mays Hinterteil und schob mit mehr Kraft als Feingefühl, aber schließlich fand sie mit dem Fuß Halt in einer Mauerritze, ertastete mit der Hand einen Eisenring und hievte sich nach oben auf die Mauer in einen Wald aus Buddlejas. Leicht keuchend wandte sie sich zu Hugh um, der immer noch auf dem Kabinendach stand.

»Ich bin oben. Aber was wird mit dir?« fragte sie.

»Gib mir deine Hand. Jetzt halt dich irgendwo fest. Achtung, es geht los.«

Für einen Moment glaubte May, der Arm werde ihr ausgerissen und ihre Finger zu Brei zerquetscht, als Hugh halb sprang, halb kletterte, aber dann saß er schon neben ihr. Für jemanden, der seine Tage in einem Büro verbrachte, war er wirklich bemerkenswert athletisch.

Sie massierte ihre Hand.

»Auf dem Rückweg wird es einfacher, du kannst einfach springen«, bemerkte Hugh ein bißchen außer Atem. »Mußt du wirklich all dieses Zeug mitnehmen?« Kritisch beäugte er ihre zwei Koffer, den Pappkarton und die zahllosen Plastiktüten, die sie schon vom Boot hier heraufgehievt hatten.

»Es ist Weihnachten«, belehrte May ihn. »Und das meiste ist Wäsche.«

Hugh nahm die Koffer und eine Handvoll Plastiktüten. »Du solltest dich schämen, deiner Mutter deine Wäsche zu bringen. Und das in deinem Alter.«

»Wenn du je auf einem Boot gelebt hättest, wüßtest du, wie schwierig all diese Dinge sind. Außerdem wasche ich meine Sachen selbst, ich benutze nur die Maschine meiner Mutter.«

Sie hörte, wie defensiv sie klang, und fluchte leise vor sich hin. Sie hatte sich geschworen, wirklich nett zu Hugh zu sein. Aus Dankbarkeit, weil er sie gerettet hatte, und kaum waren sie zusammen, war sie schon wieder so stachelig wie eh und je. Es war nur seine Schuld. Zu anderen Leuten nett zu sein, fiel ihr nie schwer.

Sie beeilte sich, um mit ihm Schritt zu halten, aber er ging so schnell, daß sie ihn erst am Wagen wieder einholte.

Hugh öffnete den Kofferraum und verfrachtete ihre Koffer hinein. »Der Rest muß auf die Rückbank.« Er wies auf eine Kiste, die schon im Kofferraum stand. »Ich habe deinen Eltern ein paar Flaschen Wein gekauft. Ich hoffe, das ist in Ordnung.«

»Das wär' nicht nötig gewesen, weißt du. Aber sie werden sich sehr freuen. Meine Mutter und ich heben gern einen, vor allem, wenn wirklich Weihnachten ist.« Sie sah seine Brauen in die Höhe fahren und hatte das Gefühl, sie müsse ihm das genauer erklären. »Wir sehen uns nicht so furchtbar oft, verstehst du. Wenn wir dann zusammen sind, holen wir den Sherry aus dem Schrank, während wir das Gemüse putzen, und sagen immer ›Das ist wie Weihnachten‹. Und wenn dann wirklich Weihnachten ist, trinken wir eben noch mehr. Ich weiß wirklich nicht, warum ich dieses Thema angeschnitten habe.«

Sie stieg ein und stellte fest, daß sie schon schlecht gelaunt war, bevor sie auch nur losgefahren waren. Soweit also zu ihren guten Vorsätzen. Wenn das so weiterging, konnte sie von Glück sagen, wenn sie sich nicht gegenseitig an die Kehle gingen, ehe sie ankamen.

»Erzähl mir von deiner Familie«, forderte Hugh sie auf, als sie schließlich auf der richtigen Straße waren.

Er hatte ihre konfuse Wegbeschreibung mit überheblicher Gelassenheit über sich ergehen lassen, nicht tolerant, sondern duldsam, als sei er es gewöhnt, eine Beifahrerin zu haben, die ständig rechts mit links verwechselte, und als sei dies eine Prüfung, die man mit dem vielgerühmten englischen Stoizismus ertragen mußte. Sie hätte ihn erwürgen können.

»Tja, da wär' mein Vater«, begann sie und steckte die Hände sicherheitshalber in die Taschen. »Er arbeitet beim Baltic

Exchange und ist ein Schatz. Er interessiert sich für antiquarische Bücher und verbringt seine Freizeit damit, Bilder zu rahmen.«

Sie holte tief Luft und überlegte, wie sie die kleine, lebenslustige Frau beschreiben sollte, die sie alle immer erbarmungslos aufzogen, ohne deren kluge Ratschläge sie aber allesamt verloren gewesen wären.

»Meine Mutter ... na ja, sie ist Hausfrau, aber sie ist immer schrecklich beschäftigt. Sie ist in wohltätigen Organisationen und in jedem Komitee im Dorf aktiv, weil sie nie nein sagen kann. Sie sehnt sich schrecklich nach einem Enkelkind, aber gibt sich die größte Mühe, das nicht zu sagen, damit wir uns nicht unter Druck gesetzt fühlen.«

»Wir?«

»Meine Brüder und ich. Sie sind älter als ich und haben richtige Jobs, aber sie sind unverheiratet und wirken beide schrecklich selbstsüchtig, wobei sie nicht so furchtbar sind, wie sie scheinen. Sie sagen, es wär' meine Aufgabe, für Mums Enkelkind zu sorgen.«

»Du bist doch wohl noch ein bißchen zu jung.«

Genau dieses Argument hatte May auch immer angeführt. Aber es von ihm zu hören, brachte sie auf die Palme. »Ich bin fast fünfundzwanzig. Manche Biologen würden sagen, die besten Jahre zum Kinderkriegen liegen schon hinter mir.«

»Ich meinte auch nicht, du seiest zu jung an Jahren, sondern dir fehlt die Erfahrung.«

Auch das stimmte, aber sie war nicht gewillt, sich das widerspruchslos von ihm sagen zu lassen. »Woher willst du wissen, wieviel Erfahrung ich habe? Wir kennen uns doch gerade mal fünf Minuten.«

»Ich will nur sagen, du solltest erst einmal dein eigenes Leben leben, ehe du die Verantwortung für ein anderes übernimmst.«

Genau das hatte sie immer zu ihrer Mutter gesagt bei den seltenen Gelegenheiten, da das Thema zur Sprache kam. Sie fand keine passende Erwiderung und schwieg.

»Also, was wirst du mit deinem Leben anfangen, wenn du genug verdient hast, um deine Schulden zu bezahlen? Du willst doch bestimmt nicht für den Rest deiner Tage Putzfrau bleiben.«

May wollte protestieren und anführen, daß es ausgesprochen befriedigend sei, seine eigene Firma zu führen. Und das war es auch. Aber eine Reinigungsfirma? »Ich weiß es nicht.«

»Du wartest immer noch darauf rauszufinden, was du mal werden willst, wenn du groß bist?«

»Nein! Doch ... Ich weiß nicht. Ich möchte schon irgendwas machen, ich weiß einfach nicht, was.«

»Was meinen deine Eltern, das du tun solltest?«

»Sie gehören nicht zu der Sorte Eltern. Sie wollen nur, daß ich glücklich bin. Sie würden mich bei allem unterstützen, wozu ich mich entscheide.«

»Also, was kannst du besonders gut?«

»Gar nichts. Das ist der Fluch, den die böse Fee mir bei meiner Taufe in die Wiege gelegt hat. ›Sie soll nicht dumm sein, aber sie soll keine besondere Begabung haben.‹ Und die hab' ich auch nicht.«

»Du bist praktisch veranlagt, kein übler Tischler. Du bist mutig, ausdauernd und«, schloß er, als ihm die Geflügel-Nugget-Männchen wieder einfielen, »erfinderisch.«

»Ja, aber ...«

»Du kannst wunderbar mit Kindern umgehen, ich habe es selbst gesehen, als wir mit den Jungs auf dem Boot waren.«

»Was?«

»Und du hast gern das Sagen. Wie wär's mit Lehrerin?«

»Hab' drüber nachgedacht. Eine Zeitlang hat die Idee mir schon gefallen. Aber ich hab' keine A-Levels. Und außerdem habe ich überhaupt nicht gern das Sagen.«

»Na schön, sagen wir, du hast eine Begabung, Leute zu manipulieren.«

May schnappte entrüstet nach Luft.

Er ignorierte sie. »Du kannst gut koordinieren. Du solltest zu einer Berufsberatung gehen. Vielleicht trifft eine der Ausnahmeregelungen auf dich zu, und du könntest ohne A-Levels aufs College gehen. Aber wenn du die Hochschulreife brauchst, kannst du sie nachholen.«

Sie kamen durch einen Londoner Stadtteil, wo man offenbar beschlossen hatte, die Weihnachtsbeleuchtung zu rationalisieren, und jeder Baum war mit winzigen, weißen Lichtern betupft. Sie waren wunderschön.

»Da gibt es nur ein kleines Problem«, sagte May.

Hugh warf ihr einen kurzen Blick zu. »Und zwar?«

»Ich habe die Mathematikprüfung bei der mittleren Reife versiebt. Und ohne die geht *gar nichts.*«

May war keineswegs überrascht, als Hughs lachte, aber verärgert.

»Ich bin nicht durchgefallen. Aber ich habe kein C geschafft.«

»Warum hast du die Prüfung nicht wiederholt?«

»Wozu? Ich hätte doch wieder nur ein D gemacht. Ich kenne eine Frau, die es immer wieder versucht hat. Sie hat es auf fünfzehn Ds in Mathematik gebracht.«

»Woher willst du wissen, daß du wieder nur ein D geschafft hättest? Und wenn das alles ist, das dich davon abhält, etwas Sinnvolleres mit deinem Leben anzufangen, als zu putzen, ist es doch sicher einen Versuch wert, oder?«

»Wer behauptet, Putzen sei nicht sinnvoll? Du bist einfach ein Snob in der Hinsicht. Du würdest nicht gern zugeben, daß du im Begriff bist, Weihnachten mit einer Putzfrau zu verbringen.«

Er holte tief Luft. »Da hast du nicht Unrecht. Aber ich werde natürlich ein Geheimnis daraus machen. Wegen dem drohenden Gesichtsverlust.«

»Wegen *des.*«

»Da siehst du's. Ich sage doch, du solltest Lehrerin werden. Du liebst es, Leute zu verbessern.«

»Das ist nicht wahr! Und was wäre, wenn ich keine Disziplin in einer Klasse halten könnte?«

»Damit hattest du keinerlei Probleme, als mein Bruder diese Horde Bengel auf dein Boot gebracht hat.«

May betrachtete ihn mitleidig. »Aber diese Bengel, wie du sie nennst, waren liebe, kleine, privilegierte Jungs einer Privatschule. Richtige Kinder sind was ganz anderes.«

Hugh lachte, ziemlich überheblich für Mays Geschmack. »Wenn du glaubst, aus guten Verhältnissen zu kommen und eine Eliteschule zu besuchen hindere kleine Jungs daran, sich wie Wilde aufzuführen, hast du bisher ein noch behüteteres Leben geführt, als ich angenommen hatte. Ich gebe zu, es waren nette Jungs und mein Bruder war dabei. Aber das Entscheidende ist: Du hast ihr Interesse geweckt. Sie haben sich gut benommen, weil du ihre Aufmerksamkeit gefesselt hast.«

»Na ja, Kanäle sind eben interessant.«

»Nicht besonders.«

»Was soll das heißen?« fuhr May empört auf. »Sie sind faszinierend!«

»Für dich vielleicht. Möglicherweise sogar für mich. Aber viele Leute betrachten sie nur als irgendein Gewässer, wo man sein altes Fahrrad kostengünstig entsorgen kann. Worauf ich hinauswill«, fuhr er fort und ignorierte ihre Protestlaute, »ist, daß du sie *interessant gemacht* hast. Du hast sie lebendig gemacht. Und mit dieser Gabe ist Unterrichten ein Kinderspiel.«

»Ich glaube trotzdem nicht, daß es das Richtige für mich wäre. Außerdem hat mir mal jemand auf einer Party erzählt, der Lehrberuf bestehe heute hauptsächlich daraus, Formulare auszufüllen, und darin bin ich hoffnungslos.«

»Nun, solltest du je beschließen, daß es das fehlende C in Mathematik ist, das dich daran hindert, deinen Traumberuf zu ergreifen, laß es mich wissen. Ich helfe dir gern.«

May unterdrückte ein Kichern. Was die reizende, geduldige Miss Simons nicht zuwege gebracht hatte, würde Hugh wohl erst recht nicht schaffen. Aber sie wollte seine Gefühle nicht verletzen und sagte deswegen: »Es würde gegen meine Prinzipien verstoßen, einen Mann um Hilfe zu bitten.«

Hugh lachte leise, und das erinnerte May daran, daß sie genau das erst gestern getan hatte.

»Ich wollte sagen, ich würde keinen Mann um Hilfe bitten bei einer Sache, wo es nicht um simple Muskelkraft geht.« Das hörte sich auch falsch an. Sie wollte ihn in seine Schranken weisen, aber sie war ihm wirklich dankbar. »Ich meine, nicht daß du deine Muskelkräfte eingesetzt hättest, aber ...«

»Ich hätte es gekonnt, wenn es nötig gewesen wäre?«

»Genau.«

Sie schwiegen einen Moment, und May erinnerte sich wieder an die beiden Männer und an ihre Angst.

»Ich bin heilfroh, daß es nicht nötig war«, sagte Hugh. »Und ich denke, ich werde ein paar Erkundigungen einziehen über Mr. Slater und seine Quality Cleaners. Vielleicht gibt es einen legalen Weg, um ihn loszuwerden.«

May plagte ihr Gewissen. »Ich war dir wirklich dankbar. Und ich wollte nicht grob klingen, nachdem du so freundlich warst. Und wegen mir bist du auch noch zu spät zu deiner Verabredung gekommen.«

Statt diese mit solcher Mühe ausgesprochene Entschuldigung mit einem großmütigen Wink zu akzeptieren, sagte Hugh: »Grobheit ist ein Bestandteil deiner Persönlichkeit, May.«

Sie gab einen leisen Protestlaut von sich.

»Aber mein Angebot gilt trotzdem.«

May fiel keine Erwiderung ein, die niederschmetternd genug gewesen wäre, also hielt sie den Mund. Aber sie schwor sich, lieber bis ans Ende ihrer Tage Quadratzahlen zu pauken, ehe sie sich auch nur seinen Taschenrechner borgen würde.

»Mummy!«

»Liebes!«

Sie umarmten sich innig.

»Das ist Hugh Buckfast. Meine Mutter, Victoria Sargent.«

»Hallo, Hugh«, sagte Mays Mutter. »Wunderbar, daß Sie kommen konnten.«

»Es freut mich, Sie kennenzulernen, Mrs. Sargent.«

»Ach, du meine Güte! Nennen Sie mich Vicky. Und hier ist Ted.«

Mays Vater folgte seiner Frau nach draußen, um die Ankömmlinge zu begrüßen. Er war ein grauhaariger Mann mittlerer Größe, und das Auffälligste an ihm waren seine funkelnden blauen Augen. Als er sich aus der Umarmung seiner Tochter löste, streckte er Hugh die Hand entgegen. »Ted Sargent. Schön, daß Sie kommen konnten.«

»Sind die Jungs schon da?« fragte May, hakte sich bei ihrer Mutter ein und führte sie in Haus.

»Sie kommen nach der Party im Büro. Ian bringt vielleicht ein Mädchen mit, als Fahrer, schätze ich.«

»Schande ...«

»Ich hab' keine Einwände. Im Gegenteil, ich finde es wunderbar. Ich hoffe nur, sie erwarten nicht, im selben Zimmer zu schlafen. Nicht, daß ich etwas dagegen habe, was sie miteinander anstellen, es ist mir nur peinlich, wenn es zu offensichtlich wird.«

Sie waren in der Küche angekommen. »Also, du brauchst dir absolut keine Sorgen zu machen, daß Hugh und ich im selben Zimmer schlafen wollen.«

»Das freut mich zu hören«, sagte ihre Mutter. Seltsamerweise klang sie kein bißchen erfreut.

»Soll ich Tee machen?« bot May an.

»Wenn du welchen möchtest. Aber ich schätze, dein Vater schenkt für sich und Hugh gerade seinen besten Malt Whiskey ein.«

»Ich hoffe, sie verstehen sich«, sagte May.

Ihre Mutter sah sie scharf an.

May verzog das Gesicht. »Nur damit sie sich wohl fühlen. Wenn sie sich nicht ausstehen können, steht uns ein krampfiges Weihnachten bevor. Ich hab' jedenfalls überhaupt nichts gemeinsam mit diesem Mann!«

Vicky Sargent holte ein Blech mit knusprigen Hackfleischpastetchen aus dem Ofen. »Hier, bring sie nach drüben, sei so gut.«

Wie vorhergesehen, hatten Hugh und Ted beide ein Glas in der Hand und begrüßten die Hackfleischpasteten enthusiastisch.

»Meine Frau macht die besten Hackfleischpasteten der Welt, auch wenn nicht ich das sagen sollte«, verkündete Ted.

Vicky lächelte bescheiden. »Wenn du so darüber denkst, wie wär's, wenn du Meg Reade einen Teller voll bringst. Morgen geht sie zu den Faulkners, aber heute ist sie ganz allein. Du brauchst ja nur eine Minute zu bleiben.«

Teds Gesicht verzog sich schmerzlich. »Liebling, muß ich wirklich?«

»Ich kann nicht selbst gehen, ich hab' zu viel zu tun. Außerdem ist es männliche Gesellschaft, die ihr fehlt, seit ihr Mann gestorben ist.«

»Warum fragst du nicht Hugh, ob er mitkommt«, schlug May vor. »Ich wette, er kann wunderbar mit alten Damen umgehen.«

»Ihr müßt ja nicht sofort gehen. Trinkt in Ruhe aus und eßt ein paar Pastetchen. Wir müssen mit dem Essen sowieso warten, bis die Jungs hier sind.«

Die Männer somit beschäftigt, gingen May und ihre Mutter in die Küche zurück, bewaffneten sich ebenfalls mit Drinks und begannen, das Gemüse fürs Weihnachtsessen vorzubereiten. May wußte, daß ihre Mutter vor Neugier brannte, aber nicht fragen würde, also erzählte sie ihr in epischer Breite, wie sie Hugh kennengelernt hatte, wie hilfsbereit er gewesen war und von ihrer Bootsfahrt mit den Jungen. Sie log schamlos, was den Grund seines gestrigen Besuches betraf und sagte, er sei vorbeigekommen, um festzustellen, ob er seinen Mantel bei ihr vergessen habe.

»Aber du mußt verstehen«, schloß sie und sammelte ein paar verstreute Rosenkohlblätter ein, die von der Zeitungsunterlage entwischt waren. »Es läuft absolut gar nichts zwischen Hugh und mir.«

»Ich glaube, das habe ich halbwegs begriffen, Liebes. Das hast du mir am Telefon mindestens ein dutzendmal gesagt. Du hast ihn eingeladen, weil er dir leid tat.«

»Ich wollte es nur noch mal klarstellen.«

»Er ist sowieso zu alt für dich.«

»Er ist eigentlich nicht *alt*, nur ...«

»Spießig?«

»Eigentlich auch nicht. Ich weiß nicht, was mit ihm nicht stimmt. Ich weiß nur, er ist nicht der Richtige für mich.«

Ted und Hugh wählten exakt diesen Moment aus, um durch die Hintertür ins Haus zurückzukommen. May war einigermaßen sicher, daß Hugh nichts gehört hatte, das nicht für seine

Ohren bestimmt gewesen war, aber sein Gesicht zeigte einen Anflug von Verärgerung, der sie beunruhigte.

»Also, Knöpfchen, wie läuft es mit Cleaning Undertaken?« fragte ihr Vater.

May holte tief Luft und erzählte ihren Eltern von ihrem Geschäft, wobei ihre Schönfärberei fast schon an Unwahrheit grenzte.

Mays Brüder kamen, wie ihre Mutter prophezeit hatte, spät, betrunken und mit einem Mädchen im Schlepptau.

»Hi, Mum!« Ian hob seine Mutter hoch und wirbelte sie ein paarmal herum, um sie daran zu erinnern, wieviel größer und stärker als sie er war.

Vicky strich ihre Schürze glatt. »Hallo, Liebling. Wie schön, dich zu sehen. Und wen hast du da mitgebracht?«

»Das ist Saskia. Sie hat uns hergefahren«, sagte Ian und zog ein schwarzgekleidetes, kicherndes Wesen mit blondierten Haaren und Beinen bis zum Hals herein. »Glaub's oder nicht, sie ist stocknüchtern.«

»Ich vertrage leider überhaupt keinen Alkohol«, hauchte Saskia entschuldigend. »Ich kriege Ausschlag davon.«

Das macht dich bestimmt zu einer begehrten Partybegleiterin, dachte May. Vor allem, was meine Brüder betrifft.

Vicky küßte Saskia. »Willkommen, Liebes. Darf ich Ihnen meine Tochter vorstellen? May.«

»Hi«, sagte May. »Du mußt das Zimmer mit mir teilen, fürchte ich.« Sie schnitt ihrem Bruder eine Grimasse. »Aber im Gegensatz zu gewissen anderen Leuten schnarche ich nicht.«

»Hugh«, sagte Vicky. »Kommen Sie und lassen Sie mich Ihnen meine Söhne vorstellen. Ian und Andrew.«

Die beiden jungen Männer schüttelten Hugh die Hand und hätten ihn scharf angesehen, wären sie noch in der Lage gewesen, ihre Blicke zu fokussieren. Was Hugh von ihnen halten mochte, konnte May nur raten.

»Laßt uns nicht in der Diele herumstehen«, sagte Vicky. »Ted, bring alle ins Wohnzimmer. Ich koch' den Jungs einen Kaffee.«

»Soll ich dich nach oben bringen?« fragte May Saskia. »Damit du deine Sachen abstellen kannst?«

»Au ja. Super. Schrecklich nett von dir.«

Saskia machte ihr phantasieloses Vokabular wett durch Offenherzigkeit und Fröhlichkeit. Als May sie fragte, ob es ihrer Familie nichts ausmache, daß sie zu Weihnachten nicht zu Hause war, eröffnete Saskia ihr ohne jede Spur von Selbstmitleid, daß ihre Eltern geschieden seien und neue Familien gegründet hatten.

»Darum war ich so glücklich, als Ian vorgeschlagen hat, ich soll mit herkommen. Ich liebe traditionelle Familien-Weihnachten.«

Mays schloß sie ins Herz und fragte sich, ob es bei ihnen einfach in der Familie lag, die Einsamen und Heimatlosen über Weihnachten einzuladen. Nicht daß Hugh besonders einsam oder heimatlos gewesen wäre. Sie war überzeugt, er wäre vollauf zufrieden gewesen mit einem guten Buch und einem guten Portwein. Aber irgendwie hatte ihr die Vorstellung nicht gefallen, daß er Weihnachten ganz allein sein sollte.

Sie dachte darüber nach, während sie auf Saskia wartete, die im Badezimmer verschwunden war. Wäre es wohl möglich, überlegte sie, Hugh und Saskia zusammenzubringen? Je länger sie darüber nachdachte, um so besser gefiel ihr die Idee. Saskia himmelte Ian an, das war unübersehbar, aber er war so ein Drecksack, wenn es um Frauen ging, es konnte ihm nur gut tun, die Qualen der Eifersucht zu spüren. Und wenn er keine Qualen litt, so hätte Saskia doch zumindest einen anderen Mann, der ihr das Gefühl gab, begehrt zu werden.

Hugh wäre nicht der erste Mann, den ein Paar lange Beine und ein hauchendes Stimmchen anzogen, vor allem, wenn das besagte Stimmchen keine Widerworte gab. Saskia war jung, schön und höflich, sicher genau seine Sorte. May schuldete ihm schließlich einen Gefallen. Einen ganzen Haufen Gefallen, wenn man's genau nahm. Und wenn er eine Freundin hätte, würde er vielleicht endlich aufhören, sich ständig in ihre Gedanken zu schleichen.

War es möglich, daß sie Hugh eigentlich selbst haben wollte, überlegte sie erschrocken. Doch sie verdrängte den Gedanken sofort wieder. Saskia verdiente etwas Besseres als ihren rücksichtslosen Bruder. Hugh würde sich möglicherweise als höchst angenehme Alternative erweisen. Viele Mädchen wußten die Aufmerksamkeiten attraktiver älterer Männer zu schätzen, und genau in die Kategorie gehörte Hugh wohl.

Als May und Saskia ins Wohnzimmer kamen, eingehüllt in eine Wolke aus Saskias Parfüm, war Ted Sargent gerade dabei, die Gläser zu füllen. Hugh schürte das Feuer im Kamin, während Mays Brüder sich auf die beiden Sofas gelümmelt hatten, jeder einen Becher schwarzen Kaffee in der Hand. Keiner von beiden stand auf, als May und Saskia eintraten, und May sah ihre Mutter zusammenfahren und sich auf die Zunge beißen.

»Komm und setz dich zu mir, Sassy«, sagte Ian und klopfte einladend auf das Kissen neben sich. »Nein, nicht so nahe bei Andrew, er könnte auf die Idee kommen, seine Hand auf dein Knie zu legen. Tut mir leid, daß du bei meiner Schwester schlafen mußt, aber meine Mutter ist schrecklich prüde.«

»Überhaupt nicht ...«, begann Vicky.

»Ich weiß, ich weiß«, sagte Ian. »War nur Spaß.«

Ted räusperte sich und wechselte das Thema. »Also, wer geht in die Mitternachtsmette? Sie ist um halb zwölf.«

»Warum nicht um Mitternacht?« fragte Saskia.

Mays Brüder sahen sie ungläubig an. »Weil, *Schätzchen*, man rechtzeitig mit dem Gottesdienst beginnen muß, damit die Eucharistie um Mitternacht ist.«

»Oh ...« Saskia ließ den Kopf hängen und zupfte an ihren Nylons. »Ich dachte nur ...«

»Und Sie haben recht«, sagte Hugh. »Wenn es Mitternachtsmette heißt, sollte sie auch um Mitternacht anfangen. Es ist fast so wie bei der Navigation auf See. Wenn man nach Süden will, muß man jeden Tag rausfinden, wann Mittag ist. Dabei sollte man denken, Mittag ist um zwölf.«

Saskia schenkte Hugh ein dankbares Lächeln, das er mit einem Ausdruck größter Freundlichkeit erwiderte, den May noch nie an ihm gesehen hatte.

»Ich würde gern gehen«, sagte May. »Es sei denn, Mum braucht Hilfe.«

»Brauchen wir einen Fahrer?« fragte Saskia. »Ich könnte fahren.«

»Es ist nur ein kurzer Fußweg durch den Wald«, sagte May hastig, ehe ihr Bruder eine sarkastische Bemerkung machen konnte. »Komm trotzdem mit. Die Kirche ist nur mit Kerzen beleuchtet. Es ist sehr schön.«

»Ich muß noch Geschenke einpacken«, sagte Andrew.

»Ich auch«, schloß Ian sich an.

»Was denn, ihr habt Geschenke für uns?« murmelte May. »Tja, alles hat ein erstes Mal …«

»Ja, für dich hab' ich auch eins, Schwesterchen.«

»Ich habe für Ian eingekauft«, erklärte Saskia. »Er hatte so schrecklich viel zu tun.«

»Dann hoffe ich, du hast für dich selbst etwas wirklich Schönes ausgesucht«, stichelte May. »Er ist so ein Geizkragen.«

»Hört auf zu zanken«, sagte Vicky. »Sobald ihr im selben Raum seid, geht es sofort los.«

»Tut mir leid, Mum«, sagte Ian und kam mit Mühe auf die Füße. »Kann ich dir bei irgendwas helfen?«

Vicky lächelte versöhnt. »Du kannst den Tisch decken. Wir können bald essen.«

»Ich helf' dir auch«, sagte May, und an Hugh und Saskia gewandt fuhr sie fort: »Bleibt ihr nur sitzen. Ihr beiden Fahrer habt eine Pause verdient. Vor allem, wenn ihr zur Mitternachtsmette gehen wollt.«

»Also, wer ist der Typ?« fragte Ian und legte Messer und Gabeln an jeden Platz. »Dein Freund? Ich dachte, du kriegst nie einen.«

»Er ist nicht mein Freund«, entgegnete May, folgte ihm um den Tisch herum, drehte die Messer mit der Schneide nach innen und legte Löffel dazu.

»Nur ein guter Bekannter, was?«

»Auch nicht. Wir kennen uns kaum. Ich hab' ihn nur zu Weihnachten eingeladen. Und was ist mit Saskia?«

»Dasselbe. Es läuft überhaupt nichts zwischen uns. *Wirk-*

lich!« beharrte er, als er Mays skeptische Miene sah. »So ein Scheißkerl bin ich nun auch wieder nicht, daß ich ein Mädchen wie Saskia flachlege. Sie ist auf der Suche nach der wahren Liebe. Und was ist mit dir? Schläfst du mit Wieheißterdochgleich? Bringt er die Erde für dich zum Erbeben?«

»Nein, ich schlafe nicht mit ihm.« May stellte einen Salzstreuer auf eine gestopfte Stelle des Tischtuchs. »Und wenn ich ein Erdbeben will, fahre ich nach Kalifornien.«

Ian schüttelte betrübt den Kopf. »Mit der Einstellung wirst du nie einen Mann finden.«

May überlegte gerade, wie sie die Einstellung ihres Bruder dauerhaft ändern könnte oder auch nur die Form seiner Nase, als Hugh mit zwei Flaschen Wein hereinkam. »Eure Mutter sagt, alles ist fertig, ist es hier drin warm genug und würde May bitte die Bratensoße umfüllen?«

25. KAPITEL

Sally hatte Harriets Wecker auf sechs Uhr gestellt. Als er zu piepsen begann, sprang sie sofort aus dem Bett, ehe sie ihre Meinung noch einmal ändern konnte, und wankte ins Bad. Die Fußmatte war feucht und der Spiegel beschlagen. James war also schon vor ihr aufgestanden. Mist! Sie hatte gehofft, ihn zu beeindrucken.

Sally nahm unangenehme Aufgaben gern in Angriff, ehe sie allzuviel darüber nachdenken konnte. Wenn man sich kopfüber hineinstürzte, war man schon halb fertig, ehe man es richtig merkte. Also ging sie nach unten, und noch bevor sie sich einen Tee gekocht hatte, suchte sie einen Eimer, dankte Gott für den Rayburn und dessen unerschöpflichen Heißwasservorrat, bewaffnete sich mit Natron, Bleiche, Gummihandschuhen und einem etwas übelriechenden Lappen, den sie unter der Spüle gefunden hatte, und gab sich mit Feuereifer daran, das Eßzimmer zu säubern.

Als sie James ins Haus kommen hörte, war sie zu dem Schluß gekommen, daß es zwar wunderbar wäre, die Wände frisch zu tapezieren, daß es für den Augenblick aber durchaus reichen würde, die alte Tapete dort, wo sie sich gelöst hatte, mit Heftzwecken zu befestigen. Sie trug ihren Eimer, der jetzt graues, kaltes Wasser enthielt, in die warme Küche hinüber.

»Hallo!« begrüßte James sie. »Wo haben Sie denn gesteckt?«

»Im Eßzimmer. Und da ist mir was aufgefallen.«

»Daß unzumutbar ist, was ich Ihnen aufbürde, und Sie wieder nach Hause wollen?«

»Das Eßzimmer ist unmöbliert. Ich weiß, Sie haben alle Antiquitäten zu Phillip's gebracht, aber wenn wir Gäste bewirten wollen, brauchen wir einen Tisch.«

James runzelte die Stirn. »Ich habe jede Menge Stühle und so weiter in einem der Ställe, aber ich habe keinen Tisch, der groß genug wäre. Verstehen Sie, der Eßzimmertisch hat fünfhundert Pfund gebracht.«

Sally sah auf den Küchentisch hinab. Sechs Leute konnten daran sitzen, wenn sie sich klein machten, aber niemals die Zahl, die James erwartete.

»Ich bin verwundert, daß Lucy nichts davon gesagt hat. Sie hat sich über alles andere den Kopf zerbrochen ...«

»Lucy weiß nichts davon. Keine meiner Schwestern ist in den letzten Jahren je in einem anderen Zimmer außer Küche oder Bad gewesen. Wir müssen improvisieren.«

Sally hatte drei Monate lang in einem staatlich geförderten Repertoiretheater als Regieassistentin gearbeitet, mit Improvisation kannte sie sich aus. »In Ordnung. Was schlagen Sie vor?«

»Ich schlage vor, wir schleichen uns weg, gehen in ein schönes Hotel und überlassen das ganze Pack sich selbst.«

Ein glückseliges Aufflackern bei dem Wort »wir« brachte die Inspiration. »Haben Sie vielleicht eine alte Tür? Irgendwas, Hauptsache lang und flach.«

»Könnte gut sein. Wie gesagt, es steht alles mögliche Zeug in einem der Ställe. Ich bin ziemlich sicher, daß auch eine Tür dabei war.«

»Keine Kassettentür, oder?« Sally sah schon vor sich, wie die Teller in die Vertiefungen glitten und Bratensoße in die Schnitzereien tropfte.

»O nein. Es ist eine Scheunentür. Wir mußten sie ausbauen, um den neuen Mähdrescher hineinzukriegen. Und ich bin sicher, wir haben auch noch ein paar Holzböcke irgendwo, die wir an Stelle von Tischbeinen gebrauchen können.«

Sally machte eine Geste wie ein Zauberer, der ein Kaninchen aus dem Hut gezogen hat. »Na bitte.«

»Vermutlich ist das ganze Zeug verdreckt und voller Farbspritzer, aber ich hole es trotzdem rein, wenn Sie glauben, daß wir es gebrauchen können.«

»Ganz sicher.«

»Da fällt mir ein, wir haben Truhen voll alter Vorhänge auf

dem Speicher. Vielleicht finden Sie irgendwas, das man als Tischtuch gebrauchen könnte.«

Sie hatte sich schon darauf eingestellt, ihr Bettlaken für diesen Zweck zu opfern, aber eine weitere Lage darunter konnte die Sache nur besser machen.

»Super. Nach dem Frühstück gehe ich rauf und stöber' ein bißchen. Was machen wir wegen der Beleuchtung? Eine einzelne Birne ist gut und schön, aber nicht besonders festlich.«

James hob die Schultern. »Ich könnte für den Aperitif die Traktorscheinwerfer auf die Wohnzimmerfenster richten und ihn dann ans Eßzimmerfenster fahren, wenn wir zum Essen hinübergehen. Wie wär' das? Er macht einen höllischen Radau, aber das würde das Konversationsproblem lösen.«

Sally warf ihm einen vernichtenden Blick zu. »Kommen Sie. Ich hab' Hunger und will Frühstück.«

Erst als sie Eier, Schinken, eine Tomate und mehrere Scheiben Toast verspeist hatte, ging Sally auf, daß sie für gewöhnlich doch gar nicht frühstückte. Das Landleben hatte sie offenbar schon gepackt.

Der Boden unter dem schrägen Dach, durch das hier und da Licht einfiel, erwies sich als wahre Schatzkammer. Dort standen Kommoden und Truhen, und die erste, die Sally öffnete, enthielt eine Sammlung wunderschöner Samtvorhänge, ein bißchen muffig und mottenzerfressen, aber dick und in einem warmen, weihnachtlichen Grün. Sie fand auch mehrere aus goldfarbenem Satin, und sie erinnerten Sally an die Prinzenkostüme im Weihnachtskindertheater. Wer weiß, was in den übrigen Kommoden sein mochte, alles schien möglich, angefangen von Damastservietten bis hin zu Weihnachtsmännerkostümen.

Aber was Sally wirklich in Euphorie versetzte, waren Dutzende Öllampen aus unterschiedlichsten Epochen, die entlang der Wände aufgereiht standen. Offenbar waren sie alle nach hier oben verbannt worden, als die Farm an die Stromversorgung angeschlossen wurde. Manche waren Sturm- und Stalllaternen, anderen hatten elegante Messingfüße und feine Glasschirme. Sallys Beleuchtungsproblem war gelöst. Unter so vielen Lampen mußte es genügend geben, die noch funktionierten.

Sie erzählte James von ihrem Fund, als er ihr einen Becher Tee ins Wohnzimmer brachte, wo sie die Fenster putzte.

»Ich verstehe immer noch nicht, was gegen die Beleuchtung einzuwenden ist, die wir haben. Wir könnten ein paar Kerzen in alte Weinflaschen stecken und sie auf den Tisch stellen.«

Sally schüttelte den Kopf. »Wenn Tante Sophie ein Weihnachtskarten-Weihnachten will, können wir sie nicht unter einer nackten Glühbirne essen lassen.«

»Bitte, wenn Sie es sagen ... Da fällt mir ein, Lucy hat angerufen. Sie kommt etwa in einer Stunde, um mit Ihnen einkaufen zu fahren. Ist das in Ordnung?«

Nun, sie hatte nicht wirklich damit gerechnet, daß er selbst Zeit haben würde, um einkaufen zu fahren.

»Wunderbar«, sagte Sally und wrang ihr Tuch aus. »Ich werde startbereit sein.«

Das Wohnzimmer war feucht, aber sauber, und Sally wollte gerade Feuer im Kamin machen, als sie hinter sich Schritte hörte. O nein, Lucy. Und sie war noch nicht fertig. Also war die Londoner Schauspielerin nicht nur blöd, sondern auch noch unpünktlich. Sie wandte sich mit einem reumütigen Lächeln um.

Es war nicht Lucy. Es mußte ihre Schwester sein, denn die Ähnlichkeit war unübersehbar. Doch diese Frau war älter, dunkler und wirkte weniger gut betucht.

»Hallo! Ich bin Liz. Ich fahre mit Ihnen zum Einkaufen, denn Lucys hundertstes Blech mit Hackfleischpasteten ist noch nicht fertig, und sie traut dem Au-pair-Mädchen nicht zu, es im richtigen Augenblick aus dem Ofen zu holen.«

»Oh. Sind Sie sicher ...«

»Kein Problem. Lucys Au-pair-Mädchen hütet meine Brut. Ich muß selber noch tausend Sachen besorgen, und hätte die Kinder andernfalls mit mir durch die Stadt schleifen müssen.« Liz grinste. »Ich bin nicht so perfekt organisiert wie Lucy.«

Sally erwiderte das Grinsen. Und weniger furchteinflößend, dachte sie. »Ich sollte mich lieber ein bißchen zurechtmachen.«

»Oh, nicht nötig. Sie sehen jetzt schon viel eleganter aus, selbst mit dem Fleck auf der Wange, als jede von uns Landpomeranzen hier das je könnte.«

Liz schien sie nicht zu verspotten, machte ihr auch kein Kompliment, sondern stellte lediglich eine Tatsache fest.

»Wirklich?«

»Ja. Trocknen Sie sich die Hände ab, holen Sie einen Mantel, und dann rein ins Vergnügen.«

Sallys Jacke war immer noch feucht.

»Nehmen Sie James' Barbour. Das macht ihm nichts«, versicherte Liz. »Wenn es ihm überhaupt auffällt, und das wird es nicht.«

Liz redete ebensoviel wie Lucy, aber stellte nicht deren Besitzanspruch an James, und sie verabscheute Sally auch nicht, nur weil sie eine Schauspielerin aus London und daher zwangsläufig strohdumm war und ihren hilflosen kleinen Bruder einfangen wollte. Liz erzählte ihr von den verschiedenen Verwandten und sagte Sally, daß an einer von James' Hecken ein Stechpalmbusch voller Beeren und viele andere brauchbare Sträucher standen.

»Komisch, daß Lucy die Stechpalme nicht erwähnt hat. Ihr Au-pair-Mädchen holt dort immer das ganze Grünzeug für Lucys Weihnachtsschmuck.«

»Vermutlich hat sie's vergessen«, sagte Sally nachsichtig. »Um diese Zeit hat ja jeder so viel um die Ohren.«

»Hm«, brummte Liz. »Sieht unserer Lucy nicht ähnlich.« Sie seufzte, als sei sie unwillig, etwas zu erklären, was Sally aber wissen sollte. »Lucy hat einen schrecklich reichen Mann geheiratet, und sie vergißt manchmal, daß das einen Unterschied macht. Es ist nicht weiter schwierig, tüchtig zu sein, wenn man Leute hat, an die man delegieren kann.« Lucys Geld schien Liz zu beunruhigen, als fürchte sie, es sei nicht gut für ihre jüngere Schwester, im Überfluß zu leben. Liz wechselte das Thema. »Dave wird Ihnen bergeweise Grünzeug schneiden, wenn Sie ihn drum bitten. Kennen Sie Dave schon?«

»Ich glaube, ja.«

»Er ist ein Schatz. Furchtbar schüchtern, aber sehr hilfsbereit, vor allem Frauen gegenüber. Sagen Sie ihm einfach, was Sie wollen, James wird das recht sein. Und jetzt, was brauchen Sie aus der Stadt?«

Sallys Liste war lang und kompliziert. »Ich fürchte, ich muß James' Weihnachtsgeschenke besorgen, und ich hab' nicht viel Geld.«

»Kein Problem«, sagte Liz wieder. »Nicht für eine erfahrene arme Kirchenmaus wie mich. Es gibt ein paar erstklassige Secondhandläden und einen Markt. Brauchen wir für Tante Sophie auch ein Geschenk?«

Sally nickte.

»Ich weiß, wo wir's versuchen können. Kommen Sie.«

Liz war die perfekte Führerin, und sie fanden wunderschöne Leinentaschentücher für Tante Sophie (was leider bedeutete, daß Sally ihr etwas anderes besorgen mußte), für Lucy kauften sie an einem Stand des Frauenkomitees eine Schale voll üppiger Hyazinthen (»Wenigstens kann sie die nicht umtauschen«, sagte Sally), und Liz suchte sich ihr Geschenk selber aus, eine schicke Strickjacke für vier Pfund fünfzig im Oxfam-Laden.

Aber so sparsam Liz und Sally auch haushalteten, als sie die Geschenke, ein bißchen Weihnachtsschmuck, eine Lichterkette und Lampendochte gekauft hatten, war nicht mehr genug Geld für einen Weihnachtsbaum übrig.

»O nein«, sagte Liz. »Weihnachten ist einfach nicht Weihnachten ohne Baum. Tante Sophie wird schrecklich enttäuscht sein. Ich frage mich, ob wir unseren wohl hinten ins Auto packen und einfach mitbringen könnten ...«

Sally fand, das war keine gute Idee. »Was für immergrüne Pflanzen, sagten Sie, gibt es auf der Farm?«

Liz machte eine weitausholende Geste. »Oh, alles. Eiben, Tannen, Lärchen ... die haben jetzt allerdings keine Nadeln, fällt mir ein. Aber es ist alles da.«

»Eiben«, sagte Sally versonnen. »Sie sind nicht in Form geschnitten oder so was?«

»Nein. Sie stehen da, wie die Natur sie hat wachsen lassen, müßten dringend mal beschnitten werden.«

»Wunderbar! Wenn Sie fertig sind, fahren wir nach Hause.«

Als Lucy an Heiligabend schließlich gegen sieben herüberkam, Tante Sophie und zahlreiche Koffer im Schlepptau, waren die

Spuren von Sallys und Liz' Kreativität überall sichtbar. Sehr zur Verärgerung von Lucys Au-pair-Mädchen hatten sie Unmengen immergrüner Zweige geschnitten und zu ausladenden Sträußen arrangiert, die gemeinsam mit den wiederentdeckten Vorhängen jede unansehnliche Ecke, jede feuchte Stelle an den Wänden oder abgeblätterte Tapete verdeckten. Liz war untröstlich, daß sie nicht da sein würde, wenn Tante Sophie eintraf, aber sie hatte jedes Zimmer fotografiert.

»Ich hätte auch ›Vorher‹-Fotos machen sollen«, sagte sie bedauernd.

»Ich darf nur nicht dran denken, wie es am Dreikönigstag aussehen wird, alles vertrocknet und rieselnd«, erwiderte Sally.

Sie hatte nicht niedergeschlagen klingen wollen, aber Liz lächelte ihr aufmunternd zu. »Es wird alles wie am Schnürchen klappen, glauben Sie mir. Und am Weihnachtstag werde ich hier sein und Sie moralisch unterstützen. Das gute an Weihnachten ist, man kann schon beim Frühstück anfangen zu trinken, ohne daß irgendwer einen schief anguckt.«

»Aber wenn ich das tue, verliere ich bestimmt meinen Ablaufplan, und alles geht drunter und drüber.«

Liz seufzte. »Machen Sie sich keine Sorgen. James wird dafür sorgen, daß Lucy leicht angetrunken ist, und niemand sonst wird sich über irgend etwas aufregen.«

»Aber ich werde niemals all die Cousinen und Cousins auseinanderhalten.«

»Und wenn schon. Lächeln Sie und lassen Sie die Flaschen herumwandern.«

Sally zitterte in ihrem kurzen Samtkleid, obwohl es lange Ärmel hatte und das Haus zum ersten Mal seit seiner Erbauung warm war. In allen drei offenen Kaminen brannte ein lebhaftes Feuer, die Kerzen und Öllampen gaben eine erstaunliche Wärme ab. Es waren die Nerven, nicht Kälte, die sie zittern ließen. Lampenfieber, dachte sie. Ich habe das Bühnenbild kreiert, meinen Text gelernt und jetzt warte ich darauf, daß der Vorhang sich hebt. Kein Wunder, daß ich zittere.

James lehnte am Kaminsims und sah einfach umwerfend aus in seinem sauberen weißen Hemd, V-Ausschnittpullover, olivgrünen Cordhosen und den auf Hochglanz polierten, wenn auch etwas klobigen Schuhen. Bislang hatte Sally immer elegant gekleidete Männer gemocht, Smoking, italienische Anzüge und Kaschmir. Aber James, fand sie, sah selbst in ausgebeultem Pullover, verdreckten Cordhosen und Gummistiefeln wunderbar aus, der Montur, die er heute den ganzen Tag getragen hatte. Seine göttliche Figur und sein freundliches Wesen machten jeden Schick vollkommen überflüssig. Er hatte Sally allerdings auf ihr hartnäckiges Drängen hin gestattet, ihm einen ihrer Seidenschals umzubinden. James weigerte sich, vor dem Weihnachtsdinner eine Krawatte zu tragen.

Sally stieß einen tiefen, zittrigen Seufzer aus und wollte gerade noch mal einen Blick in den Ofen werfen, als sie draußen einen Wagen hörten, Autotüren schlugen zu, und Stimmen beschwerten sich über die unbeschnittene Hecke, die es fast unmöglich machte, den Pfad zur Vordertür entlangzugehen.

»Das ist nur, weil wir die Vordertür so gut wie nie benutzen«, murmelte James. »Ich hätte Dave bitten sollen, die Hecke zurückzuschneiden.«

»Ich hab' dran gedacht«, flüsterte Sally, die erwogen hatte, die Hecke für ihre Weihnachtsdekoration zu plündern, »aber frisch geschnittener Buchsbaum riecht nach Katzenpipi, darum haben wir es lieber sein lassen.«

James warf ihr einen verwirrten Blick zu und ging dann zur Tür, von wo ein gebieterisches Klopfen ertönte. Lucy führte die Prozession an, beladen mit einer Hutschachtel und einer Gobelintasche, die aus einem alten Wandteppich genäht zu sein schien. Ihr folgte eine winzige alte Dame, die von Kopf bis Fuß in Pelz gehüllt war. Sie schien kaum größer als eins zwanzig und hatte sehr weißes Haar, und das war alles, was Sally von ihr sah, ehe die zierliche Gestalt in James' Umarmung verschwand, so daß man um die kalziumarmen Knochen fürchten konnte.

»James, mein Lieber! Laß mich runter! Ich will das Haus ansehen! Es ist wunderschön! Wie hast du das nur gemacht?«

»Nicht ich. Sally. Laß mich euch bekannt machen.«

Sally wäre am liebsten zurück in die Küche geschlichen, aber

James hatte sie schon bei der Hand genommen und zerrte sie ins Rampenlicht.

»Tante Sophie, das ist Sally Bliss. Sally, dies ist meine Lieblingstante, Lady Caswell.«

Eine winzige, behandschuhte Klaue streckte sich Sally entgegen. Sie ergriff sie, rang den Impuls nieder zu knicksen und stellte fest, daß die Klaue üppig mit Ringen geschmückt war, die sich schmerzhaft in ihre Finger drückten.

»Sehr angenehm, meine Liebe. Ich bin froh, daß James endlich ein nettes Mädchen gefunden hat. James, Lieber, hilf der armen Lucy mit dem Gepäck.«

Sally geriet in Panik bei der Vorstellung, mit Tante Sophie allein gelassen zu werden und suchte krampfhaft nach etwas, das sie sagen könnte. Doch Tante Sophie war schon weiter in die Halle getrippelt und sah sich hingerissen um.

Das Farmhaus hatte eine Verwandlung durchlaufen, die dem Theatre Royal in der Drury Lane würdig gewesen wäre, und die Halle war Sallys Meisterwerk.

Sie war nur von Kerzen, Öllampen und dem Kaminfeuer beleuchtet. Türrahmen, Fensterbänke und Wände waren mit Kränzen und Zweigen aus Stechpalme, Lorbeer und Efeu geschmückt, die das Haus mit ihrem Duft erfüllten. Jede der polierten Messinglampen reflektierte die Flammen der Kerzen und des Feuers.

Ein gewaltiger Eibenzweig stand in einem alten Schornstein, den sie in der Scheune gefunden hatte. Geschmückt mit einer Lichterkette und Weihnachtsschmuck, den sie an einem Stand irgendeiner Wohltätigkeitsorganisation erstanden hatte, gab er einen wunderbaren Ersatzchristbaum ab. Im Salon stand eine kleinere Version.

Lucy kam mit Tante Sophies restlichem Gepäck zurück und hatte zum ersten Mal Gelegenheit, das Bild in sich aufzunehmen. Sally sah, wie der wohlgeformte Mund sich vor Verblüffung öffnete.

»Das hätte ich niemals für möglich gehalten«, gestand Lucy. »Das ist ein Wunder!«

Sally überlegte, vielleicht unfairerweise, ob Lucys Erstaunen ebenso groß gewesen wäre, wenn irgend jemand anders als ausgerechnet Sally dieses Wunder vollbracht hätte.

James kam mit einem Pappkarton vor der Brust ins Haus und trat die Tür zu. »Sally, warum zeigst du Tante Sophie nicht ihr Zimmer? Ich bringe ihre Sachen gleich nach oben.«

Sally ergriff die Hutschachtel und die Gobelintasche. »Gern. Wenn Sie mir folgen wollen ...«

Sally führte die alte Dame durch den dämmrigen Flur und die Treppe hinauf in James' Zimmer. Er hatte es bereitwillig geräumt, weil er zugeben mußte, daß es wirklich das einzige Zimmer war, das man Tante Sophie zumuten konnte.

»Es ist hinreißend, meine Liebe«, sagte Tante Sophie, die, so rief Sally sich ins Gedächtnis, in Wirklichkeit Lady Soundso war. »Und Sie haben sogar ein paar Blumen gefunden. Zu dieser Jahreszeit. Wie wundervoll. Und jetzt laufen Sie nur, ich bin sicher, Sie haben schrecklich viel zu tun.«

Sally floh. James war in der Küche und packte den Pappkarton aus. Er enthielt ausschließlich Flaschen. »Sie ist ein liebes altes Mädchen«, sagte er und begutachtete eine Flasche Port. »Ich lasse nichts auf sie kommen.«

Sally sah nach ihrer Lasagne. »Ja, sie ist wirklich süß. Ich hoffe nur, sie mag Pasta.«

Lucy hatte ihr gesagt, sie mache immer Roastbeef und Yorkshire Pudding für Tante Sophie an Heiligabend. »Dann haben Sie für die ganzen Feiertage kaltes Roastbeef.«

Das war gut und schön, hatten Sally und Liz befunden, wenn man sich ein ausreichend großes Stück Fleisch leisten konnte.

»Und außerdem heißt es, daß man zwei Tage hintereinander den Röstkartoffelgestank im Haus hat«, führte Liz an.

Sally fand es sehr gewagt, Lasagne und Salat zu offerieren, auch wenn es schnell gemacht und außerdem köstlich war. Es schien ein wenig zu modern für jemanden, der vermutlich eher Hühnchen mit Spitzenhütchen auf den Keulen gewöhnt war.

James reichte Sally ein Glas mit einer braunen Flüssigkeit. »Whiskey mit Ingwerwein. Das trinkt Tante Sophie immer.«

Sally probierte. Es war köstlich und wärmte sie von innen.

»Ich dachte, Lucy sagte, Tante Sophie bevorzugt leicht gekühlten Sherry.«

James lachte. »In Lucys zentralbeheiztem Palast vielleicht. Hier muß sie schon ein bißchen Pioniergeist zeigen.«

Tante Sophie mochte die Lasagne und schien in der Tat alles zu mögen, angefangen von der alten Patchworktischdecke, die Sally auf dem Dachboden entdeckt und den ganzen Tag gelüftet hatte, bis hin zu der anheimelnden Atmosphäre in der Küche, wo sie aßen.

James hatte widersprochen, als Sally vorschlug, im Speisezimmer zu essen. »Nein. Das sparen wir uns für morgen auf. Die Scheunentür ist viel zu groß für uns drei.«

Als James Tante Sophie schließlich die Treppe hinauf zu ihrem Zimmer geleitete, wünschte Sally sehnlich, es könnte bei der trauten Dreisamkeit bleiben. Sie hatte keine Angst mehr vor Tante Sophie, aber morgen galt es, vor James' restlicher Familie zu bestehen.

Sie ließ gerade heißes Wasser ins Spülbecken laufen, als James zurückkam.

»Ich weiß nicht, wie ich dir danken soll, Sally.«

Sie fuhr herum. »Wirklich nicht? Vielleicht versuchst du es einfach mit dem, das dir als erstes in den Sinn kommt.« Die Verblüffung in seinen Augen ließ sie ihren Ausbruch sofort bereuen. »Entschuldige. Ich bin einfach müde.«

»Das wundert mich nicht. Du hast furchtbar geschuftet. Und ein Wunder vollbracht. Sogar Lucy war beeindruckt.«

Es schien ihr so naheliegend, die Arme um ihn zu legen und sich von seinen Armen umschließen zu lassen. Aber ebenso naheliegend wäre es wohl gewesen, daß er den ersten Schritt machte. Sie waren ein Team gewesen heute abend, und das mußten sie morgen wieder sein. Aber das Vermeiden jeder körperlichen Berührung zwischen ihnen hatte eine Barriere errichtet, über die sie kaum noch hinwegblicken konnten.

»Nun, ich bin froh, daß alle zufrieden sind mit dem Haus. Jetzt müssen wir nur noch das Weihnachtsessen überstehen.«

»Sally? Alles in Ordnung?«

»Nein, ehrlich gesagt nicht. Ich bin schrecklich müde. Wenn

es dir nichts ausmacht, wasche ich heute abend nicht mehr ab. Ich muß einfach ins Bett.«

Sie ließ ihn stehen und spürte den verwirrten Blick, der ihr folgte, aber das war ihr gleich. Sie hatte genug damit zu tun, die Tränen niederzukämpfen.

26. KAPITEL

May fand, das Essen am Heiligen Abend verlief äußerst zufriedenstellend.

Sie hatte es so arrangiert, daß Hugh und Saskia nebeneinandersaßen, und er spielte seinen Part mit untypischem Charme. Er hörte zu, wenn Saskia etwas sagte, lachte über ihre Scherze und machte witzige Bemerkungen, über die sie lachen konnte. Da kein Mann, den sie kannte, außer ihrem Vater vielleicht, sich die Mühe machte, charmant zu einer Frau zu sein, die ihn nicht interessierte, nahm sie an, daß das hier der Fall sein mußte. Ganz sicher war er nie charmant zu ihr gewesen.

May lehnte sich zu Saskia hinüber, um ihr noch mal zu beschreiben, wie wunderbar die Mette war. »Der Weg durch den Wald ist phantastisch. Tannennadeln rascheln unter jedem Schritt, die Sterne funkeln zwischen den Ästen der Bäume hindurch. Wie auf einer Weihnachtskarte, wirklich.«

»Zwölf Bäume machen keinen Wald«, sagte Andrew.

»Es sind mehr als zwölf Bäume! Ein richtiger Wald, wie in *Pooh, der Bär*«, widersprach May.

»Oh, ich liebe das Buch!« sagte Saskia. »Ich hab' ein Schweinchen auf meinem Bett, das ist zu niedlich.«

»Hughs Bruder leitet eine Schule«, sagte May. »Vermutlich lesen sie dort alle *Pooh, der Bär*, oder?«

»Ich denke, bei Jungen in dem Alter ist Stephen King weitaus beliebter als A.A. Milne«, entgegnete Hugh. »Wer ist Ihr Lieblingsautor, Saskia?«

»Oje, ich fürchte, ich habe kaum Zeit zum Lesen. Und Ihrer?«

May hatte das Gefühl, jede weitere Einmischung ihrerseits sei überflüssig, und nach wie vor von weihnachtlicher Mildtätigkeit angespornt, beschloß sie, es sei an der Zeit, ihrer Mutter einen Gefallen zu tun und sich nach den Langweilern in der Verwandtschaft zu erkundigen.

»Was gibt's Neues von Natasha, Mum? Das ist unsere schönste Cousine, sie ist in der Modebranche«, klärte sie Saskia auf. »Ständig in Bali zu Fotosessions und so.«

»Das war nur einmal. Als ich zuletzt mit ihrer Mutter gesprochen habe, war Natty in Schottland. Aber du interessierst dich doch normalerweise gar nicht für Familienklatsch.«

»Sie ist auch normalerweise nicht so wild drauf, daß wir alle in die Mette gehen«, bemerkte Ian. »Ich vermute irgendein tiefgründiges Motiv ...«

Mays Herz setzte einmal aus. War ihr gräßlicher Bruder etwa im Begriff, sie zu enttarnen?

»Warum will sie uns unbedingt alle raus in den Mondschein locken?«

»Und in den Wald«, fügte Andrew hinzu.

»Was ist in dich gefahren, May? Wachsen dir zufällig Haare im Gesicht? Und werden deine Zähne länger?«

May trat ihren Bruder unter dem Tisch. »Ich bekunde lediglich ein Interesse.«

Obwohl Mays Fuß definitiv irgend etwas getroffen hatte, grinste Ian sie weiterhin frech an. May begann sich zu fragen, wen oder was sie getreten hatte. Hugh machte ein leicht verkniffenes Gesicht und hatte, wie sie sich jetzt entsann, sehr lange Beine.

Nachdem alle unbescheidene Portionen von alkoholischem Trifle verspeist hatten, verschwanden Ian, Andrew und Hugh in der Küche, um Kaffee zu kochen. May protestierte und führte an, daß dazu wohl kaum drei Köche notwendig seien und Hugh sich doch neben Saskia aufs Sofa setzen und das Feuer genießen solle. Doch er warf ihr einen Blick zu, der besagte, sie wolle wieder einmal über alle das Sagen haben, also gab sie auf.

Ted verzog sich ins Arbeitszimmer, wo er »etwas erledigen« mußte, das, so mutmaßte May, mit Geschenkpapier, Tesafilm und lästerlichen Flüchen zu tun hatte, und die drei Frauen machten es sich im Wohnzimmer gemütlich und erwarteten den versprochenen Kaffee.

Vicky schlief auf der Stelle ein. May unterhielt sich mit Saskia, und es gelang ihr, Hughs Namen häufiger in das Gespräch einfließen zu lassen, immer mit dem Zusatz, daß er und sie »einfach nur Freunde« seien. Sie war entschlossen, die beiden zusammen in die Mette zu schicken. Wenn ihre Brüder mitgehen wollten, würde May sich ihnen anschließen. Wenn nicht, würde sie bleiben und die Küche in Ordnung bringen.

May war der Gesprächsstoff ausgegangen und sie überlegte, ob es unhöflich wäre vorzuschlagen, den Fernseher einzuschalten, als Hugh mit einem Tablett hereinkam. Er stellte es ab und reichte Saskia ein Glas Portwein.

»Ach, das ist wirklich nett, aber ich kann leider nichts trinken«, erklärte sie.

»Entschuldigung, ich hab's vergessen. Möchtest du vielleicht, May?«

May nahm das Glas und sie spürte, daß Hugh ihr aus irgendeinem Grund böse war. »Ich bring' Daddy auch welchen«, sagte sie hastig.

»Ich habe ihm schon ein Glas gebracht. Er sagt, er kommt nicht mit in die Mette, deine Mutter und er wollten früh schlafen gehen.«

»Oh, na ja, geh du mit Saskia. Es ist eine wunderbare Nacht für einen Spaziergang durch den Wald. Sehr romantisch.«

»Das sagtest du schon.«

»Meine Brüder und ich gehen auch mit«, fügte sie hinzu, falls ihr Verkupplungsversuch zu offensichtlich sein sollte.

»Ehrlich gesagt, ich bin schrecklich müde, May«, sagte Saskia. »Es war eine furchtbar hektische Woche im Büro. Neben der normalen Arbeit mußte ich auch noch die Weihnachtsparty für die Kunden organisieren und alle Weihnachtseinkäufe machen.«

»Du läßt dich ausbeuten, Saskia. Du solltest nicht zu entgegenkommend sein. Dein Boß respektiert dich nicht, wenn du zuläßt, daß er dich ausnutzt.«

»Was sagst du über Sassys Boß?« erkundigte sich Ian, der gerade hereinkam.

»Ich finde, er beutet Saskia aus. Nur weil sie freundlich ist und nicht gut nein sagen kann, hat er noch lange kein Recht, sie wie einen Kuli zu behandeln. Du solltest mich unterstützen, Ian. Du darfst nicht zulassen, daß sie sich ausnutzen läßt.«

»Aber May«, sagte Saskia verwirrt. »Ian ist mein Boß.«

Andrew lachte laut. »May zieht mal wieder in die Schlacht für die Geknechteten. Was für ein Klassiker!«

May schnappte empört nach Luft. »Ausbeutung ist Ausbeutung, egal wo man sie findet. Ich hoffe, du bist nett zu deiner Sekretärin, Andrew.«

»Sie jagt mir eine Heidenangst ein, und ich teile sie mit drei Kollegen.«

»Gut. Und jetzt sollte ich mich wohl lieber um die Küche kümmern. Es wäre wohl unrealistisch zu hoffen, daß ihr Männer auch nur einen Finger krumm macht.«

Ärgerlich aus vielerlei Gründen, von denen sie nicht einen hätte nennen können, stürmte May in die Küche. Sie war fast makellos sauber und aufgeräumt. Die Arbeitsplatte war abgewischt, die Spülmaschine lief, in allen Töpfen stand Wasser. May wusch das Spültuch aus, das als nasser Ball auf dem Abtropfbrett lag, gab einen Tropfen Spülmittel darauf und wischte durchs Becken, doch mehr fand sie nicht zu tun. Niemals hätten ihre Brüder das von sich aus getan. Es mußte Hughs Einfluß sein.

Im Grunde *war* er ein netter Mann. Er verdiente ein liebenswertes, gutartiges Mädchen wie Saskia. Wenn sie sie doch nur zusammenbringen könnte. Sie mußte noch mal mit Saskia reden. Sie überlegte, was sie ihr am besten sagen sollte, als sie hinter sich Schritte hörte.

Sie wandte sich um. Es war Hugh. Er hatte seinen Mantel angezogen und machte ein finsteres Gesicht.

»Hallo«, sagte sie hastig. »Hast du die Küche in Ordnung gebracht? Ich kann nicht glauben, daß meine Brüder das je tun würden.«

»Es war eine Gemeinschaftsaktion. Alle sind schlafen gegangen. Bleiben nur du und ich für den Kirchgang.«

»Aber ... ich bin überhaupt nicht religiös, weißt du. Außerdem bin ich auch ziemlich müde, und ich muß morgen früh raus ...«

»Keine Ausreden. Du hast den ganzen Abend von nichts anderem geredet als von der klaren Nachtluft, dem Duft der Tannennadeln und dem herzerwärmenden Chorgesang. Es ist ein Wunder, daß du keine Häschen und Rehlein dazuerfunden hast. Also wirst du jetzt schön mitkommen und all das genießen!«

Er stellte sich hinter sie, legte die Hände auf ihre Schultern und führte sie in die Diele. An der Garderobe hielt er an, ergriff wahllos irgendeinen Mantel, setzte May eine Mütze auf und knotete einen Schal unnötig fest um ihren Hals.

»Fertig. Und jetzt komm.«

Er ergriff ihren Arm und halb zerrte, halb stieß er sie zur Tür und in die Nacht hinaus, die in der Tat eisig und sternenklar war.

May mochte dieses Weihnachtsritual wirklich und hätte bedauert, es zu versäumen. Sie befreite sich von seinem Griff, aber sie nahm ihm sein diktatorisches Benehmen nicht übel. Sie hatte alle zu Tränen gelangweilt mit ihren Ausführungen über den Wald und so weiter, also mußte sie jetzt auch zu ihrem Wort stehen. Außerdem hatte Hugh entweder durch Druck oder sein gutes Beispiel ihre Brüder dazu bewogen, die Küche aufzuräumen.

Keiner von beiden sprach, als sie nebeneinander durch den Wald stiefelten. May mutmaßte, daß er alles, was sie sagen könnte, als »belangloses Geplauder« einstufen würde, und es war denkbar, daß er davon für einen Abend genug hatte. Und er redete nicht mit ihr, weil er eben ein brummiger Klotz war.

Wie immer war es eine wunderschöne Mette. Wie immer weinte May, als der Knabenchor »In the Bleak Midwinter« sang. Sie neigte normalerweise nicht zu Sentimentalität, aber selbst die Tatsache, daß der kleine Solist ein im ganzen Dorf gefürchteter Vandale war, dessen Herz keineswegs so war, wie das süße Jesuskind es sich gewünscht hätte, konnte nicht verhindern, daß die peinlichen Tränen ihr während der letzten Strophe über die Wangen kullerten.

Nach der Kirche kam die unangenehme Pflicht. Sie mußte Hugh sämtlichen Freunden ihrer Eltern vorstellen, die May schon als Baby gekannt und sie noch nie mit einem Mann gesehen hatten und sich offensichtlich fragten, was ein distinguierter Mann wie er nur an der jungen May Sargent finden konnte, die immer so schludrig gekleidet war, selbst in der Kirche.

Der besagte distinguierte Mann nahm es gelassen und sagte, er freue sich darauf, sie alle am zweiten Weihnachtstag wiederzusehen, an dem die Nachbarn sich immer bei Mays Eltern einfanden.

»Aber jetzt muß ich May nach Hause bringen«, sagte er bestimmt und nahm ihren Arm. »Ihr wird zu kalt.«

Für einen Moment genoß May das Gefühl, daß sich jemand um sie sorgte. Aber natürlich tat er das gar nicht, er wollte sie nur herumkommandieren. Wäre es Saskia gewesen, hätte er sich vielleicht wirklich Gedanken darüber gemacht, daß sie kalte Füße kriegen könnte.

»Du hättest wirklich Saskia mitnehmen sollen, weißt du«, sagte sie, als sie wieder im Wald waren. »Es hätte ihr sicher gefallen. Ihre Eltern sind geschieden und haben neue Familien. Saskia liebt Weihnachtstraditionen.«

Hugh hielt abrupt an. »Du gibst wohl nie auf, was? Saskia ist ein reizendes Mädchen – wenn auch strohdumm – aber sie und ich sind nur zufällig Gäste im selben Haus. Davon abgesehen gibt es nichts, was wir gemeinsam haben. Aber du scheinst so wild entschlossen, uns zusammenzubringen, daß ich anfange, mich zu fragen, ob ich mich vielleicht im selben Schlafzimmer mit ihr wiederfinde.«

»Aber ich dachte, ihr versteht euch super. Sie fand dich offensichtlich höchst amüsant.«

»Nur weil ich nett zu ihr war, heißt das noch lange nicht, daß ich irgendein Interesse an ihr habe. Ich kann es nicht ausstehen, gedrängt zu werden. Wenn ich eine Frau will, bin ich durchaus in der Lage, sie das ohne Einmischung von außen spüren zu lassen. Ganz sicher ohne Einmischung von dir.«

»Hör mal, es tut mir leid. Ich hab's nur gut gemeint ...« Sie brach ab.

Hugh machte einen Schritt auf sie zu, und selbst in der Finsternis erkannte sie, wie wütend er war.

Oh, Hilfe, dachte sie und machte einen Schritt nach hinten. Er wird mich erwürgen, und dann wird nie wieder jemand durch diesen Wald gehen wollen. Aber er erwürgte sie nicht. Er drängte sie gegen einen Baum und hielt sie dort mit dem Gewicht seines Körpers gefangen. Dann legte er eine Hand unter ihr Kinn, zwang ihren Kopf hoch und preßte seine Lippen auf ihre.

Zuerst gab May kleine Protestlaute von sich. Doch nach dem anfänglichen Schock erwachten ihre schlummernden Sinne zu Leben, und sie ertappte sich dabei, daß sie ihn ebenso gierig küßte wie er sie. Sein Mund war kalt, aber seine Zunge fühlte sich heiß auf ihrer an. Als er eine kleine Pause einlegte, um Atem zu schöpfen, schlang er die Arme um sie, damit er sie erdrücken konnte, während er sie gleichzeitig zu Tode küßte.

Ihr Kopf lag weich auf seinen kräftigen Arm gebettet, seine Finger liebkosten ihren Hals. Schließlich ließ die Mordgier wohl von ihm ab, denn er hörte auf, sehnsuchtsvoll ihre Luftröhre zu streicheln. Statt dessen grub seine Hand sich durch die vielen Schichten ihrer Kleidung und fand ihre Brust. Seine eiskalte Hand fühlte sich unglaublich gut an auf ihrer warmen Haut. Er hob ihre Brust an und massierte sie, spreizte die Finger, so daß er beide Brustwarzen berührte.

Die Nachtluft, die Finsternis und der abklingende Alkohol schärften Mays Empfindungen und lösten eine prickelnde Erregung aus, die sie nie für möglich gehalten hätte. Er hätte sie hier und jetzt nehmen können, im Stehen an die rauhe Rinde dieses Baumes gepreßt, und sie hätte keinerlei Einwände gehabt.

Sie hatte völlig vergessen, daß er ihr böse war, bis er sich schließlich von ihr losriß. Aber er hatte es keineswegs vergessen. Er keuchte, hatte sich verausgabt in seinem Bemühen, sie besinnungslos zu küssen, aber er war nach wie vor fuchsteufelswild.

»Da, jetzt sind wir quitt. Ich habe dir etwas aufgezwungen, so wie du mir. Und mit etwas Glück hab' ich dich genauso wütend auf mich gemacht, wie ich auf dich bin.«

Dann ergriff er ihre Hand und zerrte sie nach Hause.

Mays Gefühle waren in Aufruhr. Sie fühlte Zorn ebenso wie Verwirrung und das unerwartete, höchst unwillkommene Verlangen. Aber sie war ehrlich genug, um sich einzugestehen, daß sie nicht wütend auf ihn war, weil er sie geküßt hatte, sondern weil er sie geküßt hatte, um sie zu bestrafen, nicht weil er sich zu ihr hingezogen fühlte.

Sie starrte auf den Strumpf hinab, den sie für ihn gefüllt hatte und ihm jetzt gar nicht geben wollte, und beneidete die Frau, in die er sich verlieben würde. Er war bestimmt ein sagenhafter Liebhaber mit exakt der richtigen Mischung von Dominanz und Zärtlichkeit. Doch offenbar war es nicht Saskia, die er wollte. Unlogischerweise war May erleichtert, dabei hatte sie sich doch solche Mühe gegeben, die beiden zusammenzubringen. Natürlich wollte sie ihn nicht haben, (gebranntes Kind scheut das Feuer), und außerdem war er viel zu hughartig. Was sie wollte – *unbedingt* wollte –, war, daß er zu einer anderen Frau gehörte und damit automatisch nicht mehr in Frage kam, nicht einmal in ihrer Phantasie. Doch vielleicht nicht ausgerechnet dieses Nette-aber-dämliche Mädchen.

Sie war so wütend und durcheinander, daß sie immer noch wach lag, als alle anderen schon schliefen. Also schlich sie von Zimmer zu Zimmer und legte einen Strumpf auf jede schlafende, in vielen Fällen schnarchende Person. Sie stibitzte ein paar Süßigkeiten und etwas Briefpapier aus den Strümpfen der Männer und ein paar Kleinigkeiten aus dem für ihre Mutter und brachte auf diese Weise auch noch einen Weihnachtsstrumpf für Saskia zustande. Als das bewerkstelligt war, wurde sie endlich müde, kroch ins Bett und schlief ein.

Vicky weckte May. »Frohe Weihnachten, Liebling. Ich hab' dir eine Tasse Tee gebracht.«

May setzte sich schläfrig auf. »Oh, Mum, das solltest du nicht. Wie spät ist es?«

»Halb elf.«

»Was? Warum hast du mich nicht eher geweckt? Ich wollte dir doch helfen! Oh, Mummy.«

»Nur die Ruhe. Hugh war ein Engel, und alle anderen helfen auch, und wir haben einstimmig beschlossen, daß du ausschlafen sollst, nachdem du heute nacht durchs Haus geschlichen bist und uns alle beschenkt hast.«

»Das war ich nicht. Das war der Weihnachtsmann.« Zu Vickys Lob auf Hugh äußerte sie sich nicht.

»Warum hast du dann keinen Strumpf? Aber leer ausgehen sollst du nicht, ich habe dir einen gemacht. Du mußt ihn später öffnen. In einer Stunde trudelt die Verwandtschaft ein, und wenn du nichts zum Frühstück ißt, wirst du schrecklich betrunken werden.«

May schob ihren Zorn auf Hugh beiseite. Sie konnte nicht allen anderen das Weihnachtsfest mit ihrer schlechten Laune verderben, und so zu tun, als sei absolut nichts gewesen, war vermutlich ohnehin die wirksamste Methode, ihn zu bestrafen. Jede Frau hätte nach so einem Kuß etwas weiche Knie. Ihre Gelassenheit würde ihn sicher zu der Überzeugung bringen, er sei nicht in Form.

Zur Feier des Tages zog May eine schwarze Samthose mit passender Weste und eine weiße Bluse an, statt ihrer üblichen Latzhosen und weiten Pullis. Sie borgte sich sogar ein bißchen von Saskias Wimperntusche. Dann ging ihr auf, daß Hugh glauben könnte, sie habe das für ihn getan, und wischte sie wieder ab.

Kurz darauf lief sie die Treppe hinunter und überlegte, ob sie sich vielleicht *wirklich* für ihn geschminkt hatte. Jetzt nimm dich mal ein bißchen zusammen, schalt sie sich selbst und öffnete die Küchentür.

»Wieder Hosen, Liebes?« sagte ihr Vater und stellte die Kaffeekanne ab. »Ich weiß, ich bin schrecklich altmodisch, aber ich ziehe es einfach vor, wenn Frauen sich wie Frauen anziehen.«

»Niemand hat May je in einem Rock gesehen«, erklärte Andrew Hugh. »Wir fragen uns insgeheim, ob sie vielleicht Milchflaschenbeine hat.«

»Nun, ich habe May in einem Rock gesehen. In einem Badetuch übrigens auch«, erwiderte Hugh. »Und ihre Beine sind absolut in Ordnung.«

Ein Schweigen breitete sich aus, nur unterbrochen vom Surren der Spülmaschine, die eine Vierundzwanzig-Stunden-Schicht einlegen mußte. Alle legten ihre Toastscheiben, Croissants oder Cornflakeslöffel aus der Hand und sahen May an. Sie hätten nicht verdutzter sein können, wenn Hugh ihnen eröffnet hätte, sie habe eine dritte Brust.

May zog sich einen Stuhl heran. »Das ist eine lange Geschichte, und es war nicht so, wie es sich anhört.«

»Vielleicht willst du's uns erzählen, Liebes?« schlug ihre Mutter vor, ihre Augen funkelten hoffnungsvoll.

»Ich würde lieber frühstücken.«

May schlug sich heldenhaft. Das ganze Weihnachtsfest hindurch stand sie ihrer Mutter in der Küche bei, holte in jeder Ruhephase den Staubsauger hervor und brachte die Party am zweiten Feiertag ganz allein in Schwung.

»Bemerkenswert, wie May sich verändert hat«, hörte sie eine von Vickys Freundinnen vom Frauenkomitee sagen. »Das liegt sicher an diesem reizenden Mann.«

»Oh, sie sind nur Freunde«, erklärte ihre Mutter, loyal wie immer. »Er ist viel zu alt für sie.«

»Unsinn! Er ist doch gerade mal in den Dreißigern. Und May wird auch nicht jünger. Wenn sie Kinder will, sollte sie bald anfangen, darüber nachzudenken.«

»Also wirklich, Marjorie, die Zeiten haben sich geändert, seit wir jung waren. Heutzutage bekommen die Frauen noch mit Mitte Vierzig Kinder oder noch später.«

»Vielleicht«, meinte Marjorie, »aber keine *wahren* Frauen.«

May verspürte ausnahmsweise nicht den Drang, auf diese Äußerung zu reagieren. Sie lachte in sich hinein und ging in die Küche, um neue Wurstbrötchen zu holen.

Sie hatte es vermieden, mit Hugh zu sprechen, ihm lediglich für sein Geschenk – einen sehr hübschen Pullover – gedankt und seinen Dank für ihr Geschenk – einen praktischen aber langweiligen Einsatz für seinen Terminkalender fürs kommende Jahr – entgegengenommen. Jetzt graute ihr ein wenig bei der Vorstellung, mit ihm zurückfahren zu müssen.

Sie könnte Ian und Andrew bitten, sie mitzunehmen. Aber sie und Saskia waren nur mit einem Wagen gekommen, sicher hatten sie keinen Platz für May und ihre saubere Wäsche. Also entweder Hugh oder die Bahn – die an Feiertagen so gut wie nie fuhr.

»Wiedersehen, Mummy, danke für ein wunderschönes Weihnachten.« Sie umarmte ihre Mutter innig und merkte, daß sie sie mit zunehmendem Alter immer mehr ins Herz schloß.

»Danke für deine Hilfe«, erwiderte Vicky. »Du hast praktisch alles allein gemacht, ich mußte kaum einen Finger rühren. Vielleicht wirst du ja langsam doch erwachsen.«

May schnitt eine Grimasse. »Hoffentlich nicht. Ich darf Hugh nicht warten lassen.«

»Nein. Er ist wunderbar, May. Du könntest es sehr viel schlechter treffen ...«

»Bestimmt, aber ich habe die Absicht, es noch viel besser zu treffen.«

Hugh wartete im Auto auf sie. Sein Abschied von ihren Eltern war formell, aber sein Dank aufrichtig gewesen. May wußte, er hatte einen sagenhaft guten Eindruck gemacht. Zur Hölle mit ihm.

Als May einstieg, sah er sie fragend an. »Und? Bedauerst du, daß du mich eingeladen hast?«

May erwiderte seinen Blick mit so viel Offenheit, wie ihr Mut zuließ. »Überhaupt nicht. Meine Eltern waren ganz verrückt nach dir, die Nachbarn waren verrückt nach dir ...«

»Saskia war verrückt nach mir. Aber du nicht?«

»Du würdest doch die Flucht ergreifen, wenn es so wär'. Ich bin viel zu rechthaberisch.«

»Du hast völlig recht. Das bist du.«

»Du bist selber ziemlich rechthaberisch!«

»Durchaus möglich, aber diese Eigenschaft ist bei einem Mann weitaus akzeptabler als bei einer Frau.«

May erkannte, daß er sich über sie lustig machte, und verzichtete auf einen Kommentar. Sie schloß die Augen und gab vor zu schlafen. Sie wußte, in den kommenden Jahren würde sie es bitterlich bereuen, ihn eingeladen zu haben, wenn alle

Nachbarn sie oder vermutlich eher ihre Mutter fragten, was aus ihrem Freund geworden sei. Aber im Moment fand sie, das war es wert.

Als sie die Augen aufschlug, stellte sie überrascht fest, daß sie wirklich geschlafen hatte. »Wir sind ja schon da! Das ging aber schnell.«

»Augenblick. Spring nicht gleich aus dem Wagen, es sind noch hundert Meter.«

»Es ist furchtbar nett von dir, mich nach Hause zu bringen, Hugh.«

»Es war furchtbar nett von dir, mich einzuladen.«

»Nein, wirklich, ich mein's ernst. Und ich bin froh, daß du mitgekommen bist.«

Er hielt an. »So. Jetzt kannst du aussteigen.«

May legte ihre Hand auf seine. Sie wollte ihm die Wange küssen, sich richtig bedanken, aber er starrte auf den Kanal hinaus, seine Miene zeigte Entsetzen.

»Hugh?«

27. KAPITEL

Sally fühlte ein Gewicht auf den Füßen. Sie trat, und etwas raschelte. Schlaftrunken setzte sie sich auf und wünschte, es wäre noch eine Nachttischlampe für ihr Zimmer übriggeblieben, das kleinste und zugigste von allen, das man wirklich keinem der Gäste anbieten konnte. James hatte darin schlafen wollen, aber das Bett war viel zu kurz für ihn, also hatte Sally versichert, das Kämmerchen sei »absolut niedlich« und sie wolle nirgends sonst schlafen.

Sie befingerte den Gegenstand vorsichtig, fürchtete halb, es könne eine tote Ratte oder sonst etwas Ekliges sein. Auf einer Farm mußte man mit allem rechnen. Es war weich und flauschig, wie Wolle.

Sie sah auf Harriets Leuchtzifferwecker. Sechs Uhr. Höchste Zeit aufzustehen, sie mußte das Chaos in der Küche noch beseitigen. Sie stand auf, rannte zum Lichtschalter und floh zurück, ehe ihr Körper spüren konnte, wie eisig es im Zimmer war.

Der Gegenstand war ein Strumpf.

Sally konnte es kaum fassen. Jemand hatte ihr einen Weihnachtsstrumpf gebracht. Nicht einmal als Kind hatte sie an den Weihnachtsmann geglaubt, aber wer sonst könnte es gewesen sein? Nur James und Tante Sophie waren im Haus, und Tante Sophie hätte niemals einen Strumpf mit einem Loch geduldet. Blieb also der Weihnachtsmann – oder James.

Es war zu früh am Tag für Gefühle, aber Sally spürte ihre Kehle eng werden. Sie strich sich die Haare aus den Augen und öffnete das erste Päckchen.

Es war ein winziges Fläschchen Portwein. Um den Flaschenhals hing ein Geschenkanhänger, auf dem stand: »Am besten vor dem Frühstück einnehmen.« Selig riß sie das zweite

Paket auf, Orangenscheiben mit Schokoüberzug. Das dritte Päckchen rappelte. Es war eine Heftzweckschachtel, zweifellos eine der beiden, die sie selbst gekauft hatte. Sie kicherte. Weil es nur eine Socke war, waren nur zwei Geschenke übrig. Eins war ein Bündel Kugelschreiber, von einem langen Stück Schnur zusammengehalten, das letzte ein kleines Schmuckkästchen.

Sallys Herz fing an zu rasen, trotz der Kälte hatte sie plötzlich Schweiß auf der Stirn. Sie öffnete das Kästchen mit so etwas wie tiefer Ehrfurcht. Doch es war kein Ring, wie sie halb gehofft und halb befürchtet hatte, sondern eine Brosche. Ein Kranz aus dunkelroten Steinen – vermutlich Granate – und Perlen, eingefaßt in Gold. Dabei lag ein Zettel. *Dies ist kein Familienerbstück, jedenfalls nicht wirklich, aber wenn Lucy dich erwischen würde, wenn du es auspackst, würde sich dich in die Kolonien deportieren lassen. Bitte trag es, wenn du möchtest, sie wird es nicht erkennen.*

Sally atmete durch und seufzte zufrieden. Dann stand sie auf.

James war wie immer eher aufgestanden als sie. Die Küche war blitzsauber, und er hatte Tee gekocht.

»Frohe Weihnachten. Ich wollte dir den Tee ans Bett bringen.«

Sally war fest entschlossen gewesen, ihn richtig zu umarmen, wenn nicht gar zu küssen. Aber er streckte ihr eine Tasse mit Untertasse entgegen, und das vereitelte ihre Pläne.

»Vielen Dank für den Weihnachtsstrumpf«, sagte sie und umarmte und küßte ihn in Gedanken.

»Ich freu' mich, daß er dir gefällt. Ich fand immer, die Strümpfe sind das Beste an Weihnachten.«

Sally war zutiefst zerknirscht. »Ich hätte dir auch einen machen sollen.«

»Keineswegs. Du hast mehr für mich getan, als meine ganze Familie an allen Weihnachten zusammengerechnet.«

»Wirklich?«

»O ja. Tante Sophie ist hingerissen. Sie findet Lucy ein bißchen zu konventionell.«

Sallys Euphorie ebbte ab. War er wirklich nur wegen Tante Sophie dankbar?

»Ich bring' Sophie ihren Tee, und dann mach' ich Pfannkuchen zum Frühstück«, versprach James. »Dave ... Erinnerst du dich an Dave? Du hast ihn beim letzten Mal kennengelernt.«

Sally nickte. »Der Mann, der auf Frauen mit Speck auf den Rippen steht.«

»Er kümmert sich heute um die Farm, so daß ich mich hier nützlich machen kann.«

Und das tat er wirklich. Er holte den Truthahn zum Begießen aus dem Ofen. Er half ihr, zusätzliche Kartoffeln zu schälen und Rosenkohl zu putzen, als Cousin Damien während des Tees auftauchte, davon überzeugt, er werde erwartet. Ohne James, die kleine Brosche und den Alkoholnebel von zwei Gläsern Whiskey-Punch hätte Sally den Tag niemals überstanden.

Es waren so schrecklich viele Menschen. Von dem Moment an, da Liz und Lucy mit ihren Familien eintrafen, stand der Türklopfer nicht mehr still. Kaum war Sally ins Eßzimmer geschlüpft, um ein weiteres Gedeck für Damien aufzulegen, kam schon die nächste Cousine, Veronica, die niemand erwähnt hatte und niemand besonders zu mögen schien.

»Sie ist schrecklich versoffen«, brummte Lucy. »Sie kommt nur zu Weihnachten, weil sie weiß, daß es reichlich zu trinken gibt. Und sie bringt nicht mal Geschenke für die Kinder mit, geschweige denn für irgendwen sonst.«

Da Sally nicht offiziell die Gastgeberin war, traute sie sich nicht, die Verwandten zu fragen, ob sie über Nacht bleiben wollten. Aber bei dem Tempo, mit dem James die Gläser füllte, würde bald niemand mehr fahren können.

Sally verbrachte viel Zeit in der Küche, nicht nur um das Essen im Augen zu halten, sondern auch um nicht vollends in Panik zu geraten. In der Küche und mit ihrer Liste fühlte sie sich einigermaßen sicher, nicht hilflos ausliefert wie draußen unter all den Fremden, deren Namen sie sich niemals würde merken können und die alle verlegen waren, weil sie nicht gewußt hatten, daß James' Freundin hier sein würde, und ihr kein Geschenk besorgt hatten.

Es wurde neun, bis endlich alle am Tisch Platz nahmen. Wegen der ständigen, unerwarteten Neuankömmlinge hatten nur die Erwachsenen Messer, Gabel und Löffel, die Kinder mußten sich für eins von den dreien entscheiden, und niemand hatte eine Desertgabel oder ein Buttermesser. Eine Vorspeise wäre logistisch unmöglich gewesen. Aber der Tisch sah wunderschön aus.

Sally und Liz hatten in der Dachkammer zwei passende Damasttischtücher gefunden, die die Scheunentür vollständig bedeckten. Weil sie so viel größer war als ein gewöhnlicher Tisch, fand sich ausreichend Platz für die ausladende Schale mit Efeu, Kerzen und Mandarinen, die Sally dekoriert hatte. Die Vorstellung mochte mit eineinhalb Stunden Verspätung beginnen, aber das Bühnenbild war spektakulär.

»Was für herrlich knusprige Kartoffeln«, lobte ein Cousin, der möglicherweise Damien hieß.

Sally lächelte geheimnisvoll. Sie hatte die Kartoffeln auf dem Grill in der Vorratskammer gebräunt, nachdem der Rayburn befunden hatte, genug sei genug und in Streik getreten war.

»Herrlich weicher Rosenkohl«, bemerkte Lucys Tochter.

Der Rosenkohl hatte zu lange gekocht – Sally hatte ihn gerade abschütten wollen, als Clodagh über die Innereien herfiel, die zum Abkühlen auf der Fensterbank standen. Als Sally endlich zu dem Schluß kam, daß Clodagh davon nicht eingehen würde und für die Zweibeiner auch so genug auf den Tisch kam, war der Rosenkohl matschig. Aber da das kleine Mädchen ihn mit offenkundigem Genuß aß, fragte sich Sally, ob Lucys Kinder es vielleicht langsam satt waren, alles *al dente* vorgesetzt zu bekommen.

Sally quetschte sich neben den Cousin, der ihr sofort die Hand aufs Knie legte. James stand am Kopf des Tisches und tranchierte den Truthahn. Liz' Mann Peter reichte ihm die Teller an, und Lucys Alexander legte die Füllung auf. Sally kam es vor, als sitze sie zum ersten Mal an diesem Tag. Als alle einen gefüllten Teller vor sich stehen hatten, erhob Tante Sophie ihr Glas: »Ich möchte James und Susan, die, wenn ich recht informiert bin, bald seine Frau werden wird, für dieses wunderbare Festessen danken. Zu dieser Zeit des Jahres mit der Familie zusammenzusein gehört zu den Freuden, die das Leben lebenswert machen. Und in meinem Alter hat man nicht mehr viele dieser Freuden. Auf James und Susan!«

Sally war viel zu erledigt, um verlegen zu sein, und die meisten Gäste schienen Tante Sophies Andeutung keine besondere Bedeutung beizumessen, sondern eher zu denken, daß sie endgültig senil geworden sei. Wozu sollte schließlich ein Mädchen wie Sally einen Mann wie James heiraten?

»Wunderbarer Vogel«, sagte der Cousin, nachdem er die Hand von Sallys Schenkel genommen und statt dessen den des Truthahns ergriffen hatte. »Haben Sie den gemacht?«

»Na ja, schon ...«

»Ich mag es, wenn eine Frau eine anständige Mahlzeit auf den Tisch bringen kann. Ich nehme an, James denkt genauso.«

Sally erwog, ihm ihren hohen, spitzen Absatz in den Fuß zu bohren. May hätte das sicher getan, wenn sie je solche Schuhe getragen hätte, aber Sally entschied sich dagegen.

»Ich mag es, wenn ein Mann sich zu benehmen weiß«, erwiderte sie mit großen Unschuldsaugen und stand auf, um den Nachtisch zu holen, während Liz und James die Teller einsammelten.

»Sie müssen den Brandy auf dem *Löffel* erhitzen«, sagte Lucy.

»Schütten Sie ein bißchen mehr drüber«, riet Damien.

»Wollen Sie mein Feuerzeug?« bot Peter an.

Sally ließ das Streichholz fallen, eine Millisekunde, ehe sie sich die Finger verbrannte, und der Pudding ging in Flammen auf, die fast bis zu der Stechpalmengirlande an der Decke schlugen.

»Oh, *gut* gemacht«, sagte Tante Sophie. »Wie hübsch es aussieht.«

»Die Frau ist pyromanisch veranlagt«, murmelte Alexander, Lucys Mann.

»Soll ich den Feuerlöscher holen?« fragte Lucy.

»Auf keinen Fall«, sagte James. »Sally, ich denke, du verdienst die erste Portion.«

Der lüsterne Cousin hatte seine Hand wieder auf ihr Bein gelegt. Sally ergriff den Nußknacker und betrachtete ihn bedeutungsvoll.

Sally ließ sich in einen Sessel sinken und sah auf die Uhr. Es war zwei Uhr morgens. Lucy hatte Tante Sophie nach oben begleitet, und alle Kinder schliefen. Die Erwachsenen sangen zu Alexanders Gitarre. Sie hatten die Weihnachtslieder abgehandelt und waren inzwischen bei uralten Rocknummern gelandet. Alexander hatte offenbar während seines Architekturstudiums mit Straßenmusik sein Auto finanziert. Jetzt spielte er nur noch zu Weihnachten vor der Verwandtschaft, um seine Frau auf die Palme zu bringen.

Sally schlummerte ein, bis das Stimmengewirr der Verabschiedungszeremonie sie weckte. Sie fühlte sich erstaunlich erfrischt und gesellte sich zu James, der mit allen Verwandten, die nicht über Nacht blieben, in der Halle stand. Als sie schließlich allein waren, sagte sie ihm, er solle ruhig schlafen gehen. Er hatte seinen freien Tag gehabt. Morgen würde er sich in aller Herrgottsfrühe wieder um die Farm kümmern müssen.

Dann ging sie in die Küche, um Ordnung zu schaffen. Der Abwasch war größtenteils erledigt. Sally konnte nur raten, wem sie das verdankte. Sie tat, was Abwaschhelfer gerne vergessen, wischte die Arbeitsplatte ab und stellte die Töpfe zum Einweichen unter Wasser.

Müde, aber zufrieden erklomm sie schließlich die Stufen zu ihrem kleinen Zimmer. Nach einem Tag wie diesem hätte sie sich auch willig in einem Pappkarton schlafen gelegt. Jetzt erschien ihr ihr zugiges Kämmerchen mit dem zu kurzen Bett wie das Paradies.

Lautes Schnarchen drang aus ihrem Zimmer und erfüllte sie mit bösen Vorahnungen. Als sie die Tür öffnete, fand sie Cousine Veronica, die auf dem Rücken auf Sallys Bett lag und schlief, obendrein auch noch in Sallys Nachthemd. Tränen der Erschöpfung und Enttäuschung schossen ihr in die Augen. Das war wirklich nicht fair.

Einen Augenblick beobachtete Sally das stetige Heben und Senken der üppigen Brust. Lucy hatte Veronica eigentlich unterbringen sollen, und Sally war ihr dankbar gewesen, weil jedes Bett in James' Haus belegt war.

Sie erwog, einen Eimer Wasser zu holen und Cousine Veronica über den Kopf zu schütten, aber sie wollte in keinem nassen Bett schlafen. Vielleicht sollte sie das Laken packen und ihren ungebetenen Gast so auf den Boden befördern, aber vermutlich würde sie sich dabei das Kreuz verrenken, und wenn Veronica nicht so betrunken war, daß sie weiterschlief, würde sie auch noch ein anderes Bett für sie finden müssen.

Es war zuviel. Das hier war einfach zu viel. Sie hatte sich für diese versoffene, undankbare Familie abgerackert, und sie ließen ihr nicht einmal einen Platz zum Schlafen. Sie war auf dem Weg zur Treppe, um Clodagh vom Küchensofa zu verbannen, als sie an James' Zimmer vorbeikam. Ohne sich eine Sekunde Zeit zum nachdenken zu geben, öffnete sie die Tür.

»James! Deine Cousine schläft in meinem Bett.« Ihre Schuhe fielen polternd zu Boden. Dann zog sie das Kleid über den Kopf. »Und alle anderen Zimmer sind belegt.« Nylons und Unterhemd landeten auf ihrem Kleid. »Obendrein hat sie mein Nachthemd an.« Slip und BH segelten zu Boden. »Also kannst du verdammt noch mal unten auf dem Sofa schlafen, oder rutsch rüber!«

James schlug einladend das Federbett zurück.

»Oh, Sally«, murmelte er und zog sie an sich. »Wenn du wüßtest, wie sehr ich mich hiernach gesehnt habe.«

Sally hatte sich oft gefragt, wie es wohl wäre, mit James zu schlafen. Aber sie hatte nicht daran gedacht, als sie sich die Treppe hinaufgeschleppt hatte, um ins Bett zu gehen. Schlaf war es, wonach sie verlangte, und hätte man ihr eine Million Dollar geboten, wenn sie eine Nacht mit Robert Redford verbrachte, hätte sie gesagt: »Tut mir leid, ich bin einfach zu müde.«

Aber ihr Körper hatte mehr Energie, als sie gedacht hätte. In dem Moment, da sie sich berührten, war sie schlagartig erregt. James ging es nicht anders, und so streichelten und kneteten und rollten sie in dem schmalen Bett herum mit einem Elan, den sie beide nie für möglich gehalten hätten. Es war ein Wunder, daß keiner von ihnen aus dem Bett fiel. Es war ein wilder, lustvoller Akt, und schließlich lagen sie reglos, keuchten und schwitzten.

»Gott, das war wunderbar«, sagte er in ihre Haare.

Sally war nach wie vor erschüttert über das, was ihr Körper in den letzten zehn Minuten erlebt hatte, und gab ihm recht. Nie zuvor war Sex so rasant und wild und so schön gewesen. »Ja. Das war es. Ich weiß nicht, wo du die Energie hernimmst, James.«

Sie schwiegen ein paar Minuten. Sally wartete, daß James einschlafen würde. Aber das tat er nicht. Sein Körper hielt ihn wach.

»Liebling ...«

So ein gängiges, vielbemühtes Wort. Wie kam es nur, daß es sich aus seinem Mund so schön anhörte. »Hm?«

»Wir haben nichts getan ... Du weißt schon, wegen Verhütung. Das dürfen wir nicht noch mal riskieren.« Da seine Finger ihre Brustwarzen schon in kleine harte Kügelchen verwandelt hatten, nahm sie ihn nicht besonders ernst.

»Nein, wirklich.« Seine großen Hände umschlossen jetzt ihre Brüste, und sein Atem beschleunigte sich. »Das ist schrecklich verantwortungslos.«

Sally hatte das Gefühl, wenn er jetzt aufhörte, würde sie vor Sehnsucht eingehen und beschloß, ihn von seinen Qualen zu erlösen. »Es ist alles in Ordnung. Ich nehme die Pille.«

»Wirklich?«

»Hm. Ich hab' sie weiter genommen, als ich wußte, daß ich herkommen würde.«

»Sally?«

»Na ja, du hättest Tante Sophie schlecht sagen können, du müßtest das Weihnachtsessen abblasen, weil deine Küchenfee Krämpfe hat, oder?«

Sally spürte das Lachen in seiner Brust aufsteigen. »Oh, Sally. Ich glaube, ich liebe dich.«

Sie standen früh auf. Es war zu unbequem in dem schmalen Bett, als daß sie vernünftig hätten schlafen können. Beinah ohne ein Wort zu wechseln beschlossen sie, das schlafende Haus zu verlassen und mit Clodagh in die winterliche, stille Dunkelheit hinauszuwandern. In einer Stunde würden ihre Gäste aufwachen und heißes Wasser, Tee und Frühstück verlangen, jetzt war die einzige Chance.

James hatte Sallys Gepäck aus ihrem Zimmer geholt, und sie hatte beinah sämtliche Kleidungsstücke angezogen, die sie mitgebracht hatte. Obendrein trug sie James' Jacke, Mütze und Schal, und ihr war herrlich warm. James sagte, er friere nicht. Er legte den Arm um ihre Schultern, und so folgten sie Clodagh auf ihrer gemächlichen Morgenrunde.

Sally wußte, sie würde für den Rest des Tages todmüde sein, und dabei wurden sie alle bei Lucy zum Mittagessen erwartet. Aber sie wäre zu Fuß bis nach London zurückgelaufen, wenn James an ihrer Seite gegangen wäre.

Sie kamen ins Dorf, das zwei Meilen von der Farm entfernt lag, und betrachteten die stillen Häuser. Sally stellte sich die Kinder vor, die schlafend in ihren Betten lagen, die Arme um ihre neuen Spielsachen geschlungen, Autos und Puppen und Computerspiele. In manchen Häusern hatte man die Christbaumbeleuchtung brennen lassen, und in einer Stunde etwa würde der Motor der Weihnachtsmaschinerie wieder anspringen. Kochen, Verwandte begrüßen, Abwasch, Frauensorgen. Aber noch war Weihnachten ein vollkommener Traum, friedvoll.

Sally rief sich voller Seligkeit James' scherzende Worte in Erinnerung. Sie wußte, daß man niemals für bare Münze nehmen durfte, was ein Mann im Bett sagte, aber daß er das Wort »Liebe« überhaupt in den Mund genommen hatte, war mehr, als sie sich je erträumt hatte. Lucy wäre fuchsteufelswild, wenn sie es wüßte.

Sie sprachen kaum, bis sie zur Farm zurückkamen. Clodagh stand schon an der Hintertür und wartete darauf, eingelassen zu werden, als James sagte: »Sally? Weißt du, was ich gesagt habe ...«

Wie aufs Stichwort öffnete Cousine Veronica in genau diesem Moment die Tür. »Oh, da bist du, James. Ich habe mich schon gefragt, was ich anstellen muß, um hier ein Frühstück zu kriegen.«

Zu Sallys Überraschung erwiderte James kurz angebunden: »Ich zeig' dir, wo die Pfannen stehen.«

Der zweite Feiertag schleppte sich dahin. Sally sehnte sich danach, mit James allein zu sein, aber Tante Sophie sollte erst nach dem Tee heimfahren und mußte bis dahin unterhalten werden. Am achtundzwanzigsten wollte Sally für ein paar Tage zu ihrer Mutter fahren, also blieb ihnen nur ein Tag zusammen, und Sally konnte es kaum erwarten, daß er endlich begann.

Als Tante Sophie schließlich in Lucys Auto verfrachtet und der letzte Cousin heimgefahren war, eilte James hinaus zum Melken. Sally konnte dem Chaos im Haus nicht gleich ins Auge sehen und beschloß, einen Spaziergang mit Clodagh zu machen. Wenn James zurückkam, konnten sie es sich auf dem Sofa gemütlich machen, ganz allein mit einem großen Feuer und einer Flasche Whiskey, aber bis es so weit war, wollte sie die Sterne betrachten und die Silhouetten der Bäume vor dem nachtblauen Himmel bewundern.

Sie blieb viel länger draußen als beabsichtigt, und im Haus war alles finster. Licht schien vom Stall herüber, und sie wußte, James war noch bei den Tieren.

»Ich verschwinde schnell nach oben und seh' nach meinem Make-up«, sagte sie Clodagh und gab ihr eine große Scheibe Truthahn. »Dann geh' ich und hole ihn. Er muß doch bald fertig sein.«

Als sie sich zur Treppe wenden wollte, entdeckte sie den Zettel auf dem Küchentisch.

Deine Mutter hat angerufen. Kannst Du zurückrufen? Irgendwas wegen eines Vorsprechens für »Hill Life« (Was ist das?), wo Du hinfahren sollst, sobald Dein Agent es arrangieren kann. Ich bringe Dich nach London zurück, sobald Du fertig bist. James.

Oh, Gott, wie kann es nur sein, daß nach all den Millionen von Jahren dein Timing immer noch so lausig ist? Warum gibst du mir eine Chance mit dem wunderbarsten Mann der Welt und fünf Minuten später eine Chance auf eine Rolle in der erfolgreichsten Nachmittags-Soap, die es derzeit gibt?

Sie rief ihre Mutter an. Offenbar hatte Sallys Agent seit Tagen versucht, sie zu erreichen, und schließlich die Nummer ihrer Mutter in Erfahrung gebracht. Die Schauspielerin, die die Rolle übernehmen sollte, sei schwanger und müsse von ihrem Jahresvertrag zurücktreten. Die Rolle sei wie maßgeschneidert für Sally, und sie müsse umgehend nach London zurückkommen.

»Liebes, das ist ja so wunderbar! So ein Glücksfall! Endlich wirst du berühmt. Ich *freu'* mich ja so für dich! Und James hat versprochen, dich heute abend noch zurückzufahren. Er klingt wirklich sympathisch.«

Als James eine halbe Stunde später hereinkam, saß Sally am Küchentisch.

»Hallo, Sally! Wunderbare Neuigkeiten! Herzlichen Glückwunsch. Gut gemacht. Hast du alles fertig gepackt?«

Sally betrachtete ihn. Was war so wunderbar an den Neuigkeiten, die bedeuteten, daß sie wegmußte, fragte sie sich. Liebte er sie denn nicht? Waren die Nähe und die wunderbare Nacht nichts weiter gewesen als eine Weihnachtsromanze?

»James ..., dieses Vorsprechen ...«

»Ich *freu'* mich ja so für dich.«

»Du willst also, daß ich heute abend fahre?«

»Natürlich! Ich finde die Vorstellung grauenvoll, daß du den Rest deiner Tage als Putzfrau arbeiten sollst.«

Sally schloß die Augen. So war das also. Das sagte ihr in aller Deutlichkeit, wo sie stand. »Verstehe.«

»Und Sally ...«

Hoffnung flackerte auf. »Ja?«

»Peter, weißt du noch? Liz' Mann?«

»Ich weiß, wer Peter ist, James.«

»Also, er hat sich freundlicherweise bereit erklärt, dich nach London zu fahren. Es ist nämlich so ...«

»Eine Kuh ist krank. Du brauchst mir nichts zu erklären.«

James fuhr ihr über die Haare. »Du bist so verständnisvoll.«

»Ja, das bin ich, nicht wahr? Ich geh' packen.«

»Alles in Ordnung, Sally?« Peter fuhr auf die Autobahn und gab Gas.

»Sicher. Es ist sehr nett von dir, mich zu fahren.«

»Es ist also eine Traumrolle, die man dir anbietet, ja?«

Sally konnte sich nicht länger verstellen. »Um die Wahrheit zu sagen: Wäre mir diese Rolle vor drei Monaten angeboten worden, wäre ich überglücklich gewesen. Aber sie kommt zu spät.«

»Oh. Wieso?«

»Weil ich nicht mehr Schauspielerin sein möchte.«

»Ach ja? Und hat das irgendwas mit James zu tun?«

»Genau. Aber er empfindet offenbar nicht dasselbe für mich wie ich für ihn. Er meint, ich sei eine als Putzfrau jobbende Schauspielerin, die zufällig Weihnachten bei ihm verbracht hat.«

Peter warf ihr einen kurzen Blick zu. »So ist es nicht, weißt du. Aber sieh es mal aus seiner Perspektive. Was hat er dir schon zu bieten? Ein verfallenes Farmhaus, kein Geld, ein Leben ohne alle Annehmlichkeiten.«

»Ich will keine Annehmlichkeiten.« Müdigkeit und Enttäuschung verschworen sich miteinander und trieben Sally die Tränen in die Augen. »Ich will James!«

Peter tätschelte ihr die Hand. »Mach dir keine Sorgen, Sally. Er will dich auch. Ich habe noch nie einen Mann gesehen, der so von einer Frau besessen war. Alles, was du brauchst, ist ein bißchen Geduld.«

28. KAPITEL

May folgte Hughs Blick. Und sah, was er sah. Ein Boot lag quer auf dem Kanal, unvertäut. Dann ging ihr auf, daß es die *Rose Revived* war. Aber es war nicht nur, daß ihre Halteleinen losgemacht worden waren. Die weißen Holzläden, die sie fest verschlossen hatte, standen offen. Einer hing schief, offenbar aus den Angeln gerissen. Fast alle Fenster waren zersplittert. Und das ganze Boot über und über mit Farbe beschmiert.

»Oh, mein Gott ...« Mays Knochen schienen zu Wasser geworden zu sein, und sie fühlte sich, als habe ihr jemand in den Magen getreten, so daß sie sich weder rühren noch atmen konnte.

»Bleib hier«, befahl Hugh. »Ich geh' sie mir genauer ansehen.«

Aber noch ehe er das Ufer erreicht hatte, hatte May wieder Verbindung zu ihrem Rückgrat aufgenommen und holte ihn ein. Gemeinsam starrten sie zum Boot hinüber. Es war eine abscheuliche Karikatur seiner selbst. Die zerbrochenen Fenster wirkten wie grotesk blinzelnde Augen, die Farbe sah aus wie Make-up, das eine Betrunkene aufgetragen hatte, die Farben grell, verfälscht von Dämmerung und dem orangefarbenen Schimmer der Straßenlaterne.

»Oh, mein Gott«, sagte May noch einmal.

Hugh warf ihr einen schnellen Blick zu. »Von hier aus erreichen wir sie niemals. Wir müssen ans andere Ufer. Erstaunlich, daß andere Boote überhaupt an ihr vorbeigekommen sind. Vielleicht ist nicht viel Verkehr an den Feiertagen.«

May sprach ausdruckslos, wie aus weiter Ferne. »Nein, das ist nicht weiter schwierig. Der Kanal ist hier ziemlich breit. Wer immer vorbeiwollte, mußte die *Rose* nur ein bißchen beiseite stupsen.« Sie schluckte und atmete tief durch. »Ich nehme die Brücke da vorn.«

»Ich komme mit dem Wagen nach.«

Als Hugh sich ihr wieder anschloß, kniete May auf dem Treidelpfad und versuchte, die Bugleine aus dem Wasser zu fischen, die immer noch an ihrem Ring befestigt war. Wenigstens etwas, dachte May. Als sie Hughs Schritte hörte, wandte sie sich um. »Halt mich fest, ja? Ich komme fast dran.«

Hugh legte die Hände um ihre Taille und gab ihr Halt, so daß sie sich die entscheidenden zwei Zentimeter weiter vorbeugen konnte. Sie bekam die Leine zu fassen, und das Boot kam zu ihr wie ein Tier. Sie hörte sich selbst leise und beruhigend auf die *Rose* einreden, als sie sie behutsam ans Ufer zog und die Leine an das Metallgeländer band, das den Treidelpfad säumte. Hugh, der die Heckleine aus dem Wasser geholt hatte, folgte ihrem Beispiel. Dann sprangen sie an Bord und betraten die Kajüte.

Sie konnte nicht viel sehen, aber sie spürten und hörten Glassplitter unter ihren Schuhen. Die Bücher waren aus den Regalen gefegt worden, der Kohleneimer auf den Teppich entleert. Die Bilderrahmen waren zertrümmert, aber nicht von den Balken gerissen worden. May erkannte, daß der Schaden wesentlich größer gewesen wäre, wenn sie nicht fast ausschließlich mit Einbaumöbeln eingerichtet gewesen wäre.

»Ich hole den Besen«, sagte sie.

»May.« Hughs Stimme klang sachlich, fast kühl, als fürchte er, sie könne hysterisch werden. »Es ist dunkel. Und wenn wir Ordnung schaffen, ehe die Polizei hier war, vernichten wir sämtliche Spuren.«

May war alles andere als hysterisch. Dazu war sie viel zu zornig. »Ach, hör doch auf, Hugh! Du weißt so gut wie ich, daß sie die Typen niemals kriegen, die das hier angerichtet haben, selbst wenn sie Fingerabdrücke finden. Es ist Vandalismus, hirnloser Vandalismus, das passiert andauernd. Aber ich gehe jede Wette ein, daß in diesem Fall Schleimbeutel und seine Kumpel dahinterstecken. Und ich wette ebenso, daß es nicht einen einzigen Beweis dafür gibt.«

Hugh schien ihre Argumente abzuwägen. »Also schön. Aber es wird eine Heidenarbeit sein, hier Ordnung zu schaffen. Komm mit zu mir, und wir kümmern uns morgen früh darum. Bei Tageslicht wird alles nur halb so wild aussehen.«

May sah ihn verwundert an. »Bist du verrückt? Ich kann mein Boot nicht in diesem Zustand hier liegenlassen, so wenig wie ich einen verletzten Hund im Straßengraben liegenlassen könnte.«

Hugh seufzte vernehmlich, offenbar der Ansicht, sie sei diejenige, die verrückt geworden war. »Meinetwegen. Was soll ich tun?«

May dachte nach. »Mach Feuer im Ofen. Ich schließe die Batterie an. Wir brauchen erst mal Licht.«

Auf dem Weg zum Maschinenraum legte May einen kleinen Zwischenstop in der Kombüse ein. Hier schien die Verwüstung halbherzig. Die Teller und Tassen, die in den offenen Regalen gestanden hatten, waren zertrümmert, die Scherben lagen in der Spüle und am Boden. Aber sie hatten nicht hinter die Vorhänge der Regale geschaut, wo May ihr besseres Porzellan aufbewahrte. Ihr Schlafzimmer und das Bad waren mehr oder minder unberührt, allerdings war das Badezimmerfenster eingeschlagen.

»Vermutlich sind sie nicht an Sallys Müllsäcken vorbeigekommen«, murmelte sie. Es war eine große Erleichterung, daß wenigstens in einem Zimmer kein Glas unter ihren Schuhen knirschte.

Die Tür zum Maschinenraum war äußerst störrisch. Man mußte sich an exakt der richtigen Stelle mit der Schulter dagegenwerfen, um sie zu öffnen. Drinnen tastete sie nach den Krokodilklemmen und war dankbar, daß Jethro darauf bestanden hatte, daß sie einen der Pole mit Klebeband markierte, damit sie sie auch im Dunkeln unterscheiden konnte. Sie stand auf und schaltete die kleine Neonröhre ein. Alles war, wie es sein sollte.

»Nur gut, daß ich nie dazu gekommen bin, die Tür in Ordnung zu bringen«, murmelte sie. »Vermutlich dachten sie, sie sei abgeschlossen.«

Es bedeutete, daß ihr teures Werkzeug noch da war. Sie fand

eine Taschenlampe und fühlte sich schon viel besser, als sie zu Hugh zurückkam.

Er hatte seinen Mantel ausgezogen und hockte vor dem Ofen. May drückte auf den Lichtschalter, aber nichts passierte.

»Die Mistkerle haben die Birnen zertrümmert. Schaffst du's mit dem Ofen?«

Hugh nickte. »Nachdem ich die Anzünder endlich gefunden habe. Sie hatten sie hinter den Ofen gestopft.«

May mußte unwillkürlich lächeln. »Da bewahre ich sie auf.«

Hugh richtete sich auf. Trotz der Dunkelheit wußte sie, daß er ebenfalls lächelte.

Sie zündeten Kerzen an, und das hob die Stimmung. Obwohl sie jetzt das ganze Ausmaß der Zerstörung erkannten, wußten sie doch wenigstens, womit sie es zu tun hatten. Sie räumten die Bücher zurück auf die Regale. Dann waren die Glasscherben an der Reihe.

»Hast du ein paar alte Zeitungen? Handfeger, Kehrblech? Handschuhe?«

»Keine Handschuhe, fürchte ich. Aber alles andere.«

Sie arbeiteten eine Weile in ungewohnter Eintracht.

»Es waren ziemlich halbherzige Vandalen«, sagte May schließlich in der Küche. »Und das spricht dafür, daß Schleimbeutel sie geschickt hat. Wer so was wirklich aus Spaß macht, hätte sich mehr Mühe mit der Kombüse gegeben.«

»Du hast vermutlich recht«, antwortete Hugh. »Hast du ein paar Müllsäcke?«

May mußte wieder lächeln. »Ja. Die verdanken wir Sally.« Sie holte die schwarzen Plastiksäcke, und er füllte sie mit Scherben. May schlitzte ein paar der Beutel mit dem Küchenmesser auf und tackerte sie vor die Fensteröffnungen.

»Ich weiß nicht, ob ich froh sein soll oder nicht«, sagte May. »Ich meine, wenn Schleimbeutel sie nicht geschickt hätte, wäre mein Boot vielleicht nicht verwüstet worden. Aber wenn Vandalen hier eingebrochen wären, die er nicht geschickt hätte, wäre es wahrscheinlich viel schlimmer geworden.«

Hugh hielt inne, um diese etwas komplexe Logik zu entwirren. Als es ihm nicht gelang, ignorierte er sie und sagte statt dessen: »Auf die eine oder andere Weise werde ich diesem Kerl das Handwerk legen.«

»Du wirst es niemals schaffen, ihn hiermit in Verbindung zu bringen, Hugh. Und ich würde nicht wollen, daß du ...«

»Nur die Ruhe, May. Ich habe nicht die Absicht, ihn aufzusuchen und ihm eins auf die Nase zu geben, so gern ich das auch täte. Aber das Gesetz ist viel wirksamer. Damit werde ich ihm das Kreuz brechen und zwar dauerhaft.«

May war mit einemmal viel wärmer.

Jedesmal wenn ein Sack voll war, band Hugh ihn zu und stellte ihn draußen aufs Welldeck. In erstaunlich kurzer Zeit sah der Salon wieder ganz passabel aus. Sie hängten die Vorhänge wieder auf, ebenfalls provisorisch angetackert, und schufen so eine Art Bühnenbild der Normalität.

»Kümmere du dich um Bad und Schlafzimmer, ich bring' die Kombüse in Ordnung«, sagte Hugh.

»Im Bad liegt ein bißchen zerbrochenes Glas, aber das Schlafzimmer ist fast unberührt.«

»Bist du sicher?« Hugh schien verdutzt. »Es war ein einziges Chaos, als ich vorhin nachgeschaut habe.«

»Es war ein einziges Chaos, als ich es verlassen habe.«

Hughs Ausdruck zeigte Entsetzen, Mißbilligung, Unglauben und irgendwo dazwischen Belustigung. Aber er gab keinen Kommentar ab.

»Vielleicht dachten sie, im Schlafzimmer sei ihnen schon jemand zuvorgekommen, und da haben sie den Mut verloren«, mutmaßte May.

Hugh räusperte sich. »Besteht irgendeine Möglichkeit, Wasser zu kochen?«

»Natürlich. Ich schalte das Gas ein. Entschuldige, du mußt ausgehungert sein.«

»Na ja ...«

May strahlte ihn an. »Ich habe noch Tomatensuppe in der Dose. Von der Bootsfahrt mit den Jungs.«

Hugh grinste unerwartet. »Seit ich dich getroffen habe, hab' ich mehr Tomatensuppe gegessen als in meinem ganzen bisherigen Leben. Langsam fange ich an, sie zu mögen.«

»Das trifft sich gut. Es ist eine riesengroße Dose.«

»Stell du das Gas an und sag mir, wo ich einen Dosenöffner finde.«

May hatte den Öffner vorhin in dem Spalt zwischen Spüle und Herd liegen sehen, angelte ihn hervor und reichte ihn Hugh.

Er verzog schmerzlich das Gesicht. »Sag nicht, daß du ihn da aufbewahrst.«

May hob die Schultern. »Manchmal.«

»Ich nehme nicht an, daß du irgend etwas hast, was man zu der Suppe essen könnte?«

Der arme Mann stand offenbar unmittelbar vor dem Hungertod. Und das war verständlich, es waren wenigstens sechs Stunden vergangen seit dem Mittagessen. Aber May hatte alle verderblichen Lebensmittel aufgegessen, ehe sie über Weihnachten nach Hause fuhr. Dann hellte ihre Miene sich auf.

»Natürlich! In deinem Kofferraum steht ein ganzer Karton mit Lebensmitteln, den Mum für mich gepackt hat. Wir brauchen gar keine Suppe zu essen, wenn du nicht willst.«

Hugh schüttelte den Kopf. »Ich bestehe darauf. Wie ich sagte, ich mag sie gern. Aber ich hole den Karton aus dem Wagen.«

Er enthielt Alupäckchen mit kaltem Truthahn, Schinken und Käse. Eine Flasche Wein, eine Flasche Sherry, ein halbes Früchtebrot, Hackfleischpasteten, Haferkuchen, eine Büchse Käsegebäck und ein selbstgebackenes Brot.

»Mum meint, ich esse nicht vernünftig«, erklärte May. »Sie sagt immer, sie will die Reste loswerden, aber das ist nur eine Ausrede, um mich mit Vorräten zu versorgen. Sie kann es sich nur mit Mühe verkneifen, Dad jede Woche ein Freßpaket für mich mitzugeben.«

»Mach dich nicht über sie lustig. Was ist da drin?« Er öffnete ein Paket. »Räucherlachs. Wie herrlich.«

»Irgendwo muß auch eine Zitrone sein. Laß uns den Karton und die Suppe mit in den Salon nehmen. Da ist das Licht besser, und es ist wärmer. Wir machen ein Picknick.«

Hugh hatte die Flasche Whiskey aus dem Auto mitgebracht,

die Mays Vater ihm zu Weihnachten geschenkt hatte. Sie tranken Whiskey aus Kaffeebechern, aßen Lachssandwiches und Suppe. May war leicht beschwipst, als Hugh aufstand.

»Ich brauche Decken. Oder noch besser einen Schlafsack.«

May erhob sich ebenfalls. »Du hast recht. Es wird kalt hier ohne Fensterscheiben. Ich suche ein paar Decken.«

»Mir ist nicht kalt.«

»Oh?«

Er sah auf sie hinab und wählte seine Worte sorgsam. »May, ich nehme an, es hat keinen Sinn, dich noch einmal zu bitten, mit zu mir zu kommen?«

May schüttelte den Kopf, schlagartig nüchtern. »Nein. Ich kann das Boot nicht so völlig ungesichert und ohne Fenster allein lassen. Das kommt nicht in Frage.«

Hugh nickte. »Ich dachte mir, daß du das sagst, und ich kann dich nicht zwingen. Also muß ich bei dir bleiben.«

»Das ist wirklich nicht nötig ...«

Er unterbrach sie. »Hör zu, May. Du hast Bedenken, ein ungesichertes Boot zurückzulassen, und du hast recht, aber ich habe Bedenken, dich allein hier zurückzulassen.«

»Dazu besteht kein Grund. Ich bin es gewohnt, allein zu sein, und sie werden doch sicher nicht zurückkommen, oder?«

»Das glaube ich nicht. Aber ich bin nicht gewillt, das Risiko einzugehen.«

»Aber Hugh ...«

»Ich kann dich nicht überreden mitzukommen, aber du wirst mich so wenig davon abhalten, hierzubleiben. Ich muß nur ein paar Leuten Bescheid geben. Wo ist das Telefon?«

Es war nicht in der Ladestation, wo sie es gelassen hatte. Sie zuckte die Achseln. »Im Kanal wahrscheinlich.«

»Warum hast du's nicht mitgenommen?«

»Warum sollte ich? Ich konnte das Telefon meiner Eltern benutzen.«

»Aber was ist mit den Leuten, die dich anrufen wollten? Sie konnten dich nicht erreichen, es sei denn, sie wußten die Nummer deiner Eltern.«

May hob kurz die Schultern. Sie hatte immer noch nicht verinnerlicht, das ein Handy eine tragbare Telefonverbindung bedeutete. »Wo ist denn dein Handy?«

Hugh machte ein düsteres Gesicht. »In Reparatur.«

May klopfte sich im Geiste kräftig auf die Schulter. Eins zu null für mich.

Hughs Mundwinkel verzog sich unwillkürlich nach oben. »Ich bin eben an einer Telefonzelle vorbeigekommen. Jetzt sei ein gutes Mädchen und such mir ein paar Decken zusammen. Ich bin müde. Und du mußt völlig erledigt sein.«

Essen und Aktivität hatten die Depression ferngehalten, aber kaum war er fort, brach sie über May herein wie eine Lawine. Sie ging entschlossen dagegen an. Es würde viel Geld kosten, die Fenster zu ersetzen, aber wenigstens hatte sie ihre vorweihnachtlichen Einnahmen zur Bank gebracht, statt sie wie sonst üblich in einen Teebecher zu stopfen.

Mike würde auf seine nächste Rate einfach warten müssen. Was ihn insgeheim vermutlich freuen würde. Es stärkte seine Position bei seinen Bemühungen, sie aus seinem Hafen zu ekeln. Und wenn sie auch sicher sein konnte, daß Harriet und Sally ihr ihren Anteil am Firmengeld leihen würden, um das Boot wieder bewohnbar zu machen, sollte sie es annehmen? Es würde bedeuten, daß sie beide gezwungen wären, ihre eigenen Pläne aufzuschieben. May hatte das Gefühl, als werde sie rückwärts einen Berg hinuntergestoßen. Kaum war sie ein Stückchen hochgeklettert, kam irgendein Rückschlag und schleuderte sie abwärts, jedes Mal ein bißchen tiefer.

Sie fand Harriets Bettzeug, das den Sturm unbeschadet in seinem Verschlag unter der Sitzbank überstanden hatte, und breitete es für Hugh aus. Sie fügte Sallys Schlafsack hinzu, damit er ein bißchen Schutz gegen die eisige Zugluft hatte, die durch die Plastikplanen pfiff. Sie wußte inzwischen, hätte er angedroht, nach Hause zu fahren, hätte sie sich eher an ihn gekettet, ehe sie zugelassen hätte, daß er sie allein ließ, trotz all ihrer Beteuerungen. Er war einfach großartig gewesen, ein echter Freund. Und von einem echten Freund mit so breiten Schultern konnte sie nicht ernsthaft verlangen, auf dieser schmalen Planke zu schlafen.

»Hugh«, begann sie, als sie ihn zurückkommen hörte. »Ich glaube nicht, daß du es auf der Bank besonders bequem hättest. Sie ist furchtbar schmal. Harriet kann nur deswegen darauf schlafen, weil sie so dünn ist und sich nicht im Schlaf herumwälzt. Also habe ich beschlossen, daß ich hier schlafe, und du schläfst in meinem Bett. Das ist groß genug, und das Fenster ist intakt.«

Hughs Ausdruck wurde unbewegt. »Ich werde nur dann in deinem Bett schlafen, wenn du darin liegst, May.«

Es dauerte einen Moment, bis ihr klarwurde, was er gesagt hatte, es kam so vollkommen unerwartet. »Ähm ...«

»Steht das Angebot noch? Nein? Dann gute Nacht.«

Im Bett wurde es May endlich warm, aber sie fand keinen Schlaf. Sie fragte sich, wie ernst Hugh es mit der Behauptung gewesen war, ihr Bett teilen zu wollen. Er hatte es so vollkommen nüchtern gesagt, ohne jede sichtbare Regung. Sie konnte wirklich nicht glauben, daß er sie in irgendeiner Weise als Frau ansah. Aber er hatte sie geküßt, und sie hatte ihn geküßt. Und mit der schonungslosen Ehrlichkeit, die jeden um drei Uhr morgens heimsucht, gestand sie sich ein, daß die Vorstellung, mit ihm zu schlafen, alles andere als abstoßend war. May wälzte sich auf die andere Seite und lag in der Mitte der breiten Doppelkoje. Vermutlich lag er auch wach auf seiner schmalen Pritsche, die Schultern verdreht, damit sie nicht über den Bettrand ragten. Vielleicht hätten sie beide besser geschlafen, hätten sie nebeneinander gelegen.

Hugh war es gelungen, sich wieder in einen Juristen zu verwandeln, als May um sieben am nächsten Morgen aus ihrem Zimmer kam. Er war gewaschen und rasiert, trug einen Anzug und ein Hemd, die beide nicht so aussahen, als kämen sie aus dem Koffer.

»Ich habe Tee gemacht«, sagte er. »Und Toast. Möchtest du? Das Brot von deiner Mutter ist sagenhaft.«

May lächelte. »Das finde ich auch. Hast du einigermaßen geschlafen?«

Er öffnete einen Klappstuhl für sie. »Du?«

Sie nahm Platz. »Eigentlich nicht. Ich war zu durcheinander wegen des Bootes.«

Er brummelte vor sich hin und biß in sein Vollkorntoast. »Was wirst du heute morgen tun?«

»Das Boot zum Liegeplatz zurückbringen und die Reparaturen organisieren. Ich muß wenigstens neue Fenster haben, bevor die anderen zurückkommen.« Sie betrachtete Hughs schneeweiße Manschette, als er die Hand nach der Butter ausstreckte. »Aber das schaff' ich allein. Ich habe deine Zeit schon über Gebühr in Anspruch genommen. Und du warst geduldig wie ein Heiliger.«

Wie gewöhnlich ignorierte er ihre Bemühungen, höflich zu sein. »In ein paar Tagen muß ich in die Staaten.«

Die Neuigkeit war ein unerwartet harter Schlag. Plötzlich war sie den Tränen gefährlich nahe, näher als gestern abend beim Anblick ihres verwüsteten Bootes. Sie hustete und trank einen großen Schluck Tee. »Ach ja?« fragte sie beiläufig. »Für wie lange?«

»Ein paar Wochen. Es hängt von verschiedenen Faktoren ab ... Was ich sagen will, ist, ich werde nicht hier sein, um dich im Auge zu behalten.«

May stellte ihren Becher ab. »Hugh, ich weiß nicht, was ich gestern abend ohne dich gemacht hätte. Ich wäre vermutlich verrückt geworden. Aber ich brauche keinen Babysitter. Ich bin absolut in der Lage, auf mich aufzupassen, wirklich.«

»Darüber werde ich jetzt nicht mit dir debattieren. Im Augenblick geht es mir um meine eigenen Bedürfnisse. Ich muß die Gewißheit haben, daß du in Sicherheit bist, sonst werde ich mich nicht auf meinen Job konzentrieren können. Und eine Menge Leute verlassen sich darauf, daß ich diesen Job ordentlich mache.«

Halb gerührt, halb verärgert versuchte May, ihn zu beschwichtigen. »Im Bootshafen werde ich absolut sicher sein. All meine Nachbarn kommen heute oder morgen zurück. Und Mike wird besondere Sicherheitsmaßnahmen ergreifen.« Eher würde Mike sich vermutlich von der nächsten Brücke stürzen, aber das brauchte sie Hugh ja nicht auf die Nase zu binden.

Er sah auf die Uhr. »Vor elf habe ich keine Termine. Ich helfe dir, das Boot zurückzubringen.«

Mike war in seinem Büro und hatte nach ihr Ausschau gehalten. Er wußte schon, was passiert war, hatte es von einem vorbeifahrenden Boot gehört. Er erweckte halbwegs glaubhaft den Anschein, als tue es ihm leid und lächelte Hugh höflich zu, aber er war unerbittlich. »Jetzt mußt du einfach verkaufen, May. Ich meine, die Reparaturen werden teuer, und du schuldest mir immer noch zweitausend. Aber ich sag' dir, was ich mache: Ich stell' dir keine Liegegebühren in Rechnung, bis die Reparaturarbeiten abgeschlossen sind, unter der Bedingung, daß du das Boot anschließend verkaufst.« Er richtete sich in seinem Stuhl auf. »Du hast getan, was du konntest, aber jetzt ist es Zeit aufzugeben. Ich meine, natürlich könnte ich Wachhunde anschaffen, aber du könntest nie sicher sein, ob die Kerle nicht doch irgendwann wiederkommen. Es ist keine Schande, wenn du jetzt das Handtuch wirfst.«

May kam auf die Füße. Sie fühlte sich geradezu unheimlich ruhig. Es war die Ruhe vor dem Sturm aus Tränen und Verzweiflung, der ihr bevorstand, das wußte sie. »Nein, danke, Mike. Ich werde meine Schulden bei dir weiter abzahlen, so schnell ich kann. Und ich werd' nicht verkaufen. Das Boot gehört mir, und so soll es auch bleiben.«

Mike sah hilfesuchend zu Hugh, der stumm in einer Ecke saß. »Sagen Sie es ihr. Machen Sie ihr klar, daß sie aufgeben sollte, solange ihr das Boot wenigstens noch gehört und sie etwas in Händen hat.«

Hugh schüttelte den Kopf. »Das ist nicht meine Sache. Das Boot gehört May. Sie muß selbst wissen, was sie damit tut.«

Mike schüttelte den Kopf und schürzte die Lippen, als sammele er seinen Mut, um etwas Unangenehmes zu sagen. »Na schön. Ich werd' ehrlich zu dir sein, May. Ich habe einen Käufer für die *Rose*. Er ist bereit, bar zu zahlen. Und außerdem ist er bereit, das Dreifache dessen an Liegegebühr zu zahlen, was du mir *nicht* zahlst. Und er zahlt wöchentlich. Es tut mir ehrlich leid, May, aber Geschäft ist Geschäft.«

»Du willst mich rausschmeißen?«

Mike schien beleidigt. »Ich geb' dir Gelegenheit, deine Schulden loszuwerden und noch ein nettes Sümmchen einzustreichen. Ich tu' dir einen *Gefallen.*«

»Bei solchen Gefallen braucht man keine Vandalen mehr«, erwiderte May kühl. »Aber von mir aus. Du willst, daß ich verschwinde, also verschwinde ich. Auch wenn du gegen das Gesetz verstößt.«

Mike stand wütend auf. »Komm mir bloß nicht auf die Tour. Du schuldest mir noch eine Menge Geld.«

»Ich weiß. Und ich verspreche dir, ich zahl' dir jeden Penny zurück. Du Blutsauger!« Und damit stolzierte sie aus dem Büro.

»Selbst wenn nicht, ohne dich bin ich auf jeden Fall besser dran!« rief Mike ihr nach.

May beachtete ihn nicht, sondern ging weiter den Ponton entlang und stieg auf die *Shadowfax*. Sie hatte den Motor der *Rose Revived* angeworfen, ehe Hugh sie eingeholt hatte.

»Wo willst du jetzt hin?« Er war an Bord gesprungen, stand auf dem Dach und sah auf sie hinunter.

»Ich habe nicht den Schimmer einer Ahnung«, brüllte sie zurück, um den Motor zu übertönen. »Sagtest du nicht, du hast einen Termin?«

»Ich werd' zu spät kommen.« Er sprang leichtfüßig vom Dach aufs Welldeck hinunter und trat zu ihr. »Könntest du vielleicht mal einen Moment warten? Und stell den verdammten Motor ab. Ich kann nicht reden bei diesem Radau.«

»Dann halt einfach den Mund. Ich werde mein Boot nicht verkaufen, nicht für Mike, nicht für dich, nicht für sonstwen.«

Hugh verschwand im Maschinenraum, und im nächsten Moment verstummte der Motor.

Mit einemmal war May schwindelig vor Zorn.

»May«, sagte Hugh mit fester Stimme. »Wenn du mir jetzt mit dieser Ruderpinne den Schädel einschlägst, wirst du eine Mordanklage am Hals haben und keinen Anwalt mehr, der dich versteht. Jetzt beruhige dich, halt die Klappe und hör mir zu.«

Der Zorn verschwand so schnell, wie er gekommen war, und May fühlte sich auf einmal schlapp und kraftlos. Seit gestern abend hatte sie unablässig kämpfen müssen, um stark zu bleiben, und jetzt war sie plötzlich zu müde, um noch weiterzukämpfen. »In Ordnung. Ich bin die Ruhe selbst und ich bin ganz Ohr.«

Hugh saß ihr gegenüber auf dem Verschlag und sah sie an. Ohne ihren Kampfgeist wirkte sie plötzlich sehr jung und klein. »Erinnerst du dich, daß ich dir von einem Freund erzählt habe, dem ein Lagerhaus mit Zugang zum Kanal gehört?«

May zuckte die Schultern. Sie konnte sich an nichts erinnern, aber das hieß nicht, daß er es ihr nicht gesagt hatte.

»Ich möchte, daß du dorthin fährst. Das Gelände ist bewacht. Du wärst in Sicherheit. Aber du mußt hier warten, während ich mir ein Telefon suche und diesen Freund anrufe. Wirst du das tun?«

Sie nickte.

»Versprochen? Du wirst nicht einfach davontuckern?«

Sie schüttelte den Kopf. »Aber du mußtest doch irgendwo hin um elf.«

»Kein Problem. Das war nur privat. Ich sage ab.«

»Das heißt, du würdest den Termin nicht sausen lassen, wenn er geschäftlich wäre?« Sie zog ihn auf, weil es ihr half, sich vorzumachen, es sei alles normal, nicht um ihn zu provozieren.

Er schien das zu verstehen. »Um Gottes willen, natürlich nicht! Was stellst du dir vor, wie ich es zum Spitzenanwalt gebracht habe?«

Sie versuchte ein kleines Lächeln. »Mit all deinen bestechenden sexistischen und reaktionären Tugenden.«

Für ihre Verhältnisse war es ein schwacher Seitenhieb, aber es überzeugte ihn, daß sie überleben würde. Er erwiderte das Lächeln. »Ganz genau. Jetzt warte hier. Es könnte ein Weilchen dauern, aber ich komme zurück, so schnell ich kann.«

May räumte auf und war gerade dabei, die Messingringe an ihrem Schornstein zu polieren, als sie das Tuckern einer Maschine den Kanal hinaufkommen hörte. Es war die *Curlew*, zurück aus den Weihnachtsferien. May lief zu ihrem Liegeplatz und fing die Leinen auf.

Genau wie Mike hatten auch ihre Nachbarn schon vor ihrer Ankunft gehört, was sich ereignet hatte, und waren kein bißchen verwundert, als sie erfuhren, daß Mike May von ihrem Liegeplatz gewiesen hatte. Sie schenkten ihr selbstgemachten Wein und ihr ungeteiltes Mitgefühl, und Jethro erbot sich spontan, ihr Boot kostenlos zu reparieren. »Bezahl mich, wenn du kannst.«

May schüttelte den Kopf. »Ich würde mich freuen, wenn du es machst, aber nicht, ehe ich dich bezahlen kann.«

Nach einer längeren Debatte kamen sie zu einer Einigung, und May ging zu ihrem Boot zurück. Gerade hatte sie das Handy in der Besteckschublade entdeckt, als Hugh zurückkam. Sie fuhr schuldbewußt zusammen, als ihr wieder einfiel, daß sie selbst es dorthin gelegt hatte, aber Hugh bemerkte es nicht. Er schien ungewohnt jungenhaft und aufgeregt. Er hatte seinen Anzug gegen rote Segelhosen und einen marineblauen Pulli eingetauscht.

»Alles geregelt. Ich hab' dir einen neuen Liegeplatz besorgt. Hast du irgendwo eine Karte der Kanäle?«

»Ich meine, ich hab' sie gestern abend irgendwo gesehen. Ich mach mich auf die Suche.« May grinste, seine gute Laune war ansteckend. »Wenn ich es nicht besser wüßte, Hugh, würde ich sagen, du siehst wie ein waschechter Skipper aus.«

29. KAPITEL

»Ist dir klar, daß diese Linie ›außer Betrieb‹ bedeutet?« fragte May. »Vermutlich werden wir feststellen, daß wir da nicht durchkommen. Der Arm ist entweder zugeschüttet oder so voller Abfall, daß es auf dasselbe hinausläuft.«

Sie hatten die Köpfe über die Karte gebeugt, und Hugh hatte gerade die Stelle gefunden, zu der sie wollten, ein Lagerhaus an einem Seitenarm des Kanals. Es war sogar eine Kaianlage eingezeichnet, aber May bezweifelte, daß es sie noch gab.

»Sei nicht so negativ. Laß uns hinfahren und nachsehen.«

Es war nicht schwierig, May zu überreden. Abgesehen davon, daß sie dringend einen neuen Liegeplatz brauchte, wollte sie auch möglichst schnell möglichst weit weg von Mikes Bootshafen. Außerdem konnte sie der Versuchung, unbekannte Gewässer zu erforschen, nie widerstehen.

»Okay, aber ich rufe kurz Sally an oder hinterlasse ihrer Mutter eine Nachricht.«

»Ach, du hast das Telefon gefunden, ja?«

May errötete ein wenig. »Und ich geb' Jethro und Debra auf der *Curlew* Bescheid, damit sie wissen, wo ich hingehe, falls sie nachkommen wollen.«

»Du willst doch wohl keine Gäste in einer Situation wie dieser«, protestierte Hugh. Womit er bewies, wie wenig er von dem Leben auf den Kanälen begriffen hatte.

»Nicht als Gäste. Sie werden mit der *Curlew* kommen, vorausgesetzt, die Lecks lassen es zu. Vermutlich können wir ganz gut Hilfe gebrauchen, wenn wir ankommen.«

Schließlich wurde es eine kleine Flotte von drei Booten, die *Rose Revived* vorneweg, gefolgt von der *Curlew* mit Jethro,

Debra, Juno und Spike, und die *Titan* bildete die Nachhut, Ivans Rettungsboot mit dem starken Motor.

Die *Shadowfax* blieb zurück. Weihnachten hatte Jeds Schlafrhythmus durcheinandergebracht, und er war wach, aber sein Boot war weniger flexibel als er, und es war ein umständliches Unterfangen, seine Maschinen zu starten. Doch Jed stimmte freudig zu, auf der *Rose Revived* mitzufahren. Er war neugierig, was der unbekannte Kanalarm zu bieten hatte.

May fragte sich flüchtig, wie Hugh und Jed wohl miteinander auskommen würden. Aber Jed war so ein friedfertiges Wesen, vermutlich würde er die abfälligen Blicke nicht einmal wahrnehmen, die Hugh ihm zuwerfen mochte. Und obwohl er der erfahrenste Bootsführer von ihnen war, gab er nie ungebeten Ratschläge. Er war vollauf zufrieden, seine Selbstgedrehten zu rauchen, mit anzufassen, wenn es nötig war, und ansonsten die anderen ihren Kram auf ihre Weise machen zu lassen.

Es erwies sich als ausgesprochen nützlich, soviel zusätzliche Muskelkraft mitgebracht zu haben. Der stillgelegte Arm des Kanals war zwar nicht zugeschüttet, aber an vielen Stellen gefährlich seicht. Mit Hilfe der *Titan* und nach einigem rufen, dirigieren, ziehen an Leinen und drücken mit Lenkstangen bugsierten sie die *Rose Revived* an ihren neuen Platz. May atmete erleichtert auf. An einem Punkt waren sie beinah schon verzweifelt, und es wurde davon gesprochen, daß jemand ins Wasser springen und den sperrigsten Abfall beiseite räumen müsse. Sie hätte niemals zugelassen, daß irgend jemand anders das für sie tat, war aber dankbar, daß dieses Opfer ihr erspart geblieben war. Immerhin war Dezember.

May verschwand im Maschinenraum und schaltete den Motor ab. Einen Moment hüllte die Stille sie ein, sie hörte weder den fernen Straßenlärm, noch Stimmen oder den Schritt schwerer Stiefel an Deck. Ein Gefühl von tiefem Frieden überkam sie, und es lag nicht allein an dem Fehlen von Geräuschen. Es war Geborgenheit. Nur zögernd verließ sie die abgasgeschwängerte Wärme des Maschinenraums.

»Ich besorg' eine Planke«, rief Jed vom Ufer herüber. »Damit ihr an Land kommen könnt.«

Hugh sprang vom Dach und trat zu ihr. Seine Haare waren zerzaust, seine Wange war ölverschmiert. May stellte zufrieden fest, daß die Fahrt Spuren an ihm hinterlassen hatte.

»Ich muß jetzt gehen, May. Aber hier bist du sicher. Der einzige Zugang von der Straße her wimmelt nur so von Wachleuten.«

»Aber Debra hat für alle Suppe und Sandwiches gemacht!« Sie hörte selbst, daß sie wie eine Ehefrau klang, die stundenlang mit dem Tee warten muß, weil ihr Mann auf ein schnelles Bier in den Pub will. Sie versuchte zu lächeln.

Hugh schüttelte den Kopf. »Ich muß los. Jethro leiht mir sein Fahrrad, damit ich zu meinem Wagen komme, aber ich muß es ihm anschließend zurückbringen, und meine Zeit wird langsam knapp.«

May wurde bewußt, daß er bald weit weg in Amerika sein würde, nicht nur am anderen Ende der Stadt in seinem Büro oder seiner Wohnung. »Seh' ich dich noch, bevor du fährst?«

Er schüttelte den Kopf. »Das bezweifle ich. Ich muß mich noch um verschiedenes kümmern.« Er zögerte. »Soll ich dir eine Postkarte schicken?«

May hatte sich schnell wieder im Griff. Langsam gewöhnte sie sich daran, erschüttert zu sein, seit gestern morgen war es ja eine Art Dauerzustand. Aber die Vorstellung, eine »Wunderbares Wetter, wünschte, du wärest hier«-Postkarte zu bekommen, machte sie auf einmal ganz krank. Außerdem wollte sie nicht, daß er merkte, wie ungern sie ihn gehen sah.

»Nein, nein. Es ist so lästig, Postkarten schreiben zu müssen.«

Hughs Ausdruck wurde vollkommen unbewegt. »Ja, das ist wahr. Also spare ich mir die Mühe einfach.«

»Ja, ja, laß nur.«

»In Ordnung.«

»Danke. Vielen Dank. Du warst ... wunderbar.«

»Wirklich, May? Nun, es freut mich, daß ich behilflich sein konnte. Und jetzt muß ich gehen.«

May machte einen Schritt auf ihn zu, um ihn zum Abschied zu küssen. Sie neigte selten zu solchen Distanzlosigkeiten, aber es schien nicht richtig, sich ohne allen physischen Kontakt zu trennen nach allem, was sie zusammen durchgestanden hatten.

Er konnte nicht zurückweichen, ohne ins Wasser zu fallen, aber es gelang ihm, ihrem Kuß auszuweichen. Er legte eine Hand auf ihre Schulter und drückte sie kurz. »Paß auf dich auf. Falls du das kannst.«

May war zutiefst verletzt, aber es gelang ihr, einen geschäftsmäßigen Ton anzuschlagen. »Kein Problem. Mach's gut, Hugh.«

Sie ging eilig hinein, denn sie hatte nicht die Absicht, ihm nachzusehen. Aber sobald sie im Salon war, änderte sie ihre Meinung und stürzte wieder ins Freie. Doch es war zu spät. Hugh war verschwunden.

Abends gab es eine kleine Party an Bord der *Curlew*, die genau wie das Rettungsboot am Treidelpfad des Hauptkanals vertäut lag. Aber trotz der unbescheidenen Mengen an selbstgemachtem Wein, Linseneintopf und Quiche, die verzehrt wurden, gelang es May nicht so recht, in Partystimmung zu kommen. Das hier war ihr Leben, es waren ihre Freunde, aber ihre Gesellschaft allein war plötzlich nicht mehr genug.

»Ich bin müde«, sagte sie sich und den anderen. »Ich muß mal früh ins Bett.«

Sie ging den kurzen Weg zur *Rose* zurück. Jed hatte unterwegs Hartfaserplatten vor die Fenster genagelt, und May fühlte sich vollkommen sicher. Es war nicht Angst, die ihr den Magen verknotete, bis ihr ganz elend wurde. Ohne es zu merken, immer mit wichtigeren Dingen beschäftigt, war es ihr irgendwie gelungen, sich zu verlieben. Ausgerechnet in Hugh, den unwahrscheinlichsten aller Kandidaten. Wäre sie nicht so durcheinander gewesen, hätte sie niemals zugelassen, daß es passiert. Dazu war sie viel zu realistisch und vernünftig.

Sie kletterte in ihre Koje, ärgerlich auf sich selbst und wütend auf Hugh. »Es kommt nur, weil er mich gerettet hat. Wenn er in Amerika ist, werd' ich schon über ihn hinwegkommen.« Sie umarmte ihre Wärmflasche und drückte sie an sich, von ihren eigenen Worten wenig überzeugt und todunglücklich. »Das letzte, was mir fehlt, ist ein Mann, der mein Leben durcheinanderbringt.«

Am nächsten Morgen war sie noch genauso unglücklich. Ihre Stimmung besserte sich nicht gerade, als sie den Wasserhahn aufdrehte. Die Pumpe gab ein jammervolles Heulen von sich, aber kein Wasser.

»Oh, *Mist*!«

Sie hatte den Tank schon vor Weihnachten auffüllen wollen, doch sie hatte es vergessen, und jetzt saß sie fest, unfähig, sich ohne fremde Hilfe fortzubewegen und Gott weiß wie viele Meilen von der nächsten Trinkwasserstation entfernt.

Die Zunge klebte ihr am Gaumen. Wenn sie nicht bald eine Tasse Tee bekam, würde sie vor Durst sterben, ehe sie auch nur die Chance hatte, vor Liebeskummer einzugehen. Sie erwog, den Inhalt ihrer Wärmflasche in den Kessel zu kippen, befand aber, daß Tee, der nach Gummi schmeckte, schlimmer war als gar kein Tee. Ihr blieb nur eins zu tun übrig. Sie ging in ihr Schlafzimmer, zog den Fünfzehn-Liter-Kanister unter dem Bett hervor und machte sich auf die Suche nach einem großmütigen Spender mit fließendem Wasser. Die Zivilisation hat uns total verweichlicht, schalt sie sich selbst. Früher hatten die Bootsleute auch keine Wassertanks oder Leitungen. Sie sind mit dem Wasser aus dem Kanal zurechtgekommen.

»Aber ich bin keine Bootsfrau von früher«, sagte sie laut und balancierte über die Planke an Land.

Zu ihrer Überraschung stand das riesige Tor zum Lagerhaus offen. Mit neuem Mut trat May ein. Irgendwo gab es hier bestimmt eine Wasserleitung. Aber sie stellte bald fest, daß es hier überhaupt nicht viel gab. Das Gebäude war fast vollständig leer geräumt und steckte offenbar mitten in der Umbauphase. Sie wagte sich weiter vor und wollte gerade rufen, als sie ein Geräusch hörte. Es klang, als werde ein Eimer durch einen großen Raum getreten. Dann folgte ein Schwall von Schimpfwörtern, der, nach seiner Originalität zu urteilen, der letzte, sprudelnde Zufluß eines großen Stroms an Streß und Frustration war – alle gängigen Flüche hatten sich abgenutzt, und der

Schimpfende bot seine ganze Phantasie auf, um neue zu erfinden.

Halb belustigt, halb verunsichert folgte May der Stimme und wollte gerade durch eine Tür treten, als sie hörte, wie mit einem Besenstil – auf jeden Fall etwas Hölzernes – auf Metall eingedroschen wurde, möglicherweise einen Heizkörper. Sie stellte ihren Kanister ab und trat über die Schwelle, bereit, in Deckung zu hechten, wenn es nötig werden sollte.

»Dieses beschissene Bauunternehmerpack!« sagte der Mann, als er May entdeckte, dankbar, daß er endlich ein Publikum hatte. »Sie verlangen ein beschissenes Vermögen für einen simplen Job und dann verpissen sie sich, ehe sie fertig sind!«

»Was sollten sie denn machen?«

»Ein paar Wohnungen bauen. Das ist alles. Ist das zuviel verlangt? Sie haben die Pläne bekommen, das Baumaterial, Geld, um ihre Leute zu bezahlen, aber haben sie den Auftrag abgeschlossen? Geschissen! Die hauen einfach ab zur nächsten Baustelle, und ich steh' da mit drei Amerikanern, die nächsten Monat einziehen wollen, und ich weiß nicht, wohin mit ihnen.«

»Oh, Schande ...«

Diese Reaktion stellte ihn nicht zufrieden. »Das ist keine Schande, das ist eine verdammte Katastrophe! Ich werde ein Vermögen verlieren. Ich werd' niemals jemanden finden, der die Arbeit rechtzeitig fertigbekommt. Man sollte doch denken, in einer Rezession mit Millionen von Arbeitslosen müßte man einen Bauunternehmer finden, der kurzfristig einen Auftrag übernehmen kann, oder?«

»Sollte man wirklich denken.« May nickte, mitfühlend, wie sie hoffte.

Der Ärger des Mannes flaute so weit ab, daß May sich nicht länger persönlich verantwortlich für die Unzuverlässigkeit seines Bauunternehmers fühlte.

»Aber nein«, fuhr er fort, immer noch laut, aber nicht mehr tobsüchtig. »Keiner hat Zeit vor nächsten Monat oder übernächsten oder dem Sommer.«

»Was muß getan werden?«

Der Mann schien sie zum ersten Mal richtig wahrzunehmen. »Entschuldigung, wer sind Sie?«

»May Sargent. Eine Freundin von Hugh Buckfast.«

Das wütende Stirnrunzeln verschwand etwa so lange, wie es dauerte anzuerkennen, daß er in der Tat einen Freund dieses Namens hatte, der wegen einer Freundin namens May mit ihm gesprochen hatte. »O ja, richtig. Sie sind die Frau mit dem Boot. Mein Name ist Rupert Williams.«

»Könnten Sie mir zeigen, was getan werden muß?« Eine verrückte Idee nahm in ihrem Kopf Gestalt an, und ehe sie sich bremsen konnte, sagte sie: »Vielleicht kann ich Ihnen helfen.«

»Wirklich? Wie?«

Die verrückte Idee schien eine eigene Stimme zu besitzen, die die erstaunlichsten Dinge sagte: »Tja, ehe ich es gesehen hab', kann ich nichts versprechen. Aber ich bin sicher, ich ... ähm, wir könnten was für Sie tun.« Die Stimme war voll ungerechtfertigter Zuversicht, aber May ließ sie reden. Es hörte sich irgendwie gut an, und dieser Rupert sah schon weniger gestreßt aus.

»Wie?« fragte er noch einmal.

»Zufällig kenne ich mehrere« – die Stimme neigte zu Übertreibungen – »gute Tischler und Installateure.« Sie dachte an Jethro und seine Familie auf der *Curlew*, die ein Sack Schnellzement vor dem endgültigen Schiffbruch gerettet hatte. »Und ich könnte noch ein paar Handwerker anrufen, die derzeit ein bißchen Luft zwischen zwei Jobs haben.« Ach, was für eine gelungene Umschreibung für Arbeitslosigkeit! »Meine eigene Firma könnte Ihnen vielleicht auch von Nutzen sein. Wir würden die Koordination übernehmen und dafür sorgen, daß die Wohnungen rechtzeitig fertig werden.«

Rupert betrachtete May in ihren Arbeitshosen, Doc Martens und dem schlabberigen Pulli. Sie hatte sich weder gewaschen noch die Zähne geputzt und ihre Haare standen in alle Richtungen ab. Aber der smarte junge Schnösel mit dem Pferdeschwanz und dem Handy hatte ihn sitzen lassen. Warum sollte er es nicht mal mit diesem schmuddeligen Kobold versuchen? Wenn sie eine Freundin von Hugh war, war sie zumindest ehrlich.

»Okay. Wenn Sie glauben, Sie können es schaffen, haben Sie den Job.«

May und die Stimme verschmolzen lange genug, daß beide sich geschmeichelt fühlen konnten.

Rupert machte ihren Illusionen ein jähes Ende. »Sie können es einfach nicht schlimmer machen als die Cowboys, die ich bisher hatte.«

»Oh, gibt's hier eine Wasserleitung?« In Mays Kopf drehte sich alles vor lauter Plänen, Deadlines und unvernünftigen Zusicherungen, als ihr plötzlich einfiel, wozu sie eigentlich hergekommen war.

»Sicher. Da drin. Bedienen Sie sich.« Rupert kam sofort aufs Geschäft zurück. »Wenn Sie es schaffen, die drei Wohnungen vor Ende Januar fertig zu kriegen, ohne den Kostenrahmen zu überschreiten, zahle ich Ihnen einen Bonus, und Sie kriegen den Auftrag für den restlichen Umbau des Lagerhauses.«

»Einverstanden. Wir werden Sie ganz sicher nicht enttäuschen.« Sie lächelte, um ihn zu überzeugen.

Rupert Williams fragte sich schon, wieso in aller Welt er zugestimmt hatte, diese kleine, abgerissene Figur auf seine wertvolle Investition loszulassen. Aber Hugh schien große Stücke auf sie zu halten, und er war furchtbar wählerisch, was Frauen anging. Er erwiderte das Lächeln, auch wenn er noch nicht überzeugt war.

May torkelte zu ihrem Boot zurück, Wasser schwappte in ihrem Kanister umher. Sie fühlte Übermut vermischt mit einem leichten Schwindel. Es schien, sie hatte sich einen wirklich lukrativen Job verschafft. Wenn sie ihn bewältigte, würde Cleaning Undertaken genug verdienen, daß sie all ihre Schulden bezahlen konnte, die anderen beiden die gleiche Summe einstreichen konnten und noch genug Kapital übrigblieb, um einen Lieferwagen und den Industriestaubsauger zu kaufen. Außerdem hatte sie Jed, Jethro und wenigstens drei weiteren Handwerkern, die sie kannte, bezahlte Arbeit verschafft. Sie waren ausnahmslos Bootsbewohner und lebten alle von der Hand in den Mund. May wußte, sie spielte mit gewaltigem Risiko. Aber wenn sie gewann, konnte sie ihr Boot behalten und Mike zum Teufel schicken.

»Erst mal Zähne putzen«, sagte sie, um sich auf den Boden der Tatsachen zurückzubringen. »Vielleicht kann ich danach klar denken.« Sie zerrte den Kanister über die Planke an Bord. »Ich mag mich irren, aber was ich tue, würde Hugh vermutlich nicht gerade ›auf sich aufpassen‹ nennen.«

Der Gedanke, daß sie ihm trotzte, war äußerst befriedigend. Immerhin hatte er sie schnöde verlassen und war nach Amerika geflogen.

Harriet und Sally kamen am nächsten Abend gegen neun mit dem Taxi. Sie hatten keine Probleme, das Boot zu finden, denn alles war von Bogenlampen hell erleuchtet, und aus dem Lagerhaus drang das Kreischen und Heulen von Baumaschinen.

Sie wechselten einen Blick, warfen ihre Taschen aufs Welldeck der *Rose Revived* und machten sich auf die Suche nach May.

»Hi!« May kniete am Boden des Lagerhauses und studierte einen Bauplan. »Wie geht's euch? Kann eine von euch dieses Ding hier zufällig lesen?«

Harriet hockte sich neben sie. »Andersrum«, riet sie.

May sah ihre beiden Freundinnen an und erwachte aus ihrer Trance. Sie sprang auf, warf jeder einen Arm um die Schultern und stieß sie um ein Haar mit den Köpfen zusammen.

»Es tut so gut, euch zu sehen. Ich kann euch gar nicht sagen, was alles passiert ist seit Weihnachten. Alles in Ordnung mit euch? Schon verlobt, Sally?«

Ein Schatten huschte über Sallys Gesicht. »Nein.«

May wechselte hastig das Thema. »Und du, Harriet?«

Harriet schüttelte den Kopf. »Nein, ich bin nicht verlobt, und dabei wird es wohl auch bleiben. Aber jetzt erzähl endlich, was in aller Welt ist denn passiert? Warum bist du umgezogen? Was ist mit der *Rose* passiert?«

»Es war die Hölle. Aber ich glaube, langsam wird's wieder.« An einer Kordel um ihren Hals hing ein Kugelschreiber. Sie nahm ein Klemmbrett von einer nahen Fensterbank. »Würd's euch was ausmachen, mit nach oben zu kommen, während wir reden? Ich muß hören, wie viele Stunden Jethro gearbeitet hat.«

Sally und Harriet wechselten beunruhigte Blicke. May schien eine Metamorphose zu einer Art tüchtiger Geschäftsfrau durchlaufen zu haben. May war immer der Motor ihres Unternehmens gewesen, aber da waren sie zu dritt. Jetzt schien dieses ganze Gebäude zu pulsieren, überall wurde gehämmert, gebohrt und gesägt, und hinter alldem schien May zu stecken.

»... also habe ich ihm gesagt, wir würden's machen«, schloß May ihre Geschichte. »Es kam mir vor wie ein Fingerzeig des Schicksals. Da saß ich, völlig verzweifelt, kein Liegeplatz mehr, abgebrannt, Schulden bis über beide Ohren, und da kommt er plötzlich an, schwimmt im Geld und sucht händeringend nach jemandem, der ihm den Innenausbau fertigmacht. Ich mußte ihm einfach anbieten, es zu tun. Ich kenne so viele Handwerker, die Geld brauchen. Zum Beispiel ein Vater-und-Sohn-Team, die legen Wasserrohre, Elektroleitungen und können auch noch tapezieren und streichen. Sie sind unterwegs. Per Boot natürlich. Sie sollten morgen ankommen. Jed kann alles, was mit Holz zu tun hat, Möbel schreinern, Holzböden legen, einen Dachstuhl bauen.«

»Also, was tun wir?« fragte Sally.

»Na ja, wir koordinieren alle Arbeiten, sorgen dafür, daß alle das nötige Material haben, die Kosten nicht ausufern oder machen die Handlangerjobs. Und wenn es so weit ist, will ich bei der Inneneinrichtung helfen. Jed arbeitet nachts, also wenn er einen Gehilfen braucht, werde ich das machen. Wär' nicht fair, irgend jemand anderes zu bitten.«

»Und was kann ich machen?« fragte Sally und versteckte ihre Zweifel hinter ihrem Enthusiasmus.

»Wir brauchen einen Lkw«, antwortete May. »Aber wir wissen nicht, wo wir ihn herkriegen sollen. Du mußt irgendwen überreden, uns seinen Laster zu borgen. Jethro und Jed werden ihn fahren.«

Trotz des unglücklichen Ausgangs hatten die Erfahrungen des Weihnachtsfestes Sallys Selbstvertrauen gestärkt. »In Ordnung, May. Überlaß das mir. Und ich werde mich um die Lampen und so weiter kümmern. Ich bin eine Expertin in Beleuchtungsfragen.«

»Und ich übernehme die Farbgestaltung, such' die Vorhangstoffe aus und so weiter. Wenn ich freie Hand habe.«

»Absolut«, versprach May.

»Und wenn du ein paar wirklich fremdländische Blumenarrangements willst, die kann ich auch liefern«, sagte Sally. Sie konnte ihre Tannenzweigerfahrungen ebensogut auch hier zum Einsatz bringen. Wenn sie genug Beschäftigung fand, würde sie das vielleicht von ihrem Liebeskummer ablenken.

Als der Salon der *Rose Revived* schließlich wieder mit Bettzeug und Bewohnerinnen gefüllt war, hielt der Vorstand von Cleaning Undertaken eine Sitzung ab.

»Es wäre phantastisch, wenn das hier ein Erfolg würde«, meinte Harriet.

»Ja. Wir haben uns so abgerackert mit dem Putzen und kaum den Kopf über Wasser halten können«, fügte Sally hinzu. »Es wäre toll, zur Abwechslung mal ein bißchen Profit zu machen.«

May war todmüde und unterdrückte ein Gähnen. »Es wäre nicht nur phantastisch oder toll, es ist lebensnotwendig, daß es ein Erfolg wird. Dies ist meine letzte Chance, die *Rose Revived* zu behalten. Der Vorschuß, den Rupert mir gezahlt hat, hält mir Mike im Augenblick vom Leib, aber wenn wir es nicht schaffen, muß ich verkaufen.«

Es herrschte ein kurzes Schweigen, während Harriet und Sally das in sich aufnahmen.

»Wir schaffen es«, sagte Sally mit Nachdruck. »Immerhin sind wir ein Team. Und es geht nicht mehr nur um uns, sondern genauso um Jed und Jethro und Debra. Ganz zu schweigen von dem Vater-und-Sohn-Team, das morgen ankommt. Ich habe ein gutes Gefühl bei dieser Sache, wirklich.«

Auf der Rückfahrt mit Peter hatte Sally den Entschluß gefaßt, den beiden anderen nichts von der Rolle in der Seifenoper zu erzählen, die man ihr praktisch angeboten hatte. Sie würden wissen wollen, warum sie nicht zum Vorsprechen ging, und ihre Gründe würden zu endlosen Diskussionen führen. Sally hatte die Absicht, Peters Rat zu befolgen und sich in Geduld zu fassen. Wenn er recht hatte und James sie wirklich liebte, würde er nach London kommen, sobald seine kranken Kühe, seine Scheu und seine Zeit es zuließen, und sie ausfindig machen.

Und wenn er kam und hörte, daß sie nicht mal zu dem Vorsprechen gegangen war, weil sie eigentlich gar keine Schauspielerin sein wollte, würde ihm das vielleicht den nötigen Schubs geben, um ihr einen Antrag zu machen. Bislang hatte immer sie die Initiative ergriffen. Wenn er sie wollte, dann mußte er jetzt aus der Defensive kommen und das offen sagen.

Wie auf ein Signal gähnten sie alle drei herzhaft. »Zeit fürs Bett, denk' ich«, sagte May. »Morgen früh gibt es viel zu tun.«

30. KAPITEL

Als Harriet die Augen schloß, fragte sie sich, wo sie wohl heute wäre, wenn sie May nicht getroffen hätte an ihrem ersten Tag in London. Vermutlich würde sie in einem trostlosen Apartment hausen und in einem Schnellimbiß arbeiten.

Seit sie May begegnet war, hatte Harriet mehr Chaos erlebt als in ihrem ganzen bisherigen Leben. Und das neueste Projekt ließ alle ihre bisherigen Unternehmungen musterhaft konventionell erscheinen. Aber ganz gleich wie verrückt, wie abwegig, wie unmachbar dieses neue Unternehmen auch scheinen mochte, sie war fest entschlossen, daß es ein Erfolg werden solle, nicht nur um ihretwillen, sondern ebenso für May.

Sally empfand ganz ähnlich. Und auch wenn sie sich nach dem sanierungsbedürftigen Farmhaus in den Cotswolds sehnte, würde sie trotzdem aus Loyalität und auch aus Stolz auf May alles tun, um diesem Abenteuer zum Erfolg zu verhelfen. Die Wohnungen würden fertig werden – rechtzeitig, im finanziellen Limit, ganz gleich, was sie dafür tun mußte.

Obwohl May darauf bestanden hatte, auch weiterhin zu putzen, übernahm Harriet ihre Stammkunden ebenso wie die Aufgabe, May zu füttern. Jed aß bei Debra und Jethro auf der *Curlew*, aber hätte Harriet nicht darauf geachtet, hätte May das Essen gänzlich eingestellt. Harriet konnte schlecht darauf bestehen, daß sie zu einer vernünftigen Zeit schlafen ging, aber sie konnte ihr wenigstens in regelmäßigen Abständen ein Sandwich oder eine Tasse Suppe in die Hand drücken.

Genau das tat sie, als May und Jed in dem schmalen Durchgang standen, der auf den Plänen als »Küche« bezeichnet wurde. Harriet war skeptisch.

»Die Kombüse auf der *Rose Revived* ist größer als das hier. Man wird hier kaum eine Mikrowelle unterbringen, geschweige denn einen Herd. Kann die Küche nicht in eins der anderen Zimmer?«

May war fast die ganze Nacht auf gewesen und hatte mit Jed gearbeitet, war sein Lehrling und versorgte ihn mit Tee. Sie hatten die Badezimmer fertigbekommen, die der vorherige Bauunternehmer schon weitgehend eingerichtet hatte, hatten die Rohre verkastet und Wäscheschränke eingebaut. Doch in den Küchen fingen sie bei null an. May tat jeder Knochen weh vor Müdigkeit.

»Ich weiß. Vermutlich ist das der Grund, warum der andere Unternehmer Reißaus genommen hat. Wenn du hier einen Kühlschrank und einen Herd reinstellst, ist für nichts anderes mehr Platz, wie etwa einen Menschen.«

Jed, schon fast auf dem Weg ins Bett, sah sich um. »Etwa so groß wie die Kabine auf einem Butty.« Er sah Harriet an. »Ganze Familien mit vier oder fünf Kindern haben früher in Kabinen gelebt, die nicht größer waren als das hier.«

Mays Müdigkeit war mit einemmal wie weggeblasen. Sie fing an, mit den Armen zu wedeln und hüpfte aufgeregt von einem Fuß auf den anderen. »Das ist es! Das ist es! Wir tun so, als wär's eine Bootskabine!«

Jed grinste breit.

»Brillant. Das ist einfach brillant.«

Harriet hatte Mühe, ihre Euphorie zu teilen. »Entschuldigt, aber inwieweit macht das die Küche größer?«

»Macht es nicht. Aber hast du je eine traditionelle Bootskabine gesehen?«

»Nein.«

»Na ja, sie sind einfach genial eingerichtet. Eine Schranktür wird beispielsweise zum Tisch ausgeklappt. Überall Einbauschränke. Kein Zentimeter Raum ist verschenkt.«

»Hier.« Jeds Stiefel hinterließen Abdrücke in den Sägespänen am Boden. »Das wäre der ideale Platz für die Koje. Nur wir machen daraus den Eßplatz. Vier Leute könnte man hier problemlos unterbringen.«

»Und außerdem sind diese Wohnungen für irgendwelche Managertypen gedacht. Wenn die Gäste einladen wollen, gehen sie aus.«

Jed ignorierte Mays Einwurf. »Wir bauen die Mikrowelle hier oben ein, wo der Hängeschrank hinsollte. Mit Einbauschränken über dem Tisch und darunter kriegen wir genug Stauraum.«

Jed war in seinem Element. Mit weitausholenden Gesten zeigte er ihnen, wo jedes moderne Küchenutensil eingebaut werden konnte, platzsparend und unter optimaler Raumausnutzung, so wie die Fluß- und Kanalbewohner es früher auf ihren Booten hatten machen müssen.

»Herd und Kühlschrank könnten da vorn hin«, sagte Harriet, die langsam das Prinzip begriff.

»Und die Waschmaschine mit integriertem Trockner kommt ins Bad«, fügte May hinzu. »Ich weiß gar nicht, wieso nicht viel mehr Leute es so machen, schließlich zieht man doch da meistens seine schmutzigen Sachen aus.«

»Und wir haben eine wesentlich größere Raumhöhe als auf einem Boot«, bemerkte Jed.

»Wenn wir die Mikrowelle über dem Tisch einbauen«, sagte May, deren Phantasie langsam mit ihr durchging, »und zwar eine mit Fernbedienung, könnte man die Tür von hier aus öffnen, und das Essen fliegt praktisch auf den wartenden Teller.«

»Ich weiß nicht«, wandte Jed skeptisch ein. »Wenn der Teller nicht exakt an der richtigen Stelle steht, klappt das nie.«

Harriet war überzeugt, daß sie die Lösung gefunden hatten, aber sie mahnte zur Vorsicht. »Ihr habt wirklich ein paar tolle Ideen. Aber erzählt Rupert nicht allzuviel darüber, sonst kommt er auf die Idee, noch zwei zusätzliche Wohnungen auf dieser Etage dazwischenzuquetschen.«

»Und wenn wir so viele Einbauschränke machen, werden wir niemals mit dem Holz auskommen«, sagte May, wieder auf dem Boden der Tatsachen. »Schließlich müssen wir drei Küchen bauen. Und ich will nicht noch mehr vom Budget für Möbel und Textilien abzweigen. Sallys Beleuchtungsbudget hab' ich auch schon gemolken.«

Natürlich würde Rupert ihr mehr Geld geben, wenn sie ihn

darum bat, er war begeistert von dem zügigen Fortschritt der Arbeiten. Aber das hieße, auf den versprochenen Bonus zu verzichten, und außerdem war es für May eine Frage der Ehre. Sie mußte die Umbauarbeiten innerhalb der veranschlagten Kosten zustande bringen, wenn möglich gar darunter.

Jed war die Vorstellung, Holz zu kaufen, völlig fremd. »Holz holt man sich auf der Müllkippe«, erklärte er kategorisch.

May sah sich schon durch London radeln, von einer Müllkippe zur nächsten, auf der Suche nach Nut-und-Feder-Brettern mit der richtigen Länge. »Das ist keine üble Idee, aber wir müssen auch den Zeitfaktor bedenken.«

»Dann eben aus zweiter Hand. In diesem Haus in der Ashworth Street haben sie bergeweise Holz rausgerissen, und keine der Verwertungsfirmen hat sich bisher dafür interessiert, ich hab' gefragt«, sagte Jed. »Es muß nur jemand hingehen und den Bauunternehmer überreden, es uns billig zu geben.«

May und Harriet wechselten einen Blick. »Sallys Ressort. Eindeutig.«

»Ich weiß nicht, was ich sagen soll«, jammerte Sally zum hundertsten Mal. »Ich kann doch nicht einfach da reinspazieren und fragen. Es ist ja nicht so, als wollt' ich etwas borgen. Wir geben es ja nicht zurück.«

»Es ist ganz einfach. Zieh deinen kürzesten Rock an, deine höchsten Absätze und setz dein reizendstes Lächeln auf«, empfahl May. »Frag nach dem Vormann und biete ihm bares für die Bodendielen. Ihm wird's egal sein, es ist ja nicht sein Holz.«

Sally sah sie unsicher an.

»Sag, dein Boß macht dir das Leben schwer. Wenn du nicht bald gehst, wird es wahr.«

»Aber ...«

Mays Geduld war erschöpft. »Herrgott noch mal, Sally! Du bist Schauspielerin, oder? Also geh und spiel ihnen was vor!«

Was genau Sally sagte oder tat, erfuhren sie nie. Aber drei Lkw-Ladungen Bauholz wurden nicht nur angeliefert, sondern obendrein von einem schweißtriefenden, offenbar liebeskranken jungen Kerl die vielen Stufen hinaufgeschleppt.

May hatte ein schlechtes Gewissen und gab ihm einen Fünfer für seine Mühen.

Die Küchen wurden wundervoll. Nicht nur war jeder Kubikzentimeter Platz ausgenutzt, sondern die alten Dielenbretter, von Harriet und Sally auf goldschimmernden Hochglanz poliert, verbanden das Alter und die Geschichte des Gebäudes mit seiner neuen Funktionalität.

Rupert war hingerissen. »Du bist sehr innovativ, May.«

»Keineswegs. Die Frage ist nicht, was man weiß, sondern wen man kennt.«

»Aber irgend etwas ist nicht ganz so, wie du es dir wünschst?« Er hatte ihr rastloses Trippeln von einem Fuß auf den anderen richtig interpretiert.

»Nein. Ich habe mit Sally über die Beleuchtung gesprochen ...«

»Ich dachte, ihre Spezialität ist es, Männer um ihren kleinen Finger zu wickeln?«

May sah ihn finster an. »Sally mag sehr attraktiv sein, aber das heißt nicht, daß sie nichts kann, außer im rechten Moment ein Lächeln aufzusetzen. Sie ist verantwortlich für die Beleuchtung.«

»Oh. Tut mir leid«, sagte Rupert demütig.

»Wie auch immer. Wir haben über den Mangel an natürlichem Licht gesprochen.«

»Daran kann ich nichts ändern«, gab Rupert zurück, sofort in der Defensive. »Ein Lagerhaus ist ein Lagerhaus. Im Obergeschoß gibt es ein Atrium.«

»Ja, aber das übrige Gebäude gewinnt dadurch kein Licht. Du mußt eine andere Lösung suchen.«

»Gehe ich recht in der Annahme, daß du diese Lösung schon gefunden hast?«

»Ja. Balkone.«

Rupert schüttelte den Kopf. »Die Fassade des Gebäude muß unverändert bleiben. Ich darf keine schmiedeeisernen Geländer anbringen oder irgendwas in der Art.«

May warf ihm einen Blick zu, der ihm sagen sollte, daß sie enttäuscht von ihm war. »Das weiß ich! Aber Sally hat eine

Idee, und ich muß sagen, ich finde sie sagenhaft. Sie meint, wir sollten die Holztüren öffnen, du weißt schon, die Außentüren, durch die das Korn auf die Boote gekippt wurde.«

Rupert nickte.

»Wenn man sie im Neunzig-Grad-Winkel nach innen öffnet und eine Verglasung einzieht, bekämen wir kleine Balkone. Die Außenfassade bliebe unverändert, aber ein paar der Wohnungen hätten viel mehr Tageslicht.«

»Tja ...«

»Weil es diese Türen an beiden Seiten des Gebäudes gibt.«

»Ja, ja ...«

»Und für die Wohnungen mit Balkon könntest du mehr Miete verlangen.«

Rupert betrachtete May, die immer noch genauso koboldhaft wirkte wie bei ihrer ersten Begegnung. »Meinetwegen. Aber versprich mir, daß ihr kein Recyclingglas verwendet.«

May war empört. »Natürlich nicht! Doppelverglasung, Panzerglas, was immer der Architekt sagt.«

Rupert nickte.

»Und würdest du das mit ihm besprechen? Ich find' es ... irgendwie schwierig, mit ihm umzugehen.«

May hatte Probleme gehabt, mit dem Architekten umzugehen, seit sie seinen Namen zum ersten Mal auf den Plänen gelesen hatte und erkannte, daß er der Mann war, dessen Erstausgaben sie ruiniert hatte, als sie für Schleimbeutel gearbeitet hatte. Er hatte ihren Namen nie erfahren, aber sie fürchtete, er könne irgendwie dahinterkommen, und ging ihm lieber aus dem Weg.

»Na schön. Ich rufe ihn an.« Rupert klang ergeben. »Oh, und eh ich's vergesse, Jed sagt, ein Boot ist angekommen. Der Elektriker und der Putzer.«

»Oh, super. Ich geh' gleich zu ihnen.« Sie polterte in ihren schweren Arbeitsschuhen davon, machte kehrt und kam zurückgepoltert. »Und kannst du die Aufzugfirma anrufen? Sie hätten längst anfangen müssen.«

»Ich dachte, du bist der Koordinator.«

»Bin ich. Jetzt koordiniere ich dich. Außerdem, wenn ich

Bob und Alf von der *Albion* erklärt habe, was sie tun sollen, muß ich mich darum kümmern, daß die Seegrasmatten endlich geliefert werden. Wenn diese Wohnungen rechtzeitig fertig werden sollen, müssen wir schon alle an einem Strang ziehen.«

Harriet hatte sich überreden lassen, im Foyer des Gebäudes ein Wandgemälde anzufertigen, eine Szene des Kanallebens aus dem neunzehnten Jahrhundert. Es war eine optische Täuschung, man meinte, das große Tor des Lagerhauses stünde offen, man sähe den Kanal voller Lastkähne und Boote, und alle umliegenden Lagerhäuser wären in Betrieb. Tagelang hatte Harriet daran gearbeitet und war die ganze letzte Nacht aufgeblieben, um es zu beenden.

»Es ist wunderschön, Harriet«, sagte May. »Wenn deine Bilder dich nicht ernähren sollten, könntest du mit so was hier ein Vermögen machen.«

Harriet war müde und hatte Farbspuren im Gesicht, aber sie nickte zufrieden. »Mir wäre lieber gewesen, ich hätte mehr Zeit dafür gehabt. Aber es ist wirklich ganz ordentlich geworden.«

»Rupert wird begeistert sein. Ich muß dran denken, ihm davon zu erzählen.«

»Soll das heißen, du hast ihn nicht um Erlaubnis gefragt?« Harriet war entsetzt.

May hob die Schultern. »Er hätte sowieso ja gesagt. Und auf diese Art wird es eine tolle Überraschung für ihn. Es ist wirklich phantastisch, Harriet. Und ich weiß, wie hart du gearbeitet hast.«

Harriet legte einen Arm um ihre Schultern und drückte sie an sich. »Das ist Wiedergutmachung für all die Zeit, die ich mit Zeichenstunden verbracht habe, statt putzen zu gehen.«

»Oh, nicht das Thema schon wieder!« wehrte May ab. »Komm, laß uns Rupert anrufen. Er soll herkommen und es sich ansehen.«

Rupert, der zu der Einsicht gekommen war, daß das Leben einfacher war, wenn er May ihren Willen ließ, statt mit ihr zu diskutieren, war begeistert.

»Ich hätte ja gesagt, wenn du mich gefragt hättest, May. Also, warum hast du's nicht getan?«

»Wozu, wenn du doch so oder so ja gesagt hättest?«

»Kommandierst du Hugh genauso herum wie mich?«

»Nein«, sagte May, alle Euphorie war plötzlich verpufft.

31. KAPITEL

Wenn Harriet zu Leo ging, tat sie es immer mit gemischten Gefühlen. Ihre Empfindungen für ihn in Kombination mit seinem Scharfblick führten dazu, daß sie sich in seiner Gesellschaft oft unwohl fühlte. Aber die Aussicht auf ein paar Stunden Stille, nur unterbrochen von Staubsauger und Kaffeemühle, beides Lärmquellen, die sie selbst kontrollierte, schien paradiesisch. Sie hatte festgestellt, daß sie nicht für ein Leben auf einer Baustelle geschaffen war, ganz im Gegensatz zu May.

»Hi«, sagte Leo, der gerade in der Diele war, als sie die Tür aufschloß. »Wie geht's dir? Hast du Matthew mitgebracht?«

Harriet schüttelte den Kopf, verblüfft, daß er ihren Zeitplan behalten hatte. »Er kommt übermorgen. Aber ich weiß noch nicht so recht, wie wir ihn unterbringen sollen. Das Boot ist ein Irrenhaus im Moment.«

»Wie kommt das?«

Harriet erzählte äußerst anschaulich und detailfreudig.

»Du kannst ihn hierherbringen, wenn du willst.«

Von dem Augenblick an, da sie eingetreten war, hatte Harriet gemerkt, daß irgend etwas an ihm seltsam war. Er war viel zu gesprächig für neun Uhr morgens. Dieses großzügige Angebot bestätigte ihren Verdacht.

»Tut mir leid, ich weiß nicht, was du meinst.«

Leo legte ihr eine Hand auf die Schulter. »Komm mit in die Küche. Ich muß mit dir reden.«

Er führte sie zu einem Stuhl und machte sich daran, Kaffee zu kochen. Das beunruhigte sie weiter.

»Ich wußte gar nicht, daß du das kannst«, bemerkte sie, als er das Sieb der Kaffeepresse herunterdrückte.

Er lächelte und schenkte Kaffee in die einzige Tasse ohne Klippe. »Zucker?«

»Nein, danke.«

Er rührte bedächtig in seinem Kaffee und spannte sie weiter auf die Folter. Schließlich sagte er: »Ich meinte eigentlich, ihr beide könnt herkommen, Matthew und du. Ich gehe fort.«

Harriets Herz sank, wie eine Münze in tiefem Wasser, langsam aber unaufhaltsam.

»Oh.«

Leo nickte. »Aus verschiedenen Gründen. Der wichtigste ist meine Arbeit.«

»Oh.«

»Finanziell stehe ich auf einmal sehr viel besser da.«

»Hast du in der Lotterie gewonnen?«

Er schüttelte den Kopf. »Viel besser. Meine Exfrau hat wieder geheiratet, was meine monatlichen Fixkosten enorm senkt. Und ich habe mich entschlossen, ein, zwei Bilder zu verkaufen.«

Harriet hatte nur die nebulöseste Vorstellung, was seine Bilder wert waren, aber so wie er sich anhörte, war es offenbar viel.

»Ich habe sie vor Jahren einem amerikanischen Museum geliehen«, fuhr er fort. »Sie wollten sie kaufen, aber ich hatte das Gefühl, ich würde nie wieder etwas so Gutes malen, also wollte ich sie nicht abgeben.« Er betrachtete sie mit einem Blick, den man bei jedem anderen verliebt genannt hätte. »Aber das sehe ich heute anders. Und das bedeutet, ich habe endlich mal ein bißchen Geld. Ein Freund hat mir angeboten, in seinem Haus in Spanien zu wohnen. Genaugenommen ist es wohl mehr eine Höhle als ein Haus. Aber ich kann preiswert dort wohnen und malen, ohne Ablenkungen, bis ich genug Material für eine neue Ausstellung habe.«

Harriet trank einen Schluck Kaffee, weil ihr Mund sich staubtrocken anfühlte. »Verstehe.«

»Hier gibt es zahllose Dinge, die mich ablenken, Harriet.«

»Natürlich.«

»Nicht zuletzt die Tatsache, daß ich nicht weiß, wie lange ich dich noch mit dem Staubsauger durch meine Wohnung flitzen sehen kann, ohne dich zu verführen.«

Ihr Herz schlingerte. Er ging fort, deswegen wollte er sie nicht verführen. Es konnte doch nicht so schwer sein, ihn umzustimmen. »Und? Warum tust du's nicht? Ich meine, ich hätte keine Einwände. Keine stichhaltigen.«

Leo lächelte. »Vielleicht nicht, aber ich bin nicht völlig unmoralisch, und ich muß auch an deine Arbeit denken.«

»Leo, ich habe keine Arbeit in dem Sinne. Ich bin nur eine ...«

»Du hast ein unglaubliches Talent. Und jetzt da du nicht mehr pausenlos mit der Sorge um deinen Sohn beschäftigt bist, könnte es sich wirklich entwickeln. *Wenn* du genug Zeit und Platz hast, um ihm eine Chance zu geben. Und darum möchte ich, daß du hier wohnst, solange ich weg bin, und von früh bis spät malst.«

»Das kann ich mir nicht leisten.«

»Du brauchst mir nicht die Hypothekenraten für die Wohnung zu zahlen. Ich vermiete sie dir billig. Außerdem hat dein Großvater mir erzählt, er will dich finanziell unterstützen. Mit einer ziemlich beachtlichen Summe.«

Das war schon wieder ein Schock. »Aber *wieso*? Und warum sagt er das dir und nicht mir?«

»Letzteres ist eine Frage von Stolz. Mit dir darüber zu sprechen, hätte es vielleicht notwendig gemacht, Worte wie ›Fehler‹ und ›Entschuldigung‹ zu gebrauchen. Es ist das Geld, das er deiner Mutter zugedacht hatte, wenn sie nicht ausgerissen wäre und geheiratet hätte. Er hat es angelegt, offenbar sehr erfolgreich.«

»Aber ich sehe immer noch nicht ein, warum. Ich meine, sie sind nicht gerade arm, aber mit den Schulgebühren für Matthew und so weiter schwimmen sie auch nicht im Geld.«

»Ich glaube, er will versuchen, ein bißchen Familienzusammenhalt zurückzugewinnen, den er aufs Spiel gesetzt hat. Er weiß, er hat zwei Generationen verloren. Das hier ist seine Art, die dritte festzuhalten.«

»Verstehe.«

»Es wird genug sein, um deine Miete und Lebenshaltungskosten für mindestens zwei Jahre zu bestreiten. Das Geld für Farben und Leinwand wirst du verdienen müssen. Du könntest die Gruppe weiter unterrichten. Du bist gut genug, um Klassen besser als sie alle, mit Ausnahme von Elizabeth.« Er leerte seine Tasse und sah mißfällig auf die Kaffeepresse. Harriet verstand den Hinweis, stand auf und füllte den Kessel.

Als sie beide Becher wieder gefüllt hatte und ihm gegenüber Platz nahm, steckte er die Hand in die Tasche. »Da fällt mir ein, ich sollte dir das hier geben.« Er zog eine Visitenkarte hervor und drückte sie ihr in die Finger.

»Was ist das? Wer ist Paul J. Mark?«

Leo zuckte zusammen, und dann fiel ihm wieder ein, daß Harriet den größten Teil ihres Lebens fernab von der Kunstwelt verbracht hatte.

»Er ist der einflußreichste Galerist in London. Er ist bereit, nächsten Herbst deine Bilder auszustellen.«

Harriet war entsetzt. »Aber wie kann er das? Er kennt meine Arbeiten doch gar nicht! Hast du sie ihm etwa gezeigt?«

Leo schüttelte den Kopf. »Den Mist wollte ich ihm nicht zeigen. Ich hab' ihm nur versichert – und hier und da hat mein Wort noch Geltung – daß du eine der herausragendsten Nachwuchskünstlerinnen dieses Landes sein wirst. Und wenn er dich haben wolle, solle er lieber früher als später zugreifen.«

Harriet legte ihren Kaffeelöffel beiseite. »Aber ... Entschuldige, wenn ich so schwer von Begriff bin, aber wenn meine Arbeiten jetzt Mist sind, werden sie nächsten Herbst nicht so viel besser sein. Ich brauche noch Jahre.«

»Nein. Ich bin sicher, du wirst feststellen, daß deine Arbeiten sich jetzt schnell entwickeln. Jetzt da mit Matthew alles geregelt ist und du nicht mehr auf die Mildtätigkeit deiner Großeltern angewiesen bist, wird dein wahres Potential sich zeigen.«

Harriet seufzte. »Ich bete zu Gott, daß du recht hast.«

»Ich habe recht«, erwiderte Leo.

Ein Teil von Harriet schäumte über vor Glück. Sie hatte Talent, Leo war wirklich überzeugt davon. Aber ein anderer, schlichterer Teil von ihr sehnte sich nach ihm. Zugegeben, in anderer Weise, als es ihn nach ihr verlangte, aber wenn sie bereit war, sich mit Sex als Ersatz für Liebe zufriedenzugeben, warum sollte er dann Einwände haben? Und wenn sie sich jetzt nicht nahm, was sie kriegen konnte, würde sie vielleicht nie wieder die Chance bekommen.

»Leo.« Sie versuchte, entschieden und sachlich zu klingen. »Du sagst, du willst mich. Und du weißt vermutlich, wie ich für dich empfinde.« Sie hielt inne. Er hätte aufstehen, sie in die Arme schließen und in sein Schlafzimmer tragen sollen, aber er rührte sich nicht, sah sie einfach nur an. »Gibt es irgendeinen Grund, warum ... Ich meine, wir sind doch beide erwachsen ...« Sie brachte es nicht fertig, ihn rundheraus zu bitten, mit ihr ins Bett zu gehen, aber inzwischen hatte er doch wohl hoffentlich verstanden, was sie andeuten wollte.

Das hatte er allerdings, aber er ließ seine Gelegenheit verstreichen. »Ich habe dich sehr gern, Harriet. Möglicherweise empfinde ich für dich mehr, als ich je für irgendwen empfunden habe. Jedenfalls habe ich dich zu gern, um dich in eine Position zu bringen, wo man dir nachsagen könnte, dein Weg zum Erfolg habe durch mein Bett geführt.«

»Aber niemand müßte erfahren ...«

»Wenn irgendwer auch nur eine Andeutung machte, würdest du so rot wie ein Turner-Sonnenuntergang, das weißt du genau. Mein Ruf ist nicht der allerbeste. Ich will nicht, daß der deine besudelt wird.«

Es war ein drolliges, altmodisches Wort, und Harriet erkannte, daß sich unter dem anarchischen Künstlerimage ein Herz voll drolliger, altmodischer Ritterlichkeit verbarg. Wenn sie ihn wollte, mußte sie härter kämpfen.

»Aber vielleicht schaffe ich niemals den Durchbruch als Künstlerin, und dann hätte ich nicht einmal ...« Ihre Stimme brach ab, aber sie beendete den Satz in Gedanken: die eine, schöne Erinnerung an einen Augenblick wahrer Leidenschaft.

Er legte seine Hand auf ihre; die Geste hatte etwas gräßlich Onkelhaftes. Harriet fragte sich einen Moment, ob er gelogen hatte, als er sagte, er wolle sie, ob er das nur behauptet hatte, damit sie sich besser fühlte.

»Du wirst es schaffen. Ich komme zu deiner Ausstellungseröffnung, und wenn die Kritiker dein Talent anerkennen, dann werde ich dich vielleicht beim Wort nehmen. Aber niemand soll sagen, du hättest es dahin gebracht, weil du mit mir geschlafen hast. Ist das klar?«

Harriets Kehle hatte sich zusammengezogen. Sie nickte.

»Gut. Das Bad ist ein Saustall. Könntest du dich darum kümmern?«

Während Harriet ihre Frustration an Leos Scheuerleisten ausließ, machte Sally der ihren mit Pinsel und Farbe auf einer Leiter Luft: Sie strich ein Sims. Bis sie aus dem Fenster sah und James entdeckte, der mit May am Kai stand.

Ihr erster Impuls war, zu ihm zu laufen, so schnell sie konnte, aber sie unterdrückte ihn. Bislang war immer sie diejenige in ihrer Beziehung gewesen, die angerannt kam. Jetzt war er an der Reihe, seinen Eifer unter Beweis zu stellen.

May brachte James zu Sally herauf. »Hi, Sally, sieh mal, wen ich draußen aufgelesen habe. Gehen Sie nicht weg, ohne mir Bescheid zu geben, James, Sie müssen mir mal kurz helfen.« Sally fühlte sich sehr verloren und nervös da oben auf ihrer Leiter. Sie betrachtete James. Er wirkte so groß und gutaussehend wie eh und je. Tatsächlich fragte sie sich, wie sie an seinem guten Aussehen hatte zweifeln können, als sie ihn zum ersten Mal gesehen hatte. Jetzt erschien diese hünenhafte Gestalt in der schäbigen Farmermontur ihr wie der Inbegriff männlicher Schönheit.

»Hallo.« Er klang scheu. »Ich hätte nicht gedacht, dich hier zu finden. Ich glaubte, du bist irgendwo in Yorkshire und stehst vor der Kamera.«

»Nein.«

»Warum nicht? Hast du die Rolle nicht bekommen?«

»Ich bin nicht zum Vorsprechen gegangen.«

»Aber warum nicht? Ich dachte, die Rolle war dir so gut wie sicher?«

»War sie auch. Aber ich habe festgestellt, daß ich sie nicht wollte.«

»Wieso?«

»Ich habe beschlossen, daß ich keine Schauspielerin mehr sein will, deswegen.«

»Nein? Sondern was willst du sein? Anstreicher und Dekorateur?« Er zeigte mit dem Finger auf ihren trocknenden Pinsel, ihr halb gestrichenes Sims.

Sally schüttelte den Kopf. »Nein. Farmer.«

Langsam malte sich ein Lächeln in James' Mundwinkeln ab, wurde breiter, bis sein Grinsen Zahnpastareklame hätte machen können. »Dazu braucht man lange Erfahrung. Manche Leute sagen, man muß dafür geboren sein. Ich nehme nicht an, daß du als Kompromiß bereit wärst, es als Farmersfrau zu versuchen?«

Sally machte große Augen und starrte ihn mit einstudierter Unschuld an. »Das hängt entscheidend davon ab, wer der Farmer wäre ...«

Der einzige anwesende Farmer verlor die Geduld. Er trat mit großen Schritten an die Leiter, hob Sally herunter und umarmte sie, bis sie zu ersticken drohte. »Oh, Sally«, murmelte er an ihrem Hals. »Ich hab' dich so vermißt. Clodagh hat nach dir gejammert. Die Farm wirkt so verlassen ohne dich, es schien gar keinen Sinn mehr zu haben weiterzumachen.«

»Oh, James ...«

»Ich bin nach London gekommen, um deine Adresse ausfindig zu machen und meinen Anwalt zu fragen, wie bald ich die Farm verkaufen kann.«

»Du darfst die Farm nicht verkaufen! Sie ist dein Leben!«

»Aber nicht ohne dich. Ich dachte, ich könnte sie verkaufen und einen anderen Weg finden, meinen Lebensunterhalt zu verdienen. Irgendwas, so daß wir in London wohnen können, wenn das für deine Karriere nötig ist.«

»Aber was ist mit Clodagh? Es wäre grausam.«

»Sie hätte sich schon daran gewöhnt. Und wenn ich damit bessere Chancen gehabt hätte, daß du mich heiratest, wäre es das Opfer wert gewesen.«

»Oh, Liebster! Wie konntest du so dumm sein? Ich hätte niemals verlangt, daß du all diese Opfer für mich bringst. Ich will doch nur dich!«

»Wirklich? Genug, um dein aufregendes Stadtleben aufzugeben und statt dessen in einem alten Farmhaus zu Tode zu frieren?«

Sally kicherte. »Natürlich wird es nicht leicht sein, mich von meiner luxuriösen Penthousewohnung zu trennen ...«

James verschloß ihr den Mund mit einem Kuß, und sie schlang die Arme um seinen Hals und schloß die Augen.

May kam einige Zeit später wieder vorbei und fand Sallys Haare zerwühlt, ihre Augen strahlten vor Glück. James wirkte gleichermaßen zerzaust und ekstatisch.

»Harriet ist zurück und hat einen Kuchen gemacht. Aber ihr bekommt keinen, es sei denn, ihr seid verlobt.«

»Liebling?« sagte James. »Sind wir verlobt?«

»Das will ich aber doch schwer hoffen«, antwortete Sally und glitt von seinem Schoß.

Ein Monat war seit Sallys Verlobung und Harriets Umzug in Leos Wohnung vergangen. Rupert Williams beendete seinen Rundgang und kam in die Küche der dritten Wohnung.

»Ich kann immer noch nicht begreifen, wie ihr es geschafft habt, so viel in der Küche unterzubringen und trotzdem noch genug Platz für einen Eßtisch zu lassen.«

»Wir haben uns eine Butty-Kabine zum Vorbild genommen, wie ich sagte.«

Und es hätte May überhaupt nichts ausgemacht, ihm das Prinzip noch einmal zu erläutern, aber Rupert fand, das sei nicht unbedingt nötig, und fragte hastig: »Du meinst also, wir könnten solche Küchen auch in die übrigen Wohnungen einbauen?«

May nickte.

»Das hieße, wir hätten Platz für ein zweites Badezimmer?«

»Wenn du willst. Aber dann bräuchten wir mehr Holz. Sally ist ja nicht mehr da, um verliebten Bauleitern alte Holzdielen abzuschwatzen.«

»Hat sie dir je verraten, wie sie das angestellt hat?«

May schüttelte den Kopf. »Nein. Sie wurden einfach angeliefert. Genug Holz für drei Küchen in der obersten Etage.«

Rupert seufzte verständnisvoll. Manche Frauen waren es wert, für sie ins Schwitzen zu geraten. »Und sie hat die Schauspielerei an den Nagel gehängt, um auf dem Land zu leben?«

May nickte.

»Ein Jammer. Sie hatte wundervolle Beine.«

Früher hätte May Einspruch gegen diese sexistische Bemerkung erhoben. Aber der letzte Monat hatte sie so erschöpft, daß sie für sinnlose Debatten zu müde war. Man mußte in der Welt leben, wie sie war, nicht wie man sie gern hätte.

»Und Harriet? Widmet sich nur noch ihrer Malerei?«

»Sie wird sich nach wie vor um die Inneneinrichtung kümmern, beziehungsweise Farben und Stoffe und so was auswählen. Aber sie muß malen, so viel sie kann. Für ihre Ausstellung.«

»Aber du wirst die anderen Wohnungen auch ohne sie umbauen, oder? Du willst nicht weglaufen und irgendwas Kreatives tun?«

May schüttelte lächelnd den Kopf. »Nein. Außerdem, was ich hier mache, *ist* kreativ. Ich finde es herrlich, einen nackten, leeren Raum vor mir zu haben und dann zu sehen, wie er sich in Wohnraum verwandelt.«

»Und deine Kolonne? Hast du sie immer noch alle um den kleinen Finger gewickelt?«

»Ganz und gar nicht«, erwiderte May streng. »Aber sie wollen arbeiten. Soviel sie können, so lange sie können.«

»Dann sind also alle glücklich und zufrieden.«

May nickte. In gewisser Weise war sie tatsächlich glücklich. Was sie Rupert über die Kreativität dieser Arbeit gesagt hatte, empfand sie wirklich. Aber sie vermißte die Gesellschaft ihrer Freundinnen. Beruflich hatte sie plötzlich Erfolg. Und zum ersten Mal in ihrem Leben fühlte sie sich einsam.

Rupert schien etwas von ihrer Niedergeschlagenheit zu spüren. Er legte ihr die Hand auf die Schulter. »Du hast hier großartige Arbeit geleistet, alles und alle organisiert. Ich weiß das wirklich zu schätzen.«

May war erfreut. Sie hatte Zweifel gehabt, ob Rupert eigentlich klar war, wie schwierig es war, alle zu beschäftigen und ihnen das Gefühl zu geben, daß sie ihre Sache gut machten. Jedermanns beste Freundin und Ersatzmutter zu sein laugte einen ganz schön aus. »Danke.«

»Hugh wäre stolz auf dich.«

»Hast du von ihm gehört?«

Rupert nickte zögernd. »Er wird noch eine Weile in den Staaten bleiben. Alles entwickelt sich nach seinen Vorstellungen dort drüben, und er sah keinen besonderen Grund, jetzt schon nach Hause zu kommen.«

»Oh.« May war zu müde, um die Enttäuschung aus ihrer Stimme herauszuhalten und den Kopf nicht hängen zu lassen.

»Kann ich dich zum Essen einladen? Ich wette, jetzt da Harriet fort ist, ißt du nicht mehr vernünftig.«

Sie zögerte. Rupert war wirklich nett, und es wäre schön, sich zur Abwechslung mal verwöhnen zu lassen. Auch die Handwerker waren alle nette, unkomplizierte Männer. Sie klopften ihr oft freundschaftlich die Schulter oder gaben ihr ein Bier aus. Aber sie hatte niemanden, der sie am Ende eines langen Tages in den Arm nahm und ihr eine Tasse Tee kochte.

Mit ein bißchen Ermunterung wäre Rupert sicher bereit, das und mehr zu tun. Aber wenn die Umarmungen und Aufmerksamkeiten nicht von dem richtigen kamen, nützten sie nichts. »Ich glaub', lieber nicht, danke. Ich bin zu müde und dreckig.«

»Blödsinn. Du mußt essen. Und die Heißwasserversorgung funktioniert. Du kannst in einem der Badezimmer hier ausgiebig duschen.«

May wandte sich ab, damit er nicht sah, wie rot sie geworden war. Irgendwie waren die Wassertanks der *Rose Revived* immer noch leer, und sie hatte sich schon des öfteren von Ruperts heißem Wasser bedient. Eine kleine Sammlung von Body-Shop-Fläschchen wanderte von einer Wohnung zur nächsten, je nachdem, wo gerade gearbeitet wurde.

»Danke«, sagte sie ergeben. »Das ist sehr lieb von dir, Rupert.«

»Es ist ein Jammer, daß du vergeben bist«, sagte er.

»Ich bin nicht vergeben! Wie kommst du nur auf so eine Idee?«

»Oh, egal. Geh und wasch dir die Haare. Und zieh ein Kleid an.«

»Ich trage niemals Kleider«, belehrte sie ihn. »Aber ich werf' mich für dich in Schale und zieh' saubere Jeans an. Wenn ich sie finde.«

Und damit mußte Rupert sich zufriedengeben.

32. KAPITEL

May entdeckte Sally sofort, als ihr Zug in den Bahnhof einfuhr, obwohl es über vier Monate her war, seit sie sich zuletzt gesehen hatten.

Sally trug abgeschnittene Jeans und ein kurzes T-Shirt, das farblich wunderbar mit den Fleißigen Lieschen harmonierte, die von den Fensterbänken des Bahnhofsgebäudes rankten. Aufgeregt vor Freude hüpfte Sally in ihren Turnschuhen auf dem Bahnsteig auf und ab, und selbst durch das Grau des schmutzigen Zugfensters konnte man mühelos erkennen, wie strahlend glücklich sie war.

»Sie sieht wunderbar aus«, sagte May über die Schulter zu Harriet, die ihre Taschen von der Gepäckablage holte.

»Ja, das tut sie wirklich. Kannst du die hier nehmen?«

May ließ sich von Harriet diverse Taschen und Beutel in die Hände drücken und überlegte, was es war, das die Veränderung an Sally ausmachte. Es war viel mehr als nur ihre Kleidung.

»Sally!« May stieg als erste aus, ließ ihre Taschen fallen und schloß ihre Freundin in die Arme. Sally duftete immer noch wunderbar und benutzte nach wie vor Make-up, aber wesentlich weniger als früher. Ihre gertenschlanke Figur hatte hier und da ein paar Rundungen angenommen, und aus dem Glamour Girl war eine wahre Schönheit geworden. Sie hatte den gehetzten Ausdruck verloren, der so charakteristisch für die arbeitslose Schauspielerin gewesen war, und strahlte nun Gesundheit, Glück und enormes Selbstvertrauen aus. Sie erwiderte Mays Umarmung.

»Los, laßt uns das restliche Gepäck ausladen, sonst nimmt der Zug es mit. Tut mir leid!« rief sie dem Schaffner zu und schenkte ihm ein blendendes Lächeln. »Sie sind meine Brautjungfern. Sorry, daß wir den Zug aufgehalten haben.«

Der Schaffner fand offenbar, ein so bezauberndes Lächeln sei auf jeden Fall ein paar Sekunden Verspätung wert.

»Zum Auto geht's hier lang«, sagte Sally, nachdem sie Harriet umarmt und sich mit dem Großteil des Gepäcks beladen hatte.

»Ich kann nicht glauben, daß du fährst«, sagte May.

Sally grinste. »Ich hab' vor Ewigkeiten den Führerschein gemacht, aber hatte nie Gelegenheit zu fahren. James hat viel mit mir geübt, und jetzt bin ich ständig mit dem Wagen unterwegs. Ich kann euch ja nicht sagen, was für ein Vertrauensbeweis es ist, wenn ein Mann dich mit in seine Autoversicherung aufnimmt.«

»Ich würde sagen, eine Heirat ist auch ein ziemlicher Vertrauensbeweis«, bemerkte Harriet.

»Glaub mir, ein Mann wird dich zwanzig mal eher heiraten, als seinen Schadensfreiheitsrabatt zu riskieren. Könnt ihr einen der Koffer mit auf die Rückbank nehmen? Im Kofferraum ist nicht genug Platz.

»Aber ein Wagen von der Länge ...« widersprach May und brach ab. »Oh, mein Gott.«

»Das ist Clodagh«, sagte Sally. »Und abgesehen von euch beiden ist sie meine beste Freundin. Ich fahre nie ohne sie, wenn es sich vermeiden läßt.«

Folgsam kletterte May auf die Rückbank und sah über die Rückenlehne in den Gepäckraum. Sie war tief beeindruckt. Clodagh beanspruchte fast den gesamten Platz, nur seitlich konnte man ein bißchen Gepäck verstauen. Die Hündin hob den gewaltigen Kopf und erwiderte Mays Blick mit ihren dunklen Augen.

»Kein Wunder, daß du einen Mordsschreck bekommen hast, als du ihr in James' Wohnung begegnet bist.«

Sally lachte. »Sie ist ein richtiger Schatz, wenn man sie erst einmal kennt. Alles angeschnallt?«

Sally startete den Motor und fädelte sich geschickt in den Verkehr ein. »Jetzt fahren wir erst mal zur Farm, und später bring' ich euch ins Ferienhaus. Es gehört Lucy, eine von James' Schwestern. Sie ist älter als er, aber jünger als Liz, die die Kleider näht. Sie kommt heute abend rüber, um zu sehen, ob alles paßt und die Säume richtig sind und so weiter. Ich hätte euch auch im Haus unterbringen können, aber da wimmelt es nur so von Verwandten, und ich hätte gar keine Zeit für euch.«

»Was hat dieses Gerede über Kleider zu bedeuten, Sal?« fragte May. »Ich bin keine Brautjungfer. Ich hab' mir von meiner Mutter einen schicken Hosenanzug geborgt. Marineblau mit weißen Punkten. Absolut hochzeitstauglich.«

Sally sah in den Rückspiegel. »Harriet, du solltest doch mit ihr reden.«

»Ich weiß. Aber es schien nie der richtige Moment«, gestand Harriet. »May, Sally möchte, daß wir ihre Brautjungfern sind. Das ist dir doch recht, oder?«

May seufzte. Über die letzten vier Monate hatte sie sich so sehr daran gewöhnt, immer das zu sein, was gerade von ihr erwartet wurde, Vermittler, Vormann, Tischlergeselle oder einfach Mädchen für alles. Warum sollte sie Einwände haben, Sallys Brautjungfer zu sein?

»Das Kleid würde keiner anderen passen«, sagte Sally. »Das heißt, ich weiß nicht mal, ob es dir paßt. Wir mußten bei deinen Maßen schätzen.«

»Nun, wenn ich zu schrecklich darin aussehe, mußt du dich mit Harriet begnügen«, antwortete May.

»Sie sind wunderschön, nicht rosa oder purpur«, sagte Sally, bog in den Weg zur Farm ein, und als Harriet aus dem Wagen sprang, um das Gatter zu öffnen, brüllte sie ihr zu: »Einfach die Drahtschlinge vom Pfosten lösen! Und wenn wir durch sind, fest zuschlagen.«

Sie passierten die Farmhunde unbeschadet, die sehr viel friedfertiger waren, seit sie von Sally gefüttert wurden, und kamen schließlich in die Küche.

»Sie ist wunderschön!« sagte May. »Wie aus einer Zeitschrift.«

»Sie ist gut geworden, nicht? Die Küche hab' ich als erstes renoviert. Die meisten Möbel, wie die Anrichte und der Tisch, waren schon hier. Sie mußten nur ein bißchen aufpoliert werden.«

Sie betrachtete ihr Werk mit Stolz. Die sonnengelbe Farbe der Wände bewirkte eine harmonische Verbindung des Alten mit dem Neuen, der Raum war funktional und doch wohnlich. »Hier drin spielt sich praktisch unser häusliches Leben ab. Es ist der wärmste Raum des Hauses, das ist vor allem im Winter wichtig, und hier essen wir und erledigen alle Büroarbeit. Darum wollte ich, daß der Raum gemütlich ist. Ich hab' den Küchenschrank selber abgeschliffen und gewachst.«

»Ich hätte dich niemals gehen lassen, wenn ich gewußt hätte, daß du so ein Geschick für Maler- und Holzarbeiten hast, Sally«, sagte May.

Sally grinste. »Es hätte mir Spaß gemacht, wenn wir nicht genau zu der Zeit zwei kranke Lämmer zu füttern gehabt hätten, so daß ich die Arbeit andauernd unterbrechen mußte, Handschuhe ausziehen, Hände waschen und Fläschchen fertigmachen. Irgendwann war ich so durcheinander, daß ich mir die Hände gewaschen hab', ehe ich zum Schmirgelpapier griff.«

»Was ist mit deinen Nägeln?« wollte Harriet wissen.

Sally hob gleichmütig die Schultern. »Manchmal überleben sie, manchmal nicht.«

»Du klingst schon wie eine richtige Farmersfrau, Sal«, meinte May. »Stehst du wirklich bei Morgengrauen auf und fütterst die Hühner oder so?«

Sallys Grinsen sagte, daß sie bei Tagesanbruch manchmal andere Dinge zu tun fand. »Na ja, nicht immer. Aber ich liebe meine Hühner heiß und innig. Und ich besuche landwirtschaftliche Kurse.« Sie nahm ein paar Becher von ihren Haken am Küchenschrank. »Die Schauspielerei hat mir Spaß gemacht, wenn es gut lief, aber Landwirtschaft ...« Sie suchte nach dem richtigen Wort. »*erfüllt* mich mehr, wenn ihr versteht, was ich meine.«

May nickte. »Und was sagt deine Mutter dazu?«

Sally schenkte lachend den Tee ein. »Na ja, sie ist natürlich absolut *hingerissen* von James. Klar, sie ist enttäuscht, daß ich die Schauspielerei aufgegeben habe. Aber im Grunde weiß sie, daß ich es niemals wirklich geschafft hätte. Ich wollte es nicht genug, so wie sie es wollte. Und das Leben auf der Farm macht mich so viel glücklicher.«

Ihr Glück wurde mit jedem Wort, jeder Geste offenbar, aber May fragte sich, welchen Anteil daran die Farm ausmachte und welchen James. Vielleicht brauchten manche Frauen einen Mann, der ihnen half, sich selbst zu erkennen. Sie seufzte unwillkürlich und hoffte, die anderen beiden hätten nichts davon bemerkt.

»Hab' ich euch erzählt, daß dieses niedliche alte Ehepaar aus Victoria Mansions kommt!« sagte Sally. »Ihr wißt schon, Captain und Mrs. Walker. Ihr Sohn bringt sie her. Ich habe ihnen erzählt, daß sie James und mich praktisch zusammengebracht haben, und sie haben sich so riesig über die Einladung gefreut.«

»Ich hoffe, sie sind zufrieden mit der Putzhilfe, die ich ihnen gesucht habe«, sagte May. »Sie waren fast die einzigen Kunden, bei denen ich ein richtig schlechtes Gewissen hatte, als wir mit dem Putzen aufgehört haben, um Vollzeit für Rupert zu arbeiten.«

»Sie sagen, sie sei eine Perle.«

»Wo ist James?« fragte Harriet. »Haben wir ihn verscheucht?«

»Ach was. Er müßte jeden Moment kommen. Heute abend ist sein Junggesellenabschied. Seine Schwäger holen ihn ab. Hab ich euch von der Hochzeit erzählt?«

»Was sonst müssen wir wissen, außer daß wir die Brautjungfern sind«, fragte May trocken.

Sally sah sie mit verengten Augen an. »Es gibt eine Vorführung von Appalachian Clog Dancing. Dave hat das arrangiert und tanzt selber auch mit. Dave ist James' rechte Hand auf der Farm. Jedenfalls ist das eine riesige Ehre für James, die Tanzgruppe ist immer schon Monate im voraus ausgebucht.«

»Und was genau ist Appalachian Clog Dancing?« erkundigte sich Harriet.

»Es kommt aus Amerika, eine Mischung aus irischem Stepptanz und Holzschuhtanz mit ein bißchen Square Dance. Es ist wirklich super!«

»Hm«, machte May.

»Und anschließend gibt's einen Scheunenball.«

»Wie bäuerlich. Fast möchte man sagen, pastoral.« May unterdrückte ein Lächeln. »Hast du Piers eingeladen?«

»Nein«, erwiderte Sally lachend. »Ich glaube, ihm würde das keinen besonderen Spaß machen. Aber euch, das verspreche ich. Und es gibt jede Menge kernige junge Burschen in der Tanzgruppe, die sich schon darauf freuen, mit den eleganten Damen aus London zu tanzen.«

»Nun, dann steht ihnen eine Enttäuschung bevor. Ich bin weder elegant noch eine Dame«, grummelte May.

»Kommt Leo, Harriet?«

Sie schüttelte den Kopf. »Nein, er ist zu beschäftigt mit der Malerei und dem angenehmen spanischen Leben. Es ist wirklich genau das richtige für ihn, er kommt gut voran.« Harriet lächelte strahlend, um ihren Freundinnen zu zeigen, daß sie wunderbar damit zurechtkam, daß sie wirklich überhaupt nicht an gebrochenem Herzen litt.

May, die den Bluff mühelos durchschaute, wechselte das Thema. »Kommt sonst irgendwer, den wir kennen?«

»Ähm ... na ja ... Matthew!« sagte Sally hastig. »Matthew kommt direkt von der Schule.«

»Oh, klasse. Ich hab' ihn ewig nicht gesehen. Wo schläft er?«

»Hier im Haus«, sagte Sally. »Er konnte sich mit dem Gedanken an ein Ferienhaus voller Hochzeitskleider nicht anfreunden.«

»Ihr habt ihn doch nicht gezwungen, den Pagen zu mimen? In Knickerbockers oder einem Kilt?« fragte May.

»Nein. Ihm fällt die wichtige Rolle zu, der Braut die Kirchentür aufzuhalten. Das wird er großartig machen«, sagte Matthews Mutter. »Als ich das Wort Page erwähnt habe, hat er gestreikt.«

»Das wundert mich nicht«, brummte May. »Und wer führt dich an den Altar, Sally?«

»Liz' Mann, Peter. Er war von Anfang an so nett zu mir, und ich finde, es ist blödsinnig, Daddy zu dem Zweck extra aus Saudi-Arabien herzuzitieren, es wär' so gräßlich für Mummy.«

»Ich freu' mich darauf, deine Mutter kennenzulernen«, sagte Harriet.

Sally lächelte. »Sie kommt morgen.«

»Und bringt sie irgendwen mit?«

»Du meinst, ihren Freund? Nein, zum Glück nicht. Sie hat zu mir gesagt ›Er ist ein netter Kerl, Liebes, aber nicht gerade der Mann, den du der neuen Familie deiner Tochter vorstellen willst.‹ Sie ist felsenfest überzeugt, daß ich in den Landadel einheirate. Was sie wohl sagt, wenn sie die Farm hier sieht? Oh, da kommt James!«

May beobachtete, wie James und Sally sich nach einer Trennung von nur wenigen Stunden begrüßten, und mußte einen dicken Kloß hinunterschlucken, den nicht nur Rührung, sondern auch eine gute Portion Neid verursacht hatte.

»Darum heiraten die Leute also«, flüsterte sie Harriet zu. »Damit man seine Gefühle der ganzen Welt zeigen kann.« Harriet warf ihr einen schnellen Blick zu und nickte. Sie hatten beide einige Übung darin entwickelt, ihre Gefühle zu verbergen.

Nachdem er seine Braut wieder abgesetzt hatte, umarmte James ihre beiden Freundinnen. Auch er strahlte Glück in beinah spürbaren Wellen aus.

»Es ist wunderbar, daß ihr die Brautjungfern seid«, sagte er. »Ich weiß, ihr wart nicht gerade wild drauf.«

»Wenn es euch glücklich macht, ist es die Sache wert«, sagte May und stellte fest, daß sie es ehrlich meinte.

»Also, das ist das Kleid«, sagte Harriet leise.

»Ja«, hauchte Sally genauso ehrfurchtsvoll. Ich hab' ewig gebraucht, um mich zu entscheiden, wie es denn nun aussehen sollte. Es sollte schon ausgefallen sein, aber auch zu einer Hochzeit auf dem Land passen.«

May betrachtete das Kleid kritisch, das Sally mitsamt Bügel hochhielt. Es war aus strohgelbem Taft, die Ärmel reichten bis zu den Ellbogen. Ein enges, vorn und hinten geschnürtes Mieder aus dunkelgrünem Samt betonte die Taille. Der recht großzügige Ausschnitt war mit einer schmalen Spitze abgesetzt, der weite, leicht gebauschte Rock mit dunkelgrünen Schleifen ein wenig hochgebunden, darunter lugte ein schlichter Satinunterrock hervor. Eine Taftschleife vervollständigte die Rückansicht.

»Meine Mutter wollte unbedingt, daß ich eine Schleppe habe, aber ich finde das unpassend für eine Hochzeit auf dem Land«, fuhr Sally fort.

»Es ist wunderschön«, sagte Harriet. »Das Dunkelgrün gefällt mir. Mal was ganz anderes, aber immer noch ein Hochzeitskleid.«

»Und das Mieder macht meine Taille superschmal«, schloß Sally.

»Deine Taille *ist* superschmal.«

»Nicht so schmal, wie sie mal war. Ich habe über fünf Kilo zugenommen, seit ich hierhergezogen bin, aber James sagt, je mehr an mir dran ist, um so mehr kann er lieben.«

»Dann laß mal die Brautjungfernkleider sehen«, sagte May, ehe Sally völlig in Gedanken an James' Verhältnis zu ihrem Körper versank.

Sally führte sie in das dritte Schlafzimmer des Ferienhauses. Unter dünner Plastikfolie hingen dort zwei einfachere Versionen von Sallys Kleid, nur waren sie statt aus Taft aus glänzendem Chintz mit einem dezenten Blumenmuster.

»Liz und ich haben uns den Kopf zerbrochen, um uns irgendwas auszudenken, was ihr später als Abendkleider tragen könnt, aber dann haben wir gedacht, das tut man dann ja doch nie.«

»Auweia«, sagte May.

»Kannst du dich überwinden, es anzuprobieren? Liz muß jeden Moment hier sein. Sie hat sich so furchtbare Mühe gemacht und will, daß jedes Detail perfekt ist. Komisch, sonst nimmt sie die Dinge nicht so genau, aber mit ihrer Näherei ist sie wirklich eine Perfektionistin.«

Harriet und May zogen sich aus. »Und wenn Liz jeden Stich mit der Hand genäht und sich die Nächte um die Ohren geschlagen hat«, sagte May. »Ich bestehe auf meinem Recht, meine Zusage zurückzuziehen, wenn ich komplett idiotisch aussehe.«

Sie sah nicht idiotisch aus, aber vollkommen verändert.

»Mein Gott«, hauchte sie. »Ich erkenn' mich selbst kaum.«

Ihre Brust war voller als Sallys oder Harriets, und die schmale Taille und der großzügige Ausschnitt des Kleides brachten ihr Dekolleté und ihren Schwanenhals besonders zur Geltung. Sie kam sich sinnlich und feminin vor, und der Regency-Stil des Kleides bewirkte, daß sie sich von ihrer Alle-Tage-Persönlichkeit entrückt fühlte. Sie war nicht länger May, die radikale Feministin, die ihre Brötchen auf Baustellen verdiente, sie war eine völlig andere, geheimnisvolle Kreatur und sie war beinah schön.

»Ich komme mir vor wie eine Figur aus irgendeinem Schauspiel«, sagte sie. »Ich seh' überhaupt nicht wie ich aus.«

»Du siehst phantastisch aus!« jubelte Sally. »Ich werde neben dir total verblassen, du Miststück!«

May lachte leise. »Das würde ich nicht schaffen, selbst wenn ich mir die allergrößte Mühe gäbe. Aber zumindest wird mich in dieser Montur niemand erkennen. Meine Mutter wird ihren Augen nicht trauen, wenn sie die Fotos sieht.«

»Was tragen wir auf dem Kopf?« wollte Harriet wissen und drehte ihre seidigen Haare versuchsweise zu einem Knoten zusammen.

»Einen Kranz aus Rosen. Hier, versuch mal.« Sally nahm den Haarschmuck aus einem Karton und setzte ihn Harriet auf den Kopf. »Toll, was?«

May riß ihren Haarschmuck förmlich aus der Verpackung und schwor sich insgeheim, daß sie ihn nicht tragen würde, wenn er die Wirkung ihres Kleides verdarb.

Die dunklen Seidenrosen auf ihrem dunklen, leuchtenden Haar vervollständigten jedoch ihr Kostüm. »Es ist wunderschön ...« Sie warf Sally einen kurzen Blick zu. »Aber dieses Kleid ist ziemlich freizügig, oder?«

Harriet betrachtete sie kritisch. »Ich muß gestehen, ich hätte nicht gedacht, daß es so viel Haut freiläßt.«

»Zieh deines mal an, Harriet«, schlug Sally vor. »Ich weiß genau, daß sie auf der Zeichnung nicht so gewagt aussahen.«

Harriets Kleid war nicht ganz so tief ausgeschnitten, und ihr kleinerer Busen war diskret verhüllt. Aber Mays Ausschnitt wirkte beinah ein bißchen unanständig.

»Mach dir keine Sorgen«, sagte Sally. »Liz muß jeden Moment hier sein. Sie wird es ändern.«

»Du mußt die lässigste Braut in der Geschichte der Menschheit sein«, bemerkte May. »Bist du denn kein bißchen nervös?« Sie bekam schon weiche Knie, wenn sie nur daran dachte, zum Altar zu schreiten, und sei es nur als Brautjungfer.

Sally runzelte die Stirn. »Nein, eigentlich nicht. Ich meine, ich weiß, ich hab' James. Und wenn das Festzelt umfällt, oder niemand kommt, oder der Organist sich in die Orgel erbricht, solange es James nur gutgeht, ist mir alles gleich. Klingt das furchtbar kitschig?«

»Ja«, knurrte May.

Sally war am nächsten Tag noch ebenso gelassen. May wünschte beinah, Sally wäre ein bißchen neurotischer und zeigte typische Braut-Symptome, doch während Lucy zur Kirche fuhr, um sich zu vergewissern, daß die Blumengestecke über Nacht nicht verwelkt waren, erlaubte Sally den Kindern, sich mit dem Inhalt ihres Schminkkoffers zu vergnügen. Während May, einer Panik nahe, versuchte, den Lippenstift von Gina und Augustus abzuwaschen, fragte sie sich, wovor sie sich mehr fürchtete, vor Lucy oder dem Einzug in die Kirche.

Und statt unter einer Gesichtsmaske zu zittern oder beharrlich zu verkünden, es sei ein furchtbarer Fehler und die Hochzeit müsse abgesagt werden, huschte Sally in Lockenwicklern und Unterwäsche durchs Haus, riß sich am Holzkorb in der Küche beinah eine Laufmasche in ihren weißen, spitzengesäumten Seidenstrumpf und war einfach nicht aus der Ruhe zu bringen.

»Es wird Zeit, daß die Brautjungfern sich ankleiden«, verkündete Lucy, nachdem sie ihr Klemmbrett konsultiert hatte. »Ich hoffe nur, die Blumensträuße kommen rechtzeitig. Sie müßten längst hier sein.«

»Warum haben wir nicht Körbe mit Apfelsinen statt Blumen«, raunte May Harriet zu, während sie in ihre Kleider stiegen. »Dann hätte Lucy wenigstens eine Sorge weniger.«

»Ich glaube, Lucy liebt es, sich zu sorgen.« Harriet streifte die Ärmel über. »Du hast wenigstens einen vernünftigen Busen«, bemerkte sie mit einem mißfälligen Blick auf ihre eigene Brust.

»Ja, und jeder in der Kirche kriegt ihn zu sehen.«

Liz kam mit ihren beiden Kindern, die sich sofort daranmachten, das Chaos zu verschlimmern. Liz hatte ein Kästchen dabei, das sie in das Zimmer der Brautjungfern hinaufbrachte.

»Das hier hab' ich kürzlich auf James' Dachboden gefunden. Ich dachte mir, daß ich es irgendwann mal gebrauchen könnte und hab' es mitgehen lassen.«

»Was ist das? Ein Tarnnetz?«

»Mehr oder weniger.« Liz öffnete ihre Schachtel und förderte zwei Stücke eines spitzenartigen Seidennetzes hervor. »Natürlich war es schrecklich vergilbt, aber ich habe es mit biologischem Waschmittel gewaschen und anschließend in Bleiche gelegt, und es ist wunderbar geworden. Seht nur, wie weich es fällt. Viel schöner als Nylon.«

Harriet war entsetzt. »Soll das heißen, du hast alte Seidenspitze in Bleiche gelegt? Sie hätte verderben können!«

»Und denk nur an die Umweltbelastung«, fügte May hinzu, ebenso entsetzt, aber aus anderen Gründen.

Liz zuckte die Achseln. »Ich gelobe, ich werd's nie wieder tun. Sie ist nicht schneeweiß geworden, sondern hat exakt die richtige Farbe für die Kleider. Und es reicht für euch beide. Setz dich hin, May, und dann wollen wir sehen, was wir tun können, damit du ein bißchen züchtiger aussiehst.«

Unter ihren geschickten Händen verwandelte die Seidenspitze sich in ein Fichu, das Mays Dekolleté bedeckte, ohne den Schnitt oder den Stil des Kleides zu beeinträchtigen.

»Wenn du zu heftig draufpustest, wird es zu Staub zerfallen, aber mit ein bißchen Glück wird es die Trauung überstehen.«

»Du bist sehr geschickt, Liz«, bemerkte Harriet.

»Hier kommt Suzy, um euch die Haare zu machen!« verkündete Lucy und brachte eine kleine, dunkle Frau herein. »Pünktlich auf die Minute. Sie kümmert sich zuerst um euch beide, dann ist Sally an der Reihe.« Sie sah auf ihr Klemmbrett. »Was kommt als nächstes?«

Während Sallys seidige Locken zu einem Turm aufgesteckt wurden, hatte May zum ersten Mal Ruhe, die Hände der Braut anzusehen.

»Du kannst nicht mit Hühnerscheiße unter den Nägeln vor den Altar treten, Sal«, sagte May bestimmt. »Das würde nicht mal ich tun.«

»Man wird's nicht mehr sehen, wenn ich die Nägel lackiert hab'!« versicherte Sally, als Lucy mit einem gefährlich wirkenden Maniküre-Instrument über sie kam. »Ehrlich nicht.«

»Mit meinem Bruder zusammenzuleben hat eine Schlampe aus dir gemacht«, bemerkte Liz. »Du warst so ein adrettes Mädchen, als du zum ersten Mal hergekommen bist.«

Schließlich waren alle angekleidet und ausstaffiert. Die Blumen kamen rechtzeitig und wanderten in die Vorratskammer, damit sie kühl lagerten. Suzy hatte allen die Haare gemacht und Hüte oder Kopfschmuck drapiert.

»Also dann«, sagte Lucy zu ihrem Klemmbrett. »Es wird Zeit, die Blumen zu holen.«

Harriet holte folgsam die üppigen Sträuße aus der Vorratskammer, und Lucy, die einen Floristikkurs gemacht hatte, inspizierte sie. »Es ist nicht genug weiß drin, Sally, aber ich fürchte, daran können wir jetzt nichts mehr ändern.«

»Da kommen die Autos!« rief Liz, die die Wagenkolonne vom Badezimmerfenster aus gesehen hatte. »Wir sollten uns lieber auf den Weg machen, sie blockieren den Feldweg, und kein Lieferant kommt vorbei.«

Lucy konsultierte wieder ihr Klemmbrett. »In Ordnung. Im ersten Wagen fahren Liz, Augustus, Adam und ich. Unterwegs holen wir Sallys Mutter ab. Dann kommt der Wagen zurück und holt die Brautjungfern. Zur gleichen Zeit sollte der Rolls für Sally und Peter kommen.« Mit ernster Miene überreichte Lucy Harriet ihr Klemmbrett. »Jetzt trägst du die Verantwortung, Harriet.«

Harriet nahm es feierlich entgegen und fragte sich, ob sie eine würdige Vertreterin war. Sie machte ihre Listen meist auf alten Briefumschlägen. Diese hier war ein säuberlicher Computerausdruck. Sie warf einen Blick darauf und stellte fest, daß ihre erste Pflicht war, die Kleinen auf die Toilette zu schicken. Als sie das gerade tun wollte, kam Lucy zurück ins Haus geeilt.

»Geht auf die Toilette, Jungs, schnell, schnell. Harriet, kümmerst du dich um die Mädchen?«

Endlich fuhren Lucy, Liz und die Jungen davon und hinterließen himmlische Ruhe im Haus. Dann erschien Peter, verteilte Gläser mit Sherry und machte schlechte Witze, bis der Wagen zurückkam. Harriet umarmte Sally herzlich. »Viel Glück, Liebes. Wir sehen uns in der Kirche.«

Sie stiegen ein, traten einander auf die Füße und zerdrückten sich ihren Haarschmuck.

»Alles startklar?« fragte Harriet fröhlich, als das Auto anrollte. »Bereit für den großen Augenblick?«

»Nein«, meldete sich Gina zu Wort. »Ich muß mal. Und ich glaub', mir wird schlecht.«

33. KAPITEL

Sally schien vor Glückseligkeit eine Handbreit über dem Boden zu schweben. Nicht einmal Tante Sophies antiker Hochzeitsschleier konnte ihr Strahlen verhüllen.

»Also dann«, sagte der Fotograf, der hinter einem Grabstein zum Vorschein kam. »Machen wir eins von der Braut, während sie aus dem Wagen steigt. Nein, Sie brauchen nicht wieder einzusteigen, Ihre Freundin soll nur ihr Kleid richten ... so, ist gut.« Klick. »Und jetzt eins mit Ihrem Vater.«

»Ich bin ihr Schwager!« protestierte Peter.

»Egal, wer Sie sind, stellen Sie sich neben die Braut. Gut. Und jetzt mit Brautjungfern und Trauzeugen. Lächeln! Sagt Sex! Gut.«

»Zu meiner Zeit sagte man ›Cheese‹«, bemerkte Sallys Mutter. »Wir dachten nur an Sex.«

»Wenn er das zu Tante Sophie sagt, wird sie ihm mit ihrem Sonnenschirm eins überziehen«, prophezeite Liz.

Ein hektischer junger Mann in einer Soutane erschien. »Sind Sie so weit? Wir haben heute vier Hochzeiten.«

»Und morgen eine Beerdigung, möchte man meinen«, murmelte Sallys Mutter

»Ja, ja«, sagte Lucy. »Alle sind da. Zeit zu gehen.«

May nahm ihren Platz an Harriets Seite ein, die Abordnung der Braut trat ins Vestibül, und alle waren bedacht, sich gegenseitig nicht auf die Kleidersäume zu steigen. Der Organist beendete seine Improvisation, und Purcells »Trumpet Voluntary« scholl ihnen vom Altar entgegen.

Eine Duftmischung aus Blumen, Möbelpolitur und dem unnachahmlichen Geruch alter Kirchen hüllte sie ein, als sie ins

Kirchenschiff einzogen. Harriet bewunderte die vielen üppigen Blumengestecke und räumte ein, daß Lucy eine großartige Leistung vollbracht hatte. Harriet sah zu May hinüber und stellte erschrocken fest, daß sie kreidebleich geworden war.

»Alles in Ordnung, May?« wisperte sie, während sie ihren langsamen Marsch fortsetzten.

May bewegte die plötzlich trockenen Lippen. Einen Moment hatte sie geglaubt, sie sehe einen Geist. Aber da der Mann im Cut, der sich mit dem Einsetzen der Trompete umgewandt hatte, sie immer noch mit einem schwachen Lächeln ansah, erkannte sie, daß es viel schlimmer war. Einen Augenblick glaubte sie wirklich, sie werde in Ohnmacht fallen.

»Solange mir nur nicht schlecht wird. Mach, daß mir nicht schlecht wird.«

»Versuch, ein bißchen zu lächeln.«

»Ich kann nicht.«

»Doch, du kannst. Guck mal, gleich tritt Gus auf Sallys Kleid. In ein paar Sekunden wird sie in Mieder und Seidenstrümpfen dastehen.«

Mit einem enormen Willensakt lockerte May ihre Wangenmuskeln ausreichend, um Harriet zu überzeugen, daß sie nicht neben einer wandelnden Leiche einherschritt, dann machten sie halt. Doch wenn sie auch halbwegs normal aussehen mochte, verfolgte May die Zeremonie doch wie durch ein umgedrehtes Teleskop. Sie war gerade noch genug bei Verstand, um sich zu bewegen und aufzustehen und die richtigen Dinge zu tun, aber wenngleich ihr Mund sich öffnete und schloß, kam kein Ton heraus während der Kirchenlieder. Der Gottesdienst war gleichzeitig endlos lang und in einem Augenblick vorüber. May schien ihre gesamte Vergangenheit mehrfach an sich vorbeiziehen zu sehen, bis Widors Toccata plötzlich die Kirche erfüllte.

»Lächle, du wirst fotografiert«, raunte Harriet neben ihr.

May bleckte die Zähne. »Wußtest du, daß Sally Hugh eingeladen hat?«

»Ähm ... ja. Ich hab' vergessen, es dir zu sagen. Ist doch keine große Affäre, oder?«

»Natürlich nicht. Ich wußte nur nicht, daß Sally ihn kennt, das ist alles.«

Harriet verspürte Gewissensbisse. Hugh war mit Harriet in Kontakt geblieben, während er in den Staaten war, und da sie wußte, daß er und May einander vermißten, hatte sie Sally gebeten, ihn einzuladen. Sie wollte gerade ein wildes Lügengespinst von Ausreden erfinden, als der Fotograf sie errettete.

»Könnten die Brautjungfern bitte hierhersehen? Wir haben noch viel vor uns, ehe Sie Ihren Champagner kriegen. Und lächeln Sie, ja?«

»Wenigstens hat er nichts von Sex gesagt«, bemerkte Harriet, als sie eine halbe Stunde später in den Wagen stiegen. »Aber seine Andeutungen waren schon widerlich genug. Meine Füße bringen mich um. Ist Sally nicht wunderbar? Sie ist so reizend zu allen und gibt jedem das Gefühl, ihr besonders willkommen zu sein.«

May wachte auf. »Ähm ... ja, wunderbar.«

Der Empfang fand auf der Farm statt. Um genug Platz für das Appalachian Clog Dancing und den anschließenden Scheunenball zu haben, war im Garten ein riesiges Zelt errichtet worden. Es war so groß, daß es bis in die Beete reichte, die es wie ein gewaltiges Blumenarrangement umgaben.

Tante Sophie hatte für die Feierlichkeiten die Rolle des Familienoberhauptes an sich gerissen und darauf bestanden, daß es ein offizielles Defilee gab, das auch die Brautjungfern mit abnehmen mußten. Als May erkannte, daß sie Hughs Hand würde schütteln müssen, begann sie wieder am ganzen Leib zu zittern.

Tu einfach so, als würdest du deine ganz normalen Sachen tragen, redete sie sich gut zu. Dann kriegst du das schon hin. Er ist nur ein Mensch. Als sie einen weiteren besorgten Blick von Harriet spürte, befand May, es sei Zeit für ein bißchen Small talk.

»Wohin fahren James und Sally in die Flitterwochen?«

»Irgendwohin, wo es heiß ist. Er sagt, er ist es satt, beim Sex immer mit einem dicken Federbett kämpfen zu müssen.«

»Aber es ist Sommer!«

»Das hier sind die Cotswolds«, gab Harriet zu bedenken.

»Heute mag es warm sein, aber in zwei Tagen kann es schneien. Hier kommen die ersten Gäste.«

»Oh, Schande. Was muß ich tun?«

»Keine Angst. Niemand wird wissen, wer du bist. Küß einfach jeden auf die Wange, es sei denn, er reicht dir die Hand.«

May erinnerte sich an ihren letzten Versuch, Hugh zu küssen und beschloß, ihm die Hand entgegenzustrecken, ehe er es tun konnte.

Hugh kam mit der letzten Traube von Gästen. Er schob ihre Hand beiseite und küßte May auf beide Wangen. Aber er lächelte kaum und sagte kein Wort zu ihr. Es kam May so vor, als begrüße er Harriet viel herzlicher.

Das ist nur deine eigene Schuld, sagte sie sich. Du hast seine Postkarten und damit auch ihn verschmäht. Es gab eine Zeit, da wollte er dich, aber du hast die falschen Signale gesandt. Es ist schade, aber jetzt ist es zu spät.

»Wir können jetzt gehen«, sagte Harriet. »Komm, ich will mal nachsehen, was Matthew anstellt.«

Der Lärmpegel war schon jetzt beachtlich. Angehörige unterschiedlicher Familienzweige, die sich nur bei Gelegenheiten wie dieser sahen, schrien und begrüßten einander lautstark. »Bist du aber groß geworden«-Ausrufe und Küsse regneten wie Konfetti herab. Lange Unterhaltungen über entfernte Verwandte endeten mit der Entdeckung, daß man über zwei unterschiedliche Vettern gleichen Namens sprach.

May stand unentschlossen am Rand einer Gruppe. Halb wünschte sie, Hugh käme und machte sie ausfindig, halb wollte sie ihm aus dem Wege gehen. Sie kam sich selbst so fremd vor, das Kleid, die Umgebung, sein unerwartetes Erscheinen erschütterten die Grundfesten ihrer Persönlichkeit. Sie sehnte sich nach ihren Latzhosen und ihrer Baustelle, wollte irgendwo sein, wo sie wußte, wer sie war, was sie tat, und warum zur Hölle sie es tat.

»Hier, nehmen Sie eins, Liebes. Sie sind ein bißchen blaß um die Nase.« Eine freundliche, mütterliche Kellnerin hielt ihr eine Platte mit Kanapees hin. »Sie müssen bei Kräften bleiben fürs Tanzen.«

Tanzen! May hatte vergessen, daß sie noch weitere Qualen erwarteten. Sie hatte keinerlei Rhythmusgefühl, wackelige Knöchel und konnte unter Streß nicht zwischen ihrem rechten und ihrem linken Fuß unterscheiden. Nur wenn sie sehr betrunken war, brachte sie einen Conga zustande.

»Ich glaube, was ich wirklich brauche, ist etwas zu trinken«, sagte sie.

Die Kellnerin nickte. »Bill! Komm mal hier rüber! Hier stirbt jemand vor Durst.«

Sally behielt recht mit ihrer Meinung über das Clog Dancing. May ertappte sich dabei, daß sie lächelte und den Takt mit dem Fuß mitklopfte, mitgerissen von der Ausgelassenheit und dem akrobatischen Geschick der Tänzer.

Doch als die Truppe schließlich jede weitere Zugabe verweigerte und den Flüssigkeitsverlust mit literweise Cider wettgemacht hatte, begann der Scheunenball. May fand sich augenblicklich umzingelt.

Alle männlichen Tänzer der Steel Toe Caps, die das Appalachian Clog Dancing vorgeführt hatten, schienen zu glauben, May sei ebenso wie Sally Schauspielerin.

Sie gab sich alle Mühe, sie eines besseren zu belehren. Ein scharfes: »Sehe ich vielleicht aus wie eine Schauspielerin«, hätte normalerweise gereicht, aber in dieser Verkleidung, die sie wie die Hauptfigur aus »Schneewittchen und die sieben Zwerge« aussehen ließ, war das weniger wirkungsvoll.

Ein Arm vom Umfang einer jungen Eiche und der Farbe von Mahagoni hob sie hoch und schleppte sie auf die Tanzfläche.

»Weißt du, was du machen mußt?« fragte der junge Riese, dem der Arm gehörte.

»Nein!«

»Ich zeige es dir!«

»Sei behutsam mit mir!« bettelte sie. Aber der Mann, nach den Proportionen zu urteilen vermutlich ein Hufschmied, hörte sie nicht.

Die nächsten zwanzig Minuten mußte May tatenlos ertragen, daß sie von Arm zu Arm weitergereicht wurde wie ein Eimer Wasser in einer Löschkette. Aber wenigstens würde Hugh sie in diesem Gewühl niemals finden. Falls er sie überhaupt suchte.

Als die Musiker endlich eine Pause einlegten, erkannte May ihre Chance und ergriff sie. Ehe irgendwer sie zur Bar schleifen konnte, löste sie die Kordel, die zwei der Zeltbahnen zusammenhielt, und schlüpfte ins Freie.

Geißblattduft wehte von der Hecke zu ihr herüber. Es war ein wunderbar reines, natürliches Aroma nach der Geruchsmischung aus Schweiß und Old Spice. Jetzt wieder hineinzugehen wäre, als müsse man nach dem Duschen wieder in die schmutzige Unterwäsche steigen. Die Stille schien sie mit offenen Armen willkommen zu heißen. Hoch über der lärmenden Hochzeitsgesellschaft sang eine Lerche.

Auf der anderen Seite des Wirtschaftswegs lag ein Feld, und dahinter erkannte sie durch die Lücken in der Hecke einen Wald. Niemand wird merken, wenn ich mich verdrücke, sagte sie sich. Ich kletter' einfach über den Zaun und geh ein Weilchen in den Wald. Sie raffte die Röcke und stieg hinüber.

Sie erkannte ihren Fehler, noch bevor sie ein halbes Dutzend Schritte gemacht hatte. Das Feld lag tief und war jetzt, nach einem nassen Frühjahr, praktisch ein Sumpf. May wußte, es wäre klüger umzukehren, aber sie sprang störrisch auf ein Grasbüschel und rang mit wedelnden Armen um Gleichgewicht, während sie sich nach dem nächsten umsah. Doch schließlich mußte sie sich geschlagen geben. Die Grasinseln lagen zu weit auseinander, und dazwischen stand Wasser. Es blieb ihr nichts anderes übrig, als die Röcke anzuheben und zur Hecke zu waten. Gerade war sie im Begriff, den ersten Fuß ins Wasser zu setzen, als sich hinter ihr jemand räusperte.

Sie wandte sich vorsichtig um.

»Steckst du in der Klemme, May?«

Sie war nicht wirklich überrascht. Hugh kreuzte immer dann auf, wenn sie in irgendeiner Klemme steckte. Aber sie war sauer. Warum erschien er nie, wenn sie schön aussah und alles unter Kontrolle hatte?

»Mir geht's prima«, rief sie und hoffte inständig, daß er das Ausmaß ihrer Schwierigkeiten von jenseits der Hecke nicht erkennen konnte. »Ich wollte nur ein bißchen frische Luft schnappen.«

»Warte. Ich leiste dir Gesellschaft.«

Wenn sie nicht die Schuhe ausziehen und auf Strümpfen durch den Tümpel laufen wollte, blieb ihr gar nichts anderes übrig, als zu warten. Im nächsten Moment stand er neben ihr. Seine schwarzen Schuhe eigneten sich weitaus besser für diese idyllische Landpartie als ihre Satinschühchen.

»Es sieht so aus, als hättest du ein Problem«, bemerkte er.

»Keineswegs. Ich bewundere nur die Aussicht.«

»Na ja, aber du hast sie jetzt geschlagene zehn Minuten bewundert, und hier ist gar nichts so Bemerkenswertes zu sehen.«

Fünf Monate hatte sie sich nach dem Klang seiner Stimme gesehnt, dem Anblick seiner Handschrift, irgend etwas, das ihr bewies, daß sie sich auf demselben Planeten befanden. Als sie ihn in der Kirche gesehen hatte, wäre sie beinah in Ohnmacht gefallen – nur der Gedanke, wie grauenhaft peinlich das für alle gewesen wäre, hatte sie auf den Beinen gehalten. Und jetzt war es, als hätte es diese fünf Monate niemals gegeben. Sie stritten schon wieder.

»Mir gefällt's aber.« So vieles war passiert, sie hatte so viel erreicht, aber sie hörte sich immer noch an wie ein trotziges Kind.

Hugh lächelte, und beim Anblick dieses Lächelns machte ihr Herz einen Satz.

»Komm. Ich denke, wir sollten zurückgehen.« So mühelos, wie er ein Tau warf oder auffing, hob er sie hoch und trug sie zum Pfad zurück.

May war versucht, den Kopf an seine Brust zu lehnen, wollte sein Herz schlagen hören. Aber sie hielt den Kopf hochgereckt und machte sich steif, um sich der Versuchung durch ihre Berührung so weit wie möglich zu entziehen, überzeugt, daß ihr Gewicht sie beide jeden Moment in die Kuhfladen hinabziehen würde. Sie spürte, wie sie abwärts rutschte, aber er wuchtete sie wieder höher, näher zu sich. Die Gefahr des Sturzes schien damit gebannt, aber sie fühlte sich keineswegs sicherer.

»Du kannst mich jetzt wieder absetzen«, sagte sie, als sie den Rand des Feldes erreicht hatten.

»Ich denke, lieber nicht«, erwiderte er, stieg über den niedrigen Zaun und machte keinerlei Anstalten, sie auf die Füße zu stellen. »Jetzt da ich dich einmal habe, bin ich nicht geneigt, dich wieder loszulassen.«

»Mein Schuh rutscht ... Oh, jetzt ist er gefallen.«

Hugh hielt nicht an. »Sie waren ohnehin ruiniert.«

»Und was ist, wenn ich sie als Andenken wollte?«

»Du hast ja immer noch den anderen.«

May wollte überlegen klingen, beherrscht, irgend etwas sagen, das ihn bewog, sie nicht länger wie ein Gepäckstück zu behandeln, sondern mit dem Respekt, der ihr zustand. Und bis ihr die passenden Worte einfielen, würde sie den Mund halten. Aber Schweigen war für May ebenso schwierig aufrechtzuerhalten wie würdevolles Auftreten. »Wenn du mich nicht bald runterläßt, kriegst du einen Herzinfarkt.«

Sie spürte das Lachen in seiner Brust zittern. »Blödsinn. Du wiegst ja so gut wie nichts. Vermutlich hast du zuviel gearbeitet.«

»Kann sein.« Viel gearbeitet, nichts gegessen. »Ich habe alle meine Schulden bezahlt.«

Hugh hielt an und sah auf sie hinab. In seinen Augen lag ein Ausdruck, der große Ähnlichkeit mit Stolz hatte. »Ich weiß. Rupert hat's mir erzählt.«

Sie näherten sich dem Tor zur Farm. Im Zelt herrschte immer noch ein Höllengetöse, und das in Kombination mit der Hitze hatte die Gäste scharenweise ins Freie getrieben. »Jetzt laß mich runter, es könnte uns jemand sehen.«

Er beachtete sie nicht. Offenbar wußte er genau, wohin er wollte. Er steuerte zielstrebig auf die Scheune zu und stieß die Tür auf. Drinnen warf er sich May kurzerhand über die Schulter, und ehe sie protestieren konnte, war er eine Leiter hinaufgestiegen und ließ sie herunter.

»Was in aller Welt ...?« May sah sich um.

Sie befanden sich auf dem Heuboden. Sonnenlicht fiel durch das Bogenfenster im Giebel und ließ die Staubkörner leuchten, die sie bei ihrer Ankunft aufgewirbelt hatten. Die Heuballen reflektierten das Licht golden.

Auf einer Decke und einem weißen Tischtuch war ein Picknick aufgebaut. Zwei Teller mit erlesenen Kanapees, die frisch und appetitlich wirkten, in einer Ecke stand eine ungeöffnete Flasche Champagner in einem Kühler.

»Hugh, was soll das?«

»Ich habe dich gekidnappt.«

»Das hab' ich gemerkt, aber warum?«

»Weil ich mir gedacht habe, daß wir in dem Gedränge da draußen nicht in Ruhe reden können.«

»Wieso willst du plötzlich reden? Du bist die letzten fünf Monate auch ohne ein Wort zurechtgekommen.«

»Ja, aber nicht sonderlich gut. Ich habe dich vermißt, May.«

»Warum bist dann nicht zu mir gekommen? Oder hast angerufen?«

May dachte an den Augenblick der Erwartung, jedesmal wenn das Telefon klingelte, jedesmal wenn sie einen Mann aus der Ferne näher kommen sah, dieses kurze, fast unbewußte Aufflackern von Hoffnung, die jedesmal enttäuscht wurde. Plötzlich war sie sehr wütend.

»Ich bin erst vorgestern aus den Staaten zurückgekommen«, sagte er ruhig. »Und du wolltest nicht, daß ich dir schreibe.«

»Und wieso glaubst du dann, ich wollte gekidnappt werden?«

»Das glaube ich gar nicht. Ich hatte gehofft, ich könnte dich mit Champagner und Kanapees besänftigen. Ich will nur reden.«

Sie stemmte die Hände in die Seiten und betrachtete ihn. Die Einsamkeit, Frustration und Sehnsucht der letzten Monate bündelten sich zu einem fast unkontrollierbaren Zorn. Hätte sie vernünftige Schuhe angehabt, wäre sie auf seine Schienbeine losgegangen. Nur Hugh konnte auf die Idee verfallen, sie ins Heu zu entführen, um dort zu *reden.*

»Dann rede. Ich hoffe, du hast etwas wirklich Interessantes zu sagen.« Sie machte einen Schritt auf ihn zu, legte die Hand auf seine Brust und schubste ihn zurück. »Ich werd' mir keinen lehrreichen Vortrag anhören.« Sie schubste ihn noch einmal. Sein Hemd fühlte sich gut in ihrer Handfläche an.

Er umschloß ihr Handgelenk und stolperte zurück, und

plötzlich lag ein Ausdruck von großem Schmerz auf seinem Gesicht, als er hintenüber auf mehrere Heuballen fiel.

»Was? Was hast du?« May war sofort an seiner Seite, ihr Zorn vergessen.

»Ich bin auf irgend etwas getreten. Ich vermute, eine Heugabel.«

»Laß mich nachsehen. Bleib still liegen. Welcher Fuß?«

»Der rechte.« Hugh richtete sich auf die Ellbogen auf.

»Hast du ein Taschentuch? Wir brauchen etwas zum Verbinden.«

Hugh klopfte mit schwachen Bewegungen seine Taschen ab, während May ihm Schuhe und Socken auszog. »Ich kann es nicht finden«, sagte er.

»Egal ...« May zog die antike Seidenspitze aus ihrem Ausschnitt, bereit, sie um Hughs blutenden Fuß zu wickeln. Aber beide Füße schienen unversehrt.

Behutsam drückte sie auf eine der Fußsohlen.

Er fuhr heftig zusammen und wollte den Fuß wegziehen.

»Du mußt mich nachschauen lassen, Hugh«, sagte sie, sanft aber bestimmt. »Ich werd' versuchen, dir nicht weh zu tun.«

Er stöhnte leise.

Der andere Fuß schien ebenso empfindlich, aber ebenso unverletzt. »Ich kann nichts finden. Vielleicht hast du dir den Knöchel verstaucht.« Sanft tastete sie über den Knöchel, und er stöhnte wieder. »Oh, Hugh, ich weiß nicht, was los ist. Ich geh' und hole Hilfe.«

»Nein!« Hughs Arm schnellte vor und packte sie, zog sie zu sich herunter. »Ich brauche keine Hilfe.«

»Doch!« May wollte sich losmachen. »Du stöhnst, irgendwas muß dir weh tun.«

»Stimmt, aber es ist nicht mein verdammter Fuß!« Er gab ihr zu verstehen, was die Ursache seines Schmerzes war, erst mit seinem Mund, dann mit seinem ganzen Körper. Und bald litt May mit ihm.

Das Brautpaar war im Begriff aufzubrechen, als Lucy mit besorgter Miene auf sie zu eilte.

»Wo ist May? Sie sollte hier sein.«

»Schon gut, Luce«, sagte James. »Wir brauchen sie nicht.«

»Aber Clodagh hat das hier gefunden!« Es war ein schlammverschmierter Satinschuh. »Es ist Mays. Ihr Name ist eingestickt.«

James war nicht beunruhigt. »Vermutlich hat sie sich ein paar Stiefel geborgt und macht einen Spaziergang.«

Die Erklärung schien Lucy zufriedenzustellen, aber Sally wirkte immer noch besorgt.

»Alles in Ordnung«, flüsterte er. »Sie ist mit Hugh in der kleinen Scheune.«

»Was? Wieso?« flüsterte sie zurück.

»Na ja, er hat mich gefragt, wo er mit ihr allein sein könnte. Sie haben ein Picknick, Schlafsäcke und eine Bettdecke. Ich hoffe, es klappt.«

Sally gab diese Neuigkeiten an Harriet weiter, die ebenfalls besorgt war.

»Dann ist ja alles in Ordnung. Ich hoffe nur, May ist nicht so nervös, daß sie ihm den Kopf abbeißt.«

Sally grinste. »Ich denke, Hugh kann auf sich aufpassen. Und was ist mit dir, Harriet? Bist du in Ordnung?«

»Oh, sicher.«

Und wenn eine Träne ihr über die Wange lief, als sie dem geschmückten Leiterwagen nachwinkte, der, von einem gemütlichen Kaltblüter gezogen, James und Sally zur nächsten Farm bringen sollte, dann lag das sicher nur an ihrer Rührung. Sie sah ihm lange nach.

»Oh, da bist du, Mum«, sagte Matthew hinter ihr. »Ich hab' dich gesucht.«

»Oh? Warum? Oh!«

Hinter Matthew erschien, braungebrannt und angetan mit einem sehr verknitterten, cremefarbenen Leinenanzug, die Augen so blau wie das Mittelmeer, Leo Purbright. »Ich bin gekommen, um zu sehen, wie meine Investition sich entwickelt.«

Harriet legte den Kopf zur Seite und betrachtete ihn. »Das wurde ja wohl auch Zeit ...«

»Oh, May, ich liebe dich so sehr«, flüsterte Hugh.

»Wirklich?« Sie sah ihm in die Augen, ihr eigener Blick träumerisch. »Ich dachte, ich mach' dich wahnsinnig.«

»Stimmt. Wahnsinnig vor Lust und Liebe.« Er küßte sie mit der Hingabe, die er sonst komplizierten juristischen Dokumenten vorbehielt.

»Hast du dir wirklich den Fuß verletzt?« fragte May, als sie eine Pause einlegten, um Atem zu schöpfen.

»Nein.«

»Hugh!« May mimte Mißbilligung. »Und so etwas von dir, einem Juristen.«

»Du hast eben einen schlechten Einfluß auf mich. Hättest du dich nicht in so schamloser Weise auf mich gestürzt ... dir die Spitze aus dem Ausschnitt gerissen und dich praktisch entblößt ...«

»Aber ich brauchte sie als Verband! Für deinen verletzten Fuß! Du hast gestöhnt!«

»Nach fünf Monaten würde dein Dekolleté jeden Mann zum Stöhnen bringen, der nur einen Tropfen Blut in den Adern hat. Es ist alles deine Schuld.«

May warf sich auf ihn und verschloß ihm den Mund auf ihre Weise, ehe er sie weiterer Schandtaten bezichtigen konnte.

Schließlich schob er sie weg. »Das ist unhaltbar. Wir reden überhaupt nicht.«

May richtete sich auf einen Ellbogen auf, ihre Brust jetzt gänzlich unverhüllt, ihre Wangen gerötet. »Wir streiten ja doch nur, wenn wir reden.«

Hugh lächelte schwach, wurde aber gleich wieder ernst. Gerade waren sie noch wie aneinander festgeklebt gewesen, jetzt trennte sie plötzlich eine spürbare Distanz. »Ich will keine Affäre, May.«

Sie spürte Panik aufflackern. »Sondern?«

Er zögerte kurz und strich sich die Haare aus der Stirn. Dann tat er dasselbe für May, steckte ihr mit großer Zärtlichkeit eine gelockte Strähne hinters Ohr. »Ich will dich für immer.«

»Du meinst ... heiraten?«

Er nickte.

May schluckte und schüttelte den Kopf. Sie war im Begriff, in eine emotionale Lawine zu schlittern. Noch blieb ihr Zeit zurückzuspringen. Aber wollte sie das?

»Es tut mir leid«, sagte er. »Ich habe dich damit überfallen. Ich habe monatelang darüber nachgedacht, aber es kommt zu überraschend für dich.«

Er senkte den Blick, konnte sie nicht länger ansehen.

Sie betrachtete seinen Kopf, die dichten, dunklen Haare mit den grauen Fäden darin, den Halbmond seiner Wimpern, die gekrümmte, aristokratische Nase. »Ich habe eine sehr schöne Wohnung in St John's Wood, sie würde dir sicher gefallen«, fügte er hinzu.

»Oh.«

»Oder wir könnten auf der *Rose* wohnen. Wo immer du willst, was immer du willst.«

»Das würdest du für mich tun?«

»Ich würde in ein Iglu ziehen, wenn du darin wohnst. Wir können es ja erst einmal versuchen, es besteht kein Grund, die Dinge zu überstürzen.«

Die Überzeugung und Sicherheit in seiner Stimme beruhigten sie. »Aber wir streiten immerzu. Wir könnten uns vermutlich nicht mal einvernehmlich für ein Datum entscheiden oder wo wir leben wollten.«

Er nickte zustimmend. »Ich weiß. Aber lieber streite ich mit dir, als mit irgend jemand anders in Harmonie zu leben. Außerdem ... gibt es Bereiche, in denen wir uns tadellos verstehen.«

»Sex ist nicht alles ...«

»Nein, aber es ist ein guter Anfang.«

Und weil ihnen beiden nicht lag, die Dinge auf die lange Bank zu schieben, machten sie diesen Anfang auf der Stelle.